Nicholle Fischer

Solange Schnee vom Himmel fällt

Eine Geschichte von Liebe und Vergangenheit

Drachenmond Verlag

Drachenmond Verlag GmbH
Auf der Weide 6
50354 Hürth
http: www.drachenmond.de
E-Mail: info@drachenmond.de

Lektorat: Stephan R. Bellem
Korrektorat: Michaela Retetzki
Satz & Layout: Michelle Natascha Weber

Umschlagdesign: Marie Graßhoff
Bildmaterial: Shutterstock

Druck: Booksfactory

ISBN 978-3-95991-050-7

Für meine Opas.

Für den einen, dessen Geschichten meine Leidenschaft für das Schreiben erst erweckten, und den anderen, dessen Liebe mich selbst nach seinem Tod noch jeden Tag ermutigt, an meine Träume zu glauben. Ihr seid die Helden meiner Kindheit.

Vorwort

Nicht viele nehmen sich im Alltagschaos einer modernen Welt die Zeit, sich mit der Vergangenheit zu beschäftigen. Schon gar nicht mit der Vergangenheit eines anderen Landes, dessen Kultur und die Gepflogenheiten einem nicht bekannt sind. Dieser Roman beschäftigt sich nicht nur mit der Geschichte vierer Liebender, sondern beleuchtet auch eine Seite des russischen Bürgerkrieges. Es ist nur eine einzige Sichtweise, die lediglich einen Bruchteil der wahren Geschichte darstellt und auch nur einen Hauch der notwendigen Tragödie rüberbringen kann, die damals tatsächlich passiert ist. Trotz alldem war es mir außerordentlich wichtig, auch die russische Küche und kulturelle Eigenschaften dem Leser näherzubringen, weswegen ich mich für die langen Namen entschuldigen möchte. Um diese Tatsache etwas zu vereinfachen, möchte ich euch vorab die Zusammensetzung der Namen erklären. Im weiteren Verlauf könnt ihr die Zu- und Nachnamen einfach überlesen und euch an die Vornamen halten.

Die russischen Namen setzen sich aus drei Namen zusammen: Vorname, Zuname vom Vater und der Familienname. Es ist ein Zeichen von Respekt und guten Manieren, eine Person mit ihrem vollen Namen anzusprechen. Am Beispiel von Marina kann man die Zusammensetzung sehr gut demonstrieren: Ihr Vorname ist Marina, nichts Ungewöhnliches, ist im Deutschen ja gleich. Als zweites kommt der Zuname des Vaters. Marinas Vater hieß Igor, weswegen ihr Zuname Igorewna lautet. Hierbei ist die weibliche Endung -wna gegeben, da Marina eine Frau ist. Bei einem Mann wäre die Endung -witsch (Igorewitsch). Und als Letztes wird der Familienname (Nachname) genannt: Paschkina. Auch hier steht das »a« als Endung für die weibliche Form, bei der männlichen würde dieses einfach weggelassen. Insgesamt haben wir also eine Konstellation von drei Namen:

Marina Igorewna Paschkina

Während meiner Recherche zu diesem Werk bin ich auf einen russischen Admiral der baltischen Flotte gestoßen, dessen Lebensweg mich so unendlich bewegt und inspiriert hat, dass ich den geschichtlichen Kontext seiner Figur widmen möchte. Ich habe bewusst einige Parallelen zwischen seinem Leben und dem Leben meiner Figuren mit eingebaut, um der Tapferkeit dieses Mannes und seiner Liebe zu einer Frau, die er nicht hätte lieben dürfen, meinen Respekt zu zollen.

Trotz dieses Hintergrundes ist dieser Roman keine Nacherzählung und auch kein historisches Dokument, sondern ein Buch, das zwei Welten über die Zeit miteinander vereint und mögliche geschichtliche Ereignisse mit purer Fiktion verwebt.

Ich habe viel recherchiert, um das Setting so glaubhaft wie möglich einzufangen, und dennoch muss man die Seiten dieser Geschichte mit einem Augenzwinkern betrachten, auch wenn es nicht immer leichtfällt. Wie Lucy an dieser Stelle sagen würde: Heiliges Kaninchen, was hat sich die Autorin nur dabei gedacht?

Nun, ich habe mir ziemlich viel dabei gedacht und hoffe, die Zeilen können euch in eine andere Zeit entführen und schicken euch auf eine magische Reise voller Tragödien, aber auch Freundschaft und Liebe.

Kapitel 1

Das sanfte Licht der Kerze warf tanzende Schatten an die Wände des Krankenhauszimmers. Einem flinken Taschendieb gleich schlich ein Windhauch durch die Gänge und ließ sie frösteln. Zarter Meeresduft hing ihm nach und brachte eine seltsame Melancholie mit sich. Verschwommene Bilder setzten sich vor ihrem inneren Auge zu einem strahlenden Bild zusammen. Es war beinahe so, als könnte sie das Rascheln von Tüll und das ausgelassene Frauenlachen hören. Der Duft nach Zigarrenrauch und Alkohol hing in der Luft und schwängerte diese mit Erinnerungen.

»Weißt du noch, damals, die Kerzen brannten und ließen deine Augen strahlen«, flüsterte ein Schatten aus der Dunkelheit heraus.

»Ja, es kommt mir vor, als wäre es gestern gewesen …«, erwiderte sie und schloss die Augen, ließ sich gänzlich von der Vergangenheit einnehmen.

»Marina Igorewna, schenken Sie mir diesen einen Tanz«, forderte der frisch gebackene Offizier mich zum wiederholten Male auf.

Alexej Maksimowitsch war ein junger Mann von zarten einundzwanzig Jahren und hatte sich in der vergangenen Woche seine ersten Sterne für Tapferkeit verdient. Mir schien es so, als hätte seine Beförderung ihm auch mehr Selbstvertrauen geschenkt, denn hier stand er nun vor mir. Mit hochrotem Kopf, die Augen demütig gen Boden gesenkt, aber seine Stimme ließ sich nicht beirren. Sein schüchternes Grinsen schmeichelte mir und ich kam nicht umhin, zu bemerken, wie attraktiv er war.

»Meine Liebe, du kannst einem Mann nach einer solchen Schlacht doch keinen Tanz abschlagen«, zog Iwan mich auf und gab meine Hand frei. »Geh und amüsiere dich! Deinem alten Mann kannst du auch später noch Gesellschaft leisten«, ermunterte er mich mit einem Lächeln auf

den Lippen, sein warnender Blick in Richtung des Offiziers entging mir jedoch nicht.

Ich versuchte den Anflug von Panik, der mich bei Iwans Blick überkam, mit einem koketten Lachen zu überspielen. »Alexej Maksimowitsch, es schickt sich zwar nicht, eine verheiratete Dame so zu drängen, aber ich gebe meinem Mann recht. An diesem Abend kann ich Ihnen Ihren Wunsch wohl kaum abschlagen.« Bei diesen Worten erstrahlte das Gesicht des jungen Mannes. Er sah aus, als würde er vor Freude einen Luftsprung machen wollen. Iwan quittierte den Übermut des Soldaten lediglich mit einem kurzen Kopfschütteln, doch aus seiner Haltung sprach Verärgerung.

Das Orchester setzte gerade zu einem Foxtrott an, als ich die behandschuhte Hand des Offiziers ergriff. Der Schein der Kerzen erhellte die wirbelnden Paare auf dem Parkett und ließ ihre Schatten an den Wänden tanzen. Ein schwacher Duft nach blumigem Damenparfum, Whisky und Zuckerwasser umwehte die ausgelassene Gesellschaft. Ich sah zu, wie meine Freundin Constanze in den Armen eines jungen Kapitänleutnants mit blonden Locken umherwirbelte und verkniff mir ein Lächeln. »Kommen Sie, kommen Sie! Sonst verpassen wir noch den ganzen Spaß«, drängte ich.

Der junge Mann führte mich mit enthusiastischen Schritten auf die Tanzfläche und dirigierte mich etwas ungeschickt in die Reihen der Tanzenden. Die Musik ergriff mich und ließ die Bewegungen durch meinen Körper fließen. Eine Welle der Sorglosigkeit breitete sich in mir aus und ließ mich über die gelegentlichen Fehltritte meines Tanzpartners kichern.

»Marina Igorewna, Sie sind wunderschön, wenn Sie lachen«, platzte es aus dem Offizier heraus. »Oh, natürlich sind Sie immer wunderschön, aber dann besonders … Oje, ich hoffe, ich habe Sie nicht gekränkt.«

Bei seinem verdutzten Gesicht entfuhr mir ein Lachen. Eine trügerische Röte breitete sich von seinen Ohren bis zu den Wangen aus und ließ ihn leuchten wie die untergehende Sonne. Seine Augen funkelten mich liebenswürdig und unschuldig an, während er mich gemäß der Tanzfolge im Kreis wirbelte und anschließend wieder fest an seine Brust zog. Ich lachte wieder, versuchte mir aber gleichzeitig nicht anmerken zu lassen, wie sehr mich all das hier in Wahrheit langweilte. Dieselben Tänze tagein, tagaus und über all die Menschen wachten, wie treue Soldaten, die weißen Kerzen mit ihren Flammen. Zwar bildete der Tanz mit diesem Herrn eine willkommene Abwechslung zu den sonst gleichen Gesichtern solcher Gesellschaften, aber auch dieser Spaß konnte mich nicht lange über meine Melancholie hinwegtrösten.

»Alexej Maksimowitsch, passen Sie auf, was Sie sagen, der Herr Konteradmiral hat Sie fest in seinem Adlerblick«, flüsterte ein bereits ergrauender Herr von links.

Sein Rücken war anmutig durchgebogen, während er seine Tanzpartnerin in einer innigen Umarmung festhielt. Die dunkelhaarige Schönheit in seinen Armen konnte ihren Blick nicht von den blassblauen Augen ihres Gegenübers abwenden und verlor sich gänzlich in deren Betrachtung.

Alexej verkrampfte sich bei diesen Worten. In dem kläglichen Versuch, über seine Schulter einen unauffälligen Blick auf Iwan zu erhaschen, stolperte der junge Offizier über meine breiten Röcke und fegte einige Kristallgläser von einem der umstehenden Tische. Ein überraschter Laut entrang sich meinen Lippen, als mein Tanzpartner mich inmitten einer Drehung plötzlich losließ, um sein eigenes Gleichgewicht wiederzufinden. Ich schnappte nach Atem und taumelte zurück. Vollkommen aus dem Takt gekommen, strauchelte ich über fremde Füße und wäre sicherlich zu Boden gegangen, wenn sich nicht in diesem Augenblick zwei starke Arme um meine Mitte gelegt hätten.

Ein schwacher Duft von Salzwasser und Zigarrenrauch kitzelte meine Nase und ließ mein Herz höherschlagen.

»Alles in Ordnung?«, fragte eine tiefe, rauchige Männerstimme in meinem Rücken. Der fremde Atem kribbelte in meinem Nacken und ließ mich erschaudern.

Ich spürte, wie sich mein Rücken bei der ungehörigen Nähe dieses Fremden kerzengerade aufrichtete. Meine Schultern spannten sich an. Ich konnte mir nicht erklären, weshalb mein Körper so intensiv auf diesen Mann reagierte. Um meine unerklärliche Befangenheit zu kaschieren, wirbelte ich in seinen Armen herum, eine bissige Erwiderung auf der Zunge.

Doch beim Anblick meines Retters erstarben mir jegliche Worte auf den Lippen. Es war nicht das funkelnde Braun oder der Kranz aus dunklen Wimpern, die mich so unverhofft aus der Bahn warfen, sondern der Ausdruck in den Augen. Ein Ausdruck, der mir durch Mark und Bein ging. Als blicke er ohne Widerstand hinter meine sorgfältig errichtete Maske. Der winzige Anflug eines wissenden Lächelns verriet mir, dass er mich sah, wie ich wirklich war – einsam, gelangweilt, müde vom Leben und den ständig wechselnden Gesellschaften. Er ließ sich nicht von meinem aufgesetzten Lachen, der falschen Fröhlichkeit täuschen und schien mich stattdessen sofort zu durchschauen. Normalerweise konnte ich meine Gefühle sehr gut verbergen, aber er blickte mich mit einer solch inbrünstigen Intensität an, dass mein verräterisches Herz ertappt schneller schlug. Ich fühlte mich entblößt und gleichzeitig so wohl wie kaum jemals zuvor. Die Zeit um uns herum stand vollkommen still und umhüllte diesen Augenblick wie ein Kokon. Unvergänglich. Für immer.

Von irgendwoher drangen aufgeregte Stimmen zu mir durch, Sekt tröpfelte stetig auf den teuren Teppich und hinterließ eine feuchte Spur bis hin zum Tanzparkett. Die schmalen Lippen im kantigen Gesicht des Mannes deuteten noch immer ein schwaches Lächeln an, doch die kleinen Lachfältchen um seine Augen verrieten, dass er oft und gerne für einen Spaß zu haben war. Etwas in mir regte sich bei dieser Vorstellung und ich spürte eine wehmütige Sehnsucht nach diesem unbekannten Lachen.

Seine aristokratische gerade Nase und die hohen Wangenknochen verliehen ihm den Anschein einer anmutigen Statue. Es war keinesfalls so, als hätte ich in meinem Leben noch keinen attraktiveren Mann gesehen, aber etwas an ihm berührte eine Saite meines Herzens und ließ diese in einer fremden, aufregenden Melodie erklingen.

»Marina! Geht es dir gut?« Die Stimme von Constanze drängte sich durch den Nebel in meinem Kopf. Ihr affektierter französischer Akzent holte mich in die Realität zurück.

Ich riss mich vom Anblick des Fremden los und plötzlich prasselten tausend Eindrücke wie kühler Novemberregen auf mich ein. Alexej blinzelte mich aus weit aufgerissenen Augen voller Entsetzen und Bedauern an. Einem Schleier gleich hatte sich eine der Tischdecken um seinen Kopf gelegt und wäre die ganze Situation nicht so schrecklich, wäre ich bei diesem albernen Anblick wohl in Gelächter ausgebrochen. Augenscheinlich hatte er nicht das Glück gehabt, von einem attraktiven Fremden gerettet zu werden.

Das Orchester hatte aufgehört zu spielen. Sämtliche Gespräche waren verstummt und die Blicke auf uns gerichtet. Iwan hatte sich wohl einen

Weg durch die umstehenden Menschen gebahnt und stand nun neben Constanze, die mich mit einer Mischung aus Besorgnis und Belustigung in den Augen anblinzelte.

»Ja. Ja, es geht mir gut. Es ist nichts passiert.«

Peinlich berührt von der Situation und entschlossen, den Vorfall so schnell wie möglich aus dem Gedächtnis aller Beteiligten zu tilgen, strich ich mein Kleid glatt und befreite mich aus dem Griff des Fremden. Mit einem belustigten Husten ließ er seine Arme sinken und wandte den Blick ab, zweifellos um seine unpassende Erheiterung zu kaschieren. So würdevoll wie nur möglich und die kläglichen Reste meines verbliebenen Stolzes aufsammelnd, überquerte ich die kurze Distanz zu den Esstischen, die in dekorativ angerichteten runden Tafeln um die Tanzfläche herumstanden. Alexej lag mir im wahrsten Sinne des Wortes zu Füßen und klappte wie ein Fisch an Land den Mund stumm auf und zu.

»Nun kommen Sie, stehen Sie schon auf und lassen Sie uns den Tanz beenden. Sie haben nicht tapfer einen Minenleger bestiegen, nur um jetzt von diesen hohlköpfigen Taugenichtsen ausgelacht zu werden«, flüsterte ich an sein Ohr und half ihm auf die Beine.

Aufgeregte Stimmen wurden laut und umspülten uns wie kaltes Bachwasser. Ich ließ mich von dem Tumult nicht beirren und gab dem Orchester ein Zeichen. »Nun kommen Sie, meine Herren, wir sind hier, um Spaß zu haben und den Sieg zu feiern! Lassen Sie uns tanzen und feiern, unsere Soldaten haben gesiegt!«, verkündete ich mit gespielter Fröhlichkeit, nahm ein Sektglas von einem der Tische und hob es in die Höhe.

»Auf unsere tapferen Männer!«

Siegesrufe wurden laut und schon bald stimmten alle mit ein. Paare bildeten und versammelten sich erneut auf der Tanzfläche. Bedienstete huschten zu dem umgekippten Tisch und beseitigten Scherben und die übrigen Spuren des kleinen Fauxpas. Neue Gläser wurden gebracht, die Tischdecke gewechselt und schon bald war es so, als wäre nie etwas passiert.

»Kommen Sie mit! Wenn wir so tun, als wäre dies alles nicht der Rede wert, dann wird es das auch nicht sein«, zischte ich dem Offizier zu, der sich immer noch in einer Art Schockstarre zu befinden schien. Ich zog ihn mit mir auf das Parkett und bemühte mich, nach außen hin einen ausgelassenen Eindruck zu machen.

Nicht nur einmal begegnete mein Blick dem des Fremden. Unweit von uns tanzte er mit einer blonden Dame. Ihre wallende cremefarbene Robe war am Saum mit goldenen Stickereien verziert, der hochgeschlossene Kragen zeigte zwar wenig Haut, aber der Stoff saß aufreizend eng an ihrem Mieder und betonte beinahe anzüglich jede einzelne ihrer Kurven. Ich verabscheute sie sofort. Wie ein kleines Mädchen kicherte sie an seiner Schulter und spielte mit ihren Fingern an seiner Uniform herum. Sie gaben ein schönes Paar ab, das musste ich neidlos anerkennen. Erhaben und fröhlich.

Doch ebenso wie mein eigener Blick schien der seine immer nach mir zu suchen und ihr albernes Gegacker ließ mich nicht nur einmal entnervt die Augen verdrehen. Ich ermahnte mich zur Ordnung, schließlich war ich verheiratet. Mühsam darauf bedacht, meine Aufmerksamkeit einzig meinem Tanzpartner zu widmen, der sich gerade in einer belanglosen Erzählung über Kriegsschiffe verlor, seufzte ich übertrieben laut und verfluchte innerlich diesen leidigen Abend.

Nicht zum ersten Mal.

Ein Tanz genügte, um die Stimmung im Saal wieder aufzulockern, und ich entließ den immer noch bleichen Offizier mit einem leisen Dank zurück zu seinen Kumpanen, die Zigarren schwingend und mit Whiskygläsern zuprostend auf ihn warteten.

Iwan gesellte sich scheinbar beiläufig an meine Seite und umfasste meinen Arm fest mit seiner Hand. »Was sollte dieser Auftritt? Du hättest den Burschen einfach liegen lassen und in dein Zimmer gehen sollen«, fuhr er mich an, lächelte jedoch unverbindlich zu den umhertanzenden Paaren.

»Lass mich los«, erwiderte ich ebenso erbost und versuchte mich loszumachen, doch Iwans Finger gruben sich noch fester in mein Fleisch.

»Vergiss nicht, wessen Frau du bist und wem du zu gehorchen hast, Marina.« Meinen Namen spie er dabei so hasserfüllt und verächtlich aus, dass ich unwillkürlich erschauerte. Nach einem langen Blick in meine Augen gab er mich endlich frei.

Erleichtert atmete ich auf, beeilte mich wegzusehen und rieb mir den schmerzenden Arm. Unwillkürlich glitt mein Blick zu der stolzen Gestalt des fremden Soldaten und blieb an seinem Gesicht hängen. Er schien Iwan und mich unauffällig zu beobachten, während die blonde

Dame ausgelassen plauderte und sich sichtlich um seine Aufmerksamkeit bemühte.

Aber vielleicht bildete ich mir dies auch bloß ein. Es war mir unbegreiflich, weshalb ausgerechnet dieser eine Mann solch eine Faszination auf mich auszuüben schien, doch ich konnte meine Augen einfach nicht von ihm lassen.

Unsere Blicke begegneten sich, verharrten einen Moment ineinander und ganz plötzlich war mir nach Weinen zumute. »Entschuldige mich, dein Weib ist müde und geht nun zu Bett«, spuckte ich Iwan entgegen und wirbelte auf dem Absatz herum.

Auf meiner Flucht durch die lachenden Menschengruppen bildete sich ein großer Kloß in meinem Hals, der mich zu ersticken drohte. Wie sehr ich das alles doch leid war. Die ständigen Demütigungen, dieses vermaledeite Lachen aus meinem Mund, welches so falsch und hohl in meinen Ohren klang – mein ganzes Leben! Ich selbst betrachtete mich nicht als schwache Frau, doch um meine Ehe war es nicht gut bestellt.

In meine Gedanken vertieft lief ich an zwei Mädchen vorbei, die mir verstohlene Blicke zuwarfen und hinter ihren Fächern zweifelsohne über mich herzogen. Ich beachtete sie nicht weiter und ging mit langen Schritten voran. Erst nachdem ich den Saal und all die Menschen hinter mir gelassen hatte und sich die Tür in meinem Rücken schloss, kam ich wieder zur Ruhe. Ein Dienstbote beobachtete mich aufmerksam, ich entließ ihn mit einer ungeduldigen Handbewegung, darauf erpicht, endlich allein zu sein. Als auch er verschwunden war, gab ich mich meinem inneren Tumult hin.

Schwer ließ ich mich auf einer goldenen Bank nieder und vergrub meinen Kopf in den Händen. Ich war keine Frau, die einfach in Tränen ausbrach, auch heute würde ich dies nicht tun, doch allein der Gedanke, mein Innerstes einfach aus mir herausfließen zu lassen, war tröstlich.

Nur dumpf drangen die Geräusche aus dem Ballsaal durch die dicken Holztüren, dennoch schien selbst dies bereits zu viel. Ich zupfte meine widerspenstigen Locken zurecht und klemmte sie mit einigen Haarnadeln zurück in den Knoten an meinem Hinterkopf, ehe ich das Kleid glatt strich und auf der Suche nach einem Hauch Privatsphäre auf eine Terrasse im Westflügel trat.

Marmorstatuen und ein vergoldeter Brunnen mit perlendem Rotwein begrüßten mich vor einem sternenklaren Winterhimmel. Ich fröstelte, hieß die kühle Nachtluft jedoch auch gleichzeitig wie einen guten Freund willkommen. Erschöpft ging ich zu dem sprudelnden Brunnen, lehnte mich dagegen und schloss die Augen. Ich nahm die Kälte mit einem gierigen Atemzug tief in meine Lunge auf, hielt sie darin gefangen und entließ sie dann mit einem leisen Aufkeuchen zurück in die Dunkelheit.

»Entschuldigen Sie mich, wenn ich störe, aber mir scheint, eine angesehene Dame wie Sie sollte hier nachts nicht so ganz allein verweilen.«

Diese Stimme. Ich erstarrte. Ein Herzschlag, noch einer und ein dritter waren nicht genug, um mich auf das vorzubereiten, was mich beim Aufsehen erwartete. Der Fremde von vorhin stand mir gegenüber. Seine Augen fest und tröstlich auf mich gerichtet.

»Mir scheint, ich habe es bisher versäumt, mich Ihnen vorzustellen. Mein Name ist Alexander Nikolajewitsch Gorskij, ich diene unter Nikolai von Essen der baltischen Flotte«, sagte er und kam mit langen Schritten auf mich zu. »Darf ich mich setzen?«, fragte er nach einem weiteren Moment des Schweigens.

Ich nickte stumm, war mir immer noch nicht sicher, ob ich die Gesellschaft eines anderen Menschen überhaupt ertragen konnte. Er war nicht aufdringlich, ließ beim Hinsetzen einigen Platz zwischen uns und verstummte nach seiner Vorstellung. Die Stille des Augenblicks war tröstlich und ließ mir genügend Zeit, um mich zu sammeln.

»Marina Igorewna, Tollpatsch in Person und Frau des Konteradmirals Iwan Paschkin«, erwiderte ich nun meinerseits und brachte sogar ein kleines Lächeln zustande.

Alexander Nikolajewitsch belohnte mich mit einem Lächeln. »Als Tollpatsch würde ich Sie nun wirklich nicht bezeichnen. Die Situation vorhin haben Sie sehr gekonnt entschärft«, sagte er lachend.

»Sie sagten Gorskij? Aber doch nicht der Alexander Nikolajewitsch … wurden Sie nicht erst vergangene Woche zum Admiral ernannt?«

In diesem Tempo aus angenehmen Gesprächen, gelegentlichem Blickkontakt und einigen geklauten Schlucken Rotwein aus dem Brunnen ging der Abend weiter. Wir redeten und lachten, sprachen über belanglose Dinge und hatten trotzdem stets Neues zu erzählen.

Alexander war ein außerordentlich faszinierender Mensch und guter Zuhörer. Er drängte mich nicht, wenn ich nicht sprechen wollte, und vermochte es stets, eine angenehme Ruhe zu verströmen.

Die Zweisamkeit wurde jäh unterbrochen, als Iwan auf der Suche nach mir sich ebenfalls zu uns gesellte. »Da bist du ja. Oh, wie ich sehe, hast du schon Bekanntschaft mit Alexander Nikolajewitsch gemacht.« Iwan sah überrascht zwischen uns hin und her.

Das Gefühl, bei etwas Verbotenem ertappt worden zu sein, ließ mich hastig aufspringen. »Wir haben uns über eure künftige Zusammenarbeit unterhalten. Ich wies Alexander Wassiljewitsch gerade an, auf meinen Mann achtzugeben«, sagte ich und lachte betont fröhlich.

Alexander richtete sich ebenfalls auf und reichte Iwan die Hand. »Ihre Frau ist wirklich sehr unterhaltsam und wunderschön dazu, Sie haben großes Glück.«

Die Männer tauschten stumme Blicke aus, während mein Herz wie wild schlug. Es war albern. Wir hatten nichts getan. Ich hatte nichts getan. Und doch strafte mich mein verräterisches Gefühl Lügen. Ein letzter Blick auf Alexander ließ mich wehmütig zusammenzucken.

Iwan legte schwer seinen Arm um meine Hüfte und zog mich gebieterisch an sich. »Hattest du nicht gesagt, du würdest zu Bett gehen, Angel moy[1]? Entschuldigen Sie bitte, falls meine Frau Ihnen wertvolle Zeit gestohlen hat. Das schwache Geschlecht weiß nicht immer um die Vorzüge des Schweigens.« Iwans aufgesetzte Freundlichkeit war wie zähflüssiger Honig, viel zu süß und vollkommen unpassend.

Alexander schwieg und sah mich an. Seine Finger strichen wie in einer unbewussten Geste über die in der Nacht glänzende Scheide seines Kortiks[2]. Ich folgte der Bewegung seiner Hand und ließ mich von ihr ebenfalls beruhigen, schöpfte unverhofft neue Zuversicht.

Iwan wirbelte mich zu sich herum und drückte mir einen feuchten, nach Alkohol und Zigarren schmeckenden Kuss auf den Mund. »Aber nett anzusehen ist meine Marina schon, da haben Sie in jedem Fall recht.«

Angewidert entwand ich mich seinem Griff. »Du bist ja vollkommen betrunken.«

Erneut lachte Iwan los, winkte ab und deutete eine spöttische Verbeugung an. »Alexander Nikolajewitsch, es war mir eine Ehre, Ihre Bekannt-

---

1 *»Angel moy« = russisch für »Mein Engel«

2 *»Kortik« = russisch für »Dolch«. Offizielle Bezeichnung für einen Marinedolch der baltischen Flotte

schaft zu machen«, nuschelte er kaum verständlich. »Marina, wir fahren heim.«

Ich sah noch ein letztes Mal zu der in weiß gehüllten Gestalt des Admirals und schüttelte traurig den Kopf. »Vielen Dank für Ihre Gesellschaft«, flüsterte ich in die Nacht hinein, ehe Iwans wuchtiger Körper sich an meinen lehnte und ich ihn unter seinem Gewicht schwankend zu unserer Kutsche führte.

Nach dieser Nacht waren wir uns noch bei einigen weiteren Gesellschaften begegnet. Wie zwei ungleiche Magnete zogen wir uns gegenseitig an und verfielen wie alte Freunde in Konversationen über gemeinsame Erlebnisse und private Witze. Diese Freundschaft fand hinter Iwans Rücken statt.

Jedes Mal, wenn er uns zusammen sah, verzog er missbilligend das Gesicht, ließ mich jedoch gewähren. Er wusste ebenso gut wie ich, dass ein Admiral der baltischen Flotte zu diesen Zeiten nicht lange an Land blieb. Und er behielt wie immer recht.

Nicht einmal zwei Wochen nach unserer ersten Begegnung wurde Alexander abkommandiert und ich blieb bei Iwan, der sich zur Überfahrt nach Omsk bereit machte.

Gefangen in einer lieblosen Ehe, war ich gezwungen zuzusehen, wie mein einziger Freund einen Minenleger bestieg und sich vom Wasser forttreiben ließ.

Kapitel 2

Gegenwart, 11.Oktober 2013
CMS Clinic, Moskau

»Wie geht es ihr?«, fragte ich die Schwester in gebrochenem Russisch. Sie sah vom Bett meiner Babushka[3] auf und schenkte mir ein trauriges Lächeln. »Es tut mir leid, Ihrer Urgroßmutter geht es immer schlechter.« Die Krankenschwester wechselte mit geübten Griffen das Kissen aus und verließ das Zimmer.

Die Tür fiel hinter ihr ins Schloss und ließ mich mit der schlafenden Gestalt meiner Babushka allein. Liebevoll betrachtete ich ihr faltiges Gesicht und lächelte. Meine Urgroßmutter war früher einmal eine wunderschöne Frau gewesen. Zwar hatte ich sie zu der Zeit nicht erlebt, aber nach den Fotografien und den schmeichelnden Erzählungen meines Uropas war sie auf jeder Veranstaltung ein Blickfang. Erhaben und spitzzüngig zugleich, vermochte sie jeden in ihren Bann zu ziehen. Sie hatte als Schauspielerin und Model gearbeitet, doch ihre wahre Leidenschaft galt der Literatur.

Auch wenn sie meine Urgroßmutter war, so hatte ich schon immer zu ihr die engste Bindung. Während ich sie so betrachtete, wurde mir plötzlich ganz schwer ums Herz. Ich wusste, dass Babushka Marina schon sehr alt war und es war naiv von mir, zu denken, dass sie uns alle überleben würde. 120 Jahre war schließlich ein stolzes Alter und nur wenige Menschen erreichten überhaupt eine so hohe Zahl.

Ich konnte mich sogar noch daran erinnern, wie sie mehrfach um Interviews gebeten wurde, und es gab immer mal wieder Leute, die sie neidvoll nach ihrem Geheimnis fragten. In solchen Momenten

---

3 »Babushka« = russisch für »Großmutter«. In diesem Zusammenhang ist jedoch die Urgroßmutter gemeint, um eine klare Abtrennung zwischen Lucys Großeltern und ihren Urgroßeltern zu schaffen.

schlich sich immer ein kleines Lächeln auf ihre Lippen und ihr Blick kehrte sich nach innen.

»Ich habe einst das Versprechen gegeben, niemals aufzugeben und bis zum letzten Atemzug für zwei Menschen weiterzuleben«, pflegte sie dann liebevoll zu sagen. Wie oft hatten wir sie gefragt, was sie damit meinte, aber nie eine Antwort bekommen.

Gedankenverloren musterte ich ihr fahles Gesicht und Tränen traten mir in die Augen. Ihr ganzes Leben lang war sie so voller Energie gewesen. Ihr sanftes und doch stolzes Wesen hatte sie zu meinem größten Vorbild gemacht und nun lag sie hier in diesem weißen Bett, inmitten von sterilen Wänden und geschäftigem Krankenhauspersonal, und konnte sich kaum noch bewegen.

»Lucy?« Eine schwache Stimme drang an mein Ohr und ließ mich aufspringen.

»Babushka! Hier bin ich«, rief ich aus.

»Moye solnyshko[4], komm zu deiner Uroma. Du bist viel zu weit weg.«

Ich beeilte mich, ihrem Wunsch Folge zu leisten, und beugte mich tiefer zu ihr hinunter.

»Und nun erzähl mir, wie dein Studium so läuft. Wie geht es Max?«

Uroma Marina verzog ihr Gesicht zu einem Lächeln und meine Augen füllten sich erneut mit Tränen.

»Na, na, mein hübsches Kind. Du wirst doch die letzten Stunden deiner geliebten Urgroßmama nicht mit Tränen verschwenden«, tadelte sie mich sofort liebevoll.

»Das Studium läuft so weit gut. Ich werde mich zwar nie wirklich mit Berlin anfreunden, aber die Professoren sind super und ich habe auch schon erste Freunde gefunden. Mama und Papa sind nach wie vor nicht glücklich darüber, dass ich so weit weg wohne, und wie Sascha ist, muss ich dir gar nicht erst erzählen.« Ich lachte wehmütig, eine Sehnsucht nach meinem Bruder und meinen Eltern ergriff mich wie aus dem Nichts. In diesem Moment hätte ich alles dafür getan, nicht allein in diesem Krankenhauszimmer zu sein und zusehen zu müssen, wie es meiner Uroma zunehmend schlechter ging. »Ich ver-

4 »Moye solnyshko« = russisch für »Mein Sonnenschein«

suche so oft wie möglich zu ihnen nach Bremen zu kommen, aber es ist nicht immer einfach. Und Sascha hat jetzt seine erste Freundin, da ist der Kleine ohnehin durch und durch mit seinen Hormonen beschäftigt.«

Ich machte eine kurze Pause und sammelte meine Gedanken.

»Lucy«, setzte sie mahnend an. »Du bist ein schlaues Mädchen, dass das Studium läuft, hätte ich niemals bezweifelt. Doch was ist denn nun mit Max?«

Beschämt wandte ich den Blick ab. Ich konnte es nicht ertragen, in diese intelligenten Augen zu blicken und sie anzulügen. »Nun ja, was soll ich großartig sagen? Wir haben uns vor einigen Wochen getrennt. Er hat mich wohl mit einer anderen betrogen.«

Ich konnte nicht sehen, was mein Geständnis in Babushka Marina auslöste, aber ich hörte, wie ihre Laken leise raschelten, als sie sich mühevoll aufsetzte, ihre Arme ganz fest um mich legte und mich an ihre Brust zog.

»Armes Kind, nimm es dir nicht so zu Herzen. Ich wusste schon immer, dass Max nichts für dich ist. Viel zu schwach. Keine Ehre in den Knochen. Meine Urenkelin hat etwas Besseres verdient.« Sie zwickte mich liebevoll in die Seite und ich kicherte betont fröhlich.

»Du bist furchtbar!«, protestierte ich, konnte jedoch nicht wirklich böse auf sie sein. Ich genoss noch einen weiteren Augenblick in ihren Armen und löste mich dann von ihr. »Du musst dich hinlegen und darfst dich nicht so viel bewegen«, schimpfte ich mütterlich und drückte sie sanft zurück auf die Kissen.

Während ich die Fernbedienung für das Bett suchte, um das Rückenteil aufzurichten, lächelte ich still vor mich hin. Egal, was in meinem Leben gerade los war, Babushka Marina hatte immer die passenden Worte parat.

Nachdem ich die verdammte Fernbedienung unter einem zusammengefalteten Handtuch auf einem der Ohrensessel gefunden hatte, ging ich zurück zu ihrem Bett und setzte mich ebenfalls auf die Matratze. Ich bemühte mich, mich so klein wie möglich zu machen und sie nicht zu stören.

»Babushka? Erzählst du mir nochmal die Geschichte, wie du Uropa kennengelernt hast?« Bei diesen Worten glitt ein seltsamer

Schleier über das Gesicht meiner Urgroßmutter. Ich legte den Kopf schräg und betrachtete sie neugierig.

»Aber Lucy, du weißt doch, dass ich deinen Urgroßvater bei einer Aufführung getroffen und er sich in mich verliebt hat«, setzte sie mit belegter Stimme an.

»Aber gestern ... da hattest du von einer Party gesprochen ... ihr habt getanzt und euch dann draußen auf einer Terrasse unterhalten.«

Die Augen meiner Uroma weiteten sich und sie starrte mich entsetzt an. Der Ausdruck jagte mir einen Schauer über den Rücken. Für einen kurzen Augenblick dachte ich, sie würde gleich einen Herzinfarkt bekommen. Die Maschine neben ihr fing an schneller zu piepsen und wurde immer schriller.

»Babushka? Babushka!«, rief ich und sprang vom Bett. »Soll ich einen Arzt rufen? Was ist denn los?«

Entschlossen griff die alte Dame nach meinem Arm. »Nein, mir geht es gut! Ich wusste nur nichts mehr von dem, was ich dir gestern alles erzählt habe«, gab sie mit matter Stimme zu. »Was genau habe ich gesagt?«

Ich dachte kurz nach und erzählte von ihrem Treffen mit dem mysteriösen Mann auf der Feier und wie die beiden sich unterhalten haben. »Du hattest gesagt, er hieß Alexander, aber Urgroßvater hieß Vsewolod ... Ich dachte, du hättest dich geirrt, aber jetzt ...« Jäh verstummte ich und biss mir auf die Zunge. »Wer war dieser Alexander?«

Die Stille, die auf meine Frage folgte, war praktisch mit den Händen zu greifen.

»Alexander war der Mann, den ich geliebt habe. Als wir uns kennenlernten, waren wir beide in lieblosen Ehen gefangen, aus denen wir versuchten auszubrechen. Er war der Einzige, der jemals mein Herz berührte, und auch der Einzige, der mich jemals verstanden hat.«

Bei diesem Geständnis hatte ich das Gefühl, mein eigenes Herz würde in der Brust brechen. Seit ich denken konnte, hatte die Beziehung meiner Urgroßeltern etwas Wunderschönes und Tröstliches für mich. Ich hatte mir stets gewünscht, einmal so zu werden wie die beiden. Und nun? Nun war dieser Wunsch nichtig und meine kindlichen Träumereien von einem perfekten Eheleben unter der Last einer Lüge zusammengebrochen.

»Setz dich zu mir, Kind, ich werde dir alles erzählen.«

Ich folgte ihrer Bitte, auch wenn es mich innerlich zerriss. Alles in mir wehrte sich gegen diese neue Wahrheit und doch musste ich die ganze Geschichte hören. Ich wollte unbedingt erfahren, wer dieser Mann gewesen ist und warum meine Uroma bei der Erinnerung an ihn plötzlich wie ein junges Mädchen aussah und mir ganz fremd erschien.

Kurz dachte ich über mein eigenes verkorkstes Liebesleben nach. Max war mein erster Freund gewesen und wir waren auch eine Zeit lang glücklich gewesen. Aber hatte er mich jemals wirklich verstanden?

»Wie mein geschwätziges Ich gestern anscheinend in Trance bereits erzählt hat, habe ich Alexander das erste Mal in Helsinki getroffen. Damals wurde er gerade frisch zum Befehlshaber der baltischen Flotte ernannt. Ein stolzer Mann und ein guter Admiral.« Sie kicherte. »Etwas an ihm zog mich magisch an und dass diese Nähe meinen damaligen Mann zur Weißglut trieb, hatte auch einen ganz besonderen Reiz für mich.«

Meine Urgroßmutter, die eben noch kaum atmen konnte und wie eine bleiche Mumie reglos im Bett lag, bekam plötzlich Farbe im Gesicht und ihre Augen glühten voller Leben.

»Erzähl mir alles«, flüsterte ich atemlos.

VERGANGENHEIT, 20.MÄRZ 1915
HELSINKI, RUSSLAND

»Verdammt, Marina! Müssen wir wirklich schon wieder diese Diskussion führen?« Iwans Stimme bebte vor kaum unterdrücktem Zorn und mein eigener Herzschlag beschleunigte sich aus Furcht vor seinem Temperament.

»Ich habe dir bereits gesagt, dass ich noch einen Moment brauche. Setz dich ins Arbeitszimmer und warte gefälligst, bis ich fertig bin!«, gab ich trotz allem störrisch durch die Tür zurück.

»Wenn du in zehn Minuten nicht unten bist, komme ich rein!«, donnerte er vor Wut schnaubend und entfernte sich mit laut krachenden Schritten.

»Marina Igorewna, müssen Sie den Herrn denn immer so sehr reizen?«, fragte meine Zofe eingeschüchtert.

Sie war ein junges Mädchen, siebzehn oder achtzehn Jahre alt, und hatte kaum etwas von der Welt gesehen. Ihr ängstlicher Blick war immer noch auf die Tür geheftet und sie zitterte am ganzen Leib. Auch ich hatte Angst, doch wusste ich diese nach einigen qualvollen Ehejahren zu verbergen.

»Natalia, wenn du einem Mann nicht zeigst, dass er keine Kontrolle über dich hat, wird er dich ewig wie eine dumme Zuchtstute behandeln. Zeigst du ihm aber, dass er keine Macht über dich besitzt, dann seid ihr gleichberechtigt in eurem Haushalt.«

Selbst ich wusste, dass meine Worte eine Lüge waren, aber sie hatte noch Zeit, ehe diese traurige Wahrheit sich in ihrem Leben festsetzen würde. Ich schenkte der Zofe über den Spiegel ein aufmunterndes Lächeln, welches sie mit einem entschlossenen Funkeln in den braunen Augen erwiderte.

»Komm und hilf mir bei den Haaren, ich weiß nicht, wie lange dein Herr sich noch in Geduld üben kann, ehe er seine Drohungen wahr macht und die Tür mit Gewalt stürmt.«

Die flinken Finger des Mädchens flochten mein braunes Haar zu seidenen Zöpfen und steckten diese am Hinterkopf fest. Um mein bleiches Gesicht ringelten sich noch einzelne widerspenstige Locken, aber ich ließ sie da, wo sie waren. Irgendwie gefiel es mir, wenn die Frisur nicht gänzlich perfekt war. Es unterschied mich von all den anderen makellosen Gesichtern und Haarprachten.

Das Mädchen setzte mir einen zur Garderobe passenden Hut auf und schüttelte noch ein paarmal meinen Rock auf. Kurz betrachtete ich mich selbst im mannshohen Spiegel neben dem Frisiertisch und nickte zufrieden.

Das violette Kleid hatte ein gut sitzendes Korsett und war hochgeschlossen. Aus dem Kragen ragte eine weiße Spitzenbluse hervor. Der Rock war weit und lang, fiel jedoch in eleganten Wellen, die sich zu meinen Füßen bauschten und die hübschen braunen Stiefelchen zeigten.

Mit geradem Rücken, das Handtäschchen fest umklammert, stolzierte ich aus dem Zimmer hinaus und die Wendeltreppe nach unten. »Nun, Iwan. Ich wäre so weit«, verkündete ich würdevoll.

Der Blick meines Gemahls ließ mir das Blut in den Adern gefrieren. Pure Mordlust haftete diesem an, als er ihn über meinen Anblick gleiten ließ. Iwan erhob sich, das Whiskyglas in der Hand.

»Für wen hast du dich so hergerichtet?«, fragte er ruhig. Doch sein Tonfall konnte mich nicht täuschen. In seinem Inneren brodelte es gefährlich.

»Mach dich nicht lächerlich! Ich bin eine verheiratete Frau. Du bist der Einzige, für den ich mich herrichten lasse. Wenn dir die Garderobe nicht zusagt, gehe ich nach oben und lasse das Mädchen etwas anderes raussuchen.«

Er sah mich abschätzend an. Obwohl ich eine Heidenangst vor diesem Mann hatte, erwiderte ich seinen Blick stoisch, als er seine freie Hand zur Faust ballte und wieder entspannte.

»Du gehst auf keinen Fall noch einmal nach oben! Wir sind jetzt schon zu spät, das schickt sich nicht.«

Ich betrachtete meinen Angetrauten noch einmal nachdenklich. Er war ein großer Mann, hatte breite Schultern und durchdringende blaue Augen. Sein dunkles Haar wurde am Oberkopf bereits lichter, doch dies tat seiner Attraktivität keinen Abbruch. Iwan pflegte stets stolz in seiner Marineuniform aufzutreten. Die weiße Jacke mit den verdienten Abzeichen und sein lässig schwingender Kortik verliehen ihm ein heldenhaftes Aussehen und bescherten ihm großen Respekt in unseren Kreisen, doch ich kannte seine wahre Natur.

Schon lange ließ ich mich nicht mehr von seiner trügerischen Fassade täuschen; so schön sein Äußeres auch sein mochte, sein Innerstes war verfault. Mir wurde übel bei seinem Anblick und der Geruch von Zigarrenrauch und teurem Whisky, der Iwan stets anhaftete, ließ mich würgen.

Auf dem Bankett tummelten sich bei unserem Eintreffen bereits die immer gleichen Gesichter. Da waren die Todorski-Zwillinge mit ihren Gatten. Die Rosnovs und ihre Kinderschar.

Mehrere junge Frauen scharten sich um Iwan und hofften, die Aufmerksamkeit des Konteradmirals auf sich zu lenken, dies quittierte ich lediglich mit einem müden Blick. Sollten sie ihn meinetwegen haben! Solange er sich mit diesen Hühnern vergnügte, würde er mich hoffentlich in Ruhe lassen.

Unruhig schweifte mein Blick durch die Menge. Für einen Wimpernschlag verharrte er auf den unterschiedlichen Gesichtern, in der Hoffnung, ihn irgendwo in der Menge zu erblicken. Mein Herz wurde ganz schwer, als klar wurde, dass Alexander nicht hier war.

»Ein Spiel! Ein Spiel!«, rief da Katharina Romanova, die heutige Gastgeberin, und tänzelte an mir vorbei, eine Wodkaflasche in der einen und ein leeres Whiskyglas in der anderen Hand. Sie stellte im Gehen das

Glas auf einem leeren Tischchen ab, umklammerte die Flasche aber so fest, dass ich das Gefühl nicht loswurde, man müsse ihr diese aus den toten Fingern reißen.

Ich seufzte übertrieben. »Katharina, meine Liebe! Denkst du wirklich, dass es dafür schon Zeit ist?«, fragte ich gutmütig, doch sie winkte energisch ab.

»Marina Igorewna, für Trinkspiele ist es niemals zu früh!«

Ich seufzte abermals, bedeutete einem Kellner, zu mir zu kommen und nahm mir gleich zwei Champagnergläser von seinem Tablett. Wenn Katharina erst einmal mit ihren Spielen anfing, würde ich schon sehr bald alkoholischen Nachschub benötigen, um dies zu ertragen.

Ein pompöser Kronleuchter erhellte den viel zu großen Saal. Überall waren runde Tische aufgestellt und Platz für eine kleine Tanzfläche geschaffen. Erwartet wurden zwar nicht mehr als vierzig Gäste, aber aufgetischt wurde wie für den Besuch der Zarenfamilie höchstpersönlich.

Champagner und Whisky flossen in Strömen aus den Flaschen und benetzten die gierigen Kehlen der Gäste. Der vertraute Duft nach fettigem Essen, schwerem Alkohol und einer Mischung aus Rasierwasser und Blumen hing in der Luft und jagte mir eine Gänsehaut über den Körper.

»Kommen Sie, kommen Sie! Wir spielen«, rief Katharina Romanova und klatschte so aufgeregt in die Hände, dass sie beinahe das Whiskyglas fallen ließ, welches ihr gerade von einem der Kellner gereicht wurde und in dem bereits die vorgefalteten Zettelchen mit den Aufgaben raschelten.

Ich nahm an einem der freien Tische Platz und hoffte, in der Menge unterzugehen. Die Tür öffnete sich quietschend in der aufgeregten Stille und fiel wieder ins Schloss. Wie alle anderen wandte auch ich den Kopf in Richtung Tür und erschauderte von Neuem.

In meinem Bauch tanzten aufgeregte Schmetterlinge und ließen ihn wohlig kribbeln. Jedes Härchen auf meinen Armen schien sich aufzurichten.

Alexander Nikolajewitsch hatte soeben den Raum betreten. In seiner Haltung lag Stolz und etwas Verborgenes. Er schien den Wirbel um seine Ankunft als höchst unangenehm zu empfinden. Seine Uniform saß perfekt an dem muskulösen Körper. Die goldenen Abzeichen strahlten mit den blitzenden Augen um die Wette und ließen den Raum noch heller leuchten. Die weiße Admiralsjacke war ebenso Respekt einflößend wie die vergoldete Scheide an seinem Gürtel.

Er schritt mit sicheren Schritten durch die Menge und blieb vor der Gastgeberin stehen. Mit einer anmutigen Verbeugung nahm er ihre Hand und hauchte einen Kuss auf die behandschuhten Finger.

Mein Herz setzte kurz aus und stolperte sofort wieder los. Ich ertappte mich dabei, wie ich atemlos auf Katharinas Hand starrte und mir mehr als alles andere auf der Welt wünschte, mit ihr den Platz tauschen zu können.

»Entschuldigen Sie bitte meine Verspätung, ich konnte nicht so schnell aus dem Hafen kommen, wie ich es mir gewünscht hätte. Ich hoffe, Sie verzeihen mir mein ungebührliches Verhalten.« Er richtete sich auf und Katharina ließ ein leises Kichern verlauten.

»Aber, aber, Alexander Nikolajewitsch, Sie müssen für Ihr Vergehen bestraft werden.« Sie stupste kokett mit ihrem Fächer gegen seine Brust und wieherte wie ein aufgeregtes Pferd.

»Aufgeblasene Stute«, murmelte ich und verdrehte die Augen. Ich nahm einen tiefen Schluck aus dem Champagnerglas und kippte das zweite gleich hinterher.

»Für Ihr Zuspätkommen müssen Sie als Erstes in mein Töpfchen greifen und eine Aufgabe ziehen.« Manisch ließ die bereits ergrauende Frau das Whiskyglas mit den Zettelchen darin vor Alexanders Gesicht rascheln.

Der sonst so tapfere Admiral schien sich nicht wohl bei der Sache zu fühlen, griff jedoch gehorsam in das Glas und zog nach wenigen Sekunden die Hand wieder heraus. In den Fingern hielt er einen fein säuberlich gefalteten Zettel, den er wunschgemäß Katharina überließ. Aufgeregtes Flüstern wurde laut, alle hielten gespannt den Atem an.

»Ruhig, Kinder, ich lese jetzt vor: Deine Aufgabe wird sein, die erste Dame oder den ersten Herrn, die oder der zu deiner Linken sitzt, zu küssen. Bedenke, dass dieser Kuss dein letzter sein könnte und genieße ihn in vollen Zügen.«

Lautes Lachen und Gackern erklang. Katharina wieherte am lautesten und wischte sich winzige Tränchen aus den grauen Augen. Ihr Mann, ein ranghoher Richter, trat an ihre Seite und pflückte zum wiederholten Male die Wodkaflasche aus den bereits zitternden Händen seiner Gattin. Sie vermochte es, sehr zum Bedauern des Richters, stets in Reichweite des Alkohols zu verbleiben und war dafür bekannt, diesen nicht lange aus den Händen zu geben.

»Die verwahre wohl besser ich für den Augenblick«, sagte er gerade laut genug, dass wir anderen jedes Wort hören konnten. Empörtes Getuschel wurde laut.

Katharina Romanova hingegen war sich keiner Schuld bewusst, stattdessen angelte sie nach einem Schnapsglas von einem der Tische und hielt es Alexander vor die Nase.

»Sei doch nicht immer so ein Griesgram, der Wodka ist doch für unseren Alexander Nikolajewitsch, er muss sich noch ein wenig Mut antrinken.« Verschwörerisch zwinkerte sie Alexander zu, als ihr Mann ihm seufzend einen großzügigen Schluck einschenkte. Pflichtbewusst wurde dieser in einem Zug geleert und das eigentliche Spiel konnte weitergehen.

Ich verkrampfte mich, und wäre mein Korsett nicht so eng geschnürt gewesen, wäre ich vor Schreck wohl vom Stuhl gekippt.

»Nun schauen wir doch mal, welche Dame zu Ihrer Linken sitzt.«

Da sämtliche Gäste im Raum herumstanden, war es nicht schwer, die »Glückliche« zu finden. Zu meinem Bedauern – oder auch grenzenloser Freude – war ich die einzige Frau, die es gewagt hatte, sich bei einem solchen Spiel hinzusetzen. Dies sah nun auch Katharina und kam auf mich zugerannt.

»Na, wer hätte das gedacht! Alexander Nikolajewitsch, Sie sind ja ein wahrer Glückspilz! Unsere Marina Igorewna hier ist ein echter Wildfang. Schön wie eine zarte Blüte im Frühling und feurig wie die abendlichen Sonnenstrahlen im Sommer. Diesen Kuss werden Sie bestimmt nicht so schnell vergessen.«

Ehe ich wusste, wie mir geschah, zog sie mich auf die Füße und schleppte mich in die Mitte des Saales.

»Aber Katharina Romanova, das können Sie doch nicht …«, setzte ich an, wurde jedoch jäh unterbrochen.

»Alles für die Truppen, meine Liebe«, gab diese nur kurz von sich und gesellte sich zu ihrem Gatten, um das Spektakel aus der Ferne zu genießen. Irgendwie hatte sie es geschafft, ihm die Flasche wieder abzunehmen und sich einen ordentlichen Schluck in ein unauffälliges Wasserglas zu kippen. Seelig nippte sie an der durchsichtigen Flüssigkeit und schwankte im Takt der Musik.

Überfordert ließ ich meine Hände sinken und versuchte, nicht allzu verzweifelt auszusehen. Alexander trat einen Schritt auf mich zu.

»Schön, Sie zu sehen«, sagte er.

Seine Stimme ließ mich für einen Wimpernschlag die Situation vollkommen vergessen. Ich versank vollständig in der Betrachtung seiner Augen, die spitzbübisch zu glänzen begannen. »Ich freue mich auch, Sie zu sehen, Alexander Nikolajewitsch«, erwiderte ich tonlos. Wie von selbst schien sich mein Körper ihm zugewandt zu haben.

»Gor'ko[5]*! Gor'ko! Gor'ko! Gor'ko!«, riefen die Leute um uns herum im Chor.*

Das Licht schien plötzlich gedämmt und auch die aufbrausende Musik beruhigte sich. Oder war das mein eigener Puls, der die berauschend sanfte Melodie in meinem Kopf erklingen ließ? Der stolze Admiral machte einen Schritt auf mich zu. Sein Blick fixierte meinen und hielt ihn in seinem Bann gefangen.

»Alexander Nikolajewitsch … Sie wollen nicht wirklich …«, flüsterte ich und wünschte mir doch nichts sehnlicher, als die Distanz zwischen uns zu überbrücken.

Gleichzeitig fürchtete ich mich vor diesem Augenblick.

Alexander beugte sich zu mir vor, die Augen immer noch auf meine gerichtet. Mein verräterisches Herz begann wie wild zu schlagen. Sein typischer Geruch nach Salzwasser und frischer Sommerbrise umhüllte mich vollständig.

Ich schloss machtlos die Lider, streckte mich ihm entgegen. Wollte nichts sehnlicher, als meine Arme um ihn legen, den Kopf an seine starke Brust betten und mit diesem Duft verschmelzen.

Ein kratziges Kinn streifte meine Wange und warme Lippen drückten sich auf die zarte Haut neben meinem Mund.

»Ich würde Sie niemals um eines Spieles willen küssen, Marina Igorewna«, wisperte er sanft in mein Ohr und ich konnte das Lächeln in seiner Stimme hören.

Die umstehende Menge jubelte teils vor Begeisterung, teils vor Empörung. Ich war noch nicht bereit, meine Augen wieder zu öffnen, noch nicht bereit, mich der Realität zu stellen.

---

5 »Gor`ko« = Typischer russischer Ausruf bei Hochzeiten. Auf Deutsch würde es »bitter« heißen, aber damit ist der Aufruf »Küssen, Küssen, Küssen!« gemeint. Das Brautpaar soll den bitteren Geschmack der alkoholischen Getränke fortküssen.

»Würden Sie mich bitte nach draußen begleiten? Ich glaube, der Champagner ist mir nicht bekommen«, flüsterte ich atemlos.

Sofort legten sich zwei starke Arme um meine Schultern und schützten mich vor unwillkommenen Blicken. Ich wusste nicht, wo Iwan sich gerade herumtrieb, war aber froh, dass er die Szene anscheinend nicht mit angesehen hatte.

»Nächste Runde! Neues Glück!«, brüllte Katharina in unserem Rücken und die Menge klatschte aufgeregt.

Zum Glück waren die meisten ebenso wie die Gastgeberin bereits weitestgehend vom Alkohol angeheitert, sodass unser plötzlicher Abgang niemanden zu wundern schien. Meine Beine fühlten sich an wie Butter und drohten, jede Sekunde unter mir nachzugeben.

»Marina Igorewna, was fehlt Ihnen denn?« Der besorgte Unterton in der sonst so unerschütterlichen Stimme ließ mein naives Herz höherschlagen.

»Nichts, ich brauche nur frische Luft. Der Champagner und all die vielen Menschen …«, erwiderte ich halbherzig.

Wir traten hinaus in den kühlen Märzabend. Ganz der Edelmann, zog Alexander seine Jacke von den Schultern und hüllte mich behutsam darin ein.

»Ich kann nicht ansehen, wie Sie hier frierend die Tapfere spielen«, sagte er lächelnd. Lediglich in ein weißes Hemd gehüllt, sah er noch hinreißender *aus. Oder sprach da etwa der Alkohol aus mir?*

Funkelnde Sterne erhellten den dunklen Himmel und irgendwo zirpte eine einsame Grille ihre traurige Melodie.

Der Meeresduft war Dank der Jacke überall um mich herum und benebelte meine Sinne. »Alexander Nikolajewitsch … ich … ich …«, stotterte ich, brach jedoch ab, weil sich kein vernünftiger Satz auf meinen Lippen bilden wollte. Ich wusste noch nicht einmal genau, was ich eigentlich sagen wollte.

»Wir müssen nichts sagen, lassen Sie uns einfach nur die Stille genießen«, flüsterte er ebenso leise, und da war es wieder. Die schmalen Lippen in seinem kantigen Gesicht verzogen sich zu einem herzzerreißenden Lächeln.

Alles in mir wollte diesen Augenblick für immer festhalten. Ihn irgendwo einfangen und an schlechten Tagen hervorholen, um mich an diesem Anblick bis an mein Lebensende erfreuen zu können.

Gegenwart, 11. Oktober 2013
CMS Clinic, Moskau

»Marina Igorewna, warum in Gottes Namen sind Sie noch wach?« Die zornige Stimme der Schwester riss uns beide aus der Erzählung.

Ich konnte feuchte Spuren auf meinen Wangen fühlen und wischte sie hastig fort. Meiner Urgroßmutter ging es ähnlich. Die Tränen kullerten lautlos aus ihren Augenwinkeln und versickerten in den Kissen.

»Es tut uns sehr leid, wir haben die Zeit vergessen«, beeilte ich mich zu sagen und sprang rasch vom Bett auf.

»Die Besuchszeit ist längst vorbei, ich würde Sie jetzt bitten, sich von Ihrer Urgroßmutter zu verabschieden und morgen wiederzukommen«, sagte die Schwester nun in einem etwas milderen Tonfall.

Ich nickte, beugte mich über das Bett meiner Babushka und gab ihr einen flüchtigen Kuss auf die Wange. »Vergiss nicht, wo wir stehen geblieben sind, du musst mir die Geschichte unbedingt zu Ende erzählen«, flüsterte ich in ihr graues Haar und sie drückte bestätigend meine Hand.

Als ich das Krankenhaus verließ, hallte die Geschichte meiner Uroma immer noch in mir nach. Die Zärtlichkeit, mit der sie jedes Wort für seine Beschreibung gewählt hatte.

Aus jedem einzelnen Satz sprach so viel Liebe und Sehnsucht, dass es mir das Herz brach. Und selbst nachdem ich mich bereits schlafen gelegt hatte, verfolgten mich die Bilder bis in meine Träume hinein.

Kapitel 3

Gegenwart, 12. Oktober 2013
Hotel »Svesda[6]«, Moskau

Ich erwachte aus einem sehr unruhigen Schlaf. Immer noch müde blinzelte ich zu dem Radiowecker auf dem Nachttisch und schreckte hoch. Viertel nach zehn! Ich musste los. Blitzschnell sprang ich aus dem Bett, warf dabei versehentlich eine Flasche Apfelschorle um, die ich in der Nacht ausgetrunken hatte, und zog mich hastig an. Meine gesamten Gedanken waren auf meine Urgroßmutter und ihre Geschichte gerichtet.

Ich kam nicht umhin, mich zu fragen, ob sie meinen Urgroßvater jemals wirklich geliebt hatte. Sie waren zwar stets um einen respektvollen Umgang miteinander bemüht gewesen, aber ich hatte sie noch nie mit solch einer Sanftheit in der Stimme über ihn sprechen hören, wie es bei Alexander der Fall gewesen war.

Auch das Frühstück im Hotelrestaurant konnte meine innere Unruhe nicht auflösen und so machte ich mich mit flauem Gefühl im Magen auf den Weg ins Krankenhaus.

Da ich gezwungen war, heute die öffentlichen Verkehrsmittel zu nutzen, brauchte ich eine Weile, bis ich mich an der Haltestelle orientiert hatte und einen Bus bestieg. Trotz der ausführlichen Erklärung der Hotelrezeptionistin fand ich den Weg nicht sofort. Viel lieber wäre ich wieder mit dem Taxi gefahren und hätte mir die aufwendige Suche erspart, aber mein bereits angeschlagenes Budget lag schon jetzt kränklich keuchend am Boden und fragte mich, was in Gottes Namen ich eigentlich trieb und warum ich mir nicht endlich einen Job suchte.

6 »Svesda« = russisch für »Stern«

Der Bus war voller Menschen. Wortfetzen von Gesprächen und lautes Lachen drangen zu mir durch. Es war eng und stickig, Körper drängten sich aneinander und nicht nur einmal war ich versucht, auszusteigen und mir ein Taxi zu rufen.

Nach einigen Haltestellen stiegen jedoch die meisten Passagiere aus und ich hatte das Glück, einen Sitzplatz zu ergattern. Gedankenverloren starrte ich aus dem verschneiten Fenster. Wie war es nur so weit gekommen, dass meine Urgroßmutter ganze zweimal verheiratet gewesen war, aber nie mit dem Mann, den sie liebte?

Das Gesicht von Max vor meinem inneren Auge unterbrach meine Melancholie. Ich senkte die Lider und fühlte plötzlich einen riesigen Kloß in meinem Hals, der mich zu ersticken drohte. War es überhaupt möglich, in dieser schnelllebigen Gesellschaft jemanden zu finden, den man äußerlich attraktiv fand und dessen Charakter einem auch gefiel? Wie hoch war die Wahrscheinlichkeit, dass genau dieser eine Mensch einen selbst ebenfalls ansprechend fand und noch nicht in festen Händen war? Wäre ich gut in Mathe und Wahrscheinlichkeitsrechnung gewesen, hätte ich gerne eine Statistik darüber erstellt. So aber blieb einzig das unbeständige Gefühl der Ausweglosigkeit zurück.

Mir war bewusst, wie naiv und töricht ich mich verhielt, wenn ich genau in diesem Augenblick ausgerechnet an Max dachte. Unsere Beziehung konnte man wohl kaum mit der tragischen Liebe vergleichen, die meine Uroma für Alexander empfunden hatte, und dennoch war sie das Einzige, was ich als Vergleich vorbringen konnte. Ich sehnte mich ebenfalls danach, jemanden zu finden, der für mich genau das sein könnte, was dieser Fremde für meine Urgroßmutter gewesen war.

Mein Blick huschte unruhig durch den halb vollen Bus und blieb an einem merkwürdig gekleideten Mann hängen.

Nicht weit von mir stand er in einer altertümlichen Armeeuniform. Das hellblonde Haar hatte er nach hinten gegelt, doch einige Strähnen standen immer noch frech von seinem Kopf ab.

Ich blinzelte verwundert. War das womöglich ein Schauspieler? Ehe ich meinen Gedanken zu Ende bringen konnte, hatte sich der Mann zu mir umgedreht und ich blickte in die erstaunlichsten grünen Augen, die ich je gesehen hatte. Sie strahlten mich mit einer solch intensiven Ruhe an, dass mir ganz warm ums Herz wurde. Ich konnte meinen Blick nicht abwenden und auch der Fremde machte keine Anstalten, wegzusehen.

Neugierig betrachtete ich seine feinen Gesichtszüge, wobei mir seine Attraktivität keinesfalls entging. Noch nicht ganz Mann, hatte er weiche Gesichtszüge. Die Konturen seiner Lippen waren voll und strahlten in einem gesunden Rot. Doch trotz des sehr jungen Gesichtes verrieten seine Armmuskeln und die stolze Haltung eines Soldaten, dass er längst kein Junge mehr war. Auch die sorgenvoll zusammengezogenen Brauen straften meinen ersten Eindruck von ihm Lügen.

Nach einer gefühlten Ewigkeit schaffte ich es endlich, mich von seinem Anblick zu lösen und wegzusehen. Von meinem eigenen Benehmen derart beschämt, wagte ich es nicht mehr, in seine Richtung zu blicken und als ich meine Station schließlich erreichte, war der Fremde bereits fort. Ich lächelte beim Aussteigen still in mich hinein, froh, wenigstens für einen Moment Max vergessen zu haben. Mir war durchaus bewusst, dass die Begegnung mit dem Fremden wohl ein einzigartiges Erlebnis bleiben würde und dennoch schmeichelte mir seine Aufmerksamkeit.

Wie beflügelt betrat ich gut gelaunt das Krankenhaus und meldete mich am Empfang an. Als ich meinen Namen nannte, erstarrte plötzlich das Lächeln auf den Lippen der Schwester und wich einem bedauernden Gesichtsausdruck. Alles in mir verkrampfte sich.

»Ist etwas mit meiner Urgroßmutter?«, verlangte ich zu erfahren. Mein Herz setzte einige Schläge aus und ich hielt den Atem an.

»Es tut mir leid … Ihre Urgroßmutter ist heute Nacht gestorben.« Sie sagte noch etwas von einem Arzt, der sich im Laufe des Tages mit mir unterhalten würde und dass für den Abtransport des Körpers bereits gesorgt war, doch ich hörte nicht mehr zu.

Ein ohrenbetäubendes Rauschen verdrängte alle anderen Gedanken aus meinem Kopf. Ich stolperte einige Schritte zurück und fiel in einen Sessel, von dem ich zuvor gar keine Notiz genommen hatte. Nichts schien noch zu mir durchzudringen. Die Polsterung gab mir den Halt, den mein Körper nicht aufbringen konnte, während ich unentwegt auf meine Hände starrte.

Waren meine Finger schon immer so schmal und lang gewesen? Sahen sie denen meiner Uroma ähnlich? Ich wollte unbedingt so sein wie sie; auch wenn es sich bloß um so etwas Belangloses wie Finger handelte, so hoffte ich doch, dass meine Hände ihren glichen.

Ich hatte mir noch nie Gedanken darüber gemacht. Wie konnte es sein, dass jemand gestern noch da und heute einfach verschwunden war? Für immer. Nein. Ich schüttelte entschieden den Kopf und stand auf.

»Ich will meine Urgroßmutter sehen. Jetzt!«, forderte ich energisch von der überrumpelten Schwester. Sie faselte irgendeinen beschwichtigenden Unsinn.

»Sofort!« Meine Stimme klang schrill und verzweifelt.

Der Gedanke, dass es sich hier um einen Irrtum handeln musste, war der einzige, der mich noch aufrechthielt.

»Einen Moment bitte, ich hole den Doktor!«, quietschte die Schwester mit vor Schreck geweiteten Augen und wählte eine Nummer auf dem Telefon.

Ich wartete ungeduldig in der Lobby, spielte an meiner Halskette herum und verdrängte jeden Gedanken, der in meinem Kopf nach Aufmerksamkeit brüllte. Es konnte nicht wahr sein, es durfte einfach nicht wahr sein.

»Frau Derewanko?«, erklang eine angenehme Männerstimme in meinem Rücken und ließ mich herumwirbeln. »Mein Name ist Doktor Konstantin Sergejewitsch, ich war der Arzt Ihrer Urgroßmutter.«

Der Arzt, ein hochgewachsener, schlanker Mann Mitte dreißig, reichte mir seine Hand, die leicht benommen ergriff und höflich schüttelte.

»Ich würde gerne meine Uroma sehen«, brachte ich krächzend heraus.

Konstantin Sergejewitsch nickte knapp und gab der Empfangsschwester so zu verstehen, dass ich nun mit ihm mitgehen würde. Als ich ihr einen flüchtigen Blick zuwarf, spiegelte sich in ihren Augen Erleichterung und Bedauern. Ich schluckte, wandte mich von der Frau ab und folgte stattdessen dem Arzt durch die sterilen Gänge des Krankenhauses.

»Ihre Urgroßmutter ist heute Nacht gegen vier Uhr verstorben. Sie hatte keinerlei Schmerzen und ist friedlich eingeschlafen«, sagte er, bemüht um einen einfühlsamen Tonfall, doch es war klar, dass er geübt darin war, aufgewühlten Angehörigen schlechte Nachrichten zu übermitteln.

Ich hingegen befand mich in einem tranceähnlichen Zustand. Ich wusste, dass sich meine Füße bewegten, ich die Worte des Arztes hörte, doch nichts davon drang wahrhaftig zu mir durch. Alles sträubte sich dagegen, das Unmögliche zu akzeptieren. Nein, ich würde gleich bestimmt in das Zimmer meiner Uroma kommen und sie würde lächelnd in ihrem Bett liegen. Der Arzt würde merken, dass eine andere arme Frau gestern Nacht verstorben war und sich entschuldigen. Ja, so musste es sein.

Eine innere Ruhe hüllte mich ein wie Zuckerwatte. Der Arzt führte mich in einen Raum, irgendwo im Keller des Krankenhauses.

»Bevor ich Ihnen den Körper Ihrer Urgroßmutter zeige, muss ich Sie warnen, dass der Anblick für die Angehörigen nie leicht ist. Sind Sie wirklich sicher, dass Sie das wollen?«

Ich nickte, entschlossen, stark zu bleiben. Innerlich stellte ich mich auf den Anblick einer friedlich schlafenden alten Dame ein. Doch wenn ich mir so sicher war, dass sich in dem kühlen Raum nicht meine Babushka befand, warum schlug mein Herz dann wie wild gegen die Rippen?

Ein süßlicher Geruch vermischte sich mit dem Duft nach Desinfektionsmittel und Blut. Leicht schwankend hielt ich mich am Türrahmen fest, sammelte meine Kräfte. »Ja, ich bin mir sicher«, flüsterte ich mit brüchiger Stimme.

Gut eineinhalb Meter hoch waren viereckige Türen in die Wand gelassen, die aussahen wie die Schubladen einer übergroßen Kommode. Langsam streckte der Arzt seine Hand nach einer dieser Boxen aus und drückte den Hebel nach unten. Eine Bahre fuhr heraus.

Darauf lag in ein makelloses weißes Laken. Es verdeckte die groben Umrisse eines menschlichen Körpers, der vollkommen reglos dalag. Ich erstarrte, konnte meinen Blick jedoch nicht von dem Tuch abwenden. Zögerlich hob der Arzt eine Ecke an, vergewisserte sich, dass ich noch nicht umgekippt war, und schob den Stoff zur Seite.

Alles in mir gefror zu Eis. Auf der kalten Bahre lag meine Urgroßmutter. Ein lautloses Schluchzen entrang sich meiner Kehle. Ich schlug mir vor Schreck die Hand vor den Mund und unterdrückte so weitere Geräusche. Jede Zelle meines Körpers schien zu zittern, sträubte sich gegen diesen Anblick.

Sie wirkte so friedlich, hatte ihre Augen geschlossen. Um die faltigen Lippen hatte sich ein kleines Lächeln gebildet, das ihre ganze Gestalt zum Strahlen brachte. Dieser Moment, obwohl er lediglich einige Sekunden andauerte, ehe der Arzt das Laken wieder über die Gestalt legte und behutsam die Schublade schloss, brannte sich für immer in mein Herz ein.

Ich bedankte mich noch bei dem Mann, schaffte es, mich zu verabschieden und zu den Damentoiletten zu eilen. Erst da gab ich der schmerzenden Woge in meinem Inneren Raum, um auszubrechen. Wie eine Ertrinkende klammerte ich mich an das kühle Waschbecken, während meine Beine unter dem Schmerz nachgaben und ich zu Boden ging. Geschüttelt von Krämpfen und lautem Schluchzen bleib ich reglos auf den Fliesen sitzen und ließ mich von meiner Trauer überrollen.

Ich wusste nicht, wie viel Zeit vergangen war. Waren es Minuten? Stunden? Vielleicht sogar Tage? Alles hatte plötzlich seinen Sinn verloren. Meine Kehle fühlte sich von all dem Weinen rissig und porös an, doch es erschien mir nicht genug. Ich hatte das seltsame Verlangen, mir selbst Schmerzen zuzufügen, um die innere Leere in mir zu kaschieren. Wollte ich überhaupt in einer Welt ohne sie leben?

»Komm auf die Beine und mach mir keine Schande, Kind!«

Ich schrak hoch. War das die Stimme von Babushka Marina?

Entsetzt sah ich mich in dem sterilen Toilettenraum um, konnte jedoch keinen anderen Menschen ausmachen, und die einzigen Geräusche waren mein anhaltendes Schluchzen und das stetige Tropfen des kaputten Wasserhahns. Ich sank zurück auf die Fliesen, bettete meinen Kopf in meine Hände und schloss die Augen. Erinnerungsfetzen huschten wie leuchtende Blitze durch meine Gedanken.

Da war sie ja. Endlich konnte ich ihr wieder näher sein. Babushka Marina saß mit meinem Ded[7] auf der Terrasse und spielte Karten.

---

7 »Ded« = russisch für »Opa«. In diesem Zusammenhang ist jedoch der Urgroßvater von Lucy gemeint, um eine klare Abtrennung zu ihrem Großvater herzustellen.

Sie lachte leise vor sich hin und tat so, als würde sie nicht bemerken, wie Ded einige Karten aus seinem Ärmel gegen die aus der Hand tauschte.

Mein jüngeres Ich schaute mit großen braunen Augen zu ihnen hoch und kicherte jedes Mal, wenn meine Urgroßmutter über den alten Schummler liebevoll meckerte.

Ich war so sehr in die Erinnerung vertieft, dass ich praktisch das Zirpen der Grillen hören konnte. Der Duft von frisch gebackenen Piroschki[8] und schwarzem Tee hing in der Luft und ließ meinen Magen sehnsüchtig knurren.

Plötzlich veränderte sich das Bild, vermischte sich mit einem anderen. Mein Urgroßvater verschwand, die Terrasse wich einem hell erleuchteten Ballsaal. Wieder war meine Urgroßmutter da. Gekleidet in eine weite Robe, lag sie in den Armen eines großen Mannes. Beide verloren sich in der Betrachtung des jeweils anderen, während sie über die leere Tanzfläche zu schweben schienen. Babushka Marina lachte und bettete ihren Kopf an die Brust des Mannes.

»Endlich. Nach all der Zeit …«, murmelte sie in seine Uniform. Er sagte nichts, hauchte ihr lediglich einen zarten Kuss auf den Scheitel und führte den Tanz langsam fort.

Als meine Urgroßmutter erneut den Kopf hob, sah sie mich direkt an. Ihre Augen leuchteten vor Liebe und Glück. »Lucy, du musst aufwachen. Wach auf, Kleines«, flüsterte sie liebevoll.

Ich schrak erneut hoch. Was war geschehen? Mit zitternden Händen fasste ich mir ins Gesicht und strich ein paar feuchte Strähnen hinters Ohr. Langsam dämmerte mir, dass ich wohl eingenickt sein musste.

Die Gewissheit, dass meine Uroma tot war, brach erneut über mir zusammen, doch dieses Mal mischte sich auch etwas Tröstliches unter all das Leid. Egal, ob Traum oder Vision, ich wurde das Gefühl nicht los, dass Uroma ihren Frieden gefunden hatte.

Dieses Wissen gab mir die Kraft, aufzustehen und mein Gesicht unter den kühlen Wasserstrahl zu halten. Mein Herz weigerte sich immer noch, das Fortgehen meiner Urgroßmutter einfach so hinzu-

8 »Piroschki« = Russisches Hefegebäck mit verschiedenen Füllungen (Quark, Kartoffeln, Hackfleisch, etc.)

nehmen, aber die dunkle Qual, die mir die Luft abgedrückt und mich zu ersticken drohte, war etwas anderem gewichen.

Es war nicht weniger schlimm oder tat weniger weh, und doch war dieser dumpfe, leise Schmerz erträglicher. Von irgendwoher nahm ich die Kraft, in meiner Handtasche nach meinem Handy zu suchen und meine Mutter anzurufen. Es hatte etwas Beruhigendes, mit ihr zusammen am Telefon zu weinen und ihr zu versichern, wie sehr ich sie doch vermisste.

Meine Mutter bat mich, ganz schnell nach Hause zu kommen und verabschiedete sich schluchzend von mir, um anderen Verwandten die traurige Nachricht zu übermitteln. Ich hingegen verstaute mein Handy in der Tasche und stolperte aus der Damentoilette. In meiner Benommenheit wunderte ich mich noch nicht einmal über die Tatsache, dass während meines Zusammenbruchs kein anderer Besucher sie aufgesucht hatte. Als ich die Türklinke runterdrückte, sah ich auch warum.

Konstantin Sergejewitsch musste mir in weiser Voraussicht nachgegangen sein und hatte ein »Für Besucher heute geschlossen«-Schild an die Tür geklebt.

Ich hätte eigentlich Dankbarkeit empfinden müssen, doch mein Körper war leer.

Ich stieg in den Fahrstuhl, die Handtasche wie einen rettenden Anker an meine Brust gedrückt, und drückte auf »Erdgeschoss«. Gerade als ich das Gebäude und den Mief nach Verwesung und kranken Menschen hinter mir lassen wollte, rief jemand von hinten meinen Namen.

»Frau Derewanko! Warten Sie bitte!«

Die Empfangsschwester kam mit hastigen Schritten angelaufen und überreichte mir eine Plastiktüte. Verständnislos blinzelte ich sie an.

»Das sind die persönlichen Sachen Ihrer Urgroßmutter, ich dachte, dass Sie sie vielleicht gerne mitnehmen würden.«

Ich nickte langsam und nahm die Tasche entgegen.

»Sie war wirklich eine bemerkenswerte Frau«, flüsterte die Schwester und ich sah Tränen in ihren zu dick geschminkten Augen glänzen.

Ich nickte erneut und sie verabschiedete sich von mir. Unfähig, auch nur einen weiteren Menschen zu ertragen, beschloss ich, mir eins der überteuerten Moskauer Taxis zu rufen und so der Menschenschar im Bus zu entkommen.

Erst nachdem ich im Hotel angekommen war und meine Zimmertür hinter mir geschlossen hatte, konnte ich wieder frei atmen. Ich setze mich auf mein frisch gemachtes Bett und holte tief Luft. Mein Blick fiel auf meine Handtasche und die Plastiktüte, die ich achtlos neben dem Bett abgestellt hatte.

»Schlimmer kann es jetzt eh nicht mehr werden«, sagte ich zu mir selbst und griff nach der Plastiktüte.

Mit zitternden Händen kippte ich den Inhalt auf meinem Bett aus. Zwischen unzähligem Kleinkram, einer Haarbürste, zwei Bildern von mir und meinem Bruder und einer Haarspange, erregte ein gerahmtes Foto und ein zusammengefaltetes Blatt Papier meine Aufmerksamkeit.

Ich griff zunächst nach dem Foto. Darauf war meine Urgroßmutter in ihren Zwanzigern abgebildet. Ihr strahlendes Gesicht lächelte fröhlich in die Kamera. Das kastanienbraune Haar war zu einer kunstvollen Frisur aufgetürmt und um ihren Hals glitzerte eine goldene Kette mit einem verschlossenen Anhänger. Eine Hand hatte sie behutsam um das Schmuckstück gelegt, beinahe so, als wäre es ihr allergrößter Schatz.

Der Anblick verursachte mir Gänsehaut. Die wunderschöne Gestalt auf dem Foto schien mich wie ein Geist aus der Vergangenheit anzulächeln und mir zu versprechen, dass alles wieder gut werden würde – ganz anders als der leblose Körper auf der Bahre.

Ich schüttelte entkräftet den Kopf, um den Gedanken daran zu hindern, erneut Besitz von mir zu ergreifen, und sah mir stattdessen die restlichen Sachen genauer an. Beim Betrachten der geschwungenen Schrift auf dem Papier klopfte mein Herz immer schneller. Ich sog gierig die Zeilen in mich auf und drückte anschließend das Papierstück zusammen mit dem Foto ganz fest an meine Brust.

Erschöpft fiel ich inmitten der Sachen meiner Urgroßmutter in einen traumlosen Schlaf. Ich war dankbar, nicht denken oder gar träumen zu müssen, und hieß die Dunkelheit wie einen alten Freund sehnsüchtig willkommen.

11. Oktober 2013

Meine geliebte Lucy,

du bist gerade gegangen und ich spüre, wie meine Kräfte immer mehr schwinden. Aber deine dickköpfige Uroma hat nicht mehrere Kriege überlebt, um sich von ihrem Alter einfach so zum Schweigen bringen zu lassen. Ich bin nicht gewillt zu sterben, ohne mich vorher gebührend von meiner Enkeltochter verabschiedet zu haben.

Lucy, lass dir gesagt sein, dass du das Leuchtendste in meinem Leben gewesen bist. Als ich dich damals (vor vielen Jahren) im Krankenhaus das erste Mal erblickt hatte, platzte mein Herz vor Stolz. Du, mein Kind, bist mir ähnlicher, als du vielleicht denken magst. Deine Stärke und Schönheit haben mich seit jeher beeindruckt und nur noch stolzer gemacht.

Mir ist bewusst, dass meine Erzählungen dein Herz in Unruhe versetzt haben, aber bitte sei dir gewiss, dass ich deinen Urgroßvater geliebt habe. Ich habe ihn so sehr geliebt, wie das gebrochene Herz einer zerstörten Frau zu lieben vermochte. Doch du warst es, die mein Herz geheilt und erneut mit alles umfassender Liebe gefüllt hat.

Ich war mir nicht sicher, ob ich jemals wieder so etwas für einen anderen Menschen empfinden könnte, und dann kamst du. Du hast nicht wie andere Kinder geschrien, du hast mir direkt in die Augen geblickt und gelacht. Und darum lächle, mein Kind. Schenke deiner alten Großmutter ein letztes Lächeln auf ihrem langen Weg. Ich werde stets über dich wachen und dich beschützen. Pass auf dich auf, Kleines, lass dich niemals unterkriegen!

Du, meine liebe, wundervolle Lucy, hast die Stärke und die Güte, die Welt aus den Angeln zu reißen. Vergiss das niemals.

Babushka

Kapitel 4

Gegenwart, 13.Oktober 2013
Hotel »Svesda«, Moskau

Die ersten Sonnenstrahlen kämpften sich bereits durch die dunklen Vorhänge meiner Hotelsuite. Etwas Hartes bohrte sich unangenehm piksend in meinen Rücken. Stöhnend richtete ich mich im Bett auf und blinzelte in das Chaos des Zimmers hinein.

Es dauerte nicht lange und die Ereignisse des gestrigen Tages stürmten von Neuem auf mich ein. Plötzlich hellwach tastete ich panisch nach den verstreuten Gegenständen auf dem Bett. Meine Finger berührten das Blatt Papier und griffen nach dem Brief. Immer und immer wieder las ich mir die wenigen Zeilen auf Russisch durch. Zwischen Rührung und Trauer schwankend, fand ich nach einer Weile endlich die Kraft, das Papier in die hinterste Ecke des Nachttischchens zu schieben.

Auf der Suche nach Ablenkung griff ich stattdessen nach meinem Handy. Zehn verpasste Anrufe, drei SMS und unzählige ICQ-Nachrichten leuchteten auf.

Ich entsperrte die Tastatur und machte das Anrufverzeichnis auf.

Mama Handy, Haus, Papa Handy, Max, Max, Mama Handy, Haus, Papa Handy, Max, Max.

Stirnrunzelnd schloss ich das Fenster wieder. Dass meine Eltern anriefen, war nicht weiter verwunderlich, wahrscheinlich machte sich meine Mutter schon wieder irgendwelche Sorgen und hatte meinen Vater mit ihren Schreckensvisionen angesteckt.

Aber was zum Henker wollte denn Max von mir? Die SMS lieferten auch keine Antworten und zeigten lediglich alte Mailboxnachrichten an. Doch bereits die erste ICQ-Nachricht ließ mich ungläubig nach Luft schnappen.

Max (23:49): Hallo Lucy. Habe gerade einen Anruf von deiner Mutter bekommen (du hast ihr noch nichts von unserer Trennung erzählt?). Es tut mir sehr leid mit deiner Uroma. Melde dich, wenn du reden willst.

Max (00:12): Warum schreibst du denn nicht zurück? Wir machen uns Sorgen um dich.

Max (00:38): Verdammt, Lucy! Mach es mir doch nicht so schwer. Ich weiß, dass du wütend auf mich bist, aber musst du wirklich so kindisch sein und mich mit Schweigen strafen? Das ist nicht fair und tut mir weh. Melde dich.

In diesem Stil gingen die Nachrichten weiter. Ich tat ihm also weh? Aha. Er hatte mich betrogen. War aus unserer gemeinsamen Wohnung ausgezogen. Meine Urgroßmutter war gestorben und jetzt tat ich ihm also weh. Klasse. Wütend begann ich eine Nachricht zu tippen. Mein Herz hämmerte wie wild gegen meine Brust und das Blut rauschte in meinen Ohren.

Es war befreiend, an etwas anderes zu denken als an den gestrigen Tag. All meine Gedanken, meine Emotionen in Wut umzuwandeln und mir von der Seele zu tippen. Am Ende einer ewig langen Nachricht schwebte mein Finger unentschlossen über dem »Senden«-Knopf. Würde es mich wirklich weiterbringen, jetzt einen Riesenstreit vom Zaun zu brechen? War Max die ganzen Worte überhaupt wert? Ich entschied mich dagegen, löschte die Nachricht und entfernte sowohl seine Nummer als auch seinen Namen für immer aus meinem Handy. Vorsichtshalber sperrte ich auch seinen Facebook-Account. Sicher ist sicher.

Gerade als ich mein Handy wieder weglegen wollte, fing es in meiner Hand zu vibrieren an.

Haus.

Zögernd betrachtete ich die Anzeige auf dem Display und ging schließlich ran.

»Hallo, Mama?«, fragte ich in den Hörer und wurde von einem erleichterten Schluchzen auf der anderen Seite der Leitung empfangen.

»Lucy! Oh Lucy. Wie geht es dir? Wann kommst du zurück?«

Ich verdrehte die Augen. »Ganz ruhig, Mama. Ich bin noch im Hotel, werde mir aber nachher einen Flug buchen. Ich muss mich noch um ein paar Sachen hier kümmern und zu Uro…«

Ich stockte, war nicht fähig, den Satz zu beenden. Würde ich erst einmal diese Worte aussprechen, wäre ich heute nicht in der Lage, das Bett zu verlassen. Ich würde mich unter der Decke verkriechen und in meinen Erinnerungen Trost suchen. Und hätte ich einmal damit begonnen, würde mich die Trauer von innen heraus auffressen.

Nein, ich wollte mich nicht verstecken.

»Ich muss mich um das Haus kümmern und noch einiges erledigen und dann komme ich sofort zurück, versprochen.«

Ein leises Wimmern erklang aus dem Hörer.

»Mama, jetzt hör auf zu weinen. Hörst du? Babushka ist friedlich eingeschlafen und ihr ging es schon lange nicht mehr gut, wir wussten alle, dass es nicht leicht für sie war …«

Ich unterbrach meine Rede, da mir meine eigenen Worte Tränen in die Augen trieben. Ein schmerzhafter Stich der Sehnsucht jagte durch mein Herz. Hastig verabschiedete ich mich von meiner Mutter, denn ihre Tränen ließen meine aufgesetzte Fassade aus Stärke bröckeln, und mir drohte jeden Augenblick die Stimme zu versagen.

In der Hoffnung, mein Vater und mein Bruder würden sich gut um sie kümmern und sie trösten, begann ich gedankenverloren Notizen in meinen Organizer zu kritzeln:

Sachen aus dem Pflegeheim holen
Im alten Haus nach dem Rechten sehen
Maklerin mit Verkauf beauftragen
Beerdigung organisieren

Bereits das Aufschreiben der Stichpunkte war nicht einfach; kaum vorzustellen, wie ich das alles überhaupt allein schaffen sollte. Unschlüssig schwebte der Stift über dem Papier. Ein Gedanke schwirrte in meinem Kopf herum, doch ich bekam ihn einfach nicht zu fassen. Ich hatte das Gefühl, etwas wahnsinnig Wichtiges vergessen zu haben.

Ziellos streifte mein Blick durchs Zimmer und blieb schließlich an der zusammengeknüllten Plastiktüte neben dem Bett hängen. Etwas Goldenes blitzte heraus.

Stirnrunzelnd warf ich die Decke von mir und sprang aus dem Bett. Mit einem Satz war ich bei der Tüte. Eine feine Kette fiel klimpernd zu Boden. Ich musste sie gestern völlig übersehen haben.

Das Schmuckstück bestand aus einem zarten Lederband und einem goldenen Anhänger, der fein gearbeitet und mit grazilen Ornamenten durchzogen war. Die Kette glänzte wie Raureif im Morgenlicht und brachte mich zum Lächeln. Es fühlte sich beinahe so an, als hätte mir meine Urgroßmutter ein letztes Geschenk hinterlassen.

Bei genauerer Betrachtung fiel mir auf, dass sich etwas im Inneren des Anhängers zu befinden schien. Ich suchte nach einem Verschluss, um ihn zu öffnen, konnte jedoch keinen finden. Schießlich musste ich einsehen, dass ich ihn nicht allein öffnen konnte. Die Kette legte ich sorgfältig auf den Nachttisch und griff erneut nach meinem Organizer.

Ich betrachtete die einzelnen Punkte, sie konnten alle noch bis morgen warten, zuerst musste ich das letzte Geheimnis meiner Uroma lüften. Ich blätterte um zur nächsten freien Seite und kritzelte etwas eilig hinein. Es war nur ein einziger Punkt, den ich heute erledigen wollte:

Herausfinden, was sich im Inneren des Anhängers befindet

Zufrieden las ich das Geschriebene und spürte eine Welle aus Tatendrang, die über mich schwappte. Ich warf den Organizer beiseite und huschte ins Bad. Nach einer kurzen Dusche, anschließendem Zähneputzen und Haare föhnen schlüpfte ich in meine bequemste Jeans und band das helle Haar zu einem hohen Pferdeschwanz. Es dauerte eine Weile, bis ich in dem Durcheinander aus Klamotten, Handtüchern und Kosmetik meine geliebten Stiefeletten fand. In der Regel schaffte ich es innerhalb weniger Stunden, ein vollkommen aufgeräumtes Zimmer in ein absolutes Chaos zu verwandeln. Eine Gabe, die ich bereits als Kind hatte und die meine Mutter regelmäßig zur Verzweiflung trieb, nun verstand ich ihre Verärgerung vollkommen.

Sollte einmal etwas schnell gehen, musste ich mich immer erst durch einen gigantischen Berg aus Kleidung wühlen, ein Unterfangen, das Frodos Marsch auf den Schicksalsberg in nichts nachstand. Endlich fand ich in dem Kleidungsgewühl einen Pullover und war startklar.

Im Vorbeigehen schnappte ich mir meine große Tasche, die ich normalerweise für die Uni benutzte, und legte sorgfältig den Anhänger hinein.

Die Gänge des Mittelklassehotels waren alle gleichermaßen langweilig dekoriert und alte Teppiche dämpften die eiligen Schritte des Hauspersonals und der Angereisten. In meiner Hast wäre ich vor der Tür beinahe mit einer der Zimmerdamen zusammengestoßen. »Oh, entschuldigen Sie bitte«, beeilte ich mich zu beteuern, als die ältere Frau mich mit einem genervten Stirnrunzeln bedachte.

»Passen Sie doch auf, Mädchen!«, schimpfte sie auf Russisch.

Ich entschuldigte mich ein weiteres Mal und ging eilig davon.

Ich erkundigte mich in der Lobby nach einem Juwelier in der Nähe des Hotels. »Direkt in der Nähe leider nicht, aber wenn Sie Richtung Zentrum den Bus oder die U-Bahn nehmen, dann sollten Sie auf jeden Fall fündig werden. Ich meine, direkt neben dem »Illusija[9]« Kino sollte einer sein.« Mit einem Nicken bedankte ich mich bei der Frau und schlüpfte in meine Jacke.

Draußen vor dem Hotel empfing mich ein kühler Oktoberwind. Schneeflocken tanzten bereits wie glänzende Sternschnuppen in der Luft und ließen die verschneiten Straßen in einem magischen Funkeln erstrahlen. Nach meiner letzten Erfahrung in einem Moskauer Bus beschloss ich, es einmal mit der U-Bahn zu versuchen.

Doch auch dies erwies sich nicht gerade als die angenehmste Lösung. Ein muffiger Geruch von Schweiß und Alkohol, vermischt mit dem Duft fettiger Pommes und einer merkwürdigen Mischung aus diversen Parfüms und Deos stieg mir in die Nase und verursachte mir Übelkeit. Laut Plan musste ich nur drei Haltestellen aushalten und dennoch, das ständige Gedränge, die Gesprächsfetzen und das nervenaufreibende Kreischen eines Babys von irgendwoher ließen mich sehnsüchtig die Sekunden bis zur nächsten Station zählen. Mehrmals hatte ich das Gefühl, aus den Augenwinkeln einen Mann

9 »Illusija« = russisch für »Illusion«

in einer weißen Marinejacke zu sehen, doch jedes Mal, wenn ich mich umsah, konnte ich nichts dergleichen erblicken. Das wäre aber auch ein viel zu großer Zufall gewesen, wenn der merkwürdig gekleidete Mann von gestern mir in einer so großen Stadt wie dieser noch einmal über den Weg laufen würde.

Endlich wurde meine Station ausgerufen und ich drängelte mich an der Menschenmasse vorbei in Richtung Tür. Mit einem leisen Surren öffneten sich die mechanischen Riegel und ein Schwall aus Menschen und Koffern wurde aus der Metro gespült. Nicht nur einmal prallte ich gegen fremde Rücken. Die Menschenmenge trieb mich einfach mit sich hinaus, mir bleib noch nicht einmal die Zeit, mich genau umzusehen, in welche Richtung ich eigentlich gehen musste. Erst draußen konnte ich mich aus dem Pulk an Menschen lösen und kaufte an einem Kiosk, dessen Fassade von abblätternden Aufklebern, halb abgerissenen Postern und Flyern durch die Schneeflocken hindurch in einem fleckigen Wirbel aus bunten Farben zu leuchten schien, eine Stadtkarte.

Die Verkäuferin war eine dickliche Frau mittleren Alters mit einer gigantischen braunen Warze am Kinn. Ich musste mich regelrecht zwingen, meinen Blick nicht länger als nötig auf das haarige Ungetüm zu heften und stattdessen nach dem Weg zum Kino zu fragen. Die Besitzerin der wohl hässlichsten Warze in ganz Russland wies mir mürrisch eine Richtung und streckte gierig die behandschuhte Hand nach meinen Münzen aus.

Ein Blick auf die Karte verriet mir, dass ich die Strecke gut zu Fuß zurücklegen konnte. Gott sei Dank, die öffentlichen Verkehrsmittel hier waren katastrophal! Es war Sonntagmorgen, die Geschäfte hatten geöffnet und die Menschen ergossen sich in gesichtslosen Wellen über die Innenstadt. Ich versuchte so gut es ging dem Zentrum auszuweichen und ging mit vor der Brust verschränkten Armen durch vernachlässigte Seitengassen und zugemüllte Straßen.

Nur vereinzelt traf ich auf andere Menschen. Entweder verkrochen sich die Bewohner der abgerissenen Hochhäuser in ihren Wohnungen oder zelebrierten ihr Wochenende im Zentrum und hatten es nicht nötig, durch gedrängte Gassen zu irren. Hier und da begegneten mir die klugen Augen einer Katze, die in dem Weiß am Boden nach Nahrung suchte.

Ich war ein wenig neidisch. Natürlich hatte ich bei meinem Aufbruch nicht daran gedacht, etwas zu essen mitzunehmen, und nun war ich hier. Unterkühlt und hungrig. Meine Laune verschlechterte sich zunehmend und der eisige Wind in meinem Gesicht tat sein Übriges, um mich noch unruhiger werden zu lassen.

Nach einem schier endlosen Streifzug durch Moskau fand ich schließlich die gesuchte Straße. »Okay … 112, 114 … 116 … wo ist denn die 118?« Verwirrt sah ich von meiner zusammengeknüllten Karte hoch. »118 … Juwelier Chörnij Glas[10]«, las ich laut vor und blickte erneut auf das Haus vor mir. Doch zwischen Hausnummer 116 und 120 war nichts.

Ich wirbelte auf dem Absatz herum, sah über die Straße auf die andere Seite. 117. Beinahe wäre ich vor Überraschung in einen hoch aufgetürmten Schneehügel neben Hausnummer 116 gefallen, als plötzlich eine Stimme hinter mir ertönte und jemand nach meinem Arm griff.

»Was zum …«

»Kindchen, kann ich dir irgendwie helfen? Du siehst so verloren aus.« Eine junge Mutter mit einem Kinderwagen war neben mir stehen geblieben und sah mich freundlich an.

»Wissen Sie, wo ich die Hausnummer 118 finde?«, fragte ich, nachdem ich mich ein wenig vom ersten Schreck erholt hatte.

Sie kräuselte die rot bemalten Lippen zu einem süffisanten Lächeln. »Sie stehen doch direkt davor«, sagte sie lachend.

Verwirrt blinzelte ich sie an, sah noch einmal zwischen der 116 und der 120 hin und her und endlich dämmerte es mir. Direkt neben Hausnummer 116 führte eine kleine Treppe nach unten zu einem Kellerraum. Ich hatte die Treppe zuvor nicht bemerkt, da der Schneehügel mir die Sicht versperrt hatte. In kaum lesbaren Lettern stand über der Tür »Chörnij Glas: An- und Verkauf von Gold aller Art« geschrieben. Ich lachte ebenfalls über meine eigene Blindheit.

»Entschuldigen Sie bitte, ich hatte heute Morgen noch keinen Kaffee und an solchen Tagen bin ich nicht gerade zurechnungsfähig.« Die junge Frau winkte nur ab.

10 »Chörnij Glas« = russisch für »schwarzes Auge«

»Ach, wem sagst du das, seit ich meine kleine Maria hier habe, komme ich zu nichts mehr. Für eine gute Tasse Kaffee und fünf Minuten Ruhe würde ich einen Mord begehen.« Sie zwinkerte mir zu und ich nickte verständnisvoll. »Viel Spaß in unserer schönen Stadt und trink nachher einen leckeren Cappuccino für mich mit.«

Ich versprach ihr hoch und heilig, bei meinem nächsten Kaffee an sie zu denken und verabschiedete mich.

Die Stufen waren vollkommen vereist und eine dünne Schicht aus Neuschnee hatte sich bereits darauf gebildet. Da ich dem halb verrosteten Geländer nicht wirklich traute, ging ich vorsichtig eine Stufe nach der anderen hinunter und stützte mich notdürftig an der kalten Hauswand ab. Ein strenger Uringeruch drang mir in die Nase und ich hätte wetten können, dass soeben eine Ratte an mir vorbeigeflitzt war.

Ich schüttelte mich. Die Tür sah ebenso verwahrlost aus wie das Geländer. Die Fenster waren mit groben Holzstücken zugenagelt. Tief Luft holend zwang ich mich selbst zur Ruhe. Ich konnte doch nicht immer so ein Hasenfuß sein. Die Handtasche wie einen Schild an meine Brust gedrückt, schob ich mit der Hüfte die schwarze Tür, von der bereits seit Jahren die Farbe abzublättern schien, auf und trat in einen kleinen, dunklen Raum hinein.

Es brannte kein Licht im Geschäft und ich war bereits drauf und dran, umzukehren und mir einen anderen Juwelier in der City zu suchen, als ein gedrungener alter Mann aus einem Nebenraum trat. Ich konnte ihn nur schlecht erkennen, da die Lücken in den halb zugenagelten Fenstern die einzige Lichtquelle darstellten.

»Wer da?«, fragte der Fremde mit einer grummeligen Stimme, dann erklang ein Knacken und plötzlich erstrahlte alles in einem weißen Leuchten. Ich blinzelte, hielt mir kurz die Hand vor die Augen.

»Bin ich hier richtig beim Juwelier Chörnij Glas?«, fragte ich unsicher, doch der Mann war verschwunden.

»Hallo?« Wenigstens konnte ich nun den winzigen Ladenraum genau betrachten. In zahlreichen kunstvoll verzierten Glaskästen waren schimmernde Edelsteine, glänzende Goldstücke und extravaganter Schmuck präsentiert. Alles um mich herum funkelte und glitzerte. Ich fühlte mich wie Aladin in der Höhle der Wunder. Mein Blick sprang von einer Vitrine zur nächsten.

»Wir haben geschlossen! Kannst du etwa nicht lesen? Und wer hat dich eingeladen, hier einfach fremde Türen zu öffnen, häh?« Ebenso plötzlich wie er verschwunden war, war der alte Mann unmittelbar vor mir wieder aufgetaucht. Er stand da, stützte sich auf einen langen Regenschirm wie auf einen Gehstock und betrachtete mich aus finsteren eulenhaften Augen. Der Alte hatte eine krumme Nase, als hätte er sie sich schon einige Male gebrochen, buschige graue Augenbrauen und einen lichten Zottelbart.

So wie er dastand und mich herausfordernd anblinzelte, erinnerte er entfernt an einen fiesen Kobold. Seine Kleidung konnte ich gar nicht genauer ansehen, da richtete er sich plötzlich auf und schwang seinen Regenschirm mit der Spitze voran in meine Richtung.

»Bist du etwa eine Diebin?«

Meine Tasche glitt polternd zu Boden. Ich taumelte zurück, hob die Hände und löste mich endlich aus meiner Starre. »Was? Nein, nein! Um Gottes willen, ich brauche Ihre Hilfe! Und nein, ich bin natürlich keine Diebin!«, schrie ich fast schon panisch. Der Alte betrachtete mich stirnrunzelnd, die Spitze seines Schirms noch immer auf meine Brust gerichtet.

»Na gut, wie eine Diebin siehst du vielleicht nicht unbedingt aus. Aber frech bist du trotzdem! Was haben deine Eltern dir denn beigebracht? Einfach so in fremde Geschäfte hereinspazieren. Bei uns vereinbart man einen Termin und kommt dann, wenn man eingeladen ist. Aber einfachste Höflichkeitsregeln kann man von Ausländern ja eh nicht erwarten …« In dieser Tour ging es noch einige Sekunden weiter, ehe der Mann inmitten seiner eigenen Rede innehielt und mich überrascht ansah. In seinem Blick lag solch eine Verwirrung, als wäre ich wie aus dem Nichts vor ihm aufgetaucht.

»Kann ich Ihnen irgendwie helfen? Wer sind Sie? Wie kommen Sie in mein Haus?« Sein gesamtes Mienenspiel veränderte sich. Ängstlich blinzelte er zu mir hoch. »Ich habe nichts, was Sie interessieren könnte. Nur ein bisschen Borschtsch[11] und Brot.« Mit schreckgeweiteten Augen wich er vor mir zurück.

---

11 russische Traditionssuppe aus roter Bete, Fleisch und Kohl. Wird mit Schmand/saurer Sahne und Graubrot serviert.

Überfordert konnte ich ihn meinerseits ebenfalls nur sprachlos anstarren. »Ähm ... Sie haben doch gerade eben noch ...«, setzte ich an.

Der Mann quiekte. Ich schrie vor Schreck auf.

»Eine Ausländerin!«, brüllte er aus vollem Hals. »OlgaAAAAaaaAAAAAA.«

Noch bevor ich reagieren konnte, erschien plötzlich eine großgewachsene Frau aus dem Hinterzimmer. Ihr unordentliches Haar umrahmte in braunen Wellen ihr Gesicht, Reste von Make-up und ein verrutschter Lidstrich am rechten Auge legten die Vermutung nahe, dass sie gerade erst aufgestanden war.

»Dedulja[12], was machst du hier vorne? Du sollst Vitali oder mich rufen, wenn Kunden da sind.« Sie seufzte schwer. Behutsam legte sie einen Arm um die Schulter des alten Mannes, der verzweifelt etwas vor sich hin brabbelte und anklagend mit seinem krummen Finger in meine Richtung zeigte. Die Frau zog ihr T-Shirt glatt und unternahm einen halbherzigen Versuch, die wilden Locken zu ordnen.

»Guten Tag, entschuldigen Sie bitte meinen Opi, er ist krank und manchmal ...« Sie vergewisserte sich, dass der Alte abgelenkt war, und wedelte pfeifend mit einer Hand vor ihrem Gesicht herum, dabei verdrehte sie übertrieben die Augen. Ein kleines Lächeln umspielte ihre Lippen und ich erkannte, dass die Frau doch jünger war, als ihr Schmuddellook zunächst vermuten ließ.

»Macht doch nichts, ich habe mich nur ein wenig erschrocken«, gab ich zu und sah mitfühlend auf den alten Mann. Die Frau, Olga, bat mich einen Augenblick zu warten und brachte den brabbelnden Alten nach hinten.

Ich nutzte währenddessen die Zeit, um mir ein paar der ausgestellten Schmuckstücke genauer anzusehen. Es war sehr viel Gold dabei, was für Russen gar nicht mal so untypisch war, ich selbst hatte auch einige alte Stücke von meiner zweiten Urgroßmutter geerbt und meine Patentante pflegte mir goldene Ohrringe oder Ketten zu schenken.

Mein Blick fiel auf einen dünnen Armreifen, der mit schwarzen Edelsteinen verziert war. In die Seite waren filigrane Schnörkel eingelassen, die ebenfalls mit kleineren, dunklen Steinchen besetzt waren.

12 *russische Verniedlichung für »Opa«, bedeutet so viel wie »Opilein«

Etwas an diesem Schmuckstück weckte eine verborgene Erinnerung in mir. Wie der Geist einer Vorahnung hinterließ sie ein leises Kribbeln, ohne sich jedoch vollends greifen zu lassen.

»So, entschuldigen Sie bitte noch einmal, jetzt bin ich ganz Ohr.« Olga trat von hinten zu mir und mein Herz machte zum zweiten Mal in diesem Raum einen erschrockenen Hüpfer.

»Leicht zu erschrecken, was, meine Hübsche? Nun ja, ich versuche mich etwas zurückzuhalten.« Sie zwinkerte mir zu und reichte mir eine perfekt manikürte Hand. »Ich bin Olga. Und mein Großvater heißt Johann. Wenn es ihm nicht gut geht, führe ich den Laden.« Sie sprach schnell und gestikulierte wild mit ihren Händen. Es war anstrengend für meinen ungeübten Verstand, die russischen Worte so schnell zu übersetzen und in einen sinnvollen Kontext zu bringen.

»Ich heiße Lucy und wollte eigentlich nur nachfragen, ob du ein altes Medaillon für mich öffnen könntest.« Ich holte den Anhänger meiner Urgroßmutter aus der Tasche und überreichte ihn Olga.

Fachmännisch betrachtete sie das Schmuckstück, legte den Kopf schief und hielt das Medaillon ins Licht.

»Ich denke, das sollten wir schnell haben«, erklärte sie und ging zum Tresen. »Soll der Mechanismus erhalten bleiben oder ist es dir egal?« Sie kramte aus einer Schublade einen kleinen Schraubenzieher und noch weitere Werkzeuge hervor.

»Sei bitte vorsichtig, das Medaillon gehörte meiner Uroma, aber Hauptsache, ich kann sehen, was sich im Inneren befindet.« Während ich mich im Raum umsah, werkelte Olga an dem Verschluss herum.

Ich ging zu einer Vitrine, in der antiker Schmuck und andere Stücke ausgestellt lagen. Neugierig betrachtete ich die glänzenden Wertgegenstände, als mein Blick an einer goldenen Uhr hängen blieb. In feiner Gravur waren darin bereits verblasste Initialen eingearbeitet. Ich legte den Kopf schief, versuchte die Schrift und die verschlungenen Buchstaben zu entziffern, doch die Zeichen waren mit den Jahren bereits bis zur Unkenntlichkeit verblasst. Unbewusst hatte ich mich so weit vorgelehnt, dass ich meine Nase beinahe an dem dicken Glas platt drückte. »Olga? Weißt du, was auf dieser Uhr steht?«, fragte ich neugierig und konnte mir meine Faszination nicht erklären. Es lagen noch so viele andere in der Vitrine, schönere, prunkvollere, aber ausgerechnet diese verhältnismäßig schlichte goldene Uhr an einer langen Kette hatte es mir angetan. Olga antwortete mir nicht und rief stattdessen triumphierend:

»Ha! Ich hab's!«

»Ist da etwas drin?« Mit nur zwei Schritten stand ich vor ihr am Tresen und beugte mich über das Medaillon. Alles in mir sehnte sich nach Antworten auf unausgesprochene Fragen, und auch wenn ich wusste, dass ich diese kaum von einem alten Schmuckstück bekommen konnte, war ich aufgeregt.

»Ein Foto …« Olgas Stimme klang belegt, als sie mir die Kette über den Tresen zuschob.

Ich hielt unwillkürlich den Atem an. Auf dem bereits vergilbten Foto waren zwei Menschen abgebildet. Eine junge Frau, gekleidet in ein hellblaues Seidenkleid, und ihr gegenüber ein großgewachsener Mann in einer weißen Uniform, die glänzenden Medaillen warfen Lichtpunkte auf ihr Gesicht. Ich erkannte das verhaltene Lächeln meiner Urgroßmutter sofort. Und auch wenn das Lächeln sehr zaghaft, beinahe zögerlich war, strahlten ihre Augen umso mehr.

Die beiden standen wie zu einem Tanz nebeneinander, zwischen ihnen noch ausreichend Platz, um wohl keine Gerüchte aufkommen zu lassen. Die behandschuhte Hand meiner jungen Urgroßmutter lag elegant auf der Schulter des Soldaten. Nun wanderte mein Blick zu dem Mann in der Uniform und ich betrachtete ihn genauer.

Sein Gesicht sah man auf dem Bild zwar nur von der Seite, aber ich konnte den gleichermaßen entschlossenen wie liebevollen Ausdruck in seinen dunklen Augen deutlich erkennen. Seine Nase hatte einen kleinen Höcker in der Mitte. Die Haltung verriet Stolz und eine gehobenere Stellung in der Gesellschaft. Nur mit Mühe gelang es mir, meinen Blick von dem Foto abzuwenden, und ich spürte, wie mir Tränen in die Augen stiegen.

Das Bild zeigte nicht meinen Urgroßvater, da war ich mir sicher. Und doch zeigte es einen Mann, den meine Uroma zweifelsohne geliebt hatte.

Ich schluckte hart, schüttelte den Kopf und trat vom Tresen zurück.

»Ist alles in Ordnung?« Olgas fragender Blick huschte unruhig zwischen meinem Gesicht und dem Amulett hin und her.

»Ja … es ist nur seltsam, dieses Foto …«, krächzte ich, unterbrach mich jedoch schnell selbst. Ja, was war mit diesem Foto? Ich wusste ja bereits, dass Uroma Marina einen anderen Mann zuvor geliebt hatte, wo war also nun mein Problem? Innerlich ermahnte ich mich selbst zur Vernunft. »Es ist nichts, das auf dem Foto ist meine Urgroßmutter und sie ist gestern verstorben«, sagte ich mit einem leichten Schulterzucken.

Olga riss die Augen auf. »Oh nein, das tut mir so leid!«, beteuerte sie mitfühlend. »Aber so hast du wenigstens eine schöne Erinnerung an sie. Ich weiß nicht genau wieso, aber dieses Bild berührt mich sehr. Es wirkt beinahe wie eine Szene aus einem Märchen.« Sie zeigte ein sanftes Lächeln und ich musste ihr zustimmen.

Ich gab ihr einen Hundertrubelschein und bedankte mich ausschweifend für ihre Mühe, ehe ich das Medaillon vorsichtig zurück in die Tasche steckte und meinen Weg zurück zum Hotel antrat.

Der kleine Ausflug hatte länger gedauert als zunächst angenommen, denn als ich nach einer höchst bescheidenen Busfahrt die Lobby betrat, versank die orangefarbene Sonne bereits hinter den Dächern Moskaus.

Aus einem Snackautomaten zog ich noch eine Packung Chips und zwei Tüten Gummibärchen und ging hoch in mein Zimmer.

Ich holte mein Handy aus der Tasche und stellte verwundert fest, dass sich im Laufe des Tages der Akku wohl verabschiedet hatte. So sehr in meine Grübeleien vertieft hatte ich es nicht einmal bemerkt. Als ich das Telefon an das Ladegerät steckte, blinkte das vertraute Symbol einer ladenden Batterie auf.

Nachdem ich mein dürftiges Abendessen aufs Bett geworfen hatte, schälte ich mich aus der verschneiten Winterjacke und hing sie zum Trocknen über die Heizung. Müde stellte ich auch meine nassen Stiefeletten daneben und ließ mich aufs Bett fallen, wo ich eine der Chipstüten aufriss und mir ein paar der nach Paprika schmeckenden Krümel in den Mund schob.

Mein Handy piepste und verlangte nach meiner Aufmerksamkeit. Mit einer Hand in der Chipstüte griff ich nach dem Gerät und entsperrte es. Der Akku war nun schon bei 5% und anklagende Nachrichten und verpasste Anrufe blinkten auf dem Display um die Wette.

Ein schlechtes Gewissen regte sich in mir und ich rief meine Kontaktliste auf. Die letzten zehn Anrufe kamen abwechselnd von meinen Eltern und ich konnte mir nur ausmalen, welche Sorgen die beiden sich mittlerweile um mich machen mussten.

»Papa?«, rief ich atemlos in den Hörer, als er sich bereits nach dem ersten Klingeln am anderen Ende meldete.

»Lucy! Wo hast du bloß gesteckt?«, schrie mir die aufgeregte Stimme meines Vaters entgegen. »Seit Stunden versuchen wir dich zu erreichen, warum gehst du nicht ran? Wofür zum Teufel besitzt ihr jungen Leute diese Handys, wenn ihr nie erreichbar seid?«, fluchte er lauthals über die unverantwortliche Generation und die modernen Geräte.

Ich lächelte über seine liebevolle Sorge. »Es ist alles in Ordnung hier, ich habe mir nur ein wenig die Beine vertreten und habe versucht, meine Gedanken zu sortieren. Wie geht es Mama?«, sagte ich betont ruhig und entschied spontan, meinen unerklärlichen Drang, die Vergangenheit meiner Urgroßmutter aufzudecken, lieber zu verschweigen.

»Deine Mutter weint heute schon den ganzen Tag und dann können wir dich auch nicht erreichen. Weiß Gott, was einem jungen Mädchen in dieser riesigen Stadt alles passieren kann und dann …« Er sprach ohne Punkt und Komma auf mich ein, ohne tatsächlich etwas zu sagen.

»Sie möchte, dass du so schnell wie möglich heimkommst. Wir werden jemanden beauftragen, der die Angelegenheiten in Moskau für uns klärt, und die Beerdigung hier stattfinden lassen. Wir brauchen dich jetzt hier und du musst doch auch bald wieder an die Uni.«

Ich zuckte zusammen, als hätte er mir einen Stromschlag versetzt.

»Was? Nein! Das könnt ihr nicht einfach so bestimmen! Babushka Marina hat auch immer alles für uns getan und ihr Wunsch war es, in Moskau beerdigt zu werden. Außerdem wollte sie das Haus …« Doch mir blieb keine Gelegenheit, meine Ausführungen fortzusetzen, mein Vater schnitt mir barsch das Wort ab.

»Das reicht jetzt. Du und deine Mutter, ihr könnt anscheinend beide kaum noch klar denken vor Trauer, es lässt sich nun einmal nicht bewerkstelligen, dass die gesamte Familie einfach mal mir nichts, dir nichts nach Moskau fliegt. Das hätte deine Urgroßmutter sicherlich verstanden.«

Die letzten Worte klangen versöhnlicher, aber ich kannte meinen Vater. Mama setzte ihm zu Hause garantiert zu und er wollte die Angelegenheiten bloß schnell klären und zum Alltag zurückkehren. Was das anging, war er schon immer sehr pragmatisch gewesen.

Doch dieses Mal konnte ich ihm seinen Willen nicht lassen. Während er mir noch erklärte, dass sie meinen Rückflug für morgen bereits gebucht hatten, ballte ich die freie Hand zur Faust und zwang mich innerlich zur Ruhe. »Nein«, sagte ich ruhig, aber bestimmt.

»Was hast du gesagt?« Ich sah sein ungläubiges Gesicht vor mir und das schlechte Gewissen regte sich tief in meinem Inneren.

»Papa, ich verstehe ja, dass du alles so schnell wie möglich klären möchtest, aber ich kann das so nicht. Bitte gib mir die Zeit, die Angelegenheiten auf meine Art zu regeln, und dann sehen wir wegen der Beerdigung weiter. Aber ich werde das Haus und die restlichen Sachen nicht einfach in die Hände von fremden Leuten geben und hoffen, dass sie die letzten Erinnerungen an meine Urgroßeltern nicht irgendwo auf dem Schwarzmarkt verscherbeln.«

Mir war aufgefallen, dass meine Stimme immer lauter und ich zunehmend wütender wurde. Ich hatte mich praktisch in Rage geredet und spürte nun, wie meine Wangen vor Zorn glühten. Was fiel meinen Eltern ein, das Andenken meiner Urgroßeltern so mit den Füßen zu treten? Die beiden waren doch nicht einfach irgendwelche Gegenstände, die man gegen neue austauschen konnte, um den Erinnerungen zu entfliehen.

»Mein Entschluss steht fest, drück Mama von mir und ich melde mich die Tage bei euch, wie wir weiter verfahren werden. Ich habe euch lieb, bitte sei nicht böse auf mich«, fügte ich noch in versöhnlichem Tonfall hinzu und legte schnell auf, ehe mein Vater widersprechen konnte.

Ich ging noch die restlichen Anrufe und Nachrichten durch und entschied mich, es heute einfach dabei zu belassen. Stattdessen kuschelte ich mich mit meinem Lieblingsplüschpullover aufs Bett und zog meinen Laptop auf den Schoß.

Eine Hand in der Gummibärchentüte, tippte ich mit der anderen den Namen meiner Urgroßmutter in die Google-Suche ein. Es blinkten einige Anzeigen für Medikamente und zwei Verweise auf andere Seiten auf, aber nichts, was meine Neugierde befriedigen konnte.

Krampfhaft versuchte ich mich an den Namen des Admirals zu erinnern und gab diverse Variationen auf Deutsch, Englisch und Russisch in das Suchfeld ein, ehe ich auf einen vielversprechenden Artikel stieß. *Alexander Nikolajewitsch Gorskij – Kamerad und Held.*

Die Seite gehörte zu einem historischen Blog, der Briefe und andere Quellen zitierte. Neugierig las ich mir die verschiedenen Artikel durch und stellte dabei fest, dass sich manche Berichte wie Tagebucheinträge lasen. Einer davon war besonders spannend. Darin beschrieb der zitierte Verfasser ganze Tage an der Seite des Admirals und schilderte diverse Details, die nur jemand kennen konnte, der dabei gewesen ist.

»Die Möwen flogen hoch über den Köpfen der Männer, als die Erste Zerstörerdivision erneut in See stach. Alexander Nikolajewitsch Gorskij war der neue Befehlshaber der Division. Die Männer achteten und fürchteten ihn gleichermaßen, er war nicht nur ihr Admiral, er war ein Idol für alle …«, las ich laut und spürte, wie ich unwillkürlich den Atem anhielt.

Ich scrollte ungeduldig weiter, doch nach diesem Eintrag folgten nur Verweise auf eine Literatursammlung und ein Buch eines russischen Professors, der sich augenscheinlich mit der Geschichte von Alexander Gorskij befasst hatte.

Ich gab die Stichworte erneut in Google ein und setzte nun den Namen des Professors dahinter. Sofort kam ein Verweis auf eine Tagebuchsammlung und das einzige ausleihbare Exemplar seines Buches. Beides befand sich in der russischen Staatsbibliothek. Aufgeregt folgte ich dem Link, wurde jedoch nur auf die Homepage der Bibliothek geleitet. Ich schrieb mir den Titel der Sammlung sowie den Namen des Professors und die Öffnungszeiten auf und beschloss, direkt morgen meine Geschichtskenntnisse aufzufrischen.

Es war bereits spät geworden und mir fielen im Sitzen beinahe die Augen zu. Ich kramte das Medaillon aus meiner Tasche hervor und öffnete es. Olga hatte mir angeboten, den Verschluss kostenlos zu reparieren, aber ich hatte fürs Erste abgelehnt, schließlich hätte ich dann das Schmuckstück über Nacht dort lassen müssen und ich war noch nicht bereit, mich von diesem Schatz zu trennen.

Im Licht der Nachttischlampe betrachtete ich liebevoll die feinen Gesichtszüge von Uroma Marina. Sie war so wunderschön gewesen und zweifelsohne bereits als junge Frau unglaublich faszinierend. Ich fragte mich, wann das Bild wohl aufgenommen wurde und ob die beiden allen Gesetzen zum Trotz eine Affäre gehabt hatten.

Mit geschlossenen Augen summte ich leise ein altes Schlaflied vor mich hin und stellte mir vor, wie die beiden lachend auf einem Ball zum Rhythmus der Musik über das Parkett wirbelten. Es dauerte nicht lange und ich glitt in einen ruhigen Schlaf. In meinen Träumen beobachtete ich ein tanzendes Paar in einem von Kerzenschein erleuchteten Raum. Ein Gefühl der Leichtigkeit umgab ihr Antlitz und ließ mich im Schlaf lächeln.

Kapitel 5

Gegenwart, 14.Oktober 2013
Hotel »Svesda«, Moskau

Am Morgen wälzte ich mich bereits früh im Bett herum und als ich nach einer Stunde immer noch nicht zurück in den Schlaf gefunden hatte, beschloss ich aufzustehen. Eine Katzenwäsche später war ich bereits auf dem Weg zur Bibliothek. Dieses Mal mit dem Taxi. Viel zu präsent waren die Eindrücke der öffentlichen Verkehrsmittel.

Der Fahrer ließ Radiomusik aus den Lautsprechern ertönen, anscheinend nicht sonderlich erpicht auf Konversation, und es war mir auch gerade recht. Mit einem heißen Kaffee aus der Hotellobby bewaffnet kauerte ich eingekuschelt in meine Winterjacke auf dem Rücksitz und sah aus dem Fenster. Die Straßen zogen an uns vorbei, ohne einen bleibenden Eindruck zu hinterlassen.

Moskau versank in Schnee und Eis, alles schien von einer weißen Decke umhüllt und in eine Art Winterschlaf gefallen zu sein. Man sah kaum Passanten auf den Straßen und die wenigen, die sich der eisigen Kälte zum Trotz ins Freie trauten, hüllten sich in dicke Fellmäntel. Mit ihren Mützen, Schals und pelzbesetzten Handschuhen wirkten sie eher wie grotesk verformte Tiere als wie Menschen.

Wir hielten an einer Ampel, um eine ältere Dame und ihren Hund die Straße überqueren zu lassen. Ich schmunzelte ein wenig, als zwei dick eingemummte Kinder schlitternd über die Kreuzung liefen und sich dabei gegenseitig in die am Rand aufgetürmten Schneehügel stießen. Die zwei lachten ausgelassen und hielten ihre Nasen in die herumwirbelnden Schneeflocken. Die Ampel schaltete um auf Grün und wir fuhren weiter.

Gedankenverloren blickte ich noch eine Weile aus der Heckscheibe und versuchte, die zwei Kids aus der Entfernung zu erkennen.

Sie ließen ein etwas wehmütiges Gefühl in mir zurück, etwas, das noch lange in mir nachklang und mich nicht mehr losließ.

Diese unbeschwerte Zeit, einfach Kind sein, an nichts anderes denken zu müssen als daran, wie man am besten seine Eltern davon überzeugen könnte, doch noch bei der Freundin übernachten oder länger wach bleiben zu dürfen. Ich sehnte mich nach diesen sorglosen und fröhlichen Tagen. Schwermütig dachte ich an die Sommer bei meinen Großeltern, die auch immer Uroma Marina mit uns verbracht hatte. Augenblicklich lag der süße Geschmack von frisch gepflückten Erdbeeren und schwarzem Tee auf meiner Zunge und brachte mich zum Lächeln.

»Sind da«, brummte der Fahrer und fuhr gerade auf einen kleinen Parkplatz direkt vor einem eindrucksvollen Gebäude.

Ich drückte ihm ein paar Scheine in die Hand und trat hinaus in die kalte Oktoberluft. Der Wind ließ sich von meiner Jacke nicht aufhalten und fuhr mir augenblicklich in die Knochen. Ich schlang den Schal noch enger um meinen Hals und vergrub mein Gesicht darin.

Vor mir erhob sich eine dunkle Statue von Fjodor Dostojewski. Das Gesicht des Schriftstellers war grimmig verzogen, als würde er ebenfalls frieren. Ich erschauderte unter seinem bohrenden Blick und ging mit hastigen Schritten die Marmortreppen zur Bibliothek hinauf. Die Fassade des Gebäudes zierten ionische Säulen und über dem Eingang prangten goldene Buchstaben.

»Russische Staatsbibliothek«, stand in kyrillischer Schrift darauf geschrieben. Unwillkürlich hielt ich den Atem an, das Gebäude strahlte eine eigenartige Energie aus. Beinahe so, als würde es atmen und nur darauf warten, dass jemand die Bibliothek betrat und die Geheimnisse aus längst vergangenen Tagen erneut ans Licht brächte. All die Bücher, die sich darin verbargen, vibrierten förmlich und schrien meinen Namen, sie wollten unbedingt gelesen werden, ihre Geschichten noch ein weiteres Mal erzählen.

Ich schüttelte hastig den Kopf. Das war eine ganz gewöhnliche Bibliothek, es war absolut nichts Besonderes an ihr und Bücher konnten auch nicht sprechen. Dieses Land tat mir eindeutig nicht gut und ich sah Geheimnisse und Mysterien, wo es überhaupt gar keine gab.

Ich schritt die imposanten Stufen empor. Für Außenstehende hatte meine Stehenbleib- und doch Weitergehaktion bestimmt merkwürdig ausgesehen, also straffte ich die Schultern und ließ mir nicht anmerken, wie peinlich mir meine eigenen Ängste waren.

Das Innere der Bibliothek war noch viel eindrucksvoller. Eine Marmorhalle mit hohen Decken und goldenen Verzierungen hieß die Besucher willkommen. Ein grimmiger alter Mann mit grauen Haaren und einem dunklen Schnauzer trat an mich heran und fragte, ob er mir helfen könnte. Ich sah ihn etwas perplex an und legte mir gerade im Kopf die Worte zurecht, als er mich in perfektem Englisch unterbrach.

»English? German?«, fragte er und ich nickte erleichtert.

»Deutsch wäre super«, sagte ich und lachte über meine eigene Unfähigkeit. Das imposante Gebäude hatte mich viel zu sehr in seinen Bann gezogen, als dass ich mir über sprachliche Barrieren Gedanken machen konnte.

»Herzlich willkommen in der russischen Staatsbibliothek«, begrüßte mich der Mann gelangweilt. »Wünschen Sie eine Führung oder haben Sie bereits eine Mitgliedschaft hier bei uns?«

Ich schmunzelte leicht über seine ungewohnte Aussprache. Ein sympathisch rollendes »R« begleitete seine Sätze und manche Worte klangen ein wenig seltsam, aber ich musste ihm zugestehen, dass er sich in Deutsch besser anstellte als ich mich in Russisch.

»Ich suche eigentlich nach einem bestimmten Archiv beziehungsweise nach einem bestimmten Werk. Haben Sie hier irgendwo eine Übersicht über historische Sammlungen oder muss ich mich da an jemand anderen wenden?«

Der Mann nickte mit dem Kopf nach links.

»Gehen Sie hier die Treppen nach oben und Sie kommen direkt in unsere historische Abteilung, oben können Sie dann den Titel ihres Wunschbuches in den Computer eingeben und werden auf das entsprechende Regal verwiesen. Sollten Sie dabei Hilfe benötigen, können Sie gerne jederzeit das Personal ansprechen. In der historischen Abteilung finden Sie Studierplätze und Leseecken, die Sie gerne benutzen können.« Er klang, als würde er diese Worte bereits auswendig können und reichte mir einen Plan des Gebäudes.

»Essen und Getränke sind in der Bibliothek verboten, aber Sie können gerne unsere Cafeteria im dritten Stock aufsuchen.«

»Vielen Dank, Ihnen noch einen schönen Tag«, sagte ich und stieg zügig die Treppen hinauf, da hinter mir bereits ein junges Pärchen durch die Eingangstür kam und zielstrebig auf den Mann zusteuerte. Oben folgte ich der weiteren Beschilderung zur gewünschten Abteilung. Direkt am Eingang standen gleich zehn ältere Computer, die nur darauf zu warten schienen, dass ihnen jemand die Aufenthaltsorte der Bücher entlockte.

Ich kramte in der Handtasche nach meinem Notizblock und tippte die Daten in das Eingabefeld ein. Es dauerte lange, bis der PC zwei Treffer ausspuckte und mich auf das Regal 12 L verwies.

Leise schlich ich zwischen den Regalen hindurch, um niemanden zu stören. Die Bibliothek war gut besucht. Die Sofaplätze waren fast vollständig belegt, aber es herrschte geschäftige Ruhe im Raum. Einzig die Geräusche von blätternden Seiten oder kratzenden Stiften auf Papier erfüllten die Luft mit tüchtiger Wissbegierde.

Die gewiesene Stelle befand sich auf der rechten Seite in der hinteren Ecke des Lesesaales. Neben diversen gebundenen Büchern standen auch vereinzelte Heftchen und Tagebücher dazwischen. Ich bückte mich und sah mir die unterste Reihe genauer an. Laut Verzeichnis müsste sich die Tagebuchsammlung irgendwo hier verbergen, gut versteckt zwischen all den anderen Geschichten. Ich fuhr mit dem Zeigefinger die staubigen Buchrücken entlang und verharrte mehrmals mit laut klopfendem Herzen, aber sowohl die Tagebücher, wie auch das Buch des Professors waren nirgendwo zu finden.

Stirnrunzelnd ging ich die anderen Reihen durch, wurde jedoch nirgendwo fündig.

»Kann ich Ihnen irgendwie weiterhelfen?« Eine junge Frau war neben mich getreten und musterte mich fragend mit ihren blaugrauen Augen.

»Ja, ich suche diese Bücher hier.« Ich reichte ihr den Zettel und strich mir eine Strähne hinters Ohr.

Die Frau sah aus wie eine typische Bibliothekarin. Lange braune Haare, ein unscheinbares Gesicht, große Nase, wache Augen, die hinter einer dicken Hornbrille interessiert funkelten. Sie war mir auf Anhieb sympathisch.

»Es tut mir leid, die Tagebücher befinden sich derzeit nicht in der Bibliothek. Sie werden neu gesichtet und kopiert und sind deshalb nicht für die Öffentlichkeit freigegeben. Eigentlich sollte dies im System vermerkt sein, da wird jemandem ein Fehler unterlaufen sein. Kommen Sie von der Universität?« Bei ihren Worten verließ mich der Mut und mein Mund wurde ganz trocken.

So nah, ich war so nah dran, mehr über diesen Alexander zu erfahren, und nun das. »Nein, es ist eine rein persönliche Recherche. Wissen Sie vielleicht etwas über das andere Buch?« Ich war überrascht, welch komplizierte Worte mein Gehirn auf Russisch aneinanderreihen konnte, und musste zugeben, ein wenig stolz zu sein.

»Kommen Sie einmal mit, wir sehen gemeinsam im Register nach.« Sie lächelte mir freundlich zu und ging an mir vorbei Richtung Rezeption.

»So, dann wollen wir doch einmal nachsehen, was wir hier sonst noch finden.« Die Frau ging hinter der Rezeption an einen PC und tippte flink ein paar Sachen ein. »Sagen Sie mir bitte den Namen der Person, nach der Sie suchen.« Ich kramte fieberhaft in meinem Kopf nach dem Namen aus dem Artikel.

»Ähm … Rostislaw Schigulow«, antwortete ich und hielt gespannt die Luft an, während sie den Namen in die Datenbank eintippte.

»Merkwürdig, da scheint Ihnen um wenige Minuten jemand zuvorgekommen zu sein. Das Buch des Herrn Professors ist leider nicht am Platz.« Sie runzelte die Stirn.

»Haben Sie wirklich kein anderes Buch oder einen Artikel, irgendeinen Schnipsel?«, fragte ich verzweifelt und konnte mein Pech kaum fassen.

»Das Buch scheint nur vorgemerkt worden zu sein, es müsste sich also noch in der Bibliothek befinden, wird aber gerade gelesen. Sie können gerne Ihr Glück versuchen und darauf warten, dass die Person es zurückstellt. Aber ich kann Ihnen nicht sagen, wie lange das dauert oder ob es nicht doch noch ausgeliehen wird.«

Sie sah mich ehrlich betrübt an.

Ich seufzte. »Können Sie mich dann wenigstens da irgendwie auf die Warteliste packen oder so was?« Noch bevor ich die Frage stellte, sah ich ihr Kopfschütteln.

»Ich könnte Ihnen höchstens anbieten, die Datenbank einmal die Stunde für Sie zu aktualisieren; sobald es zurück ins Regal gestellt wird, muss der Nutzer es in seinem Login wieder als verfügbar freischalten. Eine Warteliste haben wir leider nicht.«

Innerlich dieses verdammte System verfluchend, bedankte ich mich bei ihr und bat sie, die Datenbank gelegentlich zu aktualisieren. »Ich sehe mich noch ein wenig um und schaue dann bei Ihnen vorbei«, sagte ich mit belegter Stimme.

Betrübt und genervt strich ich eher missmutig und ohne tatsächliches Ziel durch die Regale.

Die Zeit zog sich unendlich wie Kaugummi und ich war bereits drei Mal am Schalter gewesen, doch die Bibliothekarin schüttelte nur jedes Mal bedauernd den Kopf und bat mich um Geduld.

Nach vier Stunden ergatterte ich endlich einen der begehrten Plätze auf dem Sofa und blätterte lustlos in einem Geschichtsbuch herum. Ich las gerade ein Kapitel über den russischen Bürgerkrieg und die Oktoberrevolution, als Stimmen meine Aufmerksamkeit weckten.

»Wurden Sie fündig?«, fragte die Bibliothekarin einen dunkel gekleideten Herrn, der mir den Rücken zugewandt hatte. Er war groß gebaut, krümmte sich jedoch wie unter einer Krankheit, die verbliebenen Strähnen seines schütteren Haars standen unruhig vom Kopf ab.

Ich wollte gerade den Blick wieder abwenden, als mir sein verstohlener Griff an die Manteltasche auffiel. Stirnrunzelnd folgte ich der Bewegung. Anscheinend unbewusst betastete er mit seinen krummen Fingern den Inhalt der Manteltasche, zuckte kaum merklich zusammen und seine Haltung versteifte sich.

Ich wusste nicht, ob meine Neugierde von der absoluten Langeweile der letzten Stunden herrührte oder an dem Mann tatsächlich etwas auffällig war, aber nun war sie geweckt und ließ sich nicht so leicht abschütteln. Um besser sehen zu können, beugte ich mich auf dem Sofa vor und folgte argwöhnisch den Bewegungen des Mannes.

»Nein, meine Liebe, heute war leider nichts für mich dabei, aber eigentlich wollte ich nur nach meinem Buch schauen.« Er hatte eine tiefe, raue Stimme. Wie mit einem Reibeisen bearbeitet, knarzte sie schroff, war jedoch gleichzeitig angenehm laut, sodass ich jedes gesagte Wort von meinem Platz aus gut verstehen konnte. Seine einprägsame Sprechart klang beinahe so, als wäre er es gewohnt, ein größeres Publikum zu unterhalten und würde bei anderen Gelegenheiten vergessen, seine Stimme zu senken.

»Ganz der Professor«, sagte die Bibliothekarin lachend und stöckelte an ihren Computer. »Tatsächlich war die Nachfrage heute recht groß, das Buch war bis eben ausgeliehen und eine ausländische Studentin wartet bereits seit heute Morgen darauf, es ebenfalls zu lesen.«

Die Bibliothekarin deutete mit dem Kinn in meine Richtung, doch der Professor schien vollkommen desinteressiert.

Ich hatte mich so weit vorgebeugt, dass ich bei ihren Worten vor Überraschung beinahe das Gleichgewicht verloren hätte und von dem Sofa gekippt wäre, hätte ich mich nicht im letzten Moment an einer dicklichen Frau rechts vor mir festgehalten. Diese warf mir einen strafenden Blick zu.

Eine Entschuldigung murmelnd sprang ich auf, schnappte mir meine Tasche und schlich unauffällig zu den Bücherregalen, die direkt vor dem Ausleihtresen standen. Konnte es wirklich sein, dass der Autor des Buches nun tatsächlich vor mir stand? So viel Glück konnte man doch gar nicht haben! Sollte ich ihn ansprechen? Wer, wenn nicht er konnte meine Fragen denn besser beantworten? Mein Herz machte einen aufgeregten Hüpfer.

»Eine Ausländerin?« Sein angeekelter Tonfall ließ mich augenblicklich innehalten. »Aber Maria, was will denn eine Ausländerin mit meinem Buch?«, knurrte er beinahe und tastete erneut nach seiner Manteltasche.

Nun war ich mir sicher, er musste etwas darin verstecken!

»Mir können Sie nichts vormachen, insgeheim freuen Sie sich doch, dass das Interesse an Ihrem Werk heute so groß ist«, witzelte die Bibliothekarin recht lahm und tippte irgendwas in ihren Computer ein.

Der Mann schnaubte als Antwort, was bei jedem anderen sicherlich mürrisch geklungen hätte, bei ihm wirkte das Geräusch aber eher wie ein Ausdruck von Belustigung.

Betont beiläufig griff ich nach einem Werk über französische Lyrik. Superspannende Lektüre für eine Tarnung. Aus diesem Winkel konnte ich mehr vom Gesicht des Mannes erkennen. Er hatte eine krumme Nase, sah ansonsten jedoch mehr als gewöhnlich aus. Müde Augen funkelten aus einem fahlen Gesicht.

»Sie kennen mich einfach zu gut«, gab er in einem bemüht heiteren Tonfall zu. »Aber nun muss ich zusehen, dass ich heimkomme. Abschlussarbeiten warten auf Korrektur und Ausländerinnen hin oder her, ich habe die Hoffnung auf eine Befreiung meiner Publikation aus Ihrem Büchergefängnis noch nicht aufgegeben. Irgendwo unter dieser zweifelsohne sehr reizenden Brille muss doch ein wenig Mitleid für einen alten Mann übrig sein, der sein Lebenswerk vervollständigen möchte.«

Obwohl er nach wie vor schelmisch klang, machten mich seine Worte stutzig. Erneut griff der Mann sich an die Manteltasche und ich erstarrte an meinem Platz. Für den Bruchteil einer Sekunde meinte ich die Ecke eines in Leder gebundenen Büchleins hervorblitzen zu sehen.

Aber nein, ich musste mich irren und meine Langeweile mir einen Streich spielen.

»Herr Professor, Sie wissen genau, dass diese Entscheidung nicht in meinen Händen liegt. Die Tagebücher wurden von Ihrer Fakultät der Bibliothek gespendet und bilden einen wichtigen Bestandteil unserer Geschichtsabteilung. Wir haben bereits mehrere Abschriften in Auftrag gegeben, aber Sie wissen ja selbst, wie das ist, alles dauert seine Zeit. Wir sind außerordentlich stolz darauf, Ihr Buch unseren Besuchern zur Verfügung zu stellen, und besonders heute, wo das Interesse an ebendiesem Buch so groß ist, da kommen Sie wieder einmal mit dieser Bitte daher. Wollen Sie denn gar nicht, dass Ihr Buch gelesen wird und die ganzen Jahre der Recherche nicht umsonst waren?« Sie klang sanft und beschwichtigend zugleich, doch der Mann hob abwehrend die Hände und funkelte die Bibliothekarin böse an. Alles Freundliche war aus seinen Zügen gewichen.

»Maßen Sie sich ja nicht an, über meine Arbeit zu sprechen, als wüssten Sie auch nur einen Funken darüber! Wie ich bereits mehrmals betont habe, waren meine Quellen fehlerhaft und Änderungen müssen dringend vorgenommen werden.« Die letzten Worte zitterten förmlich vor kaum unterdrücktem Ärger.

»Aber Sie werden schon sehen! Sie werden alle sehen!«, rief er in die beklommene Stille hinein und ohne eine Antwort abzuwarten, stürzte der Mann durch die Bibliothekstür.

Noch ehe ich wusste, was ich tat, stürmte ich ihm nach. Er war womöglich meine einzige Chance, an die Informationen zu kommen, die ich brauchte, und die durfte mir nicht entgehen!

Eins musste ich dem Professor allerdings lassen, er war schnell. Während ich die schweren Türen der Bibliothek aufstieß und in die eisige Winterluft Moskaus hinaustrat, war er bereits verschwunden.

Ich wirbelte herum, spähte durch die umherwehenden Schneeflocken in alle Richtungen, doch weder Fußspuren noch andere Hinweise zeugten vom Verbleib des Professors.

»Verdammte Scheiße!«, fluchte ich laut und konnte den Impuls nicht unterdrücken, wütend mit dem Fuß aufzustampfen. Einige umhereilende Passanten blickten empört zu mir, ich ignorierte ihre Bestürzung und versuchte, mich selbst zu beruhigen und mein panisch schlagendes Herz zur Vernunft zu bringen.

»Jetzt nur nicht durchdrehen …«, ermahnte ich mich selbst. »Konzentriere dich! Wo könnte er hingegangen sein?« Eine junge Frau stand am Taxistand unmittelbar in meiner Nähe und sah mit erhobenen Augenbrauen zu mir herüber, während sich der dichte Rauch ihrer Zigarette mit dem Wind vermischte. Sie lehnte an der Motorhaube ihres Wagens und ich konnte deutlich erkennen, dass sie mich für bekloppt hielt.

Ich hob meinerseits ebenfalls die Augenbraue und bedachte sie mit einem herausfordernden Blick, was ihre ohnehin schon vor Kälte geröteten Wangen noch dunkler erstrahlen ließ, während sie hastig wegsah.

Ja, richtig so! Fürchte dich vor der Bekloppten!

Als ich ihrer Gestalt dabei zusah, wie sie verunsichert die Zigarette in den Schnee warf und in ihren Wagen stieg, bohrte sich mein Ärger wie eine spitze Nadel in ihren Nacken. Ich musste mir selbst eingestehen, wie bescheuert ich mich benahm. *Konzentriere dich, Lucy!*, beschwor ich mich im Geiste und sah mich noch einmal um.

Es gingen zwei Seitenstraßen von der Hauptstraße vor der Bibliothek aus und wäre er noch auf der Hauptstraße, hätte ich ihn gesehen, also musste er eine der anderen genommen haben. Auf gut Glück fasste ich einen Entschluss und rannte los.

Der kalte Wind peitschte mir das blonde Haar ins Gesicht und ließ mich frösteln. Ich beschleunigte meine Schritte noch weiter, musste jedoch aufpassen, auf der zugefrorenen Straße nicht ins Straucheln zu geraten. Es wurde bereits dunkel, die Straße lag weiß und verlassen vor mir und nur die dunklen Fußspuren im Schnee zeugten noch von der Anwesenheit anderer Menschen.

Wo konnte der Mann nur hin sein? Hatte ich womöglich den falschen Weg genommen? Die Chance stand fünfzig zu fünfzig, dass er doch noch in die andere Richtung gegangen ist. Ich hielt kurz inne, um nach Luft zu schnappen und meinen Schal enger um den Hals zu binden. Die Kälte kroch mir wie Nebelfinger durch die Jacke und jagte Wellen aus zitternder Gänsehaut über meinen Körper. Ich spürte, wie mir Tränen in die Augen traten. Trotzig blinzelte ich sie fort, konnte aber nicht verhindern, dass das beklemmende Gefühl, versagt zu haben, sich meiner bemächtigte.

Wie sollte ich jetzt noch herausfinden, was damals geschehen war? All die Stunden in der Bibliothek und meine Naivität hatten mich an diesen verrückten Punkt geführt. Vermutlich hatte es gar keinen Mann gegeben und auch er war nur die Gestalt eines Phantoms aus einer vergessenen Erinnerung.

Gerade als meine Scham über mich selbst so groß wurde, dass ich meinen Kopf am liebsten in einen Schneehügel gesteckt hätte, nur damit das kühle Nass mein erhitztes Gemüt wieder zur Vernunft brachte, erklang unweit vor mir ein Fluch in einer rauen Stimme. Hoffnung brandete erneut in mir auf und ließ meine Füße über die Straße fliegen. Schlitternd bog ich um eine Kurve, die Laternen waren hier noch nicht angegangen und doch erkannte ich die Silhouette eines Mannes, der gerade in einem Hauseingang verschwand und sich dabei wütend den Schnee aus dem Haar schüttelte. Sein Mantel wehte wie dunkle Schatten um seine Füße, als die Tür hinter ihm wieder ins Schloss fiel und die saftigen Beleidigungen in der Wärme eines beheizten Hauses verschwanden.

Das war er.
Der Professor.

Kapitel 6

Gegenwart, 14. Oktober 2013
Haus des Professors, Moskau

Ich war mir absolut sicher, dass es der Mann aus der Bibliothek war, der soeben im Haus verschwand. Nervös von einem Fuß auf den anderen hüpfend, stand ich nun unschlüssig vor der Tür.

Einfach klopfen und ihn zur Rede stellen? Welchen Grund sollte er denn haben, mir meine Fragen zu beantworten? Gut, ich könnte ihm bestimmt drohen, ihn andernfalls an die Bibliothekarin zu verraten und darauf hoffen, dass meine Fantasie mir keinen Streich gespielt und der Mann tatsächlich unerlaubt ein Buch mitgenommen hatte.

Ich schloss kurz die Augen und atmete tief durch. Mir war bewusst, dass ich mich wie ein Trottel verhielt und wahrscheinlich aus einer Mücke einen Elefanten machte, aber das Gefühl, nur durch eine Holztür von der Antwort auf all meine Fragen entfernt zu sein, machte mich ganz wirr im Kopf. Ich fasste in meine Jackentasche und zog das Medaillon meiner Urgroßmutter heraus.

Mit vor Kälte zitternden Fingern öffnete ich den demolierten Verschluss und betrachtete abermals die Gesichter der beiden Menschen darin. Beim Anblick meiner Babushka wurde mir ganz warm ums Herz. Hatte ich zuvor das Gefühl, ich müsste die Geschichte um ihretwillen entschlüsseln, damit ihr Andenken für immer bewahrt bliebe, so wurde mir nun langsam klar, dass nicht sie diese Wahrheit nötig hatte, sondern ich selbst.

Zielstrebig schloss ich die Finger um das Schmuckstück und stieg die vier Stufen zur Haustür empor. Noch bevor ich mich bewusst dazu entschieden hatte, klopfte meine Faust bereits wie von selbst gegen das spröde Holz.

Noch könnte ich einfach abhauen. Vielleicht hatte der Mann das zaghafte Klopfen nicht gehört und … zu spät.

In diesem Moment schwang die Tür mit einem leisen Knarzen auf und eine ältere Dame mit bunt geblümter Kochschürze und süßen grauen Löckchen auf dem Kopf trat heraus.

»Oh, guten Abend, kann ich Ihnen helfen?«

Wie ein Reh im Scheinwerferlicht starrte ich die Frau mir gegenüber einen Moment einfach nur verdutzt an, ehe ich meine Sprache wiederfand.

»Entschuldigen Sie bitte die späte Störung, der Mann, der hier gerade rein ist … Ähm, es klingt vielleicht komisch, aber wissen Sie, ob er ein Professor ist?« Gott, nachdem ich die Worte ausgesprochen hatte, hörte sich mein Gestammel noch schlimmer an als in meinem Kopf.

Das ergraute Haar verlieh der Frau ein sehr reifes Äußeres, doch ihre glatte Haut und das schmale Gesicht, aus dem braune Augen gutmütig zu mir sahen, straften diese Annahme Lügen. Sie musste ungefähr im Alter meiner Mutter sein, so um die fünfzig, vielleicht fünfundfünfzig. Auch ihre Kleidung ließ sie älter wirken, als sie vermutlich war. Unter der grell leuchtenden Schürze blitzte der Zipfel eines blauen Kleides hervor, darüber trug sie eine schlichte schwarze Steppweste und ein buntes Halstuch. Eine typische Kleidung für eine russische Oma, nicht aber für eine moderne Frau in den Fünfzigern.

Sie antwortete nicht und wirkte ein wenig verwirrt, während wir uns eingehend betrachteten. Ich strich mir fahrig eine imaginäre Haarsträhne aus dem Gesicht, nur um meinen Händen eine Beschäftigung zu geben. Nach einer kleinen Ewigkeit (in Wahrheit vergingen vermutlich nur wenige Sekunden, aber in meinem panischen Gedankenkarussell drehte sich die Welt viel schneller) legte sie den Kopf schräg, ihre rosa Lippen verzogen sich zu einem mütterlichen Lächeln und sie trat beiseite.

»Kommen Sie rein, Kindchen, hier draußen ist es so kalt und Sie können kaum noch einen vernünftigen Gedanken fassen.«

Erstaunt folgte ich ihrer Einladung und sie schloss die Tür hinter uns und sperrte damit die Winterluft aus. Bisher war mir gar nicht bewusst gewesen, wie sehr ich gefroren hatte, aber nun begann mein eisiges Gesicht in der Wärme wohlig zu kribbeln.

»Der Professor ist im Salon und trinkt wahrscheinlich bereits seinen Tee mit Blinchiki[13]. Ich hole uns auch noch schnell zwei Tassen und dann schauen wir, ob es denn auch der richtige Professor ist.« Sie verschwand durch eine Tür zu unserer Rechten, aus der ein süßer Duft nach frischen Backwaren und selbst gemachter Himbeermarmelade strömte.

Mein Magen knurrte. Wann hatte ich eigentlich das letzte Mal etwas gegessen? Das musste irgendwann gestern Abend gewesen sein. Ich seufzte, bei all den köstlichen Gerüchen verflog sogar meine Nervosität ein wenig.

»Komm mit, der sture Bock hat doch tatsächlich noch gar nichts gegessen und sich wieder hinter seinen Büchern verkrochen. Man kocht den ganzen Tag und wo bleibt der Dank?« Wie aus dem Nichts stand die Frau wieder vor mir, in den Händen ein voll beladenes Tablett mit dampfendem Gebäck, Teetassen, Tellern, Marmelade, zwei Schälchen Kondensmilch und Zucker.

Lächelnd folgte ich ihr den Flur entlang und hörte mir ihr nicht wirklich ernst gemeintes Gemecker an. Der Salon befand sich hinter der letzten Tür auf der linken Seite. Beim Hineingehen blieb mir vor Überraschung und Entzücken kurz die Luft weg.

Wie einem alten Film entsprungen, säumten alle vier Wände riesige dunkle Holzregale, die über und über mit Büchern und verschiedenen Schriftstücken bestückt waren. Ich entdeckte auch mehrere Federkiele, die nicht nur der Dekoration dienten, sondern den vielen Gebrauchsspuren nach zu urteilen bestimmt auch des Öfteren zum Einsatz kamen. Das mächtigste der Regale, welches sich direkt neben dem Schreibtisch befand, wurde von einem ausgestopften Uhu mit goldgelben Augen bewacht. Sein Blick schien den Menschen im Raum wie ein unruhiger Geist zu folgen und sie zu ermahnen, die Finger von seinen geliebten Büchern zu lassen.

Außerdem erkannte ich noch die Figur einer wunderschönen Perserkatze und eine geheimnisvolle Truhe, deren Inhalt ich nur zu gerne ergründet hätte. Neben dem Schreibtisch stand ein etwas vergilbter

---

13 *Blinchiki = Russische Pfannkuchen aus ganz dünnem Teig. Werden mit Marmelade, Quark oder Kondensmilch gereicht und gerne zum Tee serviert.

Globus. Während ich aus der Entfernung die Länderaufteilung des Erdballs zu entziffern versuchte, sprang die vermeintliche Katzenfigur vom Regal und lief mit einem gierigen Miauen zu der Frau. Erschrocken zuckte ich zusammen.

»Mascha, was soll denn die ganze Aufregung?«

Ich war so erstaunt von all den Regalen und der plötzlichen Belebung der verdammten Katze, dass ich den Mann mit der krummen Nase, der bisher ruhig am Schreibtisch gesessen hatte und ein Dokument in seinen Händen studierte, gar nicht bemerkt hatte. Vor ihm breitete sich ein regelrechtes Chaos aus Notizblättern, Bücherstapeln und allem möglichen Kleinkram aus, der sich über die Jahre dort angesammelt haben musste und vermutlich keinem wirklichen Zweck diente.

Mein Blick blieb an einem abgegriffenen, in weiches Leder gebundenem Notizheftchen hängen, welches unmittelbar vor dem Professor lag und mich praktisch anschrie, es zu bemerken. Ich erkannte die ungewöhnliche Farbe, das zarte Braun, sofort wieder.

»Sie haben das Buch also doch aus der Bibliothek gestohlen!«, platzte es anklagend aus mir heraus.

Der Blick des Mannes hob sich und begegnete meinem mit einer Kälte, die mir eine unangenehme Gänsehaut verursachte.

»Und wer bitte schön sind Sie, dass Sie es wagen, mich in meinem eigenen Haus des Diebstahls zu bezichtigen?«, fuhr er mich an, richtete sich bedrohlich auf seinem Stuhl zu voller Größe auf und machte Anstalten aufzustehen.

Ich konnte gerade noch rechtzeitig ein verschrecktes Quieken unterdrücken.

»Rostislaw! Jetzt ist aber gut! Das Kind ist hier zu Besuch und du verschreckst sie ja vollkommen! Außerdem hat sie recht, du und dein verdammtes Buch! Irgendwann wirst du mich mit deinem verflixten Dickschädel noch ins Grab bringen. Leg das weg und komm zu uns an den Esstisch. Wir trinken jetzt Tee. Ich bin es so leid, deinetwegen immer in diesem müffelnden Salon zu essen und von dem Federvieh beobachtet zu werden.« Mit wehendem Rock wirbelte sie herum und ging zur Tür.

Ich konnte praktisch zusehen, wie der Mann mehrere Male drauf und dran war, die sehr viel kleinere Frau vor ihm zu unterbrechen, bei ihren letzten Worten verstummte er jedoch vollends und legte grummelnd seine Notizen auf den Tisch, um aufzustehen. Das gestohlene Notizbuch steckte er zurück in seine Jackentasche.

Ich folgte hastig der Frau, nicht sonderlich erpicht darauf, diesem angesäuerten Professor Auge in Auge gegenüberstehen zu müssen.

»Ich muss mich wahrlich nicht in meinem eigenen Haus beleidigen lassen«, brummte er im Vorbeigehen in meine Richtung und bedachte mich mit einem vernichtenden Naserümpfen.

»Dann tu um Gottes willen auch nichts, was eine Beleidigung rechtfertigen würde«, fuhr die Frau sofort dazwischen, drückte ihm das Tablett in die Hände und sah nun ebenfalls zu mir.

Ein schlechtes Gewissen regte sich in meiner Brust und schnürte mir die Luft ab.

»Na komm, mein Mädchen. Rostislaw ist immer ein Griesgram, aber wenn man von seiner Vorliebe für heißen Schwarztee und gutes Gebäck weiß, wird er recht umgänglich«, kicherte sie an meiner Seite und drückte sanft meine Hand. »Wenn du dem alten Sturkopf von der Bibliothek bis ganz hierher gefolgt bist, musst du ja fast erfroren sein. Schmeiß deine Jacke einfach hier irgendwo hin. Im Esszimmer ist der Ofen bereits entzündet, da wird dir schön warm und ihr zwei könnt euch weiter streiten.«

Aus der Ferne ertönte ein Poltern und eine säuerliche, raue Stimme rief: »Soll ich etwa alles allein essen?«

Die Frau schüttelte lachend den Kopf und rief etwas Tadelndes als Antwort, ehe sie ihrem Mann ins Esszimmer folgte.

Ich hingegen beeilte mich, aus der Jacke zu schlüpfen und überlegte gerade, ob es unhöflich wäre, den Schal anzulassen, als ihr heller Lockenkopf erneut in dem Türrahmen erschien und sie mich ungeduldig aufforderte, ihnen zu folgen.

»Ich bin im übrigen Mascha, wie unhöflich, sich noch nicht einmal vorgestellt zu haben. Unser Benehmen ist heute aber auch wirklich katastrophal.« Sie lachte und schüttelte gleichzeitig den Kopf, was ihr feines Haar hüpfend um ihr Gesicht fliegen ließ.

»Lucy«, erwiderte ich ebenfalls lächelnd, nahm den Schal doch ab und platzierte ihn auf der Ablage eines chaotischen Garderobenständers im Flur, ehe ich Maschas Aufforderung Folge leistete, die maunzende Katze im Schlepptau.

»Ein guter Tee ist wie Balsam für die Seele, während vor der Tür die Kälte lauert. Selbst der alte Sturkopf wird nach einem Tässchen ganz friedlich, du wirst schon sehen.« Maschas freundliche Stimme hieß mich willkommen, während sie die zierlichen Tässchen mit köstlich duftendem Tee füllte.

Das schlechte Gewissen regte sich erneut in mir. An der Türschwelle verharrte ich und sah den Professor, der sich bereits an den ausladenden Esstisch gesetzt und die erste Portion Pfannkuchen verdrückt hatte, entschuldigend an. »Verzeihen Sie bitte mein ungebetenes Erscheinen, ich … Ich bin Ihnen von der Bibliothek aus hierher gefolgt und wollte Sie ein paar Dinge fragen.« Ich schluckte schwer, versuchte so den Kloß zu verbannen, der sich in meinem Hals bildete. »Meine Urgroßmutter … sie … Sie ist vor ein paar Tagen verstorben und ich möchte …«, ich stockte, wandte hastig den Blick ab, um mir nicht auch noch die Blöße zu geben und vor diesen fremden Menschen zu weinen.

»Oh nein, Rostislaw, sag doch was!« Mascha schlug mit der flachen Hand gegen den Unterarm ihres Mannes, der sich peinlich berührt räusperte und unruhig auf dem Stuhl herumrutschte.

»Ich habe nichts getan«, murrte dieser, legte jedoch seine Gabel zur Seite, erhob sich und kam auf mich zu. »Was wolltest du mich denn fragen?« Der leise Klang von Sanftheit in seiner zuvor eher schroffen Stimme entging mir nicht und ich schämte mich nur noch mehr.

»Dieses Notizbuch von Ihnen … Die Briefe darin stammten von einem gewissen Alexander Gorskij, oder? Dieser Mann war der Geliebte meiner Urgroßmutter.«

Ein lautes Klirren ließ meinen Blick zu Mascha schnellen, die mich von der Arbeitsplatte aus mit entsetzt aufgerissenen Augen anstarrte, die Überreste einer zerbrochenen Teetasse zu ihren Füßen. »Rostislaw …«, flüsterte sie beinahe atemlos.

Alles blieb still, keiner sagte etwas. Mein Blick verharrte auf der Katze, die, noch bevor die Tasse den Boden berührt hatte, bereits herangeeilt war und den gemusterten Teppich nach Essensresten absuchte. Sie schnupperte mit dem kleinen Näschen an dem verschütteten Tee und maunzte empört. Beleidigt blieb das gierige Wesen neben ihrem Frauchen sitzen und leckte sich demonstrativ das rechte Pfötchen.

»Mascha, sollte das ein Trick von dir sein …« Er verstummte und ließ den Satz unheilvoll zwischen ihnen in der Luft hängen.

Mascha seufzte genervt auf. »Ich habe nichts damit zu tun! Bei den Göttern, das Mädchen kam allein her!« Mit zitternden Händen griff sie nach der Katze. »Komm, Alissa, wir lassen die beiden in Ruhe sprechen«, sie hob das lautstark protestierende Tier hoch und eilte aus dem Raum. Im Vorbeigehen bedachte sie mich mit einer seltsamen Mischung aus Freude und Angst im Blick. Mir wurde ganz bange zumute.

»Verzeihen Sie, wenn ich etwas Falsches gesagt habe. Ich habe Ihr Gespräch mit der Bibliothekarin gehört und wollte …« Doch ich kam nicht weiter.

Mit einer raschen Bewegung schnitt der Professor mir das Wort ab, das Gesicht in einem Meer aus Falten verzogen. »Setz dich!«, forderte er mich schroff auf, blieb selbst jedoch stehen.

Ich folgte stumm seiner Anweisung, trat nun endgültig in den gut beheizten Raum und ging mit zitternden Beinen zum Esstisch. Seltsamerweise kam mir sofort das Bild eines Schafes vor Augen, das seinen Weg zum Metzger antritt und noch eine letzte Henkersmahlzeit genießen darf. Danke, liebe Fantasie, dass du mich in solch einem wichtigen Augenblick nicht im Stich lässt.

Auf einer weißen Tischdecke waren bereits Besteck und ein großer goldener Samowar[14] aufgestellt. Der Raum war, anders als der üppig vollgestellte Salon, spärlich eingerichtet. Die Fensterfront war verdeckt von hellen Rüschengardinen, an der gegenüberliegenden Seite stand ein großer Ofen, in dem das Feuer angenehm knisterte. Der grobe Holzboden sowie auch die Wand über einer sandfarbenen Bank waren mit bunt gemusterten Teppichen ausgelegt. Von meiner Zeit in Russland wusste ich, dass dies hier in den Haushalten so üblich war, um im Winter die Wärme zusätzlich im Haus zu halten, und dass die Teppiche auch ein gewisses Statussymbol darstellten. Je mehr Teppiche an der Wand und auf dem Boden, desto wohlhabender der Haushalt.

---

14 *Samowar = Ein großer russischer Wasserkocher. In der Regel sind sie sehr groß und üppig geschmückt und bereiten bis zu 20 Liter heißes Teewasser zu.

Ich setzte mich auf einen der Stühle und wartete darauf, dass der Professor sich wieder auf seinen Platz mir gegenüber setzte, wo der angebissene Pfannkuchen bereits kalt wurde, doch er verharrte nur weiterhin bewegungslos in der Tür.

»Und du bist dir ganz sicher, dass Alexander Gorskij, Admiral der russischen Marine , der Geliebte deiner verstorbenen Großmutter war? Lüg mich nicht an!«

Ich zog die Augenbrauen zusammen, versuchte die plötzlich aufkeimende Wut zu unterdrücken. Was dachte er, wer ich war? Eine dahergelaufene Fanatikerin, die Lügengeschichten erzählte, um die Aufmerksamkeit des ach so tollen Professors zu erlangen? »Meine Urgroßmutter! Und ja, ich bin mir ziemlich sicher!«, erwiderte ich trotzig wie ein kleines Kind.

Gütiger Gott, die russische Luft tat mir wirklich nicht gut, ich war all den Schnee und diese dramatischen Geheimnisse nicht gewohnt und verhielt mich nun wie eine dämliche Serienheldin, die keiner leiden kann, die aber allen Hatern zum Trotz die Hauptfigur spielt.

Ich seufzte und sank ein wenig in mich zusammen. »Okay, noch mal von vorne: Ja, ich bin mir sicher. Alexander Gorskij. Das war der Name, den meine Uroma mir genannt hatte.«

Der Professor grub seine Hände tief in die Taschen seiner Jacke und kam zu mir an den Tisch. »Tee hilft uns bei dieser Geschichte nicht weiter, hundert Gramm[15]?«, fragte er mich, und ohne meine Antwort abzuwarten, holte er unter dem Tisch eine unbeschriftete Flasche mit einer klaren Flüssigkeit hervor und goss diese in zwei Teetassen ein.

Es wurde ein langes, sehr bedrückendes und vom Wodka vernebeltes Gespräch. Der Professor erzählte mir, dass er ein entfernter Nachfahre von Alexander sei und sich in seinen Studien an der geschichtlichen Fakultät der Universität mit dem Leben seines Vorfahren und seinen vermeintlichen Heldentaten beschäftigt hatte.

»Du musst verstehen, Alexander wollte nie etwas mit Politik zu tun haben. Er ist da hineingerutscht. Nachdem er sich als Oberbefehlshaber der russischen Schwarzmeerflotte im Kampf bewiesen hatte, genoss er sehr großes Ansehen in seinem Gesellschaftsstand und als

15 hundert Gramm = Übliche Messangabe für Wodka in Russland

der russische Bürgerkrieg ausbrach und die damaligen Regierungsvorsitzenden verhaftet wurden, wurde er vom Ministerrat bedrängt, ihre Seite zu unterstützen und den neuen Regenten zu beraten.« Er seufzte schwerfällig, schenkte mir und auch sich selbst noch eine Tasse nach und spießte wütend ein Pfannkuchenstück mit der Gabel auf.

»Es war immer die Rede von einer adligen Frau, die später mit ihm zusammen verhaftet worden sei, doch meine Recherchen haben nie einen Namen aufgedeckt! Selbstverständlich kannte ich den Namen seiner ersten Frau und seiner Kinder, immerhin stamme ich von diesem Familienzweig ab, aber zum Zeitpunkt seines Todes war dieser Teil der Familie bereits aus Russland raus und nach Übersee zu entfernten Verwandten ausgewandert. Aber diese eine Frau, sie blieb bis zu seiner Exekution an seiner Seite. Ich erfuhr erst im vergangenen Jahr durch ein weiteres Tagebuch überhaupt von ihrer Existenz. In keinem Brief zuvor tauchte auch nur ein Hinweis auf ihren Namen oder ihren Verbleib auf und die von mir rekonstruierte Geschichte wies dadurch ziemlich große Lücken auf. Irgendwer hatte sich große Mühe gegeben, um die Frau aus dem Gedächtnis der Nachwelt auszulöschen und ihre Verbindung zu Gorskij zu verheimlichen. Anders ist das vollkommene Fehlen von jeglichen Aufzeichnungen und Briefen nicht zu erklären!« Er fuchtelte verzweifelt mit seiner Gabel in der Luft herum, sodass die Krümel nur so in alle Richtungen flogen.

»Ein Freund Gorskijs, ein junger Kapitänleutnant, schrieb unzählige Tagebucheinträge, in denen es augenscheinlich um Alexander und seine engsten Vertrauten ging, kürzte deren Namen aber stets mit einem Buchstaben ab. In den vorherigen Einträgen gab es auch einige Briefe, die an eine L. adressiert waren, mit denen ich aber nach wie vor nichts anfangen kann. Ich kann diese Frau nicht zuordnen, ebenso wie deine Urgroßmutter. Diese neuen Quellen werfen noch mehr Fragen auf, als sie Antworten geben.«

Je mehr der Professor mir aus der damaligen Zeit und von dem Schicksal der Beteiligten erzählte, desto schwerer wurde mein eigenes Herz. Dankbarkeit für meine eigenen Lebensumstände und eine tiefe Trauer beschlichen mich und machten mich wehmütig. Mascha hatte mehr als nur einmal nach uns beiden gesehen, als sie jedoch beim letzten Mal, nach einer hitzigen Debatte über die wahren Absichten meiner Urgroßmutter, festgestellt hatte, dass wir nicht drauf und dran waren, einander die Köpfe einzuschlagen, hatte sie sich ins Bett verabschiedet. Nun, nachdem die Erzählung des Professors aber mit jeder weiteren Tasse immer ungestümer wurde, wurde mir allmählich mulmig zumute. Obwohl auch er anscheinend nur wenige Antworten auf meine Fragen hatte, war ich nach diesem Abend ein klein wenig schlauer als zuvor.

»Alexander Gorskij war der Sohn eines Soldaten und einer Ärztin, weshalb er schon in frühen Jahren für eine Karriere beim Militär ausgebildet wurde. Keiner hatte damit gerechnet, dass er sich so gut machen und so schnell den Rang des Admirals erreichen würde. Er war für seine Kameraden nicht nur ein Vorgesetzter, sondern hatte den Ruf inne, stets mit den anderen zusammen zu kämpfen und nicht wie andere Befehlshaber sich hinter einem Schreibtisch zu verkriechen.« Die Brille des Professors saß leicht schief auf seiner Nase und seine Stimme wurde zunehmend lauter, auch wenn man deutlich hören konnte, wie viel Respekt er für seinen Vorfahren empfand.

»Wann hat er denn meine Urgroßmutter kennengelernt? Ich meine, es gab doch bestimmt nicht so viele Gelegenheiten für einen Admiral, oder?«

Der Professor nickte eifrig und goss sich und mir ein weiteres Glas ein.

»Ganz und gar nicht! Ganz und gar nicht! Die Zeit an Land war sehr wertvoll für die Marinesoldaten und Gorskij hatte Wohnsitze in St. Petersburg, Helsinki und Moskau, war dort aber so gut wie nie zugegen. Hier muss ich mich auf Gerüchte und lückenhafte Aufzeichnungen verlassen, denn die Tagebücher und die wenigen Briefe, die ich von Alexander selbst habe, geben keinerlei Aufschluss über seine gesellschaftlichen Vorlieben. Ich bin auf Berichte gestoßen, die ihn als galanten Tänzer beschreiben, und ich würde schätzen, dass er auf einer solchen Tanzgesellschaft deiner Urgroßmutter begegnet sein muss.« Er setzte seine Brille ab und streckte die Arme in die Luft, um sie zu dehnen, denn wir saßen bereits seit mehreren Stunden hier am Tisch und sprachen über die damalige Zeit.

Auch ich fühlte mich mittlerweile wie gerädert von der Flut an Informationen. Die Vermutung des Professors deckte sich mit der Erzählung meiner Urgroßmutter, was ich ihm auch gleich erzählte.

»Du musst verstehen, dass Affären für Soldaten etwas ganz Normales waren damals, man musste schnell leben, sah die eigene Frau nur selten und hatte viel Leid zu ertragen. Dass die beiden aber mehr als nur eine lockere Bettgeschichte hatten, war eher unüblich, denn für ehrliche Gefühle fehlte einfach die Zeit.«

»Meine Urgroßmutter wäre nie einfach eine Affäre eingegangen, ohne Gefühle zu haben!«, rief ich aus und spürte, wie der Alkohol meine Wangen zum Glühen brachte und mein Temperament aufloderte.

»Das sage ich ja auch gar nicht! Nur war eine solche Verbindung, wie du sie beschreibst, wirklich mehr als ungewöhnlich. Aber meine neu entdeckten Aufzeichnungen geben der Erzählung deiner Urgroßmutter recht, sie war bis zum Schluss an seiner Seite und hatte sich selbst bei seiner Hinrichtung geweigert, ihn zu verlassen. In den Tagebüchern wird kurz der Verdacht einer Verlobung geäußert, aber das kann ich mir nicht vorstellen, sie hatten kaum Gelegenheit dazu. Nachdem Gorskij zum Berater und rechten Hand des neuen Obersten der provisorischen Regierung ernannt wurde, zog er mit der Weißen Armee durchs Land und lebte im Stabsquartier …«, der Professor hielt inne und schien über etwas zu grübeln.

»Wenn ich jetzt so darüber nachdenke … Vielleicht ist mit Verlobung auch nur das Liebesversprechen als solches gemeint, denn Alexander hatte sich nie von seiner ersten Frau, Maria, scheiden lassen. Ergo konnte er auch keine zweite Ehe offiziell eingehen …« Für einen kurzen Augenblick sah der Professor so aus, als hätte er eine vollkommen neue Erkenntnis gehabt und ich konnte Eifer in seinen müden Augen erblicken.

Seine weiteren Erzählungen waren an manchen Stellen durch den Alkohol wirr und die Aussagen wiederholten sich immer wieder, aber ich hatte langsam das Gefühl, ein Gespür für Alexander zu bekommen. Der Professor sprach selbst in seinem Rausch aus Aufregung, Frustration und Wodka stets mit Ehrfurcht in der Stimme über seinen berühmten Vorfahren und auch ich konnte nicht umhin, ihn ein wenig zu mögen. Die Rolle meiner Urgroßmutter kam jedoch nicht weiter zur Sprache, was meine Gedanken und die Konzentration langsam abdriften ließ.

»Es ist so demütigend! Jahrelang habe ich für mein Buch recherchiert, alles zusammengetragen, gesammelt, getippt, verglichen und dann stelle ich vor einem Jahr fest, dass ich solch eine Lücke übersehen habe! Kaum auszumalen, wenn ich von den Tagebüchern nie erfahren hätte. Eine entfernte Cousine hatte sie in ihrem Besitz und erst nach ihrem Ableben wurde ich als Erbe über ihre Existenz in Kenntnis gesetzt! Die von der Fakultät wollen natürlich nichts mehr darüber wissen und sehen meine Arbeit als getan an, aber ich weiß doch, dass sie falsch ist. Meine Geschichte ist eine Lüge!« Er hickste peinlich berührt.

Ich selbst erwischte mich dabei, wie ich bereits seit einigen Minuten nur dümmlich vor mich hin grinste.

Zögernd schüttelte ich den Kopf. »Herr Professor, ich danke Ihnen für den Abend und Ihre Informationen, aber ich werde mich langsam auf den Weg machen.« Meine Wangen brannten vom Ofenfeuer und dem Alkohol und ich kam etwas wackelig auf die Beine.

»Aber nein! Jetzt habe ich Tor die ganze Zeit geschwafelt, dabei ist dein Teil der Geschichte so viel spannender, erzähl mir alles, was du noch von deiner Urgroßmutter weißt!«, forderte er mich auf und griff über den Tisch nach meiner Hand. In seinen Augen lag die Verzweiflung eines Wissenschaftlers, der unmittelbar vor der Lösung eines Problems stand. »Möchtest du einen Blick auf einen der Einträge werfen? Ich habe sie hier und kann sie dir zeigen!«

Es war mir nicht möglich, die Bitte dieses Mannes, der sich innerhalb eines Abends von einem verschrobenen Griesgram zu einem leidenschaftlichen Visionär entwickelt hatte, abzulehnen. Ich war nicht gewillt zuzusehen, wie meine Worte den letzten Hoffnungsschimmer in seinen Augen zum Schmelzen brachten, also nickte ich. »Gerne.«

Hastig sprang der Professor von seinem Stuhl und lief aus dem Raum. Ich blieb allein mit den verwirrenden Gedanken in meinem Kopf zurück. Mir war mittlerweile schwindelig von all den neuen Erkenntnissen, dem Alkohol und dem üppigen Essen. Ich konnte mir kaum vorstellen, wie frustrierend es für den Professor sein musste, festzustellen, dass all die Jahre seiner Arbeit praktisch umsonst waren und er die Recherche von vorne beginnen musste.

»Hier! Ich habe dir ein paar schöne Seiten herausgesucht, schau nur!« Ich nahm ihm vorsichtig eine der leicht vergilbten Seiten aus der Hand. Die Worte darauf waren mit Tinte geschrieben und mit den Jahren bereits leicht verblasst. Ehrfürchtig strich ich mit dem Finger über die Buchstaben und las die liebevoll verfassten Zeilen.

Meine geliebte L.

Es sind bereits einige Monate seit deinem Verschwinden vergangen. Ich kann mir nicht vorstellen, wo du dich gerade befindest oder was dir zugestoßen sein mag, einzig die Hoffnung, du könntest zurückkehren, lässt mich jeden Tag aufs Neue aufstehen. M., N. und V. sind weiterhin verschollen. Alexander und C. setzen alles daran, die drei zu finden, doch bislang fehlt von ihnen jede Spur, sodass ich auch die Hoffnung, du könntest bei ihnen sein, praktisch aufgegeben habe. Ganz gleich, wohin mein Blick fällt, ich sehe überall dein Lächeln, spüre deine Lippen auf meinen und bin dem Wahnsinn nahe, wenn ich daran denke, dass das alles nun der Vergangenheit angehören soll. Solltest du jemals diese Zeilen lesen, bedeutet es, dass meine Vermutung stimmt und du wahrlich fort bist. Ich bete dafür, dass es dir gut geht und du glücklich bist.

In ewiger Liebe,
dein L.

Meine Augen hatten sich mit Tränen gefüllt und meine Hände zitterten beim Lesen. Ob vor Alkohol oder aus Rührung, das wusste ich nicht, die Zeilen stürzten mich jedoch in ein kaum zu begreifendes Gefühlschaos. Jeder Satz, jedes Wort schien mit Liebe für L. gefüllt.

Ich kam nicht umhin, mich zu fragen, was eine solche Liebe auslöste, was einen Menschen dazu veranlasste, jeden Tag einen Brief an eine bereits verstorbene Person zu schreiben, einzig um die Erinnerung an sie zu bewahren. Es war gleichermaßen traurig wie wunderschön.

Die nächste Seite, die der Professor mir reichte, befasste sich mit einem Bericht über eine große Schlacht, in der sich der Verfasser zusammen mit Alexander befunden hatte und in der er am Arm verwundet wurde. Es war wieder die Rede von M. und den anderen, was mir sofort die Frage durch den Kopf schießen ließ, ob es sich bei dieser Person nicht um meine Urgroßmutter Marina handelte.

»Viele der Seiten sind durcheinander und müssen nach und nach chronologisch geordnet werden, aber erst muss ich sie von der Fakultät absegnen lassen. Als hätten diese Idioten auch nur den Hauch einer Ahnung, wie wertvoll diese Aufzeichnungen sind!«, blaffte der Professor und setzte sich an meine Seite.

Er betrachtete nachdenklich die Seiten. Hatten diese Tagebücher womöglich Antworten auf meine Fragen? Ich wollte um jeden Preis noch mehr über diesen geheimnisvollen Mann und die Geschichte meiner Urgroßmutter erfahren. Aber je näher ich diesem Ziel kam, desto weiter schien das Bild von meiner Babushka zu verwässern. Was war damals nur alles geschehen? Warum wurden sie und Alexander getrennt?

Langsam wurden meine Augen schwer und ich konnte ein Gähnen nicht unterdrücken. »Herr Professor, verzeihen Sie, aber ich muss zurück zum Hotel, es waren so viele Informationen auf einen Schlag, dass mir der Kopf rauscht«, nuschelte ich und der alte Mann nickte ergeben, nachdem er selbst genüsslich gegähnt hatte.

Ich verabschiedete mich an der Tür von ihm und er nahm mir das Versprechen ab, dass ich meine Mutter ein wenig über meine Uroma ausfragen und mich dann bei ihm melden würde. Es war mir jetzt schon bewusst, dass auch meine Mutter die Antworten auf seine Fragen nicht liefern konnte, denn sie und Babushka Marina hatten sich nicht besonders nahegestanden.

Natürlich hatten sie einander geliebt, aber meine Mutter war schon sehr früh mit ihren Eltern nach Deutschland gezogen und der Kontakt zu meinen Urgroßeltern war danach mehr als dürftig gewesen. Erst nachdem mein Uropa starb und Oma nach Moskau zurückkehrte, um Babushka Marina zu unterstützen, hatten sie wieder Kontakt zueinander aufgenommen. Ich hatte die beiden mit meiner Mutter zusammen in Moskau besucht, als ich noch ganz klein war, erinnerte mich da aber kaum daran. Als meine Oma nach einer schweren Krankheit verstarb und Mama sich in den Alkohol flüchtete, hatte ich häufig mit meiner Uroma telefoniert. Meine Babushka Marina war schon immer die Stärkste in unserer Familie gewesen.

Sie litt zweifelsohne sehr unter dem Verlust ihrer Tochter, war jedoch immer noch Herr ihrer Sinne und für mich eine große Stütze in diesen schweren Tagen.

Der Professor nickte mir noch ein letztes Mal zu und verschwand in der tröstenden Wärme seines Hauses. Draußen war es, wenn möglich, noch kühler geworden und die Laternen spendeten nur spärliches Licht. Dunkel und einsam lag die Straße vor mir, der Wind hatte zwar aufgehört, aber dafür schneite es nun wieder dicke Flocken vom Himmel. Sie glitzerten und tanzten vor meinen Augen und ihre Frische klärte etwas den Alkoholdunst in meinen Gedanken.

Ich schob den Schal höher ins Gesicht und ging langsam in Richtung der Bibliothek zurück. Von dort aus konnte ich hoffentlich ein Taxi nehmen und zurück zum Hotel fahren.

Die Schneeflocken vor meinen Augen verdichteten sich immer mehr und mir schwirrte langsam der Kopf von dem ganzen Wodka, den Geschichten des Professors und dem vielen Weiß um mich herum. Ich hielt einen Augenblick inne und blinzelte. Plötzlich ließ ein Schaben vor mir mich zusammenzucken.

Sehr gute Idee, allein im Dunkeln betrunken herumzuwanken und sich kein bisschen auf seine Umgebung zu konzentrieren, schimpfte ich in Gedanken über mich selbst. Alarmiert sah ich mich um, konnte durch den vielen Schnee jedoch nicht sonderlich viel erkennen. Ein beklemmendes Gefühl, beobachtet zu werden, überkam mich und ließ mich noch mehr frösteln. Okay, jetzt nur nicht panisch werden. Das war bestimmt eine Katze oder ein Straßenhund.

Ganz langsam ging ich weiter, meine Kehle war wie ausgedörrt. Es erklang erneut ein leises Klirren und dieses Mal konnte ich ganz klar einen Umriss erkennen. Ein breitschultriger Mann in einer weißen Jacke und dunkler Hose. Er stand mit dem Rücken zu mir, an seiner Seite erkannte ich die Form eines langen …Schwertes? Was? Das war unmöglich! Welcher Irre lief hier denn zu dieser Uhrzeit mit einem Schwert herum? Ja, Lucy. Ein Irrer mit einem Schwert wäre zu einer anderen Tageszeit weniger auffällig, dachte ich bei mir und schüttelte über meine eigene Blödheit den Kopf. Ich blinzelte und war mir beim nächsten Hinsehen nicht mehr sicher, ob es wirklich ein Schwert oder nur ein Ast war, den der Fremde in der Hand hielt. Meine Sicht war getrübt und die Schneeflocken machten es auch nicht gerade leichter, etwas zu erkennen. Wo war der Mann überhaupt so schnell hergekommen und warum habe ich ihn nicht vorher bemerkt? Ich blieb stehen und duckte mich in den Schatten eines Hauseingangs.

Nervös kramte ich so leise wie möglich in meiner Handtasche nach dem Handy und musste entsetzt feststellen, dass der Akku wieder einmal leer war.

»Hallo?«, fragte ich mit brüchiger Stimme und ermahnte mich sofort selbst zur Ruhe. Verdammt! Verdammt! Verdammt!

Ich hätte doch ein Taxi zum Haus des Professors bestellen sollen und nicht große Töne spucken und behaupten, dass ich die paar Meter zur Bibliothek und dem Taxistand auch allein laufen könnte. Wie konnte man nur so doof sein?

Nur keine Angst , bisher war ja noch gar nichts passiert. Meine Hände zitterten so sehr, dass mir die Handtasche entglitt und mit einem Poltern zu Boden ging. Ich fluchte innerlich. Der Mann versteifte sich, machte jedoch keine Anstalten, sich umzudrehen.

»Nicht umdrehen, geh einfach weiter«, murmelte ich und schickte ein stummes Gebet gen Himmel.

Langsam, fast wie in Zeitlupe drehte sich der Mann zu mir um. Sein Gesicht lag im Schatten, aber ich konnte die goldenen Verzierungen auf seinen Schultern erkennen. Er musste ein Soldat oder so was Ähnliches sein. In meinen Erinnerungen tauchte ein anderes Bild von einem Mann in Uniform auf. Der merkwürdige Fremde im Bus, der mich so durchdringend angesehen hatte, beinahe so, als würde er mich kennen.

»Lassen Sie mich in Ruhe! Ich habe ein Pfefferspray dabei«, rief ich viel mutiger, als ich mich fühlte und hob schnell meine Handtasche vom Boden auf.

Er antwortete nicht, stand einfach nur da und blickte in meine Richtung. »Okay … ich werde Ihnen nichts tun, wenn Sie einfach da stehen und mich in Ruhe lassen, klar?« Ich wollte gerade die Straßenseite wechseln, um möglichst viel Abstand zwischen uns zu bringen, als die Gestalt vor mir zusammenzuckte und mit schnellen Schritten auf mich zueilte.

Ich schrie auf, schüttelte die Tasche mit fahrigen Händen und versuchte etwas darin zu finden, was ich als Waffe benutzen konnte.

Natürlich hatte ich kein Pfefferspray dabei. Es lag gut behütet und gewärmt irgendwo in meinem Hotelzimmer. Stattdessen ertasteten meine Finger den Griff der großen Haarbürste, die ich herauszog und damit angriffslustig herumwedelte, in der verzweifelten Hoffnung, den Mann zu verschrecken.

Er machte keine Anstalten, langsamer zu werden. Meiner Ausweglosigkeit bewusst, warf ich meine Tasche mitsamt dem gesamten Inhalt, den eine Frau halt so mit sich herumschleppt, in sein Gesicht, wirbelte schnell herum und rannte los. Die Haarbürste wie einen letzten Hoffnungsschimmer fest ergriffen, schlitterte ich über die vereiste Straße und hoffte inständig, noch schnell genug zum Haus des Professors zu kommen, ehe der Typ mich einholen konnte.

Noch im Laufen rutschte mein rechter Fuß auf dem Boden aus und ich verlor das Gleichgewicht.

Mir blieb keine Gelegenheit, nach etwas zu greifen oder auch nur daran zu denken, es zu tun. Hart krachte ich rückwärts auf die vereiste Straße. Mein Kopf summte und vor meinen Augen tanzten Schneeflocken. Wie bei einer Bildstörung im Fernseher verschwamm der dunkle Himmel zu einem blauen Hintergrund. Ich blinzelte verwirrt, stöhnte. Hinter dem Glitzern der Sterne strahlte hier und da ein Sonnenstrahl hindurch und mir war plötzlich nicht mehr ganz so kalt. Mein Körper fühlte sich wie Blei an, ich war kaum in der Lage, auch nur einen Muskel zu rühren, da erklang unmittelbar vor mir wieder dieses Klirren. Angst erfüllte mich. Die Bilder tanzten unruhig vor meinen Augen und wechselten von hell zu dunkel und wieder zurück. Immer schneller und schneller, in einem stetigen Wirrwarr aus Sternen und Sonnenschein. Nur undeutlich erinnerte ich mich an die Gefahr, in der ich mich befand, und dass ich eigentlich schnell auf die Beine kommen musste. Aber mein Verstand weigerte sich, die nötigen Befehle an meinen Körper zu senden.

Ich war einer Ohnmacht nahe und einzig das panische Rasen meines Herzens hielt mich bei Bewusstsein. Wie in einem aberwitzigen Karussell wirbelten meine Gedanken durch den Kopf. So viele Dinge waren in den letzten Tagen passiert, ich hatte einiges erfahren und doch nicht einmal die Hälfte davon verstanden.

Ein Bild drängte sich ganz deutlich vor das ganze Durcheinander in meinem Kopf und müde ergab ich mich der Projektion, schloss die

Augen, damit der unbeständige Himmel sie nicht wieder auslöschen konnte. Klar und deutlich konnte ich das Foto aus dem Medaillon erkennen. Zwei Gesichter, so fremd und gleichzeitig so vertraut. Ich tastete in meiner Jackentasche nach dem Anhänger und legte die Hand darum, in der Hoffnung, die Erinnerung an meine Urgroßmutter würde mir irgendwie helfen.

Das Schaben erklang nun direkt neben mir. Panisch riss ich meine Lider auf und blickte in zwei grüne Augen voller Bedauern. Ich wollte schreien, um mich treten, ihn beißen oder sonst etwas tun, aber ich kam einfach nicht hoch. Alles vor meinen Augen nahm einen milchigen Filter an und das Gesicht des Mannes verschwamm im Wechselspiel des Himmels. Im nächsten Moment verschwanden auch die Augen aus meinem Sichtfeld und die Ränder wurden dunkel. Während ich mich in die bittersüße Dunkelheit der Ohnmacht fallen ließ, kehrten meine Erinnerungen an die Vergangenheit zurück.

Es war ein verschneiter Tag, als ich mit dem Kopf bei Babushka Marina auf dem Schoß lag, während sie mir sanft mit der Hand durchs Haar strich. Die junge Lucy hatte die Augen geschlossen und lauschte einer leisen Melodie, die sie verträumt vor sich hin summte. Schließlich verschluckte das Schwarz auch dieses Bild und nur noch die Ahnung eines gehauchten Schlafliedes begleitete mich hinab ins Nichts.

Kapitel 7

Laute Geräusche schwirrten um mich herum. Von irgendwoher drangen ein Frauenlachen und der Schrei eines Babys zu mir durch. Meine Augenlider fühlten sich schwer an, als ich sie zu öffnen versuchte. Ein stechender Geruch nach geräuchertem Fisch und Malzbier lag in der Luft.

Nur langsam kamen die Erinnerungen wieder: da waren eine verschneite Straße … viel Alkohol … grüne Augen, die aus der Dunkelheit auf mich herabblickten. Grüne Augen? Der Fremde!

Sofort war ich hellwach und setzte mich auf. Falsche Entscheidung. Mein Kopf fühlte sich an, als würde er jede Sekunde explodieren. Ein buntes Feuerwerk aus Farbsprenkeln und grellen Lichtblitzen tanzte vor meinem Sichtfeld. Ich blinzelte, immer und immer wieder, um überhaupt etwas sehen zu können. Verschwommene Gestalten huschten vor mir auf der Straße hin und her, begleitet von undefinierbaren Gesprächsfetzen und einem fordernden Kinderschrei.

Verdammt, konnte irgendwer dieses Baby zum Schweigen bringen? Jedes Geräusch bohrte sich wie eine scharfe Klinge in meinen Kopf und ließ mich zusammenzucken. Und mir war heiß, so unsagbar heiß.

»Benötigen Sie Hilfe?«, fragte eine Männerstimme aus dem bunten Haufen aus vorbeilaufenden Menschen heraus.

Wie lange musste ich wohl hier bewusstlos gelegen haben, wenn bereits so viele Passanten auf den Straßen waren? Langsam lichtete sich das Farbenspiel und ich konnte undeutlich eine breite Gestalt vor mir stehen sehen. »Alles gut, denke ich. Wie spät ist es?«, fragte ich mit rauchiger Stimme.

Ach du heiliges Kaninchen! Was war nur mit meiner Stimme los? Ich hörte mich an, als hätte ich über Monate hinweg mindestens fünf

Schachteln Zigaretten am Tag geraucht. Kratzig und rau kamen die Worte über meine Lippen.

»Die Uhr hat gerade zehn geschlagen. Aber wenn ich darauf hinweisen darf, Sie sollten in dieser Gasse nicht einfach so herumliegen. Das gehört sich doch nicht für eine Dame«, sagte die Gestalt vor mir.

Ich musterte ihn völlig perplex, unfähig, auch nur ein Wort zu sagen oder den Fremden genauer erkennen zu können. Er murmelte noch etwas Undefinierbares in seinen Bart hinein und ging kopfschüttelnd an mir vorbei, seinen pikierten Blick konnte ich, auch ohne ihn allzu deutlich sehen zu können, auf mir spüren. Das gehört sich nicht für eine Dame? Was für eine Ausdrucksweise! Er hörte sich an, als wäre er gerade eben einem Jane-Austen-Roman entsprungen. Stolz und Vorurteil in Russland, das wäre sicherlich ein neuer Bestseller!

Ganz langsam zog ich mich an der Wand hoch und versuchte, nicht allzu offensichtlich zu taumeln. Ich schwitzte am ganzen Körper, der Pullover klebte unangenehm an meiner Haut, aber ich stand schon mal auf meinen Füßen, das war doch ein guter Anfang.

»Sind Sie schwachsinnig?«, fragte eine Stimme irgendwo an meiner Seite. Ich folgte ihrem Klang und konnte zunächst niemanden ausmachen, ehe ich den Blick etwas senkte und eine schemenhafte Kindergestalt erblickte.

»Was?« Ich schüttelte den Kopf, versuchte klar zu denken und meinen Blick zu fokussieren.

»Mutter sagt, ich darf nicht mit Ihnen sprechen, weil Sie schwachsinnig sind. Sie holt gerade Fisch am Hafen, aber ich habe gesagt, dass Sie gewiss nur erschöpft sind und sich auf der Straße zum Schlafen hingelegt haben, so ist es doch, oder?« Das kleine Geschöpf starrte mich aus unschuldigen Augen neugierig an.

»Geh zu deiner Mama und lass mich in Ruhe«, blaffte ich es an und stellte erleichtert fest, dass sich meine Sicht langsam klärte.

Das Mädchen neben mir konnte nicht älter als zehn Jahre alt sein. Es hatte braune Locken, die ein wenig wild von ihrem Kopf abstanden, aber ursprünglich zu einer Hochsteckfrisur gehören mussten. Hier und da sah ich im warmen Sonnenlicht noch ein paar vereinzelte Haarnadeln glitzern. Aus ihrem runden Gesicht strahlten aberwitzig große Augen, die mich neugierig anfunkelten.

»Das ist aber nicht höflich! Mutter sagt, man muss immer höflich sein!«, schimpfte das kleine Wesen mit mir. Beim Klang der durchdringenden Kinderstimme bekam ich erneut Kopfschmerzen.

»Kannst du bitte etwas leiser sprechen?«, raunte ich schmerzerfüllt. Eine Hitzewelle überkam mich erneut und ich begann, an meiner Jacke zu zerren, um sie aufzuknöpfen. Genervt sah ich anschließend auf das Mädchen hinab und erschreckte beim Anblick seines dünnen Sommerkleidchens.

»Sag mal, bist du denn des Wahnsinns? Es herrschen Minusgrade und du läufst hier wie im Sommer herum! Hier …« Ich machte Anstalten, ihr meine Jacke zu reichen, da erklang von irgendwo weiter vorne panische Rufe.

»Elisabetha! Elisabetha! Komm sofort her, weg von dieser Person!« Eine aufgeregt kreischende füllige Frau kam auf uns zugeeilt und riss das Mädchen von mir fort. Auch sie trug ein feines Sommerkleid mit einem Meer aus Spitzenrüschen und Blumen darauf. Die Krönung dieses scheußlichen Outfits bildete ein überdimensionaler quietschgelber Hut mit einer einzelnen Feder, die wie eine flauschige Antenne gen Himmel gerichtet war.

»Mutter, die Frau ist nicht schwachsinnig. Sie hat ganz normal gesprochen.« Das Mädchen riss sich aus den schützenden Armen ihrer Mutter und kam wieder auf mich zu. »Sie riecht wie Papa, wenn er von seinen Freunden heimkehrt.«

Verwirrt schnupperte ich an meinen Klamotten und verzog angewidert das Gesicht. Ich stank fürchterlich. Eine Schnapsleiche war nichts im Vergleich zu meiner penetranten Duftnote.

»Elisabetha, rede nicht solch einen Unsinn und komm von dieser Gestalt fort. Zügig, bevor ich es deinem Herrn Vater erzähle und es zu Hause Schelte gibt.«

Ich setzte gerade meinerseits zu einer wütenden Ansprache über Verantwortung und die richtigen Klamotten für ein kleines Kind an, als mir auffiel, dass auch andere Leute, die über die Straße liefen, ähnlich angezogen waren.

Die Frauen allesamt in feine Kleider gehüllt, die Männer in Armeeuniformen oder Gehröcke gekleidet. Vereinzelt sah man auch Pferdekutschen über die Straße rattern und weiter vorne schien sich eine Art Hafenmarkt zu befinden. Reihe an Reihe standen Fisch- und Gemüsestände auf einer kleinen Fläche direkt vor dem Bibliotheksgebäude. Nur dass die Bibliothek, anders als gestern Nachmittag, ein kleines gedrungenes Gebäude ohne die Figuren berühmter Schriftsteller oder jeglichen Prunk war. Stattdessen sah es aus, als wäre es ein ganz normales Häuschen. Waren Dostojewski und Co. etwa über Nacht auf Wanderschaft gegangen? Ich taumelte rückwärts gegen die Wand.

Vor mir starrte Elisabetha aus ihren Puppenaugen zu mir empor. »Ist Ihnen nicht wohl?«, fragte sie mich mit dem Ernst eines Erwachsenen in der Stimme.

Jetzt bemerkte auch ich endlich das Wichtigste: Es gab keinen Schnee. Weit und breit war kein einziges Schneeflöckchen zu sehen und auch die Temperatur schien mehr als angenehm. Deswegen schwitzte ich auch so fürchterlich. Der Sturz muss weitaus schlimmer gewesen sein, als ich zunächst dachte. War ich womöglich gestorben und in einem Paralleluniversum aufgewacht? Oder gar erfroren? Ich konnte unmöglich den ganzen Winter auf der Straße verschlafen haben!

»Himmel, was ist denn bloß los hier?«, rief ich erstickt und erschreckte Elisabethas Mutter so sehr, dass sie laut aufkreischte, die Hand ihrer Tochter endlich zu packen bekam und sie von mir fortzog. Im Weggehen sah ich, wie sie sich noch mehrmals hastig bekreuzigte. Elisabetha hob traurig die Hand und winkte mir zu, ehe die beiden zwischen den Menschen verschwanden.

Ich zwang mich selbst zur Ruhe, folgte den beiden hinaus auf die Hauptstraße und besah alles genauer. Die altertümlichen Ständchen auf dem Hafenmarkt machten einen höchst unhygienischen Eindruck, die übrigen Passanten starrten mich allesamt pikiert oder naserümpfend an und ein grauhaariger alter Mann in ausgeblichener Armeekleidung beschimpfte mich offen heraus als »Hure«.

Eine jüngere Frau mit einem rot-gelben Hut stieß mich unsanft im Vorbeigehen zur Seite und fuchtelte anschließend mit ihrem gerüschten Sonnenschirm vor meiner Nase herum. »Pass gefälligst auf, wem du dich in den Weg stellst! Weißt du denn nicht, wen du hier vor dir hast? Ein Wort von mir und du darfst den Rest deines elendigen Daseins im Kerker verbringen, während wir alle den Sieg feiern!«, zeterte sie näselnd und hörte erst auf, als ein junger Mann in einem feinen Gehrock und glänzenden Lederstiefeln sie an den Armen packte und ihr etwas ins Ohr flüsterte.

Sie kicherte, betrachtete mich noch einen Moment und hatte endlich die Güte, die Spitze des Sonnenschirms aus meinem Gesicht zu entfernen. »Bedanke dich bei Oleg Iwan Wassiljewitsch, wäre er nicht so freundlich, mir einen neuen Rock zu spendieren, würde ich dich geradewegs zu meinem Vater führen!« Sie rümpfte noch einmal hoheitsvoll das feine Näschen und entschwand eingehakt am rechten Arm des Mannes. Dieser drehte sich noch einmal kurz zu mir um, musterte mich mit einem anzüglichen Blick und zwinkerte, ehe er seine Aufmerksamkeit wieder auf die lächerlich kichernde Frau richtete.

Mir lief es vor Ekel eiskalt über den Rücken. Während der gesamten Szene hatte ich den Mund gehalten. Nicht, weil ich nichts zu sagen gehabt hätte. Es hatte mir schlicht und ergreifend vor Empörung die Sprache verschlagen. Wo war ich hier nur gelandet? Die elende Hitze und der allgegenwärtige Gestank nach Fisch und Salz ließen erneut meine Sicht verschwimmen. Mein Magen rebellierte. Nach diesem kurzen Kulturschock flüchtete ich zurück in die Gasse. Wollte nur noch fort von diesem Ort, fort von dem Gestank, um wieder klar denken zu können.

Mit laut pochendem Herzen ließ ich mich im Schatten eines mächtigen Hauses auf den Boden sinken und kauerte mich zusammen. Den Kopf in den Händen verborgen, wiegte ich mich vor und zurück. *Es wird alles gut, alles wird gut. Es muss alles ein Missverständnis sein. Oder ich bin doch verrückt geworden.* Nein, Verrückte wussten doch nicht, dass sie verrückt sind, oder? *Verrückte denken, dass sie normal sind und handeln verrückt, während normale Menschen daran zweifeln, ob sie verrückt sein könnten und deswegen beginnen, verrückt zu denken, ohne dies wirklich zu sein, denn eigentlich denken sie ja normal.*

Ich schüttelte den Kopf. *Okay, zu viele wirre Gedanken. Ganz ruhig, Lucy. Sammel dich und denk nach!* Mir fielen der Professor und seine Frau ein. Sofort war ich wieder auf den Beinen. Wenn ich das Haus fand, würden sie mir bestimmt erzählen können, was passiert ist.

Vielleicht befand ich mich ja auch in einer Folge Doctor Who, wo jeder die Parallelwelt für die normale hält und ich allein den Unterschied sehe und nur vergessen habe, dass ich mit dem Doctor reise? Ich schnaubte. Schwachsinniger Gedanke, als könnte man so etwas Wichtiges einfach vergessen! *Jetzt nur nicht durchdrehen.* Ein irres Lachen drang aus meiner Kehle. Mit stampfenden Schritten lief ich tiefer in die Seitenstraße hinein und versuchte mich an den bunten Hausfronten irgendwie zu orientieren. Waren sie gestern auch schon alle so bunt gewesen? War es überhaupt die gleiche Straße? Alles sah so anders aus!

In einem plötzlichen Anfall von Wut und Ungeduld riss ich mir die Jacke vom Körper und schleuderte sie unachtsam gegen eine weizengelbe Hauswand. Auf den Straßen herrschten mindestens dreißig Grad und ich lief hier in Winterjacke und Schal herum. Auch der Schal landete auf der Straße, gefolgt von meinem Pullover.

Mit geschlossenen Augen reckte ich meinen Kopf der Sonne entgegen. Die warmen Strahlen trafen auf mein fiebrig glühendes Gesicht. Schon besser, zum Glück hatte ich im Hotelzimmer noch eine weiße Bluse unter den Pulli gezogen. Sie war zwar nicht schön, aber erfüllte ihren Zweck. Als vom Hafen her eine feine Brise zu mir wehte, lächelte ich leicht und hatte endlich die Kraft, weiterzugehen.

Nach einer gefühlten Ewigkeit, in der ich wie eine Wahnsinnige die gesamte Straße dreimal rauf und runter gehastet war, unzählige merkwürdig gekleidete Menschen beinahe über den Haufen gerannt hatte und mir eine Menge Beschimpfungen gefallen lassen musste, blieb ich vor einem Haus stehen, das vielleicht, ganz vielleicht das richtige sein könnte. Es hatte über Nacht zwar eine grüne Fassade bekommen und die Tür, die vorher zu einem Keller hinunterführte, war einer winzigen Grasfläche gewichen – aber hey, das war noch nicht einmal die größte Veränderung am heutigen Tag! Mit einer grünen Fassade konnte ich noch leben. Aber die Entfernung stimmte ungefähr und auch die Fenster wirkten ähnlich, wenn auch nicht ganz gleich. Mit meinem rasenden Herz um die Wette schlagend, hämmerte ich wie wild gegen das Holz der Tür.

»Ja, doch. Ja, doch!«, drang eine gepresste Männerstimme von der anderen Seite der Tür und schlurfende Schritte wurden hörbar. Ungeduldig verlagerte ich das Gewicht von einem Fuß auf den anderen und musste mich regelrecht dazu zwingen, nicht die Hand zu erheben, um erneut gegen das farbenfrohe Holz zu klopfen.

Mit einem leisen Quietschen öffnete sich die Tür und offenbarte den Blick auf einen alten Butler. Der dunkel gekleidete Herr mit äußerst adrettem Gesicht und einem akkuraten Seitenscheitel hätte problemlos bei einer Folge Downton Abbey mitspielen können. Während ich ihn erstaunt anstarrte (denn ich war mir ziemlich sicher, dass gestern Nacht noch kein Butler in diesem Haus zu finden war!), fiel auch sein glasiger Blick auf meine zweifelsohne sehr dreckige Gestalt und unter dem bohrenden Stieren seiner schmalen Augen kam ich mir unwillkürlich wie eine schmuddelige Ratte oder etwas ähnlich Abstoßendes vor.

»Sie wünschen?«, näselte der Mann vor mir mit zusammengezogenen Augenbrauen.

»Ähm … Entschuldigen Sie bitte, aber könnte ich den Professor sprechen … bitte.«

Dem Blick des Butlers nach zu urteilen hielt er mich für jemanden, der nicht in der Lage war, das Wort »Professor« auch nur zu buchstabieren und dennoch nickte er höchst majestätisch, trat einen Schritt zurück und forderte mich mit einer galanten Verbeugung dazu auf, ins Innere des Hauses zu kommen.

Ich tat ihm den Gefallen, jubelte innerlich, dass ich augenscheinlich doch das richtige Haus gefunden hatte!

»Folgen Sie mir in die Küche, dort können Sie warten, bis ich dem Herrn Professor Ihr Erscheinen angekündigt habe.« Seine Stimme stand im starken Kontrast zu der akkuraten Erscheinung und ließ ihn ein wenig wie einen Möchtegernschauspieler wirken.

Ich nickte dümmlich und folgte ihm durch den schmalen Flur in die Küche. Mir fiel auf, dass die beiden Eheleute praktisch über Nacht nicht nur einen Butler engagiert, sondern auch die gesamte Dekoration und das Mobiliar verändert hatten. Auch der Umriss des Hauses und die Zimmerverteilung schienen anders zu sein. Irgendwo tief in meinem Verstand schrie mich eine befremdliche Gewissheit an, nicht so dumm zu sein und zu überlegen, was das bedeuten könnte.

Aber ebenso wie eine semiintelligente BH-Blondine aus einem Horrorfilm, die genau wusste, dass der Keller der wohl dunkelste Ort im gesamten Haus war und es kein Entkommen von dort gab, immer in den Keller flüchtete, um sich vor den Killern zu verstecken, so weigerte auch ich mich in diesem Zusammenhang meinen Verstand einzuschalten und folgte stur wie ein verdammter Ziegenbock dem Butler in die Küche.

»Bitte nehmen Sie einen Augenblick Platz, ich bin gleich wieder zurück.« Er wies mit seiner behandschuhten Hand auf einen ziemlich unbequem aussehenden Hocker neben einer langen Holztheke und gab der stämmigen Köchin, die gerade zwei junge Dienstmägde mit allerlei Schimpfworten bedachte, ein Zeichen, mich im Auge zu behalten.

Von seinem Misstrauen gekränkt beschloss ich, mich höchst damenhaft auf den Hocker zu setzen und mit geradem Rücken und hochgerecktem Kinn auf seine Rückkehr zu warten. Gut, wozu hatte ich denn alle möglichen historischen Filme und Bücher über die Jahre verschlungen? Wenn hier alle einen auf Adelsfamilie machten, so konnte ich dies gewiss auch.

»Ich bin doch keine Kinderfrau, um hier auf irgendwelche Mädchen aufzupassen!«, plusterte sich die Köchin mit schwingendem Nudelholz auf.

Ich riss die Augen auf, in der Befürchtung, sie würde mich mit dem mehligen Ding jeden Augenblick erschlagen, aber sobald der Butler kopfschüttelnd und vor sich hin murmelnd um die Ecke verschwunden war, ließ sie das Küchengerät mit einem lauten Knall auf die Theke fallen. Ihre winzigen Schweinsäuglein, die aus einem wuchtigen Gesicht mit fleckigen roten Wangen und schmalen Lippen auf mich gerichtet waren, musterten mich abschätzend.

»Du da! Wer bist du?«, rief sie im Befehlston eines ranghohen Offiziers, während sich die Dienstmägde hastig aus dem Staub machten.

Ich zog eine Augenbraue in die Höhe und bemühte mich um Haltung. »Mein Name ist Lucinda Derewanko und ich bin Gast des Professors«, erwiderte ich herrschaftlich und ließ es mir nicht nehmen, der Köchin von oben herab zuzunicken. Jedes Mal, wenn ich mich mit meinem vollen Vornamen vorstellen musste, hatte ich plötzlich das Gefühl, meine Mutter irgendwo auflachen zu hören. Ich hasste diesen Namen, sie liebte ihn.

Wie viele Diskussionen wir über die Folter, ein kleines Mädchen Lucinda zu nennen, geführt hatten, konnte ich nicht mehr zählen. Sobald ich erst einmal genügend Geld zusammen hatte, würde ich mich augenblicklich in Lucy umbenennen, schließlich war es mein Name und sollte auch zu mir passen und nicht nur meiner Mutter ein Lachen entlocken, wenn ich mich wieder einmal über ihre Boshaftigkeit aufregte.

»Hätten Sie die Güte, mir einen Kaffee einzuschenken?«, trieb ich es noch weiter auf die Spitze. Jetzt, wo die Frau unbewaffnet und mehrere Schritte von ihrem Nudelholz entfernt war, fasste ich Mut und verlangte nach dem Zaubertrank, von dem ich hoffte, dass er vielleicht mehr Licht in all diesen Irrsinn bringen konnte.

Die Köchin starrte mich einige Sekunden sprachlos an, ehe sie den riesigen Kopf schüttelte. Feine Löckchen kamen unter ihrer Haube zum Vorschein.

»Tee. Eine Dame trinkt keinen Kaffee. Pfui!«, schimpfte sie.

Ich wollte gerade einwerfen, wie egal mir das war und dass ich für einen vernünftigen Kaffee auch meine Seele verkaufen würde, als Männerstimmen hinter uns laut wurden und ich meine Aufmerksamkeit zum Flur verlagerte.

»Was soll denn heißen obdachlos? Himmelherrgott, warum laden Sie eine Obdachlose in mein Haus ein?«, donnerte eine fremde Männerstimme von der Tür aus.

Ein ergrauter Mann Mitte vierzig stand mit verschränkten Armen, den schuldbewusst dreinblickenden Butler im Rücken, plötzlich vor mir. Sein teurer Anzug wirkte zwar ein klein wenig altbacken, aber er saß makellos und verlieh ihm das Aussehen eines gewieften Bankiers aus dem 20. Jahrhundert. Nur die obligatorische Zigarre und der Whisky fehlten.

»Wer sind Sie und was wollen Sie in meinem Haus?«, blaffte der vermeintliche Banker mich an, sodass die braunen Härchen seines Barts wütend mitwippten.

Bis ich realisiert hatte, dass er mit mir sprach und mich anscheinend auch noch für eine Obdachlose hielt, hatte sich der Butler anklagend an seine Seite gestellt und deutete mit seinem krummen Finger auf mich. Na, was der Knigge wohl dazu sagen würde? Und mich als obdachlos bezeichnen!

»Mein Herr, sie sagte, sie würde Sie kennen. Ich habe sie absichtlich in die Küche zu Irina Viktorowna gesetzt, damit sie ja nichts klauen kann!«, näselte die Petze auch sofort los. Als er zwischen zwei Sätzen empört nach Luft schnappte, ergriff ich die Chance und sprang vom Hocker auf, um wenigstens etwas Haltung an den Tag legen zu können und nicht wie ein zusammengekauertes Stückchen Elend, ohne Kaffee und Freunde, den Blicken der beiden Männer ausgesetzt zu sein.

»Na, sagen Sie mal, ich habe Ihnen bereits gesagt, dass ich eine Freundin des Professors und seiner Frau bin! Erst gestern habe ich mit den beiden vor dem Kamin gesessen und genüsslich einen getrunken!«, pöbelte ich wild gestikulierend los.

Alle Anwesenden sogen gleichzeitig scharf die Luft ein, der bärtige Banker fasste sich jedoch als Erster wieder und kam direkt auf mich zu. Er packte mich ziemlich grob am Arm und zerrte mich auf die Zehenspitzen, um mir direkt in die Augen blicken zu können. »Wollen Sie den Ruf meiner Familie ruinieren? Wer hat Sie auf uns angesetzt? Nie, niemals würde meine Frau mit so etwas wie Ihnen auch nur an derselben Tafel speisen, geschweige denn alkoholische Getränke zu sich nehmen! Zügeln Sie gefälligst Ihre Zunge, Sie sind ja von Sinnen!«, schrie er mich an und schüttelte mich dabei so fest, dass mir der immer noch leicht benebelte und keineswegs schwindelfreie Kopf noch mehr schwirrte.

Ich hätte schwören können, bunte Schmetterlinge vor meinem Gesicht tanzen zu sehen.

»Lassen Sie mich los!«, schrie auch ich, nachdem ich mich vom ersten Schreck erholt hatte. »Was erlauben Sie sich hier eigentlich?! Wenn der Professor das erfährt, dann … dann …« Ich brachte den Satz nicht zu Ende, da in dieser Sekunde eine grobe Hand auf meine Wange traf und die brutale Wucht des Schlages meine Ohren klingeln ließ. Hätte der Typ mich nicht in seinem eisernen Griff festgehalten, wäre ich sicher zu Boden gegangen.

»Konstantin Anatoljiwetisch, entfernen Sie dieses stinkende Balg augenblicklich aus meinem Haus und bringen Sie sie zur Polizeistation, damit sie ausnüchtern oder Medizin bekommen kann! Sie ist ja vollkommen verrückt, so mit einem Mann zu sprechen.«

Endlich ließ er mich los. Ich taumelte kurz und hielt mir wie gelähmt die pochende Wange, die weniger vor Schmerz als mehr vor Empörung brannte.

Hinter mir war die stämmige Köchin langsam aus dem Raum geschlichen und verschwand gerade mit wehendem Rock um die Ecke, einige gemurmelte Worte auf den Lippen. Tränen der Scham brannten mir in den Augen und ich konnte es kaum fassen, was der Mann gerade getan hatte. Was zum Henker war hier eigentlich los?

Der Butler stürzte zu mir, unsanft schubste er mich den Flur entlang, sodass ich mehrmals über meine eigenen Füße stolperte und vor lauter Desorientierung beinahe das Ölbild eines gigantischen Schiffes auf einem tobenden Ozean von der Wand gefegt hätte.

»Nicht trödeln! Raus hier! Raus!«, zeterte der Butler in meinem Rücken und verpasste mir einen weiteren Schubser.

In diesem Moment platzte ein Knoten in meinem Kopf und ich bohrte meine Fersen in den Teppich, stemmte mich mit aller Kraft gegen den Druck des Butlers und wirbelte zu ihm herum. »Fassen Sie mich noch einmal an und ich werde Sie eigenhändig mit Ihren Hosenträgern erwürgen!«, raunte ich und blickte den plötzlich sehr alt wirkenden Mann mit vor Wut glühenden Augen an. Nach einigen Sekunden der Stille, in denen ich sichtlich um Fassung rang und versuchte, all das Chaos in meinem Kopf zu sortieren, donnerte von hinten die Stimme des Hausherrn und ließ den Butler aus seiner Erstarrung wieder auftauen.

»Verlassen Sie jetzt sofort dieses Haus!«, stotterte dieser los, doch ich hatte mich bereits in Bewegung gesetzt und mit nur wenigen Schritten das Ende des Flurs erreicht. Mit zitternder Hand langte ich nach dem Griff der Tür, die im selben Moment von außen geöffnet wurde.

Urplötzlich griff ich ins Leere, stolperte nach vorne und verlor höchst undamenhaft das Gleichgewicht. Ein überraschtes Schnauben empfing mich auf der anderen Seite, als ich mit dem Kopf voran gegen eine Brust prallte und von einer Sekunde auf die andere in den Armen eines Fremden lag.

Der Mann vor mir starrte mich mindestens genauso perplex an wie ich ihn, während ich wie zur Salzsäule erstarrt in seiner Umarmung verharrte und noch immer nach meinem Gleichgewicht suchte. Mir rauschte das Blut in den Ohren. Grünblaue Augen wie schimmerndes Wasser waren direkt auf mich gerichtet, die vollen roten Lippen hatte der Fremde zu einem überraschten »O« verzogen.

Eine salzige Brise vom Hafen wehte ihm eine der wirren hellblonden Locken ins Gesicht und brachte die Gerüche nach Räucherlachs, Krabben und Schmieröl zu mir. Mein Körper bebte förmlich vor Überforderung, als ich mich aus seinen Armen löste, mich an ihm vorbeischob und die Flucht antrat.

Während ich wie eine Besessene davonrannte, hatte ich plötzlich das Gefühl, diese Augen schon einmal irgendwo gesehen zu haben.

»Warte! Ungezogenes Ding, du sollst stehen bleiben!«, schrie mir der Butler nach.

Ich drehte gehetzt den Kopf in seine Richtung, doch der Fremde hatte ihn schon am Arm gepackt und hielt ihn davon ab, mir zu folgen. Sein nachdenklicher Blick bohrte sich in meinen.

Mit rasselndem Atem bog ich um eine Kurve und rannte Richtung Hafen, in der verzweifelten Hoffnung, dort in der Menge verschwinden zu können.

Kapitel 8

Am Hafen herrschte ein reges Durcheinander aus Menschen, Kisten und allen möglichen Verkaufsbuden, die Fischwaren, Zeitungen, Wodka und Kvass[16] anboten. Ganz langsam beruhigte sich mein Herzschlag wieder und ich fing an, die leise Hoffnung zu schöpfen, dass der Butler zu alt war, um mir zu folgen, oder er mich in der Menge einfach verloren hatte. Zumindest konnte ich niemanden ausmachen, der nach einem flüchtigen Mädchen Ausschau zu halten schien.

Stattdessen wurden mir von allen Seiten wieder merkwürdige Blicke zugeworfen. Dabei war ich diejenige, die ganz normal aussah und nicht in Lumpen oder Rüschenröcken durch einen stinkenden Hafen flanierte.

Nach den ganzen Eindrücken der letzten Stunde kam ich nicht umhin, mich zu fragen, was hier eigentlich vor sich ging. Ich beschloss, die Fakten noch einmal durchzugehen:

Gestern Abend habe ich mit dem Professor ein klein wenig zu tief ins Glas geschaut, auf dem Nachhauseweg ist mir jemand gefolgt und ich bin auf dem Eis ausgerutscht. Anschließend muss ich wohl das Bewusstsein verloren haben … Und dann? Ja, dann wachte ich auf und dieses komische Theater hatte begonnen.

Ich wurde angestarrt, geschlagen, beschimpft, die Menschen sprachen plötzlich wie in einem alten Groschenroman und nun war ich auf der Flucht vor einem vollkommen irren Butler. Rosige Aussichten, die ich hier hatte.

Ich seufzte tief und erntete prompt einen pikierten Blick von einem fein gekleideten Marinesoldaten, der kurz zuvor an der Theke

16 *Kvass = Kvass ist ein russisches Erfrischungsgetränk, welches meistens aus Brot hergestellt wird. Es schmeckt ähnlich wie Malzbier und wird überwiegend in Russland, Polen und Ukraine getrunken.

einer fleckigen Fischbude gestanden und mit dem Händler rege über den seiner Meinung nach viel zu hohen Preis diskutiert hatte. Der Mann auf der anderen Seite der Theke gestikulierte immer noch wild mit einer nassen Forelle und schleuderte dabei Wassertropfen und Fischschuppen in alle Richtungen.

Ich verzog angewidert das Gesicht und drückte mich hastig an dem Soldaten vorbei. Nur keine Aufmerksamkeit erregen.

Alles war plötzlich ganz und gar nicht mehr so, wie ich es kannte und das machte mir mehr Angst als alles, was ich bisher an diesem seltsamen Ort erlebt hatte.

Aufgetakelte Frauen in kurzen Miniröckchen, die im Sommer ihre langen, schlanken Beine zeigten und auf hohen Schuhen liefen, wurden durch elegant gekleidete Damen ersetzt. Aber nicht nur die Kleidung der Menschen hatte sich komplett verändert. Fahrende Buden und leuchtend beschriftete Kioske waren durch Holzlädchen und improvisierte Stände ausgewechselt worden. Außerdem war ich mir ziemlich sicher, dass sich noch vor wenigen Jahren ein kleines Fischrestaurant direkt an der Ecke befand, wo jetzt eine alte Frau auf einem Stoffstück am Boden saß und gesalzene Sonnenblumenkerne in schmuddeligen Papiertütchen verkaufte. Wuchtige Eichen und schmalgliedrige Birken, die mir bei warmem Wetter Schatten gespendet hatten, und meinen Lieblingseisladen suchte ich in dieser stinkenden Budenansammlung ebenfalls vergeblich.

Mittlerweile war ich zu der Überzeugung gekommen, dass ich mich nicht mehr im Moskau von 2013 befinden konnte. Ich war mir auch nicht ganz sicher, ob es sich überhaupt noch um Moskau handelte. Der Hafen sah vollkommen anders aus. Gigantische Schiffe lagen vor der Stadt, die Gebäude waren vollkommen andere und selbst das Wasser sah nicht mehr so aus, wie ich es kannte.

Entweder war ich praktisch über Nacht in eine alte Stadt verschleppt worden (bei meinem Alkoholpegel wäre mir dies vermutlich noch nicht einmal aufgefallen) oder die Zeit hatte einen Schlenker in die Vergangenheit gemacht. Natürlich hatte ich nicht nur einen Zeitreiseroman verschlungen und auch Filme wie *Timeline* oder *Die Zeitmaschine* gesehen. Aber sie alle hatten eines gemeinsam: Es geschah nichts grundlos!

Die Charaktere hatten entweder seltsame Apparate gebaut, um durch die Zeit zu reisen, oder wurden von jemandem in eine solche Maschine gesteckt. Ich hingegen hatte noch nicht einmal ansatzweise etwas Derartiges erlebt. Zumindest wüsste ich nichts davon. Was zum heiligen Kaninchen ging hier also vor sich?

Laute Schreie drangen in mein Bewusstsein und ich sah alarmiert hinter mich, als der Marinesoldaten, der eben noch versucht hatte, mit dem Fischhändler zu handeln, mit seiner wuchtigen Hand nach meiner Schulter greifen wollte.

»Was soll das?«, blaffte ich ihn an und tappte rückwärts, wobei ich gegen einen kleinen Jungen stieß, der mich staunend musterte und dabei wohl vollkommen vergessen hatte, wie man seine Beine bewegte.

Hinter dem Soldaten erkannte ich drei weitere, die mich ebenso boshaft beäugten wie ihr Anführer. »Hab' ich's euch nicht gesagt, die Kleine hier trägt nicht nur blaue Armeehosen (er meinte wohl meine Jeans!), sie hat auch einen fremden Dialekt. Sie ist bestimmt eine Spionin!«, donnerte der erste Soldat und spuckte vor sich auf den Boden.

»Ich bin doch keine Spionin. Lassen Sie mich gefälligst in Ruhe!« Langsam wurden auch die Passanten auf uns aufmerksam und bildeten einen neugierigen Halbkreis um uns.

»Mädchen, komm einfach mit uns auf die Station, dort werden wir schon herausfinden, wer du bist und woher du kommst.« Einer der drei anderen war vorgetreten, seine Stimme klang ruhig und beschwichtigend und die kleinen Fältchen an seinen Augen deuteten auf eine freundliche Natur.

Doch auch wenn er der Papst in Person gewesen wäre, ich würde nirgendwo mit diesen Männern hingehen, nicht, solange ich nicht wusste, was hier eigentlich vor sich ging. Am Ende war ich doch eine Spionin à la James Bond oder etwas ähnlich Abgedrehtes und wusste nur nichts davon. Nach dem, was ich alles so erlebt hatte, schien nichts unmöglich. Ich wich erneut zurück, die Menschenmenge tat es mir gleich.

»Lassen Sie mich einfach in Ruhe, ich tue keinem etwas«, versuchte ich es noch einmal mit Vernunft, aber der unerbittliche Ausdruck in den gierigen Augen des ersten Soldaten bestätigte mir bereits meine schlimmsten Ängste: Die Männer würden sich nicht einfach so abschütteln lassen.

Die vier sahen sich zum Verwechseln ähnlich, was nicht gänzlich an den Uniformen lag, die sie zweifellos als Marinesoldaten auswiesen. Alle vier hatten sie braune Haare und dunkle Augen, waren groß und breitschultrig. Normalerweise genau mein Beuteschema, aber dies war nun wirklich der falsche Zeitpunkt, um darüber nachzudenken. Erneut griff der Größere von ihnen nach mir und wieder schaffte ich es nur mit Mühe, ihm auszuweichen, indem ich rückwärts stolperte. Wut blitzte in seinen Augen auf und sein Gesicht verzog sich zu einer hässlichen Grimasse. Nein, ganz und gar nicht mehr attraktiv.

»Komm jetzt her, du verdammte ...«

Weiter kam er nicht, denn in diesem Moment hatte ich auch schon nach dem piekfeinen Täschchen einer kreischenden Lady gegriffen (die just im selben Moment in eine affektierte Ohnmacht fiel und von ihrem Begleiter aufgefangen werden musste) und ihm das mit Rüschen besetzte Ding direkt ins Gesicht geknallt. Nun war es an der Zeit, die Beine in die Hand zu nehmen.

Erstaunt über mich selbst wirbelte ich herum, stieß einen bärtigen alten Mann zur Seite und drängelte mich durch die auseinanderstiebende Menge, die Soldaten dicht auf den Fersen. Sobald ich mich durch den Menschenpulk gepresst hatte, sah ich mich wie ein gehetztes Tier um.

Nirgendwo schien es ein Versteck zu geben und um ihnen davonzurennen, war ich sicherlich nicht schnell genug. Mein Herz hämmerte wie wild gegen meinen Brustkorb und schien meine Langsamkeit mit seinen Schlägen zu verspotten. Jop, ich hätte wahrlich trainieren sollen, aber wer konnte schon ahnen, nach einer durchzechten Nacht plötzlich in einem *Mission-Impossible*-Film als Hauptdarsteller aufzuwachen?

Mein Blick fiel auf eine anscheinend verlassene Fischbude, nicht weit von meiner Rechten. Sie bestand aus kaum mehr als fünf Brettern und einem fleckigen Tuch, welches vermutlich dazu diente, die ausgenommenen Fischreste vor den verwöhnten Augen der gut betuchten Damen zu verbergen. Wäre ich nur schnell genug, könnte ich unter der Plane eventuell Zuflucht finden, bevor die Soldaten die Menge durchquert hätten.

Ich stürzte los. Nur noch wenige Meter trennten mich von dem Versteck. Gehetzt warf ich einen Blick zurück, hoffte inständig, dass in all dem Chaos keiner auf mich achtete. Die kleine Holzbude stand direkt am Wasser, wäre ich erst einmal dort in Deckung gegangen, gäbe es für mich kein Zurück mehr. Diese Kleinigkeit erkannte ich leider viel zu spät. Der erste Soldat kam gerade aus der Menge gestürzt, als ich mich auf den glitschigen Boden warf und direkt unter die Plane der Bude rollte. Ein entsetzlicher Gestank nach Urin und vergammelten Fischinnereien stieg mir in die Nase und ließ mich würgen.

Da lag ich also. In matschiger Erde, unter einer verlassenen Fischbude, umgeben von Innereien, Gräten, stumpfen Fischaugen, die anklagend zu mir hochblickten, und Blut. Überall um mich herum war Blut.

Die dunkle Erde unter der Bude war praktisch getränkt vom einstigen Lebenssaft der Fische und ihren sonstigen Überresten. Der Gestank und der Ekel trieben mir Tränen in die Augen. Ich würgte, krümmte mich zusammen und presste mir eine Hand fest auf Mund und Nase, um möglichst wenig von dem üblen Geruch einzuatmen. Je weniger ich von dieser stinkenden Umgebung einatmete, desto geringer war die Wahrscheinlichkeit, mich zu übergeben. Und kotzend von Marinesoldaten geschnappt zu werden, gehörte heute nun wirklich nicht zu meinem Plan.

Vor mir wurden Stimmen laut.

»Wo ist sie hin, ist sie ins Wasser gesprungen?«

»Ich weiß es nicht, du hattest sie doch gerade noch im Blick!«

»Verdammt, los! Sucht das Wasser ab, sie kann nicht weit sein.«

Ich wagte es kaum zu atmen oder auch nur eine Regung zu machen. Eine Fliege landete direkt auf meiner Nase, betrachtete mich wohl als neue Nahrungsquelle, was ich ihr in meiner derzeitigen Lage auch nicht verübeln konnte. Ein Bad würde nicht reichen, um diesen Gestank nach Tod und Verwesung aus meinen Haaren zu waschen. Die zierlichen Beinchen der Fliege kitzelten mich an der Wange, als schwere Stiefel in den Matsch unmittelbar vor der Bude traten und jemand seine Faust gegen das Holz der Theke hämmerte.

Ein entsetztes Quieken entfuhr mir und ich schlug mir schnell die Hände vor den Mund. Blanke Furcht ergriff mich, ich hoffte, betete, dass mein törichter Fehler unbemerkt bliebe. Vergeblich.

»Habt ihr das gehört? Was war das?«

Die Bude wurde angehoben und ich robbte rückwärts. Gerade als einer der Soldaten sich ebenfalls auf die Erde warf, um unter die Theke zu schielen, rollte ich mich noch weiter nach hinten, doch es gab nichts mehr, wohin ich rollen konnte. Der Boden war plötzlich verschwunden und mir blieb kaum die Gelegenheit, daran zu denken, meine Hand Halt suchend auszustrecken, geschweige denn die Handlung tatsächlich zu vollziehen.

Wie ein Stein sauste mein steifer Körper hinunter, im freien Fall auf die dunkel wogende Wasseroberfläche zu.

In solch einem Augenblick denkt man nicht daran, ob man den Aufprall überleben könnte, vielmehr schießen einem unterschiedliche Bilder durch den Kopf. Ich möchte keineswegs behaupten, dass mein ganzes Leben an mir vorüberzog und ich seelenruhig ins Wasser fiel, während mir wie in einem Rausch Erinnerungen durch den Verstand jagten und mir zeigten, dass ich doch ein tolles Leben gehabt hatte.

Nein, es waren die Abbildungen von Lebensfragmenten, die eigentlich nichts Besonderes waren. Ich sah keine Gesichter von geliebten Menschen, sondern vernahm plötzlich den Duft von Schwarzem Tee mit Zitrone und frisch gebackenen Watruschki[17]. Die winterliche Landschaft des kleinen Dörfchens am Rande von nirgendwo, in dem ich bei meiner Oma und Uroma Marina zu Besuch war, schlich sich vor mein inneres Sichtfeld und dann krachte mein Körper mit einer Wucht auf die harte Oberfläche des Wassers, dass mir sämtliche Luft aus der Lunge gepresst wurde. Das selige Lächeln, das gerade angefangen hatte, sich auf meinen Lippen zu bilden, verendete in einem stummen Schrei.

Wenn der Tod so schön eingeleitet wurde, konnte er eigentlich auch gar nicht so schlimm sein.

Eigentlich.

Ich spürte, wie das kühle Nass sich meines Körpers bemächtigte und mich sanft in die Tiefe zog. Ich hielt die Augen eisern verschlossen, das Wasser kitzelte an meinen Wimpern und schickte bunte Lichtreflexe durch meine Lider. Der Geruch nach altem Fisch und

---

17 *Watruschki = Russisches Hefegebäck mit (je nach Region) Kartoffelbrei oder süßem Quark

Verwesung wurde durch das Salzwasser fortgeschwemmt. Es war so befreiend, sich einfach fallen zu lassen, nichts mehr zu fühlen, sich nicht länger mit dem Verlust von Babushka Marina und den Unsicherheiten eines jungen Lebens beschäftigen zu müssen.

Es war keineswegs so, dass ich sterben wollte, aber das Wasser hüllte mich tröstlich kühl in seine Umarmung ein und versprach mir einen Moment Ruhe und Frieden. Ich ließ es einfach geschehen, wehrte mich nicht dagegen. Ertrinken war immer noch besser, als von Marinesoldaten ausgefragt und doch noch als Spionin gefangen genommen und vielleicht sogar gefoltert zu werden.

Bilder von gefesselten Armen und Beinen, abgetrennten Fingern und anderen Gliedmaßen, die ich irgendwann Popcorn kauend im Kino gesehen hatte, schossen mir in den Sinn. Schreckliche Bilder, die meinen Wunsch bestärkten, lieber zu ertrinken, als mich kampflos fangen zu lassen.

Kapitel 9

Da war ich nun. Umgeben von Wasser. Zum wiederholten Mal an nur einem Tag von Fremden verfolgt, inmitten einer verrückt gewordenen Welt und mit so viel Panik, dass mir schier schwindelig wurde bei der Erinnerung an die letzten Minuten.

Das Gefühl der Schwerelosigkeit wäre tröstlich gewesen, würde diese nicht mit einem wahnsinnigen Druck auf der Lunge einhergehen. Ich spürte, wie mein Körper tiefer in die Dunkelheit hinabgezogen wurde, die lebensnotwendige Atemluft sich immer weiter von mir entfernte. In dieser dunklen Minute meines Lebens schoss mir ein Gedanke durch den Kopf. Wie ein greller Lichtblitz, der den vollkommen schwarzen Himmel kurz vor einem Gewitter erhellte, tauchte er auf und ließ meine vor Kälte mittlerweile tauben Finger kribbeln.

Ich öffnete meinen Mund, um instinktiv nach Hilfe zu schreien, doch das braune Wasser versagte mir jeden Laut.

Nein! Ich wollte noch nicht sterben! Gehetzt riss ich die Augen auf und begann, hektisch und wild mit den Armen zu rudern. Mit abgehackten Bewegungen versuchte ich, das Wasser fortzuschieben und mich gleichzeitig wieder an die Oberfläche zu kämpfen, doch mein Körper war bereits ganz steif und ich war noch nie eine sonderlich gute Schwimmerin gewesen.

Krampfhaft versuchte ich mich daran zu erinnern, was die Schwimmlehrerin in der 5. Klasse uns beigebracht hatte. Wie war das noch mal mit den Froschbewegungen? Sollte ich Arme und Beine gleichzeitig bewegen oder abwechselnd?

Ich wurde das Gefühl nicht los, dass meine Lunge mittlerweile auf die Größe einer Rosine zusammengeschrumpft sein musste. Mit jeder Bewegung schickte sie schmerzhafte Stiche durch meinen Körper.

Meine Schwimmversuche wurden immer verzweifelter. Die Kälte tat ihr Übriges, sodass ich nur mühsam vorankam. Mein Brustkorb wurde zusammengequetscht, die Sicht verschwamm zunehmend vor meinen Augen. Ich sank immer tiefer in das kühle Nass, ohne dass meine panischen Bewegungen etwas daran ändern konnten. Wut bemächtigte sich meiner Gedanken und spornte mich an, nicht aufzugeben.

Ich. Wollte. Nicht. Sterben.

Jedem Wort folgte ein entschlossener Schub mit den Armen und es half tatsächlich. Kurz sah es so aus, als würde ich vorwärtskommen. Ich half mit den Beinen nach. Flehte meinen Körper an durchzuhalten, schrie der Lunge zu, sie solle weitermachen.

So war es gut, wenn ich nur wütend genug würde, könnte ich es vielleicht nach oben schaffen.

Ich schob entschlossen das Wasser mit den Armen fort und trat mit den Beinen danach, um meinem Körper zusätzlichen Schwung zu geben.

Für einen kurzen Moment meinte ich einen Lichtschimmer über mir zu sehen, doch dann tauchte ein Körper ins Wasser ein und zog eine Flut aus wirbelnden Blubberbläschen mit sich. Ein ersticktes Aufkeuchen, das von den Wellen unterdrückt wurde, drang aus meinem Mund. Die Soldaten! Sie wollten mich holen!

Jemand umfasste meinen strampelnden Körper und beförderte uns mit einer aberwitzigen Geschwindigkeit durch die Wassermassen. Meine Sicht schwand zunehmend, meine Arme und Beine fühlten sich schwach an und baumelten nutzlos von meinem Körper, während die Wogen aus trüben Nass an ihm rissen.

Als mein Kopf die Oberfläche durchbrach, brauchte ich einen Moment, um mich zu erinnern, wie man richtig atmete. Ich keuchte, sog gierig den Sauerstoff in meine Lunge und bildete mir ein, spüren zu können, wie die Luft meine trägen Gelenke mit neuer Energie versorgte. Wie einen alten Freund hieß mein Körper die Atemluft willkommen und ich begann mich zu orientieren. Erst jetzt fielen mir die Arme um meine Mitte auf und ich begann, wie wild um mich zu treten.

»Lass mich los, lass los, lass los!«, schrie ich und biss in purer Verzweiflung meinem Retter in die Schulter. Die Arme, die gerade noch stützend um meinen Bauch lagen, verschwanden und stattdessen drückte sich eine salzige Hand auf meinen Mund.

»Bist du verrückt? Schrei hier nicht so rum, oder willst du etwa geschnappt werden?«, fuhr mich eine raue Männerstimme an.

Wer auch immer er war, er hatte recht. Ganz gleich, ob er einer von den Soldaten war oder das Monster von Loch Ness, herumschreien brachte mich in keinem Fall weiter. Ich hielt inne und nickte zögerlich.

Der Mann wartete einen Augenblick, als würde er abschätzen, ob ich noch einmal versuchen würde, ihn zu beißen.

»Beruhigt?«, fragte er vorsichtig und erntete prompt einen giftigen Blick von mir.

Sprechen konnte ich ja immer noch nicht, da sich seine riesige Hand nach wie vor auf meine Lippen presste. Er hielt noch einen weiteren Moment inne, ehe er seine Hand von meinem Mund nahm. Ich setzte gerade zu einer Schimpftirade an, als mein Blick auf sein Gesicht fiel und in meinen Verstand endlich das drang, was meine Augen schon längst hätten registrieren müssen.

»Du. Du warst doch der Mann an der Tür. Der Butler …«, stotterte ich vor Kälte, kam jedoch nicht weiter, denn in diesem Moment drückte der Fremde meinen Kopf wieder unter Wasser.

Prustend warf ich mich gegen seinen Körper, um seinem festen Griff zu entkommen und wieder an die Oberfläche zu gelangen. Das Wasser drückte unangenehm auf meinen Brustkorb und presste die Luft erneut aus meiner Lunge. Meine Glieder wurden schwerer, der Wellengang riss an meinen Beinen, als würde er mich in seinen Tiefen wieder willkommen heißen.

Was musste man eigentlich tun, um als Mädchen nicht zweimal an einem Tag beinahe zu ertrinken? Toller Retter! Ich zog aber auch immer nur Luschen an.

Auch der Fremde tauchte unter. Über uns wurde ein gedämpfter Tumult laut. Plötzlich schnitt etwas unmittelbar neben mir durch das Wasser. Ich riss den Mund auf, um zu schreien, doch stattdessen bildete sich nur ein leises Blubbern um mein Gesicht.

Der Fremde verstärkte seinen Griff um mich und drückte uns geschickt tiefer nach unten und durch das Wasser nach links, in die entgegengesetzte Richtung, fort von der Hafenkante.

Der Schock saß tief. Ich krallte mich in den Arm meines Retters, der mich seinerseits fest umklammerte und wie einen nichtsnutzigen Klotz am Bein mit durchs Wasser zog, während ich ihm mit den Beinen so gut half, wie es in meinem Zustand möglich war. Konnten sie uns von oben im Wasser sehen? Waren wir schnell genug, um fortschwimmen zu können? Ich allein garantiert nicht, aber mit der Hilfe des Mannes schien es möglich.

Der Druck auf meinen Brustkorb verstärkte sich zunehmend. Viel zu kurz war die kleine Verschnaufpause an der Oberfläche gewesen und mein Körper noch nicht bereit, sich wieder der Atemnot auszusetzen.

Nicht daran denken, konzentriere dich!

Meine innere Stimme brüllte mich an, weiterzumachen. Während ich mich also voll und ganz darauf konzentrierte, die Schwimmbewegungen des Fremden zu imitieren, verpassten uns nur knapp zwei weitere Schüsse. Als ein dritter nur wenige Millimeter an meinem rechten Ohr vorbeisauste, grub ich vor Schreck meine Fingernägel in den Arm des Unbekannten. Super, Emanzipation fehlgeschlagen.

Er warf mir einen bösen Blick über die Schulter zu und ich lockerte augenblicklich den Griff. Wie blöd konnte ein Mensch nur sein? Würde er mich jetzt loslassen, würde ich entweder augenblicklich wie ein Stein in den Tiefen des Wassers verschwinden, oder aber es irgendwie schaffen, zurück an die Oberfläche zu gelangen, um dann erschossen zu werden. Beides Alternativen, die ich nicht in Betracht ziehen wollte.

Die Fähigkeit zum logischen Denken war verschwunden, als mir bewusst wurde, wie knapp das Geschoss gerade an meinem Kopf vorbeigezogen war. Mein Möchtegernretter gab mir mit einem Kopfnicken die Richtung vor und ich nickte schwach zurück, viel zu konzentriert darauf, den kläglichen Rest der Luft so lange wie möglich in meiner Lunge zu halten.

Bloß nicht panisch werden, einfach weiter Arme und Beine bewegen. Er schwamm vor und zog mich mit sich durchs Wasser. Einige Schüsse durchbrachen zwar noch die Oberfläche, aber verfehlten ihr Ziel. Mein Retter deutete mit dem Kopf nach unten, zum Zeichen, dass wir noch tiefer ins Wasser müssten, damit man uns von oben nicht mehr sah. Zum Glück war das Wasser so trüb und bräunlich, dass die Sicht von oben ziemlich eingeschränkt sein musste.

Obwohl sich alles in meinem Inneren dagegen sträubte, folgte ich seiner Anweisung, aber zuvor brauchte ich Luft. Mein Körper wurde langsam müde, ich konnte fühlen, wie meine Bewegungen immer träger und zielloser wurden. Der Fremde gab mir zu verstehen, dass wir kurz auftauchen würden, aber sofort wieder runtermüssten, und das taten wir auch.

Kaum durchbrach mein Kopf die Wasseroberfläche, hatte ich nur eine winzige Sekunde Zeit, um nach Luft zu schnappen und wieder ins Wasser abzutauchen. Auch wenn die kleine Pause gut getan und ich mittlerweile den Trick beim Schwimmen einigermaßen raushatte, würde ich das Tempo nicht lange halten können. Der Mann hingegen schien deutlich weniger Probleme zu haben. Wie ein Fisch bewegte er sich routiniert und schnell durch das Wasser und zog mich dabei beinahe so mühelos hinter sich her, als würde er solche Schwimmausflüge jedes Wochenende machen.

Ich konnte ihn kaum noch erkennen. Ständig verschwamm die Sicht vor meinen Augen und das brennende Verlangen nach Sauerstoff tat sein Übriges. Jegliches Zeitgefühl war verloren und ich fühlte mich bereits im Delirium, als ich eine Berührung an meinem Arm wahrnahm und der Fremde mit besorgtem Blick seine Hände um mein Gesicht schloss. Ganz gleich, was er als Nächstes vorhaben mochte, ich konnte nicht mehr weiter! Ich schüttelte verzweifelt den Kopf und deutete nach oben, in der leisen Hoffnung, er würde verstehen, wie dringend ich Luft brauchte.

Und das tat er auch. Der Blonde nickte. Dabei sah er in den näher kommenden Sonnenstrahlen aus wie das Abbild eines Engels. Die goldenen Locken umspielten seinen Kopf wie ein Heiligenschein und das Wasser ließ glitzernde Lichter über sein schönes Gesicht tanzen.

Gemeinsam durchbrachen wir erneut die Wasseroberfläche und ich schnappte gierig nach Luft. Meine Lungenflügel dehnten sich, füllten angenehm vertraut den Körper aus. Es gab nur einen Gedanken: Luft. Luft. Luft. Oh, du geliebter Sauerstoff.

»Still. Wir können nicht sicher sein, dass sie nicht weiterhin nach dir Ausschau halten.« Der blonde Mann schwamm an meine Seite und sah sich ruhig um.

Ich wollte es ihm gleichtun, kam jedoch nicht dazu, weil wir auf sein Zeichen hin wieder abtauchen mussten. Dieses Mal blieben wir nur kurz unter Wasser, er zwang mich auch nicht so tief zu tauchen, sondern begnügte sich mit einer überschaubaren Entfernung zur Oberfläche.

Als wir wieder auftauchten und ich meinen Körper erneut mit Luft versorgte, griff er an mir vorbei nach einer Leiter, deren schwere Metallsprossen bis ins Wasser hineinreichten. Ich riss die Augen vor Überraschung auf. Wo war die denn hergekommen?

Mein Blick folgte den Eisenstäben hinauf zu einem gigantischen Schiff. Vor lauter Adrenalin, der Panik und dem Sauerstoffmangel hatte ich gar nicht bemerkt, dass mein Retter uns durch das Wasser geradewegs zu diesem Schiff gelotst haben musste. Nun hörte ich auch das laute Tosen der Schiffsturbinen unmittelbar neben uns und der Geruch von Schmieröl und Metall eroberte meine Nase. Meine Sinne wurden durch den Sauerstoff beflügelt und ich nahm immer mehr Einzelheiten wahr.

Das Schiff wirkte nicht wie ein einfacher Freizeitdampfer, sondern sah genau so aus, wie ein auf diesem Gebiet völlig unerfahrener Mensch sich ein Militärschiff vorstellen würde.

Das Wappen, welches den gekrönten goldenen Doppeladler darstellte, war auf das Metall gemalt geworden. Der Adler befand sich auf einem weißen Hintergrund mit zwei blauen Streifen, die zu einem X geformt waren. Seine Krone repräsentierte das russische Kaiserreich, zumindest so viel wusste ich aus meinen dürftigen Recherchen zur baltischen Flotte. Das Wappen zierte ebenso die gehisste Flagge und ließ keinen Zweifel daran, dass es sich hierbei um ein Schiff der baltischen Flotte handelte.

Na gut, eigentlich hatte ich weniger das Wappen erkannt, als vielmehr den Schriftzug direkt darunter gelesen. Aber egal, Sherlock Holmes' Methoden hinterfragte auch keiner und immerhin hatte ich mit meinen Schlussfolgerungen recht.

Mich weiter umsehend stellte ich verblüfft fest, dass wir gar nicht so weit geschwommen waren, wie mein Körper es mir vorgegaukelt hatte. Ich konnte immer noch den kleinen Hafenmarkt ausmachen und war froh, dass das Schiff das letzte in einer Reihe kleinerer und größerer Schiffe war und wir so vor den suchenden Augen der anderen Soldaten geschützt wurden.

Mein Retter war bereits ein paar Sprossen hinaufgeklettert, als ihm auffiel, dass ich ihm nicht folgte.

»Keine Sorge, hier tut dir keiner was. Die richtige Marine hat nichts mit diesem idiotischen Pack an Land zu tun.« Seine Stimme klang warm und freundlich und als er von oben zu mir ins Wasser blickte, erinnerte ich mich plötzlich an das, was mein Verstand mir unmittelbar nach dem ersten Blick auf ihn zugeschrien und was ich im Kampf um den Sauerstoff wohl verdrängt hatte.

»Du bist doch der Mann, der vor dem Haus des Professors den Butler davon abgehalten hat, mir zu folgen!«, sprudelte es aus mir heraus und mir schwappte ein abartiger Schwall brauner Brühe in den Mund. Ich prustete, ruderte wild mit den Armen. Würgend versuchte ich den widerlichen Geschmack loszuwerden, indem ich wieder und wieder mit den Zähnen über die Zunge fuhr, doch es half nichts.

Der Fremde grinste breit. »Gern geschehen. Und nun beweg dich endlich aus dem Wasser, ehe du mir doch noch ertrinkst und ich nichts von deiner ewig währenden Dankbarkeit habe.« Er streckte die Hand nach mir aus und ich beließ es dabei. Zumindest vorerst.

Nachdem er mich schwungvoll zu sich hochgezogen hatte, begann er gleich darauf nach oben zu klettern, um für mich Platz zu machen. Leider folgte ich ihm zu schnell, sodass ich auf der dritten Sprosse in den zweifelhaften Genuss kam, sein nasses Hinterteil direkt vor der Nase zu haben. Ich verzog das Gesicht.

»Gefällt dir die Aussicht von da unten?«, fragte er und lachte unverschämt.

Ich knurrte innerlich und musste meine Zähne daran hindern, schlotternd aufeinanderzuschlagen, als eine kühle Brise zu uns wehte.

»Wer bist du überhaupt?«, fragte ich hastig, um diesen peinlichen Moment so schnell wie möglich auszublenden und meine nassen Klamotten für einen kurzen Augenblick zu vergessen. Endlich setzte der Fremde sich wieder in Bewegung und stieg die Stufen empor, ich tat es ihm gleich.

»Du kannst mich Logan nennen«, rief er über die Schulter.

»Logan ist aber kein russischer Name«, entgegnete ich und musste einen Augenblick warten, während er eine Metallklappe in der

Schiffswand aufdrückte, hineinkletterte und mir anschließend aus dem Inneren heraus die Hand reichte.

»Du hast mich durchschaut, eigentlich bin ich ein französischer Spion und nur hier, um durchnässte Damen wie dich aus der Not zu retten.«

Vor Empörung stieg mir die Hitze ins Gesicht. Ich verzichtete hoheitsvoll darauf, seine Hand zu ergreifen und kletterte stattdessen mit einem kleinen Hüpfer durch die Luke. Eigentlich war es auch weniger eine Luke als vielmehr der Eingang zu einem verborgenen Wartungsschacht. Er war kaum hoch genug, als dass man darin auf den Knien hocken konnte, und hatte schon gar nicht die Breite, damit ich die Arme hätte ausstrecken können. Meine Arme und Beine stießen bei jeder Bewegung unangenehm gegen die Seitenwände und ich bekam ein höchst beklemmendes Gefühl, als ich an Logans feuchten Locken vorbeispähte und einen schier endlosen Gang aus hohlen Stahlwänden vor uns sah.

»Sind wir etwa illegal auf diesem Schiff?« Ich deutete nach außen zur Luke. »Können wir nicht einfach an der Leiter hochklettern, um an Bord zu kommen?«

Logan griff an mir vorbei, was etwas schwierig war, da wir durch die Enge des Schachts nun quasi direkt Nase an Nase einander gegenüberhockten. Ich konnte ihm nicht wirklich in die Augen sehen, da er mir so nah war, dass sein Gesicht vor meinen Augen verschwamm.

Er streckte sich etwas nach oben, wodurch ich den Kopf einziehen musste, wenn ich keinen unfreiwilligen Kuss riskieren wollte. Plötzlich ertönte ein lauter Knall, als Logan die Luke hinter uns geschlossen hatte und uns beide in völlige Dunkelheit tauchte. Super. Ich hockte also nun in einem verdammt engen Tunnel mit einem fremden Typen, während ich mich irgendwo in der Vergangenheit befand und gerade beinahe erschossen worden wäre. Rosige Aussichten.

»Ich versichere dir, kleine Sprotte, dass *ich* hier völlig legal bin. Eine Frau auf einem Marineschiff jedoch, die auch noch auf der Flucht ist … Nun ja, das könnte einige unangenehme Fragen aufwerfen. Aber wenn du lieber hochklettern und dich allen präsentieren möchtest, nur zu. Ich werde dich nicht aufhalten.« Auch ohne es zu sehen, konnte ich in seiner Stimme den leisen Hauch eines süffisanten Grinsens heraushören.

Ein Scherzkeks also. Prima, als hätte ich nicht schon genug Probleme. »Wie hast du mich gerade genannt?«, fragte ich empört und stieß mit der Stirn schmerzhaft gegen sein Kinn. Er sog scharf die Luft ein.

»Verdammt, hast du einen Dickkopf! Hast du heute eigentlich schon an dir geschnuppert? Du stinkst schlimmer als ein Fischer, der sich in Kadavern gewälzt hat und anschließend von einem Wal angespuckt wurde.« Sein Atem in meinem Gesicht kitzelte leicht.

»Könntest du bitte etwas abrücken, ich rieche, dass du heute Forelle zum Frühstück hattest und ich glaube, das ist eine Information, die ich gar nicht haben wollte«, log ich und stellte mit Genugtuung fest, dass er tatsächlich etwas Abstand zwischen uns brachte.

Natürlich hatte er keinen Mundgeruch, aber diese plötzliche Nähe zu einem anderen Menschen, nachdem ich völlig grundlos den ganzen Tag beschimpft und gejagt worden war, war mir unangenehm. Ich war mir noch nicht sicher, welche Absichten Logan hatte und weshalb er mir heute nun schon zum zweiten Mal den Arsch gerettet hatte, aber ich war ihm auf jeden Fall dankbar.

»Du müsstest ein wenig nach hinten robben, damit ich mich vernünftig umdrehen und an meine Innentasche kommen kann«, sagte Logan. »Es sei denn, du möchtest da hocken bleiben, dann kann ich jedoch keinesfalls garantieren, dass du nicht schon wieder mein Hinterteil im Gesicht haben wirst.«

Ich tat wie befohlen, immerhin hatte er recht und die Aussicht auf ein wenig Licht zauberte mir ein hoffnungsvolles Lächeln ins Gesicht. Es raschelte im Dunkeln und ich wich so weit zurück, dass meine Zehen bereits gegen das kühle Metall der Luke stießen (wann hatte ich eigentlich meine Schuhe verloren?), als ein dumpfer Schlag ertönte und Logan ein protestierendes »Aua, verdammt!« entfuhr.

Im nächsten Moment entfachte er eine kleine Flamme aus einem Feuerzeug und sah über die Schulter zu mir. »Versuch, leise zu sein, während wir durch den Gang kriechen, und egal, was passiert, bleib dicht bei mir«, sagte er geheimnisvoll und kroch los.

Ich blieb einen kurzen Augenblick reglos sitzen und sah seinem wackelnden Hinterteil und der flackernden Flamme nach. Wo war ich hier bloß hineingeraten? Seufzend begab ich mich auf alle viere und folgte ihm.

Angst darüber, in dieser Zeit gefangen zu sein, hielt mich fest in ihren Klauen. Was war nur geschehen? In welchem Jahr mochte ich mich wohl befinden? War das alles nur ein wirrer Traum, oder geschah das alles hier wirklich? Die Gedanken wirbelten umher und drängten sich abwechselnd vor, buhlten um meine Aufmerksamkeit. Ich fühlte mich plötzlich nutzlos und entkräftet, was nichts mit der ungeplanten Sporteinheit zu tun hatte.

Die Luft in dem Gang roch nach Staub, Kohle und Feuer und war alles andere als frisch, aber wenigstens war sie warm und jede Form von Wärme war mir mit meinen bibbernden Lippen und zitternden Händen mehr als willkommen.

»Nicht so schnell, nicht jeder hier ist zwei Meter groß«, protestierte ich und versuchte, mit Logans zügigem Tempo mitzuhalten, ohne allzu sehr in den nassen Klamotten zu zittern oder mich in meiner inneren Panik zu verlieren.

Ich würde das alles schon schaffen, irgendwie.

Kapitel 10

Der Weg durch den Wartungsschacht zog sich unendlich weit. Die meiste Zeit verbrachte ich damit, in meine eigenen Gedanken versunken auf den dunklen Fleck vor mir zu starren, den Logans Gestalt bildete. Meine Beine bewegten sich mittlerweile wie von selbst, waren jedoch von der eingeschränkten Bewegungsfreiheit bereits ziemlich steif geworden. Nicht nur einmal stieß ich mir den Kopf an der Decke, meine Hände und Knie waren vom Krabbeln schon ganz wund und ich konnte praktisch fühlen, wie sich die ersten Blasen auf meinen Handflächen bildeten.

Ich verharrte kurz im Kriechen, streckte meine Arme so weit es ging abwechselnd zur Seite und verlagerte das Gewicht von einem Knie aufs andere, um meine Muskeln zu lockern.

Es war merkwürdig, in diesem viel zu engen Gang gefangen zu sein. Auf der einen Seite war mir bewusst, dass er nicht endlos sein konnte, aber der Eindruck, mit jeder weiteren Bewegung immer mehr in der Falle zu sitzen, verstärkte sich zunehmend. Ich fühlte mich wie eine kleine Maus, der es gelungen war, vor der Katze unter den Schrank zu fliehen, nur um dann festzustellen, dass der Hausherr darunter bereits eine Mausefalle aufgestellt hatte.

Wie lange mochten wir wohl schon unterwegs sein – dreißig, vielleicht vierzig Minuten? Die schwüle Luft ließ Schweißtropfen wie Tau an einem Frühlingsmorgen über mein Gesicht perlen und meine Kleidung klebte klamm von Schweiß und Nässe an meiner Haut.

Logan hingegen war die Ruhe selbst. Das Krabbeln schien ihn noch nicht einmal ins Schwitzen zu bringen und er ließ dann und wann sogar ein leises Pfeifen ertönen. In diesem Moment hasste ich ihn dafür, dass die Krabbelpartie für ihn so mühelos war, und gleichzeitig verabscheute ich mich selbst für diesen Gedanken, da ich im Grunde einfach nur wütend auf meine eigene Unsportlichkeit war.

»Kleine Sprotte, wir haben es fast geschafft. Komm schon!«, rief er über die Schulter und knipste wieder das Feuerzeug an. Er hatte es immer mal wieder angemacht, um uns den Weg zu erleuchten und nach abstehenden Schrauben Ausschau zu halten, ansonsten verbrachten wir die Zeit in vollkommener Dunkelheit. Kleine Sprotte, da war dieser verdammte Ausdruck schon wieder. Wie bei einer Katze sträubten sich mir die Haare zu Berge.

»Lucy. Mein Name ist Lucy«, sagte ich mit einem Seufzen, beeilte mich jedoch, meine Krabbelgeschwindigkeit zu erhöhen, um zu ihm aufzuschließen.

Gerade noch rechtzeitig, denn Logan hatte soeben eine weitere Luke scheinbar aus dem Nichts hervorgezaubert und drückte diese auf.

Blaues Licht leuchtete uns zurückhaltend entgegen und ich sog gierig die (verhältnismäßig) frische Luft ein. Es roch nach Maschinenöl, ungewaschenen Socken, Kohlestaub und Metall. Widerliche Mischung, aber immer noch besser als die stickige, verbrauchte Luft des Schachts

»Ich werde rausspringen und dir dann helfen«, bestimmte der Machoman vor mir heldenhaft, kam mir im Rückwärtsgang entgegen, sodass ich ebenfalls zurückweichen musste, und drückte sich an der Wand entlang, um sich möglichst unfallfrei umzudrehen.

Nach einer weiteren Kriechpartie kam er wieder auf die Luke zu und ließ seine Beine langsam hinausgleiten. Reflexartig schob ich mich vorwärts und griff nach seinen Händen, um ihm zu helfen. Unsere Blicke begegneten sich. Auch wenn es der denkbar schlechteste Augenblick für romantische Gedanken war, so musste ich zugeben, dass mein Mädchenherz nicht abgeneigt wäre, des Öfteren in diese rätselhaften Augen zu blicken. Vielleicht beim nächsten Mal nur weniger klebrig und stinkend. Ich räusperte mich und sah hastig fort.

Logan nickte mir zu und drückte sich weiter durch den Spalt in der Wand, seine Hände mit meinen verschränkt. Ihm entfuhr ein leises Schnauben, als er meine Hände losließ (natürlich nicht, ohne einen letzten bedeutungsvollen Blick auf mein Gesicht zu werfen …

wo war das tolle Make-up, wenn man es brauchte?) und sich auf den Metallboden fallen ließ.

Ich krabbelte zur Luke und beugte mich halb hinaus, um nachzusehen, ob alles okay war. Die Höhe war nicht so gravierend. Der Schacht musste eine Art Abluftsystem darstellen, denn die Öffnung befand sich unmittelbar unter der Decke eines Ganges in etwa zwei Meter Höhe.

Draußen war ein breiter Gang, der in regelmäßigen Abständen von blauen Lampen erleuchtet war und von dem aus eine Metalltreppe zu einer verschlossenen Tür führte. Mehr gab es weit und breit nichts zu sehen und zum Glück auch keine Soldaten, die bereits auf uns warteten.

Logan klopfte sich den Staub von der dreckigen Hose und sah zu mir hoch. »Jetzt du«, sagte er und breitete seine Arme einladend aus. Ich zog eine Augenbraue in die Höhe. Nichts auf der Welt würde mich dazu bewegen, mich in die Arme eines Typen zu werfen. Abgedroschener ging's kaum noch.

»Ich schaff das schon!« Ich drehte mich umständlich im Gang herum und ließ meine Beine aus der Luke baumeln. Leider zu schnell. Das Metall drückte sich unangenehm in meine Brust, während ich mich auf halbem Weg zum Boden wie eine Besessene an den Schachteingang klammerte. Unfähig, loszulassen oder zurückzuklettern, blieb ich wie ein nasser Sack hängen. Meine Beine baumelten von links nach rechts. Verdammt!

Eigentlich war ich der festen Überzeugung gewesen, alles allein schaffen zu können, aber die Erinnerung, wie mein Körper zusammen mit toten Fischen und Blut in die Tiefe gerissen wurde, versetzte mich in Panik. Nur zu deutlich erinnerte ich mich an die Kälte um mich herum, der Geschmack von dreckigem Wasser lag noch immer unangenehm auf meiner Zunge. Tief in mir drin wusste ich, dass ich mich töricht verhielt, aber ich war nicht in der Lage dazu mich fallen zu lassen. Allein der Gedanke raubte mir den Atem, beinahe so, als wäre ich wieder unter Wasser gefangen.

Von unten legte mir jemand seine Arme um die Taille und holte mich in die Realität zurück.

»Du kannst jetzt loslassen, ich halte dich!« Logans Stimme in meinem Rücken erinnerte mich wieder daran, wo ich mich befand und dass vom Metallboden des Maschinenraums keinerlei Unheil zu erwarten war.

Ich schloss die Augen und löste langsam einen Finger nach dem anderen von dem Vorsprung, machte mich trotz aller Vernunft darauf gefasst, jede Sekunde wieder um Atem ringen zu müssen. Stattdessen verstärkte sich der Griff um meine Mitte, Logans Hände glitten vorsichtig an meinem Körper entlang und er stellte mich behutsam auf den Boden.

Mein Herz flatterte wie ein wilder Vogel im Käfig und schickte unterschiedlichste Empfindungen durch meinen Verstand. Erleichterung, wieder festen Boden unter den Füßen zu haben. Scham über mein blödes Angebergetue und die Riesenklappe.

Ich räusperte mich. »Danke … Aber ich hätte es auch irgendwie selbst geschafft«, sagte ich nach einer Weile widerstrebend, ohne mich zu Logan umzudrehen. Stattdessen tat ich so, als müsste ich imaginären Staub von meiner Kleidung klopfen, um meine Scham zu überspielen.

»Das habe ich gesehen.«

»Und wo wir gerade dabei sind … Danke, dass du mich vorhin im Wasser gerettet hast. Schwimmen ist nicht so meine Stärke.«

»Auch das habe ich gesehen«, sagte er und lachte amüsiert.

Rufe und Schritte wurden laut. Ich wirbelte zu Logan herum und sah noch, wie er die Stufen der Metalltreppe hinaufeilte, die wuchtige Tür mit einem beschlagenen Bullauge aufdrückte und hinaussah. Nach einer Weile kam er zu mir zurück, ließ die Tür jedoch nicht aus den Augen. »Ich gehe nachsehen, ob jemand in der Nähe ist, und du wartest hier auf mich, bis ich dich hole. In Ordnung?«, fragte er, doch uns war beiden bewusst, dass die Frage lediglich rhetorisch gemeint war.

Nein. Nein. Nein. Ich wollte nicht allein bleiben. Alles in mir sträubte sich dagegen, bisher war mir in dem gesamten Irrsinn diese verdammte Zeitreise wirklich nicht gut bekommen und Logan war der einzige Lichtblick in einem Chaos aus Mist. Was, wenn ich jetzt allein blieb, stolperte und irgendwo bei den Dinosauriern landete? Okay, irgendwann würde es vermutlich eher treffen. Oder noch besser, vielleicht landete ich ja beim nächsten Mal in der Zukunft.

Mitten im Weltall, im puren Nichts. Ich erschauderte. Mein innerer Sturkopf schaltete sich ein und ich verfluchte den flehenden Unterton in meiner Stimme sofort.

»Kann ich nicht einfach mitkommen? Was soll denn schon passieren? Ich dachte, du gehörst zur Besatzung des Schiffes?«

Der Gedanke, allein in diesem spärlich beleuchteten Korridor zu bleiben, verursachte mir Gänsehaut, für die ich mich augenblicklich selbst hätte ohrfeigen können. Eine Zeitreise konnte doch unmöglich vor Zeugen passieren, oder? Ich benahm mich wie ein verängstigtes Vögelchen, was mir gehörig gegen den Strich ging. Aber die Ausweglosigkeit meiner Situation und die bohrende Frage, ob ich überhaupt in der Lage war, jemals wieder in meine Zeit zurückzukehren, machten mich rasend vor Panik.

Ich hätte mich am liebsten in eine Ecke verkrochen und so lange geweint, bis alle Fragen und Sorgen fortgespült wurden. Denkbar schlechter Zeitpunkt, um in Tränen auszubrechen, wenn man bedachte, dass die Schritte immer näher zu kommen schienen und ich bereits Männerstimmen hören konnte.

Jetzt reiß dich verdammt noch mal zusammen, Lucy!

Logan hob abschätzig eine Augenbraue und ein flüchtiger Schatten legte sich auf sein Gesicht. »Das geht nicht, wenn dich hier jemand sieht ...« Er beendete den Satz nicht.

Plötzlich erklang ein Schaben an der Tür. Alarmiert sahen wir beide auf. Logan bedeutet mir mit einem Blick, mich hinter einer Biegung in Deckung zu bringen, während er selbst nach vorne zur Tür lief. Gerade rechtzeitig, denn genau in dem Augenblick, als ich schlitternd nach rechts in einen anderen Gang bog, ging die Tür mit einem Quietschen auf und Stimmen wurden laut.

»Admiral Gorskij hat befohlen, das Schiff zu beladen und die Besatzung zum Minenleger zu bringen. Nachdem der ›Jenissei‹ im Mai versenkt worden ist, scheint der Druck von oben immer größer zu werden. Ich hoffe nur, Gorskij weiß, was er tut.« Die Stimme klang rau und die Worte kamen unangenehm gebellt heraus. Der Mann hatte einen schweren Akzent, den ich nicht recht zuordnen konnte.

Dieser Name, er jagte mir eine eisige Gänsehaut über den Rücken. Wie Geisterfinger schlichen sich Name und Titel in meinen Kopf und packten meinen Verstand. Admiral Gorskij? Diesen Namen konnte es unmöglich ein zweites Mal in Zusammenhang mit dem Dienstgrad geben! Mir wurde speiübel, die Sicht verschwamm vor meinen Augen. Eine einzige Frage drängte sich durch den Nebel in meinem Kopf, ließ alles andere vollkommen unwichtig erscheinen.

Konnte es möglich sein, dass ich mich im Ersten Weltkrieg befand? Der Nebel in meinem Verstand lichtete sich und hinterließ ein einziges Wort, welches wie eine Leuchtreklame in meinem Kopf aufleuchtete und mich verhöhnte »Krieg. Krieg. Krieg. Krieg.« Panik raubte mir die Luft, wie es zuvor das Wasser getan hatte. Mit zitternden Fingern hielt ich mir den Mund zu, um nicht laut loszuschreien. Stimmen ließen meine Aufmerksamkeit von meinem inneren Tumult wieder in die Gegenwart zurückrasen.

Ich linste um die Ecke, spürte, wie mir die Tränen über die Wangen liefen und meine Hände zitterten, aber in Schockstarre verfallen konnte ich später immer noch. Die Männer standen zu weit weg, als dass ich sie in dem blauen Dämmerlicht hätte richtig erkennen können. Es waren zwei, beide groß und sehr breit. Logan sah dagegen beinahe winzig aus.

Schnell zog ich den Kopf wieder ein, um nicht entdeckt zu werden. Langsam kauerte ich mich auf den Boden und vergrub das Gesicht in den Händen. Wo war ich hier nur hineingeraten? Was hatte das alles hier zu bedeuten? Verwirrt und verängstigt flehte ich eine unsichtbare Macht an, mich aus diesem Schlamassel zu retten oder mich wenigstens mit Superheldenkräften auszustatten. Wie sollte eine Geschichtsstudentin aus dem Jahr 2013 denn bitte schön im Ersten Weltkrieg überleben?

Ein Wimmern entfuhr mir, ich biss schnell die Zähne zusammen und verharrte ganz ruhig. Hatten die anderen etwas gehört? Hatte ich mich jetzt verraten? Für wenige Sekunden waren da keine anderen Geräusche mehr, außer meinem eigenen rasenden Herzschlag und der brüllenden Angst in meinem Kopf.

»Wolkov, Kusinskij, wiederholen Sie den Befehl«, donnerte Logans Stimme und ich ließ die angestaute Luft zischend zwischen meinen Lippen entweichen.

Sie hatten mich nicht gehört. Ich zwang mich, auf die wackeligen Beine zu kommen, um im Notfall wenigstens zu versuchen zu fliehen. Mein Blick huschte über die Schulter und ich sah nur noch mehr Gänge, die von meinem Versteck abzweigten. Alle waren sie in unheilvolles blaues Licht getaucht. Ich fluchte innerlich. Wenn die zwei da vorne mich nicht entdeckten, könnte mich jederzeit jemand anderes von hinten überraschen.

Logan fragte noch etwas, was ich aber in meiner Panik nicht verstand. Entgegen seines schelmischen Tonfalls mir gegenüber klang er jetzt jedoch wie eine Autoritätsperson. Seine Stimme verriet nichts davon, dass er ein nasses Mädchen an Bord dieses Schiffes geschmuggelt hatte. Ob die anderen beiden ihm genügend vertrauten, um sich von ihm ablenken zu lassen?

»Kapitanleutnant De Losseur, was machen Sie hier unten? Der Konteradmiral Paschkin sucht Sie überall!« Die Stimme gehörte einem anderen Sprecher. Sie war angenehm weich, auch wenn die Worte nicht ganz klar ausgesprochen waren. Es klang so, als würden dem Mann ein paar Zähne fehlen, was sich auf seine Art zu sprechen auswirkte.

»Ich wollte gerade im Maschinenraum nach dem Rechten sehen, die Wartungsarbeiten seit dem letzten Angriff sind nach wie vor nicht komplett abgeschlossen worden und wir können es uns nicht leisten, mit halb leerem Tank St. Petersburg zu verlassen«, donnerte Logan.

Meine Gänsehaut verstärkte sich zunehmend, ich taumelte rückwärts und fand Halt an einem kühlen Rohr, das vom Boden bis zur Decke reichte. Hatte Logan gerade St. Petersburg gesagt?

Wie bin ich denn verdammt noch mal von Moskau nach St. Petersburg gekommen, und das praktisch über Nacht?

Seltsamerweise verschreckte mich diese Gewissheit noch mehr als die Tatsache, dass ich durch die Zeit gereist sein sollte. Letzteres war so unbegreiflich, dass sich mein Verstand vehement dagegen wehrte, es zu akzeptieren.

Die Spielkarten lagen nun alle offen. Innerhalb weniger Stunden war ich von Moskau im Jahr 2013 nach St. Petersburg zur Zeit des Ersten Weltkrieges gekommen. Ob ich eine Hexe oder einfach verflucht war, wusste ich nicht. Fakt war allerdings, dass mich Gott, oder wer auch immer da oben das Sagen hatte, hassen musste. Weshalb sonst sollte er so ein fieses Spiel mit mir treiben?

Die staubige, von Öl und Kohle geschwängerte Luft des Ganges vermochte es nicht, die plötzliche innere Kälte, die sich irgendwo unter meiner Haut ansammelte, zu vertreiben. Moment mal! Hatte der Mann Logan gerade als Kapitän bezeichnet? Was ging hier vor sich?

»Erlauben Sie mir zu sprechen, Kapitan De Losseur?« Wieder der Beller. »Sprechen Sie, Wolkov.«

»Die Anzeigen wurden bereits mehrfach überprüft und als zufriedenstellend erachtet. Der Konteradmiral Paschkin hatte ebenfalls eine zweite Überprüfung beantragt, die er eigenständig begleitet hat. Alle Ergebnisse waren positiv und wurden dem Ersten Kapitän vorgelegt.« Seine Worte klangen nun etwas ruhiger, weniger unbeholfen und wohlüberlegt.

»Es ist mir vollkommen gleichgültig, wer die Anzeigen alles überprüft hat und wer nicht. Ich allein bin für die Wartung und die Einsatzbereitschaft dieses Schiffes zuständig und bestimme, ob und wann die Anzeigen zufriedenstellend sind! Und jetzt machen Sie sich klar zum Aufbruch, der Krieg wartet auf niemanden. Und Helsinki und seine Schnelllebigkeit schon gar nicht.«

Ich konnte hören, wie Stiefelabsätze zusammengeschlagen wurden und eilige Schritte die Treppenstufen hocheilten.

Als wäre ich bereits Teil des Schiffes geworden, stand ich wie erstarrt in meinem Versteck. Jede einzelne Wand, jede Maschine und jeder einzelne Mensch in diesem Metallkasten waren vollkommen unterschiedlich, bildeten jedoch gemeinsam eine Einheit. Dem menschlichen Körper gleich, erfüllte alles seinen Zweck, um gemeinsam das Schiff betreiben zu können. Und für eine kurze Sekunde war ich ebenfalls ein Teil dieser Einheit, verschmolz in meine Gedanken, versunken mit meiner Umgebung. Ließ mich von dem allgegenwärtigen Brummen beruhigen, versuchte, die Ereignisse in eine vernünftige Reihenfolge zu bringen.

»Lucy? Du kannst rauskommen, die beiden sind weg!« Logans blonder Wuschelkopf spähte um die Ecke, die Lippen zu einem besorgten Strich zusammengepresst. »Es tut mir so leid. Ich wollte dich eigentlich im Schutz des Abends zurück an Land bringen. Aber wenn das Schiff erst einmal abgelegt hat, kann ich dir nicht von hier weghelfen. Und das wird jede Sekunde der Fall sein, die Besatzung ist bereits in Position.«

Es dauerte genau fünf Atemzüge, ehe seine Worte zu mir durchdrangen. Einen weiteren benötigte ich, um das Gesagte zu verstehen. »Das bedeutet, dass ich mit euch in den Krieg ziehen muss?«, stotterte ich.

»Das bedeutet, dass du mit uns nach Helsinki kommen musst.«

Mir wurde abwechselnd heiß und kalt. Eine unbemerkte Zeitreise hatte ich anscheinend problemlos hinbekommen, aber auf einem verdammten Militärschiff inmitten des Ersten Weltkriegs herumzupaddeln war eine ganz andere Hausnummer! Wie war ich in all das nur hineingeraten? Ich wollte Logans Worten etwas entgegensetzen, mich wehren, vom Schiff springen, mich von Soldaten verhaften lassen, alles, nur nicht in See stechen. Doch sein trauriger Blick verriet mir, dass es vergebens wäre.

Wie zum Zeichen der Zustimmung heulten nacheinander mehrere Maschinen auf, die Schiffsschrauben begannen sich irgendwo unter uns zu drehen und ein plötzlicher Ruck ging durch das ganze Schiff.

Nun gab es wirklich kein Zurück mehr.

Kapitel 11

Irgendwann zwischen 1914-1918
In der Kajüte des Kapitänleutnants De Losseur

Wenn mich jemand letzte Woche gefragt hätte, ob ich auf eine Kreuzfahrt gehen würde, hätte ich ihn ausgelacht. Schiffe gehörten seit jeher zu den Fortbewegungsmitteln, die mir einfach nicht geheuer waren. Sie waren groß, fuhren durch viel zu tiefe Gewässer und gingen sang- und klanglos unter, wenn sie einen Eisberg rammten.

Alles in allem Gründe, die eindeutig gegen sie sprachen. Aber wenn man fair war, würde ich nichts von dem glauben, was mir heute widerfahren war. Ich befand mich auf einem verdammten Kriegsschiff, zur Hölle noch mal!

Mittlerweile hatte ich bereits einen halben Tag auf diesem Schiff verbracht. Wir hatten noch in der gleichen Stunde abgelegt, als Logan mich an Bord gebracht hatte, und steuerten nun Helsinki an. Ich hatte die strenge Order bekommen, die Kajüte nicht zu verlassen. Die Folgen, die das plötzliche Auftauchen einer Frau an einem Ort, der nur für Männer bestimmt war, nach sich ziehen würde, waren nicht auszumalen. Weshalb Logan das alles für mich riskierte, war mir vollkommen schleierhaft.

Immer wieder ging ich im Kopf meine überstürzte Flucht durch. Die Erinnerung an die vorbeirasenden Schüsse verfolgte mich bis in meine Gedanken hinein und ließ mich schweißgebadet hochfahren.

Während der Zeit im Wasser war ich so darauf konzentriert gewesen, die Luft anzuhalten und mich einfach vorwärtszubewegen, dass mir gar nicht bewusst gewesen war, wie knapp ich dem sicheren Tod entfliehen konnte.

Nun hatte ich jedoch genügend Gelegenheit, alles Revue passieren zu lassen, und was soll ich sagen? Nicht selten ertappte ich mich dabei, wie ich über mich selbst den Kopf schüttelte. Wäre Logan nicht aufgetaucht ... Wer weiß, was dann passiert wäre.

Ich versuchte krampfhaft den Gedanken zu verdrängen, dass ich mich nur seinetwegen überhaupt auf diesem Schiff befand und jede Minute angegriffen werden könnte.

Je nach Schicht ging Logan entweder tagsüber oder in der Nacht an Deck und ließ mich allein mit meinen Gedanken. Ich hatte noch keine Gelegenheit gehabt, ihn zu fragen, ob ich mir Alexanders Namen im Gang nur eingebildet hatte.

Im Kopf ging ich alle möglichen Szenarien durch, wie ich ihn am besten danach fragen könnte, aber mir fiel nichts Passendes ein, was nicht sofort verdächtig wirken würde. Bereits ein falsches Wort wäre ausreichend, um sein Misstrauen zu wecken. Wie sollte ich mein Interesse an einem Admiral überhaupt begründen? Womöglich würde Logan befehlen, mich über Bord zu werfen und dem Wasser den Rest zu überlassen.

Mitten im Meer ausgesetzt zu werden, war nun wirklich das Letzte, was ich wollte. Bilder vom ertrinkenden Leonardo DiCaprio stiegen mir in den Kopf. Wie er seine Hand ausstreckt, im Hintergrund sieht man das sinkende Schiff und schreiende Menschen, während das verwöhnte, privilegierte Gör nicht einmal einen einzigen Gedanken daran verschwendet, auf der Holztür zur Seite zu rücken und stattdessen den armen Jungen sterben lässt. Was für eine Kuh! Aber sollte mich jemand auf diesem Schiff tatsächlich für eine Spionin halten, würde mir garantiert keiner die Freude eines Holzstücks gewähren.

Ich seufzte. Nachdem ich mich etwas beruhigt hatte und nicht mehr an meinen rasenden Gedanken zu ersticken drohte, hatte mich Logan in seine Kajüte geführt. Er beteuerte, welch ein Glück wir hätten, dass der Oberleutnant, der direkt unter Logan diente, bei seiner schwangeren Frau daheimbleiben musste, um irgendwelche Angelegenheiten bezüglich des Erbes seines zukünftigen Sohnes abzuklären. Danach musste er sofort seine Schicht antreten. Und hier saß ich nun und hing meiner Angst nach.

Die Kajüte war knapp zehn Quadratmeter groß und spärlich eingerichtet. Neben einem hohen Etagenbett stand in der Ecke eine Holzkiste mit Logans Klamotten. Zum Zeitvertreib konnte man an einem kleinen Metalltischchen, welches an der Wand gegenüber des Bettes befestigt war und nach Belieben auf- und zugeklappt werden konnte, Platz nehmen und Karten spielen. Insgesamt keine Luxusausstattung und ich durfte den Raum nicht verlassen, aber es hätte auch schlimmer kommen können.

Ich seufzte tief und zog mir die schmuddeligen Überreste meiner Bluse vors Gesicht. Zerfetzt vom Krabbeln und den Schwimmeinheiten hing sie starr vor Dreck und Schweiß an mir herab. Sobald Logan zurück wäre, würden wir versuchen, unbemerkt ins Bad zu gelangen, fürs Erste musste ich es jedoch mit meiner strengen Duftnote aushalten.

Nicht zum ersten Mal fragte ich mich, wie ich eigentlich hier gelandet war. Ich vermisste meine Familie und allen voran Babushka Marina schmerzlich und hätte alles dafür getan, um jetzt mit einem von ihnen sprechen zu können. Allein das Denken an sie ließ Tränen in meine Augen treten und mich wie eine Kugel auf der Koje zusammenrollen. Ich hielt meine Beine mit den Armen umschlungen und gab mich der Angst und der Trauer hin. Was hatte das alles noch für einen Sinn?

Die Minuten verstrichen und ich weinte hemmungslos ins Kissen, während alle möglichen Schreckensszenen aus dem Krieg in meinem Verstand um Aufmerksamkeit buhlten. Bilder von explodierenden Körpern, Blut, Leid und Tod hielten mich fest in ihren Klauen. Kurz dachte ich sogar darüber nach, ob Ertrinken nicht doch eine Alternative wäre; auf jeden Fall besser, als in die Luft gejagt zu werden, oder? Ich schüttelte den Kopf, drängte den Schrecken beiseite, bemühte mich, an etwas anderes zu denken, an etwas Schönes.

Stattdessen kam mir die Erinnerung an den toten Körper meiner Babushka in den Sinn, wie er reglos und blass auf der Bahre lag. Ich wollte schreien, irgendwas kaputt machen oder einfach nur in eine Ohnmacht fallen. Ganz egal was, Hauptsache, meinen eigenen Gedanken entfliehen.

Ein Klappern ließ mich aufhorchen und im nächsten Moment steckte Logan seinen Kopf durch die Tür. Wir sahen einander sprachlos an, ehe ich die Nase hochzog und peinlich berührt den Blick abwandte. Ob er meine Tränen gesehen hatte oder nicht, er ließ es sich nicht anmerken und kam stattdessen zur Koje. Er streckte mir eine zusammengefaltete Serviette entgegen.

»Ich habe dir von oben etwas zu essen mitgebracht. Graubrot und ein wenig Fleisch.« Logan setzte sich auf die untere Koje und gähnte laut.

»Danke«, flüsterte ich, hatte jedoch keinen Appetit. Nachdenklich zupfte ich an den Ecken der Stoffserviette herum.

»Lucy? Woher kommst du überhaupt?« Seine Stimme drang leicht gedämpft durch die Matratze, doch die Worte versetzten mich auch so in Schockstarre.

Hastig schob ich mir ein Stück Brot in den Mund, um eine Ausrede zu haben, warum ich nicht sprechen konnte, wusste jedoch ebenso gut, dass ich nicht den ganzen Tag kauend verbringen konnte.

Fieberhaft dachte ich über eine logische Erklärung nach, aber in meinem Leben war zurzeit rein gar nichts logisch.

»Bist du auf der Flucht?« Er klang nachdenklich, beinahe zögerlich, ob er die Frage wirklich stellen wollte. Dankbar ergriff ich den rettenden Strohhalm, den er mir reichte.

»Ja. Ich bin auf der Flucht von meinem vorherigen Leben«, gab ich vage zur Antwort und merkte, dass es irgendwie auch stimmte. Schon lange hatte ich das Gefühl, nicht mehr glücklich zu sein. Der Tod meiner Urgroßmutter war nur noch ein zusätzliches Gewicht auf der Waage aus Pech und blöden Entscheidungen. Ich vermisste sie mit jeder Faser meines Körpers und hatte Angst, in ein Leben ohne sie zurückkehren zu müssen.

»Verstehe. Mir ging es vor einiger Zeit ähnlich.«

Ich fragte nicht nach und auch Logan beließ es bei unserem dürftigen Wortaustausch. Um etwas zu tun zu haben, aß ich tatsächlich einige Brotkrumen und dachte darüber nach, ob und wie ich in meine Zeit zurückkehren könnte.

»Wie ist es, Kapitän eines so großen Schiffes zu sein? Hast du gar keine Angst vor der ganzen Verantwortung?«, fragte ich nach einer Weile der Stille. Logan lachte.

»Ich trage zum Glück nicht ganz allein diese Verantwortung. Die Besatzung eines Schiffes musst du dir wie einen Ameisenhaufen vorstellen. Jeder Einzelne erfüllt eine Aufgabe und nur deswegen hat jeder am Ende des Tages etwas zu essen. Bei uns verhält es sich ähnlich. Wir sind abhängig von jedem Mann an Bord des Schiffes. Je nach Größe der Besatzung haben wir sogar zwei Kapitäne, das ist jetzt gerade der Fall. Andrej Maksimowitsch ist der ranghöchste Kapitän, ich bin sein Vertreter. Wir wechseln uns ab mit unseren Schichten, um stets aufmerksam und wach bleiben zu können.«

Ich richtete mich auf der Koje auf und dachte über seine Worte nach. »Was genau sind dann deine Aufgaben?«, fragte ich halb aus Interesse und halb, um ihn wieder sprechen zu hören. Seine Worte beruhigten mich irgendwie, verscheuchten für einen Moment die Schrecken meiner eigenen Gedanken.

»Andrej Maksimowitsch pflegt in einem Sechs-Schicht-System zu arbeiten. Jeder von uns verbringt vier Stunden auf dem Kommandodeck, geht danach für jeweils eine Stunde anderen Tätigkeiten nach, wie Routenplanung, Koordinatenberechnung und Strategieentwicklung. Anschließend erfolgt wieder eine Ablösung. Beim zweiten Tausch gibt es dann nach der Schicht das Mittagessen und die Möglichkeit, kurz zu schlafen, der dritte Tausch erfolgt nur kurz, da wir die Abendstunden gemeinsam auf dem Kommandodeck verbringen und uns beratschlagen oder einfach einander bei Laune halten. Je nachdem, wer das Glück hatte, die Nachtschicht zu erwischen, muss anschließend bis zum Morgengrauen ausharren«, antwortete er und ich versuchte, das Gesagte irgendwie in meinem Kopf zu ordnen.

»Während die übrige Besatzung zwar auch nur wenige Stunden Freizeit hat, können sie gemeinsam etwas unternehmen und sich voll und ganz entspannen, wenn sie erst einmal ihre Arbeiten abgeschlossen haben. Wir hingegen tragen für die Besatzung und das Schiff volle vierundzwanzig Stunden die Verantwortung, zumindest so lange, bis wir in Helsinki ankommen und das Kommando offiziell an einen der Admirale übergeht. Aber ich liebe es, an Bord eines Schiffes zu sein, dem geschäftigen Treiben der Männer zuzusehen. Hier verstehe ich alles. Es erfüllt alles einen Zweck und man ist nicht gezwungen, seine Zeit auf unnötigen Gesellschaften zu verbringen.«

Nun war es an mir, zu lachen. »Ich kann mir gar nicht vorstellen, dass du auf Feiern gehst. Kapitänleutnants tanzen bestimmt gar nicht.«

Von unten kam ein Schnauben als Antwort und Logan spähte zu mir hoch. »Ha! Ganz im Gegenteil sogar, die Damen reißen sich um einen Tanz mit mir.« Er zwinkerte mir zu und ich verdrehte die Augen.

Plötzlich schien Logan sich an etwas zu erinnern, denn er stand abrupt von der Koje auf und begann, in der großen Truhe am Fußende der Koje zu kramen.

»Deine Kleidung ist ganz dreckig! Wir dürfen nur jeweils zwei Uniformgarnituren mit uns führen, da die Überfahrt lediglich zwei Tage dauert. Aber zum Glück bist du in der richtigen Kajüte gelandet.« Triumphierend warf er ein schlichtes weißes Hemd und eine Hose auf meine Koje.

Entzückt sah ich die Klamotten an und konnte es kaum noch erwarten, eine heiße Dusche zu nehmen und frische Sachen anzuziehen. »Mein Held«, rief ich betont theatralisch aus und kletterte langsam herunter. Die Höhe machte mir selbst jetzt etwas aus. Ständig hatte ich das Gefühl, jeden Moment in die Tiefe zu fallen und auf die harte Wasserdecke aufzuschlagen.

»Komm, wir versuchen dich ins Bad des Kapitäns zu bringen. Die übrige Besatzung teilt sich die Waschräume, da kann ich dich unmöglich hineinschmuggeln, aber solange Andrej Maksimowitsch Schicht hat, wird er nicht runterkommen und in seiner Kajüte kannst du dich in Ruhe waschen, du siehst nämlich ziemlich schlimm aus.«

Gerne hätte ich ihm widersprochen oder etwas Freches gesagt, aber im Grunde hatte er recht und ich war froh, dass Logan bereit war, das zusätzliche Risiko auf sich zu nehmen und mich zum Bad zu führen.

Er gab mir eine Mütze, die ich aufsetzen sollte, um mein Haar zu verbergen, und reichte mir anschließend eine weite Jacke.

»Auf dem Gang sollte uns keiner begegnen, es ist nur eine kurze Distanz, aber wir sollten kein Risiko eingehen und dich so gut tarnen wie nur möglich.«

Ich nickte und ließ ihn vorangehen, um die Lage auf den Gängen zu checken. Währenddessen stand ich ungeduldig vor der Tür und hüpfte von einem Fuß auf den anderen, ich musste unbedingt ins Bad, sehr, sehr dringend!

»Es scheint alles ruhig zu sein, komm«, Logan drückte die Tür auf und ich schob mich hindurch.

Der spärlich erleuchtete Gang lag friedlich da, doch über uns konnte ich die geschäftigen Schritte vieler Männer hören. Ich hoffte inständig, dass sie alle zu beschäftigt waren, um nach unten zu kommen. So viel Karma sollte ich nach alldem übrig haben!

»Leise. Wir müssen nur einen Korridor weiter und dann sind wir da«, zischte Logans Stimme vor mir. Er war bereits einige Schritte vorausgegangen und hielt Ausschau nach möglichen Gefahren.

Ich hielt kurz inne und wartete auf seinen Wink, um weiterlaufen zu können. Mein Herz pochte aufgeregt in meiner Brust, jeder Schritt schien Gefahr zu schreien und meine Blase machte mir deutlich zu schaffen. Gerade als ich loslaufen wollte, hörte ich unmittelbar hinter mir ein Geräusch. Ertappt zuckte ich zusammen und blieb wie angewurzelt stehen.

»Jetzt hab dich nicht so. Eine kurze Pause vom Krieg tut uns allen gut«, hallte es sichtlich betrunken durch den Gang.

Logan und ich tauschten einen entsetzten Blick, als er meine Hand packte und zu rennen begann. Wir bogen nach links und rannten noch ein paar Schritte weiter, da blieb er plötzlich stehen und stieß eine Tür rechts von uns auf.

Ich schlüpfte hinter ihm her ins Innere und drückte die Tür hinter mir zu. Gehetzt blieben wir an der Tür stehen und lauschten, ob uns jemand gefolgt war. Erst als Logan ganz sicher war, dass uns keiner gesehen hatte, entspannte auch ich mich sichtlich.

»Mit dir wird einem nie langweilig«, sagte er kopfschüttelnd, aber mit einem Lächeln auf den Lippen.

Ich war ebenfalls noch ganz zugedröhnt von dem Adrenalinschub und brach in Gelächter aus. Das Kichern verließ zittrig meine Lippen und spülte für einen Moment die ganzen Ängste fort. Logan sah mich skeptisch an, was mich nur noch mehr zum Lachen brachte. Es war befreiend, nicht zu weinen oder allein sein zu müssen, sondern einfach nur loszulassen und zu lachen.

»Lucy? Ist alles in Ordnung?«, fragte Logan besorgt und ich merkte, wie mein Gelächter immer hysterischer wurde und ich schließlich in Tränen ausbrach. So viel also dazu.

»Ja«, sagte ich mit einem Schniefen und hielt mich an der Tür fest, um das Gleichgewicht nicht zu verlieren. Ich war es ja so leid, ständig verfolgt zu werden und Angst haben zu müssen.

»Komm, ich zeig dir, wo du dich waschen kannst, dann geht es dir besser.« Logan wirkte ziemlich überfordert, als er mir ein grobes Handtuch reichte. Er führte mich an einem identischen Etagenbett vorbei, wie es auch in Logans Kajüte vorhanden war, und dann in einen winzigen Raum. Eine altmodische Toilette und ein Waschbecken unter dem Bullauge waren die einzigen Dinge darin. Neben dem Waschbecken stand ein zerbeulter Eimer mit dunklem Wasser.

»Mach das Wasser bitte nicht ganz leer. Leider sind auf diesem Schiff keine richtigen Bäder, nur in den Gemeinschaftsräumen, aber dieses Provisorium ist besser als gar nichts«, sagte Logan entschuldigend.

Ich wirbelte zu ihm herum, packte den verblüfften Kapitänleutnant bei den Schultern und schob ihn aus dem winzigen Raum.

»Raus, und wehe, du linst hier rein!«, ermahnte ich ihn und konnte es kaum erwarten, allein mit der Kloschüssel zu sein.

Das Waschen war trotz des kalten Wassers eine wahre Wohltat. Ich fühlte mich, als würde ich das Erlebte mit dem Handtuch von meiner Haut rubbeln und neue Kraft schöpfen. Ich blieb noch etwas länger im Bad als nötig, um zu versuchen, mit dem Finger meine Zähne notdürftig zu putzen und mein feuchtes Haar mit den Händen zu bürsten. Anschließend schlüpfte ich in die etwas zu großen, aber wohltuend sauberen Klamotten von Logan und kam wieder heraus. Ich fühlte mich immer noch elend und verängstigt, aber definitiv besser.

Auf dem Rückweg mussten wir uns beeilen. Logans Schicht würde gleich beginnen und auch bis zum Abendessen war es nicht mehr lange, sodass die Gefahr groß war, dass uns auf dem Gang jemand begegnen könnte. Noch während ich in unsere Kajüte schlüpfte, verabschiedete Logan sich von mir und wies mich an, den winzigen Riegel an der Tür vorzuschieben.

»Wenn ich zurück bin, werde ich drei Mal klopfen. Bis nachher.«

Mit laut polternden Schritten lief er eilig davon und ich kroch wieder in meine Koje. Die Müdigkeit saß tief in meinen Knochen, doch ich fürchtete mich vor dem Schlaf.

Unfreiwillig versank ich in düstere Grübeleien. Die Tatsache, dass Russland sich gerade im Krieg gegen Deutschland um die Ostsee befand, machte meine Überlebenschancen wahrscheinlich vollkommen zunichte. Die Oktoberrevolution konnte auch nicht mehr fern sein und somit auch der Bürgerkrieg. An dieser Stelle ließen mich meine spärlichen Geschichtskenntnisse im Stich. Sowohl in der Schule als auch später an der Universität hatte ich mich auf das Studieren der französischen und englischen Geschichte spezialisiert. Würden wir uns am Hof von Heinrich IV befinden oder mit Maria Stuart zusammen um England kämpfen, wüsste ich ganz genau, was zu tun wäre, wer auf welcher Seite stand und was als Nächstes geschehen würde.

Hier jedoch tappte ich in vollkommener Dunkelheit. Natürlich war mir bereits der Gedanke gekommen, dass meine Urgroßmutter zu dieser Zeit schon gelebt haben musste, was für eine kurze Sekunde mein Herz höherschlagen ließ. Diese Freude wurde jedoch durch eine widerwärtig laute, aber viel zu vernünftige Stimme in meinem Kopf ersetzt. Sie brüllte mich praktisch an, dass ich es ja kaum schaffte, von einem Schiff wegzukommen, geschweige denn in der Lage war, ohne Anhaltspunkte meine Urgroßmutter im Kriegsrussland zu finden.

Ich wusste nicht, wie viel Zeit vergangen war, während sich meine Gedanken stets um die gleichen Themen drehten. Zeitsprung. Krieg. Babushka Marina. Für keines dieser drei Probleme fand ich vernünftige Lösungen.

Das laute Poltern an der Tür ließ mich zusammenfahren. Ich lauschte angespannt und hielt den Atem an, bis es ein zweites und ein drittes Mal klopfte. Erleichtert atmete ich aus und ließ Logan herein.

Müde betrat er die Kajüte, schlüpfte wortlos aus seiner Jacke und warf sie aufs Bett.

»Hallo«, sagte ich, bekam aber nur ein Nicken als Antwort. Verwirrt kletterte ich wieder auf meine Koje und ließ Logan einen Moment Privatsphäre. Meinetwegen hatte er kaum eine Pause gehabt und musste die ganze Zeit oben wachsam bleiben. Das schlechte Gewissen rührte sich in mir.

Ich beugte mich über die Metallstange zu meiner Rechten und sah vom Hochbett aus zu ihm hinunter. Wie ein kleines Äffchen hing ich kopfüber in der Luft, während meine Haare ähnlich langen Tentakeln nach unten fielen.

Er lächelte. »Hast du dich sehr gelangweilt? Entschuldige, dass ich dir keinen besseren Schlafplatz besorgen konnte.« Logan strich sich durch das verwuschelte Haar.

Ich richtete mich wieder auf und kletterte an den wackeligen Metallsprossen hinunter, um mich zu ihm auf die Koje zu setzen.

»Alles in Ordnung, ich hatte genug Zeit, um nachzudenken«, sagte ich geheimnisvoll.

Er lachte müde. »Und worüber hast du so nachgedacht?«

Ich zuckte mit den Schultern. »Dies und Das, Gedanken einer Lady, die einen jungen Mann so gar nichts angehen.« Ich erntete einen gespielt beleidigten Blick von ihm.

Nachdenklich sah ich ihn an, betrachtete die müden Augen, die trotz sichtlicher Erschöpfung bemerkenswert grün leuchteten.

Ich konnte mir nur ansatzweise vorstellen, wie es sein musste, zu Kriegszeiten der baltischen Flotte anzugehören. Die Männer lebten stets in dem Wissen, dass jeder Tag der letzte sein könnte. Zugegeben, keiner von uns wusste, ob der nächste Tag nicht sein letzter werden würde, aber die Wahrscheinlichkeit, dass Logan oder einer seiner Männer morgen starb, war dann doch höher, als dass es mich beim Besuch im Autokino traf.

»Wir müssen noch ein wenig warten, dann kann ich dich wieder zur Toilette bringen. Andrej Maksimowitsch hatte heute einen schlechten Tag, er hat ständig nach seiner Brille oder anderen Sachen gesucht. Es könnte also sein, dass er etwas in der Kajüte vergessen hat und noch einmal zurückkehren muss. Wenn du es noch für eine Stunde aushältst, sollten wir sicher sein.« Seine Stimme klang entschuldigend und erschöpft.

»Ich habe die Blase eines Elefanten; wenn ich müsste, könnte ich sogar zwei Stunden aushalten«, erwiderte ich gespielt fröhlich, um ihn etwas aufzumuntern, aber von Logan kam keine Reaktion. Ich verzog die Lippen.

»Logan? Warum hast du mich gerettet? Ich meine nicht nur im Wasser, sondern schon davor … im Haus dieses Professors?« Bei der Erinnerung überkam mich eine Welle aus Wut. Viel zu deutlich erinnerte ich mich an die schallende Ohrfeige, die dieser Mistkerl mir verpasst hatte. Sollte ich ihm noch einmal begegnen, hatte ich bereits nicht nur eine Racheaktion in petto. Ich grinste diabolisch, wurde jedoch in meinen Überlegungen von Logans leiser Stimme abgelenkt.

»Ich weiß es nicht genau. Mir schien es nicht recht, dass die Männer dich so brüsk angegangen sind. Und als ich gesehen habe, dass du zum Hafen rennst, wollte ich sichergehen, dass dir nichts passiert. Ich muss schon sagen, sich innerhalb nur weniger Minuten so viele Feinde zu machen, ist schon eine wahre Meisterleistung«, sagte er lachend und auch meine Laune wurde wieder besser, da wir ein paar vernünftige Sätze wechseln konnten.

Ich setzte gerade an, um ihm noch eine Frage zu stellen, als es plötzlich polternd an der Tür klopfte. Nicht an irgendeiner Tür, sondern an unserer. An der einzigen Tür, die mir die Sicherheit bot, nicht gesehen zu werden. Logan neben mir erstarrte zur Salzsäule.

»Ey, De Losseur, komm raus und trink 'ne Runde mit mir, das ist ein Befehl!«, lallte eine tiefe Männerstimme von der anderen Seite und etwas fiel klirrend zu Boden.

Logan und ich wechselten panische Blicke aus. Nur zu gut wussten wir, dass es in der kleinen Kajüte keine Möglichkeit zum Verstecken gab. Ja, noch nicht einmal unter die verdammte Koje passte ich.

Innerlich schloss ich mit meinem Leben bereits ab, als Logan aufstand und zur Tür ging. Er fuhr sich durchs Haar, holte schwerfällig Luft und öffnete den Metallverschluss. Die Tür ging quietschend auf und Logan stellte sich sofort in den entstandenen Spalt, mit der rechten Hand hielt er die Tür fest, um sie, wenn nötig, jederzeit wieder zuschlagen zu können.

»Iwan, was machen Sie hier denn so spät?«, sagte er mit einem Lachen in der Stimme, das selbst in meinen Ohren falsch klang.

Ich drückte mich auf der Koje weiter nach hinten und zog die Beine an die Brust. Jetzt nur keinen Mucks von sich geben. *Ganz ruhig, Lucy.*

»De Losseur, ich habe auf diesem Schiff ja doch nichts zu tun und brauche Ablenkung. Wissen Sie, ganz ohne weibliche Gesellschaft am

Abend ist das Leben eines Mannes ja recht grau, dann bleiben nur noch hundert Gramm und Karten. Nu schto[18]? Kommen Sie!«

Ich konnte den Mann nicht sehen, aber seine anzügliche Stimme, während er über Frauen sprach, war einfach abartig.

»Bald erreichen wir Helsinki, dann können Sie Ihre wunderschöne Frau wieder in die Arme schließen«, sagte Logan ruhig.

»Pah, meine Frau. Das elende Weibsbild lässt nichts und niemanden an sich ran. Seit wir unseren Viktor bekommen haben, läuft gar nichts mehr im Bett und sie verbringt die Abende lieber auf Gesellschaften als bei ihrem Mann.«

Nur zu verständlich, dachte ich mir. Logan machte die Tür ein klein wenig weiter zu, auch ihm schien dieser Iwan nicht ganz geheuer zu sein.

»Aber weißt du, Junge, der von allen heiß geliebte Gorskij hat dich persönlich für seinen Minenleger angefragt. Wenn wir erst einmal in Helsinki sind, sind deine Stunden gezählt.« Iwan lachte ein widerliches, bellendes Lachen. »Ich an deiner Stelle würde die letzten Tage meines Lebens mit dem guten alten Wodka und einer heißblütigen Frau verbringen und hier nicht elendig meine Pflicht erfüllen wie ein braver Schoßhund unseres ach so ehrwürdigen Alexander Gorskij.«

Erleichtert stellte ich fest, dass der angetrunkene Idiot des Gesprächs wohl müde war und seine Schritte sich schwer polternd entfernten.

Logan blieb stehen und sah dem Fremden hinterher. Es dauerte sehr lange, bis er wieder die Tür schloss und sich zu mir setzte.

»Was bedeutet das, du musst auf einen Minenleger?«, fragte ich, sobald ich wieder Luft zum Atmen hatte und meine Panik etwas abgeebbt war.

»Eigentlich sollten Andrej Maksimowitsch und ich die Marineoffiziere aus St. Petersburg nach Helsinki bringen, damit sie Minenleger und U-Boote besteigen können und dann weiter eingeteilt werden. Aber wie es scheint … werde ich wohl ebenfalls versetzt«, sagte er tonlos.

Wie ein Blatt im Wind trieben ihn seine Gedanken in unterschiedlichste Richtungen und ich konnte Zerrissenheit in dem wechselnden Mienenspiel seines Gesichtes erkennen.

---

18 *Nu schto = *direkt übersetzt würde es »na und?« bedeuten, eine typische russische Floskel, die man oft auch mit einer Aufforderung kombiniert.

»Ist es gefährlich?«

»Nicht gefährlicher, als an vorderster Front gegen den Feind zu stürmen.« Etwas in seinen Augen verdüsterte sich.

Das sanfte Grün wurde von einem tieferen Farbton abgelöst, der Logan für mich in diesem Moment zu einem Fremden machte. Aber genau das war er doch eigentlich. Nur ein Fremder, der mich gerettet hatte. Ein Mann, den ich kaum kannte und wegen dem ich nun auf einem Schiff festsaß. Und dennoch kam ich nicht umhin, zuzugeben, dass der schicksalsergebene Gesichtsausdruck in seinen sonst eher sanften Zügen mich verunsicherte.

Ein Teil in mir wollte ihn beschützen. Logan war mir in der kurzen Zeit ans Herz gewachsen. Ich legte meine Hand zögerlich auf seine und wartete ab, bis er mich ansah.

»Bin jetzt etwa ich an der Reihe, dich zu retten?«, fragte ich scherzhaft und bekam ein ehrliches Lächeln als Antwort.

»Ob Russland das überstehen wird?«, fragte er mit einem Schmunzeln und sein nachdenklicher Gesichtsausdruck wurde weicher. Er lehnte sich zurück und platzierte seinen Hinterkopf an der Wand. Für einen kurzen Moment schien es ihm etwas besser zu gehen und ich schwor mir selbst, dass ich zumindest für die Zeit an Bord dieses Schiffes alles daransetzen würde, ihn aufzuheitern.

»Wie kam es, dass du der baltischen Flotte beigetreten bist?«, fragte ich, um zu verhindern, dass die Stille zwischen uns zäh wurde.

Er dachte kurz nach, verzog die Lippen. »Mein Bruder … er wurde einberufen. Wir sind bereits vor Jahren aus Frankreich geflüchtet. Meine Mutter hatte einen russischen Offizier geheiratet, der sich gut um uns kümmerte. Sie bekam einen zweiten Sohn von ihm, doch der Offizier starb vor zehn Jahren und wir mussten zusehen, wie wir klarkamen. Rafael war fünfzehn, als der Brief kam. Ich war illegal im Land und nirgendwo gelistet, weswegen man mich in Ruhe gelassen hatte, schließlich wusste man nichts von meiner Existenz. Rafael hingegen war russischer Staatsbürger und wurde zum Kanonenfutter gegen die Deutschen. Daraufhin habe ich mich unter falschem Namen für die Flotte gemeldet. Als mein Schwindel auffiel, war ich bereits innerhalb kürzester Zeit mehrere Ränge aufgestiegen und stand kurz vor meinem Abschluss an der Akademie.« Logan verstummte kurz, schien seine Gedanken zu ordnen, während ich ihm wie gebannt an den Lippen hing.

»Kurz vor meiner Abschlussprüfung lernte ich einen frischgebackenen Admiral kennen, der gerade von einer Mission heimgekehrt war und eigentlich nie etwas mit dem Krieg zu tun haben wollte. Nun war er ebenfalls gezwungen, seinem Land zu dienen. Sein Stolz und der Wille zu helfen machten es ihm unmöglich, den Dienstgrad abzulehnen und sich stattdessen der Literatur zu widmen, seiner heimlichen Passion. Er war es auch, der mich nach meinem Abschluss unter seine Fittiche nahm und mir alles beibrachte, was wir an der Akademie nur notdürftig in der Theorie erfuhren. Mittlerweile ist er der Führer eines Minenlegers, dem ich nun ebenfalls zugeteilt wurde.«

Unbemerkt hatte ich den Atem angehalten und wollte mehr erfahren, doch Logan machte keine Anstalten, noch etwas zu sagen.

»Logan ist aber auch kein französischer Name, oder? Hast du auch deinen Vornamen geändert?«

Logan schmunzelte. »Ich wurde nach einem englischen Verwandten benannt. Frag mich nicht, was bei uns in der Familie los ist, aber von Russland über Frankreich, Großbritannien und sogar bis Deutschland sind die De Losseurs verteilt.«

»Und wie hieß dieser Admiral, der dir geholfen hat?«, fragte ich tonlos.

Logans Gesicht hellte sich etwas auf, auch wenn er nach wie vor die Augen geschlossen hielt und ich es nicht wagte, nach dem weiteren Verbleib seines Bruders zu fragen.

»Alexander Nikolajewitsch Gorskij. Ein Mann, in dessen Diensten zu stehen mich mit einer größeren Ehre erfüllen würde als jedes Vaterlandsgeschwafel. Weißt du, Kriege wurden von Menschen erschaffen und da gibt es keine schlechten oder guten Seiten. Es kämpft Mann gegen Mann, das Kind einer liebenden Mutter gegen ein anderes. Macht, Prestige und Geld sind Gründe, von denen nur eine Handvoll Menschen profitiert, die aber keine Sekunde zögern, fünfzehnjährige Jungen in den Kampf zu schicken. Aber hin und wieder gibt es auch Männer, die genügend Verstand und Herz besitzen und versuchen, aus dieser aussichtslosen Situation das Beste zu machen, indem sie keine Konfrontation scheuen, und deren Intelligenz und Güte ihnen erlaubt, kluge Entscheidungen für alle zu treffen. Alexander Nikolajewitsch ist so ein Mann und deswegen habe ich keine Angst, was nach Helsinki kommt. Verhindern kann es ohnehin keiner, selbst du nicht, kleine Sprotte.«

Damit war das Gespräch beendet und ich in meiner Vermutung bestätigt. Der Geliebte von Babushka Marina würde in den nächsten Tagen in Helsinki sein, was bedeutete, dass meine Chancen, sie zu finden, auch nicht ganz so schlecht stehen konnten, immerhin mussten sie sich irgendwo begegnet sein und vielleicht konnte er mir auf der Suche nach ihr helfen

Mein Herz hämmerte wie wild in meiner Brust und erfüllte mich mit Aufregung, doch ein kleiner Teil von mir machte sich auch Sorgen. Logans Erzählung klang zwar sachlich, aber ich konnte sehen, wie viel ihm die Worte bedeuteten und dass er mehr Angst hatte, als er zugeben wollte. Was würde nur passieren, sobald wir dieses Schiff verließen?

Kapitel 12

Irgendwann zwischen 1914-1918
In der Kajüte des Kapitänleutnants De Losseur

Am Morgen nach unserem Gespräch musste Logan früh raus und ich blieb wieder allein in der Kajüte. Nach wie vor traute ich mich nicht, Logan nach der genauen Jahreszahl zu fragen. Zum einen hatte ich fürchterliche Angst, dass er mich für verrückt halten könnte, aber auch der Gedanke, ihm Rede und Antwort stehen zu müssen, gefiel mir nicht.

Mir war langweilig. Zwar war ich dankbar dafür, dass Logan mich gerettet hatte, doch das Alleinsein hinterließ ebenfalls seine Spuren. Wenn ich keine Ablenkung hatte, konnte ich auch meinen Ängsten nicht entfliehen. Jedes Mal, wenn ich über meine Situation nachzudenken begann, lähmte die Panik meinen Körper und ich sehnte mich immer mehr nach meiner Familie und der Zukunft.

Ich hatte begonnen, die eingelassenen Schrauben in der Kajütentür zum wiederholten Mal zu zählen, um mich abzulenken. Es waren genau dreiundsechzig. Eine merkwürdige Zahl. Da die Kajüte kein Fenster besaß und als einzige Lichtquelle eine winzige Lampe über der Tür diente, wurden meine langweiligen Stunden lediglich vom blau-weißen Licht ihres unruhigen Flackerns erhellt. Ich wälzte meine Gedanken und Pläne von A nach B, kam jedoch zu keinem zufriedenstellenden Ergebnis, was ich tun sollte, wenn wir in Helsinki ankamen. Stattdessen jagte mir jedes Geräusch von draußen einen unangenehmen Schauer über den Körper. In der ständigen Angst, jemand könnte hier ungebeten reinschneien und mich entdecken, wagte ich es nicht, die Tür aus den Augen zu lassen.

Manchmal, in ganz zähen Momenten, ertappte ich mich sogar bei dem Wunsch, dass genau das eintreten möge. Ich wollte entdeckt werden, wollte, dass dieses mühselige Versteckspiel endlich ein Ende hatte und ich an die frische Luft konnte. Die Tatenlosigkeit, das schlechte Essen und selbst die Einsamkeit konnte ich ertragen, aber die staubige Luft in der Kajüte drohte mich zunehmend zu ersticken.

Ich wünschte mir, ich könnte einfach in das kühle Wasser springen und mich fortspülen lassen. Fort zu vertrauten Plätzen, an Orte, wo ich meine Familie wiedersehen konnte und mich einfach fallen lassen durfte. Hier, auf diesem Schiff, musste ich stets besonnen und auf der Hut sein, dabei sehnte ich mich so sehr danach, dass mich einfach jemand in den Arm nahm und mir sagte, dass alles gut werden würde.

Mittlerweile war ich sehr gut darin, ohne Uhr oder Tageslicht die Zeit einzuschätzen, bis Logan wieder auftauchte und mir entweder Essen brachte oder den neuesten Klatsch vom Deck mit mir teilte.

So erfuhr ich beispielsweise, dass Georg, ein junger Matrose aus Moskau, ein Techtelmechtel mit der Tochter des Metzgers gehabt hatte, bevor das Schiff abgelegt hatte. Die Männer zogen den Burschen damit auf, dass er das Mädel nun heiraten müsste, wenn er nicht wie ein aufgeschlitztes Schwein am Haken hängend enden wollte.

Auch erzählte mir Logan von dem Gerücht, Iwans Frau würde ihn betrügen. Selbstverständlich würde keiner der Männer es wagen, offen vor ihm darüber zu sprechen, aber hier und da hörte man schon seit Langem gewisse Vermutungen, wer dem Konteradmiral denn die Hörner aufgesetzt haben könnte. Die Geschichten drehten sich alle immer um die gleichen zwei Themen: Frauen und Alkohol. Keiner der Männer schien erpicht darauf, über den Krieg zu sprechen oder was sie erwartete, wenn sie in Helsinki ankamen. Stattdessen wurde geprahlt und gelästert, schlimmer als bei einem Mädelsabend mit viel Sekt und einer Teenieschnulze.

Heute hatte Logan die Frühschicht. Nach seinen vier Stunden an Deck aßen wir ein kurzes Mittagessen (Borschtsch ohne Schmand! Meine Mutter hätte den zuständigen Koch kastrieren lassen, wenn sie das wüsste!) und direkt danach musste er wieder fort.

Für den Abend hatte er mir jedoch felsenfest versprochen, dass wir kurz rausgehen würden. Irgendwann spätabends sollte eine Versammlung auf dem Unterdeck stattfinden, die uns die perfekte Gelegenheit bot, mich wenigstens für einen Augenblick an die frische Luft zu bringen. Es war alles andere als sicher, aber uns beiden war nicht entgangen, dass ich zunehmend missmutiger und träger wurde. Wie ein Tier im Käfig lief ich entweder gehetzt von einer Wand zur anderen oder starrte gedankenverloren die Tür an. Und morgen Mittag würden wir auch schon in Helsinki ankommen und ich müsste mich entscheiden, was ich als Nächstes tun würde.

Ich zählte bereits die Stunden, Minuten, Sekunden bis zum Abend, konnte kaum einen klaren Gedanken fassen und malte mir aus, wie es sein würde, wieder den Himmel sehen zu können. Es ist schon merkwürdig, etwas zu vermissen, was man normalerweise als ganz selbstverständlich erachtet. Ein kühler Windhauch im Haar, dämmriger Himmel, aus dem die langsam untergehende Sonne ihre orangenen Strahlen zu den Menschen schickte und sie für einen Augenblick alle Probleme vergessen ließ. Mir wurde ganz wehmütig ums Herz. Seit unserer Flucht war noch nicht viel Zeit vergangen, doch es fühlte sich bereits wie eine Ewigkeit an, wenn man in den eigenen Ängsten gefangen war und keine Zerstreuung fand.

Die Tür ging auf, gab wie immer ein protestierendes Quietschen von sich. Wie bei jedem anderen Geräusch in letzter Zeit, zuckte ich auch dieses Mal kaum merklich zusammen, bereits darauf konditioniert, dass alles hier Gefahr bedeuten konnte. Auf Logans Lippen lag ein schmales Lächeln.

»Schnapp dir meine Zweitjacke und komm schnell. Die anderen sind jetzt bei der Versammlung und gehen die Routenplanung für die nächste Etappe durch, anschließend ist noch ein kleines Fest geplant, was uns hoffentlich ein paar Minuten mehr gibt.«

Aufgeregt wie ein Kind am Weihnachtsmorgen sprang ich von meiner Koje. Ich streifte mir Logans Kapitänsjacke über, setzte die dazugehörige Mütze auf, unter der ich mein Haar gut verstecken konnte, und sah ihn mit leicht geneigtem Kopf an.

»Gehöre ich nun auch zur Mannschaft?«, fragte ich und klimperte dabei möglichst verführerisch mit meinen Wimpern. Er lachte kopfschüttelnd.

»Wo du hingehörst, ist noch nicht ganz raus, aber du bist nun wohl endgültig verrückt geworden. Wir müssen deinen Sprottenkopf so schnell wie möglich mit neuem Sauerstoff versorgen.«

Trotz meiner Verkleidung war uns beiden bewusst, dass mich beim genauen Hinsehen keiner für einen Mann, geschweige denn einen Teil der Besatzung halten würde. Dennoch gab sie uns einen Hauch von Sicherheit, den ich nicht missen wollte.

»Warum musst du eigentlich nicht an der Versammlung teilnehmen?«, fragte ich Logan, während wir durch die engen Gänge schlichen, er wie immer vorneweg und ich seinem Armwink folgend hinterher.

»Die denken, ich würde schlafen, damit ich bereit für die Frühschicht bin«, gab er schlicht zurück und mich überkam ein schlechtes Gewissen. Meinetwegen schlief Logan kaum. Entweder musste er mich zur Toilette eskortieren oder sich um Nahrung für mich bemühen.

Ich sah seinem Blondschopf nach, als Logan um eine Ecke bog und sich dort umsah. Er hatte so vieles für mich getan und das, obwohl wir uns erst so kurz kannten. Etwas regte sich tief in mir. War es Dankbarkeit? Zuneigung? Logan winkte mich weiter. Wir stiegen eine steile Treppe nach oben und sobald mein Kopf durch die Luke kam, breitete sich ein seliges Lächeln auf meinen Lippen aus.

Eine sanfte Brise wehte mir den Geruch von Freiheit entgegen. Luft. Frische Luft. Einem Impuls folgend vergaß ich sämtliche Vorsicht und schlich mich an die Reling, ich musste unbedingt das Wasser sehen.

»Lucy! Lucy, Vorsicht!«, zischte Logan hinter meinem Rücken, doch ich war viel zu sehr von dem Farbenspiel des Himmels abgelenkt, der an manchen Stellen von einem sanften Violett bereits in ein tiefes Schwarz wechselte, sodass ich nicht auf ihn achtete. Stattdessen lehnte ich mich weiter vor, sog gierig die Luft und all die Bilder in mich ein und bemerkte gar nicht, wie ich die Augen schloss.

Ein Gefühl, als würde ich fliegen, bemächtigte sich meiner. Die Stunden in meinem kleinen Kerker, hatten mich ausgedörrt und nun war ich wieder frei, konnte endlich wieder atmen. Kurz konnte ich mir sogar erfolgreich einreden, dass alles ganz normal war und ich mich nicht in einer fremden Zeit befand.

Jemand legte von hinten seine Arme um meine Taille und holte mich aus meiner Träumerei wieder heraus. Ich wirbelte herum und dann waren seine Augen da, ruhig und grün, inmitten meines eigenen Sturms der Gefühle.

»Es hatte ausgesehen, als würdest du ins Wasser springen wollen«, sagte er nach einem kurzen Moment des Schweigens.

Ich blinzelte Logan nur verwirrt entgegen, beobachtete fasziniert, wie das erlöschende Sonnenlicht bunte Schatten auf sein Gesicht zauberte. Es störte mich nicht einmal, dass er mich im Arm hielt, so glücklich war ich, wieder klare Luft atmen zu können. Auch er schien in dem Moment gefangen zu sein, sah mich intensiv an, ohne mich loszulassen.

Logan neigte leicht den Kopf. Fasziniert sah ich, wie sich seine Lippen einen Spaltbreit öffneten. Meine Kehle wurde trocken, während mein Kopf sich wie von selbst seinem Gesicht entgegenstreckte. Er hob eine Hand und legte sie sanft an meine Wange. Seine kühlen Finger strichen vorsichtig über meine Haut, jagten prickelnde Schauer durch meinen Körper.

»Lucy, ich …«, setzte er an, doch in diesem Augenblick wurde die Stille von einem hässlichen Knall zerrissen.

Etwas klatschte direkt neben dem Schiff ins Wasser und dann explodierte alles um uns herum in einem Meer aus fallenden Wasserspritzern und Feuer. Überall donnerte es. Dichte Rauchschwaden breiteten sich aus, versperrten uns die Sicht. Ich hörte jemanden schreien, Rufe wurden laut, aber meine Augen tränten von all dem Rauch. Ich konnte nichts sehen, mich nicht auf die umhereilenden Schritte von schweren Stiefeln konzentrieren. Es war unmöglich, etwas zu erkennen.

Lautes Brummen, wie von einem alten Auto oder einem Rasenmäher, schallte von oben zu uns herab und schien uns zu verspotten.

»Wir werden angegriffen!«, schrie Logan in mein Ohr und lichtete zumindest für eine kurze Sekunde meine panisch kreisenden Gedanken. Er hielt mich immer noch im Arm, drückte meinen Körper zu Boden und legte sich schützend über mich. Es knallte noch einmal, Wasserwogen regneten auf uns herab, das Schiff schaukelte in den tobenden Wellen, warf unsere Körper umher. Das Blut rauschte so laut in meinen Ohren, dass ich kaum etwas anderes hören konnte.

Zu dem Tosen der Flugzeuge über uns gesellte sich nun auch eine kreischende Sirene und bellende Rufe. Logan und ich lagen immer noch bewegungslos am Boden, während schwere Stiefel über uns hinwegpolterten und jemand eilig Befehle schrie. Hektik breitete sich aus, überall liefen Männer herum, das Geräusch der Flugzeuge kehrte zurück, vermischte sich mit dem protestierenden Schrei der Sirene.

Mit einem Satz war Logan auf den Beinen, riss mich mit sich hoch und zog mich zu einem Stapel Holzkisten, hinter die er mich eilig schob.

»Lucy, ich verspreche dir, ich hole dich gleich wieder! Wir versammeln uns alle auf dem Kommandodeck und erwarten die Befehle vom obersten Diensthabenden, dem Konteradmiral. Sobald das erledigt ist, komme ich wieder. Vertraust du mir?« Er sah mich so eindringlich an, seine Hände immer noch mit meinen verschränkt. Da waren sie wieder, diese Augen, die mir Sicherheit versprachen, ich verlor mich in ihrer Betrachtung, hörte ein erneutes Platschen und ein lautes Grollen unter Wasser. Logan drückte meine Hand, atmete heftig, während sein Blick unruhig hin- und hergerissen wurde.

»Ja«, krächzte ich.

»Rühr dich nicht vom Fleck!«, befahl er mir, als er bereits in dem Gewirr aus Menschen und Rauch verschwand.

Ich kauerte mich hinter den Kisten zusammen, umschloss meine Beine mit den Armen und legte meinen Kopf darauf ab. Eine leise Melodie schlich sich wie von selbst in meine Gedanken und rückte all das Chaos und die allumfassende Geräuschkulisse kurz von mir. Ich versuchte krampfhaft meine Hände daran zu hindern, unkontrolliert zu beben. Das Lied wurde zwischen den Rufen zu mir geweht. Es war beinahe so, als könnte ich meine Babushka durch all die lauten Geräusche singen hören.

Ich zog mich an einer Kiste hoch, denn meine Beine drohten ihren Dienst zu versagen. Durch das Salzwasser und die lange Zeit auf See war das Holz morsch geworden, Splitter standen ab, gruben sich in meine Finger. Mein Körper war vor Panik wie gelähmt, weigerte sich, mir zu gehorchen.

Ich schloss die Augen, erinnerte mich an alles, was schön war in meinem Leben, an alles, was mir Kraft gab. Ich war nicht so weit gekommen, um jetzt zu sterben, und schon gar nicht wollte ich hier hinter einem Stapel Holzkisten sitzen und mich wie ein Feigling verstecken! Ich wollte etwas tun, den anderen helfen!

Um mich herum versank alles im Chaos. Jemand schubste mich unsanft zur Seite und ich fiel hin, hielt noch verzweifelt die Mütze auf dem Kopf fest, bevor ich auf dem nassen Boden landete.

»An die Kanonen! Los«, brüllte eine vertraute Stimme direkt vor mir.

Noch mehr Stiefel, die über mich hinwegstiegen, ein bulliger Soldat trat mir mit voller Wucht auf die Finger und ich schrie laut auf. Starke Arme packten mich am Kragen der Kapitänsjacke und zerrten mich auf die Beine.

»An die Kanonen, hat der Kapitän gerufen, los, du elender Nichtsnutz.« Ein krummnasiger Matrose mit einer hässlichen Narbe, die quer über seine rechte Augenbraue verlief, spuckte mir die Worte ins Gesicht und versetzte mir einen unsanften Schubser in Richtung Unterdeck.

Ich blieb stehen, versuchte mich zu orientieren. Rufe wurden erneut laut, überlagerten die übrigen Geräusche. Das Schiff selbst schien nun zum Leben zu erwachen und spuckte runde Geschosse in Richtung der Flugzeuge ab.

Ich erkannte Männer, die sich an den Kanonen auf dem Oberdeck versammelt hatten und unnachgiebig gen Himmel schossen. Genau in dieser Sekunde knallte eine Bombe direkt auf das Deck, unmittelbar in den Haufen aus alten Holzkisten und Planen, hinter denen ich bis vor wenigen Sekunden noch Schutz gesucht hatte. Eine gewaltige Vibration ging durch den Boden und die Kisten explodierten. Splitter, Holzstücke und Feuer regneten von oben auf uns herab und ich wurde erneut beinahe von den Füßen gerissen.

Eine Welle aus flüchtenden Matrosen schwemmte mich mit sich fort aufs Unterdeck, wo wir die Maschinen mit Kohle befeuern sollten. Ich verbot mir zu denken. Verbot mir jegliche Gefühle, zwang mich dazu, den Wunsch, mich auf den Boden zu legen und zu einem ängstlichen Knäuel zusammenzurollen, aus meinem Kopf zu verbannen und mich stattdessen nützlich zu machen.

Mit wurde eine Schaufel in die Hand gedrückt und ich legte los. Wir wurden immer weniger, da die kräftigsten Matrosen fortgeholt wurden, um die Geschosse zu bedienen. Zusammen mit zwei jungen Männern, die kaum älter als mein kleiner Bruder sein konnten, schaufelten wir zu dritt unnachgiebig schwarze Kohle in den Ofen, damit die Kapitäne genügend Energie hatten, um das Ungetüm von einem Schiff zu wenden und in eine bessere Schussposition zu bringen.

Rufe und Schreie.

Schmerz und Staub.

Feuer und Kohle.

Und über all dem hing der ohrenbetäubende Lärm der Sirene.

Kapitel 13

Irgendwann zwischen 1914-1918
Im Maschinenraum

Von oben drang eine barsche Männerstimme zu uns herunter, die verkündete, dass die Gefahr fürs Erste vorbei war. Regungslos verharrte ich inmitten der Bewegung und blickte hoch, ohne die Worte tatsächlich zu begreifen. Nach der anfänglichen Stille wurden nach und nach Jubelschreie laut. Die Männer, mit denen ich gemeinsam geschaufelt hatte, schmissen ihre Schippen zu Boden und fielen sich in die Arme. Der Oberoffizier, der uns eben noch unnachgiebig angebrüllt hatte, zündete sich lässig eine Zigarre an, ein Lächeln auf den Lippen. Ich blieb einfach stehen, ließ die Schaufel zu Boden sinken und blickte mit ausdrucksloser Miene ins Feuer des Ofens. Die Flammen standen hoch, glühende Funken züngelten, kleinen Freudenfeuerwerken gleich, aus dem Ofen und schienen sich ebenfalls zu freuen.

»Ey, du da! Wir haben's geschafft! Wir haben zwei verfluchte Flugzeuge besiegt. Diese Teufelsmaschinen werden erst seit Kurzem eingesetzt, aber verdammt, ich sag's euch, schlimmere Waffen könnte es kaum geben. Früher hat man noch Mann gegen Mann gekämpft, seinem Gegenüber ins Gesicht gesehen, bevor man das Bajonett im Bauch versenkte. Nun kämpft man wie Feiglinge in Flugmaschinen und erweist seinem Feind nicht einmal die Ehre eines schnellen Todes. Nein, stattdessen verbrennen die Männer oder ertrinken. Wenn sie Glück haben, fällt ihnen etwas Schweres auf den Kopf und sie sterben sofort. Aber verdammt, das ist doch kein Kampf, der Spaß macht!«

Der Offizier hatte zu mir gesehen, als er begann, seiner Wut Luft zu machen. Je heftiger er sich in Rage redete, desto mehr veränderte sich auch seine Gesichtsfarbe, bis sein Kopf das Rot einer reifen Kirsche annahm. Dunkelrot und irgendwie bedrohlich. Er stand auf der

Treppe, die zum Oberdeck führte, und ließ den Qualm seiner stinkenden Zigarre mit dem Rauch des Ofens verschmelzen.

Ich rührte mich immer noch nicht. Lautlose Tränen hinterließen salzige Spuren auf meinen Wangen.

»Kümmert euch um den Burschen, ich glaube, der steht unter Schock. Muss ein Neuling sein«, befahl der Offizier kopfschüttelnd und zog ein weiteres Mal an dem qualmenden Stängel zwischen seinen Lippen.

Die jungen Männer, die mit mir gemeinsam geschaufelt hatten, nahmen mich in ihre Mitte. Schwitzende Körper umkreisten mich, die Männer jubelten, riefen mir Worte auf Russisch zu, die mir in meiner Besinnungslosigkeit ganz fremd vorkamen. Einzig ihre Gerüche, so unterschiedlich und doch sehr ähnlich, nach Wasser, Schweiß, Rauch und Alkohol erinnerten mich daran, dass wir alle noch lebten. Denn ich bezweifelte stark, dass es an dem verkommenen Fleckchen Himmel oder Hölle, an dem ich irgendwann nach meinem Ableben landen würde, nach schwitzenden Männern roch.

Der Offizier verschwand durch die Tür zum Oberdeck und ließ uns in unserem Glück allein, die summenden und zufrieden brummenden Maschinen und der Kohlestaub als Zeugen für unseren Einsatz in diesem Kampf.

Mir wurde schlagartig bewusst, dass ich hier so schnell wie möglich wegmusste. In all der Panik und dem Massengedränge hatte man mich wohl nicht als Mädchen erkannt und da ich in dem ganzen Chaos Logans Jacke verloren hatte, würden auch keine unangenehmen Fragen gestellt werden, wie ein einfacher Matrose an eine Kapitänsjacke käme, aber früher oder später würde mich etwas verraten.

Mein Haar war zu einem dreckigen Klumpen aus Asche und Staub zusammengeklebt und mein Gesicht wurde zweifelsohne von einer dicken Kohleschicht verdeckt. Ich war gewiss nicht das weiblichste Wesen in diesem Universum und Logans weite Kleidung verdeckte meine Kurven ziemlich gut. Dennoch zweifelte ich stark daran, dass ich so viel Glück haben könnte und unentdeckt bliebe. Doch die Männer sahen mich nicht genauer an, akzeptierten mich als einen Helfer, der mit ihnen Seite an Seite das Feuer gefüttert und somit zum Sieg beigetragen hatte. Ich schöpfte fürs Erste ein wenig Mut und entspannte mich, lächelte sogar.

Mein Lächeln erstarb augenblicklich. Logan! Ging es ihm gut? Im Gegensatz zu uns anderen hatte er bis zum Schluss die Stellung auf dem Kommandodeck halten müssen und selbst ich mit meiner nicht vorhandenen Kriegserfahrung hätte alles darauf gesetzt, dass man dort dem Gegner praktisch auf einem Präsentierteller serviert wurde.

»Für die Scheiße hier haben wir uns einen ordentlichen Schluck verdient, jedem hundert Gramm auf meine Rechnung!«, rief einer der Jungen und einer der anderen brach in einen noch freudigeren Jubel aus.

Interessant, dass ihn die Aussicht auf Alkohol anscheinend mehr begeisterte als die Tatsache, noch am Leben zu sein. Ich schüttelte den Kopf, versuchte meine Gedanken zu fokussieren, aber mein Geist war leer. Meine Zähne klapperten unangenehm aufeinander, ich fror fürchterlich. Die vom Schweiß klamme Kleidung klebte an mir und das Feuer aus dem Ofen ließ zwar Hitzewellen über meinen Körper fahren, die meine Haut wärmten, aber nicht bis zu meinem Innersten durchdrangen. Tief in mir hatte ich das Gefühl, jede Sekunde umzufallen. Wäre das wirklich so schlimm? Die anderen würden mich eher früher als später enttarnen und wenn sie erst einmal herausfanden, dass ich eine Frau war, dann wäre es wohl ohnehin besser, an Ort und Stelle umzukippen und rein gar nichts von dem nachfolgenden Schrecken mitzubekommen. Die Aussicht, vors Kriegsgericht geschleppt zu werden und dabei zusehen zu müssen, wie Logan dafür bestraft wird, dass er mich gerettet hat, war mehr, als ich ertragen könnte. Mich selbst würde man bestimmt in einer dreckigen Zelle verrotten lassen.

Meine Kameraden warteten eine Antwort von meiner Seite gar nicht ab, sondern schlossen mich jeweils an einem Arm in ihre Mitte und zogen mich mit sich die Treppe hinauf zum Oberdeck. Sie grölten und stimmten ein mir unbekanntes Kriegslied an, trafen auf weitere Männer, die sich am Oberdeck versammelt hatten und ebenfalls in das Lied mit einstimmten.

Wir überquerten das Deck, wo sich dank der Explosionen und Detonationen ein Bild von Verwüstung und Zerstörung offenbarte. Kleine Rauchschwaden zeigten an, dass die meisten Feuerherde bereits gelöscht wurden, weitere Brände wurden gerade mit Wasser versorgt.

Das Verstörendste waren jedoch nicht die Schäden am Schiff oder die überall herumliegenden, schreienden Männer, die ihre Hände auf die Verletzungen drückten und sich nach Hilfe streckten. Inmitten all des Leids, des Blutes und des Gemetzels lagen wie unheimliche Boten aus einem Horrormassaker abgetrennte Gliedmaßen und zerfetzte Körper auf dem nassen Holz.

Der Anblick einer blutenden Hand, deren krumme Finger gen Himmel zuckten, ließ mich würgen. Ich wandte den Blick ab, löste mich aus der unfreiwilligen Umarmung der Männer. Sie gingen einfach weiter, ohne auf mich zu achten. Lachten und schienen das Leid um sich herum nicht zu bemerken.

Überall erstreckten sich reglose Gestalten, die den kalten Kuss des Todes bereits empfangen hatten und ihren Lebensfunken im Tausch gegen die ewige Finsternis hergeben mussten.

Andere Männer kamen mit Verbandszeug herangeeilt, hier und da wurden Befehle gerufen und Leichen eingesammelt. Junge Soldaten sammelten die Körper ihrer toten Kameraden auf und stapelten sie wie nasse Säcke am Bug des Schiffes. Die Verletzten wurden schonend in die Kajüten gebracht oder direkt versorgt. Ein geschäftiges Treiben breitete sich auf dem Schiff aus und wurde von der unheimlichen Melodie des allgegenwärtigen Kummers und der Schmerzensschreie begleitet.

Mein Kopf drehte sich ruckartig von rechts nach links, mein Verstand versuchte alles in sich aufzunehmen, es zu verstehen. Doch es gab keine Erklärung dafür, keine Rechtfertigung für all die Toten, keinen Regisseur, der aus einem Versteck heraus kam und »Schnitt!« rief.

Dieser Krieg war traurige Realität, und die Gewissheit, was das scheinbar so banale und gebräuchliche Wort »Krieg« wirklich bedeutete, traf mich mit allumfassender Brutalität. Darüber zu lesen und es ständig in den Medien zu sehen, hatte mich nicht einmal annähernd darauf vorbereiten können, wie es war, mittendrin zu sein und jeden Tag in dem Wissen zu verbringen, dass das Feuer jeden Moment erneut vom Himmel regnen könnte und sich eine Spur aus blutigen Leichen vor meinen Füßen erstrecken würde. Dass jede Sekunde die letzte sein konnte.

Der Absatz meines rechten Stiefels trat auf etwas Weiches. Ich blickte zu Boden und meine Welt blieb stehen.

Keine Stimmen, keine Schreie, kein Geruch nach Feuer und Wasser. Es war still und leer. Alles.

Direkt zu meinen Füßen lag der ausgestreckte Körper eines Mannes. Mein Absatz stand auf einem seiner langen Finger. Sein helles Haar war mit Blut verklebt und verdeckte das dem Holz zugewandte Gesicht. Ich sah, dass er eine weiße Marinejacke trug.

Eine Jacke, die ich nur zu gut kannte.

Logans Jacke.

Stille umhüllte mich. Wie Watte legte sie sich über meinen Geist, kroch in mich hinein und pumpte Wellen aus Taubheit durch meine Venen. Ein Schrei zerriss die watteähnliche Stille und ich sank auf die Knie. Jede Faser meines Bewusstseins lehnte dieses Bild ab. Er konnte es nicht sein! Er durfte es nicht sein! Was sollte ich bloß ohne ihn tun? Wie sollte ich diese verdammte Schifffahrt allein überstehen? Irgendwo weit weg von diesem Moment rief eine Stimme in meinem Kopf, dass mein Mädchenschrei gewiss nicht zu meiner Tarnung beitrug, aber ich konnte mich nicht bewegen. Ich sollte schleunigst verschwinden, doch meine Glieder waren schwer wie Blei.

Dreckige Stiefel schoben sich in mein Blickfeld. Ich erstarrte und jemand legte mir eine wuchtige Hand auf die Schulter, drückte sie kurz. Eine Geste, die einen verzweifelten Kameraden trösten sollte, aber er wusste nicht, was mit diesem Tod über mir zusammenbrach. Die Hand verschwand wieder und ließ mich mit dem leblosen Körper zurück. Ich betrachtete das verklebte Haar, streckte meine Finger danach aus, musste die verwirrten Locken berühren. Der Wunsch, sie anzufassen, war übermächtig, legte sich schwer auf meine Brust und drohte mich zu ersticken. Gleichzeitig weigerte sich der Rest meines Körpers, sich zu bewegen.

Es war nicht nur der Verlust, der mich lähmte. Während mein Verstand das Gesehene immer noch nicht zu akzeptieren vermochte, fügte meine Fantasie einen weiteren Körper hinzu, der reglos neben dem von Logan lag. Meinen Körper. Denn zusammen mit Logans Tod schien auch mein eigenes Schicksal besiegelt.

Diese Vorstellung ließ mich erschaudern und entsetzt zurückfahren.

Was für eine egoistische, widerliche Person! Ich konnte nicht fassen, wie selbstsüchtig und abartig ich geworden war, dass ich in einem solch schrecklichen Augenblick nicht an Logan, sondern an mich selbst dachte. Aber ich konnte nicht anders. Ich konnte mir einfach nicht vorstellen, dass es wirklich Logan sein sollte, der hier reglos vor mir lag. Konnte es wirklich sein, dass ich niemals wieder das verschmitzte Lächeln auf seinen Lippen sehen würde? Nie wieder von dem belustigten Funkeln in seinen Augen begrüßt wurde, wenn er mit bester Laune von einer Schicht kam, oder mir etwas Leckeres zu essen klauen konnte und sich darüber beinahe mehr freute als ich mich selbst.

Unzählige Bilder schossen mir durch den Kopf. Sein Lachen. Seine Stimme. Die ruhigen Momente, die wir zusammen geteilt hatten. Die stillen Augenblicke in einer Kajüte, in denen er der Einzige war, der mir Trost spendete, in einer Zeit, die nicht meine war und mich anscheinend mit aller Gewalt wie einen Fremdkörper vernichten wollte. Obwohl wir uns kaum kannten, war unsere gemeinsame Zeit sehr intensiv gewesen. Ich schluchzte, berührte vorsichtig eine der schmuddeligen Locken, um sie sanft hinter sein Ohr zu streichen.

Ich wusste nicht, wie lange ich in dieser Bewegung verharrte, während mir lautlose Tränen über das Gesicht flossen und sich im Kragen meines verschwitzten Hemdes sammelten. Seinem Hemd.

Jemand kniete sich zu mir, sagte etwas, aber die Stimme drang nicht zu mir durch, prallte von meinem selbst errichteten Vakuum aus Trauer und Schmerz ab. Die Stimme wurde eindringlicher, riss mich mit aller Gewalt in die Realität zurück, doch ich wollte noch nicht gehen. Zu gehen würde bedeuten, Logan hier allein zu lassen, ohne ihn weiterzuleben. Das konnte ich nicht, solange ich nicht in sein Gesicht geblickt und gesehen hatte, dass er wirklich tot war. Aber meine Hände weigerten sich, den Körper umzudrehen. Ein Teil von mir hoffte, dass ich mich irrte und der Mann am Boden doch nicht Logan war. Würde ich erst einmal das Gesicht sehen, so könnte ich mich nicht mehr in diese Traumvorstellung zurückziehen.

Ich ließ mich auf den regungslosen Körper sinken, unfähig zu protestieren, der störenden Stimme zu antworten, sie solle mich einfach in Ruhe lassen.

Unnachgiebige Arme rissen mich von dem Körper fort, zerstörten mein Vakuum, sperrten mich aus der Welt der Toten aus und spuckten mich in das Hier und Jetzt zurück. Ich ließ es zu, wehrte mich nicht länger gegen die Hände. Es war mir auch herzlich egal, was noch geschah, es konnte ohnehin nichts Gutes mehr für mich sein. Mit Logan war auch meine Hoffnung auf eine sichere Überfahrt und ein Wiedersehen mit meiner Babushka gestorben.

Jemand hob mich hoch und ging eiligen Schrittes davon. Die Person sprach eindringlich auf mich ein, sagte immer wieder die gleichen Worte, aber ich war gefangen hinter einem Schleier aus Tränen, die unaufhörlich über mein Gesicht flossen. Ich wollte schreien, rufen, dass ich bei Logan bleiben wollte, doch ich schaffte es nicht.

Der Träger brachte mich in einen leeren Gang, wo es unangenehm nach Fisch und Salz roch. Auch das war mir egal. Auf dem Boden schien eine säuerliche Flüssigkeit umgekippt worden zu sein. Nachdem ich sanft abgesetzt wurde, kauerte ich mich inmitten dieser müffelnden Pfütze zu einer Kugel zusammen. Rührte mich nicht mehr. Die Trauer und Verzweiflung hatten mich vollends in ihrer Gewalt.

Ein Schlag traf mich wie ein Peitschenhieb an der Wange und ich wurde hochgerissen, an eine Wand gedrückt.

»Sieh mich an! Lucy, verdammt noch mal! Sieh mich an!«, brüllte jemand. Woher kannte er meinen Namen? Das war die einzige Erkenntnis, die sich durch die Wirren in meinem Kopf kämpfte. Ich blinzelte, wischte mir über die Wangen. Es gab nur einen Menschen hier an Bord dieses Schiffes, der meinen Namen kannte. Von der Hoffnung beflügelt kniff ich die Augen zusammen und riss sie wieder auf.

Er blutete an der Schläfe, sein Gesicht war dreckig und der Ärmel seines Hemdes war blutdurchtränkt und halb abgerissen, aber er war es. Seine Augen würde ich unter tausend anderen erkennen. Logan. Er war am Leben! Er war hier!

Schluchzend stürzte ich mich in seine Arme und er fing mich auf, drückte mich fest an seine Brust, strich mir sanft über den Rücken. Ich weiß nicht, wie viel Zeit vergangen war, während wir so ineinander verschlungen dastanden und uns einfach aneinanderklammerten, aber viel zu schnell löste Logan sich wieder aus der Umarmung, hielt mich auf Armeslänge von sich und musterte eingehend mein dreckiges Gesicht.

»Geht es dir gut? Bist du verletzt? Als die Holzkisten explodiert sind … Ich, ich war ja so dämlich!« Die Worte sprudelten wie ein Wasserfall aus seinem Mund und ich sah Wut in seinen Augen aufblitzen.

Ein Lächeln schlich sich auf meine Lippen und ich beugte mich wieder vor, schloss ihn erneut in die Arme, bettete meinen Kopf an seine Schulter. »Jetzt weiß ich ja, dass ich niemals auf dich hören darf, da ich anderenfalls explodieren könnte«, flüsterte ich und wir beide brachen in Gelächter aus. Es war nur ein dämlicher Spruch, kaum witzig oder gar schlagfertig, aber er löste all die aufgestaute Angst, Verzweiflung und alles, was sich sonst noch in uns beiden angesammelt hatte, und spülte es fort.

»Kapitänleutnant De Losseur, ich glaube, Sie sollten sich erklären«, donnerte es in diesem Moment von rechts und ich erkannte mit Schrecken die unangenehme Stimme von Iwan.

Kapitel 14

Irgendwann zwischen 1914-1918
Auf dem Schiff

»Nun, De Losseur, wer ist dieses Mädchen und jetzt kommen Sie mir nicht mit dummen Ausflüchten!«

Logan ließ mich los und richtete sich auf. Ich hockte wie ein mickriges Stückchen Elend am Boden und sah die beiden Männer blinzelnd an. Iwan war hochgewachsen und hatte kurzes schwarzes Haar. Seine braunen Augen glänzten nur so vor List und alles an ihm schrie Gefahr. Logan hingegen stand ruhig da. Er war sich kurz durchs Haar gefahren und schien seine Gedanken zu sammeln, aber sowohl seine Haltung als auch sein Gesichtsausdruck wirkten vollkommen gefasst und konzentriert.

»Das Mädchen ist meine Cousine und ja, ich habe sie an Bord geschmuggelt. Bei den derzeitigen Unruhen in St. Petersburg auch kein Wunder. Iwan, Sie haben doch selbst Ihre Frau und Ihren Sohn fortbringen lassen, bitte gestatten Sie mir dies auch für meine Cousine. Jeden Augenblick könnte der Bürgerkrieg über uns hereinbrechen. Die Bolschewiki bedrohen bereits ganz offen unseren Zaren, während wir immer noch unsinnige Schlachten auf den Meeren schlagen, wo unser Land die Männer doch viel dringender braucht.«

Er machte einen Schritt auf sein Gegenüber zu und blieb auf halbem Weg zwischen Iwan und mir stehen, mit seinem Körper verdeckte er meine kümmerliche Gestalt vor Iwans Augen. Er beschützte mich.

Iwan betrachtete Logans Gesicht. Ich war mir sicher, wenn er seinen Kopf nur ganz leicht nach links legte, könnte er mich problemlos sehen, aber er tat es nicht, fixierte nur weiter seinen Kontrahenten und ignorierte mich. Ich hingegen nahm nur allzu deutlich jede Einzelheit in seiner Mimik wahr.

Er hatte einen ungepflegten Dreitagebart, seine Augen waren blutunterlaufen und von dunklen Augenringen gezeichnet. Die weiße Marinejacke hatte er in der Hast falsch zugeknöpft, sodass das unterste Loch keinen Knopf gefunden hatte und die Jacke insgesamt schief saß.

»Deine Cousine? Dafür hast du sie aber ziemlich innig im Arm gehalten«, sagte er nach einer gefühlten Ewigkeit, die sich wie zäher Kaugummi gezogen hatte.

Ich verkrampfte mich. Mittlerweile war mir das dramatische Wiedersehen mit Logan eher etwas unangenehm.

Eine andere Erkenntnis verdrängte die Fragen und ließ mich das Gesicht verziehen. Ich hatte geweint. Nein, ich hatte geheult wie ein vollkommen überdrehter Wasserfall. *Oh lieber Gott, bitte lass mich meinen Zusammenbruch vergessen!* Die winzigen Reste meiner Würde aufsammelnd rappelte ich mich hoch und trat an Logans Seite.

»Ja, ich bin seine Cousine. Entschuldigen Sie bitte meinen Gefühlsausbruch, aber ich habe einen solchen Angriff noch niemals erlebt. All die Männer, das Geschrei und die Explosionen haben mich so schockiert, dass ich einen kleinen Nervenzusammenbruch hatte. Sie müssen verstehen, solche ungehobelten Manieren und all das Gedränge bin ich in meinen Kreisen nicht gewohnt«, sagte ich so charmant wie möglich und hoffte inständig, Iwan würde über meine zweifellos schmuddelige und mehr als dreckige Erscheinung hinwegsehen.

Natürlich tat er mir diesen Gefallen nicht.

Wie ein Fuchs, der einen Hasen vor sich hatte, betrachtete der Mann mich eingehend, unterzog jeden Millimeter meines Körpers und meines Gesichtes einer strengen Musterung. »Sie sind keine Dame. Höchstens ein Bauernmädchen«, spuckte er aus und ehe ich die Chance hatte, mich zu empören, trat Logan wieder vor mich.

»Ich verbitte mir einen solch ungehobelten Tonfall meiner Cousine gegenüber! Was fällt Ihnen ein? Ich weiß, Ihre derzeitige Situation ist alles andere als angenehm, aber nur weil meine Verwandte den Anstand hatte, uns in dieser schwierigen Schlacht zu unterstützen und sich sogar dazu herablassen musste, uns auszuhelfen, steht es Ihnen noch lange nicht frei, sie zu beleidigen«, donnerte er und alles Freundliche schien aus seiner Stimme verschwunden.

Ich musste gestehen, obwohl nur die Hälfte von all dem, was er sagte, überhaupt der Wahrheit entsprach, die Art und Weise, wie er mich in Schutz nahm, war irgendwie … sexy.

Iwan stieß ein kühles Lachen aus, verspottete uns mit seinen Blicken. »Es ist mir vollkommen gleichgültig, wer sie ist oder woher sie kommt. Eine Frau an Bord eines Schiffes der baltischen Flotte ist gegen die Regeln und ich könnte dich dafür ins Gefängnis werfen lassen. Zumal, sollten deine Worte die Wahrheit sein, dann ist dieses Gör ein Flüchtling und kann genauso verurteilt werden wie du.«

Es war ihm ebenso klar wie uns beiden, dass er alle Trümpfe in der Hand hielt und wir mit dem Rücken zur Wand standen. Schicht für Schicht lösten Iwans Augen mit dem abschätzigen Blick die Lagen aus Dreck und Staub von meinem Gesicht. Er grinste anzüglich. Bei dem Gedanken, was dieser Irre sich in seinem Hirn zusammenreimte, wurde mir speiübel.

»Was willst du?«, fragte Logan neben mir, legte scheinbar wie beiläufig einen Arm um meine Taille und zog mich enger zu sich heran. Ich bemerkte, dass er nun auch Iwan duzte, ebenso wie dieser es bei ihm getan hatte.

Das Duzen einer höhergestellten oder älteren Person kam im Russland der Gegenwart einer Beleidigung gleich, kaum auszumalen, welch eine Wirkung ein solches Verhalten in dieser Zeit hatte.

»Weder meine Cousine noch ich gehen ins Gefängnis, das verspreche ich dir«, in Logans Stimme schwang ein Hauch von Drohung mit.

Sowohl Iwan als auch ich starrten ihn erstaunt an. Der blonde Kapitänleutnant war stets die Ruhe selbst und ließ sich höchstens zu einem anzüglichen Witz herab, aber dass er eine so offene Herausforderung einem viel höhergestellten Soldaten entgegenbrachte, überraschte uns beide.

Ich bekam ein schlechtes Gewissen. Was sollte Logan noch alles für mich tun? Meine pure Anwesenheit auf diesem Schiff brachte ihn bereits in Gefahr!

»Eins muss ich zugeben, ich hatte dich niemals als einen Mann mit Mut betrachtet. Egal, was Alexander Nikolajewitsch auch über dich sagen mochte, du warst nur ein blasser Soldat, der aus purem

Zufall zum Kapitänleutnant ernannt wurde. Und wir wissen beide, dass du diese Stellung allein dem blinden Vertrauen des Admirals verdankst. Aber dieses Mädchen, egal ob Cousine oder nicht, scheint einen Mann aus dir zu machen. Ich bin beeindruckt.« Iwan zwinkerte mir zu, verspottete mit dem Flirt Logans Entschlossenheit.

»Hör auf zu schwafeln und sag uns, was du willst!«, unterbrach Logan Iwans Hohn mit eisiger Stimme.

»Das Mädel. Sagen wir mal so, meine Frau scheint in letzter Zeit Geheimnisse vor mir zu haben und ich brauche jemanden, der dafür sorgt, dass ihr nichts geschieht und sie ihr Leben nicht leichtfertig wegwirft.« Nun verschwand alles Spöttische aus seinen Zügen und Iwans unangenehmer Blick bohrte sich in mein Gesicht. Der Zorn darin verursachte mir eine unangenehme Gänsehaut, auch wenn ich sicher war, dass dieser eigentlich seiner Frau und nicht mir galt.

»Du willst, dass Lucy deine Frau ausspioniert?« Logans Stimme klang ungläubig. Iwan kam langsam zwei Schritte auf uns zu, schien seine Worte genau abzuwägen.

»Spionieren, das ist ein so unschönes Wort. Eine Unterstützerin würde es wohl besser beschreiben. Das Mädchen könnte in meinem Haus leben und müsste sich lediglich mit Marina gut stellen, damit sie sie in ihre Geheimnisse einweiht. Selbstverständlich müsste sie mir ihre Erkenntnisse in regelmäßigen Abständen mitteilen, aber spionieren würde ich nun wirklich nicht dazu sagen. Sie müsste nichts weiter tun als das, was Frauen ohnehin den ganzen Tag lang machen. Reden, Gerüchte verbreiten und sich gegenseitig die Wangen pudern.«

Iwan zeigte ein makellos weißes Lächeln, wie aus einer Zahnpastawerbung, welches mit seinen finsteren Absichten um die Wette strahlte.

Im fahlen Licht des Ganges begann sich die Welt zu drehen. Konnte es sein, dass dieser Mann vor mir der erste Mann meiner Urgroßmutter war? Logan setzte gerade zu einer Erwiderung an, die zweifelsohne seine Empörung zeigen würde. Ich griff nach seiner Hand, die angenehm schützend auf meiner Hüfte lag, und drückte sie.

»Ich tue es«, sagte ich entschlossen und hörte, wie Logan scharf die Luft einsog. Iwans Züge hingegen nahmen einen triumphierenden Ausdruck an.

»Prima, dann wäre ja alles geklärt. Und da Sie nun mein Gast sind, werde ich Ihren deutschen Akzent als französischen vermerken.« Er zwinkerte mir erneut verschmitzt zu und ich hätte am liebsten in sein Gesicht geschlagen, nur um den triumphierenden Ausdruck aus seinen Zügen zu wischen. Verdammt, er hatte mich durchschaut!

»Lassen Sie mich Sie in meine Kajüte bringen. Dort können Sie sich waschen und ich habe einige Kleider für meine geliebte Frau im Gepäck, davon können Sie sich gewiss eins ausleihen.« Sein Tonfall hatte sich vollkommen verändert, das lauernde Raubtier wandelte sich zu einem wahren Gentleman.

Was für eine Art Mann musste man sein, um ein fremdes Mädchen auf seine eigene Frau anzusetzen? Doch bei der Aussicht, es könnte sich bei dieser Frau um meine Babushka Marina handeln, wurde mir ganz heiß. Vorfreude und Hoffnung umspülten mich, machten mich ganz kribbelig und ich konnte es plötzlich kaum erwarten, Iwans Frau kennenzulernen, egal, was für widerwärtige Absichten dieser Mann auch verfolgen mochte. Doch keine zehn Pferde würden mich dazu bringen, mit Iwan in die Kajüte zu gehen, vollkommen nebensächlich, wie sehr ich mich nach einer Dusche sehnte.

Logan verstärkte den Griff um meinen Arm, gerade als ich Iwans Einladung ausschlagen wollte.

»Meine Cousine geht nirgendwo mit dir hin, geschweige denn in deine Kajüte«, sagte er mit Grabesstimme und hätten Blicke töten können, so wäre Iwan jetzt zweifellos von Logans blankem Hass erdolcht worden.

Na, hallo? War ich jetzt hier in einer Machoshow gefangen? Es war ja nicht so, als wäre ich über Logans Unterstützung nicht dankbar, aber was dachte er denn bitte schön, was ich mit Iwan tun würde? Diese Bevormundung war ganz und gar nicht mehr sexy! Vielleicht konnte man eine Frau in dieser Zeit wie eine Schachfigur hin und her schieben, ich würde das mit mir aber gewiss nicht einfach so tun lassen. Als Nächstes würde Logan von mir erwarten, dass ich unsere Kajüte putzte oder ihm das Essen kochte, sobald wir angekommen wären. Ganz zu schweigen davon, dass ich eine furchtbare Köchin war, würde ich nichts von alledem jemals tun. »Wenn deine Cousine sich sauber machen möchte, meine Tür steht ihr immer offen.« Im

Vorbeigehen grinste Iwan noch einmal vielsagend in meine Richtung und ich musste den Würgereflex, der mich unmittelbar bei der Vorstellung überkam, mit diesem Mann allein zu sein, mit aller Kraft unterdrücken.

Er war gerade dabei, die Stufen zum Oberdeck zu erklimmen, als er noch einmal innehielt und sich zu uns umdrehte. »De Losseur? Sollte deine liebreizende Cousine in Helsinki nicht bei uns auftauchen …« Er ließ den Satz unvollendet und für einen Augenblick betrachteten die beiden Männer sich schweigend.

Sie schienen einen unausgesprochenen Kampf auszufechten, aus dem Iwan als zufriedener Sieger hervorging. Leise vor sich hin pfeifend stieg er die Stufen weiter empor und ließ mich mit Logan allein zurück. Ich fragte mich zum gefühlt tausendsten Mal, woher mir Logans Nachname bekannt vorkam.

»Du wolltest nicht wirklich mit ihm mitgehen, oder?«, fragte Logan nach einem Augenblick des Schweigens.

Ich löste mich aus seinem Griff und stellte mich mit verschränkten Armen ihm gegenüber. Dankbarkeit hin oder her, bevormunden musste mich keiner. In meinem Leben war ich bisher auch ganz gut ohne einen alles bestimmenden Mann ausgekommen, das würde sich auch in dieser Zeit nicht ändern.

»Und wenn ich das getan hätte? Glaubst du wirklich, ich bin so blöd und würde mit ihm schlafen?« Die Worte waren schneller aus meinem Mund gerutscht, als ich denken konnte. Logan fiel beinahe die Kinnlade auf den Boden.

»Du … du … du kannst doch nicht einfach so etwas sagen!«, rief er aufgebracht und schien wohl von seinem Ausruf ebenso überrascht zu sein wie ich.

»Was geht dich das an? Ich kann sagen, was ich will. Und mit wem ich schlafe, geht dich auch nichts an«, blaffte ich.

»Hör auf, davon zu sprechen, du bist doch eine Frau«, schoss er zurück. Mittlerweile hatten wir uns einander genähert, standen dem anderen jeweils Nase an Nase gegenüber und fixierten uns mit wütenden Blicken.

»Was soll das bedeuten? Haben Frauen etwa kein Recht auf Sex? Ist es eine Sache, die nur Männer verlangen dürfen? Leidenschaft, Liebe, alles Dinge, die nur euch Männern vergönnt sind?«, forderte ich zu erfahren, war mir aber während des Sprechens durchaus bewusst, wie dumm ich mich anhörte und dass in Logans Zeit die Gleichstellung der Frauen noch nicht einmal im Gespräch war. Aber ich konnte nicht anders, die Worte sprudelten wie von selbst aus mir heraus.

Die angestaute Angst und die schrecklichen Bilder der letzten Stunden, die Ungewissheit über Logans Verbleib und der leise Hoffnungsschimmer, der Suche nach meiner Urgroßmutter einen entscheidenden Schritt näher gekommen zu sein, schufen sich mit meiner Wut ein Ventil.

»Du weißt ja gar nicht, wovon du sprichst. Natürlich haben auch Frauen … Gelüste, aber du kannst nicht einfach von jetzt auf gleich davon anfangen!« Seine Stimme wurde immer lauter, rauer und auch die Farbe seiner Augen veränderte sich bedrohlich. Das sonst so helle Grün verfinsterte sich unheilvoll und ließ sie in einem erbosten Glanz erstrahlen.

»Hinder' mich doch daran!«, forderte ich ihn auf.

Wir standen reglos da, funkelten einander an. Unser beider Leben war auf den Kopf gestellt und die Worte kamen hitziger heraus, als es wahrscheinlich ohne den Angriff der Fall gewesen wäre. So glücklich ich vor wenigen Momenten noch war, dass Logan nicht tot war, so sehr wollte ich ihn in dieser Sekunde eigenhändig erwürgen. Etwas in seinen Zügen veränderte sich, Wut wich Entschlossenheit.

Plötzlich geschah alles ganz schnell. Mit einem Satz hatte mich Logan am Arm gepackt und zu sich gezogen. Ehe ich auch nur die Möglichkeit hatte, mich zu wehren, lagen bereits seine Lippen auf meinem Mund.

Ich erstarrte. Blinzelte ihn verwundert an. Er hielt die Augen geschlossen, seine Züge waren friedlich, als würde er in dieser Sekunde an nichts anderes mehr denken als an diesen Kuss. Langsam schloss auch ich die Lider und meine Wut verpuffte augenblicklich. Verschwand im Nichts.

Logan legte seine Hände sanft um mein Gesicht, bewegte zögerlich seinen Mund auf meinen Lippen. Ich fühlte mich wie in einem Rausch, drückte mich enger an ihn, mein Herz klopfte wild und elektrisierende Hitzewellen jagten über meinen Rücken. Alles an meinem Körper kribbelte. Wie in einem kitschigen Funkenregen aus einem Feuerwerk fielen auch all meine Argumente in sich zusammen.

Es war nicht der leidenschaftlichste Kuss, den ich je erlebt hatte, aber es war auf jeden Fall der schönste. Der ruhige Kuss hinterließ eine zuckersüße Spur auf meinen warmen Lippen, die wie heißes Karamell zu meinem Herzen floss und darin etwas Sanftes, Zärtliches, vollkommen Neues entfachte.

Sanft löste sich Logan von mir, die Hände immer noch um mein Gesicht gelegt.

»Ich wollte nicht, dass du allein mit diesem Mistkerl bist«, flüsterte er leise. Ich sah ihn nicht an, genoss nach wie vor mit geschlossenen Augen den zärtlichen Moment zwischen uns und das aufgeregte Flattern meines Karamellherzens.

»Ich hatte doch gar nicht vor, mit ihm mitzugehen«, gab ich nach einer Weile zurück und konnte praktisch spüren, wie Logan lächelte.

»Das hättest du auch gar nicht gekonnt, vorher hätte ich ihn wahrscheinlich erwürgt.«

Mit Sicherheit hatte ich gerade ein ziemlich entrücktes und mehr als bescheuertes Grinsen auf den Lippen. Ich öffnete die Augen und blickte in Logans leicht gerötetes Gesicht.

»Du bist so ein Macho!«, sagte ich lachend und wurde dann wieder ernst. »Aber wehe, du küsst mich noch einmal ungefragt!« Plötzlich waren wir beide wieder wir selbst. Er trat einen Schritt zurück, ließ mein Gesicht los und ich tat es ihm gleich.

»Komm, wir müssen dich in Sicherheit bringen, ehe dich noch jemand anders sieht. Und bei Gelegenheit kannst du mir auch erklären, was ein ›Macho‹ sein soll und ob du einfach so überwältigt von meinen Kusskünsten bist und Worte zusammenreimst, oder ob es eine Beleidigung sein sollte«, sagte Logan heiser und blickte überall hin, nur nicht zu mir.

Ich hatte das Gefühl, er wollte mit dem blöden Spruch seine Befangenheit kaschieren und das trieb die blöden Schmetterlinge erneut dazu an, sich in meinem Bauch zu verselbstständigen.

»Okay«, erwiderte ich nur knapp und damit war dieser unwirkliche Moment vorbei.

Wir gingen gemeinsam durch den verlassenen Korridor zu unserer Kajüte und ich legte mich schnell in die Koje. Da ich kaum eine Möglichkeit sah, mich vorher sauber zu machen, ohne einem viel zu anzüglich grinsenden Iwan entgegenzutreten, schrubbte ich nur mit meiner alten Bluse durch mein Haar und versuchte, das Gröbste an Staub und Kohleschmutz aus meinem Gesicht zu wischen, bevor wir uns schlafen legten.

Nachdem noch eine ganze Weile laut auf dem Schiff gefeiert wurde und immer wieder Schritte hin- und hergeeilt waren, wurde es langsam stiller und auch die übrigen Männer kamen zur Ruhe. Zum Schluss blieben nur noch Logans leise Atemzüge und das vertraute Brummen des Schiffes übrig. Ich lächelte still in mich hinein. Die Erinnerung an unseren Kuss schoss mir durch den Kopf und auch wenn mir alles viel zu schnell ging und meine Gefühle verrücktspielten, so war es trotz allem eine schöne Erinnerung.

»Gute Nacht«, flüsterte ich in die Dunkelheit und erntete ein kleines Schnauben von unten.

»Versuch, dich wenigstens im Schlaf nicht umzubringen«, kam es nach einer Weile von Logan.

Ich schüttelte den Kopf und ließ mich in die Kissen sinken. Zum ersten Mal, seit ich in Russland angekommen war, schlief ich vollkommen friedlich ein. Auch wenn ich wie ein Bergarbeiter stank und von all den Ereignissen wahrscheinlich noch unter Schock stand, so war ich für einen kurzen Augenblick wenigstens glücklich.

Meine Träume jedoch waren gezeichnet von Feuer und verblassenden Augen, die gen Himmel blickten.

Kapitel 15

Irgendwann zwischen 1914-1918
In der Kajüte des Kapitänleutnants De Losseur

Die nächsten Tage versanken in tüchtiger Geschäftigkeit. Die Schäden auf dem Oberdeck waren massiv und obwohl die Männer Tag und Nacht an den notwendigen Reparaturen arbeiteten, war es ungewiss, wann wir unseren Kurs wiederaufnehmen konnten. Auch wenn Logan sich bemühte, die Geschehnisse oben vor mir zu verbergen, so konnte ich ihm doch an der Nasenspitze ansehen, dass ihm etwas zu schaffen machte.

Er hatte sich beim Angriff den Arm verletzt, die Wunde sah unschön aus und breitete sich über die gesamte Länge seines Oberarms aus. Der Schiffsarzt verband die Verletzung und ermahnte Logan, keine schweren Sachen zu tragen, ansonsten machte er sich keine Sorgen um die Heilung. Ich hingegen beäugte den schmuddeligen Verband mit gemischten Gefühlen. Die Hygiene auf einem Schiff war in meiner Zeit bestimmt auch nicht die beste, aber während eines Krieges war man um jeden Verband froh, den man finden konnte. Hatte der Arzt auch alles richtig gemacht? In Krankenhausserien sah man ständig, wie sich Menschen an Messern schnitten und dann langsam an einer Blutvergiftung starben, ohne dass sie die Ursache kannten. Ich rief mir die letzte Folge *Emergency Room* ins Gedächtnis und achtete bei Logan auf mögliche Anzeichen für eine Blutvergiftung oder eine Entzündung. Da sollte einer noch mal behaupten, dass Fernsehen nicht bildete.

Bis auf ein paar Prellungen und kleinere Schürfwunden ging es mir selbst gut. Ich hatte Muskelkater aus der Hölle, kleinere Kratzer an den Armen und die Hände voller Blasen, die bei jeder Bewegung unangenehm schmerzten.

»Sagst du mir endlich, was da oben los ist, oder muss ich das selbst herausfinden?«, fragte ich störrisch, nachdem Logan wieder einmal mit niedergeschlagenem Gesichtsausdruck in die Kajüte kam.

Er betrachtete mich unschlüssig. Verschiedene Emotionen blitzten in seinen Augen auf, ehe er mich am Arm packte und mit sich auf die Koje zog. Wäre die Situation eine andere gewesen und sein Blick nicht so traurig, wäre ich vielleicht auf falsche Gedanken gekommen. Ich hatte unseren Kuss nämlich nicht vergessen, auch wenn er dem Thema penibel aus dem Weg ging. Das, was auf dem Gang zwischen uns vorgefallen war, schien eine unüberwindbare Barriere zwischen uns geschaffen zu haben, ein offenes Geheimnis, über das wir nicht sprachen.

»Wir haben einige Männer verloren, auch wenn die Verluste sich in Grenzen halten, so waren sie alle unsere Kameraden, für viele gute Freunde, sogar Brüder. Die allgemeine Stimmung ist nach der anfänglichen Feier ziemlich gesunken. Die Männer brauchen Ablenkung, sie müssen runter vom Schiff, brauchen Zeit, um die Geschehnisse zu verarbeiten.« Er senkte den Blick, fuhr sich nervös durchs Haar. »Aber die Zeit haben wir einfach nicht. Die meisten von ihnen werden mit mir gemeinsam den Minenleger besteigen, sobald wir in Helsinki erreicht haben, und bis dahin müssen sie wieder einigermaßen motiviert für eine erneute Fahrt sein.« Er seufzte schwer und ich erkannte in seinem Gesicht die tiefe Sorge um seine Kameraden.

Nun kam ich mir töricht und selbstsüchtig vor. Auch wenn die Männer in der ersten Nacht hemmungslos gefeiert hatten, so hatten sie trotz allem die Gefallenen gekannt. Hatten mit ihnen zusammengearbeitet und gekämpft. Und im Gegensatz zu mir bedeuteten ihnen diese Männer etwas. Sie waren sogar gezwungen, ihre sterblichen Überreste wie bei einer grotesken Ernte aufzusammeln und zu einem Leichenberg zu stapeln, während ich gelangweilt in meiner Kajüte lag und mich nach einem saftigen Hähnchen und etwas Weißwein sehnte und dabei an gestohlene Küsse und meine Urgroßmutter dachte.

Ich legte meine Hand auf die von Logan und blickte ihn entschuldigend an. »Kann ich dir irgendwie helfen, es scheint dir sehr nahezugehen? Tut mir leid, dass wir nicht früher drüber gesprochen haben.« Für einen kurzen Moment dachte ich, Logan würde lächeln, aber er sah weiterhin nur stumm geradeaus, versunken in seine trüben Gedanken.

»Es ist ja nicht deine Schuld. Beim Angriff kam ein guter Freund ums Leben. Wir waren zusammen in der Marineakademie und hatten uns dort ein Zimmer geteilt. Er war es, der meine Jacke an dem Tag getragen hatte. Ich hatte sie ihm gegeben, damit er seine Verletzungen vor Schmutz schützen und ungehindert in seine Kajüte fliehen konnte. Aber er war einfach zu stur. Während ich damit beschäftigt war, das Schiff in Kampfposition zu steuern, hatte er sich um Verletzte gekümmert, zumindest so lange, bis ihn eine Explosion erwischte. Ich habe seinen Körper bereits dort liegen sehen, aber heute war die offizielle Aufbahrung und Versenkung der Toten … Das führt einem noch einmal die schrecklichen Zahlen viel brutaler vor Augen.«

Ich war sprachlos, was sollte man auf eine solche Offenbarung denn auch erwidern?

Wir saßen eine Weile still da, vertieft in unsere jeweiligen Gedanken, meine Hand ruhig auf seiner.

»Lucy? Erzähl mir etwas über dich. Als ich dir sagte, dass du mit uns nach Helsinki kommen musst, schienst du zwar entsetzt, aber du hast dich sehr schnell damit abgefunden. Ich weiß absolut nichts über dich, außer dass du dir nichts sagen lässt. Von niemandem!« Er lächelte leicht, ich hingegen entzog ihm sofort meine Hand und versteifte mich auf der Koje.

Natürlich war ich nicht so dumm gewesen, mir vorzumachen, dass ich so leicht davonkommen würde. Ich hatte mir Tausende Szenarien und Geschichten ausgedacht, die sich jedoch nach Logans Offenheit falsch anfühlten. Wie konnte ich jemanden anlügen, der meinen egoistischen Hintern nun schon zum dritten Mal gerettet hatte, während ein Freund von ihm sterben musste. Ich wusste, dass Letzteres nichts mit mir zu tun hatte und auch nicht meine Schuld war, aber diese Enthüllung lastete schwer auf meinem Gewissen.

Die Sekunden verstrichen ohne Worte, ließen mich immer verzweifelter zurück.

»Du musst mir noch nicht jetzt antworten, aber sollte ich von der Mission zurückkehren, musst du mir versprechen, dass du mir die Wahrheit erzählst«, bat er ruhig.

Ein Kloß bildete sich in meinem Hals bei dem Gedanken daran, dass Logan schon bald einen Minenleger besteigen und einfach fortfahren würde. Konnte ich ihm diesen Wunsch denn überhaupt verweigern, nach allem, was er für mich getan hatte? Ich nickte stumm und er fragte nicht mehr.

Auch die kommenden Stunden ließen uns nicht zur Ruhe kommen. Logan war mit seinen Pflichten beschäftigt, während ich mir einen Plan für meinen Aufenthalt in Helsinki zurechtlegte. Nervös spielte ich mit dem Medaillon von Babushka Marina herum und fragte mich, ob vielleicht das Schmuckstück wusste, wie ich in diese Zeit gekommen war. Wenn es sprechen könnte, was würde es mir wohl alles erzählen? Ich lag da und verfluchte meine eigene Untätigkeit.

Wie gerne würde ich den Männern an Deck helfen, damit wir schneller hier wegkonnten und ich wieder festen Boden unter den Füßen hätte. Gleichzeitig war ich aber auch für diese Zeit dankbar, denn ich hatte nach wie vor keinen Plan für meinen Aufenthalt in Helsinki. Meine Hoffnung, dass es sich bei Iwans Frau um meine Uroma handelte, war vielleicht nur Wunschdenken, gespeist von meinen Ängsten und der Ausweglosigkeit.

Schaben erklang an der Tür und ich fuhr im Bett zusammen. Mit weit aufgerissenen Augen starrte ich zum Eingang der Kajüte und versuchte mir auszurechnen, ob Logans Schicht schon vorbei sein konnte.

»Papa?«, drang es vom anderen Ende der Tür in einer hohen Kinderstimme.

Ich erstarrte vor Entsetzen. War es eine Falle oder befand sich wirklich ein Kind auf diesem Schiff?

»Papa? Bist du da drin?« Wieder das Schaben, gefolgt von einem leisen Klopfen.

Langsam kletterte ich von der Koje runter und ging lautlos zur Tür. Unentschlossen verharrte ich davor, lauschte nach draußen und versuchte die Situation einzuordnen. Verzweifeltes Schluchzen drang von der anderen Seite und erleichterte mir meine Wahl. Ich schob den Riegel zur Seite und öffnete mit einem leisen Quietschen die Tür. Das kleine Wesen, das mir mit großen Augen entgegensah, brach mir beinahe das Herz.

Der Junge konnte kaum älter als vier Jahre sein. Er trug ein schmuddeliges Hemd, das viel zu groß an seiner winzigen Gestalt herunterhing. Sein Haar war dreckig und stand unordentlich vom Kopf ab, das Gesicht war ebenfalls schmutzig und Tränen hatten ihre Spuren darauf hinterlassen. Er sah mich ebenso überrascht an wie ich ihn.

»Wo kommst du denn bloß her?«, wisperte ich in den Gang und sah alarmiert zu allen Seiten, in der Befürchtung, wir könnten beide jeden Moment entdeckt werden.

Der Junge schluchzte auf, wischte sich aber gleich sofort stoisch über die Augen und zog die Nase hoch. Ein kindlicher Trotz lag in seinen dunklen Augen.

»Ich suche meinen Papa. Stepan Genadich. Hast du ihn gesehen?«

Das arme Kind! Sein Vater schien ihn ebenfalls auf das Schiff geschmuggelt und irgendwo versteckt zu haben. War der Papa von dem kleinen Jungen womöglich verletzt oder sogar tot? Was könnte seine Abwesenheit sonst erklären? Unschlüssig, was ich nun tun sollte, streckte ich die Hand nach dem Kind aus, doch der Junge wich zurück.

»Ich weiß leider nicht, wo dein Papa ist. Hast du Hunger? Ich habe hier was zu essen und ein wenig Wasser.« Ich ging vor ihm in die Hocke und lächelte ihn zuversichtlich an. Unsicherheit flackerte in seinem Blick und er schien seine Optionen abzuwägen. Ich streckte ihm die Hand entgegen und versuchte, nicht daran zu denken, was passieren würde, wenn jetzt jemand um die Ecke kam. »Ich tue dir nichts und werde dir helfen, deinen Papa zu finden, versprochen.«

Es dauerte nur eine Sekunde, bis der Junge nickte und an mir vorbei in die Kajüte huschte. Erleichtert schloss ich die Tür hinter uns und schob den Riegel vor.

»Wie heißt …«, meine Worte erstarben mir auf den Lippen. Ich drehte mich um und sah gerade noch, wie der Kleine auf Logans Koje krabbelte, mein Butterbrot, das ich auf dem Tischchen liegen hatte, bereits zwischen den winzigen Händen.

»Lass es dir schmecken und dann kannst du mir erklären, wie du hierherkommst.« Kopfschüttelnd setzte ich mich zu ihm auf die Koje und beobachtete, wie er in einer rasenden Geschwindigkeit die Brotscheiben verputzte.

»Papa hat mich auf das Schiff gebracht, damit ich mit ihm zu Tante Oksana nach Helsinki fahre«, sagte der Junge, nachdem er auch den letzten Krümel aus der Serviette verputzt hatte.

Ich musste schmunzeln über seine Version von »Helsinki«. »Und wo hast du dich versteckt, während du auf deinen Papa gewartet hast?«, fragte ich so ruhig wie möglich, um ihn nicht zu verschrecken.

»Das darf ich nicht sagen.« Mürrisch zog er seine dürren Beinchen an die Brust und legte seinen Kopf darauf.

»Ich werde es auch keinem verraten. Aber ich muss wissen, wo dein Papa dich vielleicht suchen kommt, damit wir ihm eine Nachricht hinterlassen können, dass du hier bist. Verstehst du?«

Der Junge dachte einen Augenblick über meine Worte nach und nickte schließlich zögerlich. »Das ist ein großer Raum mit Kisten. Papa hat mir ein Bett in einer Kiste gebaut und ich sollte dort Verstecken spielen, bis er wiederkommt. Doch gestern ist er nicht gekommen und jetzt auch nicht. Dann bin ich los und habe Papa gesucht und dich gefunden.« Der Kleine wandte seinen Blick ab und wischte sich verstohlen über die Augen.

Ich schluckte schwer und gab ihm einen Moment Zeit, um sich zu sammeln, ehe ich mir einen Plan zurechtlegen konnte. Wenn der Vater des Jungen noch am Leben war, würde er ihn gewiss als Erstes dort suchen gehen, wo er ihn versteckt hatte. Kaum vorzustellen, welchen Schreck er bekommen würde, wenn sein Sohn plötzlich verschwunden wäre.

Während ich den Kleinen betrachtete, machte sich zunehmend eine eisige Entschlossenheit in mir breit. Eigentlich hatte ich vorgehabt, auf Logan zu warten und ihn zu bitten, für mich im Frachtraum nachzusehen, aber ich brachte es nicht übers Herz, den Vater möglicherweise länger als nötig im Ungewissen zu lassen. Wäre es mein Sohn gewesen, würde ich auch sofort wissen wollen, dass er in Sicherheit ist.

»Kannst du mir zeigen, wo dein Papa dich versteckt hat? Vielleicht sucht er ja schon nach dir.« Ich lächelte und schob den Gedanken, dass der Mann ebenso gut tot oder verletzt sein könnte, beiseite. Sollten wir im Frachtraum keinen Hinweis auf seinen Verbleib finden, würde ich Logan anflehen, für mich auf der Krankenstation nachzusehen. Ich selbst konnte ja schlecht dort auftauchen und die Verletzten ausfragen.

Der Junge nickte und ich stand vom Bett auf, um mein Haar unter Logans Mütze zu schieben. Nachdem ich wieder einmal in seine Jacke geschlüpft war, reichte ich dem Kleinen die Hand und sah ihn ermutigend an. »Wir schauen kurz nach, ob dein Papa in der Zwischenzeit nach dir gesehen und vielleicht eine Nachricht hinterlassen hat. Dann kommen wir wieder zurück und warten auf einen guten Freund, der uns bei der Suche hilft. Einverstanden?«

Er nickte und ich schob an der Tür den Riegel zur Seite und spähte hinaus. Ein Adrenalinstoß erfasste mich, als ich für den Bruchteil einer Sekunde dachte, aus dem Augenwinkel eine Bewegung zu sehen. Als ich genauer hinsah, musste ich über meine eigene Schreckhaftigkeit beinahe lachen. Eine Tür, die weiter hinten zu einem weiteren Gang führte, war nur angelehnt worden und schwang nun fröhlich quietschend mit dem Wellengang auf und zu.

»Wir müssen ganz leise sein, damit uns keiner hört. Schaffst du das?« Erst jetzt fiel mir auf, dass ich nicht einmal den Namen des Burschen kannte. »Ich bin übrigens Lucy und wie heißt du?«

Der Junge spähte an meinem Bein störrisch in den Gang. »Kusja. Vater sagt immer Kusima, doch außer ihm hat mich noch nie jemand so genannt.«

Ich nickte. »Komm, Kusja, wir werden deinen Vater bestimmt finden«, sagte ich so zuversichtlich wie möglich, konnte mir jedoch nicht verkneifen, einen ängstlichen Blick über die Schulter zu werfen, als Kusja mich direkt auf die schwingende Tür zuführte und wir uns immer weiter von Logans Kajüte entfernten. Zur Sicherheit hatte ich auf eine abgerissene Serviette eine knappe Botschaft für Logan hinterlassen, dass er uns im Frachtraum finden würde, aber ich hoffte inständig, dass er diese Nachricht niemals lesen würde und ich vor ihm wieder zurück wäre. Das war zumindest der Plan. Er war alles andere als gut, aber alles in mir drängte danach, Kusja und seinem Vater zu helfen.

Unsere Schritte hallten befremdlich laut über die Korridore, während wir in Gänge bogen, die ich zuvor noch nie betreten hatte. Der Kleine wich mir nicht von der Seite und sagte mir im Flüsterton, wohin wir als Nächstes abbiegen mussten. Ansonsten schwiegen wir beide. Ich blickte gehetzt über die Schulter und trieb Kusja zur Eile an. Bisher war uns noch niemand begegnet, aber das musste nichts bedeuten. Ich bezweifelte stark, dass die Besatzung sich häufig in diesem Teil des Schiffes befand, da er wohl am weitesten entfernt von den übrigen Kajüten lag, aber sicher konnte ich mir unmöglich sein.

»Da! Da vorne müssen wir rein!«, rief Kusja an meiner Seite und ich zuckte wegen der lauten Kinderstimme zusammen.

Ich erstarrte. Er merkte ebenfalls, dass er einen Fehler begangen hatte und hielt sich erschrocken die Hand vor den Mund. Wir verharrten beide auf der Stelle und lauschten auf die Geräusche des Schiffes. Waren es Schritte, die hinter uns angeeilt kamen? Hörte ich Stimmen, die in unserem Rücken etwas riefen?

Die Sekunden verstrichen, doch bis auf das allgegenwärtige Brummen der Maschinen und unserem eigenen rasselnden Atem konnte ich nichts hören. Ich entspannte meinen Griff um Kusjas Hand, die ich in meiner Panik beinahe zerquetscht hätte, und ging weiter.

Die Tür ließ sich mühelos öffnen, auch wenn es so aussah, als wäre sie im Normalfall von außen verriegelt.

»Wenn man drin ist, kriegt man die Tür immer auf, hat Papa gesagt.«

Ich nickte und konnte unser Glück kaum fassen. Es wäre verheerend gewesen, wäre die Tür in der Zwischenzeit verschlossen worden, dann hätten wir tatenlos wieder in die Kajüte zurückkehren müssen und der Vater von Kusja müsste sich weiterhin Sorgen um seinen Sohn machen. Dass der Mann sich vielleicht nicht länger um irgendwen hätte Sorgen machen können, verdrängte ich mit aller Macht.

Ich spähte vorsichtig in den Frachtraum hinein, der durch und durch mit riesigen Kisten, Vorräten aller Art, noch mehr Kisten und irgendwelchen Blechteilen zugestellt war. Kusja gab mir Rückendeckung und hatte die Anweisung, die Tür, durch die wir gekommen waren, im Blick zu behalten. Als ich mich umdrehen und den Jungen zu mir rufen wollte, hörte ich ein Geräusch.

Alarmiert wirbelte ich herum und sah gerade noch rechtzeitig, wie sich das Metall in unsere Richtung bewegte und jemand dabei war, zu uns in den Korridor zu treten. Ohne nachzudenken schnappte ich mir die Hand des erstarrten Jungen und schob ihn vor mir in den Frachtraum hinein. Ein Schaben gefolgt von schleifenden Schritten erklang unmittelbar hinter uns im Gang.

Panisch blickte ich mich um, wagte es nicht, die Hand von Kusja loszulassen und hoffte inständig auf irgendeine Gottesfügung, um wenigstens ihn verstecken zu können. Mein Blick fiel auf einen hohen Turm aus grauen Kisten zu unserer Rechten und ich hechtete mit Kusja dahinter. Lautlos kauerten wir uns auf den staubigen Boden und ich drückte das Kind fest an mich, während mir verschiedenste Gedanken durch den Kopf jagten. Hatte uns jemand gesehen? *Bitte, bitte lass es nur Kusjas Vater sein, der nach seinem Sohn sucht!*

Eine schwere Tür wurde aufgestoßen und jemand kam in den Frachtraum. *Bitte. Bitte. Bitte*, flehte ich stumm und versuchte meine Panik niederzukämpfen. Ich brauchte dringend einen Plan B, wenn ich Kusja und mich aus diesem selbst verzapften Schlamassel befreien wollte. Alles in mir brüllte danach, die Gefahr vor uns auszukundschaften, nachzusehen, wer uns gefolgt war und ob ich ihn möglicherweise überwältigen konnte. Als wäre ich eine Superspionin und keine ein Meter fünfundsechzig große Zeitreisende ohne Sinn für Sport. Meine eigene Unfähigkeit verfluchend hielt ich den Atem an. Der Staub kitzelte in meiner Nase, Kusja zappelte in meinen Armen herum, ob aus Angst oder vor Ungeduld, konnte ich nicht sagen. Was der Mann tat, konnte ich ebenfalls nicht sagen, bis auf ein lautes Rauschen und meinen eigenen Herzschlag konnte ich nichts weiter hören.

Wir verharrten eine Weile auf unseren Plätzen und als noch immer kein Laut zu hören war, wagte ich es, Kusja loszulassen und hinter einer spärlichen Kiste hervor zur Tür zu spähen. Es war niemand da. Erleichtert stieß ich die Luft aus und lehnte mich zu Kusja zurück. Vielleicht hatte der Mann einfach nur nach dem Frachtraum schauen wollen oder sollte etwas holen, was sich in der Nähe der Tür befunden hatte, sodass er schnell wieder gegangen war. So oder so, er war jedenfalls fort.

»Das hast du toll gemacht, Kusja! Und jetzt hinterlassen wir schnell eine Nachricht für deinen Vater und bringen uns in Sicherheit«, flüsterte ich in die staubige Luft hinein und der Junge nickte.

Wir rappelten uns etwas umständlich auf, denn meine Beine waren in der Kauerstellung eingeschlafen und Kusja führte mich zwischen den Kisten hindurch zu einem winzigen Unterstand, der aus mehreren Planen und verrosteten Metallbalken bestand. Dahinter standen zwei weitere Kisten, eine davon hatte einen geöffneten Deckel.

Ich sah hinein und musste schwer schlucken. Eine Taschenlampe, zwei Decken und ein paar Kleidungsstücke lagen darin. Außerdem fand ich einen zerlumpten Stoffhasen mit nur einem Auge und einen schmutzigen Ball. Vor Mitleid wurde mir ganz schwindelig und als Kusja zu mir trat, um nachzusehen, wieso ich erstarrt war, kniete ich mich zu ihm und nahm den Jungen fest in die Arme. Kaum vorzustellen, wie er die Tage in dieser stickigen Kiste verbrachte, mit nichts weiter als den paar Sachen und ohne seine Eltern.

Der Junge wand sich aus meinem Arm und sah weg, sichtlich überfordert mit meiner Fürsorge. Was mochte Kusja in seinem jungen Leben schon alles erlebt haben? Während ich mich das fragte, krabbelte er in seinen ehemaligen Schlafplatz hinein und nahm sich eine dunkle Decke und den Hasen heraus.

»Hier. Leg das hinein und dann mache ich den Deckel über die Kiste, damit keiner dein Versteck findet.« Ich gab ihm eine zusammengefaltete Serviette, wo in unsauberen Lettern draufstand, wo sein Vater nach ihm suchen müsste, und half Kusja dann heraus aus der Kiste.

Es kostete mich einige Mühe, den Deckel hochzuhieven und ich versank für einen kurzen Moment in Staub und Angst, als das Holz mit einem lauten Poltern auf die Kiste fiel.

»Wer ist da?«, brüllte plötzlich eine tiefe Männerstimme irgendwo von weiter vorne und ich zuckte zusammen.

Vor lauter Mitleid mit dem Jungen und seinem Vater war ich unvorsichtig geworden und hatte aufgehört, auf lauernde Schritte zu lauschen. Panisch blickte ich zu Kusja, der seinen Stoffhasen eisig an die Brust drückte und mit riesigen Augen zu mir sah.

»Hallo? Ist da jemand?« Kam es erneut von vorne.

Fieberhaft dachte ich nach, was wir tun sollten, als mein Blick auf ein langes Holzscheit fiel. Es musste von einer der Kisten stammen und war vielleicht während des Angriffs abgesplittert. Mit butterweichen Knien ging ich so lautlos wie nur möglich darauf zu und hob es auf. Dankbar für die hoch aufgetürmten Boxen, die genügend Sichtschutz für uns boten.

»Du wartest hier und egal, was passiert, du musst ganz leise sein«, raunte ich Kusja zu.

»Ich hab dich gehört! Komm raus, sonst muss ich das dem Kapitän melden! Wasska, bist du das? Das ist nicht witzig!«, rief der Mann noch einmal und ich hörte ihn herumlaufen.

Ich dachte darüber nach, mich einfach hier zu verstecken und abzuwarten, bis er fortging, aber die Gefahr, von ihm entdeckt und überrumpelt zu werden, war einfach zu hoch.

Eine bessere Chance würde ich nicht bekommen, zumindest wusste ich jetzt, dass er allein war. Mit lautem Gebrüll (dumm, ich weiß, aber irgendwie fühlte ich mich dadurch tapferer) und hoch erhobenem Holzscheit rannte ich nach vorne und auf den verdatterten Mann zu.

In meiner eigenen Angst gefangen blendete ich aus, dass er kaum älter als mein kleiner Bruder sein konnte, halb Junge und halb Mann. Er starrte mich erschrocken an, zu überrascht, um sich zu wehren, als ich ihm mit der vollen Wucht meiner untrainierten Arme das Holz auf den Kopf schlug.

Entgegen meiner Erwartung sackte er nicht bewusstlos in sich zusammen, sodass wir hätten fliehen können, sondern schwankte nur mit lauten Flüchen und hielt sich die zweifelsohne schmerzende Stirn.

»Verdammte Scheiße, was soll der Mist?«, heulte er auf und ich erkannte endlich, dass eines seiner Augen verbunden war. Das andere war zugeschwollen und mit Blutergüssen übersät, als wäre er in eine Prügelei geraten.

Mit großen Gewissensbissen holte ich erneut zum Schlag aus und dieses Mal sackte der orientierungslose Matrose gegen die Wand, wo er stöhnend liegen blieb. Ich stand regungslos über ihm, atmete so schwer, als wäre ich einen Marathon gelaufen, und zitterte am ganzen Körper. Das Holz glitt aus meinen schwitzigen Händen und fiel dumpf zu Boden.

Ich hatte soeben einen Mann bewusstlos geschlagen. Hoffentlich hatte er keinen größeren Schaden davongetragen. In meinem gesamten Leben war ich einem Kampf noch nie näher gewesen als jetzt. Und ich hatte gewonnen! Hin- und hergerissen zwischen schlechtem Gewissen und meinem eigenen kleinen Triumph, merkte ich viel zu spät, dass ich wertvolle Zeit verschwendete.

»Kusja! Schnell!«, zischte ich zu dem Kistenturm und blickte hinaus auf den Gang, um nachzusehen, ob der Fluchtweg frei war.

Wir rannten wie vom Teufel persönlich gejagt und schlitterten im Laufen um die Ecken. Für Vorsicht blieb jetzt keine Zeit mehr, wir mussten so schnell es ging in die Kajüte zurück, bevor der Matrose aufwachte und Alarm schlug.

Als ich die letzte Tür aufstieß, brannte meine Lunge vor Anstrengung. Kusja hatte weniger Probleme, er lief an meiner Hand und hielt sein Stofftier wie den wertvollsten Schatz der Welt fest im Griff. Endlich kamen wir auf den vertrauten Korridor zu unserer Kajüte und ich schöpfte Zuversicht. Lächelnd drückte ich Kusjas Hand und verlangsamte meine Schritte, jubelte innerlich vor Glück.

Mein Blick begegnete dem eines groß gewachsenen, kantigen Mannes auf Krücken, einem bandagierten Bein und einem Verband um den Kopf, der gerade um die gegenüberliegende Ecke geschwankt kam. Kurz dachte ich darüber nach, einfach in die Kajüte zu laufen und die Tür abzuschließen, doch ich war mir sicher, dass der Mann Kusja gesehen hatte.

Ich blieb abrupt stehen, fixierte ihn angriffslustig und schob das Kind hinter mein Bein in Deckung. Die Sekunden verstrichen, ohne dass sich einer von uns rührte, dann spürte ich eine Bewegung an meinem Arm und ein brauner Wuschelkopf rannte los.

Mein Herz drohte vor Angst aus der Brust zu springen. Kusja hatte seinen Hasen fallen gelassen und stürzte auf den Mann zu.

»PAPA!«, brüllte er aus vollem Hals und lief dem verletzten Mann, der seine Krücken ebenfalls abgelegt hatte, um seinen Sohn aufzufangen, weinend in die Arme.

Ich blieb regungslos stehen. Meine Gedanken waren einem stetigen Rauschen in meinem Kopf gewichen. Mein Verstand war unfähig, die Szene zu realisieren, den nötigen Kontext herzustellen, zu sehr darauf gepolt, den Jungen zu beschützen und so schnell wie möglich zurück in die Kajüte zu kommen.

In meiner Benommenheit bemerkte ich nur undeutlich, wie der Mann mir zunickte, Kusja an der Hand nahm und umständlich seine Krücken aufhob.

»Im Frachtraum ist ein Mann bewusstlos, da solltet ihr nicht hin«, wisperte ich mechanisch. Augenblicklich verfluchte ich meine eigene Dummheit, wäre ihm nicht schon zuvor aufgefallen, dass ich eine Frau war, dann spätestens jetzt.

»Danke«, raunte der Mann zurück und deutete eine halbe Verbeugung an. Kusja klammerte sich eisern an seine Hand und strahlte über beide Ohren.

»Ich habe Lucy gefunden, weil du so lange weg warst. Bleibst du jetzt bei mir, Papa?«, fragte er mit piepsigem Stimmchen, ganz anders als der tapfere kleine Junge, den ich während unserer kurzen gemeinsamen Zeit kennengelernt hatte.

Sein Vater sah mich noch einmal an und wir nickten beide einander zu, im stummen Einverständnis, unsere gegenseitigen Geheimnisse zu wahren. Während die beiden um die Ecke bogen und Kusja mir aufgeregt zuwinkte, erwiderte ich nur zögerlich diese Geste.

Ihre Schritte waren schon bald nicht mehr zu hören und ich hoffte inständig, dass Kusjas Vater den Kleinen beschützen konnte und die zwei gut bei der Tante ankamen. Als ich in die Kajüte gehen wollte, bemerkte ich den einsamen Hasen, der zerlumpt auf dem staubigen Boden lag und mit einem Auge zu mir schielte. Der zweite Knopf musste abgerissen worden oder einfach abgefallen sein.

Ich beugte mich zu ihm und hob ihn auf, um ihn mitzunehmen, konnte es nicht übers Herz bringen, das Kuscheltier einfach im Gang liegen zu lassen. Vielleicht würde Kusja ihn vermissen und sein Vater ihn abholen kommen. Unwahrscheinlich, aber für den Fall würde ich den Hasen sicher für seinen rechtmäßigen Besitzer verwahren.

Überwältigt von all den Geschehnissen schlüpfte ich in die Kajüte und dachte erst jetzt daran, ob Logan meine Nachricht gesehen hatte und mich womöglich schon suchte. Den Hasen an die Brust gedrückt ging ich zum Tischchen und fand die drauf gekritzelte Botschaft genau so vor, wie ich sie hinterlassen hatte.

Erschöpft knüllte ich sie zusammen, zog Jacke und Mütze aus und kletterte in meine Koje. Ein Lächeln stahl sich auf meine Lippen und ich hatte das Gefühl, zum ersten Mal etwas wirklich Wichtiges und Mutiges getan zu haben.

Nur wenige Minuten später kam auch Logan in die Kajüte.

»Wir sind mit den Reparaturen beinahe durch und können noch heute Nacht wieder unseren Kurs aufnehmen, morgen um diese Zeit sind wir schon in Helsinki«, sagte er zufrieden und warf eine Dose und eine rostige Gabel auf meine Koje. »Abendessen konnte ich dir auch schon mitbringen.«

Kurz erwog ich, ihm von meinem kleinen Abenteuer zu erzählen, beließ es jedoch dabei. Ich hatte dem Vater von Kusja ein lautloses Versprechen gegeben und dieses würde ich auch halten. Den Hasen schob ich unauffällig unter mein Kopfkissen und setzte mich mit meiner Dose Sprotten in Öl zu Logan auf dessen Koje, um mit ihm zu essen.

»Danke. Für alles, meine ich …«, sagte ich, nachdem Logan mich auf den neuesten Stand gebracht hatte, während ich wortlos meinen Fisch aß.

Er sah mich verblüfft an. »Warum so freundlich? Hast du dir gestern den Kopf angeschlagen?«, fragte er, doch ich ignorierte den kleinen Seitenhieb.

»Ohne dich müsste ich vielleicht in einer unbequemen Kiste hungernd darauf warten, dass wir endlich ankommen. Hier ist es doch etwas gemütlicher.«

Logan war sichtlich verwirrt und bei seinem zerstreuten Gesichtsausdruck musste ich stark an mich halten, um nicht loszulachen.

»Schon gut, vergiss es einfach«, ich kicherte leise in mich hinein und genoss den Moment, auch mal etwas zu wissen, wovon er keine Ahnung hatte.

Kapitel 16

Irgendwann zwischen 1914-1918
In der Kajüte des Kapitänleutnants De Losseur

In nur wenigen Stunden sollten wir den Hafen endlich erreichen und alles in mir sehnte sich schon jetzt danach, dieses schwankende Schiff zu verlassen und endlich wieder festen Boden unter den Füßen zu haben. Ich konnte es kaum noch erwarten, warmen Tee zu trinken, geschweige denn etwas Vernünftiges zu essen. Logan hatte mit Iwan ausgehandelt, dass ich mich in seiner Kajüte waschen und umziehen könnte, während die Männer auf dem Gang Wache hielten. Keiner der beiden schien dem jeweils anderen zu trauen, aber es war mir gerade recht. So dreckig und entsetzlich stinkend, wie ich mich fühlte, wollte ich beim Waschen nicht ein einziges Haar eines Mannes in meiner Nähe haben.

Notdürftig wusch ich mir mit einem löchrigen Handtuch das Gesicht. In einem Metalleimer hatte Iwan mir frisches Wasser gebracht, in einem zweiten wrang ich meine schmutzigen Handtücher aus. Gott, was hätte ich jetzt für fließendes Wasser gegeben!

Es dauerte lange, bis ich mein Gesicht in dem halb zerbrochenen Spiegel über der provisorischen Spüle wieder einigermaßen erkennen konnte und ich erschrak vor mir selbst. Meine Hautfarbe glich der eines blutsaugenden Vampirs, tiefe Schatten lagen unter meinen Augen, die kein Concealer der Welt hätte verdecken können, nicht dass ich einen dabeihätte. Doch am schlimmsten sahen meine Haare aus. Die sonst glatten blonden Strähnen hingen mir fettig ums Gesicht. Ich verzog den Mund zu einer Grimasse. Wie hatte Logan bei diesem Anblick auch nur auf die Idee kommen können, mich zu küssen? Ich hätte mich selbst erst einmal zum Entwurmen und Waschen geschickt, bevor ich nur daran gedacht hätte, mit mir im selben Raum zu schlafen.

Ein lautes Stöhnen entfuhr mir und ich ließ mein Handtuch ins dreckige Wasser fallen, zupfte hier und da an verklebten Strähnen und kam zu dem Schluss, dass das alles keinen Sinn machte. So würde ich niemals als eine Dame irgendwo auftauchen können.

Ich ging durch Iwans, im Vergleich zu unserer, sehr luxuriösen Kajüte zur Tür und riss sie auf. Mir bot sich ein Bild für die Götter. Die zwei standen mit verschränkten Armen wie Statuen vor der Tür und hätte ich es nicht besser gewusst, hätte ich geschworen, sie hielten beide die Luft an.

»Logan? Würdest du mir bitte helfen?« Bei meiner Stimme schreckten beide zusammen und fuhren zu mir herum. Auf Logans Lippen lag ein triumphierendes Grinsen. »Aber natürlich. Ich bin mir sicher, der Herr Konteradmiral kann hier auch ohne mich Wache halten.«

»Fall nicht in den Eimer, De Losseur«, zischte Iwan und nahm wieder seine stoische Haltung ein. Ich schüttelte lediglich den Kopf, zog Logan an der Jacke zu mir rein und schloss die Tür wieder.

»Oh mein Gott, Lucy, bekleide dich bitte!«, rief Logan aus, als er mich genauer betrachtete und sich hastig umdrehte, eine peinliche Röte auf den Wangen. Ich sah an mir hinab. Um mich besser waschen zu können, hatte ich mich bis auf die Boxershorts ausgezogen und mir eins von Logans Hemden als provisorischen Bikini um die Brust geknotet. Ich wusste nicht, was ihn gerade mehr zur Verzweiflung trieb, meine haarigen Beine oder doch die Tatsache, dass ich so viel Haut zeigte.

»Ist ja gut. Erst auf dem Gang ungefragt küssen und dann pikiert sein«, meckerte ich und hätte mir am liebsten selbst auf den Mund geschlagen. Lucy und ihre große Klappe. Logan und ich hatten immer noch nicht über unseren Kuss gesprochen und jetzt, so kurz vor der Ankunft, schien es auch alles andere als der richtige Augenblick.

»Ich habe dich nur geküsst, damit du aufhörst zu reden«, sagte Logan nach einer Weile, während ich das Hemd aufknotete und es mir über den Kopf zog.

»Ist klar, du hattest keinerlei Hintergedanken dabei.« Ich verdrehte die Augen.

»Würdest du dich nicht immer so freizügig präsentieren, würde ich vielleicht auch keine Hintergedanken haben.«

»Wie bitte? Wo präsentiere ich mich denn freizügig? Wie soll ich mich denn angezogen waschen?«, rief ich wütend aus.

»Dein Hemd ist beim Schlafen immer absichtlich so zur Seite gezogen, dass ich quasi gezwungen bin, alles zu sehen, wenn ich nachts zur Toilette gehen muss«, echauffierte er sich.

Okay, streicht das Letzte. *Jetzt* war ich wirklich empört. »Heißt das etwa, du gaffst mich beim Schlafen an?«, kreischte ich entsetzt.

Logan stand immer noch mit dem Rücken zu mir, drehte sich nun aber um. Mit provokativ erhobener Augenbraue betrachtete er meine schmuddelige Erscheinung, sein Blick glitt langsam an meinen Beinen hinab, doch er sagte nichts.

Unter seinem bohrenden Blick war ich nun diejenige, die unweigerlich rot wurde. »Starr mich gefälligst nicht so an und hilf mir beim Haare Waschen«, sagte ich kleinlaut. Ein kleiner Teil von mir hätte ihn am liebsten angesprungen und ihm die Klamotten vom Leib gerissen, ein erheblich größerer Teil wünschte sich jedoch, seinen blöd grinsenden Kopf in einem der Eimer zu ertränken – und zwar in dem mit dem schmutzigen Wasser.

»Alles, was du willst«, sagte er und uns war beiden klar, wer diese Schlacht gewonnen hatte.

Was waren schon Kampfflugzeuge, wenn man sich mit einem Mann auseinandersetzen musste? Ich brodelte innerlich vor Wut, hielt aber, entgegen meiner sonstigen Art, lieber den Mund. Sollte er doch denken, was er wollte, es war mir vollkommen egal!

Ich beugte mich notdürftig über den Eimer mit dem schmutzigen Wasser und warf mein Haar nach vorne. Zum Glück war ich unmittelbar vor meiner Russlandreise zum Friseur gegangen, sodass meine Haare gerade einmal schulterlang waren und somit auch weniger Wasser zum Waschen brauchten. Vorsichtig goss Logan mir das saubere Wasser über den Kopf und ich versuchte so viel wie möglich davon mit meinen Haaren aufzufangen und diese sauber zu rubbeln.

Da ich auf einem verdammten Schiff in der Vergangenheit war, gab es hier natürlich kein Shampoo und so wusch ich mir das Haar notdürftig mit Kernseife und verwendete den letzten Rest des frischen Wassers, um die Seife wieder auszuspülen. Mit einem Handtuch um den Kopf gewickelt schickte ich Logan wieder vor die Tür und zog mir eines der Kleider über, die Iwan eigentlich für seine Frau gekauft, aber mir überlassen hatte.

Seine Frau.

Nach all meinen Überlegungen und Iwans Äußerungen war ich zu dem Schluss gekommen, dass es sich mit neunzigprozentiger Wahrscheinlichkeit um meine Urgroßmutter handeln müsste. Aber was würde ich tun, wenn dem nicht so wäre? Ich konnte unmöglich eine arme Frau ausspionieren. Zumal konnte ich einer Frau, die mit Iwan verheiratet sein musste, nicht verübeln, eine Affäre zu haben. Seine gefährliche Ausstrahlung und die kalten Augen trieben doch jede Frau in die Arme eines anderen.

Diese Gedanken abschüttelnd rubbelte ich mir das Haar so gut es ging trocken und steckte es mit ein paar provisorischen Haarnadeln aus Draht zu einer eher schiefen und eindeutig noch sehr feuchten Hochsteckfrisur. Das legere Hütchen, welches einladend neben dem Kleid auf dem großen Doppelbett gelegen hatte, würde diese Abscheulichkeit von einer Frisur schon verstecken.

Ursprünglich hatte Iwan mir ein mattrosa Kleid mit furchtbarem Rüschensaum und einem gigantischen Hut mit bunten Blumen rausgesucht. Beim Anblick dieses Rüschenalbtraums musste ich mich schwer zusammenreißen, um nicht ohnmächtig zu werden, und bat stattdessen um etwas Einfacheres. Meine Bitte schien Iwan zu verärgern, aber er reichte mir anschließend ein smaragdgrünes Kleid, welches zum Saum hin weiter wurde. Die Taille war sehr eng geschnitten und umspielte vorteilhaft meine Hüften. Das dazugehörige Hütchen war eher ein etwas pompöser Haarreif und eindeutig das kleinere Übel, im Vergleich zu seinem Vorgänger.

Da es in dem ganzen Zimmer keinen großen Spiegel gab, stellte ich mich mit blanken Füßen auf die Koje und hüpfte so lange herum, bis ich mich in dem zersprungenen Spiegel über der Spüle einigermaßen von allen Seiten betrachten konnte. Gemessen an meiner Ausgangslage war ich durchaus zufrieden.

Während sich die Rüschen des Dekolletés kratzend an meinen Brüsten rieben und mir beim Springen durch die Enge des Korsetts beinahe die Luft wegblieb (ich war gezwungen gewesen, Logan noch einmal reinzuholen, um das verdammte Ding zu schnüren. Wie hielten die Frauen in diesem Jahrzehnt diese Qual nur aus? Waren sie überhaupt dazu fähig, sich selbst anzuziehen?), vermisste ich meine geliebten Jeans schmerzlich.

Innerlich wappnete ich mich bereits gegen dumme Sprüche von Logan, als ich zu den Männern nach draußen trat und mich räusperte. »So, besser bekomme ich es unter diesen Umständen nicht hin. Gehe ich als Dame der gehobenen Gesellschaft durch?«, fragte ich und drehte mich auf meinen schmutzigen Zehen einmal um mich selbst. Logan starrte mich äußerst perplex an, Iwan hingegen wirkte selbstzufrieden.

»Nun, Fräulein De Losseur, als Lady würde ich Sie nach wie vor nicht bezeichnen, aber immerhin sehen Sie nicht länger wie eine Bauernmagd aus«, spottete er.

Ich rümpfte die Nase, ließ mir jedoch nicht anmerken, dass seine Worte mich durchaus kränkten. Mein Blick blieb an Logan hängen, ich stemmte die Arme in die Hüften und bedachte ihn mit einem fragenden Blick. »Starrst du mir etwa in den Ausschnitt?«, verlangte ich zu erfahren.

»Du … Du … Du siehst ja wirklich aus wie eine Frau«, stotterte Logan und zwang sich mit äußerster Mühe, seinen Blick von meinem Dekolleté loszureißen.

Ich ballte die Fäuste, wurde jedoch von Iwan am Arm gepackt, und ehe ich Logan Manieren eintrichtern konnte, zog mich Iwan zurück in die Kajüte und stellte sich zwischen uns in die Tür. Das letzte Wort in dieser Angelegenheit war jedoch noch nicht gesprochen!

»Wir haben jetzt keine Zeit für kindische Streitigkeiten«, sagte er abfällig.

Ich hasste diesen arroganten Mistkerl!

»Sobald die Besatzung das Schiff verlassen hat, werde ich dich holen kommen und dich vom Schiff fortbringen, als hätte ich dir nach dem Anlegen nur kurz etwas gezeigt. Du wirst dich weiterhin als De Losseurs Cousine zweiten Grades vorstellen und als mein Gast in unser Haus ziehen. Dort wirst du dich mit meiner Frau und ihrer Entourage anfreunden und für mich herausfinden, mit wem sie mich betrügt.«

Er sagte dies alles ohne jegliche Emotionen und da wurde es mir schmerzlich bewusst. Dieser Mann liebte seine Ehefrau kein bisschen.

Er war lediglich wütend und in seiner Ehre verletzt und Gnade Gott dem Mann, der seiner armen Frau Trost spendete.

»Kommt nicht infrage, ich werde Lucy selbst vom Schiff bringen und morgen zu eurem Haus führen. Ich möchte, dass meine Cousine so wenig Zeit wie möglich in deiner Gegenwart verbringen muss«, sagte Logan kühl und trat einen Schritt vor.

Da mein Herz bei Iwans kaltem Blick wie ein verängstigtes Vögelchen flatterte, war ich ihm sehr dankbar für seine Ritterlichkeit. Eine Eigenschaft, die ich aus meiner Zeit nicht kannte, da ich es gewohnt war, meine Schlachten selbst zu schlagen und Max auch nie der Typ gewesen ist, der mich verteidigt hätte. Ich musste mich an den Beschützerinstinkt von Logan erst noch gewöhnen. Es schmeichelte mir sehr, war aber eine vollkommen neue Erfahrung für mich, mit der ich erst umzugehen lernen musste.

»Nein.« Das war alles, was Iwan sagte, dann schob er mich aus seiner Kajüte und knallte mir die Tür vor der Nase zu.

Während ich noch verdattert auf das Metall starrte, nahm Logan meinen Arm und führte mich bereits fort.

»In deiner Verkleidung darf dich keiner sehen, wir werden jeden Moment andocken und ich werde mit dir in der Kajüte auf Iwan warten. Keine Sorge, ich werde dich nicht allein mit ihm gehen lassen, sondern euch begleiten. Schließlich bin ich dein Cousin«, sagte er und zwinkerte mir zu.

Ein riesiger Stein, der sich unbemerkt auf mein Herz gelegt hatte, löste sich. »Wann wirst du mit dem Minenleger aufbrechen müssen?«, fragte ich ihn geradeheraus und konnte bereits jetzt den Gedanken kaum ertragen, dass er irgendwo auf dem Meer herumfuhr und sich in Gefahr brachte.

»Durch unsere verspätete Ankunft werden wir umplanen müssen. Die Besatzung wird ungefähr eine Woche bekommen, um sich zu erholen. Genügend Zeit also, um den Konteradmiral zu ärgern und dich wahrhaftig mit seiner Frau bekannt zu machen. Später müssen wir uns etwas anderes einfallen lassen, denn du musst so schnell wie möglich nach seiner Rückkehr aus diesem Haus verschwinden. Ich würde dich niemals dort lassen, wenn auch nur das kleinste Anzeichen bestünde, dass Iwan dort zugegen wäre, aber da er mit mir auf einem Schiff sein wird, werde ich den Bastard genau im Auge behalten und nach etwas Ausschau halten, was wir im Gegenzug für deine Freiheit und sein Schweigen verwenden können.«

Ich war erstaunt. Wann hatte sich Logan diesen Plan ausgedacht? Während ich immer noch darüber nachdachte, ob ein »Hi« zur Begrüßung meiner jungen Urgroßmutter zu banal wäre, hatte er sich alles bereits genau zurechtgelegt.

Ich blieb stehen, hielt ihn am Arm fest. »Ich weiß nicht, was ohne dich aus mir geworden wäre«, sagte ich schlicht, weil es der Wahrheit entsprach. Er wusste so gut wie gar nichts über mich und dennoch riskierte Logan so viel für mich. Ich war gerührt, beschämt und glücklich zugleich.

Logan betrachtete mich einen Augenblick lang nachdenklich und zuckte lediglich die Schultern. »Was hätte ich denn tun sollen? Dich ertrinken lassen? Und nun, da ich dir das Leben gerettet habe, möchte ich nicht, dass so ein Bastard wie er es wieder zerstört. Auch wenn du sprichst wie ein Bauer vom Land und ich keine Ahnung habe, was die Hälfte deiner Schimpfwörter bedeutet, mag ich dich irgendwie«, sagte er einfach und führte mich weiter.

Ich sagte nichts mehr, rief mir jedoch immer wieder ins Gedächtnis, dass dieser Mann, der gerade meinen Arm hielt, mich gerettet hatte und sich für mich gegen seinen direkten Vorgesetzten auflehnte, seit vielen Jahren tot war.

Dieser Gedanke stimmte mich traurig, ich konnte mir eine Welt ohne Logan einfach nicht mehr vorstellen. Nach den paar Tagen gehörte er bereits zu einem festen Bestandteil meines chaotischen Daseins. Und was für eine trübe Welt wäre es, wenn er nicht da wäre. Kurz dachte ich darüber nach, wie es wäre, in meine Zeit zurückzukehren. Ich hatte den Gedanken, was meine Anwesenheit in der Vergangenheit überhaupt für meine Familie in der Zukunft bedeutete, vollkommen ignoriert. Jedes Mal, wenn ich versuchte, etwas Logik in meinen Zeitsprung zu bringen, verknoteten sich die einzelnen Gedankenstränge in meinem Kopf zu einem unlösbaren Ball und ergaben nichts außer Kopfschmerzen. Sollte die Frau von Iwan wirklich meine Urgroßmutter sein und Logan heimkommen …

War die ungewisse Zukunft, aus der ich so plötzlich gerissen wurde, es wirklich wert, das, was ich hier gefunden hatte, aufzugeben?

Ich betrachtete Logans immer etwas schmuddelig wirkenden Blondschopf und lächelte. Das, was zwischen uns langsam angeschlichen kam, war vielleicht kein Märchen und würde vielleicht auch nie über diesen einen Kuss hinwegreichen, aber dennoch hatte ich ihn in mein Herz geschlossen.

Ich war unschlüssig, was ich empfand, und die Zeit war auch viel zu kurz, um den Tumult in meinem Herzen zu benennen, aber da war auf jeden Fall mehr als nur die Dankbarkeit darüber, dass er mich gerettet hatte. Und das musste ich mir einfach selbst eingestehen. Ich mochte Logan. Ich mochte ihn sogar sehr.

Kapitel 17

Irgendwann zwischen 1914-1918
In der Kajüte des Kapitänleutnants De Losseur

Wie abgemacht (na ja, eher von Iwan befohlen) holte er uns vor Logans Kajüte ab. Als Iwan sah, dass auch Logan aufbruchbereit war, verzog er kurz das Gesicht.

»De Losseur? Du auch noch hier«, sagte er säuerlich.

Logan beschränkte sich darauf, lediglich eine Augenbraue demonstrativ hochzuziehen und sich an meine Seite zu stellen. Die Männer sahen sich an und vergaßen dabei anscheinend, dass auch ich mich noch hier im Raum befand. Als die angespannte Stille für mein ungeduldiges Wesen zu lange andauerte, räusperte ich mich leise und trat aus der Kajüte.

»Wer auch immer jetzt mitkommt, sollte sich beeilen, oder ich gehe allein.« Lahme Drohung, ich weiß, aber sie wirkte. Sowohl Logan als auch Iwan lösten sich aus ihrem stummen Blickduell und kamen ebenfalls raus.

Das Schiff war wie ausgestorben, die Mannschaft hatte es vermutlich schon längst verlassen und ich ertappte mich dabei, wie ich feststellte, dass mir das mittlerweile vertraute Tosen der Turbinen und der schwere Geruch nach Kohlestaub fehlten. Doch etwas Gutes hatte die Abwesenheit der Besatzung schon: Wir mussten nicht durch die Gänge schleichen und ich konnte mich zum ersten Mal, seit ich mich unfreiwillig an Bord befand, vollkommen frei und ohne Angst bewegen. Mit erhobenem Kopf ging ich voran, die beiden Männer folgten mir schweigsam. Ich wurde das Gefühl nicht los, dass Logan gerne etwas unternommen und Iwan am liebsten ins Wasser geworfen hätte, aber er verhielt sich ruhig. Zu ruhig.

Verstohlen fühlte ich in meiner Tasche, die passend grün zum Kleid ausgesucht wurde, nach dem Stofftier von Kusja und fragte mich unwillkürlich, was aus ihm und seinem Vater wohl geworden ist. Hatten die beiden es rechtzeitig vom Schiff geschafft? Konnte Kusjas Vater seinen Sohn solange irgendwo verstecken? Ging es den beiden gut? Da ich von Logan nichts gehört hatte und ich sicher war, dass er als stellvertretender Kapitän darüber in Kenntnis gesetzt worden wäre, wenn plötzlich auf dem Schiff ein Kind auftauchte, war ich zuversichtlich. Und der Junge, den ich niedergeschlagen hatte, musste sich zu sehr geschämt haben und meinen Angriff für einen dummen Streich eines Kollegen gehalten haben, denn auch er hatte anscheinend nie Meldung gemacht.

Unsere Schritte hallten unheimlich von den Stahlwänden wider, während wir die Treppenstufen zum Deck hinaufgingen. Oben angekommen, atmete ich erst einmal tief durch. Die frische Meeresbrise zauberte mir ein Lächeln auf die Lippen und die Sonne wärmte liebevoll mein blasses Gesicht. Herrlich.

Ich blieb stehen und genoss diesen Augenblick, als mich jemand zögerlich am Arm berührte. »Ich kann mir kaum vorstellen, wie sehr du die Sonne und die frische Luft vermisst hast, aber wir müssen schnellstens runter vom Schiff. Keiner darf dich mit der Überfahrt in Verbindung bringen«, sagte Iwan ernst und blickte zu den jubelnden und winkenden Menschen am Steg, die einzelne Männer von der Besatzung bereits in Empfang genommen hatten und nun darauf lauerten, zu erfahren, welche Abenteuer sie auf ihrer Reise erlebt hatten. Einigen von ihnen lag Bangen im Gesicht, zweifellos Angehörige von Besatzungsmitgliedern, die über den Angriff in Kenntnis gesetzt worden waren und sich nun um ihre Liebsten sorgten. Doch die meisten Leute waren Schaulustige, die einfach einen Blick auf die Matrosen werfen wollten.

Etwas abseits stand eine junge Frau und blickte aufs Meer. Sie schien sich weder für die Besatzung noch für das Schiff sonderlich zu interessieren.

Ihre Gestalt zog meinen Blick praktisch magisch an, denn sie sah nicht wie all die anderen Menschen glücklich oder besorgt aus, sondern vielmehr wie eine Witwe, die ihren Mann gerade eben zu Grabe getragen hatte. Vielleicht eine Angehörige von einem der Gefallenen?

Ihre schlanke Gestalt war in ein langes weißes Kleid gehüllt, welches sich an der Taille zu einem breiten Rock weitete. Auf dem Kopf trug sie einen schlichten weißen Hut, der mit einer einzelnen dunklen Feder geschmückt war und ihr Gesicht in Schatten hüllte. Sie verbarg sich vor der Sonne, schoss es mir durch den Kopf. Entweder wollte diese Frau ihren zweifelsohne makellosen Porzellanteint nicht ruinieren, oder sie war ein Vampir … Da selbst mir Letzteres, trotz des Chaos in meinem Leben, doch zu abgedroschen erschien, tippte ich auf das Erste und schloss selbst noch einmal die Augen, um die Sonne für uns beide zu genießen.

Anschließend half mir Logan dabei, auf die Gangway zu steigen und geleitete mich galant die Stufen hinab. Im Nu waren wir von der Menge verschluckt. Viele Männer schüttelten Logan ehrfurchtsvoll die Hand und bedankten sich für seinen Einsatz im Krieg. Ich wurde großzügigerweise ignoriert. Mit meinen immer noch leicht feuchten Haaren und der eher improvisierten Frisur sollte keine Dame mich allzu genau in Augenschein nehmen, ich würde den bohrenden Blicken einer Kennerin wohl kaum etwas vormachen können. Iwan hingegen wurde gefeiert wie ein König. Männer und Frauen scharten sich gleichermaßen um seine große Gestalt und umjubelten ihn voller Begeisterung. Zwei junge Frauen in himmelblauen Kleidchen drohten bei seiner bloßen Betrachtung in Ohnmacht zu fallen. Sie tuschelten aufgeregt, sodass ihre blonden Löckchen unter den kleinen Hüten nur so wackelten. Ich schüttelte den Kopf, senkte den Blick und war froh, dass Logan zwar nett lächelte, aber uns ungeniert einen Weg durch die begeisterte Menge bahnte.

Verstohlen sah ich mich nach einer winzigen Gestalt und einem Mann auf Krücken um, konnte die beiden jedoch nirgends entdecken. *Gut so, wahrscheinlich haben die zwei sich längst in Sicherheit gebracht.*

Ein aufgebauschter beiger Rock schob sich in mein Sichtfeld. Mein Kopf ruckte hoch, denn die Dame überragte meine winzige Gestalt um Längen.

Bei ihrem Anblick blieb mir beinahe die Luft weg, so wunderschön sah sie aus. Wie bei einer Märchenprinzessin strahlten ihre Augen in einem Blauton, die Lippen hatte sie zu einem koketten Lächeln verzogen, das ihre makellosen weißen Zähne zeigte – doch das Imposanteste an ihr war ihr Haar.

Die Frau hatte ihre wilde Lockenmähne, die im Licht der Sonne in verschiedenen Rottönen schimmerte, nicht unter einen Hut gezwängt oder mit Nadeln hochgesteckt, sondern lediglich ein wenig im Ansatz toupiert, sodass die feurigen Wellen ihr wild, aber unfassbar aufregend ums Gesicht fielen. Sie sah berauschend und gefährlich zugleich aus.

Ich ertappte mich dabei, wie ich ungeniert in ihr Dekolleté starrte, das sich leider Gottes direkt auf Höhe meiner Augen befand. Und was für ein Anblick das war! Das spitzenbesetzte Tüchlein, das sie sich im Ausschnitt drapiert hatte, verfehlte seinen Zweck, das Dekolleté zu verhüllen, vollkommen. Bei ihrer Betrachtung wurde eindeutig nichts der Fantasie überlassen, dafür sorgte sie schon.

»Kapitänleutnant De Losseur, wie schön, dass Sie es heil wieder zu uns zurückgeschafft haben. Es ist ja so langweilig ohne Sie auf all den Feiern«, zwitscherte sie mit einem kaum versteckten französischen Akzent.

Ich machte mich neben Logan so groß wie es nur ging, während er ihr behandschuhtes Händchen (meine Güte, konnte sie mit diesen zierlichen Fingern überhaupt eine Tasse halten?) anhob und mit seinen Lippen ihren Handrücken berührte. Puh, Teufel! Ging's eigentlich noch altmodischer?

»Constanze, es ist auch schön, Sie hier wiederzusehen. Wie komme ich denn zu der Ehre? Jetzt sagen Sie nicht, Sie hätten auf mich gewartet«, erwiderte Logan schalkhaft, woraufhin sie ein affektiertes Kichern von sich gab. Mir war zum Würgen.

»So frech wie eh und je, unser bezaubernder Kapitänleutnant. Aber Sie haben durchaus recht, ich bin nicht nur hier, um Sie zu sehen. Ich bin auf der Suche nach meiner geliebten Marina Igorewna Paschkina, ich habe gehört, sie soll hier auf ihren Mann warten und ich wollte ihr Gesellschaft leisten.«

Mein Herz sank mir in die Kniekehlen. Ich hatte mit meiner Vermutung recht gehabt. Meine Babushka Marina … Sie war die Frau von Iwan! Anders konnte es gar nicht sein, es gab nur einen Konteradmiral mit diesem Namen auf unserem Schiff.

»Wie reizend von Ihnen, ihr die Zeit verkürzen zu wollen. Iwan Wassiljewitsch ist direkt hinter uns, wenn Sie möchten, können wir

Sie zu Marina Igorewna begleiten. Ich möchte tunlichst vermeiden, dass Sie von der Menge erdrückt werden.« Logan schien wie verzaubert von der hübschen Französin und auch die Männer um uns herum betrachteten sie mit höchst zweifelhaften Blicken, während die Damen naserümpfend an ihr vorbeistolzierten.

»Hach, Ihr Geleit wäre mir eine Freude! Herzlichen Dank, Kapitänleutnant De Losseur«, zwitscherte sie zur Antwort und keiner von beiden bedachte mich auch nur mit einem Blick.

»Hallo, ich bin Lucinda, aber alle nennen mich nur Lucy«, sagte ich, um die beiden aus ihrem anzüglichen Augenkontakt zu lösen, und verfluchte innerlich zum wiederholten Male meine Mutter, die sich diesen bescheuerten Namen ausgesucht hatte. *Lucinda …* Ich klang immer wie eine Oma beim Kaffeekränzchen, wenn ich mich bei jemandem vorstellte.

Sie verschlang Logan praktisch mit ihren Blicken, während er sie leicht lächelnd erwiderte und nach wie vor keine Anstalten machte, die behandschuhte Hand loszulassen. Beim Klang meiner Stimme schien der Bann jedoch gebrochen und Constanzes Aufmerksamkeit verlagerte sich wie die eines Raubvogels, der eine Maus witterte, auf mich.

»Lucy? Welch ein banaler Name für eine Ausländerin«, sagte sie mit geheucheltem Interesse, während Logan hastig ihre Hand losließ, sich betroffen räusperte und aufrichtete.

»Oh, verzeiht diese Unhöflichkeit. Lucinda ist meine Cousine väterlicherseits. Wir nennen sie aber alle nur Lucy, da sie unser kleiner Wirbelwind in der Familie ist.« Logan lachte und ich erstellte in meinen Gedanken bereits eine Liste mit den schmerzhaftesten Foltermethoden für diese Demütigung.

Kleiner Wirbelwind?

Nun schenkte Constanze auch mir ihr bezauberndes Lächeln.

»Ach, welch eine Freude, Lucinda. Es wird mir ein Vergnügen sein, Sie näher kennenzulernen. Unser junger Herr hier ist ja für seine Feierfreude bekannt. Ich bin schon sehr gespannt, welches Gemüt Sie wohl haben werden.«

Ich lächelte kühl, obwohl mir nur nach Augen verdrehen war. Falsche Schlange. »Feiern kann ich auch sehr gut«, platzte es aus mir heraus, was Logan mit einem alarmierten Blick quittierte.

Constanze lachte laut. »Herrlich, dieses kindliche Naturell. Wir werden sicher gute Freundinnen, meine Liebe.«

Das bezweifelte ich zwar stark, aber ich ließ mich dennoch zu einem knappen Nicken herab.

»Constanze! Wie schön, Sie hier zu sehen. Ich bin entzückt!« Iwan, der es unverletzt durch die Horde seiner Fans geschafft hatte, kam zu uns geschlendert. Er und Constanze gaben sich jeweils zwei flüchtige Küsschen auf die Wangen.

»Oh Iwan, ich freue mich, dass es Ihnen gut geht! Ich habe Kapitänleutnant De Losseur und seiner zauberhaften kleinen Cousine bereits erzählt, dass ich eigentlich Ausschau nach Ihrer Gattin halte, um ihr beim Warten auf Sie Gesellschaft zu leisten. Aber jetzt kann ich ihr ihren geliebten Ehemann ja gleich persönlich überreichen.«

Wieder dieses aufgesetzte Lachen. Und ihr Einschub mit der »kleinen« Cousine war mir keineswegs entgangen. Die Liste mit den Foltermethoden wuchs stetig.

»Dann kommen Sie, kommen Sie, meine Liebe! Ich kann es kaum erwarten, meine Marina endlich wieder in die Arme zu schließen.«

Unfreiwillig rief Iwan mir das ins Gedächtnis, was von weitaus größerer Bedeutung war als irgendeine aufgeblasene, blöde, affektierte … Ich schweifte schon wieder ab. Dabei ging es hier um meine Urgroßmutter! Ich würde gleich meine geliebte Babushka Marina treffen und das in ihrer Jugend! Meine Handflächen wurden feucht und mein Herzschlag beschleunigte sich. Das Medaillon, welches ich unter dem Kleid an einer langen Schnur um den Hals trug, schien gegen den schweren Stoff zu drücken und sich mit aller Macht nach draußen drängen zu wollen. Wie sie wohl sein mochte? Würde sie mich mögen?

»Lucy? Alles in Ordnung?«, fragte mich Logan und ich stellte fest, dass auch Iwan und Constanze fragend zu mir blickten.

Ich blinzelte hastig die Tränen fort, die sich unbemerkt in meinen Augen angesammelt hatte. »Ja, ja! Alles gut.«

Die anderen beiden beließen es dabei und gingen bereits vor, um nach Marina zu suchen, während Logan zurückblieb und mich immer noch nachdenklich ansah.

»Was?«, blaffte ich ihn schärfer als geplant an.

»Du hattest Tränen in den Augen. Wieso?«

Hätte ich gekonnt, hätte ich ihm jetzt am liebsten eine geklatscht. »Das hast du dir nur eingebildet. Wahrscheinlich warst du so geblendet von den Brüsten dieser …«, weiter kam ich nicht, denn Constanze war plötzlich stehen geblieben und kreischte so laut los, dass mein Trommelfell zu platzen drohte.

»Marina Igorewna! Marinochka, hier, wir sind hier!«, schrie sie über die Menge hinweg und sprang winkend auf und ab.

Ein junger Mann, der kaum älter als achtzehn sein konnte, blieb mit riesigen Augen vor Constanze stehen und starrte ihr ungeniert auf den wippenden Busen. Iwan stieß ihn ruppig zur Seite, sodass der Junge fast umgekippt wäre, hätte Logan nicht im letzten Moment einen Satz nach vorne gemacht und ihn am Arm gepackt.

Eine Frau kam auf uns zugeeilt, ich konnte nicht viel von ihr erkennen, da sich hier so viele Menschen aneinanderdrängten, außer einer mit weißem Handschuh bezogener Hand und einem weißen Hut. Moment mal, diesen schlichten Hut kannte ich doch! Ein kleiner Bengel lief mir vor die Füße und ich stolperte über ihn, während seine Mutter, eine kleine, gedrungene Frau mittleren Alters mich böse anfunkelte. Ich entschuldigte mich halbherzig und hastete weiter.

»Constanze. Oh, Constanze, welch ein Fest, dich hier zu treffen!« Die Frau, die ich vorhin von Bord aus gesehen hatte, war zu uns gelaufen und dem lachenden Busenwunder in die Arme gefallen.

Zählte so etwas auch als damenhaftes Verhalten? Mir schien fast, als würde nicht nur ich die Regeln der Etikette etwas lockerer sehen. Die Neue löste sich von ihrer Freundin und wandte sich Iwan zu.

Er sah sie mit einem strahlenden Lächeln auf den Lippen an, doch es reichte nicht bis zu seinen Augen, die forschend auf seine Frau herabblickten. »Marina, meine geliebte Ehefrau«, sagte er, als hätte es für mich einer Bekräftigung meiner Annahme bedurft.

In meinem Inneren gefror etwas zu Eis. Ich taumelte einen Schritt rückwärts gegen eine junge Frau, die ihre Großmutter an der Hand hielt, während diese in den Armen eines jungen Matrosen weinte. »Verzeihen Sie«, flüsterte ich leise zu der hübschen Frau und bekam ein sympathisches Lächeln geschenkt, das jedoch gleich mehrere dunkle Zähne offenbarte. Huch, vielleicht war sie doch nicht ganz so hübsch, die Arme!

»Iwan! Wie schön, dass es dir gut geht«, sprach Marina ohne jedweden Anflug von Freude oder Liebe in der Stimme. Vielmehr bildete ich mir ein, so etwas wie Enttäuschung herauszuhören.

»Komm her und gib deinem Mann einen Kuss!«, forderte Iwan. Marina ließ die Hand von Constanze los, die sie bis eben noch festgehalten hatte, und beugte sich zu Iwan vor, um ihm einen knappen Kuss auf die Lippen zu geben.

Wilde Rufe wurden um uns laut und ein schmuddeliger Zeitungsbursche, der in der Menge seinen Lesestoff verteilte, pfiff lautstark durch die Zähne. Ich hingegen nahm alles um mich herum nur dumpf wahr. Viel zu vertieft in das faltenlose Antlitz von Marina, konnte ich meinen Blick nicht von ihr lösen. Sie war so schön. Nicht diese aufdringliche Schönheit wie die von Constanze. Es lag vielmehr eine gewisse Stärke und gleichzeitig auch eine Zerbrechlichkeit in ihrem Gesicht. Die Art, wie sie ihren Rücken gerade hielt und ihre Nase kräuselte, wenn sie lachte, all das war mir so vertraut, dass es beinahe schmerzte.

»Marina, darf ich vorstellen, das sind meine jungen Freunde, Kapitänleutnant De Losseur und seine liebreizende Cousine Lucinda. Die beiden werden uns im Haus Gesellschaft leisten, bis De Losseur und ich in ein paar Tagen mit dem Minenleger aufbrechen.«

Ihr Blick begegnete mit einer gewissen Vorsicht dem meinen und ich bemerkte erstaunt, dass sie noch viel jünger sein musste, als ich gedacht hatte. Ihrem Gesicht und auch den leicht kindlichen Zügen nach zu urteilen, musste sie ungefähr in meinem Alter sein.

»Lucinda, welch ungewöhnlicher Name. Willkommen in Helsinki«, sagte sie zu mir, doch in ihrem Blick lag etwas, das ich nicht ganz greifen konnte, eine gewisse Kälte, die ihr Lächeln eher vorsichtig als freundlich wirken ließ.

Ich war unfähig, auch nur ein Wort von mir zu geben, also eilte mir Logan zu Hilfe.

»Marina Igorewna, ich danke Ihnen für Ihre Gastfreundschaft und das Privileg, meine Verwandte in Ihrem Haus in Sicherheit zu wissen, während ich nicht selbst auf sie achtgeben kann.« Logan verbeugte sich tief vor Marina.

Constanze sog scharf die Luft ein und starrte ihn mit riesigen Augen an. Auch Marina schien überrascht, lachte aber schnell, um ihre Befangenheit zu kaschieren.

»Aber Kapitän, Sie brauchen sich wahrlich vor niemandem zu verbeugen. Sie und mein Mann, das, was Sie beide für unser Land leisten, ist mehr, als wir uns hier als Außenstehende überhaupt vorstellen können. Jeder Dienst, der Ihr Gewissen in solch schweren Zeiten etwas erleichtert, erfüllt mich mit Stolz und ich verspreche Ihnen, mich um Ihre Cousine so gut zu kümmern, als wäre sie Teil meiner eigenen Familie. Bringen Sie uns nur unsere Männer heil zurück.« Ihre Stimme klang freundlich und entschlossen.

Ich empfand augenblicklich Bewunderung für diese Frau. Logan richtete sich wieder auf und Marina kam einen Schritt auf ihn zu, hauchte zuerst ihm zwei zögerliche Küsschen auf die Wangen und anschließend auch mir.

Der Duft von Vanille und Sandelholz stieg mir in die Nase, während ich mich unter der Berührung leicht versteifte und unweigerlich an meine Kindheit erinnert wurde. Wie sehr hatte ich es damals geliebt, an dem Vanilleshampoo meiner Urgroßmutter zu schnuppern. Das hatte zur Folge, dass Vanille immer eine leise Sehnsucht in mir weckte; auch nachdem sie das Shampoo gewechselt hatte, blieb die Erinnerung.

»Danke, dass ich Gast in Ihrem Haus sein darf«, flüsterte nun auch ich ehrfurchtsvoll und sie blickte mich an.

Dieses Mal war das Lächeln ehrlich und ließ ihre Augen strahlen. Niemals hätte ich mir auch nur vorstellen können, dieses Lächeln noch einmal sehen zu dürfen. Eine Welle aus Glückseligkeit überschwemmte mich und mein Herz machte einen aufgeregten Hüpfer. Da war sie endlich; entgegen aller Gesetze der Natur hatte ich meine Babushka zurück.

Kapitel 18

IRGENDWANN ZWISCHEN 1914-1918
IM HAUS VON MARINA UND IWAN

Eine Kutsche hatte uns vom Hafen zu einem imposanten Stadthaus gebracht – zu meinem Leidwesen hatte Marina darauf bestanden, dass auch Constanze uns begleitete.

So verbrachte ich die gesamte Kutschfahrt unangenehm in die Ecke gepresst, während sie zwischen mir und Logan saß und schamlos mit ihm flirtete. Marina begnügte sich damit, nachdenklich aus dem Fenster zu sehen und nur ab und an über ihre Freundin den Kopf zu schütteln. Iwan ignorierte uns vollkommen und blickte mit einem rätselhaften Gesichtsausdruck aus dem Kutschenfenster. Ich war mir sicher, dass er entweder gerade plante, wie er die Weltherrschaft trotz seines versoffenen Wesens an sich reißen oder wie er meine Anwesenheit in seinem Haus am besten ausnutzen könnte. Zugegeben, Letzteres war eindeutig wahrscheinlicher.

Das Haus lag etwas außerhalb des Stadtkerns und war auf einem Grundstück erbaut, das sich Iwans Worten nach schon seit Jahrhunderten im Besitz seiner Familie befand. Beim Aussteigen war mir beinahe die Spucke weggeblieben. Ich wusste ja, dass Babushka Marina vor der russischen Revolution zum Adel gehörte, aber dass sie so wohlhabend gewesen ist, war mir neu.

Das imposante Gebäude glich eher einem kleinen Palast als einem Haus. Es teilte sich in drei Stockwerke auf, von denen die unteren Etagen ausschließlich den Gästen und Gesellschaften zur Verfügung standen und nur die obere von der Familie selbst bewohnt wurde, wie Iwan mir erklärte.

Die Außenwände waren in einem angenehmen Cremeton gestrichen, welcher von ausladenden Fenstern mit weißen Rahmen und einer edlen weißen Holztreppe noch zusätzlich aufgewertet wurde. Zum Haus gelangte man über eine lange Auffahrt, die unmittelbar an den gepflegten Stufen mündete, wo die Hausangestellten bereits aufgereiht auf ihren Herrn warteten. Rechts vom Haus befand sich ein kleiner Unterstand für Kutschen und Pferde und hinter dem Haus konnte man den Anfang eines Wäldchens erkennen.

Ein Hausmädchen namens Natalia hatte mir freundlicherweise mein Zimmer gezeigt, wo ich nun staunend in der Tür stand und immer noch nicht wusste, was ich denken oder welche ausgefallene Dekoration ich als Erstes bewundern sollte.

Der Weg zum Zimmer war schon ein kleines Erlebnis. Wandteppiche säumten die Flure, von denen einzelne Räume in einer schier unendlichen Zahl abgingen. Hohe Vasen mit verschiedensten Blumen, satte Rot- und Weißtöne an den Wänden, einige Gemälde und sogar die eine oder andere Statue begleiteten mich durch die erste Etage. Wohin man auch blickte, alles zeugte davon, dass die Familie, die hier lebte, Geld hatte.

»Wenn Sie etwas benötigen, zögern Sie nicht, das Glöckchen zu läuten, dann werde ich Ihnen sofort zu Hilfe kommen«, sagte Natalia, die mein Staunen geflissentlich ignorierte.

Sie war ein dünnes kleines Ding mit wilden braunen Locken, die unter einem grazilen Häubchen an manchen Stellen hervorblitzten. Ihre Hausmädchenkleidung und die exotischen schmalen Augen in Kombination mit den vollen roten Lippen waren so sinnlich, dass ich mir bildlich vorstellen konnte, wie ein feuchter Traum mit ihr in der Hauptrolle anfangen könnte. Nur das etwas zu hohe Stimmchen und die Tatsache, dass sie mir keine Sekunde in die Augen sehen konnte, ohne hastig den Blick abzuwenden, waren für meinen Geschmack dann doch etwas zu unterwürfig.

»Danke, Natalia, das ist sehr lieb von dir! Aber wie schaffst du es, dich in diesem riesigen Haus nicht zu verlaufen? Allein auf dem Weg zu diesem Zimmer sind wir doch an mindestens zehn weiteren Türen vorbeigekommen …«, staunte ich.

Natalia blickte verwundert hoch und blinzelte mich unter langen Wimpern an. »Ich darf nun bereits seit fünf Jahren für Marina Igorewna arbeiten. Das Haus ist für mich mittlerweile wie mein eigenes Zuhause geworden und ich bin wirklich sehr froh, hier sein zu dürfen.«

Eine zarte Röte breitete sich auf ihren rundlichen Wangen aus und sie ergriff kurzerhand die Flucht, ohne mich noch einmal anzusehen. Was für ein scheues Mädchen, aber ich kam nicht umhin, sie sympathisch zu finden.

Ich wusste nicht, wo man Logan untergebracht hatte, aber wahrscheinlich bestand er darauf, sein Zimmer mit dieser widerlichen Constanze zu teilen, damit sie ungestört einander die Klamotten vom Leib reißen konnten.

Eine schrille Alarmglocke klingelte in meinem Kopf und ich schüttelte den Gedanken hastig ab. Dieser Macho konnte mir wirklich den Buckel runterrutschen, wenn er mit allem flirtete, was nicht bei drei auf den Bäumen war.

Um nicht mehr an Logan und Constanze denken zu müssen, zwang ich mich, mein Zimmer genauer zu mustern. Mein Raum bestand größtenteils aus einem hohen, weich aussehenden Himmelbett mit einem weiß verschnörkelten Metallgestell und einer Menge creme- und goldfarbener Kissen darauf.

Rechts vom Bett gab ein großes Fenster den Blick auf den blühenden Garten frei. Schwere rote Vorhänge, die von goldenen Kordeln an der Wand gehalten wurden, umrahmten die idyllische Szenerie. Neben der Tür stand ein weißer Schminktisch mit einem goldenen Spiegel darüber, der direkt aufs Bett zeigte. Dass man in dieser verklemmten Zeit bereits den Fetisch hatte, sich beim Sex im Spiegel anzuschauen, konnte ich mir nicht vorstellen, aber was wusste ich schon? Aber allein der Gedanke an Logans schockierten Gesichtsausdruck, sollte ich ihm so etwas vorschlagen, ließ mich schmunzeln. Wie schaffte er es nur immer wieder, sich in meine Gedanken zu schleichen?

Abgesehen von dem perversen Spiegel stand im Zimmer noch eine geschmackvolle Eichenkommode, die zwar den farblichen Rahmen sprengte, sich jedoch im Farbton des dunklen Fußbodens wiederfand. Mir war schleierhaft, welche Klamotten ich dort verstauen sollte, aber der Schrank machte eindeutig was her.

»Lucinda, trifft das Zimmer deinen Geschmack?« Marinas warme Stimme riss mich aus meinen Gedanken.

Ich verzog das Gesicht beim Klang meines vollen Namens. »Ja, es ist wunderschön!«, erwiderte ich wahrheitsgemäß und drehte mich zu ihr um.

Sie streckte zögernd ihren braunen Haarschopf durch die Tür und lächelte mich an. An ihr Bein klammerte sich ein kleiner Junge, der mich mit großen Kinderaugen anblinzelte, und als er bemerkte, dass ich seinen Blick erwiderte, hastig hinter Marinas Rock in Deckung ging.

Ich lächelte zu Marina, die daraufhin den Jungen kommentarlos durch die Tür schob. »Viktor, stell dich unserem Gast vor«, sagte sie in einem gespielt strengen Ton, doch in ihren Augen konnte ich den Stolz einer Mutter aufflackern sehen.

Ein Ausdruck, den ich nur zu gut kannte, hatte sie mich viele Jahre später ebenso angesehen, auch wenn sie nur meine Urgroßmutter gewesen war. Ein Kloß bildete sich in meinem Hals, der mich zu ersticken drohte.

Viktor kam mit zögerlichen Schritten auf mich zu und streckte mir die Hand aus. »Herzlich willkommen in unserem Haus«, sagte er mit seinem hohen Stimmchen und offenbarte beim Grinsen einige Zahnlücken.

Ich ergriff seine Hand und schüttelte sie geschäftig.

»Das ist aber freundlich von dir, dass du mich hier extra begrüßen kommst«, sagte ich und ging vor ihm in die Hocke, um mir den Bruder meiner Großmutter, den ich zu Lebzeiten leider nicht gekannt hatte, besser ansehen zu können.

Er sah aus wie ein ganz normales Kleinkind. Viktor hatte braune Augen, reichte mir etwa bis zu den Knien und musste zu dieser Zeit so um die drei Jahre alt sein. Sein pausbäckiges Gesicht zeugte von den guten Kochkünsten der Hausköchin und das widerspenstige braune Haar stand etwas wirr von seinem runden Köpfchen ab, was auf den ersten Blick wohl die einzige Ähnlichkeit zu Marina war. Dem Kleinen schien diese Musterung nicht ganz geheuer zu sein, denn er quiekte laut auf, als ich aus einem Impuls heraus eine der braunen Locken hinter sein Ohr streichen wollte, und rannte aus dem Raum.

Wieder dachte ich an den armen Kusja und seinen Vater. Die beiden Jungen mussten im ähnlichen Alter sein und waren doch so verschieden. Das Leben war ungerecht! Während ich mir sicher war, dass es Viktor an nichts fehlte, war Kusja auf seiner Flucht gezwungen, in einer Holzbox zu schlafen.

Marina schüttelte den Kopf und ging hastig aus dem Weg, um von dem kleinen Wirbelwind nicht umgerannt zu werden. »Entschuldige bitte, Viktor ist ganz aus dem Häuschen, dass sein Vater zurück ist.« Sie seufzte schwerfällig und machte im Gegensatz zu ihrem Sohn ganz und gar nicht den Eindruck, glücklich zu sein.

Den Hut hatte sie bereits irgendwo abgelegt, sodass ihr Haar ungehindert über ihre Schultern floss. Die Art, wie die glatten Strähnen ihr Gesicht umspielten, gefiel mir sehr. Ohne Hut und mit offener Frisur ähnelte sie plötzlich meiner Mama, stellte ich erstaunt fest. Der Gedanke an meine Familie stimmte mich etwas traurig und ich kam nicht umhin, mir vorzustellen, was sie wohl gerade taten. Machte Papa sich Sorgen? Hatte meine Mutter bereits mein Handy mit ihren Nachrichten lahmgelegt?

»Ach was, der Kleine war doch sehr höflich!«, beeilte ich mich zu versichern, um meinen trüben Gedanken wieder zu entfliehen.

»Schön, dass du mit dem Zimmer zufrieden bist. Abendessen gibt es um fünf. Da Iwan und Logan vorher noch ins Hauptquartier zur Anmeldung müssen, sind wir Frauen heute wohl ganz unter uns. Am Abend steht eine lockere Gesellschaft bei den Kusinskijs an. Solltest du nicht die nötige Garderobe haben, kann ich dir sehr gerne etwas aus meinem Schrank geben. Iwan erzählte mir, dein Gepäck sei bei der Überfahrt abhandengekommen. Welch eine Tragödie!«

Ich musste schmunzeln über ihre snobistische Sprachweise und die Auslegung des Begriffs »Tragödie«. Der traurige Ausdruck war aus ihren Augen gewichen und sie wirkte insgesamt etwas zugänglicher und offener auf mich.

»Das wäre sehr freundlich. Aber könntest du mir noch einen Gefallen tun und mich bitte Lucy nennen? Nur mein Cousin nennt mich ab und an Lucinda und ich fühle mich mit dem Namen nicht wohl.«

Marina betrachtete mich kurz schmunzelnd und nickte. »Um ehrlich zu sein, hätte ich den Namen spätestens morgen früh wieder vergessen. Mein Namensgedächtnis ist leider so gut wie nicht vorhanden, verzeih. Aber ich werde versuchen, Lucy in Erinnerung zu behalten.«

Bei ihrem offenen Lächeln kam mir eine Idee, die ich sofort ausprobieren musste. »Oh, Marina! Noch eine Frage, da wir in Frankreich eine andere Sprachweise pflegen, könntest du mir verraten, wie ihr das heutige Datum und die Jahreszahl im Russischen richtig aussprecht? Ich möchte mich heute Abend vernünftig ausdrücken können.«

Mir war bewusst, wie notdürftig meine Lüge klang und dass Marina mich vermutlich für etwas beschränkt hielt, aber immerhin hätte ich dann endlich eine Bestätigung meiner Befürchtung.

Der Anblick meiner Urgroßmutter in ihren Zwanzigern war zwar auch durchaus überzeugend, aber ich wollte Zahlen hören. Musste ganz sicher sein.

Anders als erwartet schien die junge Frau sich keineswegs über meine merkwürdige Frage zu wundern.

»Lass mich überlegen, wir haben den 9. August 1916 …« Sie buchstabierte mir Wort für Wort, wie ich das Datum am besten sagte und auch wie ich danach fragen konnte. »Aber dein Russisch ist bemerkenswert. Ach, könnte ich nur so gut Französisch. Mittlerweile gehört Französisch zum guten Ton in Russland, genauso wie Kaviar, doch ganz gleich, wie sehr ich es auch versuche, kaum ein Wort bleibt länger als fünf Minuten in meinem Kopf.« Sie seufzte tief.

Mir hingegen wurde übel. Oh Gott, hoffentlich verlangte keiner von mir, Französisch zu sprechen. Ich könnte vielleicht noch nach dem Wetter fragen, aber die siebte Klasse und Herr Fischers Französischkurs lagen schon einige Jährchen zurück.

Die kleine Ablenkung hatte meine Gedanken abdriften lassen. Hatte sie gerade 1916 gesagt? Auch wenn mir bei der Jahreszahl abwechselnd heiß und kalt wurde, wenn ich ehrlich zu mir selbst war, so hatte ich etwas in die Richtung schon die ganze Zeit geahnt.

»Russisch ist eine so schöne Sprache, solange ich bei euch bin, habe ich mir selbst das Versprechen gegeben, nicht in meine Muttersprache zu verfallen. Du darfst mich keineswegs dazu verführen, französisch zu sprechen.« Ich versteckte meine Notlüge hinter einem aufgesetzten Lachen, das Marina mit einem Lächeln erwiderte, welches jedoch misstrauisch wirkte. Oder bildete ich mir dieses Aufflackern von Zwiespalt nur ein?

»Und das Angebot mit den Kleidern werde ich auch annehmen müssen, bis auf dieses Kleid habe ich leider nichts anderes anzuziehen«, sprudelte ich schnell heraus, um von den gefährlichen Themen abzulenken.

»Und baden müsstest du wahrscheinlich auch dringend?«, fragte sie mit einem wissenden Funkeln in den Augen.

Ich nickte glückselig bei der Vorstellung von warmem Wasser und hätte ihr am liebsten die Füße geküsst, als sie mich in ein Nebenzimmer führte und mir die schneeweiße Badewanne mit den goldenen Verzierungen zeigte.

»Du musst nur das Glöckchen an der Wand neben deinem Bett läuten und Natalia wird dir warmes Wasser und Handtücher bringen«, sagte sie. »Danach kann sie dich gerne zu meiner Ankleide führen und wir suchen dir für den Abend etwas Feines aus. Constanze braucht auch ein anderes Kleid, mit diesem Ausschnitt lässt Tatiana Pavlovna sie gewiss nicht in ihr Haus«, fügte sie mit einem Lachen hinzu und verabschiedete sich mit einem Küsschen auf meine Wange.

Als sie die Tür hinter sich schloss, setzte ich mich erst mal aufs Bett. Ich wollte meine Gedanken sortieren und konnte gleichzeitig mein unfassbares Glück kaum glauben. Entgegen aller Wahrscheinlichkeiten befand ich mich gerade im Haus meiner Urgroßmutter. Mir war etwas flau im Magen von all den plötzlichen Erkenntnissen und da das Bett so bequem war, ließ ich mich gleich rücklings darauf fallen. Zum tausendsten Mal fragte ich mich, in was für eine verrückte Sache ich hier eigentlich hineingeraten war. Es war ebenso schockierend wie wunderschön, meine Babushka hier zu sehen, und egal, wer oder was mich in dieses Abenteuer geschickt hatte, ich war dankbar für diese Gelegenheit.

Ich dachte darüber nach, was meine Anwesenheit hier für den Rest meiner Familie bedeutete. Man hört es doch in allen Filmen und Büchern, alles, was in der Vergangenheit geschieht, beeinflusst auch die Gegenwart! Ich hatte bereits überlegt, ob ich irgendwie dafür sorgen könnte, dass sich Marinas Leben änderte und sie am Ende doch noch mit ihrer großen Liebe zusammen sein könnte. Immerhin hat jemand oder etwas dafür gesorgt, dass ich ihr in dieser Zeit trotz der geringen Wahrscheinlichkeit begegnete, vielleicht war es ein Wink des Schicksals und meine Bestimmung in dieser Zeit?

Aber dann würde es meine Mutter, meinen Bruder und auch mich gar nicht geben. Oder? All diese Fragen war ich bereits unzählige Male im Kopf durchgegangen, doch ebenso wie zuvor kam ich auch jetzt zu keinem Ergebnis, außer dass mein Kopf vor ungeklärten Fragen schier zu platzen drohte.

Im Vergleich zu der Koje in Logans Kajüte war dieses Bett aus Himmelwolle gewebt und mit weichen Engelsfedern versehen …

»Verzeihen Sie, Marina Igorewna schickt mich, um Sie an das Abendessen zu erinnern. Sie dachte, Sie würden vorher gerne ein Bad nehmen. Wenn Sie wünschen, habe ich bereits Wasser und Öle vorbereitet. Soll ich Ihnen den Rücken massieren oder bei der Haarwäsche behilflich sein?« Natalias Stimme riss mich unsanft aus einem Traum, in dem ich einer fremden Katze hinterherjagte, die plötzlich die Farbe wechselte und auf einen Baum sprang, der dann verschwunden war und sich stattdessen in eine Blume verwandelt hatte.

»Mhm, ein Bad wäre wunderbar. Ich schaffe es aber allein … Danke«, murmelte ich schlaftrunken und versuchte mein wirres Haar zu sortieren, während ich mich aufrichtete.

»Zu Ihren Diensten.« Mit diesen Worten und einem kleinen Knicks verschwand Natalia aus der Tür und ließ mich wieder allein zurück.

Ich kratzte mich höchst unladylike am unteren Rücken und versuchte, meinen Kopf in die Gänge zu bekommen. Taumelnd wie ein Zombie schlich ich ins Nebenzimmer und fand dort eine erstaunliche Ansammlung an kleinen Fläschchen mit verschiedenen Duftölen, Badesalzen und einer Auswahl an Shampoo und Körpermilch. *Wow!* Ein Spa war ja nichts im Vergleich zu dieser Vielfalt!

Nun etwas wacher, schnupperte ich mich durch die verschiedenen Öle und entschied mich recht schnell für ein Glasfläschchen mit einer rosafarbenen Flüssigkeit, die nach Früchten und einem Hauch Vanille duftete. Dankbar schälte ich mich aus dem unbequemen Kleid und streckte einen Zeh vorsichtig in das heiße Wasser. Die Wärme ließ mich aufstöhnen und auf meiner Haut breitete sich eine angenehme Gänsehaut aus. Ich stellte das Öl am Wannenrand ab und glitt mit dem ganzen Körper in das heiße Wasser.

Für meinen Geschmack war die Temperatur etwas zu warm, aber das, was der Luxus einer Badewanne mit meiner Haut tat, war bereits nach nur wenigen Sekunden magisch. Ich tauchte mit geschlossenen Augen so weit ins Wasser, dass nur noch meine Nase herausragte. Meine verkrampften Muskeln lockerten sich ganz langsam, ich konnte praktisch spüren, wie all der Dreck, der Schweiß und auch die Angst Schicht für Schicht von mir abfielen und sich im warmen Wasser auflösten. Ich hätte für immer hier drinbleiben können.

Eine gefühlte Ewigkeit später erklärte ich mich doch dazu bereit, die Wanne zu verlassen und mich zu den anderen zu begeben. Ich wäre ja gerne noch länger im Wasser geblieben, aber meine Finger sahen mittlerweile aus wie verschrumpelte Rosinen und mir wurde langsam kalt.

Also wusch ich mir das Haar und streckte mich aus der Wanne nach einem Handtuch. Leider hatte Natalia es auf einen hohen Tisch am Fenster gelegt und all das Strecken und sich vorbeugen half nichts, um dranzukommen. Ich seufzte und krabbelte umständlich aus der Wanne, doch bevor ich nach dem Handtuch greifen konnte, hörte ich, wie auf der anderen Seite die Tür geöffnet wurde und schwere Schritte ungeniert in Richtung Nebenzimmer kamen.

Mein rechter Fuß rutschte auf dem feuchten Boden aus und ich kam gefährlich ins Schwanken, schaffte es jedoch noch geradeso, mir mit der rechten Hand das Handtuch zu greifen, ehe ich mit der Nase voran auf dem Boden landete. Das Häufchen Elend namens Lucy legte stöhnend das Handtuch wie eine Decke über sich, als die Tür aufgerissen wurde. Beim Sturz musste ich mir die Knie und auch das Kinn angeschlagen haben, denn Wellen aus Schmerz brandeten über meinen Körper. Ich stöhnte vor Schmerzen und Scham.

»Lucy!«, rief zu meinem Entsetzen die Stimme von Iwan und ich hoffte inständig, ohnmächtig zu werden und mich nicht an das Folgende erinnern zu müssen. Aber auch hier versagte mir Fortuna ihre Dienste.

Während ich also vor mich hin fluchte, trat Iwan hinter mich und griff mir unter die Arme, um mich umständlich vom Boden hochzuziehen. Krampfhaft hielt ich das Handtuch fest, seine langen Finger glitten schlangenähnlich über meine Haut und hinterließen eine Spur aus Ekel.

»Danke.« Mein Körper zitterte nicht nur vor Kälte, sondern auch vor Unbehagen, denn Iwans gieriger Blick in meinem Rücken glitt zweifelsohne in dieser Sekunde über meinen Körper. Ich wirbelte zu ihm herum, zog das etwas heruntergerutschte Handtuch zurecht und versuchte, nicht so verängstigt auszusehen, wie ich mich fühlte.

»Ich habe es krachen gehört und hatte Angst, dass dir etwas passiert sein könnte.« Seine Stimme klang rau und ich konnte seine Alkoholfahne nur zu deutlich riechen.

Ich wich einen Schritt zurück, versuchte zu lachen. »Ja, ich bin hin und wieder etwas tollpatschig …«, sagte ich, nur um irgendwas gesagt zu haben, denn wie er mich in Augenschein nahm, machte mich ganz schwindelig. Es hätte nur eindeutiger sein können, wenn er sich in diesem Moment über die Lippen geleckt hätte.

Noch einen weiteren Schritt zurückweichend, fragte ich mich, warum denn nicht Natalia oder Marina hätten reingeschneit kommen können.

»Weißt du, ich habe mir überlegt, wenn Marina sich zu einer Affäre herablässt, dass ich als Mann in der Pflicht stehe, es ihr gleichzutun. Was hältst du davon?« Iwan grinste wild und ließ seinen Blick noch einmal in aller Langsamkeit an mir auf und ab gleiten. Ganz so, als würde er das Handtuch mit jedem Millimeter, den seine Augen verschlangen, immer weiter herunterziehen.

»Vielleicht hat sie ja auch keine Affäre … Das weißt du doch noch gar nicht sicher! Und möchtest du dich wirklich auf ihr Niveau begeben, willst du diese Entehrung?« Meine Worte überschlugen sich, während ich das Stückchen Stoff mit eisernem Griff umklammert hielt. Wassertropfen fielen lautlos von meinem feuchten Haar auf die Fliesen.

Iwan lachte wieder, schwankte leicht. »Entehrung? Einem Mann ist es von Natur aus nicht bestimmt, mit nur einer Frau zusammen zu sein. Schon gar nicht mit solch einem giftigen Exemplar wie der meinen«, spuckte er aus und ließ keinerlei Zweifel mehr an seinen Absichten. Er kam entschlossen auf mich zu, packte mich an den Schultern und beugte sich lüstern zu meinem Hals hinunter, um daran zu riechen.

Ich stand wie erstarrt, konnte kaum atmen, seine Berührung trieb mir die Tränen in die Augen. »Mhm … Himbeere … Du riechst nach einem exquisiten Dessert und auch wenn dein Aussehen eher gewöhnlich ist, ich könnte mir vorstellen, dass du länger im Haus bleiben dürftest, als nur für unser kleines Abkommen. Was hältst du davon? Möchtest du ein großes Haus und schöne Kleider? Marina muss auch nichts davon erfahren«, hauchte er an meinem Hals, strich gierig mit seiner Nasenspitze über meine Haut.

Ich sog die Luft scharf ein, der Ekel bemächtigte sich meiner, ließ mich erzittern. Die Erwähnung von Marina schob die Angst beiseite und hinterließ stattdessen etwas anderes, etwas Wildes. Eine eisige Entschlossenheit, dieses Ekel von einem Mann nicht gewinnen zu lassen. Ich wollte hier nicht wie ein Sexobjekt angestarrt werden und dann wie eine willenlose Puppe in diesem Haus verweilen und mich mit dem Gewissen abfinden müssen, dass ich den wohl wichtigsten Menschen in meinem Leben hintergehen musste, um hier zu sein. Mir wurde schwindelig vom Adrenalinschub, den Iwans Worte in meinem Körper auslöste, aber ich hieß ihn auch willkommen. Eine plötzliche Ruhe überkam mich an der Stelle, wo eben noch ein zitterndes Mädchen gewesen war.

Iwan griff in mein Haar, riss mich so aus meinen Gedanken und zog meinen Kopf mit einem groben Ruck zurück, sodass sich mein Hals ihm einladend offenbarte. Er drückte seine widerlichen Lippen auf meinen Nacken, bewegte sie darauf, sog meine Haut zwischen seine Zähne, flüsterte meinen Namen.

Ich schloss die Augen, um ihn nicht ansehen zu müssen, und ließ das Handtuch los. Er erstarrte in seinen Bemühungen, gab meinen Kopf frei und ich konnte das gierige Grinsen in seinen Worten hören. »Wie ich sehe, verstehen wir uns.«

»Und wie«, zischte ich, riss die Augen auf, holte mit dem Bein aus und rammte mein Knie in seinen Schritt. Iwan ging stöhnend zu Boden.

»Elende Hure«, heulte er auf, machte Anstalten, mich niederzuwerfen, als ich mich nach dem Handtuch streckte und es wieder fest um meinen Körper wickelte. Meine Hände zitterten, doch ich hockte mich neben ihn auf die Fliesen, wartete darauf, dass er meinen Blick erwiderte.

»Versuchst du so etwas noch einmal, schwöre ich dir, dass deine Eier dein kleinstes Problem sein werden«, spie ich ihm entgegen, sprang auf und lief aus dem Raum.

Gehetzt und mit bebender Brust schlitterte ich aus meinem Zimmer in den Flur, hinter mir konnte ich bereits hören, dass Iwan sich langsam wieder aufrappelte. Denn entgegen der weitläufigen Meinung gehörte viel mehr dazu als nur ein gezielter Tritt, um einen Mann wirklich für längere Zeit in die Knie zu zwingen. Verzweifelt das Handtuch umklammernd sah ich mich um und hörte plötzlich ein vertrautes Kichern. Constanze! Diese elende …

Ich rannte los. Denn sollte Iwan mich in diesem Gang ganz allein erwischen, wüsste ich nicht, was ich und schon gar nicht, was er in seiner Wut täte. Ich bog gerade um die Ecke, als Constanzes Lachen lauter wurde und ich nun auch ihre Stimme hören konnte.

»Aber mein junger Freund, das kann nicht Ihr Ernst sein. So einfach zu haben sind wir Damen in Helsinki auch nicht«, säuselte sie und strich dabei mit einem Finger über Logans Brust. Er setzte gerade zu einer Erwiderung an, als sein Blick über ihre Schulter hinweg den meinen traf.

»Heilige Mutter Gottes, Lucy!«, rief er gehetzt, schob Constanze zur Seite und kam auf mich zugeeilt. Mein verzweifelter Blick musste ihm wohl genügt haben, um jetzt keine weiteren Fragen zu stellen, denn er packte mich an der Hand und zog mich rechts den Gang entlang, an der sprachlosen Constanze vorbei und in ein Zimmer.

Benommen stolperte ich ihm über den kratzigen Teppich hinterher und hinterließ eine Spur aus nassen Fußabdrücken. Ich konzentrierte mich voll und ganz auf meinen Atem, um nicht vollends die Fassung zu verlieren. Logan knallte die Tür hinter uns zu und stellte sich mit dem Rücken davor.

»Was ist denn bloß passiert?«, fragte er besorgt, streckte eine Hand zögerlich nach mir aus, doch ich wich zurück, unfähig, einen klaren Gedanken zu fassen.

Ich war mir sicher, seine Berührung würde mich komplett aus der Bahn werfen. Ein Ekel vor mir selbst überkam mich, als wären Iwans Worte wahr und ich eine Hure. Logan stieß sich von der Tür ab, kam auf mich zu und nahm mich in den Arm. Ich wand mich, versuchte seinem Griff zu entkommen, schrie ihm sogar einige Beleidigungen zu, doch er blieb einfach stehen, sagte nichts und tat nichts weiter, als mich zu halten. Irgendwann gab ich meine Abwehr auf und schluchzte nur noch leise vor mich hin, während er mir Wärme und Halt gab.

Ich drängte meine Tränen zurück, denn dieser Drecksack von einem Mann war keine meiner Tränen wert, aber leises Wimmern entrann meiner Kehle und die ungeweinte Feuchtigkeit verschleierte meine Sicht.

»Pscht. Ich bin da, dir passiert nichts«, flüsterte Logan beruhigend.

Ich sagte nichts, fand mich still damit ab, dass man als Frau nicht immer auf den Helden warten, sondern sich um seine Feinde selbst kümmern musste.

Kapitel 19

09. August 1916
Haus von Marina und Iwan

Logan hielt mich noch einige Momente fest, bis es zögerlich an der Tür klopfte. Ich war mir fast sicher, dass Constanze, diese blöde Kuh, uns gefolgt sein musste und Logan nur wieder ihre Brüste vor die Nase halten wollte.

»Bin gleich zurück«, sagte Logan, sah mich prüfend an und verschwand dann durch die Tür. Ich schwankte zum Bett und ließ mich schwer darauf fallen. Meine Hände waren mittlerweile so mit dem Handtuch verschmolzen, dass ich nicht sagen konnte, ob ich in der Lage wäre, es jemals wieder loszulassen.

Im Bett rollte ich mich zu einer kleinen Kugel zusammen und zog die nach Waschmittel und Frische duftende Decke über den Kopf. Nur gedämpft drang das Licht der Lampen durch den dicken Stoff. Ich sah auf meine zitternden Finger, die sich als dunkle Schatten von dem weißen Laken abzeichneten. Für kurze Zeit hatte ich die Kraft gefunden, mich zusammenzureißen und Iwan zu überwältigen, und jetzt, nachdem der Adrenalinschub wieder abebbte, kehrte auch die Angst zurück. Geisterhaft trieb mir die Erinnerung an Iwans Berührungen auf meiner Haut eine bleierne Übelkeit in den Magen. Schweiß brach auf meiner Stirn aus, vermischte sich mit meinen lautlosen Tränen.

Hätte ich nur einen weiteren Moment gezögert …

Hätte ich es nicht geschafft zu entkommen, dann …

Hastig riss ich die Decke vom Kopf, griff mit bebenden Händen nach der hellen Vase, die auf dem Nachttisch stand, und übergab mich hinein.

Ich würgte mein kümmerliches Essen vom Vortag heraus. Krämpfe schüttelten meinen gesamten Körper, ließen mich kraftlos vom Bett rutschen und wie eine Puppe zu Boden fallen. Regungslos lag ich da, die Vase fest umklammert, und spürte nur Leere in mir. Beinahe so, als hätten Iwans Hände mit ihren Berührungen all das Leben aus meinem Körper gesaugt. Da war nichts mehr. Keine Empfindungen, keine Gefühle, nur eine angsterfüllte Leere, die mich umhüllte und zu ersticken drohte.

Logan kam zurück und hatte eine aufgebrachte Marina im Schlepptau. Als sein Blick auf meine am Boden kauernde Erscheinung fiel, sog er scharf die Luft ein und war mit einem Satz bei mir. Sanft strich er mir das Haar aus dem Gesicht, berührte meine Wange, doch ich zuckte erneut vor ihm zurück. Sah ihn wie ein verängstigtes Kind an, wollte fort, fort von ihm, fort von allen.

Ich wollte nur allein sein, mich in meiner Angst suhlen und das Geschehene vergessen. Aber so etwas konnte man nicht vergessen, das wusste ich ebenso sicher, wie dass ich Logan unrecht tat, indem ich von ihm wegrutschte. Verhindern konnte ich es dennoch nicht. Mein Körper war in einem Automodus, um meine Seele vor weiteren Verletzungen zu schützen.

Logan ließ die Arme sinken, blieb jedoch vor mir sitzen. Er versuchte meinen Blick aufzufangen, daraus irgendetwas zu lesen, doch da schob sich ein weiter Rock in mein Sichtfeld und eine blasse Hand legte sich auf seine Schulter. Ich erschrak, wimmerte leise, wich ein Stück weit zurück, bis sich das Holz des Bettgestells in meinen Rücken bohrte.

Marina riss die Augen auf, rang sichtlich um Worte. Sie zu sehen, verpasste mir einen solchen Schock, als wäre sie Iwan höchstpersönlich. Die Scham über Iwans Worte, seine Lippen, wie sie sich auf meinem Hals bewegten, lähmte mich, erfüllte mich gleichermaßen mit Zorn und Furcht. Mein Magen rumorte, hätte sich auch nur noch ein Krümel darin befunden, wäre er zweifelsohne ebenfalls gewaltsam nach außen befördert worden. Ich wandte den Blick ab, ertrug ihre fragenden Mienen nicht länger.

»Logan, bitte lassen Sie für Ihre Cousine von Natalia die Kleider bringen, die ich vorhin für sie rausgesucht habe! Die Arme muss entsetzlich frieren«, sagte Marina und ging neben Logan in die Hocke, um mich besser ansehen zu können. Ebenso wie ich es vorhin bei

Viktor getan hatte, und jetzt hätte ich es dem kleinen Jungen ebenfalls am liebsten gleichgetan, ich wollte einfach aufspringen und wegrennen. Laufen, solange und so weit meine Beine mich trugen.

Logan sah mich fragend an, machte jedoch keine Anstalten, mich noch einmal zu berühren. Ich wich dem verletzt aussehenden Grün seiner Augen aus und er stand auf, zögerte kurz, wartete, ob ich ihm ein Zeichen zum Bleiben geben würde. Ich schlug mir die Hände vors Gesicht, schloss ihn und Marina damit aus. Das Nächste, was ich hörte, war die Tür, die leise ins Schloss fiel.

Marina blieb neben mir sitzen, wartete, dass ich zuerst sprach, doch ich hatte nichts zu sagen. Nach einer kleinen Ewigkeit räusperte sie sich und sagte gleichzeitig das Erstaunlichste und Schrecklichste, was ich je gehört hatte.

»Halte mich nicht für töricht, meine Liebe, ich weiß genau, mit was für einem Monster ich unter einem Dach lebe. Aber du musst mir glauben. Solch ein verwerfliches und absolut widerwärtiges Verhalten hat dieser Abschaum von einem Mann bislang noch nicht an den Tag gelegt.«

Mein Kopf fuhr alarmiert hoch, ich ließ die Hände in den Schoß fallen. Sie wusste Bescheid? Aber wie? Beklommenheit und Grauen erfüllten mich, drohten mich zu überwältigen. Ich starrte sie nur sprachlos an und kam nicht umhin, mich zu fragen, woher sie so schnell erfahren hatte, was geschehen war.

»Lucy, meine liebe Freundin, sieh mich nicht so überrascht an. Ich hatte dich nicht für so naiv gehalten, anzunehmen, ich wüsste nicht, was unter meinem Dach geschieht. Natürlich hat mir Natalia sofort erzählt, was passiert ist, als du halb nackt über die Flure gerannt bist. Da ich zuvor ein von Alkohol getränktes Gespräch mit Iwan geführt hatte und dieser wütend davonstolziert war, konnte ich mir schon denken, dass er der Auslöser für dieses Debakel war. Aber ich versichere dir, dass so etwas kein zweites Mal vorkommen wird. Du bist sicher in diesem Haus. Die Männer reisen bereits in wenigen Tagen ab. Ich werde dir den Schlüssel zu deinen Räumen heraussuchen und Natalia in den Gängen unauffällig patrouillieren lassen. Ich wünschte, ich könnte mehr für deine Sicherheit tun, aber das Wort einer Frau hat in unserer Gesellschaft leider kaum einen Stellenwert. Ich weiß nicht, wie es dort ist, wo du herkommst, aber hier müssen wir uns selbst zu helfen wissen, sonst tut es keiner. Die guten Männer sind alle im Krieg und die, die hier in der Stadt verweilen … sie gehören entweder zu den Rebellen und trachten nach dem Zarenkopf oder sind bestenfalls nur Trinker.«

Trotz ihrer vernünftigen Worte verrieten ihre Augen, wie aufgebracht sie war. Ihr Brustkorb hob und senkte sich rasch, schien im gleichen Rhythmus wie mein eigener zu beben. Sie konnte mich nicht länger als wenige Sekunden direkt anblicken, ehe sie den Kopf senkte oder rasch zur Seite sah.

»Ich hoffe sehr, wir zwei werden gute Freundinnen, denn dein Mut ist mir eine Inspiration. Ob ich an deiner Stelle die Kraft gehabt hätte, mich zu wehren, vermag ich nicht zu beurteilen. Du hast es getan und meinen Mann in die Schranken verwiesen, etwas, das ich nur selten schaffe.« Sie beendete ihren langen Monolog mit einem Seufzen, in ihren Augen konnte ich Tränen schimmern sehen und mein Herz zog sich schmerzhaft zusammen.

Da es nichts mehr zu sagen gab, schwiegen wir beide einvernehmlich. Wir hingen unseren trüben Gedanken nach, aber ich war dennoch froh, jetzt nicht allein zu sein. Auch wenn ich mir das ursprünglich gewünscht hatte, hatte Marina mich eines Besseren belehrt. Weglaufen würde nichts bringen, ich musste mich meinen Ängsten stellen. Meine Gedanken waren jedoch viel weiter als mein Körper, denn ich lag weiterhin regungslos am Boden und traute mich nicht, zu weit weg von der Vase zu rücken.

Ich war verwundert darüber, wie offen sie über ihre Abneigung gegen Iwan sprach, und auch wenn ich bei ihm schon die ganze Zeit ein komisches Gefühl verspürt hatte, so hatte er sich mir gegenüber bisher nicht aufdringlich verhalten. Nach dem heutigen Vorfall wusste ich jedoch nicht, wie ich in diesem Haus bleiben konnte. Mich hier ins Bett legen und einschlafen? Umziehen oder sogar ein Bad nehmen? Dinge, die mir gerade einfach unmöglich erschienen, so simpel sie auch klingen mochten.

Nachdenklich blickte ich zu Marina. Sie hielt die Augen geschlossen, wirkte mit ihrem leicht zerzausten Haar und den geröteten Wangen sehr viel jünger, als sie in diesem Jahr sein müsste. Etwas

Weiches, Kindliches hatte sich in ihre Züge gemischt und ließ sie plötzlich zerbrechlich wirken. Ich wollte sie beschützen, sie aus den Klauen dieses Tyrannen befreien und sie glücklich sehen. Die Feuchtigkeit in meinem Haar war bereits getrocknet, als ich den Entschluss fasste, für meine Uroma stark zu sein. Sie war es auch immer für uns andere gewesen. Nun war ich an der Reihe.

Die Erinnerung an Iwans Finger auf meiner Haut versteckte ich irgendwo ganz weit hinten in meinem Gehirn und schob schöne Erinnerungen davor. Erinnerungen, die mich glücklich machten und den Albtraum, in den Iwan mich beinahe gestürzt hätte, leicht dämpften. Allein der Gedanke an sein widerwärtiges Grinsen drohte meinen Entschluss ins Wanken zu bringen, also sprach ich hastig das Erste aus, was mir in den Sinn kam, nur um nicht länger an ihn denken zu müssen.

»Wenn du mich noch hier duldest, würde ich gerne dein Angebot wahrnehmen und den Schlüssel haben«, sagte ich in die entstandene Stille hinein und bekam ein herzliches Lächeln von Marina.

»Unser Gespräch bleibt selbstverständlich ebenfalls unter uns«, versicherte ich nach einer weiteren Sekunde, in der ich abgewägt hatte, ob ich ihr das Versprechen wirklich geben konnte.

»Ich danke dir, dass du die Geheimnisse meiner Ehe bewahren möchtest. Ich stehe wahrlich in deiner Schuld«, erwiderte sie und wir sahen uns kurz an. Es schien etwas zwischen uns beiden zu entstehen. Eine Art stilles Vertrauen.

Wir waren zwei Frauen, die einen ähnlichen Charakter hatten. Zwei Frauen, die einfach in einem schönen Raum saßen und in vollkommener Einigkeit aufeinandertrafen. Der Moment war unbezahlbar und ich war kurz versucht, ihr zu erzählen, wer ich war. Wer ich wirklich war!

Ein sachtes Klopfen ließ uns beide allerdings zusammenfahren und als Logans Wuschelkopf durch die Tür gelinst kam, hätte ich am liebsten vor Schreck gequiekt. »Natalia ist mit den Kleidern unterwegs und Constanze möchte gerne wissen, wann die Köchin das Dinner servieren soll.«

Marina räusperte sich, stand auf und strich sich betont langsam das Kleid glatt. Der Moment zwischen uns war ebenso schnell vorbei, wie er gekommen war.

»Ich werde mich um alles kümmern und anschließend nach euch rufen lassen. Wenn wir es rechtzeitig zur Feier schaffen wollen, müssen wir ein zügiges Essen zubereiten lassen. Natalia soll Ihrer Cousine beim Ankleiden und Frisieren helfen, während Sie, mein junger Freund, bitte meinen Mann zur Vernunft bringen und ihn mit Wasser und Tee versorgen, um seinen betrunkenen Kopf wieder reinzuwaschen. Ich kann mir kaum vorstellen, welch eine Peinlichkeit es wäre, mit ihm in seinem Zustand dort aufzutauchen.« Ihre Worte sprudelten hitzig heraus und ließen keinen Zweifel daran, dass sie alles unter Kontrolle hatte.

Die perfekte Ehefrau. Welch eine trügerische Rolle.

»Lucy, wir sehen uns gleich bei Tisch. Sollte mit den Kleidern etwas nicht stimmen, suche ich dir gerne andere heraus.« Sie sah mich mit einem vorsichtigen Blick an und ich nickte leicht. Nicht zur Zustimmung, dass ich sie nach weiterer Garderobe fragen, sondern zum Zeichen, dass ich ihr Geheimnis wahren würde.

Marina nahm Logan am Arm und schob den überforderten Franzosen aus dem Zimmer. »Ist denn alles in Ordnung? Was war hier überhaupt los?«, hörte ich ihn noch fragen, ehe die Tür erneut ins Schloss fiel und ich endlich allein war.

Ich genoss diesen köstlichen Augenblick der Ruhe, um mich zu sammeln und meine unkontrolliert zitternden Finger endlich in den Griff zu bekommen. Nach ein paar Minuten kam mein innerer Tumult etwas zur Ruhe und ich fand den Atem, mich am Bett hochzuziehen. Die Übelkeit war immer noch da, rumorte tief in mir drin, war nun aber erträglicher. Alles wirkte plötzlich erträglicher. *Stark sein. Für Babushka Marina*, beschwor ich mich selbst.

Ich setzte mich aufs Bett und betrachtete das aufgeräumte Zimmer. Es war ähnlich eingerichtet wie das, was mir Marina zugewiesen hatte. Die Farbpalette war jedoch in kräftigen Grün- und gedeckten Goldtönen gehalten, aber das Interieur schien beinahe gleich.

Natalia kam einige Minuten später ins Zimmer und überreichte mir eine exquisite Auswahl an verschiedensten Kleidern, Unterröcken, Korsetts, Hüfthaltern und etwas, das ich für Damenunterwäsche hielt. Ob es nicht doch eine hässliche Hose war, konnte ich aber nicht mit vollkommener Überzeugung sagen. Die junge Frau hatte auch ein

Arsenal an Kämmen, Bürsten, Haarnadeln, Schleifen und diversen Schnüren bei sich. Die Vorstellung eines gut verschnürten und mit Gemüse dekorierten Bratens drängte sich in meinen Verstand.

Wie ein entschlossener Kommandant wartete die brünette Dienerin gar nicht mein nervöses Geplapper ab, in dem ich sie anflehte, mich das alles doch selbst tun zu lassen, und legte mit geübten Handgriffen los.

Sie stellte ihre Utensilien auf dem Boden neben dem Bett ab und beäugte mit einem seltsamen Blick die Vase. Ich lächelte entschuldigend. Kommentarlos schob sie das Gefäß mit dem Fuß unters Bett und zwang mich, mich aufzurichten.

Nachdem ich in ein seidiges Unterhemd geschlüpft war, drapierte Natalia eine Tagesdecke wie einen Friseurumhang um meine Schultern und ließ ihren Zauber wirken.

»Marina Igrewna sagte, ich soll Ihnen nicht von der Seite weichen und Ihnen bei allem helfen.« Damit schien alles gesagt, ich konnte mich nicht wehren und sie würde ohnehin nicht auf mich hören.

Sie kämmte mir das wellige Haar so lange, bis es trocken und seidig um meinen Kopf fiel. Dann wickelte sie die blonden Strähnen, die nicht glatt, aber auch nicht lockig waren, sondern etwas Undefinierbares dazwischen, in zurechtgeschnittene Schwammstreifen und fixierte diese mit Nadeln auf meinem Kopf.

»Das ist ein Trick der Herrin. Sie mag es, wenn ihr feines Haar zu Locken frisiert wird, weil es so anders aussieht als die Alltagsfrisur. Wir haben lange herumprobiert und festgestellt, dass Schwämme sich bestens als Lockenwickler eignen und da Sie mir eine ähnliche Struktur vom Haar zu haben scheinen, ist es einen Versuch wert, mehr Fülle auf Ihren Kopf zu bekommen«, plapperte sie gut gelaunt und ich wurde das Gefühl nicht los, dass das ganze Frisieren und Ankleiden ihre heimliche Leidenschaft war.

Während sie Strähne für Strähne um die provisorischen Lockenwickler drehte, setzte sie sogar zu einem leisen Liedchen an. Da man ihr ansah, wie viel Spaß ihr das Ganze machte, ließ ich sie ohne zu murren gewähren.

Natalia steckte mich in die hässliche Unterhose, zog mir feine Seidenstrümpfe über die Füße, die eine willkommene Abwechslung zu den löchrigen Socken von Logan waren, die ich auf dem Schiff hatte tragen müssen. Als Nächstes mussten wir beide mit ganzer Kraft versuchen, mich in das Korsett zu bekommen. Das Kleidungsstück saß ohne Schnürung schon ziemlich eng an meinem Körper, da Babushka Marina in ihrer Jugend eine noch schmalere Figur hatte als ich.

In der Schlabberunterhose und mit dem viel zu engen Korsett fühlte ich mich unförmig und sehnte mich abermals nach meiner eigenen Kleidung. Für eine Jeans hätte ich gerade einen Mord begehen können … oder einen normalen BH … selbst ein einfaches T-Shirt erschien mir in diesem Augenblick wie der pure Luxus aus der Zukunft. Es war mir schleierhaft, wie die Frauen in dieser Zeit täglich diese unbequeme Kleidung tragen konnten. Als wir es endlich geschafft hatten, meinen Oberkörper in das Korsett zu zwängen, und Natalia mich mit Engelsgeduld und der Entschlossenheit eines Teufels zugeschnürt hatte, war ich mir sicher, nie wieder Luft zu bekommen.

»Muss das so eng sein?«, fragte ich japsend, während das Dienstmädchen die Schwämme prüfend aus meinem Haar wickelte und die wippenden Löckchen zu einer voluminösen Frisur hochsteckte.

»Ja. Sie wollen ja nicht wie eine dicke Hummel aussehen, wenn Sie auf dem Fest sind«, sagte sie vollkommen ernst.

Vor Überraschung über so viel Ehrlichkeit verschluckte ich mich an meinem eigenen nervösen Kichern. Sah ich etwa wie eine fette Hummel aus?

Nachdem Natalia endlich mit mir fertig und zufrieden war, sollte ich mir ein Kleid aussuchen. Ich wählte ein schlichtes weißes Kleid mit smaragdgrünen Pünktchen darauf und einer großen Seidenschleife, die um die Taille gebunden wurde. Normalerweise überhaupt nicht mein Stil, aber Frauen in löchrigen Hosen und Shirts von Rockbands wurden für gewöhnlich auch nicht auf Feste in der Vergangenheit geladen. Im Ganzen gesehen war das Ungetüm mit grünen Punkten immer noch besser als die farbenfrohe Restauswahl. So viele Schleifen und Rüschen hatte ich das letzte Mal bei einem Besuch im Zirkus gesehen.

»Sie werden wie eine Prinzessa[19] aussehen. Die Herrin hat es nie getragen, da sie mit dem dunklen Haar zu blass vor dem Grün wirkt,

19 *Prinzessa = russisch für Prinzessin

aber zu Ihrem goldenen Haar passt es hervorragend«, schwärmte Natalia.

Ich musste über so viel Begeisterung lachen, auch wenn ich vor ein paar Stunden nicht damit gerechnet hätte, dass das Kompliment eines Dienstmädchens meine Laune so sehr bessern könnte. Es tat gut, wieder wie eine Frau auszusehen. Sauber und nicht länger versteckt, mit der Angst im Nacken, bei jedem Geräusch entdeckt werden zu können. Eine kleine Stimme tief in mir setzte zu einem Einwand wegen Iwan an.

Iwans Gesicht tauchte in meinen Gedanken auf. Sein Blick, der lüstern an meinem Körper entlangglitt. Ich ballte die Hände zu Fäusten, spürte, wie die Galle sich erneut hochkämpfte und mich zu ersticken versuchte.

»Geht es Ihnen nicht gut?«, Natalias besorgte Stimme riss mich aus meiner Starre. Sie blinzelte stirnrunzelnd unter einem Meer aus Rüschen, die sich zu meinen Füßen am Unterrock bauschten zu mir hoch.

»Du solltest Modeberaterin werden«, kicherte ich etwas halbherzig, mit den Gedanken noch bei Iwan und dem dringenden Wunsch, ihm noch einmal wehzutun, dieses Mal jedoch überlegter. Ein gezielter Tritt in die Eier und danach ein zweiter in sein Gesicht, das hätte mir gefallen …

»Modeberaterin? Aber wer benötigt denn so etwas? Die Damen suchen sich ihre Garderobe selbst aus und wählen meist die neueste Mode aus Frankreich oder Italien, aus Seide und feinen Stoffen. Das kann ich mir nicht leisten«, sagte sie traurig und begann wieder damit, den Unterrock zu bauschen, damit er sanft um meine braunen Stiefelchen fiel.

Peinlich berührt biss ich mir auf die Zunge. Ich musste mir dringend angewöhnen, zuerst über meine Worte nachzudenken und danach zu sprechen, wenn ich nicht wollte, dass jeder mit einem kleinen Funken Verstand bemerkte, dass ich nicht wirklich aus dieser Zeit kam. Schweigend machte ich mir innerlich Notizen, welche Wörter ich in diesem Jahrhundert besser nicht mehr verwendete.

»Wir sind fertig«, verkündete Natalia zufrieden und kam unter meinem Rock hervorgekrabbelt. Sie sah aus wie eine flinke Spinne, die sich dort verschanzt hatte und auf eine Fliege wartete. »Bezaubernd wie ein junges Reh.« Sie lachte bei meinem Anblick und klatschte sogar vergnügt in die Hände.

Ich lächelte sie zerstreut an und riskierte einen Blick zum Spiegel, der auch hier unmittelbar vor dem Bett aufgestellt war.

Hätte ich etwas im Mund gehabt, hätte ich es sofort quer durchs Zimmer gespuckt.

Aus dem Spiegel sah mir eine Dame entgegen, ihre großen Augen waren etwas gerötet, aber der blasse Ton ihrer Haut stand in einem wunderbaren Kontrast zu den smaragdgrünen Accessoires des Kleides und ließ sie gesund und schön strahlen. Meine dürren Jungenarme, mit denen ich in der Mittelstufe immer geärgert wurde, wurden vorteilhaft von den halblangen grünen Handschuhen in Szene gesetzt. Doch am meisten überraschte mich die elegante Frisur.

Ich wusste nicht, welchen Anlass die Feier heute Abend hatte, aber mit dieser extravaganten Hochsteckfrisur konnte ich direkt vor den Zaren selbst treten. Jedes Löckchen saß gut drapiert auf seinem Platz, hier und da hatte sich scheinbar eines davon aus der Hochsteckfrisur gelöst, doch Natalia versicherte mir, dass es Absicht war und meine Frisur auflockern sollte. Am hinteren Kopfteil hatte sie einen perlenbesetzten Haarreif befestigt, der aus einem Meer blonder Locken wie ein kleines Diadem hervorblitzte. Das Haar selbst hatte sie mit smaragdgrünen Nadeln befestigt, sodass diese aufregend schimmerten, wenn ich meinen Kopf bewegte.

Mir blieb die Luft weg und ich konnte nicht anders, als Natalia in die Arme zu schließen. Nie war mir mein Aussehen besonders wichtig gewesen, aber diese kleine Prozedur nach all den Entbehrungen und dem Schrecken der letzten Tage war Balsam für meine doch etwas mädchenhafte Seele. Ich fühlte mich gerade nicht mehr wie ich selbst und genau das brauchte ich heute!

»Keine dicke Hummel mehr?«, fragte ich, als ich die überrumpelte Natalia losließ.

Sie grinste mich breit an. Ich fragte mich, wo das schüchterne Mädchen geblieben war, das mir noch nicht einmal in die Augen sehen konnte, wenn ich mit ihm sprach. Dieses Verkleiden schien in Natalia eine ganz andere Seite ans Licht zu bringen.

»Jetzt sind Sie eine elegante Hummel«, erwiderte sie und wir beide mussten so sehr lachen, dass ich Angst hatte, mein Korsett könnte jeden Moment platzen.

Für eine Sekunde vergaß ich sogar, wer sich sonst noch in diesem Haus befand.

Kapitel 20

09. August 1916
Haus von Iwan und Marina

Ohne viele Umschweife führte mich Natalia mit hüpfenden Schritten in den Speisesaal, wo sich bereits die übrigen Hausbewohner versammelt hatten.

Constanze saß sichtbar unzufrieden und mit geschürzten Lippen an einer langen Tafel und spießte den Gänsebraten, der gerade von einer fülligen Köchin serviert wurde, mit ihren Blicken auf. Wäre das arme Tier nicht bereits verendet, so wäre es bei Constanzes Blick zweifelsohne tot umgekippt. Ich fragte mich unwillkürlich, was in meiner Abwesenheit wohl passiert sein mochte.

Viktor saß auf einem erhöhten Stuhl auf der rechten Seite vom Kopf des Tisches und schien etwas verloren. Eine ältere Dame, mit weichen Gesichtszügen und grauem Haar, welches sie zu einer strengen Frisur zusammengebunden hatte, saß neben ihm und sprach auf ihn ein, damit der quengelige Junge dem blassen Schleim auf seinem Löffel eine Chance gab. Angesichts all der Leckereien, die nach und nach auf dem Tisch platziert wurden, hätte ich auch keine Lust auf Brei.

Auf meine Nachfrage sagte seine Nanny, dass Viktor an einem Vitaminmangel litt und vom Arzt eine Ernährungsumstellung verschrieben bekommen hatte. Eine Änderung, auf die er wohl absolut keine Lust hatte und die langsam alle Familienmitglieder in den Wahnsinn trieb.

Mein Blick fiel auf Marina, die sich in der Zwischenzeit ebenfalls für die Feierlichkeit zurechtgemacht hatte, und mir fiel die Kinnlade hinunter. Hatte ich vorher noch gedacht, dass mein Kleid schön war, so wurde ich nun eines Besseren belehrt. Im Vergleich zu Marinas ruhiger Eleganz wirkte ich wie ein unscheinbares Bauernmädchen. Ihr Kleid bestand aus himmelblauem Stoff, der an Armen und am Dekolleté durchscheinend war und den Blick auf ihre zart gebräunte Haut offenbarte. Marina hatte auf ein Korsett verzichtet, stattdessen umschmeichelte das hauchzarte Blau locker ihre Taille und lief an ihrer Hüfte in Wellen auseinander. Der Stoff war außerdem mit silberfunkelnden Stickereien verziert, die besonders im Brustbereich und an den Ärmeln für einen glanzvollen Wow-Effekt sorgten. Am Rock sammelten sich die Stickereien vorwiegend am Saum und ließen Marina wie eine wunderschöne Schneekönigin erstrahlen, die jeden Augenblick die Welt zu Eis erstarren lassen konnte.

Ich fragte mich, ob solch ein Kleid nicht etwas zu gewagt für einen einfachen Abend bei Freunden war und erinnerte mich daran, dass ich ja selbst einen Rüschenunterrock und ein verdammtes Korsett trug! Wenn ich uns beide verglich, so stand mein Kleid für frühlingshafte Leichtigkeit, während ihres die Schönheit des Winters repräsentierte.

»Oh Lucy. Schau dich nur an, du siehst bezaubernd aus. Natalia ist mein kleiner Diamant, wenn es darum geht, liebe Gäste auszustatten und zu frisieren. Sie ist eine wahre Zauberkünstlerin mit dem Kamm«, sagte Marina lachend.

»Gefällt dir mein Kleid?« Sie kam auf mich zugelaufen und drehte sich um die eigene Achse, sodass die silbernen Kristalle an ihrem Rock mit eisiger Schönheit im Licht der goldenen Kronleuchter funkelten. Marina beugte sich vertraulich vor, wobei sie sich die Hand vor den Mund hielt, um den Blick auf ihre Lippen für Außenstehende zu verbergen.

»Constanze hat leider das gewählte Kleid mit ihrem Busen gesprengt und muss nun doch ihr eigenes tragen.« Marina kicherte an meinem Ohr und ich verstand endlich die säuerliche Miene der ungeliebten Französin.

»Du siehst wirklich wunderschön aus«, beteuerte ich und konnte meinen Blick nicht von ihrer Erscheinung abwenden.

Als wir uns zu den anderen an den Tisch setzten, stellte ich erleichtert fest, dass Iwan nicht hier war. Stattdessen betrachtete mich Logan mit einem rätselhaften Funkeln in den Augen. Er wirkte für einen kurzen Moment wie entrückt, betrachtete mich andächtig, aber ohne die Gier in den Augen, die Iwans Taten begleitet hatte. In Logans Blick lag etwas anderes … war es Zuneigung? Mehr wagte ich nicht hineinzuinterpretieren. Ich drehte mich zu ihm um und legte den Kopf schief, sah ihn fragend an. Sobald mein Blick dem seinen begegnete, wandte er sich hastig ab und trank stattdessen einen Schluck aus seinem Weinglas.

»Kommt, lasst uns essen! Ich muss mich für das Fortbleiben von Iwan entschuldigen, er hat sich etwas hingelegt und stößt erst morgen früh wieder zu uns«, sagte Marina in lockerem Plauderton, der die wahren Hintergründe nicht einmal erahnen ließ und mich aus Logans Betrachtung riss.

Das Essen verlief ohne Zwischenfälle. Nach dem Hauptgang hatte auch Constanze ihr Schmollen aufgegeben und war dazu übergegangen, uns den neuesten Klatsch und Tratsch über die privilegierten Adeligen zu erzählen.

»Und, habt ihr schon gehört, dass Maria Stepanova nun auch mit ihrem Hausstand nach Helsinki gekommen ist? Nach ihrer Krankheit im vergangenen Jahr dachte ich schon, sie würde vollkommen dem Wahnsinn verfallen. Mir kam zu Ohren, dass Alexander Nikolajewitsch in der Zeit an Land im Gästezimmer schlief. Sie wollte wohl nicht in seiner Nähe sein, gab seinem ständigen Fortbleiben die Schuld an ihrem Zustand. Hätten sie nicht den gemeinsamen Sohn, wäre Maria vermutlich endgültig zusammengebrochen. Arme Frau, kaum vorzustellen, die vielen Fehlgeburten über die Jahre und dann auch noch die endgültige Diagnose, keine Kinder mehr bekommen zu können. Ich kann mir ihren Kummer kaum ausmalen, auch wenn ich selbst keine Kinder haben möchte.« Constanze schüttelte scheinbar betroffen ihre roten Locken und nahm sich noch ein weiteres Stück vom Räucherlachs.

Marinas Blick glitt liebevoll zu ihrem Sohn, der sich immer noch stoisch weigerte, seinen Brei zu essen und stattdessen versuchte, nach einer Hähnchenkeule zu greifen. Die Nanny schlug ihm mit einer Serviette auf die Hand und hob erneut den Löffel, doch Viktor schnappte sich ihre Serviette und hielt sie sich vor den Mund. Marina schmunzelte in Anbetracht der Faxen ihres Kindes, stand auf und setzte sich an seine andere Seite.

»Wenn du heute den Brei isst, bitte ich die Köchin für dich, morgen Kvass vom Markt zu kaufen. Was hältst du davon?«, fragte sie mit dem Ernst einer Mutter, die einen fairen Deal mit ihrem Kind aushandelte.

Es dauerte nicht lange und Viktor ließ zögerlich die Serviette sinken und nahm demonstrativ einen Löffel des gräulichens Essens zu sich. Glücklich sah er dabei noch immer nicht aus. Marina blieb an ihrem Platz neben Viktor sitzen und half der Nanny dabei, ihn zu füttern. Ihr Blick schweifte in die Ferne ab, beinahe so, als würde sie noch immer über Constanzes Worte nachdenken.

War hier etwa die Rede von Babushka Marinas Alexander und seiner Frau? Er war ebenfalls verheiratet und hatte sogar ein Kind? Mein Blick huschte zu dem jungen Abbild meiner Uroma. Marina ließ sich zwar äußerlich nichts anmerken, doch die Art, wie sie Viktors Brei nachdenklich in dem Schüsselchen rührte, verriet eine seltsame Unruhe.

»Wird Maria Stepanova uns denn heute Abend ebenfalls Gesellschaft leisten? Ich würde ihr gerne mein Beileid aussprechen. Ich habe die Ärmste seit letztem Jahr noch nicht wiedergetroffen.« Endlich legte sie den Löffel zur Seite und nahm stattdessen einen Schluck Wein. Die rote Flüssigkeit kreiste zuvor für eine Sekunde in dem großzügig mit Schnörkeln verzierten Kristall, ehe sie wie Blut die vollen Lippen von Marina benetzte.

Der abschätzige Blick, den Marina gerade aufgelegt hatte, tat sein Übriges, um sie wie eine lauernde Löwin aussehen zu lassen. Für einen Augenblick sah die Frau meiner geliebten Urgroßmutter so gar nicht mehr ähnlich. Vielmehr glich sie einem Tier auf Beutezug, unberechenbar und hungrig. Doch der Moment verflog, sie stellte das Glas wieder ab und setzte ein neugieriges Lächeln auf, das ihre Augen jedoch nicht erreichte.

»Alexander Nikolajewitsch wird auf jeden Fall zugegen sein, ich hoffe also sehr, dass wir die liebe Maria auch dort antreffen werden«, gab Constanze endlich zur Antwort.

Mein Kopf schnellte wieder zu Marina, um ihre Reaktion zu sehen, doch da räusperte sich Logan und verlagerte meine Aufmerksamkeit auf sich. Er saß mir gegenüber und schien mich ebenso eindringlich zu beobachten wie ich Marina.

»Alles in Ordnung mit dir?«, fragte er mich und achtete nicht darauf, dass er soeben das Gespräch der beiden Frauen brüsk unterbrochen hatte.

Ich konnte nicht genau sagen, was es war, aber er wirkte beinahe wütend, so wie er mich mit seinen Blicken durchbohrte und erbarmungslos sein Besteck umklammert hielt. Alle Wärme, die er zuvor noch bei meinem Eintritt in den Augen hatte, war verschwunden.

»Ja, was sollte denn sein?«, erwiderte ich betont unschuldig, machte mich daran, mein Hähnchenstück in aller Ruhe zu zerkleinern und Ministück für Ministück in den Mund zu schieben.

»Hm. Ich werde das Gefühl nicht los, dass du mir etwas erzählen solltest.«

Aha. Ein richtiger kleiner Sherlock, unser Logan. »Nein, ich hatte nur einen meiner Momente. Das kennst du ja schon, mein lieber Cousin«, sagte ich mit einem schmalen Lächeln in seine Richtung. Mein Blick traf auf seinen und mir wurde ganz kalt im Inneren. Ich wollte Logan nicht belügen, aber sollte er erfahren, was vorhin wirklich geschehen war … doch was würde es denn nützen? Außerdem hatte ich es Marina versprochen!

Er betrachtete mich noch einen Moment forschend und ich hoffte inständig, Logan würde meinen inneren Zwiespalt nicht bemerken.

»Wir reden nachher«, sagte er schlicht nach einem kurzen Moment des Schweigens, widmete sich jedoch anschließend wieder seinem Essen.

Mir hingegen war der Appetit nun vollends vergangen.

Constanze grinste ein wenig hämisch vor sich hin, als ich von meinem Teller aufsah. Leider hatte ich die zweifelhafte Ehre, neben ihr zu sitzen. Gönnerhaft wie eine Hyäne sog sie jedes spitze Wort zwischen Logan und mir in sich auf.

»Oh nein, wir haben wahrlich die Zeit vergessen. Wenn wir uns nicht verspäten wollen, müssen wir gleich aufbrechen. Ich werde Kiril bitten, die Kutschen fertig zu machen, ihr könnt noch aufessen und dann müssen wir uns sputen. Die Kursinskijs können es nicht leiden, wenn man zu spät kommt!« Marina sprang hastig von ihrem Stuhl auf, gab Viktor einen flüchtigen Kuss auf den Scheitel und bat die Nanny, ihn gleich nach dem Essen ins Bett zu bringen. Dann hob sie ihren Rock an, um besser laufen zu können, und eilte aus dem Speisesaal. Wir anderen blieben schweigend zurück.

Logan und ich schoben mürrisch unser Essen von einer Seite des Tellers auf die andere. Obwohl alles wirklich lecker aussah und ich weiß Gott seit einer halben Ewigkeit nichts Vernünftiges mehr gegessen hatte, bekam ich vor Aufregung keinen Bissen mehr runter.

Einzig Constanze schien wieder bester Laune. Sie summte sogar leise vor sich hin, begnügte sich aber damit, ihre Pastete zu löffeln und nicht mit uns zu sprechen. Das war auch besser so, ich konnte nicht garantieren, dass ich diese affektierte Pute nicht selbst zu Brei verarbeiten würde, sollte sie mich erneut darauf hinweisen, dass meine Frisur zwar durchaus hübsch, aber doch eher gewöhnlich sei.

In einvernehmlicher Stille beendeten wir zügig das Essen. Marina fing uns anschließend im Flur ab, lotste uns aus dem Haus und verteilte uns auf die Kutschen. Zu meinem Leidwesen sollte ich mir eine mit Logan teilen, während die beiden anderen Frauen plaudernd in die ihrige stiegen und uns zuwinkten.

»Wir treffen uns gleich beim Haus der Kursinskijs«, rief Marina uns aus dem Fenster der Kutsche zu.

Ich wunderte mich, wie wenig damenhaft eine Kutsche tatsächlich war. Es roch unangenehm nach Tier, die Sitze waren mehr als unbequem und die kleinen Stufen, über die man ins Innere gelangte, waren für Absätze ganz und gar nicht geeignet.

Bei der Fahrt zum Haus hatte ich zwischen den Kutschen auch altertümliche Autos gesehen; auf meine scherzhafte Nachfrage, ob wir nicht auch lieber mit so was fahren könnten, verzog Logan das Gesicht.

»Automobile sind laut und die Fahrer ungestüme Pöbler, die denken, ihnen würde die Straße gehören. Ich hoffe, dieser Trend setzt sich nicht weiter durch. Eine Kutschfahrt ist viel zivilisierter und bei Weitem nicht so anstrengend.«

Ich beließ es dabei und wies ihn nicht darauf hin, dass bereits in wenigen Jahren fast alle nur noch mit Autos fahren würden. Sollte ich tatsächlich in dieser Zeit bleiben, müsste ich unbedingt Kapital in die Automobilindustrie stecken. Nicht dass ich irgendwelches Kapital hätte, aber ich musste mein Wissen aus der Zukunft doch irgendwie nutzen können! Ich erschrak über meine eigenen Gedanken. Der ganze Zeitreisekram hatte meine Moralvorstellung wirklich leiden lassen. Zuerst sollte ich versuchen, in meine Zeit zurückzukehren und mir keine Gedanken über Autos und Kapitalanlagen machen.

Alles in allem war meine erste Kutschfahrt der Horror gewesen und ich riss mich nicht gerade darum, diese Erfahrung zu wiederholen, was meine Sehnsucht nach Autos nur noch mehr verstärkte.

Dankenswerterweise reichte mir Logan die Hand, damit ich überhaupt auf die Stufen kam, denn mit einem engen Korsett, einem explodierten Rüschenwahnsinn zu meinen Füßen und Absatzstiefelchen, die mir ein wenig zu klein waren, gestaltete sich das Hineinklettern auch mit Hilfe nicht sonderlich vergnüglich.

Ratternd setzte sich das Fahrzeug in Bewegung, als Logan die kleine Tür hinter sich geschlossen und auf der Bank mir gegenüber Platz genommen hatte.

»So, verrätst du mir nun, weshalb du halb nackt durchs Haus läufst und dabei aussiehst, als hättest du einen Geist gesehen?«, fragte er geradeheraus und ließ mich dabei nicht aus den Augen.

Ich rutschte aufgewühlt auf der Bank hin und her, zupfte an meinem Kleid und vermied es um jeden Preis, ihn anzusehen.

»Lucy! Was hat dieses Schwein getan?«, rief Logan ungeduldig, als ich auch nach mehreren Minuten keine Anstalten machte, ihm zu antworten.

»Was willst du denn von mir hören? Ich kann dir die Wahrheit nicht sagen, ich habe es versprochen!«, flüsterte ich verärgert.

Logan sah mich noch einen Augenblick lang an und wandte sich dann dem Fenster zu.

»Sollte sich meine Vermutung bestätigen, und ich hoffe inständig, dass sie das nicht tun wird, so Gnade ihm Gott«, versprach er abschließend und für den Rest der Kutschfahrt verzichteten wir beide darauf, miteinander zu sprechen, geschweige denn einander anzusehen.

Ich befürchtete, sobald ich Logan die Wahrheit sagte, würde alles wieder über mir zusammenbrechen und ich hätte nicht mehr die Stärke gehabt, meine Tränen zu unterdrücken. Wut war einfacher als Angst. Ein weiterer Teil von mir sehnte sich danach, mit Logan zu sprechen, ihm alles zu erzählen und Iwan im Schlaf zu erdolchen. Einzig die Erinnerung an mein Versprechen und die Gewissheit, dass meine Anschuldigungen Marinas Eheprobleme der Öffentlichkeit preisgeben könnten, ließen mich den Mund halten. Klatsch und Tratsch waren wohl auch in der Vergangenheit für niemanden gut. Ganz besonders für Viktor nicht.

Iwan war ein Scheusal und dennoch hatte ich kein Recht, von jetzt auf gleich hier aufzutauchen und ihr Leben auf den Kopf zu stellen. Zumal ich noch nicht einmal genau wusste, welche Rolle mir das Schicksal in seiner Launenhaftigkeit zugedacht hatte.

Nein, Schweigen war fürs Erste das Beste. Mein Schweigen war sicherer für uns alle und mit meiner Angst würde ich schon zu leben lernen. Hoffte ich zumindest.

Ich blinzelte unauffällig zu Logan, der mit vor der Brust verschränkten Armen aus dem Fenster sah und eindeutig wütend war. Schlechtes Gewissen drohte sich in mir auszubreiten, was ich aber sofort im Keim erstickte und meine Gefühlsachterbahn in ihre Schranken wies.

Sollte doch Constanze ihn auf bessere Gedanken bringen. Ich sah ebenfalls aus dem Fenster und betrachtete das Farbenspiel der untergehenden Sonne, die im Wechsel mit den Wolken die Stadt für einen kurzen Augenblick in Flammen tauchte.

Kapitel 21

09. AUGUST 1916
DAS ANWESEN DER KURSINSKIJS

Nach ungefähr zwanzig Minuten des Ratterns in der Kutsche hielt das Gefährt endlich an und wir stiegen aus. Mittlerweile konnte ich meinen Hintern nicht mehr spüren, ein unbequemer Fahrradsattel war nichts im Vergleich zu dieser Schüttelpartie.

Die Villa war in den Farben Gold, Blau und Rot gehalten. Eine breite Marmortreppe führte hinauf zu weißen Flügeltüren, die mit goldenen Verzierungen versehen waren. Bereits der erste Blick auf das Anwesen schrie nach Reichtum, Geld und Adel.

»Marina und Constanze werden bestimmt schon drin sein, lass uns die beiden nicht unnötig warten«, brummte Logan immer noch angesäuert und unterbrach mein Staunen.

Ich nickte, raffte meinen ungewohnten Rock und folgte ihm über den mit weißem Kies ausgelegten Weg.

Links und rechts des Gehwegs waren Büsche zu Zierfiguren zurechtgeschnitten. Je näher wir der Marmortreppe kamen, desto imposanter und größer wurden die Figuren. Ich erblickte unterschiedliche Fabelwesen. Eine vollbusige Meerjungfrau schien uns zuzuwinken. Ein Einhorn stieg gerade hoch auf seine Hinterbeine und man konnte praktisch sein freudiges Wiehern beim Anblick der hochkarätigen Besucher hören.

Draußen war es ganz still, winzige Sternenpunkte, die nach und nach am rasch dunkel werdenden Himmel erschienen, leuchteten so strahlend hell, wie ich es noch nie zuvor gesehen hatte. Anders als in circa hundert Jahren, wo Abgaswolken einem die Sicht auf den Himmel verschleiern, war dieser sternenklar und auch sonst roch die Luft angenehm frisch und belebend. Es war ein warmer Sommerabend, ab und an wehte eine Brise meine Hochsteckfrisur ein klein wenig durcheinander, aber der kühle Hauch auf meinem erhitzten Körper tat gut. Überhaupt schwitzte ich in meiner Aufmachung bereits wie ein Pferd nach einem raschen Galopp.

Wir erreichten die Stufen und Logan weigerte sich nach wie vor, mit mir zu sprechen, es sei denn, ich erzählte ihm, was passiert war. Das gut verborgene schlechte Gewissen regte sich nun doch in mir und ließ mich vorausgehen, nur um Logans wütende Züge nicht länger ansehen zu müssen. Oben angekommen, klopfte ich energisch gegen das dicke Holz und wartete, bis er aufholte oder jemand die Tür öffnete.

»Du hast gerade nicht wirklich geklopft, oder?«, fragte Logan hinter mir und ich hörte Belustigung in seiner Stimme.

Sieh an, er konnte ja wieder sprechen!

»So macht man das dort, wo ich herkomme«, erwiderte ich betont lässig, um ihn nicht merken zu lassen, wie sehr mich die Situation zwischen uns mitnahm.

»Ah ja? Und wo war das noch mal ganz genau?«, schoss er spöttisch zurück.

Ich musste mich sehr zusammenreißen, um nicht zu schmunzeln. Die lockeren Gespräche zwischen uns hatte ich bereits vermisst und nun war ich mehr als froh, dass Logan anscheinend über seine Verstimmung für einen kurzen Moment hinwegsehen konnte.

»Eine Dame braucht ihre Geheimnisse«, erwiderte ich schlicht.

Die Tür wurde von einem adrett gekleideten älteren Dienstboten geöffnet. Er vermied es, uns direkt anzublicken, deutete stattdessen eine leichte Verbeugung an und trat zur Seite, damit wir ins Innere hineingehen konnten. Mir fiel auf, dass der Mann uns weder willkommen hieß noch sonst etwas sagte, was mir mehr als merkwürdig vorkam.

Ich hatte jedoch keine Gelegenheit, mich weiter darüber zu wundern, denn in diesem Moment kam auch schon eine gut gelaunte Constanze auf uns zugestürmt. Die Französin hielt in der rechten Hand bereits ein Gläschen mit pinker Flüssigkeit, obwohl sie nur wenige Minuten vor uns angekommen sein mussten, und schien bester Laune.

»Die De Losseurs, welch eine Freude, dass wir wieder vereint sind, meine jungen Freunde.«

Junge Freunde? Die Frau war kaum älter als ich! Blasierte Kuh. Meine eigene Laune sank gen Keller und ich sehnte mich mit jeder Faser meines Körpers nach einem Schlückchen Sekt, Wein oder sonstigem Alkohol.

»Das sind also die berühmten De Losseurs«, ertönte eine nasale Frauenstimme von rechts. Sie gehörte zu einer älteren Dame mit einer gigantischen Hochsteckfrisur auf dem Kopf, die gerade auf uns zugestürmt kam.

Sie hielt vor uns inne und reichte Logan mit einem Lächeln die Hand. Ihre Gestalt war in ein eher biederes braunes Kleid gehüllt, das mit weißen Highlights und ein paar Stickereien hier und da aufgepeppt wurde. An sich eine eher langweilige Erscheinung, die allerdings in einen gigantischen Rock überlief. Wäre ich ganz fies, würde sich der Vergleich mit einem Zelt anbieten, aber da ich ja nun zu der gehobeneren Gesellschaft gehörte, stellte ich lediglich fest, dass der Rock ebenso wie die Frisur einfach monströs war.

»Tatiana Pavlovna, es ist uns eine Ehre, an einer Ihrer legendären Gesellschaften teilhaben zu können. Haben Sie herzlichen Dank für die zuvorkommende Einladung.« Logan beugte sich vor und gab der Dame einen Kuss auf die Hand, sein Tonfall war durch und durch der eines höhergestellten Militärs: stolz, aber respektvoll.

»Sie sind mir ein willkommener Gast, junger Mann. Ebenso wie ihre prächtige Cousine.« Die Frau sah mich kaum an, hatte nur Augen für Logan und Constanze.

Die drei verfielen in eine lockere Unterhaltung über irgendwelche Grenzschlachten, ausgetragene Gesellschaften und Bälle, die den heimkehrenden Soldaten Freude machen sollten. Ich hingegen stand daneben wie bestellt und nicht abgeholt, hatte keinen Sinn für die Unterhaltung und hielt stattdessen Ausschau nach Marina. Nur zu gerne wollte ich Mäuschen spielen, wenn sie und Alexander sich hier begegneten.

Zwischen Iwan und Marina herrschte keinerlei Zuneigung, das konnte man auf den ersten Blick erkennen, auch wenn beide sehr erpicht darauf waren, diesen Anschein nicht nach außen zu tragen.

Das, was im Haus geschehen war, sprach ohnehin für sich. Ich konnte nur hoffen, dass Alexander ein besserer Mann war. Zumindest hörten sich die Erzählungen stark danach an und ich hatte das Gefühl, auf den Auftritt eines Kinostars zu warten, während ich den Blick über die Menschen schweifen ließ.

Der Bedienstete, der uns die Tür geöffnet hatte, ließ nun ein weiteres, sehr galant gekleidetes Paar herein. Die Gastgeberin entschuldigte sich bei unserer kleinen Gruppe und eilte davon, um die Neuankömmlinge zu begrüßen.

»Wollen wir uns etwas zu trinken holen?«, säuselte Constanze an Logans Seite und er nickte. Sie hakte sich bei ihm unter und zog ihn mit sich in den Saal. Ich folgte murrend. Was blieb mir denn auch anderes übrig?

Der Ballsaal war gigantisch. Nicht nur eine riesige Tanzfläche erstreckte sich in der Mitte des Raumes, drumherum blieb auch noch genügend Platz für Sitzgelegenheiten in Form von einladenden Sofas und Hockern. Auf der anderen Seite waren auch noch Stuhlreihen aufgebaut, auf denen bereits die ersten älteren Damen Platz genommen hatten und von außen das Herumtreiben der anderen Leute kommentierten.

Ich wurde von all dem Glanz und dem Luxus beinahe erschlagen. Prächtige Kronleuchter strahlten von den hohen, üppig verzierten Decken. Die hellen Wände waren mit cremefarbenen Mustern geschmückt, hier und da blitzten vergoldete Kerzenhalter und der Parkettboden war ein Traum aus hellem Nussholz.

»Wie wäre es denn mit einem Tanz?« Constanzes kokette Stimme drang zu mir durch und unterbrach damit mein Staunen.

Das Orchester, welches bis jetzt eine gemütliche Melodie gespielt hatte, positionierte sich gerade neu und einige Paare versammelten sich bereits auf der freien Fläche. Tatiana Pavlovna kam an der Seite eines älteren Herrn mit einem weißen Kringelschnauzer und lichtem Haar durch die Menge auf die Tanzfläche zu. Die Hand des Mannes lag ruhig am Rücken der Dame, beide hatten das Kreuz durchgebogen, sahen sich mit funkelnden Augen an.

»Liebe Gäste, das Ehepaar Kursinskij lädt zum Tanz ein. Die erste Aufstellung ist der Wiener Walzer, begleitet von den Klängen des

Walzers nach Evgenij Doga«, verkündete der Dirigent, positionierte sich fachmännisch vor den Musikern und gab das Zeichen an die Violinen. Zarte Klänge erfüllten die Luft, animierten noch mehr Paare, sich auf der Tanzfläche zu versammeln und dann begann auch das restliche Orchester zu spielen.

Zuerst erklang eine sanfte Melodie, getreu dem Tempo eines Wiener Walzers, die Melodie wurde jedoch zunehmend energischer, schien eine eigene Geschichte von Liebe und Verlust zu erzählen, von den Höhen und Tiefen einer Beziehung.

Die Tanzenden wiegten in einer anmutigen Ansammlung aus verschiedenen Stoffen, bildeten Kreise, lösten sie wieder auf. Adrette Herren drehten elegante Damen, sodass die bunten Röcke nur so umherflogen. Und inmitten dieser prunkvollen Tanzszene, die einem Film entsprungen schien, erblickte ich plötzlich ein Paar, das so vollkommen anders wirkte. Als wären die beiden in einer anderen Welt.

Marina und Alexander. Die beiden schienen wie auf Wolken zu schweben. Der Mann trug eine weiße Admiralsjacke, funkelnde Abzeichen glänzten im gelblichen Schein der Kronleuchter, zauberten Schatten und Licht auf sein müdes, aber doch zufriedenes Gesicht. Die Frau wirkte von seinem Anblick gefangen, hatte ihr Kinn hochgereckt und sah ihn verzückt an. Ihr wogendes blaues Kleid umschmeichelte ihre zarte Statur und der Stoff, der von ihren Schulterblättern aus in Wellen zu ihren Füßen floss, erweckte den Eindruck von zarten Feenflügeln.

Das Paar hielt einen gebührenden Abstand zueinander, schien gar noch etwas weiter entfernt voneinander als die übrigen Tanzenden. Doch die Blicke, die selbst ich von meinem Standpunkt aus nur zu deutlich sehen konnte, sprühten vor kaum verhohlener Zuneigung. Meine Urgroßmutter und ihr Geliebter. Mir wurde schwindelig und ich torkelte gegen Logan, der mich sofort alarmiert ansah.

»Lucy? Was hast du denn?«, fragte er und selbst Constanzes schönes Gesicht überschattete sich vor Besorgnis.

»Es … Es ist nichts«, stammelte ich, unfähig, mich auf etwas anderes zu konzentrieren als auf meine Babushka. Es vergingen Minuten, in denen ich mich von der Musik und dem Bild berieseln ließ und Logan die Menge absuchte, um die Ursache für meine Befangenheit zu finden. Das Lied verstummte, das Orchester setzte zu einer neuen Melodie an, zu einem etwas zügigeren Stück, das ich nicht kannte.

Paare verließen die Tanzfläche, neue fanden sich darauf wieder. In dem Meer aus Menschen verlor ich Marina und Alexander aus den Augen.

Ich sammelte mich, ging einen Schritt vor, um die Tanzfläche besser erfassen zu können, jedoch ohne Erfolg. Sanfte Augen, die den Tränen nahe waren, begegneten meinem suchenden Blick.

»Oh, schaut nur, Maria Stepanova! Sie ist wirklich gekommen! Ich muss Sie einander vorstellen! Alexander Nikolajewitsch ist der direkte Vorgesetzte von unserem Iwan und Maria ist seine liebenswürdige Frau«, rief Constanze in mein Ohr, packte mich am Arm und zerrte mich praktisch quer durch den ganzen Raum.

Zu meinem Leidwesen war es ihr dabei vollkommen egal, dass sie mich mitten über die Tanzfläche zog. Logan folgte uns schweigend.

Als die Dame uns erblickte, erhellte sich ihr Gesicht, keine Spur mehr von ungeweinten Tränen war noch zu erkennen. Stattdessen bekleidete ein freundliches Lächeln ihre Lippen. »Constanze! Oh, Constanze, welch ein Fest, dich hier zu sehen! Ich hatte es gehofft, aber Alexander wusste nicht, ob du derzeit in Helsinki weilst.«

Die beiden Frauen gaben sich kleine Küsschen auf die Wangen, hielten sich kurz an den Händen fest und begannen zu plappern. Nach einer Weile schien Constanze sich an uns zu erinnern und lächelte entschuldigend.

»Maria, das sind meine guten Freunde, die De Losseurs. Logan ist Kapitänleutnant, aber ihn brauche ich dir ja nicht vorzustellen, gewiss bist du ihm schon einmal begegnet. Heute hat er seine charmante Cousine aus Frankreich mitgebracht.« Sie deutete abwechselnd auf Logan und mich und lächelte etwas peinlich berührt, als Maria uns überrascht betrachtete.

»Sehr erfreut, Sie wiederzusehen, Maria Stepanova«, sagte Logan höflich und ich nickte der Frau kurz zu.

»Schön, Sie kennenzulernen«, beeilte ich mich hinzuzufügen, als Logan mich mit einem drängenden Blick bedachte.

»Willkommen in Helsinki, ich hoffe, ihr amüsiert euch heute Abend.« Ehe Maria noch etwas hinzufügen konnte, verwickelte Constanze sie erneut in ein Gespräch über Stoffmuster.

Die Dame war mir auf Anhieb sympathisch. Sie strahlte Selbstsicherheit und Stolz aus, ging auf die Lästereien von Constanze nicht ein und begnügte sich damit, in ruhigem Tonfall ihre eigenen Geschichten zum Besten zu geben.

»Magst du etwas trinken?«, fragte mich Logan, den ich bereits vollkommen vergessen hatte, so sehr war ich in das Gespräch der beiden Frauen vertieft.

Die Plauderei schien ein Eigenleben zu besitzen, denn sie sprangen mühelos von einem Thema zum nächsten.

Ich musste mich selbst dazu beglückwünschen, wie gut mein Russisch mittlerweile war. Ich hatte kaum noch Probleme mit dem Verständnis, konnte mich dank der Zeit auf dem Schiff und in dieser engen Kajüte immer besser verständlich machen. Die gehobenere Sprache von Maria Stepanova und Constanze bereitete mir zwar noch Schwierigkeiten, aber auch da hatte ich das Gefühl, dass zumindest Maria meinetwegen versuchte, sich so einfach wie möglich auszudrücken.

Logan hingegen pflegte einen recht lockeren Sprachstil und driftete lediglich bei seinen Vorgesetzten oder direkten Unterstellten in das »Adelsrussisch« ab, wie ich es heimlich nannte.

Er hatte mir in einer ruhigen Minute mal erklärt, dass er trotz seiner Zeit in Russland noch immer auf Französisch dachte und anschließend beim Sprechen ins Russische übersetzte. Auch war es dort, wo er herkam, eher ungewöhnlich, jemanden zu siezen, und wenn er nicht gerade einer Dame oder einem Soldaten gegenüberstand, so pflegte er ein freches Du als Ansprache, was ihn schon so manches Mal im vornehmen Russland in Schwierigkeiten gebracht hatte.

»Mhm«, nickte ich in Gedanken vertieft, schon halb vergessen, was Logan mich überhaupt gefragt hatte.

Das Orchester machte gerade Pause und von Alexander und Marina fehlte nach wie vor jede Spur. Es waren vielleicht zweihundert Gäste zugegen, die nun, nachdem die Musik verstummt war, nach draußen strömten, um kurz Luft zu schnappen oder einen kleinen Spaziergang durch die prächtigen Gärten des Anwesens zu unternehmen, von denen Tatiana Pavlovna nicht müde wurde, allen lautstark vorzuschwärmen.

Logan bot mir seinen Arm an und wir überließen die Frauen ihrem Gespräch und schlossen uns einer gut durchmischten Gruppe an, die gerade ebenfalls in Richtung der Bar strömte.

In einem separaten Raum, der lediglich durch die Eingangshalle vom Tanzsaal abgetrennt lag, war ein kleines Restaurant eingerichtet. Man hatte französische Canapés auf festlichen Silbertabletts an Tafeln entlang der Wände aufgestellt, die andere Hälfte wurde in einer Art Barbereich aufgeteilt. Auf der einen Seite wurden die Männer von hübschen weiblichen Kellnerinnen empfangen. Sie versammelten sich auf braunen Sofas, konnten Zigarren rauchen und der Whisky floss in Strömen. Auf der anderen Seite standen formvollendet ausstaffierte Männer mit eleganten Tabletts voller bunter Getränke, Sekt und allerlei Köstlichkeiten wie Schokoladenstückchen und farbenfrohen Bonbons. Die Frauen konnten ebenfalls auf exquisiten Sofas Platz nehmen und über Frisuren und Kleider debattieren, wie ihnen der Sinn stand.

Ich konnte über so viel Dekadenz und die Klischees nur den Kopf schütteln. Auch in meiner Zeit war es nicht unüblich, dass Kellnerinnen eher Männer bedienten und Männer die Frauentische. Aber das hier so gewollt mit ansehen zu müssen und zu wissen, dass die Kellner vermutlich kein großes Trinkgeld erwarten konnten, wenn sie nett und freundlich waren, verursachte mir beinahe Übelkeit. Die Aufteilung zeigte nicht nur deutlich den Unterschied zwischen Mann und Frau, sondern auch die verschiedenen Gesellschaftsschichten.

Die einen mussten arbeiten und dienten dabei auch noch der Dekoration und Belustigung von Reichen. Während die gut situierten Herrschaften entgegen ihrem Stand keinerlei Manieren zu haben schienen und die Angestellten mit lüsternen Blicken bedachten. Einfach widerlich. Zum ersten Mal seit meinem Zeitsprung war ich wirklich froh darüber, dass ich nicht in solch einer Gesellschaft aufgewachsen war und die Vorzüge einer aufgeklärten und zivilisierten Welt genossen habe. Auch wenn es in 2013 solche Idioten wie Max' Kumpel gab, die in jeder Disco mit den Kellnerinnen flirteten und meinten, für ein wenig Trinkgeld alles zu bekommen, was sie wollten, war es doch nicht die Regel und zum Glück wussten sich die Frauen in meiner Zeit auch zu wehren.

Die Trennung von Männern und Frauen war nicht nur hier im Raum deutlich zu spüren. Auch im Saal standen die Geschlechter weitestgehend abgeschottet voneinander. Wie lernten die Paare sich in dieser Zeit überhaupt kennen? Wenn alles getrennt wurde und Männer ständig nur Whisky tranken, während die Frauen lästerten, über die neueste Mode sprachen und dabei die Sektgläser schwangen, konnte doch nie ein gleichwertiger Austausch stattfinden. Zum Glück war Logan anders und blieb bei mir, anstatt sich zu den rauchenden Männern zu stellen.

Tatsächlich befanden sich gerade zwei Damen auf der Frauenseite, die genüsslich an ihren feinen Gläsern nippten und tuschelten. Sie bedachten einen blonden Bediensteten mit ungeniert gierigen Blicken, die mir eine unangenehme Gänsehaut über den Rücken jagten. Es waren ähnliche Blicke wie die von Iwan, bevor seine Finger meine Haut berührten. Bevor er sich zu mir hinunterbeugte und … Ich erstarrte, ballte meine Hände zu Fäusten und versuchte krampfhaft, wieder Herr meiner Sinne zu werden.

Beide Frauen waren um die fünfzig, der junge Bedienstete hingegen hätte ihr Enkel sein können, aber anscheinend waren die feinen Damen auf Beutezug. Selbst nachdem der junge Mann ein verlegenes Räuspern verlauten ließ, hörten sie nicht auf, ihn mit den Augen zu vernaschen. Unfähig, noch länger tatenlos zuzusehen, stürmte ich auf die drei zu. Mein Herz klopfte wie wild in meiner Brust, feuerte mich mit jedem Schlag an, erinnerte mich an den Schreck im Badezimmer.

»Schau jetzt nicht hin, aber die beiden Damen auf den Sofas möchten sich anscheinend sehr gerne mit dir anfreunden«, sagte ich im Flüsterton zu dem jungen Burschen, dessen Hautfarbe sich augenblicklich von rosig zu dunkelrot färbte.

Er nickte stumm.

»Wenn ich dich retten soll, sag einfach Bescheid.« Ich nahm einen kräftigen Schluck aus einem Glas von seinem Tablett, um keine Aufmerksamkeit auf uns zu lenken, und musste mich stark zusammenreißen, das Getränk nicht wieder auszuspucken. Ein abartig süßer Geschmack breitete sich auf meiner Zunge aus, die Süße war vom Alkohol klebrig und zäh und fühlte sich an wie Sirup. Abartig!

»Bitte helfen Sie mir. Die Gastgeberin würde es nicht dulden, wenn ich die Damen ansprechen würde«, raunte mir der Junge zu, während ich fieberhaft versuchte, den Geschmack durch wiederholtes Schlucken loszuwerden.

Ein Gutes hatte der pure Zucker gehabt, ich war für einen Augenblick abgelenkt und konnte meine eigenen Ängste beiseiteschieben, um dem Jungen zu helfen. Ich nahm mir schnell eines der Sektgläser und stellte das andere unauffällig auf der Ablage hinter dem Jungen ab, dann ging ich mit entschlossenen Schritten zu den tuschelnden Damen.

»Verzeihen Sie bitte, könnte ich mich Ihrer kleinen Runde anschließen?«, fragte ich mit einem liebreizenden Lächeln und die Frauen verstummten sofort. Obwohl ich lächelte, hätte ich den beiden am liebsten ordentlich den Marsch geblasen, aber ich riss mich zusammen. Vorerst.

Eine von ihnen, die Fülligere mit dem blonden Haar, hatte immerhin den Anstand zu erröten, die andere, eine schlanke, geierartige Dame mit einem dezenten Frauenbärtchen und buschigen Augenbrauen sah mich hingegen entrüstet an. »Kindchen, Sie können sich doch nicht einfach hier in eine Unterhaltung stürzen!«

Ich lächelte wieder verhalten. »Es war nicht meine Absicht, mich in Ihre Unterhaltung zu mischen. Ich wollte lediglich freundlich darauf hinweisen, dass Sie den Herrn in Verlegenheit bringen. Der Bursche kann kaum noch die Getränketabletts halten, weil Sie so offenkundig in seiner Anwesenheit über ihn sprechen.«

Die Frauen starrten mich perplex an. Die Dicke fing sich als Erste wieder. »Nun hören Sie aber, wer hat Sie denn erzogen? Ich verbiete mir solch dreiste Unterstellungen!«

Mein Herz pochte vor unterdrücktem Ärger, auch wenn ich irgendwo tief in mir drin wusste, dass ich keineswegs auf die Frauen wütend war und dass es mir in Wahrheit auch nur beiläufig um den Jungen ging. Er führte mir lediglich meine eigene Machtlosigkeit Iwan gegenüber vor Augen und das machte mich rasend.

»Ich unterstelle Ihnen rein gar nichts. Mein Anliegen war der höfliche Hinweis auf Ihr missliches Verhalten«, sagte ich, wurde jedoch unsanft am Arm gepackt und plötzlich fortgeschoben.

»Meine Damen, bitte verzeihen Sie meiner Cousine. Sie ist bei meiner Tante auf dem Land aufgewachsen und solch kultivierte Gesellschaften nicht gewohnt. Nehmen Sie es ihr nicht übel, dass ihre Manieren deutliche Mängel aufweisen. Darf ich hoffen, dass Sie beide mich im Laufe des Abends beehren, mit mir zu tanzen? Es wäre eine willkommene Abwechslung zu all den ungeschickten jungen Damen, sich mit zwei Meisterinnen des Walzers auf der Tanzfläche zu treffen.«

Logan, ganz der galante Gentleman, brachte die beiden Frauen zum Kichern. Seine Erscheinung traf augenscheinlich den Geschmack der fiesen Burschenverführerinnen und sie nahmen ihm nur zu gern das Versprechen ab, sich nachher auf einen Tanz zu treffen.

Ich wurde indessen von Logan höchst ruppig aus dem Raum bugsiert und in eine dunkle Nische im Flur gedrückt.

»Was ist denn bloß in dich gefahren? Weißt du eigentlich, wer diese Frauen sind und was die Gastgeber mit dem Kellner anstellen könnten, wenn sie von dem Zwischenfall erfahren würden? Kannst du nicht ein einziges Mal nachdenken, bevor du sprichst? Ich weiß nicht, wo du herkommst und wer du genau bist, aber in keiner mir bekannten Kultur ist solch ein Benehmen angebracht!«

Wie ein ausgeschimpftes Kind drückte ich mich immer weiter gegen die Wand, versuchte seinen beißenden Worten zu entfliehen und hatte doch keine andere Wahl, als ihm zuzuhören.

»Ich wollte nur dem Jungen helfen! Hast du nicht gesehen, wie sie ihn mit den Blicken ausgezogen haben?«

Nun wurde Logan richtig wütend, ich konnte den Funken Ärger in seinen Augen überschwappen sehen. Das sanfte Grün verdüsterte sich zu einer Sturmwolke aus Smaragd.

»Na und? Er ist nur ein Diener! Diese Frauen sind Adelige, sie können mit ihm tun und lassen, was sie möchten. Wenn sie wollten, hätten sie ihn sogar zu ihrem Geliebten machen können, ohne dass einer von uns irgendetwas dagegen unternehmen könnte.«

Vor Verblüffung blieb mir der Mund offen stehen. Ein gut aussehender Herr mittleren Alters kam an unserer Nische vorbei und spähte an der künstlerisch aufgestellten Zierpalme vorbei zu uns rüber. Logan strafte ihn mit einem wütenden Blick, sodass er es beim Schielen beließ und eiligst das Weite suchte.

»Aber er ist auch ein Mensch, er hat ebenso Rechte wie die beiden Furien da drin!«, ereiferte ich mich, von Logans Wut angesteckt.

»In dieser Welt ist ein Bediensteter kein Mensch. Hier und jetzt ist dieser Junge ein Besitz. Er gehört zu diesem Haus, aber diese Stellung verleiht ihm Immunität, um nicht in den Krieg ziehen zu müssen. Und es gibt viele hübsche Jungen, die sich genau deswegen kaufen lassen! Ich verstehe ihre Ängste nur zu gut, aber während sie hier Getränke servieren, ziehen ihre Landsmänner, meine Männer, in die Schlacht und setzen jeden Tag ihr Leben aufs Spiel, damit sie hier herumstehen und sich dann und wann ein wenig von älteren Damen begutachten lassen können! Wo bleibt da das gleiche Recht für alle, von dem du so viel sprichst?« Er ballte die Hände zu Fäusten und rang sichtlich um Fassung.

»Denk verdammt noch mal nach, bevor du dich in eine Szene einmischst!« Ich schrie vor Schreck auf, weil seine Stimme immer lauter und energischer wurde, starrte ihn mit aufgerissenen Augen an, ebenso verunsichert von seinen Worten wie der Heftigkeit seiner Wut.

»Wenn du das nächste Mal vorhast, für jemanden die Heldin zu spielen, dann überlege dir ganz genau, für wen du das tust.« Mit diesen Worten wandte er sich von mir ab und eilte in den Tanzsaal davon, wo das Orchester wieder angefangen hatte zu spielen.

Die zarten Klänge von Walzer Nummer zwei drangen bis zu meiner Nische, wo ich perplex und mit mächtig schlechtem Gewissen regungslos herumstand und es nicht wagte, Logan zu folgen.

Mehr als jemals zuvor wollte ich einfach allein sein. Nicht nur, weil ich wieder einmal bewiesen hatte, dass ich meine Klappe nicht halten konnte, sondern auch, weil ich all das hier einfach nicht verstand. Diese Gesellschaft hier, die Strukturen, kulturellen und menschlichen Zusammenschlüsse, die in diesem Haus, in dieser Zeit aufeinanderprallten, waren schlicht zu viel für jemanden, der das alles nicht gewohnt war.

Das Gefühl von Iwans rauen Lippen auf meinem Hals überrollte mich, Ekel verschmolz mit meiner Wut und Hilflosigkeit, denen ich durch den Streit mit Logan ausgesetzt war.

Es tat mir zwar leid, Logan verärgert zu haben, und ich hätte die Situation bestimmt geschickter lösen können, aber einfach wegsehen konnte ich nicht, wenn jemand seine Stellung ausnutzte und einen anderen Menschen offenkundig gegen seinen Willen belästigte.

Vielleicht verhielt ich mich naiv, wahrscheinlich sogar sehr töricht, und dennoch wollte ich nicht, dass jemand das Gleiche durchleiden musste wie ich.

Kapitel 22

09. August 1916
Das Anwesen der Kursinskijs

Nachdem ich mich einigermaßen gefangen und mein Herzschlag sich wieder beruhigt hatte, stand ich ratlos herum und wägte meine Worte und das, was ich getan hatte, ab. Ich kam nicht umhin, mich über die Heftigkeit von Logans Reaktion zu wundern. Er hatte recht damit, dass ich mich nicht ständig überall einmischen sollte, und trotzdem schien hinter seinen Worten noch mehr zu stecken als der reine Unmut über die ungerechte Arbeitsteilung.

»So allein hier im Dunkeln?« Ein groß gewachsener junger Mann war wie aus dem Nichts aufgetaucht und hatte sich an meine Seite gestellt.

Argwöhnisch betrachtete ich ihn und wünschte mir doch sehnlichst, allein zu sein. Am besten allein in meinem Hotelzimmer oder auf dem Rückflug nach Deutschland. Ganz weit weg von dieser Zeit mit all ihren Sitten und Ungerechtigkeiten und vor allem weit weg von Männern.

»Ich komme allein sehr gut klar, danke.« Entschlossen schob ich mich an ihm vorbei, um kommentarlos zum Ballsaal zurückzulaufen, da griff er von hinten nach meiner Hand und hielt mich fest.

Ich wirbelte herum, um ihm die Faust ins Gesicht zu donnern, damit er mich losließ, als er das Glas mit dem Rotwein einladend vor meine Nase hielt. »Mir scheint, Sie brauchen den jetzt dringender als ich.«

Überrascht sah ich zwischen dem Mann und seinem Glas hin und her. Trotz regte sich in mir, als ich mich mit dem Rücken zum Tanzsaal stellte und mich kurzerhand entschied, sein Angebot anzunehmen. Was könnte es schon schaden? Wenn ich wollte, könnte ich jederzeit abhauen und es war ja nicht gerade so, als würde jemand irgendwo auf mich warten. Ich griff nach dem Glas, nippte an dem würzig duftenden Getränk und stellte fest, dass es zwar trocken, aber sehr fruchtig schmeckte. Natürlich war Alkohol keine Lösung und trotzdem half der Wein dabei, meine innere Unruhe etwas zu mildern.

Ich war es so leid, ständig wegzulaufen, mich verstecken zu müssen oder von einem Fettnäpfchen ins nächste zu tappen. Ab jetzt würde ich nur noch das tun, was ich wollte und diesen Zeitsprung auf meine eigene Art bewältigen. Was konnte mir im schlimmsten Fall passieren? Dass ich von irgendwem gekillt wurde? Bei meinem Glück würde ich es auch selbst aus Versehen schaffen.

Ich betrachtete den Mann noch einmal genauer, konnte an seinem Äußeren jedoch nichts Bedrohliches ausmachen. Trotzdem blieb ich auf der Hut und machte mich darauf gefasst, ihm im Notfall einen saftigen Tritt in die Eier zu verpassen, wenn er Anstalten machte, mich zu bedrängen. Mit Fremden in dunklen Nischen herumzustehen, war wohl zu keiner Zeit eine sichere Angelegenheit.

»Danke«, sagte ich mit einem Zögern in der Stimme, das meine innere Verunsicherung preisgab.

»Sie sahen so verloren hier hinten aus, dass ich kurzerhand beschloss, Ihnen ganz selbstlos Gesellschaft zu leisten.« Er lachte heiser.

»Wie galant von Ihnen und wirklich erstaunlich selbstlos, wo ich Ihnen doch versichern kann, dass Sie dieses Glas nicht zurückbekommen werden«, erwiderte ich mürrisch.

Ich war fest entschlossen, dieses Gespräch so schnell wie möglich zu beenden und mich zum Haus von Marina aufzumachen, um diesen verdammten Tag endlich zu beenden.

Er lachte und ich unterzog ihn einer kurzen Musterung. Ich kam nicht umhin zu bemerken, dass er nicht unattraktiv war. Breite Schultern, dunkle Haare, lange schwarze Wimpern und Augen, die die Farbe von braunem Kaffee hatten. Er hatte ziemlich markante Gesichtszüge, eine gerade Nase und winzige Fältchen um die Augen.

»Gefällt Ihnen, was Sie sehen?«, fragte er spöttisch und zog eine der dunklen Augenbrauen, die für meinen Geschmack ein klein wenig zu buschig waren, in die Höhe.

Ich zuckte die Schultern. »Nicht mehr und nicht weniger als bei den übrigen Menschen hier.«

Die Überraschung in seinen Zügen bei meiner Erwiderung war beinahe witzig. Ich stellte fest, dass es eine willkommene Abwechslung war, mit jemandem ein vollkommen unverfängliches Gespräch zu führen. Unser schneller Wortwechsel lenkte mich von Iwan und Logan ab und ich hieß die kurze Verzögerung meiner düsteren Überlegungen herzlich willkommen, ließ den Mann jedoch zu keiner Sekunde aus den Augen. Vorsicht war besser als Nachsicht, auch wenn sich solche Sprüche selbst nur in Gedanken wie der Rat eines Glückskekses anhörten.

Er fing sich rasch wieder und versteckte seine Verwunderung hinter einem schmalen Lächeln. »Ich bin Dimitri, lassen wir die nervigen Nach- und Zunamen einmal beiseite. Mir scheint, Sie sind keine Dame, die großen Wert auf solch überflüssige Höflichkeiten legt.« Er streckte mir die Hand entgegen, um meine zu küssen, doch ich ergriff stattdessen seine und schüttelte sie. Alles in mir sträubte sich gegen den Gedanken, seine Lippen auf meiner Haut zu spüren.

Nun fiel Dimitri wirklich alles aus dem Gesicht. Kurz blinzelte er mich verwirrt an, ehe er in schallendes Gelächter ausbrach. Peinlich berührt nahm ich noch einen Schluck Wein und hätte mir am liebsten selbst gegen die Stirn geklatscht. Die Situation hätte man auch deutlich geschickter lösen können, für die Zukunft musste ich mir dringend eine Alternative überlegen oder angewöhnen, zu jeder Zeit Handschuhe zu tragen.

»Herrlich erfrischend, Ihre Umgangsformen! Nicht diese verstaubte Wichtigtuerei, die so manch feine Dame hier an den Tag legt.« Er hatte aufgehört zu lachen und nahm mir kurzerhand das Weinglas aus der Hand. »Verzeihung, teilen können wir gerne, jedoch hat mir dieses Glas einiges an Kampfkunst abverlangt, daher gebe ich es nicht einfach auf. Selbst wenn die Beschenkte eine so reizvolle Erscheinung ist.« Dimitri nahm einen Schluck und ließ die restliche Flüssigkeit darin kreisen.

»Sie sind aber auch nicht gerade der Inbegriff an Tugendhaftigkeit«, erwiderte ich mit zusammengezogenen Augenbrauen.

»Wenn Sie auch ein solch exquisites Exemplar eines Weinglases ergattern wollen, müssen Sie mir lediglich Ihren Namen verraten.«

»Ah ja, muss ich das? Ich könnte auch in den Nebenraum gehen und mir selbst eins holen«, stellte ich herausfordernd fest, versteifte mich jedoch bei dieser Vorstellung augenblicklich. Keine zehn Pferde würden mich noch einmal in diesen Raum führen, ohne dass mit den alten Schachteln ein Unglück geschah.

Dimitri schien meine Verärgerung falsch zu interpretieren und fuhr in einem lässigen Plauderton fort: »Das könnten Sie, aber dann wäre ich gezwungen, Ihnen nicht von der Seite zu weichen, solange Sie mir nicht Ihren Namen verraten haben«, sagte er und beugte sich etwas zu mir hinab.

Ich wich sofort einen Schritt zurück und wägte ab, ob ich ihm jetzt schon eine verpassen oder noch warten sollte, als eine Stimme hinter mir mich zusammenfahren ließ.

»Deine Gesellschaft erträgt wohl keine Dame über den ganzen Abend, ohne dem Alkohol vollends zu verfallen, Dimitri.« Mein Herz machte beim Klang von Logans Stimme einen aufgeregten Hüpfer, für den ich mich augenblicklich selbst im Inneren tadelte.

»Ah, Logan, wie ich sehe, kennst du dieses bezaubernde Geschöpf mit der scharfen Zunge. Würdest du uns miteinander bekannt machen?« Wirkte es nur auf mich so oder machte Dimitri plötzlich einen nervösen Eindruck?

Logan schob sich an mir vorbei und wirkte wie der fleischgewordene Zorn. »Das ist meine Cousine und ich bestehe darauf, dass du dir jetzt eine andere Gespielin für den Abend suchst«, zischte er und ging einen bedrohlichen Schritt auf Dimitri zu. Langsam wurde es ziemlich eng in unserer Nische.

»Wie ich sehe, ist dein Beschützerinstinkt nach wie vor ziemlich präsent. Aber auch wenn es mir schwerfällt, so werde ich mir jetzt um unserer Freundschaft willen einen neuen Wein holen, damit du in Ruhe deine Verwandte über unsere besondere Beziehung aufklären kannst.« Dimitri drehte sich zu mir um und ergriff meine Hand. Seine Lippen legten sich auf meinen Handrücken, noch bevor ich die Hand fortziehen konnte. »Ich werde Ihren Namen schon noch herausfinden, geheimnisvolle Fremde«, sagte er gerade so laut, dass auch

Logan ihn hören konnte, und schob sich an dem Kapitänleutnant vorbei. Ich blickte ihm überfordert nach, bis Logans Schultern mir die Sicht auf Dimitris Gestalt verdeckten.

»Kann ich dich wirklich keine zwei Minuten allein lassen, ohne dass du gleich dem nächstbesten Mistkerl schöne Augen machst?« Seine Stimme klang unangenehm rau und aus seinen Augen blitzten wütende Funken.

Ich wusste nicht, ob er immer noch so wütend wegen meines Handelns war, oder ob es ihm wirklich etwas ausmachte, dass ich mit diesem Dimitri gesprochen hatte. So oder so, anschreien lassen musste ich mich nicht!

»Ich kenne hier keinen einzigen Menschen und war froh, Gesellschaft zu haben!«, blaffte ich zurück und verschränkte die Arme vor der Brust.

»Was bist du? Ein Kind? Brauchst du permanente Betreuung?« Logan kam einen Schritt auf mich zu und packte mich an den Schultern.

»Lucy, du machst mich wahnsinnig!« Er schüttelte mich leicht und ich zuckte zusammen, wich vor ihm zurück.

»Fass mich nicht noch mal an!«, zischte ich, unangenehm an andere Hände erinnert, die mich grob gepackt hatten. Logan erstarrte, sah mich mit einem durchdringenden Blick an, schien etwas in meinen Augen zu entdecken, was verschiedene Emotionen in seinem eigenen Blick auslöste. Er wirkte ebenso überfordert wie ich und ich spürte plötzlich, wie mir Tränen in die Augen traten.

»Logan, mein Freund! Wie schön, dich hier zu sehen!« Ein Mann mit dunklem, fast schwarzem Haar kam um die Ecke geschlendert.

Was war eigentlich mit diesen Menschen hier los? Konnte man in einer verdammten Nische keine zwei Minuten streiten, ohne dass ständig jemand dazukam? Verstohlen wischte ich mir übers Gesicht und wandte den Blick von Logan und dem Mann ab. Ich würde einen Teufel tun und ihnen zeigen, dass ich drauf und dran war, wie ein kleines Mädchen in Tränen auszubrechen.

Logans Gesichtszüge wurden beim Klang der Stimme etwas weicher und er ließ mich los. Leicht benommen, beinahe so, als hätte er nicht gewusst, was er gerade getan hatte, sah er mich flüchtig an. Ich sah Reue in seinen Augen aufblitzen, ehe er auf dem Absatz kehrtmachte und an dem Neuankömmling vorbeistürmte. Zum dritten Mal an nur einem Abend stand ich allein mit einem Mann in einer Treppennische.

Verwundert und immer noch gegen die verschiedenen Emotionen ankämpfend sah ich Logan nach und stellte erst nach einigen Augenblicken fest, dass Alexander derjenige war, der uns unterbrochen hatte! Marinas Alexander!

»Nehmen Sie es Logan nicht übel, Dimitri ist sein rotes Tuch. In seiner Nähe vermag er nicht mehr Herr seiner eigenen Sinne zu sein.« Seine kühle Stimme jagte mir einen Schauer über den Rücken.

Ich stand mit weit aufgerissenen Augen vor ihm. »Alexander Nikolajewitsch«, flüsterte ich ehrfürchtig. Ein Chaos aus unterschiedlichsten Empfindungen brach über mir zusammen. Ich hatte das Gefühl, diesen Mann zu kennen, und gleichzeitig wusste ich nur zu gut, dass ich keine Ahnung hatte, wer er wirklich war.

»Oh, wie mir scheint, eilt mein Ruf mir wieder einmal voraus. Verzeihen Sie, ich kenne Ihren Namen leider nicht«, sagte Alexander bedauernd.

Er war etwa einen Kopf größer als ich, hatte freundliche braune Augen und schmale Lippen. Seine eher strengen Gesichtszüge und die krumme Nase zeugten von schweren Entscheidungen und Kämpfen. Da auch ich mir in meiner wilden Basketballzeit mehr als nur einmal die Nase gebrochen hatte, erkannte ich ein eingerenktes Riechorgan sofort. Die Nase von Alexander hatte mindestens genauso häufig gelitten wie meine eigene! Er trug seine Admiralsuniform mit den vielen Abzeichen und führte an der Seite den obligatorischen Kortik.

Logan hatte mir in einer ruhigen Nacht an Bord des Schiffes erzählt, dass der Kortik der ganze Stolz eines Admirals war. Nur ranghohe Soldaten bekamen einen verliehen und trugen diesen wie die bedeutendste Auszeichnung überhaupt. Ein Mann und sein Kortik, zwei Dinge, die bis zum Tod vereint blieben, zumindest wenn es nach Logan ging.

»Lucinda Derewanko, aber Freunde dürfen mich Lucy nennen«, gab ich zurück und dachte kurz darüber nach, ob es angebracht wäre, einen Knicks zu machen oder mich eher zu verbeugen. Tat man so etwas hier überhaupt oder galt das nur in Frankreich?

Alexander nahm meine Hand und drückte seine Lippen kurz auf meinen Handrücken. Ich errötete. Nicht, weil er mir so gut gefiel, sondern weil die Berührung so ungewohnt war. Dimitri hatte mich vorhin überrumpelt, bei Alexander war mir diese Art der Begrüßung peinlich. Diesem Gedanken zum Trotz musste ich gestehen, dass ich mich bei ihm sicher fühlte. Wie bei einem Onkel oder einem freundlichen Verwandten, den man schon lange kannte und der auf Familienfeiern beim Grillen lustige Geschichten aus seiner Jugend zum Besten gab.

»Ich bin froh, Ihre Bekanntschaft zu machen, Lucy.« Alexander gab meine Hand wieder frei und schenkte mir ein kurzes Lächeln, das seine Augen zum Leuchten brachte und feine Lachfältchen auf sein Gesicht zauberte.

»Logan hat mir schon einiges über Sie erzählt, er verehrt Sie wirklich sehr«, sagte ich und kam nicht umhin, Marinas Faszination für diesen freundlichen, aber geheimnisvollen Mann zu teilen. Er strahlte eine ruhige, gefasste Persönlichkeit aus.

Alexander lachte und winkte ab. »Ich kenne Logan nun schon seit zehn Jahren, er steht mir in nichts nach. So oft, wie er mich bereits gerettet hat, bin ich eher derjenige, der ihm etwas schuldig ist, ganz gleich, wer welchen Rang hat.«

Ich wurde hellhörig. »Logan hat Sie gerettet?«, fragte ich erstaunt.

Alexander nickte ernst. »Nicht nur mich. Logan ist ein brillanter Stratege. Einzig seinem Fluchtplan hat meine gesamte Besatzung zu verdanken, heute unter den Lebenden zu weilen.«

Eine junge Frau in einem blassrosa Kleid kam zu uns in die Nische gewankt, hinter sich zog sie einen fein gekleideten Herrn mit, dessen abstehende Ohren sich bei unserem Anblick sofort dunkelrot färbten. »Verzeihung!«, beeilte er sich zu stammeln und ließ die Frau los, die sofort gefährlich schwankte, es aber irgendwie schaffte, auf ihren dünnen Beinchen stehen zu bleiben. Der Blick des Mannes verharrte kurz auf mir, ehe er sich hastig abwandte, seine Gefährtin bei der Hand nahm und schnell verschwand. Alexander schüttelte den Kopf.

»Wir können uns nun sicher sein, dass die Gerüchteküche so richtig ins Brodeln kommt«, sagte er lachend, während ich dem Paar immer noch nachsah.

»Wollen wir vielleicht aus dieser Nische raus und unser Gespräch im Ballsaal weiterführen? Nur zur Sicherheit?« Er wartete meine Antwort gar nicht ab, sondern bot mir seinen Arm an und führte mich zum Ballsaal. Geflüsterte Gesprächsfetzen und neugierige Blicke folgten uns auf den Fersen.

»Alexander?« Maria Stepanova kam zu uns getreten und die Gespräche um uns herum verstummten augenblicklich.

»Maria, ist etwas passiert?«, fragte Alexander und ich hörte die Sorge in seiner Stimme. Etwas in meinem Magen rumorte vor Eifersucht auf diese Frau, immerhin wusste ich um die Gefühle von Marina.

»Nein, mein Liebster. Ich bin einfach nur müde und habe dich gesucht, damit wir eine Kutsche bestellen können. Mir fallen bereits die Augen zu.« Sie lächelte mich entschuldigend an. »Verzeihen Sie, dass ich Ihnen meinen Mann entführen muss, aber ich bin heute erst in Helsinki angekommen und habe eine lange Reise hinter mir. Man wird ja auch nicht jünger«, sagte sie mit einem netten Lächeln.

»Würdest du mir verzeihen, wenn ich noch bleiben würde? Ich hatte noch keine Gelegenheit, mich mit Pawel zu unterhalten und ich würde seine Anwesenheit gerne nutzen, um über die überfälligen Zahlungen an die Schiffsköche zu sprechen. Du weißt ja, wie er sein kann …« Etwas an Alexanders Tonfall machte mich stutzig und auch Maria sah nicht gänzlich überzeugt aus, als sie nickte.

»Lass dich von mir nicht von deiner Arbeit abhalten, Liebster. Ich warte zu Hause auf dich«, sagte sie, gab mir zum Abschied einen feinen Kuss auf die Wange und nahm mir das Versprechen ab, dass wir uns bei Gelegenheit näher unterhielten.

Nachdenklich blickte ich ihr nach und kam nicht umhin, dass sich Mitleid in mir regte. Wäre sie ein schlechter Mensch, fies, gemein oder gar unausstehlich, wäre das Wissen um die verbotenen Gefühle deutlich einfacher und ich hätte weiter für Marina mit eifersüchtig sein können, so fühlte ich mich allerdings nur wie eine unfreiwillige Mitwisserin bei einem Verbrechen. Nachdem ich Iwan kennengelernt hatte und erfahren durfte, wie er wirklich wahr, gönnte ich meiner Urgroßmutter das Glück mit Alexander von ganzem Herzen und hoffte inständig, er würde Iwan in die Schranken weisen.

»Würden Sie mich entschuldigen, ich muss dann mal unseren Militärsekretär suchen und ihm im wahrsten Sinne des Wortes die Pistole auf die Brust setzen, damit die Zahlungen endlich wieder fließen.« Alexander sah mich entschuldigend an. »Aber ich bringe Sie noch schnell zu Ihrem Cousin.« Bei dem Wort »Cousin« zuckten seine Lippen kaum merklich.

Wusste er etwa, dass Logan und ich gar nicht verwandt waren? Ich kaschierte meine Unsicherheit mit einem Lächeln. »Gerne, aber ich kann nicht dafür garantieren, dass ich nicht versehentlich ein Glas mit Rotwein in sein Gesicht schütte, wenn er mich wieder anschreit«, sagte ich säuerlich und entlockte Alexander damit ein lautes Auflachen.

»Nur bitte schonen Sie seine Augen, ein blinder Kapitän nützt mir herzlich wenig.«

Alexander führte mich in den Ballsaal zurück, wo gerade eine liebliche Melodie gespielt wurde und bunte Pärchen in dichten Formationen umeinanderkreisten. Ich erblickte Constanze, die eng umschlungen mit einem blonden Soldaten tanzte. Sie beugte sich gerade vor und flüsterte ihm etwas ins Ohr, ehe er sie aus der Umarmung drehte und dann wieder zu sich zog. Elegant wie eine Elfe wirbelte Constanze herum, ihr Haar schwang dabei aufregend auf und ab und gab den Blick auf ihren tiefen Rückenausschnitt frei. Nicht nur ein Mann beobachtete die gut gelaunte und wunderschöne Französin und ihren Partner. Die Formation wechselte, die Paare drehten sich in einer erneuten Runde und nun stand Constanze mit dem Rücken zu mir, während ich das Gesicht ihres Tanzpartners nur zu gut erkennen konnte. Es war Logan. Dieser rückgratlose …

»Oh, da ist er ja auch schon! Lucy, es war mir eine Freude, Sie kennenzulernen. Ich hoffe, dass wir uns bei Gelegenheit wiedersehen und Sie mir meinen Kameraden bis dahin nicht zu sehr um den Verstand bringen. Ich brauche seine vollkommene Konzentration auf dem Schiff.« Ehe ich begreifen konnte, was Alexander da sagte, zwinkerte er mir zu und machte sich durch die umherstehenden und plappernden Leute davon.

Wütend, überrascht und gänzlich verwirrt blieb ich zurück, starrte zuerst ihm nach und blickte dann wieder zu den Tanzenden. Constanze schmiegte ihre aufreizende Gestalt schamlos an Logan, während dieser wie ein blödes Honigkuchenpferd grinste.

»Sie bleiben aber auch nicht lange allein, was? Stets tummeln sich Männer in Ihrer Nähe.« Ich erstarrte, die Stimme kannte ich doch.

»Dimitri …«, stotterte ich, versuchte meine Überraschung zu kaschieren.

»Wie mir scheint, ist Ihr Cousin anderweitig beschäftigt. Würden Sie gerne tanzen?«

Ich fragte mich unweigerlich, ob irgendwo auf meinem Rücken ein Zettel mit »Sprich mich an, ich bin ja sooo allein und verzweifelt« klebte oder weshalb jeder meinte, sich mit mir unterhalten zu müssen. An meiner charmanten Art konnte es unmöglich liegen. Ein Blick auf Constanzes lachendes Gesicht ersparte mir ein langes Hin-und-her-Überlegen. Was die beiden konnten, konnte ich schon lange!

»Ich würde wirklich gerne tanzen, bin aber nicht geübt darin. Sie werden mich wohl gut führen müssen, wenn Sie nicht möchten, dass Ihre Füße darunter leiden.«

Wenn Logan und anscheinend jeder andere an diesem Abend seinen Spaß haben konnte, dann ich doch wohl auch. Und es war schließlich auch nicht so, als hätte ich gerade etwas Besseres zu tun. Während meiner Schulzeit hatte ich eine Tanzschule besucht und war in den klassischen Tänzen gar nicht so schlecht gewesen, diese Erfahrungen lagen nun aber ein paar Jährchen zurück und machten mich nervös. Auf keinen Fall wollte ich mir die Blöße geben und stürzen. O lieber Gott, bitte bitte lass mich nicht fallen!

Dimitri grinste nur, legte mir eine Hand auf den Rücken und führte mich zur Tanzfläche. Seine Berührung war mir unangenehm, alles in mir wollte seine Hand abschütteln und einfach gehen, aber mein Sturkopf setzte sich durch. Ich wollte Logan ärgern und mir schien Dimitri die beste Lösung dafür zu sein. Die Musik ebbte ab und die langsame Melodie wurde erneut von einem Wiener Walzer abgelöst. Okay, jetzt musste ich mich nur noch daran erinnern, was ich in der Tanzschule gelernt hatte. Schritt, Schritt, vor, oder war der Wiener Walzer, der, wo man im Viereck tanzte? Ich hatte die zweifelhafte Ahnung, dass ich sämtliche Tänze gerade durcheinanderbrachte.

Wir gingen zur Tanzfläche und stellten uns an den Rand. Zweifelnd beobachtete ich die Frauen, wie sie herumwirbelten und von galanten Kavalieren geführt wurden. Ah! Der Wiener Walzer war der mit den vielen Drehungen. Toll, dass ich mir gleich den schwierigsten Tanz aussuchen musste.

»Vertrau mir, ich werde dich nicht stolpern lassen«, sagte Dimitri mit einem schelmischen Grinsen und wechselte zum »Du«. Während er meine Hand in seine nahm, legte sich die andere auf meinen unteren Rücken und zog mich näher an ihn heran. Er streckte unsere Arme aus und mir blieb nichts anderes übrig, als es ihm gleichzutun. Ich legte meine linke Hand auf seine Schulter, was ihn dazu veranlasste, mich noch näher an sich zu ziehen.

»Muss es wirklich so eng sein?«, fragte ich, als Dimitri einen Schritt vorwärts machte und ich meinen Fuß zurücksetzte. Ich fühlte mich in Anbetracht von so viel Nähe unwohl.

»Muss es. So kannst du besser meinen Schritten folgen.« Er trat wieder zurück und ich machte einen Schritt vor. Das wiederholten wir ein paar Mal ganz langsam. Unsere Bewegungen wurden fließender, passten sich einander an und wir wagten eine Drehung. Dimitris Hand gab mir am Rücken Halt und wenn ich aus dem Takt kam, erinnerten mich seine Schritte an die richtige Reihenfolge. Ich konzentrierte mich vollends auf die Bewegung und versuchte, seine Berührungen zu ignorieren.

Er lenkte uns erneut zu einer gemeinsamen Drehung, was mich veranlasste, näher an ihn zu treten. »Und was hast du als Nächstes vor?«, nahm ich den Faden wieder auf, um die angespannte Stille zwischen uns zu überwinden.

»Was hättest du denn gerne, was ich täte?«, erwiderte er.

Entfernt nahm ich wahr, dass die Musik erneut wechselte, schneller wurde. Dimitri und ich blieben stehen, Körper an Körper, seine Augen waren auf mich gerichtet.

»Was soll ich als Nächstes tun, Lucy?«, fragte er noch einmal, zwinkerte mir verschmitzt zu, weil er ohne mein Zutun meinen Namen herausgefunden hatte. Er scherte sich nicht um die empörten Ausrufe, die um uns herum laut wurden, weil wir anderen im Weg standen und uns nicht rührten. Ich blickte in seine Augen, die im hellen Licht gar nicht so dunkel waren, sondern die Farbe von Bronzemünzen hatten, und schüttelte schnell den Kopf. Ich wollte garantiert nicht noch einen Macho an der Backe haben, der mein ohnehin schon kompliziertes Leben durcheinanderbrachte!

»Lucy?« Logans Stimme riss mich aus der Betrachtung heraus und Dimitri ließ mich los, was mich rückwärts stolpern ließ, doch Logans Arm war schneller. Dort, wo gerade noch Dimitris Hand lag und mir Halt gab, war plötzlich die von Logan.

»Ja?«, fragte ich verwirrt.

»Constanze und ich wollen nach Hause fahren. Ich komme, um dich abzuholen.« Logans Stimme klang wie Eis. Unnachgiebig und kalt.

Ich verengte die Augen zu schmalen Schlitzen, während die beiden Männer sich wortlos ansahen. Logan abschätzend und distanziert, Dimitri provokativ ruhig, mit einem Grinsen im Gesicht.

»Meinst du nicht, dass deine Cousine erwachsen genug ist, um selbst für sich zu entscheiden, wann der Abend für sie zu Ende geht?«, fragte Dimitri.

»Wir können die Angelegenheit gerne in einem Duell klären, wenn du willst«, gab Logan zurück.

»Logan? Wollen wir?«, kam plötzlich auch Constanze zu uns gestöckelt und hängte sich an Logans anderen Arm.

In diesem Moment brannten in meinem Kopf sämtliche Sicherungen durch und ich sah vor Wut nur noch Rot. Am liebsten hätte ich beiden eine Tracht Prügel verpasst und sie anschließend darüber aufgeklärt, dass sie Idioten waren. Ein halb ersticktes Grollen drang aus meiner Kehle und ich machte mich von Logan los.

»Von dir will ich gar nichts«, sagte ich anklagend zu Dimitri, dessen Grinsen plötzlich wie weggefegt war. »Und mit dir gehe ich auch nirgendwohin, wenn sie dabei ist!«, stellte ich an Logan gewandt klar, wirbelte herum und bahnte mir einen Weg durch die umherstehenden Menschen, die wegen meines peinlichen Auftritts bereits tuschelten.

Meine Wangen glühten unangenehm und mein Herz klopfte viel zu schnell in meiner Brust.

»Lucy! Warte!« Jemand packte mich am Arm, zog mich an sich. »Du kommst ohne eine Kutsche doch gar nicht weg und ich kann nicht verantworten, dass du allein gehst. Lass mich dich begleiten, ich werde mich auch benehmen«, sagte Dimitri, in dessen Augen erneut eine Spur von Schalk getreten war.

Ich blickte über seine Schulter zu Logan, der gerade hitzig mit Constanze sprach und nicht einmal zu mir sah. Dann nickte ich. Etwas in meinem Inneren rührte sich, versetzte mir einen unangenehmen Stich beim Anblick der verschränkten Hände der beiden. »Lass uns gehen! Aber schnell«, sagte ich zu Dimitri, der sofort verstand und mich nach draußen führte.

Er wollte uns eine Kutsche bestellen, doch ich winkte ab, wollte jetzt nicht schon wieder in einer Enge eingesperrt sein. »Können wir vielleicht laufen?«, fragte ich kleinlaut, versuchte meinen inneren Tumult zu unterdrücken und mir nicht anmerken zu lassen, wie verletzt ich war. Dimitri schien überrascht, widersprach jedoch nicht.

»Es ist ein langer Weg. Nimm bitte meine Jacke, damit du dich nicht verkühlst«, sagte er, schlüpfte bereits aus dem Kleidungsstück und legte es mir tröstlich über die Schultern. Mir war bereits aufgefallen, dass der Abend viel kühler geworden war und die Straßen nach Regen rochen und ich war dankbar für die Aufmerksamkeit.

»Aber sollte ich mir einen Absatz abbrechen, darfst du mich nicht tragen«, sagte ich lahm. Meine Stimme klang fremd, erstickt und irgendwie … traurig.

»Wir werden sehen, wie sehr du dich dagegen wehren wirst, sollte es tatsächlich dazu kommen«, erwiderte Dimitri und entlockte mir tatsächlich ein ehrliches Lachen.

Kapitel 23

10. AUGUST 1916
RUHIGE STRASSE IN HELSINKI

Wir gingen eine Weile schweigend nebeneinanderher, während ich mir krampfhaft jeden Gedanken an Logan und Constanze verbot. Dimitri spielte neben mir mit einem silberglänzenden Feuerzeug, das er aufflammen und wieder erlöschen ließ. Die Straßen von Helsinki lagen ruhig und verlassen vor uns, der Asphalt war noch feucht von Regen, der in der Zwischenzeit vom Himmel gefallen war. Die einzigen Geräusche bildeten das Klackern meiner Stiefelchen und der Wind, der die Blätter in den umherstehenden Birken zum Rascheln brachte. Selten hörte man auch das entfernte Rattern von Rädern auf dem Kopfsteinpflaster, andere Menschen begegneten uns allerdings nicht.

»Wie gut kennst du eigentlich Logan?«, fragte ich nach einer Weile. Dimitri hatte mir genügend Zeit gegeben, um mich beruhigen zu können, und ich war ihm dankbar dafür.

»Ich habe deinen Cousin in der Akademie kennengelernt«, gab er zu, was jedoch meine Frage nicht beantwortete.

»Aber es wirkte, als würde er dich hassen, das kann doch nicht nur an eurer gemeinsamen Schulzeit gelegen haben!«

»Ja, Logan und ich … Wir haben eine gemeinsame Vergangenheit. Er gibt mir die Schuld für etwas, was nicht mein Fehler war. Und du kennst deinen Verwandten wohl am besten von uns allen, um zu wissen, wie nachtragend er ist.« Ich blieb stehen, wartete, dass auch er seine Schritte verlangsamte und sich zu mir umdrehte. »Entweder du erzählst mir jetzt die ganze Wahrheit, oder …« Ja, oder was? Ich hatte mich selbst in die Falle gelockt. Dies war auch Dimitri bewusst, denn er hob fragend die Augenbraue.

»Ich warte auf deine Argumentation, die mich zweifelsohne sofort außer Gefecht setzen wird«, neckte er herum.

»Fein, dann eben nicht! Lass uns einfach laufen und schweigen.« Ich warf die Hände in die Luft und ging weiter.

Dimitri besaß die Frechheit, seine Lippen zu einem Grinsen zu verziehen, wurde jedoch gleich wieder ernst. »Ich kannte Logans Bruder. Er diente mit mir gemeinsam an der Front, bevor ich zur Marine wechselte und an der Akademie aufgenommen wurde.«

Ich blieb wieder stehen, starrte seinen Rücken an.

»Dein Cousin gibt mir die Schuld am Tod seines Bruders. Stell dir vor, du bist noch grün hinter den Ohren, wirst aus deiner Familie gerissen und an die Front geschickt. Das Bajonett wog damals mehr als ich, unsere Truppe bestand aus Patzanow[20], die noch nie bei einer Frau gelegen haben, geschweige denn wussten, was Krieg bedeutet.« Er stockte, gab mir ein Zeichen, dass wir weitergehen sollten.

Ein kühler Windhauch pfiff durch die ruhige Straße, während wir nebeneinanderher gingen.

»Kurzum, bei einer Belagerung wurde unser Kommandant getroffen. Er ist noch an Ort und Stelle verblutet, während Rafael und ich direkt hinter ihm liefen. Rafael fiel hin, stolperte über die Hand seines einstigen Befehlshabers, und ich lief weiter. Ich hatte es nicht gesehen, hatte nicht mitbekommen, dass er nicht mehr hochgekommen ist. Ein Geschoss traf mich in die linke Schulter, ich ließ mein Gewehr fallen und stand vollkommen reglos da, wie ein Hase vor dem Fuchs.«

Er machte erneut eine Pause. Im Licht des Mondes konnte ich in seinem Gesicht Unsicherheit und Furcht erkennen. Mir stockte der Atem, ich wagte es nicht ihn aufzufordern, weiterzusprechen.

»Während ich also einfach nur wie erstarrt dastand und die Kugeln um mich herumzischten, ohne dass ich auch nur auf den Gedanken gekommen wäre, mein Gewehr aufzuheben, hatte Rafael sich wieder gefangen und war an mir vorbeigestürmt. Er lief mit erhobenem Gewehr, brüllte den Feind an, verspottete die Mütter und Väter der Gegner. Vier Kugeln trafen ihn in die Brust, doch er lief weiter, hinterließ eine Blutspur in dem feuchten Gras. Langsam kehrten meine Sinne zurück, ich duckte mich nach dem Gewehr, wollte ihm

20 *Patzanow = russisch für »Jungs« oder »Burschen«

Rückendeckung geben, ohne zu verstehen, dass es sinnlos wäre, doch einer der obersten Offiziere packte mich und warf mich zur Seite: Ich hatte furchtbare Angst, wollte jedoch auch Rafael helfen, aber mein Körper versagte mir den Dienst. Stattdessen duckte ich mich wie ein Feigling hinter einen Baum, bis die Schüsse aufgehört hatten. Ich dachte, ich müsste sterben. Als einer der Männer mich fand, war der Kampf bereits vorbei. Wir hatten viele Kameraden verloren, die andere Seite noch mehr, und letztlich konnten wir sie zurückschlagen. Unter den Toten war auch Rafael.«

Die Laternen ließen gelbliche Lichter auf der Straße tanzen, während die schwere Last der Vergangenheit sich Dimitris Gegenwart bemächtigte.

»Es war nicht deine Schuld, du konntest nichts dafür! Viele hätten an deiner Stelle Angst bekommen«, versuchte ich ihn abzulenken, doch Dimitri winkte ab. »Das war noch nicht alles.«

Was konnte da bloß noch kommen? Als wäre die Geschichte nicht schon fürchterlich genug.

»Ich weiß nicht, warum ich dir das alles erzähle. Vielleicht damit du verstehst, warum Logan zu mir so ist, wie er ist. Jedenfalls trat ich der Akademie bei, verschwieg jedoch meinen Einsatz und auch meine Vorgesetzten verzichteten auf einen Bericht. Im zweiten Jahr lernte ich Logan kennen und wir freundeten uns an. Ich wusste, wer er war, er aber nicht, wer ich war. Als er es herausfand, fühlte Logan sich verraten und das kann ich ihm nicht übelnehmen. Jahre nach unserem Abschluss wurde er von Kolchak zu einem perfekten Soldaten ausgebildet, ich hingegen suchte mir einen anderen Weg. Warum für einen Zaren kämpfen und sein Leben riskieren, wenn die Regierung nur hinter den Mauern des Winterpalais sitzt und uns wie seelenlose Schachfiguren umherschiebt?«

Mein Herz setzte einen Schlag aus. »Du gehörst den Bolschewiki an? Den Rebellen? Warum erzählst du mir das?«, rief ich verstört.

Dimitri stellte sich vor mich, versperrte mir mit seiner großen Gestalt den Weg und griff nach meinem Arm. »Lucy, ich weiß, wie es ist, für einen fremden Krieg kämpfen zu müssen. Ich habe mehr Kameraden, mehr Freunde sterben sehen, als mir lieb wäre. Es gibt nur einen Weg, das alles aufzuhalten. Die Bolschewiki sind nicht die

Bösen, die Rote Armee kämpft für die Menschen, wir wollen Idealisten wie Alexander und Logan auf unsere Seite ziehen. Männer, die nicht vollkommen in den Fängen des Zaren sind und noch in der Lage, eigenständig zu denken! Sie dienen dem Militär, hinterfragen es. Allein um Kolchak dienen zu können, würden Männer zu uns wechseln und wir hätten einen erstklassigen Strategen an unserer Spitze. Warum sein Leben wegwerfen, wenn man für die Zukunft seines Volkes kämpfen kann?«

Ich schreckte zurück, versuchte, mich aus seinem Griff zu befreien. »Das heißt, du erzählst mir das alles, damit ich Logan davon überzeuge, sich euch anzuschließen?«, fragte ich mit zitternder Stimme.

»Du bist seine Cousine, du kannst Logan von unserer Vision überzeugen. Ihn dazu bringen, Kolchak zu uns zu holen.« Endlich ergab alles einen Sinn.

Der fanatische Blick von Dimitri verschaffte mir eine Gänsehaut und ich wurde vorsichtiger, überdachte jede Bewegung, um ihn nicht unnötig auf mich aufmerksam zu machen.

»Nun ja, du wirst verstehen, dass mein Einfluss nach dem heutigen Abend eher eingeschränkt sein wird. Logan hört nur auf sich selbst und sonst auf niemanden«, gab ich eisig zu, versuchte mir meine Angst nicht anmerken zu lassen, als sich Dimitris Griff um meinen Arm verstärkte.

Er beugte sich zu mir vor, sah mich eindringlich an. »Ich weiß, dass ihr nicht verwandt seid«, sagte er mit einem höhnischen Grinsen. »Wer bist du wirklich? Seine Geliebte oder doch die von Alexander? Ich habe euch beide heute miteinander sprechen sehen, ihr wart so vertraut.«

Seine Worte verschmolzen mit den Regentropfen, die irgendwann begonnen hatten, immer schneller vom Himmel zu fallen und mein Kleid und meine Haare benetzten.

»Keiner von beiden wird euch dabei helfen, den Zaren zu stürzen! Sowohl Logan als auch Alexander haben viel zu viel Ehre, um sich einer feigen Rebellion anzuschließen«, spuckte ich ihm praktisch vor die Füße und stellte mit Genugtuung fest, wie das selbstzufriedene Grinsen aus Dimitris Gesicht gewischt wurde.

»Wie schade, ich hätte dich wahrlich für intelligenter gehalten«, sagte er bedauernd. »Ich will dir nichts tun, ich habe nur meine Befehle, die ich befolgen muss!«

Die Tropfen verdichteten sich vor meinem Gesicht, fielen unnachgiebig auf uns beide herab. Die Selbstsicherheit in seinen Zügen kam ins Wanken. Der Regen hatte ihm das braune Haar in Strähnen vor die Augen gelegt, was ihn jünger erscheinen ließ.

»Es ist mir egal, was für Befehle du hast, ich werde meine Freunde zu nichts zwingen!« Meine Stimme überschlug sich beinahe, wurde jedoch von eilendem Stiefelklackern unterbrochen. Dimitri sah mich noch einmal energisch an und ließ mich los.

»Das letzte Wort in dieser Sache ist noch nicht gesprochen«, flüsterte er ganz dicht an meinem Ohr und verursachte mir damit eine Gänsehaut. Er strich sanft eine feuchte Locke aus meinem Gesicht und fuhr mit ruhiger Stimme fort: »Ich bin nicht der Feind in dieser Geschichte und möchte nur die beschützen, die ich liebe. Das Militär und die Regierung haben nicht immer recht, glaub mir.« Als ich aufblickte, verschwand seine große Gestalt gerade in der Dunkelheit einer Seitenstraße.

Eilige Schritte mischten sich mit dem Plätschern des Regens. »Lucy! Lucy! Ist alles in Ordnung? Ich habe dich mit Dimitri weggehen sehen und bin euch nachgelaufen.« Constanzes feuchtes Antlitz erschien in meinem Sichtfeld. So nass und mit zerwuscheltem Haar sah sie ganz und gar nicht mehr übernatürlich hübsch aus.

»Ja ... Es ist nichts passiert, Dimitri wollte mich nur nach Hause bringen«, log ich. Ich wusste nicht, weshalb ich ihr nicht die Wahrheit sagte, etwas in mir drängte mich dazu, ihn vor Constanze zu schützen. Das, was er mir erzählt, was er mir bei diesem Spaziergang offenbart hatte, war beängstigend und doch konnte ich seinen Ausführungen ein Stück weit folgen.

Constanze sah mich misstrauisch an und griff an den herabbaumelnden Ärmel seiner Jacke, die ich immer noch um die Schultern trug. »Ist das Dimitris?«, fragte sie zögerlich.

Ich nickte.

»Logan sucht überall nach dir. Er wäre selbst hinter dir her, aber zwei alte Damen haben ihn abgepasst und zum Tanzen verdonnert, deswegen habe ich angeboten, euch nachzulaufen«, sagte sie. »Ich wusste ja nicht, dass es regnen würde.« Constanze verzog missbilligend die Lippen.

Lautlose Tropfen fielen zu Boden, glänzten in den matten Lichtern der Laternen. Constanze sah mich mit einem traurigen Blick an, ihre Gesichtszüge wurden ganz weich und verletzlich. »Er mag dich wirklich sehr, weißt du?« Sie klang überraschend ruhig, von dem aufgesetzten Getue plötzlich keine Spur mehr.

Das war nun wirklich zu viel für einen Tag. Freunde entpuppten sich als Feinde, Feinde als Freunde, wem konnte ich noch trauen? Ich hatte das Gefühl, meine Welt würde zerfallen. Wie das Wasser, das erbarmungslos auf uns niederregnete, schmolz auch meine gesamte Willenskraft zusammen, der Trotz wurde von Zweifeln fortgespült. Unterschiedlichste Gefühle beschlichen mich, stürzten mich in einen Wirbel aus Verwirrung. Arme breiteten sich um mich aus, zogen mich an eine weiche Brust. Ein angenehmer Duft von Rosenblüten, Champagner und etwas Süßem hüllte mich tröstlich ein.

»Das Leben einer jungen Frau ist alles andere als einfach, besonders bei solch einem charismatischen Cousin«, flüsterte Constanze nach einer Weile des Schweigens und brachte mich damit zum Lachen. Sie ließ mich vorsichtig los und hielt mich auf Armeslänge von sich.

Mittlerweile hatten sich ihre zarten Locken in ein Wirrwarr aus roten Strähnen verwandelt und auch ihr Kleid war vollkommen durchnässt. »Wir mögen zwar nass sein, aber wir werden uns nicht von den Männern die Würde nehmen lassen, einverstanden?« Sie sah mich prüfend an und ich nickte. »Und nun komm, ich bringe dich zu Marinas Haus, nach ihr wollte ich auch noch schauen. Die Gute ist nach einem Gespräch mit Maria Stepanova vollkommen überstürzt von der Gesellschaft geflohen. Ich sage es immer wieder, Frauen sollten sich nicht verlieben. Spaß haben und Köpfe verdrehen, ja! Aber sobald Gefühle im Spiel sind, wird alles so furchtbar kompliziert und schmerzhaft.« Constanze seufzte schwerfällig. »Bist du dir sicher, dass du nicht mit Marina verwandt bist? Ihr scheint mir das Drama und falsche Liebschaften magisch anzuziehen«, witzelte sie, was meine Haut angenehm kribbeln ließ.

»Ach, wer weiß denn bei den Adelshäusern, wer alles heimlich mit wem verwandt ist«, erwiderte ich und schniefte Tränen fort, die sich unbemerkt in meine Augen geschlichen hatten. Wann war ich eigentlich so schwach und weinerlich geworden? Heulte hier wie ein dummes Kind wegen irgendwelcher Kerle, die selbst nicht wussten, was sie wollten und die ich nicht einmal wirklich kannte! 2013 war so viel einfacher – man schrieb erst mal miteinander und klärte das Interesse, bevor es ans Küssen und an Gefühle ging!

Constanze lachte und zwängte sich mit unter meine Jacke, geduckt liefen wir beide los. »Eins muss man diesem Dimitri ja lassen, er mag zwar ein Bolschewik sein, aber ein sehr galanter«, sagte sie und ich blieb abrupt stehen, was auch sie zum Anhalten brachte.

»Du wusstest, dass er zu den Rebellen gehört?«

»Na, aber natürlich! Immerhin habe ich schon zwei Mal mit ihm geschlafen, da erkundige ich mich doch vorher, wer er ist. Für wen hältst du mich denn?«

Mir blieb der Mund offen stehen und ich verzichtete lieber auf eine Antwort darauf. »Constanze … Kann Dimitri gefährlich werden?«, fragte ich nach einer Weile, in der wir geduckt unter der Jacke nebeneinanderher gelaufen waren.

Die Französin dachte einen Augenblick nach, schüttelte dann aber zu meiner Erleichterung die feuchten Locken. »Dimitri ist ein Feigling. Wenn es darum geht, große Reden zu schwingen, ist er ganz vorn dabei, aber sobald er etwas tun muss, verpufft sein ganzes Gefasel als heiße Luft. Und auch im Bett ist er eher enttäuschend, wie bei allem. Viel Lärm um nichts, sehr bedauerlich.« Constanze sah wirklich betrübt aus, was mich erneut zum Lachen brachte.

»Na, dann bin ich froh, dass ich kein Interesse an ihm habe«, sagte ich mit einem Lachen. Bei der Erinnerung an Logans Mund auf meinem breitete sich eine wohlige Wärme in meinem Bauch aus und Schmetterlinge tanzten durch meinen gesamten Körper, kitzelten Gefühle in meinem Herzen, die ich mir krampfhaft nicht eingestehen wollte.

»Bist du dir sicher, dass du nicht doch unseren Rebellen vernaschen möchtest? Deine Wangen sind ja ganz rosig und jetzt komm mir nicht mit der Kälte.« Constanze sah mich wie eine Katze an, die Futter witterte, gierig nach Gerüchten und Drama. Ich winkte hastig ab.

»Nein, ich mag wohl doch eher die ehrlichen Soldaten und keine Rebellen.«

Ihre Augen weiteten sich und ein breites Grinsen erschien auf ihren dick bemalten Lippen. »Oh, là, là, l'amour!«, rief sie aufgeregt und klatschte in die Hände, was gar nicht so einfach war, denn wir gingen nach wie vor sehr dicht beieinander. »Wie gut, dass wir jetzt da sind und ich gleich alle Details hören möchte!«

Sie hatte recht! Überrascht stellte ich fest, dass wir uns bereits vor dem Haus von Marina und Iwan befanden. Ehrlich verwundert linste ich unter der Jacke zur Eingangstür hoch. Unbemerkt musste mindestens eine Dreiviertelstunde vergangen sein, denn wir waren etwa zwanzig Minuten mit der Kutsche gefahren, der Fußweg musste also etwa doppelt so lang gedauert haben. Verstohlen sah ich zu Constanze, die bereits die Stufen emporstieg und traurig über ihr Kleid strich. »Die Seide wird mir Marina zahlen müssen, immerhin bist du *ihr* Gast«, meckerte sie, was mich den Kopf schütteln ließ. Da war sie ja wieder, die Constanze, die ich kannte.

Schnell lief ich ihr hinterher, als die Tür plötzlich von innen aufgerissen wurde und uns eine vollkommen aufgelöste Natalia entgegengerannt kam. »Oh, Madame Constanze, Madame Lucinda, kommen Sie bitte schnell! Der Herr ist ganz aufgebracht. Er und Marina Igorewena schreien sich im Schlafzimmer an!«, rief sie.

Alarmiert sahen Constanze und ich uns an, rafften gleichzeitig unsere Röcke und rannten Natalia hinterher.

Kapitel 24

10. August 1916
Haus der Paschkins

Wir folgten so schnell wie möglich der aufgelösten Natalia in die erste Etage und hörten bereits im Eingangsbereich die lauten Schreie.

»Du wirst mir nicht noch einmal Hörner aufsetzen, du Hure! Ich werde diese Blamage nicht länger hinnehmen. Denkst du wirklich, ich wäre so dumm? Dass ich nichts von deinem Techtelmechtel mit Alexander weiß? Wie oft? Wie oft hast du mit diesem Bastard geschlafen? Und wehe, du lügst mich an!«, donnerte Iwans Stimme aus dem verschlossenen Schlafzimmer.

Mein Herz schrumpfte vor Angst zusammen. Seit der Begegnung im Bad hatte ich Iwan nicht wieder gesehen und war darauf auch nicht sonderlich erpicht. Constanze neben mir wurde kreidebleich, doch ihre Furcht war nichts im Vergleich zu der verängstigten Natalia. Das Dienstmädchen zitterte wie Espenlaub und Tränen liefen ihr übers Gesicht.

Ich nahm mich zusammen und stieß die Tür auf. Constanze folgte mir, Natalia hingegen eilte wieder die Stufen hinab.

Iwans Kopf fuhr zu uns herum. Er stand an der Wand des spärlich beleuchteten Schlafzimmers, das Haar vollkommen zerzaust, als hätte er es sich stundenlang gerauft. Doch mein Blick verharrte nur ganz kurz auf ihm, dann erblickte ich Marina, die von Iwan an die Wand gepresst wurde. Ihr wunderschönes Kleid war vollkommen zerrissen, ihr Haar durcheinander, doch der Blick, mit dem sie Iwan ansah, war weder ängstlich noch verzweifelt. Sie sah entschlossen aus.

»Raus!«, brüllte Iwan, ließ von Marina ab und kam mit langen Schritten auf uns zu. »Was muss man eigentlich tun, um in seinem eigenen Haus von elenden Huren in Ruhe gelassen zu werden?«, schrie er aufgebracht. Marina war an der Wand hinabgeglitten und blieb in der Hocke auf dem Boden sitzen.

Wut regte sich in mir und ich trat Iwan ebenfalls entgegen, streckte die Brust raus.

»Was wollen Sie tun, mich erneut bedrängen? Ich hatte Ihnen bereits gesagt, was Sie dann erwarten wird!« Meine Stimme klang ruhig und ich stellte verblüfft fest, dass ich mich tatsächlich nicht länger vor ihm fürchtete. Seine Raserei machte ihn in meinen Augen nur noch schwächer, wie ein stures Kind, das sein Lieblingsspielzeug verloren hatte, was es eigentlich nicht mochte und doch mit keinem teilen wollte. Einfach nur erbärmlich.

Nun hatte ich Iwans Aufmerksamkeit. Hass blitzte in seinen Augen auf, er ballte die Hände zu Fäusten. »Provozier mich nicht, Kind! Du weißt nicht, wozu ich fähig bin!« Geifer stob ihm beim Sprechen aus dem Mund, als er mir die Worte direkt ins Gesicht spie.

»Wie ein Kind haben Sie mich aber vorhin nicht angesehen, als Sie mich im Badezimmer angefasst und mit Ihren Blicken praktisch vergewaltigt haben!«

Ich forderte ihn mit Absicht heraus, wollte seine Wut auf mich konzentrieren, damit er Marina in Ruhe ließ, doch die Heftigkeit seiner Reaktion konnte ich nicht vorhersehen.

Mit nur einem Satz stand er vor mir, packte mich wie bereits im Bad an den Haaren, zwang mich, ihn anzusehen, während er sich widerlich nahe zu mir herabbeugte. »Sprich nicht so respektlos mit mir, du Luder. Da, wo du herkommst, gibt es ganz viele von deiner Sorte und es wird mir ein Vergnügen sein, dich zu brechen!« Sein Atem, der mir entgegenschlug, stank nach Tabak und Alkohol.

Hinter uns hörte ich Constanze etwas rufen und Marina antworten, aber meine Aufmerksamkeit galt einzig Iwan.

»Du dreckiger Scheißkerl hast eine so wundervolle Frau gar nicht verdient!«, zischte ich hasserfüllt.

In diesem Moment verlor Iwan die Beherrschung und er stieß mich brutal gegen die Wand neben der Tür. Der Aufprall presste mir die Luft aus der Lunge. Ich sank zu Boden, hustete, wartete darauf, jeden Augenblick seine blank polierten Stiefel vor meinen Augen erscheinen zu sehen, doch er blieb fern.

Ich schnappte nach Luft, sah alarmiert hoch und erkannte Logan, der mit ausgestrecktem Arm seinen Kortik gegen Iwans Kehle gedrückt hielt. Erleichterung, Panik, Dankbarkeit, Freude, Angst, alles vermischte sich bei seinem Anblick zu einem bunt gemischten Strudel aus Emotionen. Mein Herz raste vor Sorge um Logan und Marina.

Wie ein Tier in der Falle wirkte Iwan zu allem bereit, er würde sich nicht einfach so von einer Klinge abhalten lassen. »Ich schwöre bei Gott, wenn du Lucy oder die anderen Frauen noch einmal anfasst, werde ich dich aufschlitzen wie ein Schwein und anschließend ein Festmahl mit deinen Eingeweiden als Hauptgericht veranstalten.« Logans Stimme bebte vor Zorn.

Iwan bellte ein grässliches Lachen, trat einen Schritt zurück und breitete die Arme aus. »Mir war schon immer bewusst, dass der Sohn einer französischen Hure unmöglich auch nur einen Funken Ehre in den Knochen haben kann, aber nur zu, greif einen unbewaffneten Mann an, dem du unterstehst! Zeig der Welt, was für eine Sorte Mensch du wirklich bist und wer sich hinter all den tollen Reden verbirgt.«

Iwan und Logan sahen einander stumm an. Iwan mit einem irren Grinsen auf den Lippen, die Augen voller Wahnsinn und Wut. Logan ließ quälend langsam den Kortik sinken.

Constanze gab ein Quieken von sich und schien jeden Moment vor Aufregung in Ohnmacht zu fallen, während Marina und ich uns gleichzeitig die Hände vor den Mund schlugen.

Panik ergriff mich. »Nimm deinen Kortik und komm in den Außenhof! Ich lasse nicht zu, dass du die Ehre deiner Frau oder die von Lucy mit deinen Taten noch ein einziges Mal beschmutzt«, sagte Logan mit Grabesstimme.

Hätte ich gekonnt, wäre ich am liebsten ebenfalls in Ohnmacht gefallen. Meine Angst lähmte mich, doch es war nicht die Sorge um mich oder um meine Babushka, sondern die besinnungslose Panik, dass Logan etwas geschehen könnte. Ich rappelte mich auf, zog mich und mein vor Nässe schweres Kleid an der Wand hoch und ging mit zitternden Beinen auf Logan zu. Ich hielt mich an seinem Rücken fest, wagte es nicht, näher an Iwan heranzukommen.

»Logan, bitte! Das musst du nicht tun! Es gibt eine andere Lösung, lass uns Alexander holen und ihm erzählen, was passiert ist. Er muss uns einfach glauben, dass er Marina bedroht und versucht hat, mich zu vergewaltigen«, sprudelte ich drauflos, stellte jedoch fest, dass meine Worte alles nur schlimmer machten.

Logans Muskeln spannten sich unter meinen Händen an. »Er hat was versucht?«, zischte er ungläubig.

Ich biss mir auf die Unterlippe. Iwan ging zu einem hohen Sessel und ließ sich hineinsinken, anschließend schenkte er sich in aller Ruhe einen Whiskey in ein kunstvoll verziertes Glas ein und nippte daran.

»Die Haut deiner *Cousine* duftet verführerisch nach Himbeeren und der Süße einer unberührten Blume«, säuselte Iwan, während er den Whiskey im Glas in aller Ruhe schwenkte und Logan zuprostete.

Das Wort Cousine betonte er dabei so, als würde er es am liebsten in Gänsefüßchen setzen. Logan machte einen Ruck vorwärts, ballte die freie Hand zur Faust.

Ich stürzte ihm nach, klammerte mich an seinen Arm. Jemand schluchzte hinter mir auf. Ich wusste nicht, ob das Constanze oder Natalia war, denn Logan schüttelte mich in diesem Moment ab und warf sich wie ein Tier auf Iwan. Seinen Kortik schmiss er zur Seite. Iwan hatte diese Reaktion schon kommen sehen, sprang für einen Betrunkenen ziemlich flink auf und schmetterte dabei sein Glas auf den Boden, sodass die Alkoholspritzer in alle Richtungen flogen und sich der Rest der bernsteinfarbenen Flüssigkeit in Bächen über den roten Teppich ergoss. Was für eine Dramaqueen! Iwan griff nach der schweren Whiskeyflasche auf dem Tisch und schwang sie wie einen Baseballschläger durch die Luft, ehe er zufrieden lächelte und Logan mit der anderen Hand zu sich heranwinkte.

Mir stockte der Atem. Die Enge des Korsetts schien plötzlich sämtliche Luft aus meiner Lunge zu drücken, mein Herz fühlte sich an, als würde es jeden Augenblick zerspringen.

Logan schaffte es irgendwie, die Flasche aus Iwans Hand zu schlagen und ihn zu Boden zu ringen, doch als sie auf den Teppich krachten, duckte sich Iwan unter Logans Schlag hinweg und rammte ihm stattdessen den Kopf ins Gesicht. Blut schoss aus Logans Nase. Ich schrie auf, sprang vorwärts, wollte irgendwie helfen, aber die Männer waren ein unübersichtliches Gewühl aus Armen und Beinen.

Logan kniete über Iwan, schlug seine Faust in dessen Gesicht, packte seinen Kragen und ließ seinen Kopf gegen den Fußboden krachen, woraufhin Iwan seine Hände um Logans Hals schloss und zudrückte.

Von irgendwoher erschien plötzlich erneut eine Klinge, die auf Iwans Hals gerichtet wurde. Anders als bei Logan kratzte der Stahl dieses Mal seine Haut auf, sodass Blut daraus hervorquoll.

»Lass den Jungen los, du willst doch mich«, sagte Marina. Sie musste unbemerkt, während wir alle auf den Kampf fixiert waren, aufgestanden sein und sich den Kortik von Logan geschnappt haben.

Iwan ließ von Logans Hals ab, sank auf den Rücken gen Boden und sah zu seiner Frau hoch. »Was willst du tun, nachdem du mich betrogen hast? Mich auch noch umbringen? Nur zu, du hast mir ohnehin alles genommen, was mir jemals etwas bedeutete.«

Logan stand langsam auf, schwankte leicht dabei und ich rannte zu ihm, schlang meine Arme von hinten um ihn und drückte mein Gesicht an seinen Rücken. »Bitte, bitte lass sie das jetzt allein klären«, flüsterte ich gedämpft an dem schweren Stoff seiner Jacke. Jetzt, wo Marina den Kortik hatte und wir vier gegen einen waren, schöpfte ich Zuversicht, dass keinem von uns etwas geschehen würde.

Logan drehte sich in meinen Armen und zwang mich, ihn anzusehen. »Das kann ich nicht. Er wird niemals Ruhe geben und das, was er dir angetan hat … ich kann mir gar nicht vorstellen, was für eine Angst du gehabt haben musst. Und ich Idiot war auch noch sauer auf dich, weil ich das Gefühl hatte, du würdest mich ausschließen und hättest mich nur so lange gebraucht, bis wir in Helsinki ankamen«, sagte er.

Mit Tränen in den Augen betrachtete ich sein Gesicht. Das rechte Auge war ein wenig geschwollen, seine Unterlippe blutete, aber das alles war nichts im Vergleich zu seiner Nase. Das Blut floss über sein Gesicht, während die Blutung keinerlei Anstalten machte, aufzuhören.

Ich schüttelte den Kopf und umklammerte mit meinen zitternden Händen seinen Kopf, sodass für diesen einen Augenblick nur wir beide hier waren. Ich blendete für uns alles aus, schützte Logans demoliertes Gesicht für den Bruchteil eines Wimpernschlags vor den Blicken der anderen und legte meinen Mund auf seinen. Er schien überrascht, erwiderte aber den Kuss, legte seine Hände auf meinen Rücken und drückte mich an sich.

Ich verlor mich in dem Moment, vergaß kurz alles um mich herum und fühlte mich zum ersten Mal ganz und gar geborgen, beinahe so, als würde ich schweben.

Jemand räusperte sich hinter uns und ich ließ von Logan ab. Marina entfuhr ein Schrei. Ich linste über Logans Schulter zu ihr und folgte ihrem Blick zur Tür. Alexander stand nass und mit zerzaustem Haar da. Der Kortik glitt aus Marinas Händen und fiel klirrend zu Boden. Iwan richtete sich vom Boden auf, spuckte Blut und ein Stück eines Backenzahns auf den Fußboden.

»Dass du dich in mein Haus traust, *Verräter*!«, brüllte er Alexander zu. Der schien die Situation abzuwägen, betrachtete Logans demoliertes Gesicht, Marinas zerrissenes Kleid und Iwans wutschnaubende Gestalt. Wir übrigen schienen gleichzeitig den Atem anzuhalten.

»Ein Dienstmädchen hat mich benachrichtigt. Wie mir scheint, hat Logan versucht, meinen Kampf auszutragen. Ich danke dir, aber du bist nicht derjenige, der die Ehre eines anderen Mannes verraten hat, indem er sich in seine Frau verliebte«, sagte Alexander ruhig.

Einzig das Zittern von Marinas Händen entlockte ihm ein erbostes Stirnrunzeln.

Er durchquerte mit schweren Schritten den Raum und beugte sich zu Iwan hinunter, reichte ihm seine Hand. »Lass uns das wie Männer klären, die bereits miteinander gekämpft haben und am Leben geblieben sind.«

Iwans Blick sprach Bände. Hätte er gekonnt, wäre er Alexander wohl an die Gurgel gesprungen, aber dann hätte sich auch Logan eingemischt und auch Marina und ich waren nicht ganz wehrlos.

Iwan stieß die ihm angebotene Hand fort und rappelte sich eigenständig auf, indem er sich an dem Ohrensessel festhielt. Er spuckte erneut Blut auf den Teppich und tat dies ein zweites Mal so präzise, dass er dabei den Saum von Marinas Kleid traf. Sie stand wie erstarrt da und hatte nur Augen für Alexander.

»Nach all den Jahren, in denen ich dir Freund und Kamerad gewesen bin, hast du das Einzige angefasst, das ich je geliebt habe!«, rief Iwan.

Alexander verlagerte sein Gewicht von einem Fuß auf den anderen, ich hielt vorsichtshalber Logan in eisernem Griff umklammert, damit er nicht auf die Idee kam, seinem Freund beizustehen. Denn beide hatten recht, der Kampf spielte sich allein zwischen Iwan und Alexander ab, Logan und ich waren nur unvernünftigerweise dazwischengetreten.

»Es tut mir leid, dir Kummer bereitet zu haben, alter Freund. Sei gewiss, dies war nie meine Absicht. Ich habe mich gegen die Gefühle gewehrt, allein um Marias willen. Aber letzten Endes sind wir alle gegen unsere Empfindungen machtlos. Wenn du mir versicherst, dass du Marina so sehr liebst, dass du sie niemals verletzen würdest, lasse ich mich hier niemals wieder blicken«, sagte er, was Marina einen Schreckensschrei entlockte.

»Alexander!«, rief sie. Er beachtete sie nicht.

»Ich meine nicht nur körperliche Schmerzen, sondern auch all die Qualen, die deine Trinkerei und Hurerei mit sich brachten«, fuhr der Admiral ungeniert fort.

»Wie kannst du es wagen, mir in meinem Haus solch ungehörige Vorwürfe zu machen?«, brüllte Iwan und warf die Whiskeyflasche, die bisher unbeachtet am Boden lag, nach Alexander. Dieser duckte sich gerade noch rechtzeitig, sodass das Gefäß klirrend auf den Teppich prallte und zerbrach.

»Dann bleibt mir nichts anderes übrig, als dich zu einem Duell aufzufordern. Bereits unsere Vorfahren waren Manns genug, ihre Probleme auf diese Weise und nicht mit barbarischen Zweikämpfen zu lösen. Diese Ehre sollst auch du mir erweisen.«

Es wurde still im Raum, alle schienen den Atem anzuhalten. Während Iwan und Alexander einander stumm ansahen.

»Ich wähle die Waffe«, sagte Iwan nach einer Weile und damit war alles beschlossen.

Es würde ein Duell geben.

Kapitel 25

10. August 1916
Aussenanlage der Paschkins

Während Waffen geholt und weitere Vorbereitungen getroffen wurden, hatte ich Marina im Arm gehalten und sie zu trösten versucht. Die Nacht war mittlerweile dem Morgen gewichen und die ersten Sonnenstrahlen wärmten mein Gesicht, während ich wie erstarrt im Hinterhof des Anwesens stand und auf die Szenerie blickte, die sich mir bot. Der Regen hatte aufgehört. Hier und da hörte man einen Vogel zwitschern, Tau glänzte an den Blättern im Sonnenlicht wie bunte Perlen im Ozean. Wir hatten uns auf der Grünfläche direkt hinter der Villa versammelt. Constanze und ich hielten die kaum aufrecht stehende Marina an den Armen. Sie weinte nicht, sprach nicht, aber in ihrem Gesicht stand das blanke Grauen geschrieben.

Mein eigenes Herz klopfte wild. Logan hatte sich als Sekundant gemeldet und würde die Richtigkeit des Duells bezeugen müssen.

Jemand hatte eine große Holzkiste nach draußen getragen. Ich war so damit beschäftigt, meine Beine am Zittern zu hindern und Marina tröstende Worte zuzuflüstern, dass die Hälfte der Vorbereitungen an mir vorbeigegangen war. Wie hatte es nur so weit kommen können? Unwillkürlich fragte ich mich, ob sich alles genauso entwickelt hätte, wenn ich mich nicht eingemischt hätte, wenn ich hier niemals aufgetaucht wäre. Das alles war barbarisch! Selbst in dieser Zeit sollte es doch unmöglich normal sein, sich in einem Hinterhof zu einem Duell auf Leben und Tod zu versammeln!

Logan beugte sich über die Kiste und holte zwei altmodische Pistolen heraus. Fachmännisch überprüfte er beide Waffen, zielte abwechselnd damit in die Ferne und nickte. Dann griff er nach zwei Kugeln, gab Natalia eine der Pistolen zum Halten, die sich zögernd bereit erklärt hatte, Logan bei den Vorbereitungen zu unterstützen. Das Mädchen sah sich die Waffe in ihren Händen an, die pure Furcht im Gesicht. Ich bewunderte ihre Entschlossenheit, alles für ihre Herrin zu tun, auch wenn es sie sichtlich mitnahm.

Logan gab das Schießpulver in den Lauf der Pistole und steckte die Kugel hinterher. Ich sah ihm dabei zu und kam nicht umhin, mit Entsetzen an die winzige Metallkugel in der Pistole zu denken. Dass ein so kleines Ding einen Menschen töten konnte, schien vollkommen unmöglich und doch wusste jeder, dass es stimmte. Noch niemals zuvor war ich einer Schusswaffe so nah gewesen, dass ich das Metall beinahe riechen konnte.

In meiner Zeit gab es auch Brutalität, Gewalt und die Bedrohung von Atomwaffen, und trotzdem versetzte mich der Anblick dieser einen Kugel in größeren Schrecken als Bilder von explodierenden Granaten aus dem Fernseher. Denn genau das waren sie damals für mich gewesen, nur Bilder. Kaum greifbare Fragmente von etwas, das ich nicht wirklich verstand, weil ich es noch nie erlebt hatte.

Logan streckte den Arm weit aus und zielte erneut. Als er den Bolzen betätigte, konnte ich für den Bruchteil einer Sekunde einen Funken aufblitzen sehen, der das Schießpulver entzündete und die Kugel aus dem Lauf drückte.

Logans Arm bewegte sich kaum, ich hingegen zuckte bei dem lauten Knall unmerklich zusammen und Natalia entfuhr ein undefinierbares Wimmern. Die gleiche Prozedur wurde auch mit der zweiten Waffe vollzogen und dann war alles bereit. Den Abstand hatten Iwan und Alexander bereits eigenständig ausgemessen und sich auf ihre Positionen begeben.

Wie oft hatte ich in alten Filmen gesehen, wie ein Held seinen Rivalen in einem Duell besiegte und damit das Herz seiner Geliebten eroberte. Dabei zuzusehen, wie Männer, die ich kannte, eine solche Szene nicht einfach nur nachspielten und dann darüber lachten, sondern es im wahrsten Sinne des Wortes todernst meinten, war für mich jedoch unbegreiflich. Ich wollte mich zwischen sie werfen und sie zur Ordnung rufen, doch ich wusste ebenso gut, dass keiner auf mich hören würde.

Mein Blick glitt zu Marina, die wie erstarrt zwischen Constanze und mir stand. Hätte ich es nicht besser gewusst, ich hätte geschworen, dass sie nicht mehr atmete. Ihre Augen waren vor Panik geweitet.

Logan ging zu Iwan und überreichte ihm eine der Pistolen, dann gab er Alexander die zweite und stellte sich selbst in die Mitte zwischen sie.

Er blickte kurz zu mir, sein ernster Blick war voller Entschlossenheit. Mir hingegen sank das Herz in die Stiefel. Ganz gleich, wie das Duell auch ausgehen mochte, es würde mindestens einen Verletzten geben und das auch nur, wenn wir Glück hatten.

Logan und ich sahen einander stumm an, er holte tief Luft und wandte sich abwechselnd an die beiden Duellanten.

»Die Regeln sind bekannt! Derjenige, der den anderen zuerst trifft, egal, ob tödlich oder lediglich als Streifschuss, gewinnt das Duell. Eine Wiederholung ist ausgeschlossen. Beide Parteien geben sich mit dem allgemeinen Regelwerk und der Einhaltung dessen einverstanden.«

Ich betrachtete Logans demoliertes Gesicht. Sein Auge hatte sich dunkel verfärbt und war deutlich geschwollen, seine Nase war ebenfalls dick geworden und hatte nun einen kleinen Knicks nach rechts, der ihm etwas Verwegenes verlieh.

»Ich erkläre mich mit dem Regelwerk und den Konditionen einverstanden.« Alexander blickte ernst zu Iwan und nickte Logan zu.

»Auch ich stimme den vereinbarten Regeln zu«, gab Iwan nach einer kurzen Pause an.

Logan trat mehrere Schritte beiseite. »Nun erhebt die Waffen«, sagte er und die Männer leisteten Folge.

Alexander streckte den Arm mit der Pistole aus und mir schien, er würde alles daransetzen, nur nicht zu Marina zu sehen. Iwan hingegen ließ sich nicht durch solch Nebensächlichkeiten beirren, er wog die Pistole noch kurz in der Hand, streckte den Arm aus und wechselte dann die Schusshand. Als er die rechte an seinen Rücken hielt, konnte ich für einen kurzen Augenblick das Zittern seines Armes sehen. Er war also doch nicht so gelassen, wie er uns glauben machen wollte.

»Ich zähle jetzt bis drei. Nach meinem Signal feuert ihr die Waffen ab.« Logans Stimme donnerte wie ein Peitschenhieb durch die angespannte Stille.

»Eins.«

Alexander legte den Finger auf den Abzug, bereit, diesen jeden Moment zu betätigen.

»Zwei.«

Iwan schloss ein Auge, um besser zielen zu können, seine Kiefermuskulatur spannte sich an.

»Nein!«, schrie plötzlich Marina neben mir, machte sich von mir und Constanze los und lief zu Alexander. Sie griff nach seinem Arm, zwang ihn, sie anzusehen.

»Alexander Nikolajewitsch, tun Sie das nicht, ich flehe Sie an! Egal, wie dieses Duell endet, entweder werde ich anschließend Witwe sein oder an gebrochenem Herzen sterben«, flehte sie und zum ersten Mal konnte ich Tränen in ihren Augen schimmern sehen.

Alexander ließ die Pistole sinken und zog sie in seine Arme. »Ich muss. Es gibt keinen anderen Weg, die Sache aus der Welt zu schaffen. Ich werde mich bemühen, Ihren Ehemann am Leben zu lassen«, sagte er, sodass wir Übrigen jedes Wort verstehen konnten.

»Ich hoffe, du erwartest nicht, dass ich dir diesen Gefallen erwidere.« Iwan spuckte neben sich ins Gras, räusperte sich angewidert beim Anblick seiner Frau, die in den Armen eines anderen lag und nun bittere Tränen weinte.

»Ich fürchte mich nicht, für etwas zu sterben, woran ich glaube. Weinen Sie nicht, Marina Igorewna, es ist ein so schöner Morgen und ich möchte Sie nicht weinend in Erinnerung behalten.« Alexander strich mit einer Hand zärtlich über Marinas Gesicht, verharrte kurz in der Bewegung, betrachtete sie voller Hingabe und gab ihr dann einen Kuss auf die Stirn.

Er nickte Constanze zu, der die Tränen ebenfalls in den Augen standen. Sie ging auf die beiden zu und nahm Marina in die Arme, sprach leise Worte in ihr Haar, doch Marina klammerte sich in ihrer Verzweiflung an Alexander, als wäre er der einzige Anker in ihrem Leben.

Ich schlug mir die Hände vor den Mund bei dieser Szene. Marinas Kummer verursachte mir beinahe körperliche Schmerzen. Ich war drauf und dran, zu ihr zu eilen und Constanze zu helfen, nur damit das Duell schneller beginnen konnte und Marina endlich Gewissheit hatte, doch Iwan war schneller.

Meine Aufmerksamkeit war so sehr auf Marina und Constanze gerichtet, dass ich nicht bemerkte, wie Iwan seinen Posten verlassen hatte.

Er ging mit wütenden Schritten auf seine Frau zu, stieß Constanze zur Seite, die auf die Knie ins Gras fiel, und riss Marina mit einem Ruck von Alexander los. »Wir sind kurz davor, einander zu erschießen, reiß dich zusammen, Weib! Du bringst noch mehr Schande über unser Haus als ohnehin schon!«, schrie er ihr praktisch ins Gesicht und schüttelte sie unsanft.

Alexander trat vor, die Pistole automatisch erhoben. Auch ich sprang hastig nach vorne, doch Logan war als Erster bei Iwan und befreite Marina mit eisiger Entschlossenheit aus seinem Griff. Ein Blick aus seinen grünen Augen genügte, dass Iwan sie freigab und schnaubend an seine Position zurückkehrte.

Natalia eilte zu Constanze und half ihr hoch, ein Schleier aus rotem Haar verdeckte das Gesicht der großen Französin, ihre gerade Haltung sprach jedoch Bände. Hätte sie gekonnt, hätte sie Iwan zweifelsohne am liebsten selbst erschossen. Sie ging zu Marina und nahm die weinende Frau in den Arm. Marina lag kraftlos in ihrer Umarmung, ließ sich jedoch nach einem letzten Blick auf Alexander fortführen.

»Verzeih die Verzögerung!«, sagte Alexander zu Logan, als er sich vergewissert hatte, dass Constanze Marina fest umklammert hielt.

Ich stand den beiden Frauen nun gegenüber, unweit von Logan, und betrachtete alle Anwesenden der Reihe nach. Unbemerkt hatte ich den Atem angehalten. Erst jetzt, nachdem Marina wieder aus der Schusslinie war, wagte ich es, zischend die aufgestaute Luft aus meiner Lunge entweichen zu lassen.

Alexander hatte erneut seine Pistole erhoben. Iwan betrachtete Marina mit hasserfülltem Funkeln in den zu winzigen Schlitzen verkniffenen Augen und einem irren Grinsen auf den Lippen.

Ich erschauderte. Die Fäuste geballt, wollte ich ihn anspringen und ihm die Augen auskratzen, ihn treten, auf ihn einschlagen und dieses widerliche Grinsen für immer aus seinem Gesicht wischen. Logans Schläge hatte Spuren auf Iwans linker Gesichtshälfte hinterlassen, die nun hässlich bläulich im Licht schimmerte und ihm einen geisterhaften Anblick verlieh. Ich wollte diesen Flecken noch weitere hinzufügen, ihm Schmerzen bereiten. Der Hass auf dieses Monster von einem Menschen war überwältigend, machte mich beinahe ohnmächtig.

Ich zwang mich fortzusehen, es Alexander zu überlassen, seinen Kontrahenten zu bestrafen, und meinen Blick hastig abzuwenden, um nichts Unüberlegtes zu tun. Auch wenn sich dies unmenschlich anhörte, aber nach seinem Benehmen Marina gegenüber hoffte ich inständig, Alexanders Kugel würde das schwarze Herz dieses Mistkerls durchbohren und seine widerwärtigen Worte für immer verstummen lassen.

Natalia stand etwas abseits von mir, umklammerte mit fahrigen Fingern ihre Schürze, schien jedoch gefasst. Marina hatte sich abgewandt und verbarg ihr Gesicht an Constanzes Schulter, während ihre Freundin für sie die Männer im Blick behielt. Zweifelsohne, um Marina später jede Einzelheit, jedes Anspannen der Muskeln und jeden Atemzug berichten zu können. Logan hob seinen Arm. »Wir beginnen von Neuem. Eins.«

Erneut legte sich Alexanders Finger an den Abzug. Eine Amsel flog zu uns heran und ließ sich auf der Suche nach Würmern neben mir im Gras nieder.

»Zwei.«

Iwan lockerte seine freie Hand, der Lauf seiner Pistole zitterte leicht im Wind. »Schießt!«, rief Logan und meine Wahrnehmung zersprang in dem Geräusch von explodierenden Zündungen, pfeifenden Kugeln und Marinas Wimmern. Es war unmöglich, alles gleichzeitig zu sehen, zu verstehen und dabei vor Nervosität nicht verrückt zu werden.

Ich schloss die Augen. Alles wurde still. Die Dunkelheit umhüllte mich, schob meine Umgebung, die Geräusche, die Menschen fort, bis nur noch der Geruch von Schießpulver und feuchter Erde zurückblieb. Ich atmete ein und aus. Einmal. Zweimal. Dreimal. Dann öffnete ich erneut die Augen.

Zuerst fiel mein Blick auf Iwan, der sich mit schmerzerfülltem Gesicht den rechten Arm hielt, dem aber sonst nichts zu fehlen schien. Mein Herz machte einen entsetzten Hüpfer und ich wirbelte zu Alexander herum. Er atmete heftig, aber ihm schien nichts zu fehlen. Ich hatte gar nicht bemerkt, wie ich erneut die Luft angehalten hatte, aber nun entwich der Sauerstoff aus meiner Lunge und bildete in der morgendlichen Kühle weiße Wölkchen vor meinem Gesicht.

»Der Gewinner ist Alexander Nikolajewitsch.« Logan konnte sein Grinsen nicht aus der Stimme verbannen, und als er zu mir sah, erwiderte auch ich ein zittriges Lächeln.

Enttäuschung machte sich in mir breit, wurde jedoch gleich von Erleichterung abgelöst. Iwan lebte zwar, aber Alexander war nichts geschehen und das war jetzt wohl das Einzige, was zählte.

Endlich regte sich auch Marina. Blinzelnd sah sie von einem zum anderen, löste sich von Constanze und ging zu Iwan. Ob aus Scham oder vor Schmerzen, Iwan war in die Knie gegangen, hielt den Kopf gesenkt. Ich genoss diesen Anblick.

Marina kniete sich vor ihm ins Gras, wartete ab, bis er sie ansah. »Ich reiche beim Bischof ein Gesuch zur Scheidung ein«, sagte sie mit fester Stimme, während ihre Wangen feucht im Sonnenlicht schimmerten. »Natalia, bringen Sie Iwan zum Arzt, damit er sich seine Verletzung ansehen kann.«

Marina stand auf, klopfte sich den Staub vom Kleid und dann schien es niemanden mehr um sie herum zu geben. Da waren nur sie und Alexander.

Ein wunderschönes Lächeln breitete sich auf Marinas geschwollenen Lippen aus und sie ging mit langen Schritten auf ihn zu. Alexander ließ bereits seine dampfende Pistole ins Gras fallen, schien unentschlossen, wie er sich verhalten sollte.

Als Marina zu ihm trat und die beiden sich stumm betrachteten, war dies ein so intimer Moment, dass ich mich abwenden musste. Sie berührten sich nicht, standen nur reglos voreinander und sogen den Anblick des jeweils anderen in sich auf. Für einen kurzen Augenblick wirkte es so, als gäbe es ein Happy End für sie.

In Wahrheit war Marinas Scheidung nur der erste Schritt auf einem langen Weg zum Glück. Keiner wusste, ob der Bischof ihrem Gesuch zustimmen würde und ohne seine Erlaubnis gäbe es auch keine Scheidung. Außerdem war auch Alexander nach wie vor in einer Ehe gefangen; keiner wusste, ob er gewillt war, sie aufzugeben. Für diesen Moment waren sie jedoch vereint und glücklich.

Logan half indessen Natalia, Iwan diskret fortzuführen, der ihm beim Aufstehen etwas ins Ohr flüsterte, was Logan erstarren ließ. Iwan grinste hämisch, sah zu mir und zwinkerte. »Glaubt ja nicht, dass ich mich so leicht geschlagen gebe. Ein Krieg besteht aus mehr als nur einer Schlacht«, sagte Iwan, während er sich auf Natalias Schulter gestützt entfernte.

Ich sah zu Marina und Alexander, um nachzusehen, ob sie etwas mitbekommen hatten, aber sie waren vollkommen in ihrer eigenen Welt gefangen. Alexander hielt meine junge Uroma in den Armen, während sie aus strahlenden Augen zu ihm emporblickte.

Constanze räusperte sich, gab mir mit einem Wink zu verstehen, dass wir sie allein lassen sollten und ich nickte zustimmend. Als sie im Haus verschwand, ging ich ihr diskret nach. Auch Logan folgte uns.

Constanze schloss leise die Tür hinter uns und seufzte tief. »Ich brauche einen Whiskey!«, rief sie aus und eilte mit wehendem Rock die Stufen zu Iwans und Marinas Schlafzimmer hoch.

Ich wollte ihr ebenfalls nach, doch Logan hielt mich am Arm zurück. Überrascht sah ich ihn an.

»Lust auf einen Spaziergang?«, fragte er und linste aus seinen zunehmend dicker werdenden Augen zu mir.

Ich schüttelte den Kopf, konnte mir ein Auflachen aber nicht verkneifen. Er sah einfach so lächerlich aus und in Anbetracht der letzten Stunden war diese einfache Frage mehr, als ich kommentarlos ertragen konnte.

»Nur wenn du mich nie wieder kleine Sprotte nennst.«

Logan tat kurz entsetzt und dachte dann darüber nach. »Aber das ist dein Name, wie soll ich dich sonst rufen?«, fragte er schelmisch, was mich erneut den Kopf schütteln ließ.

»Ich ziehe mich nur um und werde dir dann Manieren beibringen.« Nun traute ich mich endlich, ihm in die Augen zu sehen, und versank in dem schalkhaft leuchtenden Grün, von dem ich wusste, dass es je nach Lichteinfall die Farbe wechselte. Mal strahlten seine Augen in einem blassen Ton wie Eichenblätter bei Regen, ein anderes Mal leuchteten sie aufregend in einem satten Blaugrün wie die Wasseroberfläche eines Flusses. Er hatte dunkle Ringe unter den Augen und den blauen Flecken in seinem Gesicht konnte man praktisch beim Anschwellen zusehen, aber sein Anblick ließ mein Herz höherschlagen.

Logan strich mir sanft über die Hand, die er immer noch in seiner hielt, und gab sie dann frei. »Ich bitte darum«, sagte er noch, während ich bereits mit hochgerafftem Rock zu meinem Zimmer eilte.

Ich schloss die Tür und lehnte mich mit dem Rücken dagegen, grinste stumm vor mich hin, mein Herz flatterte aufgeregt in meinem Brustkorb, schickte nervöse Impulse durch meinen Körper, ließ alles kribbeln. Als ich zum Bett trat, begegnete mein Blick dem einer strahlenden Frau, die mir aus einem erhitzten Gesicht entgegensah.

Mein Kleid sah fürchterlich aus! Besudelt von Regen, Logans Blut und braunem Schlamm, den ich nicht wirklich zuordnen konnte. Ich bezweifelte, dass man die Flecken jemals wieder rausbekam, aber das würde Marina mir hoffentlich verzeihen.

Mein Herz raste ungestüm, die Schmetterlinge bemächtigten sich meines Verstandes und ließen plötzlich all das Schlechte und Schlimme, was passiert war, Vergangenheit sein und mich auf Wolke sieben schweben. Ein übermächtiges Gefühl, dass nun alles gut werden würde, bemächtigte sich meiner.

Ich war in diese Zeit gekommen, weil ich mich so sehr nach einem Wiedersehen mit meiner geliebten Babushka gesehnt hatte, doch was ich gefunden hatte, war so viel mehr als das. Zu meiner Zeit war Uroma Marina eine gestandene Frau, die jeden mit ihren Ratschlägen und ihrem leckeren Gebäck in allen Lebenssituationen aufmuntern konnte. Nun durfte ich zusehen, wie sie die Liebe ihres Lebens fand und ihr Gesicht vor Glück strahlte.

Sie wirkte so naiv und verliebt, dass es mich innerlich zerriss, daran zu denken, dass diese Liebe nicht von langer Dauer sein würde. Und doch gab mir der Anblick von Marina und Alexander die Kraft, daran zu glauben, dass auch ich mich verlieben durfte. Dass dieses Gefühl, welches mein Blut in einen reißenden Fluss aus rosaroten Mädchenträumen verwandelte und alles in mir kribbeln ließ, nichts Schlechtes war.

Liebe bedeutete keineswegs, dass man sich selbst aufgeben und alles hinnehmen musste, nur damit der Partner bei einem blieb. Die moderne Welt war so schnelllebig, so gewaltig und voller Möglichkeiten, dass Beziehungen kaum eine Chance hatten. Denn wozu sollte man Zeit in etwas investieren, wenn praktisch um die Ecke eventuell eine viel bessere Alternative auf einen wartete? Hier war alles anders.

Als ich gesehen hatte, wie Alexander Marina verteidigte und sie sich ebenfalls für ihn in Gefahr brachte, fest entschlossen, alles zu tun, um ihm zu helfen, wusste auch ich, dass ich das Gleiche für Logan tun würde. Und er hatte mehr als nur einmal gezeigt, wie weit er für mich gehen würde.

Ich lächelte bei der Vorstellung, er könnte für mich vielleicht dieselben Gefühle haben. Für einen kurzen Augenblick sperrte ich all meine Zweifel in eine kleine Kiste ganz hinten in meinem Verstand und erfreute mich an der Erinnerung an unseren Kuss. Alles an diesem Morgen fühlte sich nach einem perfekten Neustart an.

Kapitel 26

10. August 1916
Uferpromenade

Die Zeit ist schon ein komisches Konstrukt. Das, was uns als Gegenwart, als hier und jetzt erscheint, kann in der nächsten Sekunde zu einem grotesken Abbild einer Zeit werden, die uns nicht mehr interessiert. Wenn dann auch noch die Vergangenheit einen in ihrem Griff festhält, ist das Chaos vorprogrammiert. Wenn ich nun über mein bisheriges Leben nachdachte, kam ich nicht umhin, festzustellen, dass kaum etwas, was ich in den fünfundzwanzig Jahren, die ich auf der Welt weilte, erlebt hatte, wirklich von Bedeutung war. Was war schon ein Abitur, wenn man zwei Liebende zusammenführen konnte? Sobald ich mir auch selbst eingestanden hatte, dass mein Herz an der Vergangenheit hing und ich mich nicht länger gegen den Gedanken wehrte, in Logan etwas anderes zu sehen als einen guten Freund, war es beinahe so, als wäre die Mauer um mein Herz eingestürzt, die nun all die vergessen geglaubten Gefühle mit voller Macht über mich zusammenbrechen ließ. Und Logan schien es zum Glück ähnlich zu gehen.

»Worüber denkst du nach?« Logan ging mit langsamen Schritten neben mir und betrachtete mich neugierig.

Ich winkte ab, ließ meinen Blick die Uferpromenade entlangschweifen. Vereinzelt kamen uns Paare und schwatzende Menschengruppen entgegen, die alle den wunderschönen Ausblick genießen wollten. Die Sonne stand hoch am Himmel und ließ ihre Strahlen auf der glatten Wasseroberfläche tanzen. Zu unserer Rechten streckten sich schlanke Birken gen Himmel, deren raschelnde Blätter flinke Schatten auf die Gesichter der Leute zauberten. Dieser Moment war einfach perfekt. Ich hatte mir provisorisch ein dünnes Sommerkleidchen angezogen, welches Natalia unbemerkt auf mein Bett gelegt haben musste, und ließ nun meinen von den Geschehnissen immer noch rauchenden Kopf von der Sonne wärmen.

»Es ist nichts. Ich bin nur glücklich«, gab ich einfach zu und strahlte Logan an. Genießerisch streckte ich mein Gesicht dem Himmel entgegen und schloss die Augen.

Logan lachte neben mir. »Dass du nicht ganz normal bist, weißt du, oder?«, fragte er.

»Ich bin einfach nur froh, nicht mehr in einer zu engen Kajüte ohne Tageslicht eingesperrt zu sein. Eine Frau braucht ab und an frische Luft.«

Meine Worte brachten Logan zum Stehen. Ich sah mich zu ihm um, hob fragend die Augenbrauen. »Was denn?«

Er schien seine Worte genau auszuwählen und sah zu einer einladend verzierten Eisenbank, die unweit des Gehwegs unter zwei Birken stand. »Wollen wir uns setzen?«

Er nahm auf der Bank Platz und ich folgte ihm etwas perplex. Während wir schweigend nebeneinandersaßen, flanierten mehrere Paare an uns vorbei. Eine dickere Dame klammerte sich an den Arm eines Soldaten, sie lachte und redete auf ihn ein, während der Mann leicht gereizt zu sein schien. Nicht nur einmal verdrehte er bei ihrem lauten Wiehern die Augen und ich fragte mich unwillkürlich, welche Beziehung die zwei wohl verband.

»Ich will dich das schon seit langer Zeit fragen, wusste aber nie, wie ich das Thema ansprechen soll … Mir scheint die Zeit reif, dass du mir anvertraust, wer du eigentlich bist.«

Mein Atem ging unregelmäßig, Schweiß brach auf meinen Handflächen aus und von irgendwoher wehte der Wind den vertrauten Duft nach Vanille zu uns. Ich versteifte mich auf der Bank, zwang mich dazu, wegzusehen.

»Lucy, ich will dich nicht bedrängen, aber ich hoffe, du vertraust mir mittlerweile genug, um mir dein Geheimnis zu verraten.« Logan sah mich nicht an, blickte stattdessen auf das im Wind langsam wogende Wasser. Die dunklen Verzierungen auf der Umzäunung bildeten einen geschmackvollen Kontrast zu den hellen Birken und der schimmernden Reflexion.

Es vergingen erst Sekunden, dann Minuten, ohne dass ich dazu imstande war, Logans vollkommen berechtigte Frage zu beantworten. Unterschiedlichste Szenarien verschmolzen in meinem Kopf zu einem schrecklichen Drehbuch. Egal, wie ich das alles auch drehte und wendete, ob ich nun log oder ihm die Wahrheit sagte, am Ende würde er entweder begreifen, dass ich log, und mir den Rücken zukehren oder mich für verrückt halten.

»Ich kann es dir nicht sagen. Es ist nicht so, dass ich nicht will, aber ich kann es einfach nicht«, gab ich nach einer gefühlten Ewigkeit zu.

Es war eine sehr schwache Erwiderung, aber mir fiel beim besten Willen nichts Besseres ein. Nun war es Logan, der schwieg. Ich vermied es, ihn anzusehen und fixierte stattdessen meine unruhigen Finger, die ein Eigenleben entwickelt hatten und mechanisch an der Spitze meines Kleides zupften.

Logan streckte seine Hand aus und legte sie auf meine fahrigen Hände. Ich sah überrascht hoch.

»Wirst du irgendwann in der Lage sein, es mir zu erzählen?« Er blickte mich an, in seinen Zügen erkannte ich keinerlei Verletztheit oder Kränkung.

Wahrheitsgemäß konnte ich nur die Schultern zucken. »Ich werde es versuchen«, gab ich zu und Logan nickte.

»Das genügt mir für diesen Augenblick.«

Und so einfach war es vorbei. Überrascht stellte ich fest, wie sehr er mir vertrauen musste, um nicht weiter nachzufragen. Und was tat ich? Ich konnte ihm nicht einmal einen Anhaltspunkt auf die Wahrheit geben. Denn wie sollte ich ihm etwas erklären, was ich selbst nicht verstand?

Nicht zum ersten Mal fragte ich mich, wie ich in all das überhaupt hatte hineingeraten können. Mittlerweile war ich zufrieden mit dem Schicksalsspiel, aber es gab genügend Gelegenheiten, bei denen ich mich hier verloren gefühlt hatte. Wenn ich träumte, so wollte ich zumindest heute nicht aus dem Traum erwachen.

»Was hat dir Iwan eigentlich gesagt, bevor Natalia ihn weggebracht hat?«, fragte ich nach einer Weile, um das Schweigen zwischen uns zu brechen.

Logan hatte seine Hand nicht weggenommen und stattdessen seine Finger mit meinen verschränkt, was mir ein wohliges Kribbeln im Bauch verursachte. Es fühlte sich aufregend an, von ihm berührt zu werden. Alles schien wie selbstverständlich zueinanderzupassen, einander zu ergänzen und zu etwas Ganzem zu machen. So wie meine Hand in seiner lag, fühlte auch ich mich natürlich und wohl in seiner Nähe.

Sein Gesicht verdüsterte sich und ich hätte schwören können, dass er knurrte. »Nichts Bestimmtes, nur das Gebrabbel eines Verlierers, der provozieren wollte«, sagte er mit eisiger Stimme, die mich sofort aufhorchen ließ.

Plötzlich durchschnitt ein hohes Frauenkreischen die Ruhe. Logan war sofort aufgesprungen und sah alarmiert von rechts nach links, um die Ursache für den Schrei zu finden. Ein großer Mann in schwarzer Kleidung lief mit hastigen Schritten an uns vorbei, schubste unsanft eine Frau fort, die gerade ihren Sonnenschirm aufspannen wollte, und eilte weiter. Sein gehetzter Blick begegnete dem meinen und ich hätte schwören können, dass ich das Braun seiner Augen erkannte. Es erinnerte mich nur zu sehr an Dimitri.

Logan zögerte nicht und lief dem Flüchtenden hinterher, während ich ebenfalls nach vorne stürzte und sah, dass in der Richtung, aus der der Mann kam, ein Soldat zusammengesackt in den Armen einer dicken Frau lag. Ich erkannte in ihm den Soldaten, der vorhin so genervt über seine Begleitung die Augen verdreht hatte. Nun aber blickten ebendiese Augen leblos gen Himmel, in seiner Brust steckte ein Dolch.

Das dunkle Blut benetzte langsam, aber stetig die weiße Jacke und tröpfelte auf das helle Kopfsteinpflaster. Irgendwo schrie eine zweite Frau und eine dritte. Die Begleiterin des Toten hatte ihren Kopf an seiner Brust vergraben und winselte wie ein geprügelter Hund.

Ich schlug mir die Hände vor den Mund, konnte meinen Blick nicht von dem Toten loseisen. Was war hier bloß los? Warum hatte man ihn am helllichten Tag ermordet? Als meine Gedanken den ersten Schock langsam verdaut hatten, mischte sich zu meinem Entsetzen zusätzliche Furcht. Logan! Ich wirbelte herum, konnte jedoch weder ihn noch den Mörder sehen.

Was hätte ich in dieser Sekunde bloß für ein Handy gegeben. Auch wenn ich die moderne Technik nur selten vermisste, ein Telefon, um Hilfe zu holen oder wenigstens meine Mutter anzurufen und zu heulen, wäre jetzt sehr nützlich gewesen.

Um die weinende Frau und den Toten hatte sich mittlerweile eine Menschentraube versammelt, von denen jedoch niemand Anstalten machte, zu helfen. Unentschlossen sah ich zwischen der Weinenden und der entgegengesetzten Richtung, in der Logan und der Mörder verschwunden waren, hin und her. Was sollte ich bloß tun? »Ach, verdammt!«, rief ich und lief zu der neben dem Toten kauernden Frau, bahnte mir einen Weg durch die gaffende Meute.

»So holt doch jemand Hilfe! Seht ihr nicht, dass der Mann ermordet worden ist?«, rief ich aufgebracht und tatsächlich löste sich ein kleinerer Mann mit lichtem Haar aus der Menge und rannte eiligen Schrittes davon. Ich selbst kniete mich neben die schluchzende Dame und berührte zaghaft ihren bebenden Rücken.

»Konnten Sie sehen, wer das getan hat? Was ist passiert?«, sprach ich betont ruhig auf sie ein, erhielt jedoch keine Antwort. Stattdessen tuschelten zwei Frauen weiter weg von uns ungeniert und rümpften ihre wohlbetuchten Näschen. Mir platzte der Kragen und ich sprang auf.

»Wenn ihr nichts Sinnvolles zu der Situation beizutragen habt, dann seid so höflich und wahrt Abstand! Seht ihr nicht, dass sie gerade ihren Mann verloren hat?«, schrie ich und musste wirklich an mich halten, um nicht wütend mit dem Fuß aufzustampfen oder die Damen mit ihren eigenen Schirmchen zu vermöbeln. Meine Sorge um Logan trug auch nicht dazu bei, meine Wut zu kaschieren.

Pikiert sahen die lästernden Damen mich an, hatten aber tatsächlich die Güte, sich aus dem Pulk zu lösen und in entgegengesetzter Richtung davonzustiefeln, nicht ohne mir jedoch böse Blicke zuzuwerfen.

Ich kniete mich erneut zu der Frau und berührte sie sanft, dieses Mal an der Hand, die in einem eisigen Griff die Hand des Toten umklammert hielt. Ich zwang mich selbst, nicht zu viel darüber nachzudenken, dass zu meinen Füßen eine Leiche lag. Es war ja nicht so, als wäre dies der erste Tote, den ich sah, aber der Schmerz seiner

Begleiterin machte die ganze Szene noch greifbarer und seinen Tod bewegender.

»Bitte sprechen Sie mit mir. Mein …«, ich stockte kurz. Verharrte in meinen eigenen Worten.

Ja, was war Logan denn? Sollte ich ihn immer noch als meinen Cousin vorstellen oder waren wir bereits an einem Punkt angekommen, wo wir eindeutig mehr füreinander waren? Ich schüttelte den Kopf, jetzt war nicht der richtige Zeitpunkt, sich solche Fragen zu stellen. »Mein Begleiter und guter Freund ist dem Täter auf den Fersen, ich muss wissen, was Sie gesehen haben«, flehte ich.

Endlich blickte sie zu mir hoch. Ihre verquollenen Augen konnten mich unmöglich fokussieren, so viele Tränen standen darin.

»E… es passierte so schnell. Er war plötzlich da. Er trug das Zeichen … den Hammer und die Sichel!«

Das waren die einzigen Worte, die die Frau sprach, ehe sie sich wieder ihrer Trauer widmete. Von vorne kam gerade der kleine Mann mit einem Beamten angelaufen und ich entschied mich dafür, unauffällig zu verschwinden, um keine unnötige Aufmerksamkeit auf mich zu ziehen.

Das Zeichen? Hammer und Sichel? Ich verstand die Welt nicht mehr. Mittlerweile war Hilfe eingetroffen und ich hatte mich in dem allgemeinen Gedränge aus neugierigen Menschen unauffällig davongemacht, um unbequemen Fragen aus dem Weg zu gehen. Als ich nur wenig später hinter einer Birke Stellung bezogen hatte, brachten die uniformierten Beamten die Frau und ihren leblosen Mann fort.

Es wurde eine Bahre gebracht und der Leichnam vorsichtig daraufgelegt. Die weinende Zeugin wurde indessen von zwei Beamten befragt, die sich fleißig Notizen machten und mit ernsten Mienen Fragen stellten, ohne Rücksicht auf ihren Verlust zu nehmen. Ich wandte mich ab.

Nachdem ich tief eingeatmet hatte und realisierte, dass Logan noch immer nicht zurück war, traf mich die Sorge um ihn mit voller Wucht. Würde ich eigentlich auch noch einen Tag erleben, an dem ich nicht vom Sensenmann auf Schritt und Tritt verfolgt wurde und mir keine Gedanken um sein Leben machen musste?

Es vergingen Stunden. Die Sonne stand bereits tief am Himmel. Irgendwann hatte man die Frau entlassen und sie nach Hause oder aufs Revier gebracht, ich wusste es nicht. Auch die glotzende Menschenmenge hatte sich langsam gelichtet und ich war erneut zur Eisenbank gegangen. Saß allein dort, ließ meine Gedanken gemeinsam mit der kühlen Brise auf Wanderschaft gehen und war bereits einem Nervenzusammenbruch nahe, als jemand von hinten zaghaft seine Hand auf meine Schulter legte. Ich erschrak so sehr, dass mir ein leises Quieken entfuhr, ehe ich feststellte, dass es Logans Hand war.

Sichtbar aus der Puste und verschwitzt stand er hinter mir und atmete schwer. Ich sprang auf, lief um die Bank herum zu ihm und schlug mit meiner Faust gegen seine Brust. »Bist du denn vollkommen bescheuert, einem Mörder hinterherzuhetzen? Dir hätte weiß Gott was passieren können und ich hätte es niemals erfahren!«, schrie ich aufgebracht auf ihn ein, schlug ein zweites und ein drittes Mal gegen die weiße Jacke seiner Uniform.

Logan stand mir ruhig gegenüber, ließ es zu, dass ich meine Wut auf ihn loswurde, ehe er antwortete.

»Dieser Mann war nicht einfach irgendwer, sondern ein hoher Marineoffizier. Hast du seine Abzeichen gesehen? Er war nicht weit vom Rang eines Admirals entfernt! Sein Mord am helllichten Tag gleicht einer offenen Drohung gegen das Militär. Sein Mörder gehörte definitiv den Bolschewiki an. Ich habe ihn verfolgt, jedoch auf einem Markt verloren. Es ist ihm gelungen, sich unter die Menschen zu mischen. Ich habe noch nach ihm gesucht, aber leider vergebens. Und als ich bereits aufgeben wollte, habe ich das hier unweit der Stelle gefunden, wo ich ihn verloren habe.« Logan hielt ein glänzendes Feuerzeug hoch.

Mein Herz setzte einen Schlag aus, ich ließ meine Hände sinken. Bronzene Initialen waren darin eingraviert. Ein Feuerzeug, das ich nur zu gut kannte. Es gehörte Dimitri.

Logan, der unweigerlich zum selben Schluss gekommen war wie ich, lachte ein freudloses Lachen. »Ich wusste schon immer, dass dieser Bastard nur Unheil bringt, aber einen kaltblütigen Mord hatte ich ihm bisher nicht zugetraut.«

Meine Gedanken wirbelten umher. Ich hatte ja bereits vorher das Gefühl gehabt, den weglaufenden Mann zu kennen, aber meine Vermutung nun bestätigt zu bekommen, versetzte mich in einen Schockzustand. »Was hast du jetzt vor?«, fragte ich.

Logan wandte sich ab. »Ich habe keine Beweise … Er würde natürlich alles abstreiten und es auf einen Zufall schieben, aber ich weiß genau, dass Dimitri diesen Mann umgebracht hat!«

Logans Hände ballten sich zu Fäusten, sein Kiefer spannte sich an und er wandte den Blick ab. »Wenn die Rebellen schon dazu übergegangen sind, die Soldaten in aller Öffentlichkeit zu töten, fürchte ich, dass der Krieg nicht länger unser größtes Problem ist.«

Ein kalter Windhauch wehte zu uns und wirbelte mir das Haar ins Gesicht. Die Gänsehaut, die sich auf meinem Körper ausbreitete, hatte jedoch nichts damit zu tun.

Kapitel 27

13. August 1916
Haus von Constanze

Noch am selben Tag waren Marina, Logan, Natalia, Viktor und ich zu Constanze gezogen. Es stellte sich heraus, dass die Französin gar keine war und eigentlich Konstanzija hieß, aber da der russische Adel ein wenig frankophil angehaucht war, hatte sie ihre Chance gewittert und sich selbst umbenannt. Das Gerücht, sie käme aus Frankreich, hatte ebenfalls sie selbst zu verantworten, denn eigentlich war sie eine entfernte Verwandte der Zarin und wollte sich mit ihrer Lüge schützen. Nachdem sie mir das alles recht beiläufig bei einem Tee erzählt hatte, blieben mir nicht nur die Worte weg, sondern auch die Gedanken. Ich konnte ja verstehen, weshalb sie diesen Zirkus veranstaltete, aber mir schien es zu viel Aufwand.

Constanze (ja, sie bestand nach wie vor darauf, dass wir sie alle so nannten) lebte allein in einem hübschen weißen Häuschen etwas außerhalb der Stadtmitte und hatte uns großzügigerweise alle zu sich eingeladen, während die Scheidung von Marina und Iwan von der Kirche in die Wege geleitet wurde. Keiner von uns wollte ihm noch einmal begegnen.

Egal, wie sehr wir auch fragten und bettelten, Marina hüllte sich in Schweigen, was ihre Beziehung zu Alexander anging. Sie hatte uns erklärt, dass sich zu gegebener Zeit alles klären würde und sie erst einmal froh war, nicht mehr mit Iwan unter einem Dach zu leben. Was zwischen ihnen nun wirklich war, konnten wir anderen nur erahnen.

An diesem Morgen war ich bereits in aller Frühe wach. Die Sonne war noch nicht aufgegangen, aber meine Aufregung ließ mich nicht länger schlafen. Heute war der Tag. Heute würden Alexander und

Logan den Minenleger besteigen und fortfahren. Keiner von uns wusste, wie lange diese Mission dauern würde, weshalb vieles in der Schwebe blieb. Auch wenn ich mir mittlerweile meiner Gefühle für Logan mehr als bewusst war, so geschah nichts mehr zwischen uns nach dem einen verzweifelten Kuss vor einigen Tagen. Der Umstand, dass die russische Gesellschaft uns für Cousin und Cousine hielt, machte eine Beziehung so gut wie unmöglich.

Ich seufzte schwer und drückte mir das nach Lavendel duftende Kissen ins Gesicht. Mir war nach Schreien, Heulen, Wüten oder etwas zerstören zumute. Was hatte all das für einen Sinn?

In all den wirren Überlegungen war ich wohl doch noch eingenickt, denn ein zögerliches Klopfen weckte mich aus unruhigen Bildern von explodierenden Schiffen, gestohlenen Küssen und Feuer.

»Ja, herein«, stöhnte ich und rieb mir die Augen. Wie konnte ich trotz all der aufreibenden Gedanken doch noch eingeschlafen sein? Mein störrischer Körper war mir ein Mysterium. Marinas Kopf linste durch die Tür zu mir und entlockte mir ein Lächeln.

Es war immer noch merkwürdig, meine junge Urgroßmutter zur Freundin zu haben, aber genau das waren wir. Ich war zwar noch nicht lange in Helsinki, doch die Tage waren so intensiv gewesen, dass sie uns alle auf ewig miteinander verbunden hatten.

»Guten Morgen, du bist ja schon wach! Kannst du auch nicht schlafen?«, fragte Marina und kam zu mir ins Bett gekrochen. Das hatte sie in den letzten Tagen öfter getan. Nachdem wir ihr gemeinsames Haus mit Iwan verlassen hatten, litt sie unter schrecklichen Albträumen und kam zum Schlafen zu mir oder zu Constanze. Ich genoss es, ihren vertrauten Duft um mich zu haben. Das machte es mir einfacher, den Verlust, den ich viele Jahre später erlitten hatte, zu vergessen.

»Ich muss immer daran denken, was geschehen wird, wenn Alexander nachher fort ist. Ich meine, ich bin es ja gewohnt, dass er nicht da ist. Aber seit der Trennung von Iwan fällt es mir schwer zu akzeptieren, dass er bei Maria Stepanova ist …« Sie stockte, schien ihre Worte noch einmal zu durchdenken. »Ich habe ja keinerlei Grund zu der Annahme, dass er sie verlässt, aber Lucy, diese Gefühle …« Machtlos warf Marina die Hände in die Luft und verbarg sich anschließend unter meiner Decke.

Ich lachte, konnte genau verstehen, wie sie sich fühlte, was mich selbst überraschte.

Sie und Alexander gehörten zusammen. All das, was ich in den letzten Tagen erlebt hatte, bekräftigte mich immer mehr in dieser Annahme. Die zarte Beziehung, die sich zwischen ihnen aufgebaut hatte, war wunderschön und berauschend und ich beneidete sie darum.

Was mich und Logan betraf, stand alles in den Sternen. Hatten wir überhaupt eine Zukunft, wenn uns in Wahrheit beinahe hundert Jahre voneinander trennten?

»Warte erst einmal ab, wenn er zurück ist. Ich bin mir sicher, dass er es dann auch nicht länger ohne dich aushält.« Ich lachte über Marinas überraschtes Gesicht, als ich die Decke anhob und ihre vor Schreck geweiteten Augen sah.

Sie richtete sich im Bett auf und sah mit dem zerstrubbelten Haar noch jünger aus als ohnehin schon. »Du hast recht, ich darf ihn nicht hetzen.« Marina drückte mir einen Kuss auf die Wange. »Du bist immer so weise, Lucy. Hach, was würde ich bloß ohne deinen Rat tun?« Schon war sie aus dem Bett aufgestanden und zog mich mit sich hoch.

»Komm, auch für dich ist heute kein einfacher Tag. Der Herr Jungkapitän verlässt uns ja auch bald«, sagte sie. Schmetterlinge schlüpften erneut aus ihren gut verborgenen Kokons in meinem Bauch und flatterten aufgeregt durch meinen Körper.

Ich versuchte sie in ihre Schranken zu weisen, doch als sie meine Lippen erreichten und meinen Mund in Erinnerung unseres Kusses kribbeln ließen, war es um mich geschehen, ich konnte mich eines traurigen Lächelns nicht erwehren.

Am liebsten hätte ich Marina ebenfalls mein Herz ausgeschüttet, aber ich brachte es nicht über mich, meine Gefühle laut auszusprechen, noch nicht. Zumindest nicht, bevor ich nicht mit Logan über alles gesprochen hatte. Marina zwang mich zurück aufs Bett und ging zu dem Frisiertisch, wo sie kurz kramte, ehe sie zu mir zurückkam.

Sie nahm sich ungefragt meiner Haare an und flocht sie zunächst zu schmalen Zöpfen, ehe sie diese an meinem Hinterkopf zusammensteckte und wie Pflanzenranken herunterhängen ließ. Sie versetzte mir einen leichten Schlag mit der Bürste.

»Autsch!«, empörte ich mich und bekam gleich einen zweiten Schlag ab.

»Lucy? Darf ich dir eine Frage stellen?«

Ich nickte.

»Bist du wirklich mit Logan verwandt?«

Mein Herz rutschte mir in die Hose. Was sollte ich auf diese Frage erwidern? Konnte ich ihr die Wahrheit sagen? Und wie sollte ich die Lüge begründen? Während ich mir noch eine Erwiderung überlegte, war Marina vor mich getreten und sah mich vertrauenserweckend aus den verständnisvollen Augen an. Meine Fragen schmolzen in sich zusammen und ich schüttelte den Kopf.

»Nein, wir sind nur Freunde. Iwan hatte Logan auf dem Schiff dabei erwischt, wie er mich in seiner Kajüte versteckte, und hat uns bedroht. Uns war nichts Besseres eingefallen als zu behaupten, dass wir verwandt wären, um einen Funken Mitleid in Iwan zu wecken, aber vergebens. Er hat mich eingeschüchtert und im Gegenzug für sein Schweigen verlangt, dass ich dich ausspioniere«, die Worte sprudelten nur so aus mir heraus und es fühlte sich befreiend und bedrohlich zugleich an, dieses Geheimnis zu offenbaren.

Marina sah mich nur stumm an, schien nachzudenken, ehe sie lächelte. »Constanze und ich hatten euch sowieso nie geglaubt, dass ihr verwandt seid. Diese intensiven Blicke …«, kicherte sie und ich starrte sie nur perplex an.

»Du bist nicht sauer, dass ich dich eigentlich aushorchen sollte?«, fragte ich verblüfft und bekam noch einen Schlag mit der Bürste ab.

»Es war ja nicht deine Entscheidung und ich bin augenscheinlich ziemlich schlecht darin, meine Geheimnisse zu hüten, sodass du gar keine Gelegenheit hattest, etwas zu offenbaren, was ich nicht ohnehin schon Iwan gegenüber offengelegt hätte.« Sie seufzte schwerfällig. »Ich will solch negative Gedanken gar nicht mehr hören. Wir sind jung, unabhängig und wunderschön.« Ihr strenger Blick brachte mich erneut zum Lachen, auch wenn mir ganz und gar nicht danach war.

Nur wenige Stunden später standen wir am Hafen von Helsinki. An dem Ort, wo ich meine junge Urgroßmutter und Constanze zum ersten Mal gesehen hatte. Ein unruhiges Gefühl ergriff mich.

Ich war hin- und hergerissen zwischen dem Wunsch hierzubleiben und Marina besser kennenzulernen und dem dringenden Gedanken, Logan zu folgen. Auch die Tatsache, dass Iwan mit den beiden anderen den Minenleger besteigen würde, gefiel mir ganz und gar nicht.

Zwar wurden keine Morddrohungen mehr ausgesprochen, aber wer konnte schon genau sagen, was auf einem Schiff während einer langen Reise über den baltischen Ozean alles passieren konnte?

Die Luft roch nach Salz und Abschied. Überall um mich herum standen Frauen, die sich nunmehr für eine unbestimmte Zeit von ihren Männern trennen mussten. Gleich mehrere Schiffe und Minenleger würden heute bei Einbruch der Nacht ablegen und auf unterschiedliche Missionen geschickt. Frauen weinten, Kinder hielten sich an Händen fest und dann waren da Marina und ich.

In einem Meer aus Verzweiflung und Trauer, zwei Gefährtinnen, die kein Anrecht auf die hatten, für die sie etwas empfanden. Marina traf es noch schlimmer als mich. Der russische Adel wusste sehr wohl von ihrer Trennung von Iwan, gleichwohl keiner die Rolle von Alexander dabei kannte. Die anklagenden Blicke und Vorurteile in den Gesichtern der Menschen, die uns betrachteten, verursachten selbst mir Magengrummeln.

Scheidungen waren in dieser Zeit verpönt und waren beinahe gleichzusetzen mit gesellschaftlicher Isolation, außer man hatte eine Freundin wie Constanze. Dass in nur wenigen Jahrzehnten die Menschen kaum noch in der Lage sein würden, lange Beziehungen aufrechtzuerhalten und die Scheidungsrate so hoch war wie die der aufgelösten Verlobungen, war in dieser Zeit nicht zu spüren. Das Wissen um die Zukunft machte es mir unmöglich, die Vergangenheit und die Verbohrtheit der Menschen in dieser Zeit zu verstehen. Wie viele Frauen waren wohl noch an Tyrannen gebunden und verbargen ihr Leid hinter gut aufgesetztem Lachen, nur um ihre Stellung in der Gesellschaft nicht zu verlieren? Das war ebenso erschreckend wie lächerlich. Was brachte einem schon die Anerkennung von fein herausgeputzten Adeligen, wenn man nicht glücklich war? Umso beeindruckender war Marinas strikte Weigerung, mit Iwan verheiratet zu bleiben. Auch wenn die Scheidung ein langwieriger Prozess war, stand es vollkommen außer Frage, dass sie alles dafür tun würde, um das Ziel zu erreichen.

Marina hingegen ließ sich von den verurteilenden Blicken nicht beirren und tat so, als wäre nichts. Sie grüßte alle, die sie kannte, mit freundlicher Distanz und hielt heimlich Ausschau nach dem Einzigen, den sie wirklich sehen wollte.

Auch ich hatte in den letzten Tagen Logan kaum zu Gesicht bekommen. Er hatte sich ganz und gar der Jagd auf Dimitri verschrieben, der seit dem Tag an der Uferpromenade spurlos verschwunden zu sein schien. Heimlich trauerte ich um die vergeudete Zeit, aber es ließ sich nun nicht mehr ändern.

Wir waren auch getrennt hergefahren, denn Logan musste noch zu einem Stabstreffen, bevor es losging, weshalb Marina und ich allein aufgebrochen waren. Nun wartete ich ungeduldig etwas abseits der Menge und konnte mich des Eindrucks nicht erwehren, dass etwas ganz und gar nicht stimmte.

»Kleine Sprotte, suchst du nach mir?«, fragte eine mir nur zu bekannte Stimme hinter mir und ich lächelte bei dem verhassten Spitznamen.

»Nicht, wenn du schon wieder auf Ärger aus bist«, gab ich zurück und drehte mich langsam um.

Da stand er. So wie ich ihn kannte. Fein herausgeputzt in seiner Marineuniform, an der Brust zwei glänzende Abzeichen und die Mütze, die ein wenig ungeschickt von den wilden Locken abstand, ins Gesicht gezogen. Ein freches Grinsen lag auf seinen Lippen, das jedoch seine Augen nicht erreichte.

»Wann werdet ihr zurückkehren?« Diese Frage war mittlerweile unser kleines Mantra geworden, auf das Logan nie eine Antwort wusste, die ich mir jedoch zu stellen nicht verkneifen konnte.

»Sobald wir können. Das Land befindet sich in Aufruhr, die Bolschewiki und Lenin sind auf dem Vormarsch gegen den Zaren und wir müssen uns alsbald auf einen möglichen Bürgerkrieg vorbereiten. Aber die Befehlshaber wollen es einfach nicht einsehen. Sie sind zu sehr vom Krieg geblendet, als dass sie merken, was in ihrem eigenen Land geschieht!« Logans zorniger Blick machte mir Sorgen.

Ich nickte, die Rahmenbedingungen waren mir bekannt. Zwar war es in Helsinki noch nicht so schlimm wie in anderen Teilen Russlands, aber die Rote Armee der Rebellen gruppierte sich bereits vor den Toren des Palastes, und was das alles für uns Übrige bedeuten würde, war unklar. Auch verfluchte ich wieder einmal meine mangelnden Geschichtskenntnisse, die es mir unmöglich machten, vorauszuahnen, was als Nächstes geschehen würde. Ein Tipp, bevor man mich hier in die Vergangenheit geschickt hatte, wäre sehr hilfreich gewesen, dann hätte ich mich wenigstens über die groben Verläufe informieren können, so tappte ich jedoch ebenso im Dunkeln wie alle anderen.

Ich machte einen Schritt auf Logan zu, zögerte, da hier zu viele Menschen waren und Liebesbekundungen in aller Öffentlichkeit bei den gefühlskalten Russen wohl eher für Aufsehen sorgen würden. Dass ich mich schlicht und ergreifend davor fürchtete, Logan meine Gefühle zu gestehen, wollte ich nicht zugeben.

»Pass bitte auf dich auf und lass weder dich noch Alexander in die Luft jagen. Ich wünsche mir für die beiden ein glückliches Ende«, sagte ich und spürte bereits die Tränen in meine Augen steigen.

»Darf ich dich um etwas bitten?«, fragte Logan und ergriff meine Hände, was mein Herz freudig hüpfen ließ. Wie gerne hätte ich ihn jetzt geküsst, wäre ihm um den Hals gefallen und hätte ihn einfach nie wieder losgelassen.

»Was denn?«

»Wirst du mir schreiben? Wir haben mehrere Stopps, die ihr beim Stab erfragen könnt, wo uns auch Briefe überreicht werden können.«

Ich nickte eifrig. »So oft ich kann«, versprach ich und nun kullerten tatsächlich Tränen über mein Gesicht, die ich hastig fortzuwischen versuchte. Eines der Schiffe gab ein ungeduldiges Pfeifen von sich, dem sich die übrigen anschlossen. Das Zeichen für die Besatzung, sich zu verabschieden.

Logan sah kurz zum Schiff und dann zu mir. Gerade bestieg die leicht humpelnde Gestalt von Iwan den Minenleger. Er hatte niemanden, der ihn verabschiedete, stattdessen schien er die Mission kaum erwarten zu können. Hinter ihm stieg auch Alexander den Steg empor. Sein strenger Blick verriet mir mehr, als Tränen es getan hätten. Er versuchte auf Teufel komm raus keinerlei Emotionen zu zeigen. So war es für alle am einfachsten, doch der Schmerz stand ihm ins Gesicht geschrieben. Ich wandte mich wieder Logan zu, der mich mit einem schmalen Lächeln betrachtete.

Wie bei unserem Treffen im Wasser zauberte die untergehende Sonne feine Schatten auf sein Gesicht und ließ sein Antlitz leuchten. Er machte einen Schritt auf mich zu und mein Herz bebte vor Aufregung. Unwillkürlich trat ich einen zurück, was ihn innehalten ließ. Er streckte die Hand aus, um wieder nach meiner zu greifen, und dann fiel ich ihm um den Hals.

Meine Arme um seinen Nacken geschlungen, drückte er mich fest an sich. Ich wollte mich nicht von ihm lösen, diesen Moment so lange wie möglich hinauszögern. Peinlicherweise schluchzte ich in diesem Augenblick auf, was Logan schmunzeln ließ.

Er löste meine Arme mühelos von seinem Nacken und schob mich von sich, hob mit einem Finger mein Kinn an, sodass ich ihn durch meinen Tränenschleier hindurch anblinzeln musste. »Ich werde dich nicht küssen, kleine Sprotte, denn das käme einem Abschied gleich, aber ich hoffe auf ein baldiges Wiedersehen. Wirst du auf mich warten?«

Ich nickte, sagen konnte ich ohnehin nichts mehr. Er beugte sich zu mir herab und senkte seine Lippen hauchzart auf meine Wange. Seine blonden Bartstoppeln kratzten leicht auf meiner Haut und der vertraute Geruch nach Meer und etwas Rauchigem umhüllte mich.

»Auf Wiedersehen, Lucy«, flüsterte er an meinem Ohr, sein Atem kitzelte mich, ließ meinen Körper erbeben.

»Bis bald«, gab ich mit erstickter Stimme zurück und dann ging er fort.

Ich blieb stehen, traute mich nicht, mich zum Schiff umzudrehen. Das war's also.

Die Sonne verschwand langsam hinter dem Horizont, ich rührte mich immer noch nicht. Die Menschenmenge lichtete sich langsam und meine Tränen waren bereits im Wind getrocknet. Das Gebrumme der Schiffe und die Abschiedsrufe der Besatzung waren ebenfalls verstummt, als Marina zu mir kam.

»Sie sind fort«, sagte sie nur und ich hörte in ihrer Stimme den gleichen Schmerz, der auch mein Herz gefangen hielt.

18. September 1916

Lucy,

nun ist bereits ein ganzer Monat vergangen, seit wir uns das letzte Mal gesehen haben. Die Tage auf dem Schiff vergehen langsam, aber ich habe einiges zu tun und Alexander weiht mich immer mehr in seine Strategien ein. Ich darf dir nicht verraten, wo wir uns gerade aufhalten, da der Brief abgefangen werden könnte, aber solange ich hier auf dem Wasser bin, gehe ich jeden Abend nach Schichtende in die Kajüte und hoffe darauf, dich plötzlich dort sitzen zu sehen. Ich weiß, dass dies ein törichter Wunsch ist und ich möchte mir nicht einmal vorstellen, dich auf diesem Schiff und in der Nähe von Iwan zu wissen, aber allein der Gedanke, es bestünde die Möglichkeit, dich zu treffen, bereitet mir Freude.

Iwan weigert sich, mit Alexander zu kommunizieren und die Stabstreffen verlaufen dementsprechend angespannt. Er hat eine kleine Gruppe Männer um sich geschart und schottet sich von der übrigen Besatzung ab. Mir soll es recht sein, kann ich nach wie vor nicht dafür garantieren, ihn nicht doch noch im Meer zu ertränken, wenn er von dir spricht. Und das tut er. Er provoziert uns sooft es nur geht, um eine Reaktion zu erzwingen, die er dann gegen uns verwenden kann. Aber das sind nur Kleinigkeiten; was mir mehr Sorgen bereitet, ist die Situation in Russland. Wir haben Gerüchte über eine Revolution gehört.

Bitte passt auf euch auf, vertraut niemandem.

Logan

23. Oktober 1916

Mein liebster Logan,

Während ich dir diese Zeilen schreibe, sind Marina und Constanze auf dem Markt und hören sich um. Die Gerüchte um die Revolution kamen auch in Helsinki an und die Bolschewiki geben sich zunehmend offen zu erkennen. Ich mache mir Sorgen um die Entwicklungen in der Stadt, mittlerweile ist alles so verworren, wir wissen gar nicht, wem wir trauen können.

Auf der letzten Gesellschaft gab es einen Aufstand. O Logan! Du kannst dir nicht vorstellen, was da los gewesen ist. Menschen, die wir kannten und die früher gemeinsam getanzt und gelacht haben, gingen aufeinander los. Constanze und ich schafften es gerade noch rechtzeitig zu entkommen, ehe die Dinge sich zuspitzen konnten.

Marina ist ganz außer sich, weil sie keine Briefe von Alexander mehr erhält. Ich versuche sie zu beruhigen und versichere ihr, dass es bestimmt nur länger dauert, weil die Post so genau geprüft werden muss, aber mittlerweile mache auch ich mir Sorgen. Dein Brief erreichte mich erst gestern mit einer Verspätung von über einem Monat, ich hoffe, meine Antwort kommt früher bei dir an.

Wir versuchen, nicht an die Zustände im Land zu denken und so weiterzumachen wie bisher, nur dass es immer schwieriger wird. Familien von Militärangehörigen sind bereits in Scharen aus Helsinki abgereist und Constanze verfolgt hartnäckig ihren Traum, nach Frankreich zu gehen. Sie hängt wie immer in den Wolken und lässt sich den Spaß am Leben von niemandem nehmen. Ich bewundere sie für diese Eigenschaft, ich selbst werde immer ängstlicher und gleichzeitig entschlossener, die anderen zu schützen.

Wenn es eine Möglichkeit gibt, ich warte sehnsüchtig auf Antwort von dir und hoffe, dass es euch gut geht. Bitte lasse bald wieder von dir hören, in Gedanken bin ich bei dir und warte in deiner Kajüte, um dir die neuesten Klatschgeschichten vom Deck zu entlocken.

Deine Lucy

30. Dezember 1916

Meine geliebte Lucy,

das neue Jahr steht vor der Tür und wir waren nur zwei Mal auf Landgang. Es wird immer schwieriger, Briefe zu erhalten, der Winter macht uns allen sehr zu schaffen und sichere Kommunikationswege sind begrenzt.

Dein letzter Brief erfüllt mich mit Sorge. Seid ihr in Sicherheit? Geht es euch gut?

Wir bereiten uns auf eine Neujahrsfeier auf dem Schiff vor, unsere nächste Mission führt uns weit hinaus aufs Meer und es ist nicht abzusehen, wann wir zurückkehren werden.

Es gab eine Konfrontation mit Iwan, die ich aber entschärfen konnte. Ich bin mir sicher, dass er etwas im Schilde führt, seine Anhänger werden immer mehr und er tauscht nach jedem Landgang scheinbar beliebige Besatzungsmitglieder durch neue aus. Die Gründe hierfür sind seltsam und scheinen keinen Sinn zu ergeben, aber Alexander ist sich sicher, dass er einen Plan hat. Sollte es zu einer Meuterei auf dem Schiff kommen, sind wir vorbereitet und ich gehe nicht ohne meinen Kortik ins Bett. Insgesamt herrscht eine angespannte Atmosphäre, die Männer sind müde, ich bin müde.

Vor wenigen Minuten bin ich in die Kajüte gekommen und habe daran gedacht, welch wundervollen Anblick du auf einem Neujahrsball bieten würdest. Dein Gesicht verfolgt mich in meine Träume hinein und ich ertappe mich an manchen Tagen dabei, wie ich dir die neuesten Geschichten vom Oberdeck erzähle, obwohl du so weit weg von mir bist.

Im nächsten Jahr wird alles besser, schon bald werden wir uns wiedersehen und ich kann es kaum erwarten, mein Versprechen einzulösen und dich wieder zu küssen. Das ist mein einziger Wunsch für das kommende Jahr und ich bin fest entschlossen, diesen umzusetzen.

In Liebe,
dein Logan

13. Januar 1917

Geliebter Logan,

dein Brief kam schneller als erwartet, ich bin so froh, von dir zu hören und hasse gleichzeitig die Zeilen über Iwan. Wenn dieser Scheißkerl etwas plant, dann Gnade ihm Gott, wenn er zurückkehrt und mir begegnet!

Unser Neujahrsfest war nicht erwähnenswert. Die Preise für Lebensmittel sind rasant in die Höhe gestiegen und wir konnten uns nur mit viel Mühe ein Huhn kaufen. Gleichzeitig nagt der Hunger an den Menschen hier und wir sind gezwungen, Constanzes wunderschöne Kleider und Hüte zu verkaufen, um unsere Bedürfnisse zu erfüllen. Aber das ist eine Kleinigkeit und irgendwie schaffen wir es zusammen. Constanze schimpft zwar jeden Tag über die Zustände, sagt jedoch, dass ihr ein paar Kilos weniger auch guttäten.

Marina ist distanziert und scheint mit den Gedanken weit fort. Wir versuchen fieberhaft, sie abzulenken, doch die Trennung von Alexander ist sehr schmerzhaft für sie.

Mittlerweile sind wir dazu übergegangen, die Fenster und Türen stets verschlossen zu halten und auch die Gesellschaften zu meiden. Eine seltsame Stimmung liegt in der Luft. Ob es mit den wachsenden Lebensmittelpreisen oder der allgemeinen Unruhe im Land zusammenhängt, vermag ich nicht zu sagen, aber die Unzufriedenheit des Volkes ist greifbar.

Bitte kommt bald wieder zurück, dein letzter Brief macht mich sehr unruhig und ich mag dich nicht in Iwans Nähe wissen. Dieses Monster gehört erschossen und sollte keinerlei Macht besitzen.

Du fehlst mir mit jeder Sekunde ein wenig mehr und gleichzeitig bewundere ich deine Tapferkeit. Wie gerne wäre ich jetzt bei dir und würde dich im Arm halten … Verzeih, Liebesbekundungen sind nicht meine Stärke und vielleicht spricht auch die zunehmende Verzweiflung aus mir, aber ich würde gerade alles dafür geben, nur um bei dir zu sein.

In Liebe, Lucy

13. Mai 1917

Liebste Lucy,

Dieser Brief ist ein schnell geschriebener, da sich eine unerwartete Möglichkeit aufgetan hat. Ich habe keine Briefe mehr von dir erhalten und auch ich habe kaum eine Gelegenheit, welche abzuschicken. Geht es euch gut? Seid ihr noch in Helsinki? Die Februarrevolution hat alles verändert und wir müssen aufpassen, wo wir vor Anker gehen. Ich darf nicht mehr schreiben, hoffe jedoch, dass dieser Brief dich erreicht. Uns geht es beiden gut.

Ich liebe dich, ich vermisse dich.

L.

30. Mai 1917

Logan,

seit Monaten fehlt jede Spur von Alexander und dir, Briefe erreichen uns kaum noch und ich werde nicht müde, dir zu schreiben, in der ständigen Hoffnung auf Rückmeldung. Uns geht es gut, aber wir wurden gestern angegriffen und Constanzes Haus geplündert. Uns ist nichts geschehen, doch die Angst ist in unser Haus eingezogen und ich erwäge ebenfalls, die Flucht zu ergreifen.

Vor wenigen Tagen wurden bereits einige Offiziere öffentlich hingerichtet. O Logan, du glaubst nicht, welch schrecklicher Anblick das war. Seitdem weint Natalia nur noch und Constanze ist wütend. Sie ist so wütend, dass sie und Marina einen großen Streit hatten und nun kein Wort mehr miteinander sprechen. Ich versuche alles so gut es geht zusammenzuhalten und stark für alle zu sein, aber ich habe fürchterliche Angst. Um dich, um uns.

Ich flehe dich an, schreib mir, wenn du diesen Brief bekommst.

In Liebe, Lucy

23. August 1917

Meine geliebte Lucy,

ich werde nicht müde, dir zu schreiben, auch wenn keine Möglichkeit besteht, die Briefe abzuschicken. Wir kehren zurück! Schon bald sind wir wieder da! Bitte warte auf mich.

L.

18. September 1917

Mein geliebter Logan,

dies wird vorerst mein letzter Brief sein, denn der Postweg ist mittlerweile so teuer, dass wir uns die Gebühr nicht mehr leisten können. Bis heute gab es keine Meldung von dir oder Alexander, aber ich klammere mich an den Glauben, dass es euch gut geht.

Unsere Situation spitzt sich zunehmend zu und ich habe bereits Pläne, was wir als Nächstes tun sollten. Vielleicht gehen wir schon bald fort. Auch auf die Gefahr hin, dass wir uns nicht wiedersehen werden, hoffe ich, dass du verstehen wirst, warum wir dies tun müssen. Es geht hier um Viktor, Marina und die anderen. Ich muss sie beschützen, auch wenn es mir das Herz bricht, zu wissen, dass du vielleicht an Land kommst und ich nicht mehr hier sein werde. Ich muss es tun, uns bleibt fast keine andere Wahl mehr.

Für den unwahrscheinlichen Fall, dass du diese Zeilen lesen solltest: Ich liebe dich, ich werde dich immer lieben und vertraue darauf, dass wir uns eines Tages wiedersehen werden.

Deine Lucy

Kapitel 28

20. Oktober 1917
Haus von Constanze

Tage vergingen, Monate strichen quälend langsam und gleichzeitig rasend schnell ins Land. Plötzlich war es schon über ein Jahr her, dass ich im Jahr 2013 auf dem Eis hingefallen und im Russland 1916 gelandet war. Auch lag der Aufbruch von Logan und Alexander inzwischen dreizehn Monate zurück.

Anfangs erhielten Marina und ich abwechselnd Briefe, aber seit der Februarrevolution und der Abdankung des Zaren war die Kommunikation zum Militär nur noch dürftig. Der Befehl Nr. 1, der gleich nach der erzwungenen Abdankung verfügt wurde, beschränkte die Gehorsamkeitspflicht der Soldaten massiv.

Sämtliche Manöver, die vor der Machtübernahme getätigt wurden, sollten nur dann weiter ausgeführt werden, wenn sie nicht den Zielen der provisorischen Regierung widersprachen. Einfache Soldaten, die zum Schutz im Land stationiert waren, wurden gezwungen, ihre Waffen zur Kontrolle an verschiedenen Stationen abzugeben. Nötigenfalls mit Gewalt. Der Mann von Veronika Anatoljewna, den ich zwar nur kurz auf der Gesellschaft gesehen hatte, von dem Constanze jedoch nicht müde wurde zu erzählen, was für ein herzensguter Mensch er war, hatte versucht, sich gegen die Übernahme seines Stützpunktes zu wehren und eine Revolte in die Wege geleitet. Von seinen Genossen war keiner mehr übrig. Jeder Mann wurde einzeln und vollkommen entblößt auf den großen Marktplatz im Dorf geführt und erschossen.

Die Leichen hatte man irgendwo im Wald liegen und von Wölfen zerfleischen lassen, zumindest wenn man Gerüchten, die in der Stadt erzählt wurden, Glauben schenkte. Das kaltblütige Abschlachten der eigenen Soldaten sollte als Mahnung für andere dienen. Und es wirkte. Kaum einer traute sich noch gegen die provisorische Regierung offen vorzugehen.

Neuigkeiten drangen nur ganz langsam zu uns durch, da viele Gerüchte im Umlauf waren, aber man kaum noch Gelegenheit hatte, mit jemandem zu sprechen. Zwar fanden noch immer Gesellschaften und auch prunkvolle Bälle statt, jedoch setzten wir diese aus. Constanze litt am meisten unter der aufgedrängten Isolation. Sie langweilte sich mit jedem Tag ein klein wenig mehr und fühlte sich wie eine Gefangene in ihrem eigenen Haus. Als entfernte Verwandte der Romanows konnte sie es sich allerdings nicht leisten, auch nur die Nase aus der Tür zu strecken, wenn sie nicht wollte, dass jemand auf unsere kleine Gruppe aufmerksam wurde. Also verhielt sie sich still und überließ es uns, auf den Markt zu gehen.

Auch wenn ich es kaum zugeben wollte, aber selbst mir wurde von der Tatenlosigkeit und der ausweglosen Situation zunehmend übel.

Alles in mir sehnte sich danach, auf die Straße zu laufen und die Bolschewiki anzuschreien, warum sie all das ihrem eigenen Volk antaten. Ja, der Bürgerkrieg war der erste Schritt zu einem unabhängigen Russland, welches ich aus der Zukunft kannte. Vieles, was in diesen Jahren geschah, sorgte dafür, dass das Volk später frei, losgelöst von einer veralteten Monarchie leben konnte. Auch wenn die Zukunft nicht rosig war, so war sie in jedem Fall besser als die Gegenwart hier. Die russische Politik war selbst in meiner Zeit fragwürdig und international schlecht angesehen und doch wurden dort keine Männer den Wölfen zum Fraß vorgeworfen, nur weil sie auf der falschen Seite standen!

Die Art und Weise, wie Männer, die zuvor gemeinsam gekämpft hatten, nun einander bestialisch niedermetzelten, trieb mir die Galle hoch. Eine Revolution verlangte ihre Opfer. Das Glück der nächsten Generation lag in den Händen der Vorfahren und trotz dieser ganzen Erkenntnisse konnte ich nicht verstehen, nicht akzeptieren, dass die angewandten Mittel richtig waren. Deutlicher als jedem anderen hier war mir bewusst, was die Veränderungen für Russland bewirken würden.

Aus einer Monarchie würde nach einem langen und sehr steinigen Weg voller Leid und falschen Entscheidungen eine Demokratie geschaffen, aber die Freiheit der Zukunft wurde auf den Leichen der Vergangenheit aufgebaut, und wenn man im eigenen Haus saß und in Geschichtsbüchern wälzte, sah man nur die positiven Veränderungen. Tote waren lediglich Zahlen auf weißem Papier, Kollateralschäden für eine bessere Zukunft. Hier und jetzt bedeutete jeder Tote einen Freund, einen Nachbarn, jemanden, der geliebt und vermisst wurde. Es war nicht einfach, in den Bolschewisten die notwendigen Revolutionäre zu sehen, wenn man die unmittelbaren Opfer dieser Bewegung mit Namen kannte.

Alternativ träumte ich auch nicht selten davon, Marina zu schnappen und mich auf die Suche nach Logan und Alexander zu machen. Aber dieser Traum war noch realitätsferner als der erste. Denn eines musste ich mir nach all diesen Monaten der Funkstille vor Augen halten, ich wusste weder, wo sich die beiden befanden, noch konnte ich sicher sein, dass sie überhaupt noch am Leben waren. Das Militär war ein beliebtes Ziel, um Lenins Pläne in die Tat umzusetzen.

Ganz unabhängig von unseren privaten Sorgen kam es im Juli zum endgültigen Wendepunkt, als die Kerenski-Offensive gegen die deutschen Truppen scheiterte und somit den Zerfall der russischen Armee nach sich zog. Was die heimkehrenden Marinesoldaten erwartete, wenn sie nach Helsinki zurückkehren würden, wusste keiner genau. Durch die geplante Bodenreform waren nun zahlreiche Bauernsoldaten der Meinung, ihren Dienst quittieren zu müssen und zurück zu Ländereien zu eilen, die sie in Besitz nehmen wollten.

Die Bolschewiki waren auf dem Vormarsch, die Abdankung des Zaren war nur der erste Schritt auf ihrer Liste zur Machtergreifung.

Einen vorherigen Putschversuch durch Lenin konnte man im Juli zwar noch erfolgreich vereiteln, aber uns lief die Zeit davon. Wie die Körner in einer Sanduhr rieselte sie unnachgiebig an uns vorbei und hinterließ ein Gefühl der Leere und Machtlosigkeit.

Viele hiesige Russen unterschätzten den Willen und Kampfgeist von Lenin und seinen Scharen nach wie vor. Sie taten ihre Machenschaften als kleinere Auflehnungsversuche ab und gingen ihrem gewohnten Alltag nach, verschlossen die Augen vor allem, was sich außerhalb ihrer vier Wände abspielte. Unsere kleine Gruppe war nicht so dumm, die Gefahr zu unterschätzen.

Meine Geschichtskenntnisse über Russland waren sperrig, aber selbst ich wusste, dass die Oktoberrevolution und damit der Ausbruch des Bürgerkrieges unmittelbar bevorstand, war gegen den Verlauf der Geschichte jedoch vollkommen machtlos.

Nicht nur einmal hatte ich darüber nachgedacht, mich einzumischen, etwas zu unternehmen. Doch welche Folgen würde mein Eingreifen haben? Ich fürchtete, dass jede Regung, jedes falsche Wort, die Zukunft, wie ich sie kannte, in Gefahr bringen würde. Über Monate hatte ich Pläne auf Papier gekritzelt, einer aberwitziger und verrückter als der andere. Jedes Mal stieß ich dabei an meine geschichtlichen Grenzen.

Um jemandem zu helfen, fehlte mir schlicht und ergreifend das nötige Wissen. Die Einzigen, die ich beschützen konnte, um sie irgendwie aus der Gefahrenzone zu bringen und am Leben zu erhalten, waren die Bewohner dieses Hauses, und nachdem ich das Ausmaß meiner Machtlosigkeit erst einmal begriffen hatte, setzte ich meine Prioritäten.

Die Revolution würde so oder so stattfinden, in die historischen Ereignisse durfte ich mich einfach nicht einmischen. Bereits der Tod oder das Überleben von einer einzelnen Person könnte alles für die spätere Generation verändern, weshalb ich nur dafür sorgen konnte, dass Marina und Viktor es leichter hatten.

Marina musste in jedem Fall überleben, denn sonst hätte es auch mich niemals gegeben. Und ich wusste genau, dass auch Urgroßmutters Sohn aus erster Ehe, mein leicht abgedrehter Onkel Viktor, den Krieg ebenfalls gut überstehen und später sogar ein Buch darüber schreiben würde. Kaum vorzustellen, wenn man sich den kleinen Viktor jetzt ansah, während er sein Spielzeug durch die Gegend warf und so vollkommen unbedarft war.

Ob ich dazu in der Lage wäre, Natalia und Constanze sterben zu lassen, oder dabei zuzusehen, wie Logan oder Alexander hingerichtet würden, bezweifelte ich trotz der nüchternen Gedanken in meinem Kopf aber sehr. Ich wusste, was richtig war, würde mich für meine Freunde vermutlich für das Falsche entscheiden. In jedem Fall stand fest, dass mein Auftauchen in dieser Zeit bereits die zeitlichen Abläufe durcheinandergebracht haben musste, was bedeutete da schon ein weiteres Eingreifen, um das Leben eines Menschen zu retten?

Bereits seit zwanzig Tagen zählte ich die Minuten. Das genaue Datum war mir entfallen, meinem Siebhirn sei Dank, aber es konnte nicht mehr lange dauern, bis das Grauen mit aller Macht über uns hereinbrach.

Die Straßen von Helsinki waren bereits seit mehreren Wochen wie ausgestorben. Keiner traute sich nach draußen, da jeder Schritt einen politischen Akt bedeutete. Ging man vor die Tür, wollte man sich gegen die Revolutionäre auflehnen. Blieb man im Haus, stimmte man unabsichtlich ihren Machenschaften zu, es war zum Haareraufen! Die wenigen Soldaten, die aus Krankheit oder wegen anderweitiger Verpflichtungen im Land geblieben waren, wurden entweder verhaftet oder ihnen stand noch Schlimmeres bevor.

Viele Russen hatten sich damit abgefunden und ließen sich nichts anmerken. Einzig auf dem kleinen Markt, unweit des Ufers und dem Park, in dem Logan und ich spazieren waren, wurden Gerüchte ausgetauscht. Flüsternde Zungen sprachen von einer Gegenbewegung, die sich in Omsk formierte. Man erzählte sich, dass Soldaten, die außer Landes stationiert waren, sich nun dort trafen und Pläne schmiedeten, wie sie die Zarenfamilie befreien konnten. Ich glaubte nicht an diese Märchen. Mehr als jeder andere hier wusste ich, dass alle Rebellionen sinnlos waren und das Land schon bald Lenin gehören würde.

Wir hatten den 20. Oktober 1917, ich verbrachte die Tage in der ständigen Angst, dass die Welt explodieren würde. Stetig, wie das Wechselspiel der Jahreszeiten, wurde ein Tag vom nächsten abgelöst, die Luft war geschwängert von Angst und Langeweile.

»Lucy! Lucy! Komm schnell!« Marinas panische Stimme versetzte mich in vollkommenen Schrecken. Ich warf Tolstois »Anna Karenina« zur Seite, schälte mich aus dem Deckenkokon, den ich mir auf dem bequemen Sofa im Esszimmer errichtet hatte, und lief zu Marina in die Küche.

Sie stand regungslos am Fenster und spähte durch die Spitzenvorhänge nach draußen. Ein Konvoi aus Männern marschierte durch die Straße. Einige mit starren Gesichtern, andere aufgeregt plaudernd oder Lieder singend. Die Bolschewiki. Bereits seit Tagen versammelten sie sich hier.

Lenin hielt öffentliche Reden an verschiedenen Plätzen in St. Petersburg und seine Anhänger wurden nicht müde, diese weiterzutragen und durch die Straßen im ganzen Land zu rufen. Er rief wiederholt zum Kampf gegen den Petrograder Sowjet auf. Noch war Alexander Kerenski der Kopf der provisorischen Regierung. Der Petrograder Sowjet, der im Taurischen Palais tagte, wurde durch Arbeiter und Soldaten bekleidet, die sich noch gegen Lenin behaupten konnten und eine provisorische Regierung gebildet hatten. Ganz so einfach konnte Lenin dann doch nicht an die Spitze der Regierung steigen, aber seine zunehmend größer werdenden Scharen übten massiven Druck auf Kerenski und seine Anhänger aus. Auf dem Markt wurde spekuliert, dass Lenin die ersten Regierungsmitglieder bereits auf seiner Seite hatte und Kerenski sich vor Angst in den Palais flüchtete.

Ich zog Marina vom Fenster weg und riss hastig die Gardine an ihren Platz, sodass der schwere Stoff uns vor den neugierigen Augen dieser fremden Männer verbarg.

»Wir müssen hier weg! Auch Helsinki wird schon bald den Bolschewiki in die Hände fallen und dann werden sie als Erstes für neue Machtverhältnisse sorgen. Was das für eine ehemalige Ehefrau eines Konteradmirals und ihren Sohn bedeuten wird, kann nichts Gutes sein!«, sprach ich erneut hitzig auf Marina ein. In den vergangenen Monaten hatte ich schon häufig die gleiche Unterhaltung mit ihr geführt, aber sie weigerte sich, Helsinki zu verlassen, solange Alexander nicht zurück war. Und auch jetzt sah ich wieder den Trotz in ihren Augen aufblitzen. Ich packte sie an den Schultern und schüttelte sie.

»Verdammt, Marina! Denk an deinen Sohn! Denk an Constanze! Wenn du nicht gehst, werden sie auch nicht gehen. Sei bitte nicht so töricht!«, rief ich aufgebracht, doch es war zwecklos. Marina wandte das Gesicht ab und sah auf den Boden.

»Ich kann nicht, ich habe es ihm versprochen«, wiederholte sie die bereits zu oft gesprochenen Worte. Ich hätte sie am liebsten geohrfeigt.

Eilige Schritte wurden laut und Constanze kam in die Küche gelaufen, an der Hand den kleinen Viktor. »Was geht hier vor sich? Lucy, hör auf, dich ständig mit Marina zu streiten, ich halte es nicht länger aus!«

Ich kam nicht umhin, zu bemerken, wie sehr sich Constanze in nur einem Jahr verändert hatte. Ihre einst so imposante Erscheinung war nun durch Augenringe und Sorgenfältchen auf der Stirn geprägt.

Die aufreizenden Kleider hatte sie gegen einfachere Stücke getauscht und viel von ihrem Schmuck und ihrer Garderobe verkauft, um uns zu ernähren. Denn nicht nur die Kommunikation nach außen war zwischenzeitlich dürftig, auch das Essen wurde immer knapper, da die meisten Ressourcen zu den Truppen geschickt wurden und seit dem Fall des Zaren die Gelder der Adeligen bis auf die Neuverteilung der Mittel unter den Bürgern eingefroren waren. Kurz gesagt: Wir waren am Arsch!

Die vergangenen Monate hatte Constanze damit verbracht, zwischen Marina und mir zu vermitteln. Starrköpfig und unnachgiebig, wie wir beide nun mal von Grund auf waren, gerieten wir häufig aneinander, was zum Großteil an Marinas Unfähigkeit zur Akzeptanz lag. Sosehr sich mein Herz auch bei dem Gedanken zusammenzog und ich bitterlich in mein Kissen weinte, Logans letzter Brief lag fast ein halbes Jahr zurück. Die Wahrscheinlichkeit, dass die beiden noch am Leben waren, war mehr als gering. Die Hoffnung, sie könnten bald zurückkehren, noch törichter.

Seit einem halben Jahr hatte uns keine Nachricht über ihren Verbleib mehr erreicht und Neuigkeiten kamen nur langsam zu uns, da Helsinki sich in einer Art Vakuum zu befinden schien, in das keine Nachrichten von außen drangen.

»Constanze, wir müssen nach Omsk! Wenn sich irgendwo die Soldaten treffen und wir in Sicherheit sein werden, dann dort!«, versuchte ich es noch einmal, ohne Erfolg. Constanze ließ den aufgeregt zappelnden Viktor los, der sofort zu Marina lief und die Aufmerksamkeit seiner Mutter forderte.

»Mamochka[21], ich will auch kämpfen! Ich werde die Rebellen alle töten und Papa finden«, rief er und schwang einen krummen Ast, den ich ihm vom letzten Marktbesuch mitgebracht hatte, wie ein Schwert umher. Marina nahm ihm das dürftige Spielzeug ab. Mittlerweile war der Zwerg bereits vier Jahre alt und ein richtiger Wirbelwind.

»Du sollst so etwas nicht sagen, Viktor! Wenn jemand solche Sprüche hört!«, schimpfte Marina im Flüsterton.

21 *Momochka = russische Verniedlichung für Mutter, ähnlich wie »Mami« oder »Mamilein«

»Lucy, du musst endlich aufhören damit! Es wird alles zum Guten kommen. Du wirst schon sehen.« Constanze war zu mir getreten und legte mir behutsam eine Hand auf die Schulter. Ich verfluchte den russischen Starrsinn, hatte er mich doch in den letzten Wochen in den Wahnsinn getrieben.

»Halt sie vom Fenster fern, die da draußen sollen nicht sehen, dass hier nur Frauen leben. Ich gehe mit Natalia zum Markt und schaue, was die Gerüchteküche uns verrät und wo die Bolschewiki sich momentan gruppieren. Wir müssen wissen, von welchen Orten wir uns besser fernhalten.«

Ich wartete Constanzes Reaktion nicht ab und ging stattdessen zur Tür. Im Vorbeigehen sah ich Marina mit einem scharfen Blick an, doch die junge Frau tat so, als müsste sie sich sofort um irgendwelche Töpfe auf der Ablage kümmern. Es war mir bewusst, dass ich ihre Entscheidungen nicht verurteilen sollte und ein Stück weit verstand ich ihre Beweggründe durchaus, aber das eigene Leben aufs Spiel zu setzen, nur um auf den Geist einer Verliebtheit zu warten, war mir unbegreiflich.

Jeden Gedanken an Logan schob ich vehement zur Seite. Für diese kleine Gruppe hier, meine Uroma, den späteren Bruder meiner Großmutter, Constanze und Natalia, die mittlerweile zu guten Freundinnen geworden waren, musste ich stark sein. Ich war diejenige, die Entscheidungen treffen musste, von denen die anderen lieber Abstand nahmen. Ich musste sie beschützen.

In letzter Zeit war ich dazu übergegangen, mich mit Natalia unter die Arbeiterschicht zu mischen und mich auf dem Markt umzuhören, stets in der Hoffnung, etwas über Alexander, Logan oder die Pläne der Bolschewiki zu erfahren. Natalia nahm an unseren täglichen Diskussionen nicht teil, gab mir jedoch zu verstehen, dass sie meine Meinung teilte, was sie Marina gegenüber natürlich niemals zugeben würde.

Marina hatte sie bereits vor Monaten aus dem Dienst entlassen und ihr angeboten, als Freundin bei uns zu bleiben, doch Natalia konnte nicht aus ihrer Rolle heraus. Sie putzte und kochte für uns, wusch Wäsche und kümmerte sich rührend um den kleinen Viktor. Ich hatte aufgehört, sie zu bitten, uns ihr helfen zu lassen, die kleine Russin konnte wirklich garstig werden, wenn man sich zwischen sie und die Hausarbeit stellte.

»Nataschka[22], wollen wir zum Markt?«, rief ich durchs Haus, da man sich nie sicher sein konnte, wo sich das tüchtige Mädchen herumtrieb. »Ich mache nur noch das Bad«, kam es von oben, was mich erneut den Kopf schütteln ließ.

Sage ich ja, tüchtig wie eh und je. Wenn möglich, putzte und arbeitete Natalia nun noch mehr als zu Zeiten, als sie bei Marina und Iwan als Dienstmädchen eingestellt war.

Ich witterte meine Chance. Eiligst vergewisserte ich mich, dass Marina und Constanze in der Küche beschäftigt waren und ging in mein Zimmer zurück, wo ich die Tür verschloss und die kleine Schmuckschatulle auf meinem Nachttisch öffnete. Die letzten und einzigen Briefe von Logan, ein Armreif, den mir Constanze bei unserem Einzug geschenkt hatte und den zu verkaufen ich nicht übers Herz gebracht hatte, sowie das Medaillon mit dem Foto von Marina und Alexander lagen darin. Meine kleinen Schätze, die mir die Stärke gaben, nicht der Verzweiflung nachzugeben und die mir stets vor Augen führten, was wichtig war.

Zögerlich griff ich nach dem bereits vergilbten Briefumschlag und strich über das raue Papier. Ich konnte die Worte, die darin geschrieben standen, bereits auswendig. Die geschwungenen Buchstaben erschienen mir in Träumen und ich hätte sie unter Tausenden anderen wiedererkannt. Vermochte ich mich noch so gut an die geschriebenen Zeilen zu erinnern, das Gesicht von Logan entschwand mir jedoch mit jedem weiteren Tag ein kleines bisschen mehr. Nur noch das Grün seiner Augen konnte ich mir genau vorstellen. Wenn ich meine eigenen Lider schloss, erschienen sie mir wie geisterhafte Lichter in einem Meer aus Dunkelheit.

Ich öffnete das Siegel eines der ersten Briefe, das bereits abbröckelte, strich das Papier glatt und ließ meinen Finger über die mit Tinte geschriebenen Worte darauf kreisen.

Meine liebste Lucy,

die Tage auf dem Minenleger sind von Arbeit und Tatendrang geprägt. Wir haben ganz strenge Order, die Alexander allmählich wirklich ärgern,

22 *Nataschka = Spitzname für Natalia

da er so kaum Raum für eigene Entscheidungen hat. Auch Iwan macht uns das Leben hier nicht einfacher. Wo er nur kann, stellt er sich Alexander in den Weg und ist sogar dazu übergegangen, die Männer gegen uns aufzuhetzen. Manchmal erwische ich mich bei dem Wunsch, Alexander hätte ihn getötet, als er die Gelegenheit dazu hatte, aber dies zu entscheiden oder mir zu wünschen, steht nicht in meinem Recht.

Wenn ein Tag wieder einmal anstrengend und lang war, dann denke ich an dich. Wie gerne würde ich in meine Kajüte kommen und dich sehen, wie du kopfüber von der Koje hängst und mich anlächelst. Die Leichtigkeit deiner Worte, der Klang deines Lachens, das fehlt mir sehr. Wenn ich an dich denke, werden die Tage nur noch einsamer, also versuche ich, mich nicht auf die Vergangenheit zu konzentrieren, sondern denke an unser Wiedersehen. Ich lebe in der ständigen Angst, dass du verschwunden sein könntest, wenn ich zurückkehre, beinahe so, wie du plötzlich in meinem Leben aufgetaucht bist. Bitte verschwinde nicht, warte auf mich. Und vergiss nicht, dass du mir noch einen Kuss schuldest, kleine Sprotte.

Dein Logan

Wieder und wieder hatte ich diese Worte und die der weiteren, wenigen Briefe gelesen, bei Nacht und bei Tag und doch trieben sie mir jedes Mal die Tränen in die Augen. Wenn ich früher gedacht habe, dass ich wusste, was Liebeskummer war, so war es nichts im Vergleich zu dem Schmerz in meinem Herzen, der durch die Sorge um Logan entstanden war. Wie eine offene Wunde, die zwar mit einem Pflaster abgeklebt wurde, aber nie wirklich heilen konnte, pochte sie stets in meinem Inneren.

Wo mochte er wohl gerade sein? Was tat er? War er überhaupt noch am Leben? Ich schüttelte hastig den Kopf, fuhr ein letztes Mal mit der Hand über die Worte, die mir Mut und Angst zugleich machten, und faltete den Brief sorgsam zusammen, um ihn in der Schatulle zu verstauen. Fahrig wischte ich mir die Tränen aus dem Gesicht, zog eine schwere Schuba[23] an, verschloss die Tür zu meinem Zimmer und damit auch den Gedanken an Logan.

23 *Schuba = Russische Winterjacke, von außen aus Pelz

Denn außerhalb meines Zimmers erlaubte ich mir nicht, ihn zu vermissen oder an ihn zu denken, andernfalls würde ich ebenso wie Marina nur noch aus dem Fenster sehen und zu einem Schatten meiner selbst werden. Genauso wie es in den ersten Tagen, nachdem er aufgebrochen war, der Fall gewesen ist. Nur mühsam hatte ich mich zurück in die Realität gekämpft.

»Natalia! Wir müssen jetzt!«, rief ich nach oben und erschrak mich beinahe zu Tode, als das braunhaarige Mädchen in voller Montur mit Mantel und Fellmütze wie aus dem Nichts hinter mir auftauchte.

»Schon fertig, ich warte ja nur auf Sie«, lachte sie, während sie sich die Handschuhe über die Finger streifte.

»Wie oft hatte ich dir gesagt, du sollst mich duzen?«, fragte ich seufzend und versuchte, mein galoppierendes Herz zu beruhigen.

Natalia zuckte die Schultern. »Die Form sollte immer gewahrt werden, selbst in solch schweren Zeiten«, entgegnete sie, ging zur schweren Holztür des Hauses und öffnete diese.

Oktoberluft schlug uns entgegen und trieb die Kälte ins Haus. Vor uns erstreckte sich eine von Schnee und Eis geküsste Landschaft, die einladend aussehen würde, wären da nicht die umherwirbelnden Schneeflocken, die einem unter den Mantel krochen und ihre kalten Spuren auf der Haut hinterließen. Ich erschauderte bei diesem Gedanken. Vor uns lag ein langer Weg, denn der Markt war ungefähr eine halbe Stunde Fußmarsch von Constanzes Haus entfernt.

»Bis nachher«, rief ich in das stille Haus hinein und schloss die Tür. Für den Bruchteil einer Sekunde hatte ich das Gefühl, beobachtet zu werden. Doch als die Tür ins Schloss gefallen und ich sie von außen abgeschlossen hatte, war das Gefühl ebenso schnell wieder verschwunden und ich beeilte mich, zu Natalia aufzuschließen, die bereits losmarschiert war.

Kapitel 29

20. Oktober 1917
Weg zum Markt

Der Brief und Marinas Weigerung, Helsinki zu verlassen, ließen mich auch den Rest des Weges nicht los. Mittlerweile hatten Natalia und ich eine große Strecke zurückgelegt und konnten die verschiedenen Stände und Buden des Rinoks[24] sehen. Ich griff in meine Tasche, um die wenigen Münzen darin zu zählen. Vom letzten Verkauf war nicht mehr viel übrig, wir bekamen vielleicht noch einen Sack Kartoffeln und ein paar Eier, doch dann mussten wir uns wieder etwas einfallen lassen.

»Lucy?« Eine Männerstimme ließ mich innehalten. Ich wusste, dass es nicht Logan sein konnte und alle, die mich sonst kannten, waren ebenfalls mit ihm zusammen auf dem Schiff, aber eine irrationale Hoffnung schnürte mir augenblicklich das Herz enger. Langsam drehte ich mich um und hätte mich am liebsten in Luft aufgelöst.

Dimitri kam auf mich zugelaufen, ein Lächeln auf den Lippen.

»Lucy, du bist ja noch in Helsinki. Ich wusste nicht, wo du geblieben bist, nachdem dein Cousin und die Übrigen aufgebrochen sind. Welch eine Freude, dich zu sehen!« Er schien wirklich positiv überrascht davon, dass ich noch immer hier war.

»Dimitri, wie ich sehe, bist du noch nicht verschieden. Wie schade«, gab ich zurück und ging dann weiter, ohne auf ihn zu achten. Zugegeben, die letzten Monate hatten mich kalt werden lassen, positive Empfindungen waren ein Luxus, den ich mir nicht leisten konnte, wenn ich die anderen und mich selbst beschützen wollte. Ein zahmer Bolschewik war da das Letzte, was ich gebrauchen konnte.

24 *Rinok = russisch für »Markt«

Natalia sah mich aus großen Augen an. »Wer ist dieser Herr?«, flüsterte sie, das vor Kälte bereits rosige Gesicht unter einem dicken Schal verborgen.

»Niemand, der uns nach Hause folgen sollte«, raunte ich ihr zu und sie nickte sofort.

Es waren Zeiten, die höchste Vorsicht verlangten und Natalia verstand dies, ohne dass ich es ihr erklären musste.

»Lucy, bitte! Nun warte doch!« Dimitri hielt mich am Arm fest, zwang mich, ihn anzusehen.

»Ich wüsste nicht, was du mir zu sagen hättest, was ich nicht schon über dich weiß, du Mörder!«, zischte ich und stellte mit Genugtuung fest, dass er meinen Arm sofort losließ, als hätte er sich verbrannt.

Wir waren bereits viel zu nah am Markt und einige Köpfe hatten sich zu unserer kleinen Gruppe umgedreht und lauschten interessiert unserer Unterhaltung. Ich zwang mich, leiser zu sprechen. »Wie ich sehe, weißt du genau, was ich meine. Ich habe gesehen, wie du den Offizier an der Promenade kaltblütig ermordet hast und danach wie ein Feigling weggelaufen bist«, raunte ich und bohrte meinen Zeigefinger anklagend in seine Brust.

Natalia neben mir sog scharf die Luft ein. Dimitri starrte mich aus weit aufgerissenen Augen an, rang sichtlich um Worte.

»Aber woher …«, setzte er an, doch ich unterbrach ihn sofort.

»Ich habe dich sofort erkannt und Logan war dir nachgelaufen, weißt du das nicht mehr? Sprich mich nicht noch einmal an. Mit den Bolschewiki möchte ich nichts zu tun haben und schon gar nicht mit solchen wie dir.« Mit diesen Worten hakte ich mich bei Natalia unter und schob sie eiligst Richtung Markt, in den Schein der Sicherheit von anderen Menschen.

»Lucy, du verstehst nicht! Ich hatte einen Befehl, aber das ist nun alles vorbei! Wir haben gewonnen. Lenin führt das russische Volk an die Macht, bald können wir selbst über unser Leben bestimmen. Der Zar ist fort und wir sind nicht länger gezwungen, unser Geld in einen Palast zu stecken, der nichts für seine Leute tut.«

Mühelos hatte Dimitri uns eingeholt und versperrte mir den Weg. Er griff nach meinen Händen, was mich zurückfahren ließ.

»Was willst du von mir? Was soll dieses Theater hier?«, fuhr ich ihn an, verstand nicht, worauf er hinauswollte. Als ich sein spitzbübisches Lächeln in dem blassen Gesicht aufblitzen sah, wurde es mir plötzlich klar.

»Du hast den Plan, Alexander auf deine Seite zu ziehen, immer noch nicht aufgegeben?«, fragte ich atemlos. »Heißt das etwa, er lebt? Weißt du, wo Logan ist? Geht es den beiden gut?« Die Fragen überschlugen sich, kamen schneller über meine Lippen, als ich darüber nachdenken konnte.

Dimitri erblasste wenn möglich noch mehr.

»Du weißt es nicht? Alexander und seine Besatzung kamen vor einer Woche zurück in den Hafen …« Nun war er derjenige, der meinen Blick nicht erwidern konnte.

Meine Kehle war wie ausgedörrt, mein Herz machte wilde Hüpfer, nur um dann einige Schläge auszulassen. »Was? Nun sprich doch!«, verlangte ich.

»Lucy, es tut mir leid. Sie hatten sich geweigert, die Waffen abzugeben. Du kennst Logan, er hat einen Riesenaufstand gemacht, um Alexander und die anderen zu beschützen.«

Er sah mich mit einem Blick voller Bedauern an und ich wollte schreien.

»Sie sind tot. Alle vom Schiff wurden exekutiert. Wir haben versucht, mit ihnen zu sprechen, sie auf unsere Seite zu bringen, aber sie wollten nicht hören.« Nun war es Dimitri, dessen hastige Worte sich beim Sprechen überschlugen und in meinem Verstand einfach keinen Sinn ergaben.

Ich vergaß, wie man atmete, vergaß, wie man etwas empfand. Hätte ich jetzt auch nur eine Gefühlsregung zugelassen, wäre ich auf dem Schnee zusammengebrochen, und ich war mir sicher, nichts hätte mich dazu veranlassen können, wieder aufzustehen. Einzig der Gedanke an Marina, Viktor und Constanze hielt mich aufrecht.

»Und was genau willst du dann von mir?«, fragte ich noch einmal und erkannte meine eigene Stimme nicht wieder.

Natalia neben mir weinte stumme Tränen. Ich zupfte nervös am Stoff im Inneren meiner Schubatasche, riss daran herum, um meine Hände zu beschäftigen und meine Fingernägel nicht in Dimitris Hals zu bohren.

»Das waren die schlechten Nachrichten, aber ich habe auch gute! Wir suchen seit einer Woche schon nach Marina Igorewna. Iwan ist bereits vor dem Aufbruch zu uns übergelaufen und wurde nun vom Kriegsministerium zum Admiral ernannt. Er sucht überall nach seiner Frau und jetzt, wo ich dich gefunden habe, kannst du mir verraten, wo die Arme sich versteckt hat. Ihr Mann ist zurückgekehrt, um sie und ihren gemeinsamen Sohn in eine neue Zukunft zu führen. Wir werden das Land in neuen Glanz hüllen, es wird keiner mehr ausgebeutet, keiner in den Krieg gezwungen!« Aus seinen Worten sprach die blanke Euphorie, er glaubte wirklich an das, was er sagte. Doch ebenso wie es ihn in Freude versetzte, jagte mir das Gesagte Angst ein.

Iwan war also zurück und suchte nach Marina.

»Und ich habe mir gedacht … wenn der Umbruch erst einmal vorbei ist und die Güter neu verteilt, werde ich sicherlich ein hübsches Häuschen und etwas Land bekommen, das ich bewirten kann. Lucy, noch nie hat mich eine Frau so sehr gereizt wie du. Auch wenn wir uns kaum kennen, habe ich dich nie vergessen. Ich habe Himmel und Hölle in Bewegung gesetzt, um dich zu finden, und hatte schon aufgegeben. Vielleicht können wir uns dann häufiger treffen und schauen, wohin uns das Ganze führt …« Er griff nach meinem Arm, zog meine verkrampften Finger aus der Tasche und legte sie in seine, umschloss sie.

Natalia entfuhr ein Japsen, das sich schnell in ein Wimmern verwandelte.

Ich stand wie erstarrt da, Dimitri sah mich mit leicht geröteten Wangen an, die Aufregung eines Kindes in den Augen, und ich konnte nicht anders. Ich brach in schallendes Gelächter aus.

All meine Emotionen, ob freudige oder traurige, brachen aus mir heraus und erklangen schallend in der kühlen Oktoberluft. Natalia musste mich stützen, so sehr lachte ich. Dimitri sah mich verwundert und gekränkt an. Einige Leute waren zu uns getreten, um zu sehen, was denn so lustig war. Mir liefen Tränen übers Gesicht vor lauter Gekicher.

»Lucy … das ist mein voller Ernst, bitte, überlege es dir! Ich kann bald gut für dich sorgen«, raunte Dimitri, trat auf mich zu, doch ich entzog ihm meine Hände.

Kraftlos sanken seine Arme herab. Ich wischte mir die Lachtränen aus dem Gesicht und zwang mich, das unkontrollierte Zittern meiner Finger zu unterbinden.

»Danke für diesen Lacher, aber eher würde ich mir die rechte Hand abhacken, als mit dir zusammen zu sein.« Ich trat einen Schritt zurück und stellte mit böser Genugtuung fest, wie ihm seine Gesichtszüge entglitten.

Er sollte sich in mich verliebt haben? Wann denn? Ich war mir sicher, dass das Ganze nur irgendein perfider Trick sein sollte, um mich zu täuschen. Die Niedergeschlagenheit in seinen Augen ließ mich jedoch stutzen. Dimitri setzte erneut zum Sprechen an, doch ich unterbrach ihn mit einer brüsken Handbewegung.

»Wehe, du folgst uns«, sagte ich bedrohlich, schnappte mir Natalia und zog sie mit mir fort.

Hinter uns wurde Getuschel laut. Wir waren keine fünf Schritte weit gekommen, da packte mich jemand an der Schulter und zwang mich zum Umdrehen.

»Verdammt, Dimitri! Habe ich mich nicht deutlich genug ausgedrückt? Erspare dir und mir diese Blamage!«, empörte ich mich, erstarrte jedoch, als ich in das vertraute Gesicht blickte, das mir entgegengrinste.

»Lucy, meine Liebe, wie ich sehe, haben Sie nach wie vor keinerlei Manieren. Unseren jungen Freund hier so vor aller Welt zu demütigen. Was sollen denn die Leute von Ihnen halten?«, fragte mich Iwan.

Es war beinahe so, als würde ich meinen blanken Albträumen gegenüberstehen, nur dass diese plötzlich real waren. Ich hätte schwören können, dass die Luft noch eisiger geworden war.

Während ich wie ein Fisch an Land nur lautlos den Mund auf- und zuklappte, war Natalia einer Ohnmacht nahe. Iwan hingegen wirkte taufrisch. Seine Uniform saß wie angegossen, das polierte Admiralsabzeichen glänzte in der Wintersonne. Seine gesamte Erscheinung verhöhnte uns.

»Du … Verräter!«, rief ich und hätte Natalia mich nicht an der Hand festgehalten, hätte ich Iwan die Augen ausgekratzt und ihn nötigenfalls mit bloßen Händen erwürgt.

»Lass mich los, verdammt!«, brüllte ich außer mir.

War Dimitri noch harmlos, so erweckte Iwans Anblick den alten Zorn in mir zu neuem Leben und ließ mich beben vor kaum unterdrücktem Hass.

»Alles in Ordnung hier? Benötigen Sie Hilfe?«, fragte ein bulliger Mann, der vom Markt zu uns getreten war und meinen Wutausbruch lediglich mit einer hochgezogenen Augenbraue quittierte.

»Ich brauche eine Eskorte zum Haus meiner Frau. Das Mädchen hier ist gewiss der Meinung, das Richtige zu tun, aber sie ist doch ein wenig aufgebracht.« Iwans Stimme triefte vor Genugtuung.

Ich brüllte erneut auf, riss mich von Natalia los, doch da war der Bullige auch schon vor mir und schlug mir seine Faust ins Gesicht. Ich fiel zu Boden, meine Wange explodierte in einer Woge aus Schmerz und Wut und dann packte mich jemand an den Armen, zerrte mich auf die Füße und zwang mich zum Stehen. Ich schwankte, noch immer benommen von dem Schlag.

»Führ mich zu Marina. Jetzt«, sagte Iwan seelenruhig.

Blut tropfte mir aus der Nase, fiel in den dreckigen Schnee zu meinen Füßen, als ich grinste. »Weshalb sollte ich das tun? Schlägst du mich dann, so wie du es bei deiner Frau auch immer getan hast? Fahr zur Hölle!«, schrie ich außer mir. Wenn ich Iwan ansah, konnte ich nur daran denken, dass er dafür verantwortlich war, dass Logan und Alexander nie wieder zurückkehren würden. Dass sie alle nie wieder zu ihren Familien heimkommen würden.

»Konstantin, ich sage ja, das Mädchen ist verrückt«, sagte er zum bulligen Soldaten, der mich geschlagen hatte. »Sie hat gerade erfahren, dass ihr Cousin desertiert ist und daraufhin hingerichtet wurde. Ein wenig Irrsinn kann ich ja verzeihen, aber dieses Verhalten ist nun wirklich nicht angebracht.« Iwan verzog seine Lippen, der Triumph schwang in seiner Stimme mit und die Genugtuung, mit der er über Logans angeblichen Verrat sprach, erfüllte mich mit neuer Energie.

Irgendwie schaffte ich es, mich von dem Riesen loszureißen, und stürzte mich erneut auf Iwan. Ich riss ihn mit mir zu Boden, wo ich sofort über ihm kniete und wie wild auf ihn einschlug.

Flink wie ein Wiesel drehte er seinen Kopf von einer Seite auf die andere und lachte mir höhnisch ins Gesicht. Ich wurde grob von hinten gepackt und von Iwan runtergezerrt.

Verzweifelt kämpfte ich gegen den Griff an, doch es war vergebens. Der bullige Soldat warf mich zu Boden, drückte mein Gesicht in den schmutzigen Schnee, der nach salzigem Blut und Erde roch. Ich knurrte, wand mich immer noch, in der Hoffnung, ihm irgendwie entwischen zu können.

Jemand half Iwan auf die Füße, sodass er ruhig zu mir geschlendert kam. Ich machte einen Ruck hoch, angefeuert von meiner Wut, pure Mordlust veranlasste mich dazu, Iwan anzusehen. Und was ich sah, war noch schlimmer als die Gewissheit, dass Logan tot war. Meine schwachen Versuche, zu ihm zu gelangen, schienen ihm zu gefallen. Ich konnte Lust in seinen Augen aufblitzen sehen, während er sich zu mir vorbeugte, ganz langsam mein Haar zur Seite strich und mein Ohr freilegte. Ich versuchte von ihm wegzukommen, wehrte mich mit aller Macht, aber es war zwecklos.

»Es war mir ein Genuss, deinem teuren Logan meinen neuen Kortik in den Bauch zu rammen. Ich hatte kurz mit dem Gedanken gespielt, ihm einen schnellen Tod zu schenken, aber dann musste ich an die Demütigung denken, die er und Alexander mir vor meinem eigenen Weib beschert hatten, also ließ ich ihn verbluten.«

Ich erstarrte, wurde ganz ruhig, war zu keiner Regung mehr fähig.

»Die Dienstbotin weiß ebenfalls den Weg. Seht zu, dass das Balg sich nicht mehr rührt, schlagt sie notfalls bewusstlos.« Iwan war wieder von mir weggetreten und nahm sich Natalia an.

Der Bullige hob mich hoch und warf mich kopfüber über die Schulter. Ich wehrte mich nicht mehr. Ließ es einfach geschehen. Mein letzter Blick, bevor Natalias schmerzerfüllter Schrei mir die Tränen in die Augen trieb, galt Dimitri, der vom Markt aus die Szenerie beobachtet hatte und entsetzt schien.

Er hatte keinen Finger gerührt, um uns zu helfen. Hatte einfach dabei zugesehen, wie ich geschlagen und zusammen mit Natalia verschleppt wurde. Diese Entscheidung sagte mehr über ihn aus als seine Weltanschauungen. Er war ein Feigling, der große Reden schwang, genauso wie Constanze es bereits vor einem Jahr gesagt hatte.

Gut so, sieh nur, was du zu verantworten hast, dachte ich bei mir, ehe der Soldat sich mit mir in Bewegung setzte. Ich konnte nur hoffen, dass Iwan Natalia nichts tun würde, da sie diejenige war, die ihn nach dem Duell hatte verarzten lassen. Für uns anderen sah ich schwarz, aber was hatte das denn auch noch für einen Sinn? Wenn Marina erst einmal von Alexanders Tod erfuhr, würde es ihr ohnehin das Herz brechen und der kleine Funke aus Selbstachtung, der noch immer irgendwo in ihr schlummerte, würde ebenfalls verlöschen.

Kapitel 30

20. Oktober 1917
Haus von Constanze

Verzweiflung hielt mich mit eisernen Klauen gefangen, ließ meinen Blick immer wieder verschwimmen, da die Flut an umherwirbelnden Sorgen und Gedanken mich in ein tiefes Loch zu stürzen drohte. War sollte ich tun? Abwarten, was geschieht? Mich auf das perfide Glücksspiel des Schicksals einlassen und auf das Beste hoffen? Was war in diesem Moment das Beste? Dunkelheit umhüllte mich. Neue Fragen kamen auf. Fragen, auf die ich keine Antworten hatte. Die Situation schien aussichtslos, aber ich wehrte mich dagegen, aufzugeben. Wehrte mich mit aller Kraft gegen die Kälte, mit der die Furcht sich in mir eingenistet hatte. Ich musste etwas tun, andernfalls stünde uns eine erneute Katastrophe bevor.

So getragen zu werden, kam mir der Weg viel kürzer vor als bei den unzähligen Malen, an denen ich ihn durch Schnee und Regen selbst gewandert war. Durch meine Position bekam ich nicht mit, was vor uns geschah. Ich hing wie ein Stück Fleisch vom Rücken eines Riesen, Marina würde beim Anblick von Iwan schier wahnsinnig werden, auf Constanzes Biss konnte man nur bei Klatschgeschichten zählen und Alexander und Logan waren tot. Sie waren tot. *Tot.* Der Gedanke war so falsch, dass mein Verstand sich weigerte, ihn zu akzeptieren. Das konnte nicht sein! Das durfte nicht sein!

»Ihr habt euch im Haus von Constanze versteckt? Der Wein auf dem Schiff muss schlecht gewesen sein, anders kann ich mir nicht erklären, dass mir dieser Gedanke nicht schon früher gekommen ist!«, rief Iwan bedauernd und ich erkannte mit Schrecken, dass wir das Haus bereits erreicht haben mussten.

Letzte Kraftreserven sammelnd, richtete ich mich ein Stück auf, wobei meine kümmerlichen Bauchmuskeln bereits jetzt beleidigt schrien, und hämmerte wie wild gegen die breiten Schultern des Bulligen. Die einzige Reaktion, die ich erhielt, bevor meine Kraft mich wieder verließ, war ein gelangweiltes Schnauben.

»Kümmer dich um sie, wir gehen schon rein«, wies Iwan meinen Träger an und trat in mein Blickfeld.

Er packte mich an den Haaren und zwang mich so, ihn anzusehen. Ein ekelerregendes Grinsen lag auf seinen Lippen und ließ ihn wie den fleischgewordenen Horror aus meinem persönlichen Albtraum aussehen. Nur zu deutlich erinnerte ich mich an diese Fratze und seine gierigen Finger, die meine Haut berührten. Ekel, Verzweiflung, Wut, Hoffnungslosigkeit. Alles vermischte sich zu einem einzigen Emotionsbrei, der sich in meiner Brust sammelte und langsam meine Kehle hochkroch, wo er mich zu ersticken drohte. Wie sehr ich diesen Menschen hasste, vermochte ich in tausend Worten nicht auszudrücken.

»Wie bedauerlich, wir hätten wirklich viel Spaß zusammen haben können. Ich hasse es, schöne Dinge zu verschwenden, aber ich werde es wahrlich genießen, Marina meine Liebe erneut zu beweisen, und du wärst dabei nur im Weg.« Iwan ließ meinen Kopf los und seine Stiefel entfernten sich von mir.

Irgendwo hörte ich Natalia scharf aufkeuchen, ehe hinter mir Schritte laut wurden.

Ich wollte etwas rufen, protestieren, mich wehren, irgendwas, doch der Schreck saß zu tief. Wie erstarrt hing ich am Körper des Riesen herab und zitterte vor Wut und Angst.

Schreie und Gepolter wurden laut, rissen mich aus dem Labyrinth der Ausweglosigkeit, das sich in meinem Kopf ausgebreitet hatte, und holten mich in das Hier und Jetzt zurück. Adrenalin schoss durch meine Adern, setzte neue Impulse frei und ich schrie um Hilfe. Brüllte aus vollem Hals, in der leisen Hoffnung, dass irgendwer mich hörte und dieses Schreckensszenario beendete.

Mein Träger versteifte sich, griff an die Waffe, die rechts an seinem Gürtel hing, und ließ mich einfach wie einen unliebsamen Gegenstand kopfüber in einen Schneehügel fallen. Vor Überraschung riss ich den Mund auf und bereute es sogleich wieder. Überall, in meinem Mantel, den Handschuhen und meinem Mund, war Schnee. Ich zappelte, versuchte mich irgendwie aus dem Hügel zu befreien. Die Kälte kroch in jede Pore meines Körpers, ließ mich wie einen Eiszapfen zurück.

Klasse, Lucy, jetzt stirbst du in einem Schneehügel.

Ich drückte mich mit den Händen von unten hoch, doch verlor immer wieder den Halt. Waren es Schritte, die gerade auf mich zukamen? Ich zwang mich zur Ruhe, wurde ganz still. Jemand packte mich an den Füßen und hebelte mich so aus dem Schneehaufen heraus. Ich blieb auf dem Po sitzen, prustete und spuckte Schneewasser aus.

»Lucy, ist alles in Ordnung?«, fragte Dimitri, der sich alarmiert umsah. Gäbe es eine Liste von Menschen, die ich jetzt am wenigsten hätte sehen wollen, stünde Dimitri ganz oben.

»Hast du nicht schon genug angerichtet? Was willst du hier?«, zischte ich zurück und rappelte mich auf. Mein gigantischer Träger musste ebenfalls ins Haus geeilt sein, um Iwan zu unterstützen, denn von seiner muskelbepackten Erscheinung fehlte jede Spur.

Eisige Panik ergriff mich.

Das Haus! Marina! Mit einem Satz war ich auf den Beinen und stürzte die Treppen hoch, wo ich allerdings mitten in der Bewegung an der Tür verharrte. Ich brauchte einen Plan. Unüberlegt hineinzulaufen würde keinen von uns retten. Was sollte ich bloß tun?

»Die sind alle da drin verschwunden.« Dimitri kam an meine Seite.

»Was willst du hier? Ich sagte doch, du sollst verschwinden!«, raunte ich und drückte mein Ohr an die Tür, um etwas hören zu können. Im Inneren war es ganz still geworden, zu still!

Dimitri schien mir jetzt das kleinere Übel, dem man zwar ungern den Rücken kehrte, von dem ich jedoch sicher war, dass zumindest in dieser Sekunde keine Gefahr von ihm ausging.

Ein verzweifelter Schrei durchschnitt die Stille. Ihm folgte ein zweiter, der mir durch Mark und Bein ging. Marina. Alles in mir wollte in das Haus stürzen.

Dimitri holte einen Gegenstand aus seiner Jackentasche heraus und reichte ihn mir. Perplex blinzelte ich auf seine Hand, die mir eine Pistole entgegenstreckte. Ich schluckte.

»Hier, nimm die. Was Iwan hier veranstaltet, hat nichts mit den Bolschewiki zu tun, das ist ein ganz persönlicher Racheakt.« Dimitri nickte mir zu und holte eine zweite Pistole heraus.

Verdammt, wo hatte er die alle nur her? Ich wollte es lieber gar nicht wissen! Mein Magen rebellierte, als meine Finger über den Schaft der Waffe glitten.

»Ich weiß nicht, wie ich damit umgehen soll«, stotterte ich. Im Haus wurde Gepolter laut und noch mehr Schreie ertönten. War das Natalia?

»Dafür weiß ich es. Du musst lediglich nur so tun als ob. Ich bin auf deiner Seite, Lucy.«

Wir tauschten einen Blick aus. Entschlossenheit und Kampfgeist lagen in seinem und Unsicherheit und Verzweiflung in meinem. Dann nickte ich. Was blieb mir denn auch anderes übrig? Ein unbeständiger Komplize war immer noch besser als keiner.

»Na gut, ich vertraue dir in dieser Sache, aber ich gehe zuerst rein.« Dimitri nickte und ich hoffte inständig, dass ich nicht gerade den größten Fehler meines Lebens beging.

Die Pistole gegen die Brust gepresst, öffnete ich die Tür.

»Jetzt mach hier nicht solch einen Aufstand! Heißt man so seinen geliebten Ehemann willkommen?«, höhnte Iwans Stimme durchs Haus.

Ich schloss meine Finger fester um den Griff der Waffe und ging die wenigen Stufen zum Flur hinauf, von dem alle übrigen Räume im ersten Stock abzweigten. Dimitri folgte mir. Die Stimme kam aus der Küche, die sich rechts von uns befand. Ich überlegte fieberhaft, was ich als Nächstes tun sollte. War ich wirklich in der Lage, Iwan zu erschießen?

Mein Blick glitt zu Dimitri, der mein Zögern bemerkte und prompt die Führung übernahm. Er ging an mir vorbei, die Pistole fest in der Hand, und blieb neben der Küchentür stehen, die er dann mit der Stiefelspitze aufdrückte. Jemand ließ etwas polternd zu Boden fallen. Hastig lief ich Dimitri nach, stellte mich mit erhobener Waffe neben ihn in die Tür und versuchte, die Situation im Bruchteil einer Sekunde einzuschätzen.

Mein Herz schlug zum Zerspringen schnell, ich versuchte mich daran zu erinnern, was die hübschen Agentinnen in FBI-Streifen in solchen Situationen taten, aber mein Gehirn war wie leer gefegt.

Mir bot sich ein grausiges Bild des Schreckens. Marina, Constanze und Natalia knieten auf dem Fußboden. Iwan hielt den weinenden Viktor auf dem Arm und richtete eine Pistole auf Marina. Der Hüne stand abwesend hinter der Szenerie und schnüffelte in den Topf mit Soljanka, den Natalia vor unserem Aufbruch zum Ziehen hingestellt hatte.

Dimitri richtete seine Waffe auf den hungrigen Riesen, ich auf Iwan, der kurz überrascht schien, sich aber schnell fasste.

»Wie schön, dass du dich unserer kleinen Gesellschaft noch anschließt, ich dachte schon, Maximilian hätte dich getötet, aber umso besser. Jetzt kann ich meiner lieben Frau noch deutlicher vor Augen führen, was es bedeutet, den eigenen Mann der Lächerlichkeit einer Scheidung auszusetzen.« Sein Tonfall wurde schroffer, alle möglichen Bilder schossen mir durch den Kopf.

Seine Finger, wie sie einer Vogelspinne gleich langsam die Haut an meinem Nacken entlangkrabbelten und mich mit Grauen und Ekel erfüllten.

»Lass Viktor gehen! Iwan, du willst nur mich, lass den Jungen und die anderen frei!«, schrie Marina mit brüchiger Stimme. Ihr Gesicht war bleich und ausdruckslos, die Augen mit Tränen gefüllt.

Die Pistole in meiner Hand zitterte kaum merklich, ich hob die andere, um mein Handgelenk zu stützen. Bei einem Biathlon vor einigen Jahren hatte ich schon mal auf dem Schießplatz mit einem präparierten Gewehr geschossen, eine altertümliche Pistole aus dem Ersten Weltkrieg war jedoch etwas ganz anderes.

Iwan ignorierte Marinas Flehen und fixierte stattdessen weiterhin mich mit einem betont lässigen Blick, die Pistole hielt er dabei wie beiläufig auf mein Gesicht gerichtet.

»Lass die Waffe fallen«, befahl ich und hoffte inständig, dass meine Stimme sich fester anhören würde, als sie es in meinen eigenen Ohren tat.

Iwan lachte auf. »Du würdest mich nicht ernsthaft erschießen, komm schon, Lucy. Wir sind doch Freunde. Ich möchte nur, dass unsere allseits geliebte Marina versteht, was sie mir und unserer Familie mit ihrem Verrat angetan hat. Das wirst du einem alten Freund doch zugestehen können.«

Nun ertönte ein anderes Lachen – Constanze.

»Hör auf zu reden und bring es zu Ende, du elender Hund!«, schrie sie Iwan an, was mich erschrocken aufkeuchen ließ.

Einen Mann, der mit einer Waffe vor einem stand, sollte man nicht auch noch provozieren, doch Constanzes entspanntes Gesicht ließ mich einen Plan hinter ihren scheinbar unüberlegten Worten vermuten. Iwan stellte den strampelnden Viktor auf den Boden und hielt den Burschen mit der linken Hand am Kragen fest, damit er nicht weglaufen konnte.

Mein Blick fiel auf Marina, die verängstigt zu ihrem Sohn blickte und jeder seiner Bewegungen folgte. »Lass ihn los!«, brüllte sie, sprang auf die Füße, wurde jedoch von Constanze aufgehalten.

Die falsche Französin war schneller auf den Beinen, stieß Marina zur Seite und lief mit wehendem Rock auf Iwan zu. Er riss vor Überraschung die Augen auf, war jedoch zu langsam, um zu reagieren. Constanze schubste ihn zu Boden, zerkratzte wild schreiend sein Gesicht mit ihren langen Fingernägeln.

Viktor rannte zu seiner weinenden Mutter, versteckte sich hinter ihrem Rock, schrie unverständliche Dinge. Ich visierte Iwan an, versuchte krampfhaft die Pistole still zu halten und in dem Gewirr aus umherpeitschendem roten Haar und den verschiedenen Armen seinen Kopf zu erhaschen.

Es gelang ihm, Constanze von sich zu werfen, die mit dem Kopf gegen die Kante des Esstisches stieß und stöhnend auf den Fliesen liegen blieb.

Ihr Anblick erfüllte mich mit Zorn, jagte Blitzlichter aus Tatendrang durch meine Adern. Mit energischen Schritten lief ich auf Iwan zu, der besinnungslos vor Schmerz herumbrüllte und am Boden nach seiner Waffe tastete.

Ehe er mich bemerkte, war ich schon bei ihm und drückte ihm meine eigene Pistole an die Schläfe. Er hob die Hände, hörte auf zu schreien und wandte mir langsam sein Gesicht zu. Aus tiefen Striemen floss helles Blut darüber – ein Anblick, der mich innerlich jubeln ließ.

»Seltsam, dein Freund befand sich in einer ähnlichen Situation, bevor ich ihm mit der Pistole die Zähne ausgeschlagen habe.« Bei seinen Worten fiel etwas in mir in sich zusammen und ließ sämtliche Sicherungen gleichzeitig durchbrennen.

Ich explodierte vor Wut, mein Herz raste, als ich mich mit aller Kraft gegen den Drang wehrte, mich genauso auf Iwan zu stürzen, wie Constanze es getan hatte.

»Das ist nicht wahr! Sag mir, dass das eine Lüge ist!«, schrie ich aus vollem Hals und drückte den Lauf meiner Pistole fester gegen seinen Kopf, während die Tränen über meine Wange liefen.

»Ich genoss jede Sekunde, in der er mich anflehte, ihn am Leben zu lassen. Weinend wie ein kleines Mädchen bettelte er mich an und ich erwies ihm die Gnade einer Kugel.« Iwan flüsterte mir diese Worte vertraulich zu und gab ein abscheuliches Lachen von sich.

Die Tränen verschleierten meinen Blick, mein ganzer Körper fühlte sich an wie in Eiswasser getaucht und mir war schwindelig. Nein! Nein, das war nicht möglich! Eine Woge aus Entsetzen bemächtigte sich meiner, trieb unkontrollierte Gänsehaut über meinen Rücken, die mich erzittern ließ.

Hinter uns wurde ein Tumult laut. Dimitri und der Riese! In meiner Wut auf Iwan hatte ich die beiden vollkommen vergessen. Ich fuhr herum; als hätte sich mein Geist aus dem Körper gelöst, sah ich zu, wie mein Kopf zur Seite fuhr. Meine Augen waren leer. Dimitri rang mit dem anderen Soldaten, als die zitternde Gestalt in dem zerrissenen Kleid und der dreckigen Schuba von Iwans Faust an der Schläfe getroffen wurde und zu Boden fiel.

Sie ließ die Waffe fallen … ich ließ die Waffe fallen und wurde durch den übermächtigen Schmerz zurück in meinen Körper gerissen.

Eine tiefe Dunkelheit umschmeichelte mich, trieb mich in die Ohnmacht, gegen die ich mich mit aller Macht zu wehren versuchte. Ich durfte jetzt nicht die Besinnung verlieren, sonst würde ich womöglich nie wieder aufwachen!

Ein schwerer Stiefel wurde auf meinen Rücken gepresst, ich konnte Worte hören, die ich jedoch nicht verstand. Ein Wimmern, ein Aufheulen und etwas, das klirrend zerbrach.

Ich streckte meine Arme aus, machte mich mit verzweifelter Entschlossenheit so lang, wie es unter Iwans Stiefel eben möglich war.

Meine Finger ertasteten einen Gegenstand und ich bäumte mich gegen den Fuß auf meinem Rücken auf. Das Gewicht verschwand für einen Moment, ich nutzte die Gelegenheit und drehte mich auf den Rücken, sodass ich durch den Nebelschleier vor meinen Augen in Iwans Gesicht blicken konnte.

Das Grinsen verschwand aus seiner Miene, wurde von Panik abgelöst, als ich die Pistole hob und abdrückte.

Der Schuss zerriss die Luft, klingelte in meinen Ohren nach. Iwans Körper fiel mit einem dumpfen Aufprall zu Boden.

Ich ließ den Kopf auf die Fliesen sinken und schloss die Augen. Mein benebelter Verstand driftete fort in fremde Gewässer, in denen ein Schiff umhertrieb. Jemand winkte mich mit einem freudigen Lächeln zu sich. Logan? Konnte es wirklich Logan sein? Warum trieb er auf einem Schiff in Constanzes Küche umher?

Erneuter Radau ließ mich aus der Benommenheit hochfahren, jemand kniete neben mir, schüttelte mich. »Lucy, du darfst nicht einschlafen!« Eine Männerstimme.

»Sie könnte eine Gehirnerschütterung haben. Viktor, komm her, schau da nicht hin. Um Gottes willen, sieh es dir nicht an!«, schrie eine bekannte Frauenstimme voller Verzweiflung.

Ich lächelte, es schien allen gut zu gehen, na, dann konnte ich mich auch wieder auf das Meer konzentrieren. Auf Logan.

»Nicht einschlafen.« Erneut rüttelte jemand an mir, ich versuchte, die starken Hände fortzuschieben.

Warum konnten sie mich nicht einfach träumen lassen, wo ich doch nur noch in meinen Träumen bei ihm sein konnte?

»Geh zur Seite!«, befahl eine zweite Frauenstimme von weiter weg und die schwieligen Hände gaben mein Gesicht frei.

Endlich. Endlich durfte ich in die Finsternis abtauchen.

»Nicht so, Liebes, nicht so!«, flüsterte jemand und dann traf eine Hand hart auf meine Wange, ließ sie brennen.

Der flammende Schmerz in meinem Gesicht zwang mich dazu, die Augen aufzureißen und mich aufzurichten. Die Dunkelheit, die Ohnmacht und auch Logan schienen weit fort zu sein.

Ich blinzelte verwirrt, versuchte mich zu orientieren. Etwas Klebriges, Zähflüssiges breitete sich unter mir aus. Ich hob die Hände und blickte in die rot verschmierten Spuren darauf. Entsetzen packte mich.

Ich schrie laut, sprang auf die Beine und taumelte gegen einen weichen Körper. Mein Blick glitt weiter zu der Quelle des Blutes. Iwan lag reglos auf den glänzenden Küchenfliesen. Das Gesicht zur Seite gewandt, für immer in einem grimmigen Lächeln erstarrt. Ein spitzer Schrei entfuhr meiner Kehle.

Hatte ich ihn getötet? Bin ich das gewesen? Die Person hinter mir zog mich fort aus der Küche in den Flur, wo Marina am Boden kniete und den weinenden Viktor in den Armen wiegte. Der entsetzte Ausdruck in Iwans Augen, als er bemerkt hatte, dass ich die Pistole auf ihn richtete, schob sich in meine Gedanken. Was war danach geschehen? Der Schuss! Ich hatte geschossen, hatte das Leben eines Menschen beendet; und auch wenn es sich bei diesem Menschen um Iwan gehandelt hatte, so traf mich diese Gewissheit wie ein Faustschlag in meinem Innersten.

Marinas Blick begegnete meinem, Entsetzen und Trauer standen darin geschrieben und wirkten wie ein Spiegel meiner eigenen Seele. Sie hob den verstörten Viktor auf die Arme, der gerade miterleben musste, wie man seinen Vater erschoss, und trug ihn die Treppe nach oben.

Ich bin es gewesen. Ich hatte Viktor seinen Vater geraubt. Übelkeit stieg in mir hoch, Grauen packte mich und presste mir die Luft aus der Lunge.

Starke Arme umschlossen mich, zogen mich an eine warme Brust, die hastig ein- und ausatmete. Ich schloss die Augen, klammerte mich an die Person, ließ mir für einen kurzen Moment von der Erinnerung an eine frühere Umarmung Trost spenden.

»Es ist vorbei. Es ist vorbei«, flüsterte eine Stimme an meinem Kopf. Eine warme Hand streichelte mir über den Rücken.

Falsch, das hier war ganz falsch. Ich riss mich los, taumelte erneut zurück und blickte in Dimitris vor Staunen geweitete Augen.

Tränen flossen langsam über mein Gesicht. »Ich habe ihn getötet.« Meine Stimme klang tonlos, dumpf, als würde sie jemand anderem gehören.

»Wenn du ihn nicht getötet hättest, dann hätte er dich erschossen«, sagte Dimitri, hob wie bei einem verängstigten Tier die Hände und ging behutsam auf mich zu.

»Er hat Logan getötet!«, stammelte ich erneut.

Grauen floss durch meinen Körper, wo ursprünglich Blut ihn mit lebendiger Energie versorgt hatte. Ich ließ mich an der Wand entlang zu Boden gleiten. Nun, da Iwan als Gefahr nicht mehr da war, floss die Erkenntnis in meinen Verstand, vergiftete jeden Millimeter davon.

»Logan ist tot, aber ich verspreche dir, dass ich euch beschützen werde.«

Ich wandte mich ab.

»Sie braucht keinen anderen Mann! Wir müssen nicht beschützt werden«, erklang Constanzes Stimme hinter Dimitris Gesicht.

Er erstarrte, fuhr hoch, sodass ich nur noch auf seine mit dunkelroten Spritzern befleckte Hose blicken konnte. »Ihr müsst hier fort. Sobald man die Leiche findet, wird man euch sofort verdächtigen und Iwan hatte viele Freunde unter den Bolschewiki, die um seine vermeintlich verräterische und gefährliche Frau wussten. Ich werde für euch Fahrkarten für den Zug nach Omsk organisieren. Packt eure Sachen. Ich bin in einer Stunde zurück.«

Ihre polternden Schritte verschmolzen mit meinem eigenen Herzschlag. Schritt, Schritt. Bubumm, Bubumm. Jeder Schritt, jeder Herzschlag trug seinen Namen, der in jeder Faser meines Körpers schmerzte.

Constanze beugte sich zu mir herab. »Lucy, du darfst jetzt nicht aufgeben. Marina weiß noch nichts von Alexander, aber dein Bolschewik-Freund hat recht, wir können hier nicht länger bleiben. Steh auf, wir müssen packen.« Sie muss gehört haben, wie Iwan mir zuflüsterte, was er mit Logan getan hatte.

Natalia kam an uns vorbeigeeilt, die Hände ebenfalls mit Blut besudelt. Sie zitterte unkontrolliert, hielt ihren Arm mit schmerzverzerrtem Gesicht an die Brust gedrückt. »Der Große atmet noch, ist aber bewusstlos. Was sollen wir nur tun? Was soll Marina Igorewna bloß machen? Der arme Junge!«

Sie wiederholte die Worte immer wieder leise vor sich hin, ehe sie die Treppe nach oben lief, wo man die panischen Schreie eines Kindes hörte, das gerade das Schlimmste hatte erleben müssen, was man sich nur vorstellen konnte. Und ich trug Schuld an seinen Tränen.

Von Viktors Trauer angetrieben, ließ ich mir von Constanze hochhelfen, klopfte mechanisch den Staub vom Rock ab und nickte. »Sie darf es noch nicht erfahren. Marina muss jetzt ganz und gar für Viktor da sein und darf sich nicht ihrer eigenen Trauer hingeben«, sagte ich ausdruckslos, wischte mir mit der Handfläche die salzigen Tränen aus den Augen und sah zu Constanze.

Sie weinte ebenfalls. »Verzeih, dass ich dich darum bitten muss, aber es geht nicht anders. Komm, ich helfe dir packen.«

Ich nickte erneut, ließ mich von ihr fortbringen, schob meinen Kummer zur Seite. Später. Ich musste nur noch ein klein wenig durchhalten und dann, dann durfte ich zusammenbrechen. Nur noch ein bisschen. Ein klein wenig packen und dann in einen Zug steigen, das würde ich schaffen. Für Marina. Für meine geliebte Uroma. Für Viktor, für Natalia und für Logan. Wenigstens das war ich ihnen allen schuldig.

Kapitel 31

20. Oktober 1917
Bahnhof von Helsinki

Dimitri hatte tatsächlich Wort gehalten und war innerhalb einer Stunde wieder zurückgekehrt. Constanze und ich packten währenddessen notdürftig einige unserer Sachen zusammen, Marina war immer noch mit dem verängstigten Viktor beschäftigt.

Ich hatte mir größte Mühe gegeben, Natalia so gut es ging zu verarzten, aber ihr Arm war wohl gebrochen. Mit den restlichen Verletzungen sah es schon besser aus. Die Vorbereitungen für unsere Abreise fanden ihren Höhepunkt, als Constanze nach oben ging und Marina von unserem Vorhaben erzählte. Wir waren uns einig, dass wir ihr nicht sagen würden, dass Alexander tot war, sondern vorerst behaupteten, er sei ebenfalls im Exil in Omsk, was gar nicht so abwegig wäre.

Hätten es einige der Soldaten vom Schiff geschafft, dann würden sie zweifelsohne versuchen, nach Omsk zu kommen, denn dort sammelte sich gerade die Weiße Armee, wie Dimitri uns berichtete. Alles getreue Anhänger der Zarenfamilie, die sich zum Gegenschlag gegen die Bolschewiki formierten.

Auch für uns war dies momentan der sicherste Ort. Marina und Constanze hatten gute Verbindungen zum einstigen Militär und Constanze versicherte uns, dass eine gute Freundin von ihr uns bei sich aufnehmen würde, wenn wir erst einmal in Omsk wären. Ihr Mann war ebenfalls exekutiert worden, weswegen ihre beiden Söhne, Pawel und Egor, nun der Gegenbewegung der Weißen Armee angehörten und alle Feinde der Bolschewiki oder Flüchtlinge wie uns mit offenen Armen willkommen hießen.

Erst vor einer Woche hatte Constanze einen Brief ihrer Freundin erhalten, in dem sie uns zu sich nach Omsk einlud. Eine Gelegenheit, die wir nicht verpassen durften.

Eine innere Taubheit ergriff mich, hüllte mich in Watte ein. Dieser Taubheit hatte ich es zu verdanken, dass ich überhaupt noch aufrecht stehen konnte. Wie ein Roboter befolgte mein Körper Anweisungen, die sich in meinem Kopf zu logischen Ketten bildeten, aber keinerlei Gefühl mehr zuließen. Ich funktionierte einfach, ohne zu denken, ohne zu fühlen.

Dimitri trieb uns zur Eile an. Er hatte sogar eine der wenigen Kutschen für uns organisiert und half uns beim Einstieg. Ich war die Letzte, die in die Kutsche glitt, und Dimitri hielt meine Hand fest, damit ich auf den kleinen Stufen nicht versehentlich abrutschte. Als ich mich hingesetzt hatte, streckte ich meinen Kopf aus dem Fenster und griff nun meinerseits nach seinen Händen.

»Dimitri … ich weiß nicht, wie ich dir danken soll«, fing ich an, weil man so etwas wohl von mir erwartete, immerhin hatte er uns gerettet, doch er unterbrach mich.

»Lucy, ich bin froh, dich in Sicherheit zu wissen, und sobald ich kann, werde ich euch folgen. Mich hält hier jetzt nichts mehr.«

Ich sah seinen flehentlichen Blick, erinnerte mich an all das, was er in den vergangenen Stunden für uns getan hatte.

»Verzeih, aber du solltest dir eine andere Frau suchen. Mein Herz ist bereits vergeben, aber ich bin dir unendlich dankbar für deine Hilfe und hoffe, dass wir uns in Omsk wiedersehen werden.«

Ein trauriges Lächeln legte sich auf seine Lippen und er schüttelte kurz den Kopf. »Aber du weißt, dass er nicht zu dir zurückkehren wird.«

Ich musste ihm recht geben, ich wusste sehr wohl, dass Logan nicht mehr am Leben war, und doch war ich nicht gewillt, mein Herz anderweitig zu verschenken. Denn tief in mir glomm ein Funke der Hoffnung, dass sich doch noch alles zum Guten wenden könnte. Dieser Funke glühte trotz der Emotionslosigkeit, die mich fest in ihren Klauen hatte.

Ich warf einen vorsichtigen Blick auf Marina, die jedoch gedankenverloren den schlafenden Viktor in ihren Armen wiegte und weit fort zu sein schien.

»Das weiß ich. Das ändert aber nichts an meinen Gefühlen«, flüsterte ich ihm zu und ein Teil von mir bereute diese Worte.

Die Gründe für Dimitris Handeln waren oft zweifelhaft, er war ein kaltblütiger Mörder, und dennoch schienen zwei Seiten in seinem Körper gegeneinander anzukämpfen. Ebenso wie er ein Mörder und Verräter war, hatte er nicht gezögert, als wir ins Haus stürzten. Er hatte bewiesen, dass er nur für seine Ideale kämpfte und durchaus Recht von Unrecht unterscheiden konnte, genau wie Logan und Alexander.

Seine Rolle in der Geschichte war stellvertretend für die Bolschewiki. Sie scheuten sich nicht, schwere Entscheidungen für eine bessere Zukunft zu treffen, auch wenn diese Entscheidungen eine Spur aus Leichen nach sich zog.

»Du wirst schon sehen, wenn der Umbruch erst einmal vorbei ist, werde ich dich schon umstimmen. Wir haben Zeit«, sagte der junge Mann anmaßend.

Ich beugte mich aus dem Fenster und hauchte einen Kuss auf seine Wange. »Ich danke dir für alles«, wiederholte ich, denn etwas anderes gab es jetzt nicht mehr zu sagen.

Anschließend gab Dimitri dem Kutscher das Zeichen, dass er losfahren sollte, und ich zog den Kopf wieder ein. Als ich das nächste Mal aus dem Fenster sah, waren Constanzes Haus, unsere Zuflucht seit so vielen Monaten, und auch Dimitri im wilden Tosen der umherwirbelnden Schneeflocken verschwunden. Ich hatte ihn morden sehen und doch, in den verzweifelten Schatten einer aufblühenden Revolution glaubte ich, in ihm einen Freund gefunden und gleichzeitig verloren zu haben.

Die Räder der Kutsche ratterten nur langsam über die verschneiten Straßen, im Inneren sprach keiner von uns und jeder schien seinen eigenen trüben Gedanken nachzuhängen.

Machtlosigkeit, Trauer und Schuldgefühle übermannten mich, drängten sich durch den sorgsam errichteten Panzer aus Gefühlslosigkeit und ich drohte unter deren Last zusammenzubrechen, unter der Flut aus verborgenen Emotionen zu ersticken. Deshalb verschloss ich mein Herz erneut. Ich stumpfte mich selbst gegen die Schmerzen ab, flüchtete vor dem Verlust, vor der Einsamkeit und dem Gefühl, dass alles um mich immer mehr zusammenbrach.

Nur so konnte ich weiterleben, nur so war ich dazu in der Lage, die anderen in den Zug zu setzen und nicht hier und jetzt aus der Kutsche zu springen, mich in den Schnee zu werfen und meine Verzweiflung in die Welt hinauszuschreien.

Ich vermisste meine Familie und mein altes Leben mit einem Schlag so sehr, dass ich in dieser Sekunde alles dafür getan hätte, um der Vergangenheit zu entfliehen und in meine Zeit zurückzukehren. Vor Iwans Wiederkehr gab es nur selten Momente, in denen ich zurückwollte; auch wenn nicht alles einfach war, hatte ich die Menschen in dieser Zeit ins Herz geschlossen und wollte sie nicht verlieren. Aber im Hinblick auf die neuesten Entwicklungen in dem Chaos, in das sich mein Leben nun verwandelt hatte, sehnte ich mich nach den sorglosen Tagen in der Uni, an denen ich mir keine Gedanken um Tote oder Kriege machen musste, sondern die größte Herausforderung meines Daseins darin bestand, die verdammte Prüfung am Ende des Semesters zu bestehen.

Wie war aus mir nur eine Mörderin geworden? Die Erinnerung an den Knall der Pistole und die Hitze in meinen Händen, während ich sie hielt, versetzte mich in eine Starre des Entsetzens.

Nur langsam glitten meine Gedanken zurück zur Kutsche, ich sah mir meine Freunde einen nach dem anderen an. Marina war nach wie vor in ihrer eigenen Welt versunken, Natalia hielt sich den zweifelsohne schmerzenden Arm und Constanze … sie betrachtete mich nachdenklich von der Seite.

»Du hast das Richtige getan, wir müssen hier weg.« Trotz ihrer Worte fühlte sich nichts davon, was heute geschehen war, irgendwie richtig an.

Die Sonne war hinter den Wolken verschwunden und versteckte sich wohl vor dem Winter, was ich ihr nicht verübeln konnte, denn es war mittlerweile verdammt kalt geworden. Durch die lediglich mit einem Vorhang abgeschirmten Fenster drang die eiskalte Luft ins Innere der Kutsche und ließ uns alle stumm frösteln.

Nach einer Weile wurde das Rattern auf dem Kopfsteinpflaster langsamer; je näher wir dem Bahnhof kamen, desto voller waren die Straßen. Plötzlich hielt der Kutscher an und kam wütend murmelnd zu mir ans Fenster.

»Verzeihen Sie, aber ich komme nicht weiter. Es sind zu viele Leute!«, sagte er und ich streckte nun aufgeschreckt meinen Kopf hinaus.

Er hatte recht! Der Eingang zum Bahnhof war vollkommen überfüllt. Die Menschen drängten verzweifelt ins Innere und versuchten noch Karten für den Zug nach Omsk zu bekommen.

Einmal mehr wusste ich Dimitris Dienste zu schätzen. »Kein Problem, den restlichen Weg gehen wir zu Fuß«, erwiderte ich.

Der Kutscher öffnete für mich die Tür, half mir und den anderen der Reihe nach heraus. Wir schnallten unser Gepäck vom Gepäckträger. Lediglich ein Laken, in das wir hastig einige Klamotten und ein paar Schmuckstücke gestopft hatten, machte sich mit uns auf große Reise. Für einen Weg ins Ungewisse nicht gerade viel.

Ich schulterte das Gepäck und Natalia kam an meine Seite, während Constanze dem Kutscher noch ein paar Münzen in die Hand drückte.

»Gospod s vami[25]«, sagte sie und der Mann verneigte sich tief.

»Ich wünsche Ihnen und Ihren Begleiterinnen all das Glück dieser Welt auf Ihrem Weg«, erwiderte der Mann.

Er bestieg seinen Kutschbock und ließ die Zügel schnalzen. Die beiden Pferde wieherten aufgeregt und lenkten die Kutsche nach links, zurück Richtung Stadt und fort vom Bahnhof. Ich sah ihr kurz nach und machte mich ebenfalls auf den Weg Constanze hinterher, welche die schweigende Marina zum Bahnhof führte.

Viktor lief an Natalias Seite und hielt sich tapfer. Alles in allem schien es unserer kleinen Gruppe den Umständen entsprechend besser zu gehen, als ich still befürchtet hatte. Mein Herz füllte sich mit Zuversicht und verdrängte kurz die trübsinnigen Gedanken aus meinem Kopf.

Wir folgten Constanze durch den Schnee, die sich mit entschlossenen Schritten der wartenden Menschenmenge näherte. Stimmen wurden laut, die Leute begannen sich gegenseitig anzustoßen, vorwärtszudrängen. Mehrere Soldaten schlossen die Tore des Bahnhofs, schoben die Menschen mit Gewalt fort. Natalia hielt Viktor fest und drängte ihn schützend hinter sich.

25 *Gospod s vami = russisch für »Gott sei mit euch«

»Es gibt keine Tickets mehr, verschwindet! Ihr solltet euch schämen, dass ihr wie Ratten flieht, während andere für euch kämpfen!«, brüllte einer von ihnen, dessen krummer Schnauzer bei jeder Mundbewegung von einer Seite zur anderen tänzelte. Constanze streckte unsere Zugtickets in die Höhe, bahnte sich verzweifelt einen Weg durch die Menschenmenge, schubste Frauen und Männer beiseite, ließ Marina jedoch nicht los. Mein Blut gefror zu Eis.

Im Vorbeigehen blickte ich in müde, zermürbte Gesichter, in denen sich meine eigene Wut und Hoffnungslosigkeit spiegelten. All diese Menschen, was würde bloß aus ihnen werden?

Mitleid regte sich in mir, ich fühlte mich schlecht bei dem Gedanken daran, dass ich mir einen Platz in dem Zug erschlichen hatte, während es um das Schicksal dieser Leute schlecht stand. Ich zwang mich, den Blick abzuwenden und mich vorwärtszuschieben.

Wo waren die anderen? Wo war Constanze? Marina? Panik, ich könnte die anderen in der Menschenmenge verloren haben, erweckte meinen Verstand aus seinem verletzten Schlummer. Ich drängelte mich vor, schob Arme und Körper fort, stieß mit dem freien Arm andere verzweifelte Seelen aus dem Weg. Nur nicht stehen bleiben, ich musste die anderen finden!

Meine eigene Sterblichkeit und die Ausweglosigkeit dieser Situation wurden mir mit einem Schlag bewusst. Hierbleiben bedeutete für mich gleichzeitig den Tod. Ich konnte nirgendwohin, kannte bis auf Dimitri keinen einzigen Menschen in Helsinki und gehörte nicht in diese Zeit! Wenn ich in der Vergangenheit starb, was würde mit meinem Körper in der Zukunft geschehen? Ich schüttelte hastig den Kopf, schob die Gedanken brüsk beiseite, bahnte mir weiter den Weg durch die Menschenmenge, fest dazu entschlossen, meine Reise hier nicht enden zu lassen.

Das Laken rutschte mir ständig von der Schulter und mehrere Hände griffen danach, um mich wieder nach hinten in die Reihe zu ziehen. Mein Herz raste, mein Körper war die Anstrengungen leid, überall berührten mich andere Menschen. Schoben, zogen, drängten mich in alle Richtungen, und doch schaffte ich es irgendwie mit all unseren Sachen unbeschadet zum Tor. Da! Der leuchtende Haarschopf von Constanze war nicht weit entfernt von mir. ich drängelte mich mit eisernem Willen zu ihr durch und atmete erleichtert auf. Marina stand an ihrer Seite. Ich sah mich nach Natalia um und schöpfte endlich etwas Zuversicht.

Sie hatte mit dem verletzten Arm und einem kleinen Jungen an der Hand etwas mehr Glück als ich. Die Menschen machten freiwillig Platz für sie und ließen sie kommentarlos vorbei. Ob aus Mitleid oder eines kümmerlichen Restes an Anstand wegen, ich war ihnen dankbar dafür.

»Wir haben Karten! Wir haben Zugtickets, lasst uns durch!«, schrie Constanze, hielt sich die Karten schützend an die Brust. Am Tor hatten sich auf der anderen Seite die Soldaten bereits versammelt und ließen keinen mehr hinein.

»Lassen Sie uns rein, wir haben Tickets! Wir müssen in den Zug!«, rief Constanze, doch keiner beachtete sie.

Ich stand atemlos neben Natalia, versuchte einen klaren Gedanken zu fassen, mir einen Plan auszudenken, wie wir zum Zug kommen konnten. Von hinten drängte eine wütende Menschenmeute gegen unsere kleine Gruppe. Sie schrien und riefen, stachelten sich in ihrer Wut und Verzweiflung gegenseitig an.

Die Soldaten taten so, als wären wir ebenso wie die anderen Menschen nicht da. Waren sie denn blind? Tat ihnen der Kummer ihrer eigenen Landsleute nicht weh? All die verzweifelten Rufe von Leid gebeugten Gestalten trieben mir die Tränen in die Augen. So viel Gram, Trauer und Hoffnungslosigkeit geballt an einem Ort ausgesetzt zu sein, war einfach zu viel. Ich verstand nicht, wie die Soldaten hier stehen und tatenlos dabei zusehen konnten.

»Bitte! Seht ihr nicht, dass wir Karten haben?«, flehte Constanze nun direkt einen der jüngeren Soldaten an, der mit festgefrorenem Gesichtsausdruck an ihr vorbeisah.

»Alexej Maksimowitsch, sind Sie das?« Marina war nun endlich erwacht und blinzelte überrascht den eben noch reglos an uns vorbeiblickenden Soldaten an.

Er sah ebenso verblüfft zu ihr. »Marina Igorewna? Aber was machen Sie denn noch in Helsinki, ich dachte, Sie wären schon längst fort?« Er kam zu uns an die Gitter der Tore geeilt und sah uns der Reihe nach an.

»Tore öffnen, lasst die Frauen hinein!«, schrie er seinen Kameraden zu, die zwar überrascht wirkten, aber den Befehl nicht hinterfragten.

Ich hielt den Atem an, mein Herz war zerrissen zwischen der Erleichterung, dass wir einen Ausweg gefunden hatten, und der Machtlosigkeit, die mich dazu zwang, diese Menschen hier ihrem Schicksal zu überlassen.

»Haben Sie Tickets, Marina Igorewna? Haben Sie Karten für den Zug?«

Constanze streckte ihm unsere Karten entgegen und drängelte sich durch den geöffneten Spalt im Tor. Wir anderen taten es ihr gleich. Die Menschenmasse drückte von hinten gegen die Gitter, sodass ich mich gerade noch rechtzeitig hindurchpressen konnte, bevor das Tor eiligst wieder verschlossen wurde. Meine Sinne brannten auf hinsichtlich des unverhofften Lichtblicks, der die Ausweglosigkeit beiseiteschob und mich mit einer allumfassenden Erleichterung durchströmte.

Rufe wurden laut, Frauen drückten ihre Kinder nach vorne durch die Menge, appellierten an die Menschlichkeit der Soldaten, die sich nun wieder mit ausdruckslosen Gesichtern vor die Gitter gestellt hatten und weiterhin so taten, als würden sie nichts sehen. Ich betrachtete einen der jungen Männer, der seinen Kopf von einer alten Frau abgewendet hatte, die gegen die Gitter drückte und ihn anflehte, ihre Enkelin in den Zug zu setzen. Die Hände des Soldaten zitterten.

Ich trat zu ihm heran. »Könnt ihr die Leute nicht hineinlassen? In den Zug passen doch viel mehr Menschen als die Tickets, die verkauft wurden, oder nicht? Seht ihr nicht, dass sie Angst haben?«, flehte ich, stieß jedoch auf Reglosigkeit.

Die ältere Dame fing an zu weinen, küsste ihre Enkelin auf den Scheitel, versuchte mit den beschwichtigenden Worten vielmehr sich selbst zu beruhigen als das kleine Mädchen, das lediglich aus schmalen braunen Augen zu mir hochblinzelte.

Entsetzen packte mich. Wieso half ihnen keiner? Warum sahen alle nur dabei zu, wie Kinder gegen Gitter gedrückt wurden und Großmütter junge Burschen praktisch auf Knien um Gnade anflehten? Was war das nur für eine Welt, in die ich hier hineingeraten war? Ich griff in unser Laken und holte den erstbesten Gegenstand heraus, den ich zu fassen bekam. Den goldenen Armreif … der Armreif, den mir Constanze geschenkt hatte und den zu verkaufen ich bisher nicht übers Herz gebracht hatte.

»Lucy! Lucy, beeil dich!«, rief Natalia nach mir.

Die anderen waren bereits durch den Bahnhof zu unserem Zug geeilt, ich hingegen konnte nicht einfach so gehen. Stattdessen hockte ich mich vor das Gitter und streckte das Schmuckstück dem Mädchen durch die Stäbe entgegen.

»Hier, dieser Armreif wird dich beschützen, und wenn deine Omi ihn einmal verkaufen muss, so wird er jemand anderen schützen und dich und deine Familie mit Essen versorgen«, sagte ich mit einem Lächeln und fühlte mich plötzlich an Kusja erinnert. Ich hoffte inständig, dass es dem Jungen und seinem Vater gut ging.

Das Mädchen strahlte mich mit leuchtenden Augen an, die selbst diese winzige Geste der Freundlichkeit zu schätzen wussten. »Danke schön«, sagte es und zeigte der weinenden Großmutter das Schmuckstück.

Sie zog sich den Armreif, der mit schwarzen Edelsteinen verziert war, über das dürre Handgelenk, das in einem roten Pelzmäntelchen steckte, und streckte dann die Hand nach mir aus. »Wo gehst du hin? Ist es dort besser als hier?«, fragte sie mit einem dünnen Stimmchen.

»Lucy!«, rief Natalia erneut, dieses Mal mit deutlicher Panik in der Stimme. Der Zug ließ ein lautes Pfeifen vernehmen.

Ich drückte die Hand des Mädchens und beugte mich vor, um ihr etwas ins Ohr zu flüstern. »Ich muss meine Babushka beschützen, so wie deine es gerade bei dir tut. Wirst du deine Omi auch beschützen?«, fragte ich und das kleine Mädchen nickte eifrig.

»So ist es brav, und jetzt tröste deine Oma, sie braucht dich gerade ganz dringend.«

Das Kind drehte sich zu seiner weinenden, flehenden Oma um und umklammerte die alte Frau mit ihren dürren Ärmchen um die Mitte.

»Wir schaffen das, Omi, komm, das Armband der lieben Frau wird uns Glück bringen. Lass uns zu Papa nach Hause gehen«, sagte das Kind. Der Blick der Oma fiel auf mich und ich sah, wie sich ihre Lippen kurz zu einem Lächeln verzogen.

»Viel Glück«, raunte sie.

»Viel Glück«, gab ich ebenfalls zurück und sah den beiden noch einen kurzen Augenblick nach, als sie sich langsam durch die Menschenmenge kämpften. Ich hoffte , es würde ihnen gut ergehen. Auch wenn ich wusste, dass dieses kleine Mädchen nicht das einzige war, das Hunger und Angst durchleiden musste, so war ich froh, wenigstens für eine kurze Sekunde ein Lächeln in ihr kleines Gesichtchen gezaubert zu haben. Die Oma würde sie schon beschützen, daran glaubte ich mit ganzer Seele.

Hastig beeilte ich mich, zu Natalia und den anderen aufzuschließen. Die Bahnhofsglocke läutete sieben Uhr und der Zug gab erneut ein zischendes Pfeifen von sich, als ich mit einem langen Sprung gerade noch rechtzeitig die Stufen des Waggons erreichte und mich mit unserem dreckigen Laken mit dem Rest unserer Habseligkeiten hineinquetschte. Im selben Moment setzte sich der Zug ruckelnd in Bewegung.

Ich blickte zurück und fragte mich unwillkürlich, was aus den Menschen werden würde, die wir hier so kaltblütig zurückließen. Würden sie die Revolution überleben oder dem Kampf um Veränderung zum Opfer fallen? Ich wusste es nicht und hasste mich selbst dafür, dass ich nicht mehr tun konnte. Kalter Wind peitschte mir das blonde Haar ins Gesicht und ich zog den Kopf ein, verfluchte meine eigene Unfähigkeit. Ich war es so leid, nichts tun zu können. Nie wieder wollte ich jemanden leiden oder sterben sehen.

Kapitel 32

22. Oktober 1917
Zug nach Omsk

Seit unserer Flucht aus Helsinki waren bereits zwei Tage vergangen. Vor zwei Tagen wurde Iwan getötet. Ebenso lange war es auch her, dass wir den Schleier der Geheimnisse und Lügen gelüftet hatten und endlich die Wahrheit über Alexanders Tod aussprachen. Und so lange schon hüllte Marina sich in Schweigen.

Sie sprach mit keinem außer Viktor, der in dieser Zeit seine Mutter wohl am meisten brauchte. Für ihn versuchte sie stark zu sein und sich zumindest beim Spielen mit ihm nichts anmerken zu lassen.

Natalia und Constanze hingegen beschützten Marina ebenso, wie sie selbst Viktor beschützte. Jedes Mal, wenn ihre Gefühle sie zu überwältigen drohten, führte eine der beiden sie aus dem Abteil, während die andere Viktor ablenkte.

Es gab nicht viel, womit man in diesem kleinen Abteil hätte spielen können. In der ersten Nacht hatte ich aus einem löchrigen Rocksaum notdürftig zwei Figuren gefertigt und mit länglichen Stofffetzen so aufgeteilt, dass sie annähernd nach Menschen aussahen. Bei einem Zwischenstopp in einem abgelegenen Dorf hatte ich noch kleine Äste und Steine aufgesammelt, aus denen wir eine Art Brettspiel erfanden und Natalia trieb von irgendwoher einen Ball auf. Wir warfen ihn abwechselnd einander zu und der Werfer durfte sich dann Aufgaben für den anderen aussuchen. Alles in allem eine notdürftige Ansammlung von Kleinigkeiten, die es vermochten, nicht nur Viktor auf andere Gedanken zu bringen.

Abwechselnd hielt eine von uns in der Nacht Wache. Soldaten patrouillierten zu bestimmten Zeiten durch den Zug, damit sich bei den Zwischenstopps keine unbefugten Flüchtlinge einschleichen konnten. Ob die Soldaten oder die verängstigten Menschen, die versuchten, jede Gelegenheit zur Flucht zu ergreifen und um jeden Preis in den Zug zu gelangen, die größere Gefahr darstellten, war fraglich.

Wir trauten niemandem. Obwohl Dimitri für uns ein eigenes Abteil organisiert hatte und die Soldaten dafür sorgten, dass jeder weitestgehend in dem ihm zugewiesenen Abteil blieb, war diese Zugfahrt keineswegs sicher.

Bereits am ersten Abend hatten zwei Männer sich in unser Abteil verirrt, kaum auszudenken, was geschehen wäre, hätte Natalia nicht wie am Spieß geschrien, als sie durch die fremden Stimmen wach wurde.

Also saß ich nun hier und hörte den gleichmäßigen Atemzügen von Constanze und Viktor zu. Die pfeifende Atmung von Natalia vermischte sich in der Dunkelheit mit dem beständigen Schluchzen von Marina. Sie weinte oft in der Nacht, wenn sie dachte, wir Übrigen würden schlafen. Ihre Trauer zerriss mein Herz, aber sie hatte mehr als deutlich zu verstehen gegeben, dass sie mit keinem von uns über ihre Verzweiflung sprechen wollte. Eine Entscheidung, die ich akzeptierte und verstand.

Auch ich sprach mit niemandem über Logan. Was hätten sie denn auch sagen oder tun können, was den Verlust erträglicher gemacht hätte? Es gab nichts, was den Schmerz hätte abmildern können und so trauerte jeder auf seine Weise. Marina schwieg und ich flüchtete mich in die dumpfe Welt der Gefühllosigkeit. Solange ich keinerlei Emotionen zuließ, blieb ich auch von Trauer verschont. Zwei Trauernde konnten wir uns zu dieser Zeit nicht leisten.

Ich war dazu übergegangen, nachts, wenn ich keinen Wachdienst hatte, durch den Zug zu streifen und aus den Fenstern auf den Gängen zu sehen. In der Nacht gab es fast keine Patrouillen, die Soldaten waren einzig dazu da, um sich um Menschen zu kümmern, die in ihrer Hoffnungslosigkeit in den Zug hineingelangen wollten, nicht um die, die bereits drin waren.

Die einzelnen Wagen waren in Abteile für jeweils vier Personen aufgeteilt, die alle von einem engen Gang ausgingen. In unserem Abteil waren die Vorhänge stets zugezogen und das Fenster geschlossen. Wollte ich frische Luft schnappen oder etwas anderes sehen als die immer gleichen Gesichter, so musste ich auf den Gang flüchten. Und dies tat ich bei jeder sich bietenden Gelegenheit. Die Enge und Unsicherheit in unserem Abteil erinnerte mich schmerzhaft an die Überfahrt nach Helsinki und damit an die Tage und Nächte mit Logan. An Gefühle, die ich nicht haben wollte. Erinnerungen, vor denen ich verzweifelt zu fliehen versuchte, um an meinem Schmerz nicht zu zerbrechen.

Ich sah auf die bronzene Taschenuhr, die wir uns reichten, sobald es die Zeit für einen Wachwechsel war. Das Abteil bestand aus zwei Hochbetten. Viktor und Marina teilten sich das rechte oben, unter ihnen schlief Constanze, während Natalia das Bett über meinem belegt hatte. Ich stand auf und streckte mich zu Natalia hoch, rüttelte leicht an ihrem gesunden Arm.

»Nataschka, du musst aufstehen, du bist dran«, flüsterte ich so leise wie möglich, um keinen der anderen zu wecken. Marinas leise Schluchzer verstummten augenblicklich.

»Schon?«, murmelte Natalia schlaftrunken.

Wäre ich ein besserer Mensch gewesen, hätte ich sie schlafen lassen und wäre die ganze Nacht allein wach geblieben. An Schlaf war für mich ohnehin nicht zu denken. Jedes Mal, wenn ich die Augen schloss, sah ich Logans trauriges Gesicht vor mir. Das beständige Rattern und Brummen des Zuges vermischte sich mit meinen Sehnsüchten und bildete ein abstraktes Gesamtbild aus verborgenen Gefühlen und vertrauten Klängen.

Die einzige Zeit des Tages, zu der ich innerlich zur Ruhe kam und meine Gedanken schweifen lassen konnte, war die Nacht. Nach der Ablöse spazierte ich leise durch die Waggons. Ein trügerisches Gefühl der Freiheit, welches ich nicht erst seit unserem Einstieg in den Zug vermisst hatte.

Ich rüttelte erneut an Natalia, die sich daraufhin brummend im Bett aufrichtete. Der Zug machte einen Schlenker und ich konnte mich im letzten Moment noch an der Sprosse von Natalias Bett festklammern, bevor ich den Halt verlor.

»Gib mir die Uhr und geh«, murmelte die junge Frau mit rauer Stimme, was mir ein freudloses Lachen entlockte.

»Welch ein Sonnenschein du nach dem Aufwachen doch bist«, gab ich zurück, reichte ihr die Uhr und machte leise die Tür zum

Abteil auf. Draußen schlüpfte ich in meine Walenki[26], die vor der Tür standen, um keinen Schnee oder Dreck ins Innere des Abteils zu schleppen; nicht dass diese Maßnahme unseren Schlafplatz großartig sauberer machte, aber alte Gewohnheiten legt man nur schwer wieder ab.

Ich schloss die Tür hinter mir und sperrte für einen flüchtigen Moment die Dunkelheit und den Kummer, der sich dahinter verbarg, aus meiner eigenen Realität aus. Auf der anderen Seite der Schiebetür hörte ich Constanze im Schlaf murmeln und Natalia schwerfällig seufzen. Hier draußen war es weniger düster. Der hell leuchtende Mond schien mit den Sternen um die Wette und verfolgte den Weg des Zuges mit seinem kühlen Licht. Auch die Luft war nicht so stickig, was größtenteils damit zusammenhing, dass die Passagiere die Fenster in den Gängen immer wieder aufmachten, während unser Abteil von der Außenwelt komplett abgetrennt schien.

Der Zug machte einen erneuten Schlenker und ich musste mich am Fenster festklammern, um nicht aus dem Gleichgewicht zu geraten. Vorsichtig ging ich den Gang entlang. Die Patrouillenintervalle waren in der Nacht ausgedehnt genug, sodass die Passagiere sich zumindest innerhalb des Zuges frei bewegen konnten. Um ehrlich zu sein vermutete ich, dass den Soldaten gar nichts anderes übrig blieb. Sollte sich innerhalb des Zuges eine Revolte gegen sie formieren, waren sie machtlos. Es waren mehr als zehnmal so viele Zivilisten im Zug versammelt als Soldaten.

Mein Blick glitt zu einem der Fenster. Dahinter verschmolzen weiße Bäume und dunkle Straßen zu einem vorbeizischenden Strudel aus Farben und Formen. Bei diesem Anblick wurde mir ganz wehmütig ums Herz.

Ich vermisste so viele Menschen, so viele Orte. Meine Eltern fehlten mir fürchterlich, ebenso wie meine Freunde. Ich vermisste meine Babushka, die Ruhe und Zuversicht, die sie stets ausgestrahlt hatte. Sehnte mich nach Logans Nähe und der Sicherheit seiner Umarmung.

Gesichter von geliebten Menschen vermischten sich mit dem vorbeiziehenden Wechsel von Hell und Dunkel hinter dem Fenster. Ich schüttelte hastig den Kopf. Nur nicht daran denken!

26 *Walenki = traditionelle Winterstiefel aus Filz

Die Sehnsucht war ein perfider Freund, der dir zunächst die schönen Erinnerungen vor Augen führte und dich dann mit der blanken Realität konfrontierte. Erinnerungen bedeuteten Vergangenheit und Vergangenheit hatte in dem Hier und Jetzt keinen Platz. Zumindest für mich nicht. Nicht mehr.

Lange hatte ich darüber gegrübelt, was meine Reise in diese Zeit eigentlich bedeutete und welche Auswirkungen sie womöglich auf die Zukunft haben könnte. Nun, ich war zu keinem vernünftigen Ergebnis gekommen. Würde die Welt zusammenbrechen, wenn ich eine falsche Entscheidung in der Vergangenheit traf und damit alles für die Zukunft veränderte? Sollte ich mich in die Geschehnisse, von denen ich nur einen Bruchteil verstand, überhaupt einmischen? Hatte ich ein Recht darauf?

Meine Gedanken drifteten während meiner nächtlichen Spaziergänge in viele verschiedene Richtungen ab und ich war dankbar für die wirren Überlegungen, die es mir ermöglichten, nicht an Logan oder meine Eltern zu denken. Wenn es unvermeidlich schien, an sie erinnert zu werden, stellte ich allerlei Theorien auf, was Zeitreise eigentlich bedeutete, und die Gesichter verschwanden aus meinem Kopf, wurden ersetzt durch wilde Pläne und ich hatte meine Ruhe. Zumindest für einige Augenblicke.

Im vierten Waggon hatte man den Speisesaal zu einem provisorischen Aufenthaltsraum umfunktioniert, in dem auch jetzt noch, weit nach Mitternacht, allerhand Menschen saßen.

Mein Blick glitt teilnahmslos über unbekannte Gesichter. Männer, die in einer lauten Runde Karten spielten und sich gegenseitig einen Schluck aus einer großen Flasche mit durchsichtiger Flüssigkeit einschenkten. Etwas abseits von den grölenden Trinkern saßen zwei junge Frauen, die in Laken gewickelte Kleinkinder auf den Armen hielten. Die beiden Mädchen konnten kaum älter als zwanzig sein, ihre Gesichter waren jedoch gezeichnet von Hunger und Verlust.

Erschreckenderweise erkannte ich mich in jeder Sorgenfalte und jedem Zusammenzucken ihrer Körper wieder, wenn die Männer zu laut wurden. Genauso hatte ich mich in Helsinki gefühlt. Stets auf der Lauer, immer in Sorge, es könnte etwas passieren.

Hier, in diesem Zug auf dem Weg ins Nirgendwo, war die Welt in einem trügerischen Schein aus Normalität erstarrt. Die Männer hatten Spaß, die Frauen waren auf der Hut. Es war keine faire Welt, keine, in der man sich entspannen und zurücklehnen konnte, aber immerhin erwartete man hier nicht an jeder Ecke den Tod. Draußen sah es ganz anders aus. Gut verborgen unter einer Decke aus Schnee lauerte der Krieg.

Ich zog meinen Pullover am Kragen hoch, um mein Gesicht vor der plötzlichen Kälte zu verstecken, die ihren Ursprung jedoch tief in mir selbst hatte, und schlang meine Arme um die Mitte. Ein Mann am hinteren Ende des Speisewaggons erregte meine Aufmerksamkeit. Er saß eingehüllt in eine löchrige Decke allein in der Ecke und sah aus dem Fenster.

Bei seinem Anblick beschleunigte sich mein Herzschlag. Ich konnte sein Gesicht nicht erkennen, aber aus einer dunklen Mütze lugten einige blonde Locken hervor. Meine Atmung wurde schneller. Dass man in Russland auf jemanden mit solch einer Haarfarbe traf, war schon selten genug; dass ein Mann mit blonden Locken mit mir in diesem Zug saß, konnte nur Schicksal sein. Im Nachhinein betrachtet hätte ich nicht sagen können, was ausschlaggebender für meine nächste Reaktion war. War es die allgemeine verzweifelte Lage, in der wir uns befanden, oder doch die törichte Hoffnung, der ich erlegen war?

Ich rannte los, felsenfest davon überzeugt, dass es sich bei dem Mann einzig und allein um Logan handeln konnte. Unmittelbar vor ihm blieb ich stehen, blinzelte meine stillen Tränen fort, griff nach seiner Decke und zog sie fort.

Der Mann sprang auf, funkelte mich böse an und warf mir Beschimpfungen in einem harten Russisch entgegen. Er fragte mich, was mir denn einfiele, für wen ich mich hielt und noch einiges mehr, aber ich hörte das alles nicht.

Die Decke glitt aus meinen eisigen Händen zu Boden, das Lächeln auf meinen Lippen erstarb und ließ mich hoffnungs- und vollkommen orientierungslos zurück. Nein, der Mann war nicht Logan. Und wie hätte er es auch sein können? Logan war tot. Ich murmelte eine halbherzige Entschuldigung, während der Mann, dessen Locken aus der Nähe betrachtet etwas zu dunkel waren, dessen Haltung krumm war und ganz und gar nicht der von Logan glich, sich wieder in seine Decke hüllte und sich von mir abwandte.

All die verborgenen Gefühle brachen aus mir heraus. Ich wandte mich von dem Mann ab, stolperte irgendwie aus dem Speisesaal, die Rufe und das Lachen der trinkenden Männer im Nacken. Ich schritt vorwärts, versuchte alle Emotionen zu ignorieren, mich wieder in mein Gefängnis aus Gefühllosigkeit zu flüchten. Meine Schritte verschmolzen mit dem monotonen Rattern des Zuges und ich wurde ruhiger. Erst als ich den letzten Waggon erreichte, beruhigte sich auch mein stolperndes Herz, schlug wieder rhythmisch und hart in meiner Brust. Ich konnte zwar meine Gedanken langsam wieder zur Ruhe bringen, aber mein Herz entzog sich nach wie vor meinem Einfluss. Es tat, was es wollte, schickte betäubende Wellen aus Schmerz und Angst durch meinen Körper, die mich zu überwältigen drohten und die ich nur mit größter Mühe unterdrücken konnte.

Ich seufzte, sah aus dem Fenster. Der Geruch von verbrennender Kohle stieg mir aus dem Führerhaus in die Nase und erinnerte mich an meine Zeit auf dem Schiff. Damals war ich Tag und Nacht von diesem Geruch umgeben gewesen, er haftete an jeder Zelle meines Körpers, in meinem Haar und an den Wänden unserer Kajüte und ich hatte ihn schätzen und lieben gelernt. Hier, an diesem kalten, dunklen Ort schien er mir fremd zu sein. Wie lange ich reglos am Fenster stand und mich von den vorbeisausenden Bildern berieseln ließ, wusste ich nicht. Erst als die Sonne ihren Kreis über den Horizont gezogen hatte und ihre hellen Strahlen in Richtung Erde schickte, riss ich mich von dem Anblick des allgegenwärtigen Schnees los und ging langsam zurück zu unserem Abteil.

Der Zug ruckelte und zischte. Gesprächsfetzen drangen aus den Abteilen zu mir durch, langsam erwachte alles wieder aus seinem nächtlichen Schlaf und immer mehr Leute öffneten ihre Türen, um auf die Toilette zu gehen, aus dem Fenster zu sehen oder sich mit anderen Passagieren zu unterhalten.

Ich beschleunigte meine Schritte, wollte niemandem mehr begegnen. Waggon um Waggon ließ ich hinter mir, bis ich endlich unseren erreichte.

Die Tür zu unserem Abteil stand offen und verschiedene Stimme drangen von drinnen zu mir. Ich erstarrte. Waren die Männer aus der ersten Nacht etwa zurück und wollten uns ausrauben? Gehetzt blickte ich mich nach einer Waffe um, doch nichts in meiner Reichweite schien geeignet. Auch am Körper trug ich nichts, was man zur Verteidigung hätte nutzen können. Ich beschloss, es zu riskieren, ging mit vorsichtigen Schritten auf das Abteil zu und spähte hinein. Das Erste, worauf mein Blick fiel, war das strahlende Lächeln auf Marinas Gesicht. Dieser Anblick, so vertraut und doch seit mehr als einem Jahr bereits fremd geworden, raubte mir den Atem. Nur langsam schaffte ich es, meinen Blick davon zu lösen und sog die Szenerie in mich auf.

Hätte ich ohnmächtig werden können, wäre ich es in diesem Moment sicherlich geworden, aber so taumelte ich lediglich rückwärts aus dem Abteil, stolperte gegen dic Fensterfront und ließ mich an ihr zu Boden gleiten. Ein bärtiger Mann stieg auf seinem Weg zu den Toiletten über meine zitternden Beine hinweg und brummte etwas Unverständliches. Ich beachtete ihn nicht, starrte mit aufgerissenen Augen in das Abteil.

Darin standen Alexander und Logan.

Kapitel 33

23. OKTOBER 1917
ZUG NACH OMSK

Ich konnte mich nicht rühren, saß lediglich auf dem von Schnee und Matsch feuchten Boden und starrte fassungslos in das Abteil. Marina hielt Alexanders Hände in ihren und strahlte den Admiral mit solch einer Inbrunst und Liebe in den Augen an, dass man sich automatisch fehl am Platz fühlte. Ich schaffte es jedoch nicht, meinen Blick abzuwenden, aus Angst, die beiden könnten verschwinden, würde ich sie auch nur eine Sekunde aus den Augen lassen.

Die Männer standen mit dem Rücken zu mir, aber es gab keinen Zweifel. Der kleinere von beiden, der direkt in der Abteiltür stand und den Kopf leicht gesenkt hielt, konnte nur Logan sein.

Ob mein Herz in diesem Moment schneller schlug oder gänzlich den Dienst versagte, konnte ich nicht mehr sagen. Mein Blick wurde wie magisch von seiner Gestalt angezogen, alles in mir schrie, er solle sich umdrehen, ich musste sein Gesicht sehen! Sprechen oder irgendetwas tun, um auf mich aufmerksam zu machen, war jedoch unmöglich. Mein Körper gehorchte nicht. Fürchtete, es könnte sich um reines Wunschdenken oder eine Einbildung handeln. Alle sorgsam versteckten Gefühle brodelten unter der Oberfläche, kreisten um mein Herz herum und schickten abwechselnd elektrisierende Impulse aus Hoffnung und Furcht.

»Lucy …« Natalia, die ebenfalls mit dem Gesicht zu mir stand und anders als Marina nicht komplett in die Betrachtung von Alexander versunken war, flüsterte atemlos meinen Namen. Ihre Augen füllten sich mit Tränen.

Der Mann mit den blonden Locken, die widerspenstig von seinem Kopf abstanden, schien beim Klang meines Namens den Atem anzuhalten. Ich tat es ihm gleich. Viktor zerrte an Marinas Kleid, wurde jedoch von Constanze kommentarlos an der Hand aus dem Abteil bugsiert. Eine vollkommen aufgelöste Natalia folgte den beiden.

»Komm, wir schauen uns die anderen Waggons an. Vielleicht hat jemand ein klein wenig Kvass eingepackt, den wir für dich abkaufen können«, sagte Constanze mit beruhigender Stimme.

Viktor sah kurz irritiert zu mir, brach bei der Aussicht auf die Leckerei allerdings in laute Jubelschreie aus, die von Constanzes hohem Lachen begleitet wurden.

Ich sah der kleinen Gruppe nach, wie sie sich durch den wackeligen Zug bewegten und scherzten. Die beiden Frauen schienen wie verwandelt, als hätte Marinas Schweigen auch sie in Trauer gestürzt und diese war nun wie eine riesige Last von ihren Schultern gefallen.

Logan war unbemerkt zu mir getreten und hockte sich vor mich. Gierig sog ich jede Einzelheit in seinem Gesicht in mich auf, betrachtete jeden Millimeter davon, als könnte ich ein perfektes Abbild in meinen Gedanken erschaffen und für immer bewahren, wenn ich ihn nur lange genug ansehen würde.

Seine Wangen wirkten leicht gerötet und ich entdeckte eine neue Narbe, die über seiner rechten Augenbraue verlief und ungesund rot schimmerte. Er hielt seinen rechten Arm in einer improvisierten Schlinge unter der Jacke und seine Hose war an manchen Stellen aufgeschlitzt, ansonsten sah er unversehrt aus. Ein schüchternes Lächeln breitete sich auf seinen Lippen aus.

»Ich sagte doch, die Zeit wird wie im Nu verfliegen, bis wir uns wiedersehen.«

Ich konnte meinen Blick nicht von seinem Gesicht lösen, auch wenn ich mittlerweile durch den Schleier aus noch ungeweinten Tränen kaum etwas sah. Es vergingen einige Augenblicke, in denen ich mich selbst davon zu überzeugen versuchte, dass dies alles unmöglich ein Traum sein konnte.

»Lügner, es hat ewig gedauert«, krächzte ich und plötzlich war der Bann gebrochen.

Ich warf mich nach vorne und Logan zog mich sofort in eine etwas ungeschickte Umarmung. Mit der gesunden Hand streichelte er mir übers Haar, während ich atemlos all den Tränen endlich zu fließen erlaubte, die ich bis hierher aufgespart hatte. Wir mussten einen seltsamen Anblick abgeben, so wie wir hier aufgelöst am Boden saßen und uns gegenseitig aneinanderklammerten, aber es war mir egal.

Logan lebte! Er lebte! Alles in mir jubelte, schob die trüben, finsteren Gedanken fort und machte einem aufgeregten Kribbeln Platz. Wie Sonne einen dunklen Raum nach einer schlaflosen Nacht erhellte und mit der Zuversicht eines neuen Tages füllte, so erhellte auch Logan mein Herz und ließ es mädchenhaft pink und von flatternden Schmetterlingen erfüllt glühen.

Es verging eine gefühlte Ewigkeit, bis jemand begann, sanft, aber bestimmt an uns zu rütteln und uns aus unserer kleinen Welt aus Erleichterung in die weniger schöne Realität zurückzuholen.

»Hey, nicht nur ihr habt einander vermisst, ich möchte den Herrn Kapitänleutnant auch in den Arm nehmen«, sagte Constanze mit gespielt genervter Stimme.

Ich hätte sie am liebsten fortgeschickt. Logan hingegen, nach wie vor ganz der galante Gentleman, ließ mich los und stand etwas ungelenk auf, um Constanze ebenfalls zu umarmen. Mir entging nicht, dass er dabei ganz leicht schwankte und sich seine Gesichtsfarbe minimal veränderte.

Die gefakte Französin hingegen warf sich ihm an den Hals, als wäre er der auferstandene Jesus höchstpersönlich. Ich musste mit aller Mühe ein besitzergreifendes Knurren unterdrücken. Es war töricht, eifersüchtig auf Constanze zu sein, war sie mir doch in dem vergangenen Jahr zu einer wertvollen und guten Freundin geworden.

Die brüske Unterbrechung unseres Wiedersehens war einfach wieder typisch für sie und sollte mich nicht weiter stören. Ich wollte Logan für mich allein haben, aber dazu hatte ich kein Recht, und der Gedanke, eifersüchtig darauf zu sein, dass Constanze sich ebenfalls freute, Logan zu sehen, war einfach dumm und irrational.

Eine Hand drängte sich in mein Sichtfeld. »Komm, ich helfe dir hoch, solange die beiden beschäftigt sind.« Alexander lachte und ich ergriff seine Hand, ließ mich von ihm hochziehen und ebenfalls in eine Umarmung schließen.

Etwas perplex legte ich meine Arme um den Admiral. Ich mochte ihn, sehr sogar, war von seiner Wiedersehensfreude jedoch überrascht.

»Danke, dass du auf Marina aufgepasst hast. Sie sagte, sie hätten es ohne dich nicht geschafft«, flüsterte er an meinem Ohr und ich entspannte mich unter seiner Umarmung.

»Ich habe nur das zurückgegeben, was Sie für mich getan haben. Ich bin mir sicher, dass Sie ebenso gut auf Logan achtgegeben haben«, erwiderte ich mit einem Lächeln.

Alexander löste sich von mir und hielt mich auf Armeslänge zurück, dann streckte er seine Hand aus. »Alexander Nikolajewitsch, du kannst aber gerne Alexander sagen.« Ich reichte ihm meine Hand.

»Lucy. Einfach nur Lucy.«

Danach wurden die Männer von allen Seiten umarmt und mit Fragen bombardiert. Es herrschte eine entspannte Atmosphäre, als Alexander die Hand hob und Constanzes Schimpftirade auf Iwan kommentarlos unterbrach.

»Das sind Gespräche, die wir nicht hier auf dem Gang führen sollten. Kommt ins Abteil, dann erzählen wir euch alles«, sagte er.

Wie selbstverständlich setzte er sich auf das Bett zu Marina, die augenblicklich seine Hand ergriff und sie mit ihren bebenden Fingern umklammerte. Er hob ihre verschränkten Hände und drückte einen Kuss darauf. Marinas bezauberndes Lächeln blitzte wieder auf, ließ ihr Gesicht in Schönheit und Jugend erstrahlen.

Ein Ausdruck, den sie schon seit einer gefühlten Ewigkeit nicht mehr gezeigt hatte und der mich mit beinahe ebenso viel Glück erfüllte wie das Wiedersehen mit Logan.

»Ich unterbreche euch nur ungern, aber meine Neugier bringt mich um. Was ist denn nun wirklich passiert, nachdem ihr angeblich gestorben seid?« Constanze war die Letzte, die ins Abteil kam und zog mit einem vorsichtigen Blick in den Gang die Tür hinter sich zu.

Ich saß neben Natalia, die zwischen mir und Logan Platz genommen hatte. Alles in mir schrie danach, sie zum Aufstehen aufzufordern und mich neben ihn zu setzen, doch ich riss mich zusammen.

Nun hatten wir genügend Zeit. Nichts könnte uns jemals wieder trennen. Als hätte er meine Gedanken gehört, beugte sich Logan zurück, sodass er mich über Natalias zierliche Gestalt hinweg ansehen konnte. Er zwinkerte mir zu und ich schüttelte lachend den Kopf.

Viktors kleine Füßchen baumelten vom Hochbett herab, als er Alexander mit einer Kugel aus Graubrot bewarf und schrie: »Erzähl! Erzähl uns eine Geschichte!«

»Na gut. Ich will den tapferen kleinen Soldaten nicht zu lange auf seine Geschichte warten lassen. Wir sind gerade von Bord des Minenlegers gegangen, als Iwan mich aufforderte, ihm meinen Kortik auszuhändigen und verkündete, die Soldaten unseres Schiffes würden vor das provisorische Kriegsgericht geladen.«

Alexanders heiterer Tonfall war einem ernsten gewichen, seine Miene verdüsterte sich, auch in mir breitete sich Wut aus.

»Gerade noch stand er an meiner Seite und im nächsten Moment offenbarte er mir sein wahres Gesicht. Ich hielt seine Aufforderung für einen misslungenen Scherz und bat ihn, die Witze zu lassen, doch da hatte er bereits seine Pistole auf meine Stirn gerichtet und weitere Bolschewiki nahmen unsere kleine Gruppe in Empfang, umkreisten uns wie verräterische Geier auf Beutefang.« Er machte eine Pause und Marina drückte fest seine Hand.

»Sie warteten nicht lange, ehe sie die Bajonette auf die Besatzung gerichtet und zugestoßen hatten«, nun war es Logan, der mit Grabesstimme sprach. Ich konnte sehen, wie sich seine Hände zu Fäusten ballten.

»Es begann ein unfairer, kurzer Kampf, in dem es uns und drei anderen gelang, aus dem Hinterhalt auszubrechen und die Flucht zu ergreifen. Ich wurde von einer Kugel in den Arm getroffen, aber wenn man bedenkt, wie viele Tote dieser Abend gefordert hatte, ist das nur ein kleines Opfer.«

Natalia streckte eine Hand nach Logans Jacke aus und schob den hängenden Ärmel zur Seite, um sich den Arm anzusehen. Der Stoff von Logans provisorischem Verband war von dunklem Blut getränkt, was das Mädchen nur mit einem Zischen quittierte.

»Es muss neu verbunden werden«, sagte sie gebieterisch und warf Logan einen tadelnden Blick zu.

Wenn es um den Haushalt oder Verletzungen ging, duldete Natalia keine Widerworte und war darin ebenso versiert wie in der hohen Kunst des Frisierens.

»Haben Sie noch nie etwas von einer Blutvergiftung gehört? Der Verband ist sicher schon seit Tagen blutdurchtränkt«, schimpfte sie weiter und augenblicklich war auch in mir die Sorge wieder wach.

Ich sprang auf. »Was brauchst du, Natalia? Ich besorge dir sofort alles, was nötig ist.«

Sie betrachtete den Stoff genauer, löste ein wenig ungeschickt mit der linken Hand Schicht für Schicht den Verband von Logans Haut und nun war es an mir, laut aufzukeuchen. Das Fleisch darunter leuchtete feuerrot, jemand hatte versucht die Wunde auszubrennen, dunkle Hautfetzen zeugten von den ungestümen Bemühungen.

»Wir hatten nichts zum Verbinden und es wollte nicht aufhören zu bluten. Das Ausbrennen hat auch nur kurz geholfen. Da wir uns auf der Flucht nicht einfach in einem Krankenhaus oder bei Freunden blicken lassen konnten, haben wir Schutz in den unterirdischen Abwassertunneln gesucht. Die Mittel waren knapp und wir wurden schnell entdeckt. Maxim ist bei dem Versuch, uns mehr Zeit zu verschaffen, getötet worden und Logan riss sich die ausgebrannte Wunde im Kampf erneut auf.« Alexander schloss die Augen bei der Erinnerung an seinen gefallenen Kameraden, der sein Leben gelassen hatte, um ihn zu beschützen.

In meinen Gedanken dankte ich dem unbekannten Mann für sein Opfer, dank dessen Logan und Alexander nun weitestgehend heil zurück waren.

»Aber was ich nicht ganz verstehe … ihr konntet euch vor den Männern verstecken, doch euch muss jemand geholfen haben! Woher habt ihr Essen und die Wechselkleidung bekommen?«, fragte Constanze von ihrem Bett und blinzelte Alexander verwirrt an.

Er seufzte und streichelte peinlich berührt Marinas Hand, bevor er sie ansah. »Ich habe es geschafft, Maria zu kontaktieren, sie brachte uns Kleidung und Essen und konnte uns für einige Tage bei Freunden verstecken. Sie war kurz davor, zu ihren Verwandten aufzubrechen und ich wollte sie nicht aufhalten. Unsere Ehe war schon lange nicht mehr das, was man als glücklich bezeichnen würde, aber wir waren zufrieden. Bevor sie wegfuhr, bat ich sie um die Erlaubnis, uns scheiden zu lassen, und sie willigte ein. Sobald sich die Zustände im Land beruhigt haben, werde ich frei sein. Frei für dich, Marina.«

Nach dieser Offenbarung versank das Abteil in absoluter Stille. Nicht einmal Viktor, der sich sichtbar langweilte angesichts all der Erwachsenenthemen, sprach.

Ich wandte meinen Blick ab und konnte nicht verbergen, wie sehr mir Maria leidtat. Iwan war ein Monster, ein Tyrann, der seine Frau nicht verdient hatte, aber sie war eine höfliche, freundliche Frau, die keinem ein Leid angetan hatte. Innerlich wünschte ich ihr, dass sie in einem anderen Mann ihr Glück finden und Alexander schnell vergessen würde.

»Ich werde sterile Tücher, warmes Wasser, Nähzeug und etwas zur Beruhigung brauchen«, forderte Natalia und ich war ihr dankbar für die Unterbrechung meiner Überlegungen.

Logan verkrampfte sich, als sie die Ränder der verbrannten Wunde vorsichtig betastete.

»Ist die Kugel draußen?«, fragte sie Alexander, der daraufhin nickte und das Mädchen entspannte sich sichtlich.

»Gut, wenigstens etwas! Aber ich werde es nicht allein machen können, einer von euch muss Logan festhalten, während ein anderer die Wunde versorgt. Ich werde euch anleiten so gut ich kann.« Damit schien alles gesagt.

Mein Herz protestierte aufgeregt bei jedem Schritt, den ich mich weiter von Logan entfernte. Constanze hatte sich bereit erklärt, mir zu helfen, und so gingen wir Abteil für Abteil, Waggon für Waggon durch und flehten die Menschen um Hilfe an.

Ich war erstaunt, wie viele von ihnen uns ihre Sachen freiwillig überließen. Uns wurden Verbände und Nähzeug von einer älteren Dame mit einem geblümten Kopftuch überreicht.

»Die Männer wurden verwundet im rechtmäßigen Kampf für unser Land«, sagte sie und drückte mir die Sachen in die Hand. »Versorgt sie gut!«

Ich nickte. Obwohl wir nur Andeutungen machten, wie es zu der Verletzung gekommen war, und sehr vorsichtig waren, wem wir was erzählten, dachte sich jeder selbst seinen Teil.

Die Männer im Speisewagen gossen uns etwas aus ihrer Flasche ab und eine der Frauen, die mit ihren Kindern abseits saß, gab uns eine Plastikschale, in die wir das abgekochte Wasser füllen konnten. Ich dankte allen überschwänglich und lief zurück zum Abteil, wo mir Constanze entgegenkam, in den Händen einen kleinen Topf und ein Feuerzeug. Wir blieben vor der geschlossenen Tür stehen und sahen uns an.

»Ihr seid nicht wirklich miteinander verwandt, oder?«, fragte mich Constanze, die, ganz untypisch für sie, vermied, mich direkt anzusehen. Ich hielt einen Augenblick inne und schüttelte den Kopf.

»Nein.«

Sie überlegte kurz.

»Dann bist du vermutlich auch keine Französin. Nicht dass irgendeine von uns dir den falschen Akzent jemals abgekauft hätte. Auch wenn gute Männer in unserer Welt wirklich rar sind … Ich werde euch nicht im Weg stehen.«

Ich war wie erstarrt und blinzelte sie entsetzt an.

»Schätzchen, glaubst du wirklich, wir hätten nicht gemerkt, dass du gar kein französisch sprichst, geschweige denn dich auch nur ansatzweise wie eine anhörst? Ich bitte dich! Mir war seit deinem ersten Satz klar, dass du deutscher als ein Schäferhund bist. Marina zuliebe habe ich jedoch nichts gesagt und siehe da, es hat sich gelohnt. Eine so tapfere und loyale junge Frau zur Freundin zu haben, ist mehr wert als Nationalität oder eine Liebschaft.«

Wir nickten uns gegenseitig zu und gingen in stummem Einverständnis ins Abteil. Zwischen uns gab es in diesem Augenblick nichts mehr zu sagen und ich war Constanze dankbar dafür, dass sie keine große Sache aus dem Ganzen machte und auch nicht fragte, wer ich wirklich war. So verhielt sich eine wahre Freundin und ich war glücklich, dass sie in diesen schweren Tagen auf unserer Seite stand. Ihr Vertrauen in mich und die warmen Worte bedeuten mir so viel, dass alles Schlimme, was mir in der Vergangenheit widerfahren war, in den Hintergrund rückte.

Ohnehin kam ich nicht drumherum, festzustellen, dass die Menschen, die ich hier hatte kennenlernen und lieben dürfen, und all das Erlebte mich selbst zu einer anderen Person gemacht hatten. Es zählten keine kleinen Unsicherheiten oder einsamen Stunden mehr. Was von Bedeutung war, waren einzig und allein die Menschen, die das Leben zu einem großen Abenteuer machten. Menschen, für die es sich lohnte zu kämpfen und stark zu sein, auch wenn einem das Herz in der Brust brach. Menschen, die dir den gleichen Gefallen jederzeit zurückgaben und dich unter Tränen zum Lachen bringen konnten.

Die Summe unserer Stärke resultierte aus der Liebe und dem Zuspruch unserer Freunde heraus und dieser Zuspruch konnte ganze Jahrzehnte überdauern und aus einer unglücklichen Studentin jemand ganz neuen machen.

Kapitel 34

23. Oktober 1917
Zug nach Omsk

Natalia hatte Constanze zu ihrer rechten Hand auserkoren und wies sie fachmännisch an, welche Handgriffe nötig waren. Sie hatte damit begonnen, die entzündete Wunde mit heißem Wasser, welches ich in der kleinen Schüssel über das Feuerzeug hielt, um es zu erhitzen, auszuspülen und die blutigen Hautfetzen zusammenzunähen. Nicht nur einmal musste Constanze abbrechen und ihre zitternden Hände zur Ruhe zwingen. Natalia sprach währenddessen beruhigend auf sie ein und ich sah vorsichtshalber weg, um vor Sorge um Logan nicht loszuschreien, sie solle sich gefälligst nicht so anstellen.

Logan lag ausgestreckt auf dem schmalen Bett und versuchte, sich nichts anmerken zu lassen, aber ich konnte den Schmerz in seinen Augen aufflackern sehen. Ich übergab die Schüssel an Natalia, die sie sich auf den Schoß stellte und die dreckigen Reste des Verbandes hineinwarf, ehe sie die Schale unter das Bett schob, um die Hand wieder frei zu haben. Ich setzte mich an Logans Seite und schob seinen Kopf vorsichtig auf meinen Schoß. Sein Blick begegnete meinem und er verzog die Lippen zu einem schmerzerfüllten Grinsen.

»Nicht gerade ein heroischer Anblick«, sagte er.

Ich schüttelte den Kopf.

»Du warst schon tapfer genug, lass es nun andere sein«, gab ich zurück und fuhr langsam mit meinen Fingern durch seine Locken. Logan schloss die Augen und mein Herz drohte vor plötzlichem Glück zu bersten.

Während Constanze einen abgekochten Faden durch die Haut zog, sprach ich beruhigend auf Logan ein, erzählte ihm, was wir alles erlebt hatten, wie sehr ich ihn vermisst hatte und wie glücklich ich war, dass er jetzt hier war. Alexander und Marina hatten mit Viktor das Abteil verlassen, um ihn abzulenken. Diese blutige Szenerie war für ein kleines Kind, das zu allem Überfluss auch noch kürzlich seinen Vater hatte sterben sehen, einfach zu viel.

»Und wenn du jetzt die Nadel rausziehst, müsste die Naht halten. Dann nur noch verbinden und hoffen, dass sich die Entzündung nun legt!«, sagte Natalia, die ihre gesunde Hand tröstend auf Constanze Bein gelegt hatte und sie zuversichtlich anlächelte.

Auch ich sah zu der rothaarigen Frau hinüber und musste bei ihrem konzentrierten Gesichtsausdruck beinahe schmunzeln. Man erlebte nicht oft, dass Constanze etwas tat, was sie eigentlich nicht wollte oder bei dem sie sich nicht wohlfühlte. Dass sie bereit gewesen war, sich die Hände mit Blut zu beschmutzen und eine Wunde zu nähen, sagte sehr viel über ihr Verhältnis zu Logan aus.

Ich hatte mich ebenfalls angeboten, dies zu erledigen, aber Natalia war überzeugt, dass ich bei der kleinsten Bewegung von Logan ausflippen würde und ihn noch mehr verletzen könnte, weshalb Constanze eigentlich auch keine andere Wahl geblieben war.

Logan war irgendwann vor Erschöpfung in eine Art Dämmerzustand geglitten. Mit geschlossenen Augen murmelte er leise Worte vor sich hin, während Constanze mit spitzen Fingern den Verband um seine Wunde legte.

»Ich denke, auf eine Schlinge können wir hier verzichten, aber er darf sich nicht zu viel bewegen«, sagte Natalia und Constanze wischte sich mit dem Ärmel ihres Pullovers über die verschwitzte Stirn.

»Jetzt brauche ich den Wodka dringender als er!« Sie griff nach der Flasche, die eigentlich zur Desinfektion dienen sollte, schraubte den Verschluss auf und nahm, ohne mit der Wimper zu zucken, einen großzügigen Schluck.

Staunend und mit dümmlich geöffnetem Mund sah ich dabei zu, wie sie die Flasche wieder absetzte und aufstand. »Ich gehe mich mal frisch machen.« Den Alkohol fest an die Brust gepresst, eilte sie aus dem Abteil und ich konnte mich des Eindrucks nicht erwehren, dass ihr Gesicht leicht grünlich wirkte.

»Woher kennst du dich mit dem Behandeln von Verletzungen so gut aus?«, fragte ich Natalia im Flüsterton, die gerade ebenfalls

Anstalten machte aufzustehen und dabei die Schüssel mit den dreckigen Bandagen aufhob.

Blut vermischte sich mit Wasser und plätscherte bei jeder von Natalias Bewegungen von einer Seite auf die andere. Mir wurde übel.

»Ich hatte vier Brüder, die ständig in Raufereien verwickelt waren. Sie alle sind zwar schon tot, ebenso wie der Rest meiner Familie, aber wie man eine entzündete Wunde verarztet, werde ich niemals vergessen.«

Natalia sammelte auch die übrigen Sachen zusammen, um sie den Leuten zurückzugeben und zweifelsohne auch um die Tränen, die in ihre Augen gestiegen waren, vor mir zu verbergen. Mir wurde zum ersten Mal wirklich bewusst, dass wir zwar viel Zeit zusammen verbracht, aber nie über Persönliches gesprochen hatten. Natalia war mir anscheinend ähnlicher, als ich dachte. Auch sie pflegte es, über ihre Vergangenheit Stillschweigen zu bewahren und ich kam nicht umhin, das ruhige Mädchen noch mehr zu mögen. Was muss sie wohl erlebt haben, dass sie sich nicht einmal vor einer blutigen Schusswunde beirren ließ? Raufereien waren wohl nicht das Einzige, worin ihre Brüder verstrickt gewesen waren.

Sie vermied einen direkten Blick auf mich, als sie die Abteiltür aufschob und leise wieder schloss. Ich blieb allein mit Logan zurück.

Schweigend betrachtete ich die Züge des blonden Mannes, der so ruhig in meinen Armen lag, und dachte an all die stillen Tage voller Hoffnung und Träume und jene, welche von dem bitteren Nachgeschmack der Trauer überdeckt wurden. Ich wusste nicht, weshalb ich in dieser Zeit gelandet war. Wusste nicht, was das Ganze mit mir zu tun hatte und ob ich für immer hierbleiben wollte.

Ein seltsames Spiel der Zeit hatte es mir ermöglicht, meine Babushka als starke und faszinierende Frau in ihrer Jugend kennenzulernen und zu akzeptieren, dass ihr Herz bereits früh an einen anderen als meinen Urgroßvater vergeben war. Ebendieser Schicksalswink hatte mich auch an Logan gebunden.

Wenn man alles Revue passieren ließ, was ich hier erlebt hatte, so musste ich feststellen, dass er von Anfang an dabei war. Ich strich ruhig eine seiner blonden Strähnen aus dem schlafenden Gesicht und lächelte.

Logan rührte sich unter meiner Bewegung, blinzelte leicht verwirrt. »Wo bin ich?«, fragte er mit belegter Stimme.

»Du bist in unserem Abteil. Natalia und Constanze haben dich verarztet und jetzt sollte alles wieder gut werden. Du wirst vermutlich eine Narbe behalten, aber auf jeden Fall nicht an einer Blutvergiftung sterben«, gab ich betont ruhig zurück.

»Lucy?«

Logan lächelte schief. »Es ist so schön, deine Stimme zu hören. Als wir bei euch am Haus angekommen sind und keiner da war, hatten wir uns schon das Schlimmste ausgemalt. Und dann tauchte auch noch dieser …«, ein Hustenanfall unterbrach ihn, schüttelte seinen Körper.

»Wer war da?«, fragte ich zaghaft, nachdem er sich beruhigt hatte.

»Dimitri.« Logan spuckte den Namen mehr aus, als dass er ihn sagte. Ich riss die Augen auf, mein Herz schlug plötzlich mit doppelter Geschwindigkeit. »Dieser Mistkerl war dabei, als sie uns in die Falle gelockt hatten. Er hat unsere Männer ebenso abgeschlachtet wie all die anderen Verräter. Als wir am Haus ankamen, war er da und saß im Eingangsbereich einfach auf den Stufen, als würde er dort hingehören. Er sah uns nicht kommen.«

Von den widersprüchlichsten Gefühlen geplagt, griff ich nach Logans Hand. »Was habt ihr dann getan? Geht es Dimitri gut?«

Logan betrachtete mich schweigend mit schräg gelegtem Kopf. Konnte er die Sorge um seinen verhassten Rivalen in meinen Augen sehen?

»Wir wollten ihn angreifen und zur Rede stellen, aber er erzählte uns, dass ihr gerade zum Zug aufgebrochen seid und dass er noch ein Ticket hat. Er wollte selbst mit, aber etwas hatte ihn abgehalten. Was es war, hat er nicht gesagt …«, erneut hielt Logan inne, betrachtete mich skeptisch. »Lucy, ist da etwas passiert, was ich wissen sollte?« Mir rutschte das Herz in den Rock (denn Hosen durften Frauen zu dieser Zeit nicht tragen, pah!).

Mit einem Mal war ich auf den Beinen. Logan blinzelte nun etwas benommen zu mir hoch. »Nein und ich finde diese Frage nicht fair. Monatelang habe ich auf einen Brief, auf ein Lebenszeichen gewartet. Ich wusste nicht, ob du lebst oder tot bist! Erkläre mir zuerst eine Sache. Was ist das zwischen uns? Vor deiner Abreise wolltest du nicht mit mir sprechen und das vergangene Jahr war das schlimmste in meinem Leben! Diese Ungewissheit, die ständige Angst, dir wäre etwas zugestoßen!« Meine Stimme klang fremd in meinen Ohren, dumpf und gepresst. All die Trauer bahnte sich nun ihren Weg in Form von Wut und es tat so verdammt gut, alles rauszulassen.

Es verstrichen mehrere Minuten, ohne dass Logan etwas sagte, dann rappelte er sich hoch und griff in die Tasche seiner Jacke, zog ein Bündel zerknitterter Papiere heraus und ließ sie neben sich fallen.

»Ich habe dir täglich geschrieben. Allein der Gedanke, du könntest noch irgendwo auf mich warten, hat mich jeden Tag erneut aufstehen lassen. Immer wieder ging ich auf das Kommandodeck, in der Hoffnung, dass die Mission bald erfüllt wäre und ich zurück zu dir kommen könnte … Auch wenn ich noch immer nicht den Hauch einer Ahnung habe, wer du bist oder wo du urplötzlich hergekommen bist. Ich liebe dich. Ich liebe dich seit dem ersten Moment. Seit ich damals gesehen habe, wie du dich den Soldaten widersetzt hast. Jeden Tag in der Kajüte habe ich dich mehr geliebt und nur deinetwegen durchgehalten. Du musst wissen, dass ich bereits vor Iwans Ankündigung wusste, dass ich auf den Minenleger gehen werde. Und auch wenn es eine Ehre ist, neben Alexander zu kämpfen, so hinterfragte ich zunehmend, wofür ich das Ganze tat. Und dann kamst du. Der Gedanke, dich bald wieder zu verlieren und wegzugehen, machte mich wahnsinnig! Als es dann so weit war … die Monate an Bord des Minenlegers waren meine persönliche Hölle und sollte in dieser Zeit ein anderer für dich da gewesen sein und dein Herz erobert haben, so werde ich dir keine Vorwürfe machen. Aber du hattest mir noch nicht einmal genügend vertraut, um mir zu verraten, wer du eigentlich bist.« Er stockte, sah mich endlich an. »Du bist diejenige, die mir sagen muss, wie viel zwischen uns wirklich Wahrheit und was alles eine reine Einbildung ist.« Seine Stimme klang tonlos, stattdessen hörte ich die Zweifel und Vorwürfe nur zu deutlich heraus.

Ich war durcheinander. Hin- und hergerissen zwischen dem Wunsch zu jubeln, weil Logan das Gleiche empfand wie ich, und dem dringenden Verlangen, die Flucht zu ergreifen, um ihm nicht gestehen zu müssen, dass das Ganze auch ebenso einfach nur ein Traum für mich sein konnte. Ich kam aus der Zukunft und zwischen unseren Leben lagen gut einhundert Jahre.

Logan betrachtete mich stumm, registrierte gewiss meine innere Zerrissenheit. Ich setzte an, um etwas zu sagen, als er aufstand, einen Schritt auf mich zu machte und seine unversehrte Hand an meine Wange legte.

»Lucy, bevor du etwas sagst, muss ich noch mein Versprechen erfüllen.« Überrascht blinzelte ich ihn an, als er sich zu mir beugte. Noch bevor seine Lippen auf meine trafen, hatte ich die Augen geschlossen.

Es war ein Kuss, der zart und gleichzeitig entschlossen war, einer, bei dem es keine störenden Schmetterlinge gab, sondern der Körper vollends mit einem warmen Glühen der Zufriedenheit erfüllt war. Es war ein Kuss, der von tiefer Verbundenheit und Begehren zeugte – also genau die Art von Kuss, die sich jede Frau wünschte, wenn sie den Einen getroffen hatte. Den Richtigen.

Er hielt kurz inne, nur um mich zu betrachten. Auf seinen Lippen lag ein Lächeln, das seine Augen zum Strahlen und mein Herz zum Beben brachte.

Logan strich mir durchs Haar und mir lief eine Träne übers Gesicht, die er mit seinem Mund fortküsste.

»Warum weinst du?«, flüsterte er heiser und sah mich aufmerksam an.

Ich schniefte undamenhaft. »Ich bin so glücklich, dass du unversehrt zurück bist«, flüsterte ich mit brüchiger Stimme und noch mehr Tränen flossen über meine Wangen, wollten gar nicht mehr aufhören.

Ich vergrub mein Gesicht in den Händen, wollte nicht, dass er mich weinen sah, nicht schon wieder.

»Immer wenn wir uns sehen, weinst du, kleine Sprotte«, sagte Logan bedauernd, zog meine Hände fort und sah hinter meiner Fassade Beherrschung und Emotionslosigkeit. All die aufgestauten Gefühle, die Einsamkeit, die Verzweiflung flossen mit den Tränen aus mir heraus und ließen meinen Körper vor Schluchzern beben. Logan setzte sich aufs Bett, zog mich auf seinen Schoß und umschloss mich mit dem gesunden Arm.

Er hielt mich fest, murmelte beruhigende Worte auf mich ein und gab mir das Versprechen, dass er mich nie mehr verlassen, dass er für immer bei mir bleiben würde. Mein Herz drohte vor Glück zu bersten, waren positive Empfindungen in den letzten Monaten ein Luxus gewesen, der mir kaum vergönnt war und deren Wirkung mich beinahe überwältigte.

Lange saßen wir so da und ich ließ mich von ihm trösten, danach küssten wir uns wieder und ich weinte erneut in seinen Armen, bis er sich irgendwann zurücklegte und mich mit sich aufs Bett zog. Logan breitete die Decke über uns beide aus und streichelte mit seinen kühlen Fingern über meine Schulter.

»Du duftest für mich immer nach zu Hause und Abenteuer«, sagte Logan nach einer Weile, in der keine Tränen mehr geflossen waren, in mein Haar hinein.

»Seltsame Mischung«, sagte ich mit einem Kichern und schloss die Augen.

Eine tröstliche Müdigkeit überkam mich. Ich gähnte herzhaft, kuschelte mich weiter in seine Arme hinein und genoss das Gefühl der Umarmung. Für einen kurzen Moment konnte ich einfach ich selbst sein, ohne für jemanden stark oder mutig sein zu müssen. ich gestattete mir, in seinen Armen einfach nur ein Mädchen zu sein, das verliebt und glücklich war.

Mit diesen Gedanken driftete ich langsam in einen ruhigen Schlaf und hatte keine Angst mehr vor meinen Träumen, denn Logan war bei mir.

Ich fuhr hoch. Es dauerte kurz, ehe ich mich orientieren konnte und mich erinnerte, dass ich in Logans Armen eingeschlafen war. Fest umschlungen von seinem gesunden Arm, lächelte ich zufrieden wie ein Kätzchen in der Sonne und ließ meinen Kopf zurück auf das Laken sinken … Er beugte sich vor, seine Lippen berührten sacht meinen Nacken und sein warmer Atem kitzelte mich angenehm.

»Bist du wieder wach?«, flüsterte er hinter mir und ich drehte mich in seinem Arm, hob mein Gesicht, um Logan genauer zu betrachten.

Wie Blitze huschten Erinnerungsfetzen durch meinen Verstand. Seine Lippen, wie sie meine liebkosten. Ich biss mir verträumt auf die Unterlippe und war mir sicher, er konnte jeden meiner Gedanken von meinem Gesicht ablesen.

Logan betrachtete mich immer noch von der Seite, in seinen Blick hatte sich etwas Nachdenkliches geschlichen, was mein aufgeregt flatterndes Herz gefrieren ließ.

»Verrätst du mir irgendwann, wer du bist?«, fragte er nach einer Weile des Schweigens.

Bumm. Das wars. Wie jeder andere Mann, beherrschte auch Logan die zweifelhafte Kunst des »Alles-innerhalb-eines-Augenblicks-zerstören«.

Ich verkrampfte mich, suchte fieberhaft nach einer Ausrede, einem Ausweg. In meiner Zerrissenheit gefangen, löste ich mich aus der Umarmung und sprang hastig aus dem Bett. In meinem Kopf kreisten wirre Gedanken umher, schoben die schönen, prickelnden Erinnerungen beiseite und hinterließen Panik.

Gerade als ich aus dem Abteil fliehen wollte, griff Logan nach mir. Seine langen Finger erwischten nur den Saum meines Rocks, aber das genügte, um mich zum Stehenbleiben zu bewegen.

»Erzähl's mir einfach, ich werde dich nicht verurteilen.«

Ich glaubte ihm, wusste, dass er niemals etwas tun oder sagen würde, was mich verletzen würde, aber konnte ich ihm die Wahrheit antun? Konnte ich ihm diese Bürde auf die Schultern laden und im Gegenzug Verständnis erwarten?

»Mein Name ist Lucinda Derewanko, ich bin 1988 in Deutschland geboren. Meine Urgroßmutter war Marina Igorewna Paschkina. Ich habe noch einen älteren Bruder. Kurz vor dem Tod meiner geliebten Urgroßmutter erfuhr ich, dass sie in ihrer Jugend einen anderen Mann geliebt hatte als meinen Ded. Ich beschloss, nach Antworten auf die verrückten Fragen in meinem Kopf zu suchen und fand einen Professor für russische Geschichte, der angeblich von einem Verwandten des Geliebten meiner Uroma abstammt. Er fand Tagebücher von einem Mann, der an der Seite von Alexander Nikolajewitsch gedient hatte und jeden Tag einen kleinen Bericht in ein Büchlein schrieb. Nach unserem Gespräch wurde ich von einem Fremden in einer Gasse verfolgt und bin hingefallen. Als ich wieder aufwachte, befand ich mich nicht länger im Jahr 2013. Kurze Zeit später traf ich dich und den Rest der Geschichte kennst du schon. Ich bin seit über einem Jahr in der falschen Zeit gefangen und würde lieber sterben, als von hier fortzugehen.«

Während meines gesamten Monologs starrte ich die Tür des Abteils an, es war leichter, meine Gedanken zu sortieren, wenn ich ihn dabei nicht ansehen musste. Ich zwang mich dazu, ruhig zu sprechen und wählte meine Worte mit Bedacht.

»In diesem einen Jahr habe ich meine Urgroßmutter als junge Frau neu kennen- und lieben gelernt und außerdem …« Nun öffnete ich die Augen, drehte mich zu ihm herum und lächelte schwach.

Auch wenn es ein kleiner Trost für die verwirrende Wahrheit war, die ich ihm gerade offenbarte, so konnte ich meine Gefühle nicht länger verborgen halten. »Außerdem habe ich mich hier in einen dummen, mutigen und zweifellos ein wenig verrückten Kapitänleutnant verliebt.«

Nach diesem Satz gab es nichts mehr zu sagen.

Logan schwieg, starrte mich mit wechselndem Mienenspiel an, setzte mehrmals zu einer Erwiderung an, sagte jedoch nichts weiter.

Ich betrachtete seinen blassen Körper, der sich kaum von dem weißen Bettlaken abhob, mir jedoch die Röte ins Gesicht trieb. Meine Lippen kribbelten immer noch leicht von unseren Küssen und alles an mir sehnte sich danach, mich wieder ins Bett zu legen und Logan die gesagten Worte wieder vergessen zu lassen. Mein Herz bebte vor Angst, was die Wahrheit für uns bedeutete.

Je länger die angespannte Stille andauerte, desto feuchter wurden meine Handflächen. Dann, endlich, durchbrach Logans belegte Stimme die brüllende Stille meiner Gedanken.

»Dein Name kam mir schon immer seltsam vor«, war alles, was er sagte, ehe die Tür zum Abteil aufgeschoben wurde und Alexander und Marina zurückkamen, dicht gefolgt von Viktor und Natalia.

Ich versteckte mein Gesicht so gut es ging, während Alexander mit einem Blick die Szenerie in sich aufnahm, sich umdrehte und die anderen drei aus dem Abteil schob und uns wieder allein ließ.

Unser flüchtiger Moment der Zweisamkeit war gebrochen. Tränen liefen mir über die Wangen, die ich schnell fortzuwischen versuchte, doch sie entgingen ihm nicht. Brennende Fragen blinkten wie Warnschilder in meinem Kopf. Hatte ich nun alles kaputt gemacht? Mit ein paar Worten alles zwischen uns zerstört? Glaubte er mir? Verdammt, warum sprach Logan nicht? Mir wurde abwechselnd heiß und kalt, mein Kopf schwirrte vor all den Gefühlen, die sich meiner bemächtigten.

Ein zögerndes Klopfen riss mich aus meinen Überlegungen. »Können wir reinkommen?«, fragte Alexanders Stimme, in der ich deutliche Sorge hören konnte.

Er musste auf einen Blick gesehen haben, dass wir uns in einem wichtigen Gespräch befanden und ich war ihm innerlich dankbar für die kleine Pause, in der ich mich sammeln konnte, ohne weiteren Augen ausgesetzt zu sein.

»Kommt rein!«, rief Logan hinter mir und ich erschauderte beim Klang seiner kühlen Stimme. Gerade eben schien noch alles so gut zu sein und ich hatte mich wie das glücklichste Mädchen auf der Welt und in allen Zeiten gefühlt, jetzt war die Wärme des Augenblicks ebenso wie seine Arme fort und hinterließ den bitteren Nachgeschmack von Verzweiflung auf meiner Zunge.

Kapitel 35

25. Oktober 1917
Zug nach Omsk

Durch Logans und Alexanders Rückkehr beruhigten sich die Gemüter und wir verzichteten von nun an sogar auf unsere Wachablösung in der Nacht. Die Angespanntheit, die wir seit unserem Aufbruch verspürten, hatte sich bei allen sichtlich gelockert. Doch ich fühlte mich, als stünde ich unter Strom. Viktor schlief friedlich in meinen Armen, während ich an die dunkle Decke des Zugabteils starrte und mein Herz zu beruhigen versuchte.

Leider war Logan und mir keine Zeit geblieben, um unser Gespräch fortzusetzen. Die wenigen Sätze, die wir seitdem getauscht hatten, waren alles andere als aussagekräftig und ich wurde mit jeder weiteren Sekunde des Schweigens immer panischer. Die Gedankenspirale drehte sich immerzu in meinem Kopf, ließ mich alle möglichen Szenarien und Antworten durchspielen und ersetzte vollkommen die schönen Momente, die wir vor nur wenigen Stunden geteilt hatten.

Ich wurde nicht müde, das Geschehene immer und immer wieder im Kopf durchzuspielen. Hätte ich Logan nichts erzählen sollen? Was wäre geschehen, wären die anderen nicht in diesem Augenblick zurückgekommen? Hätte ich die Worte besser wählen müssen? Mein Leben schien sich seit dem Zeitsprung in eine Art Glücksrad verwandelt zu haben. Eine einzige Sekunde entschied über Sieg oder Niederlage und ich fühlte mich gerade so, als hätte ich nach dem Jackpot in der letzten Runde nun alles wieder verloren. Meine Stimmung war ziemlich gesunken.

Im Hochbett mir gegenüber hörte ich, wie Constanze sich herumwälzte und konnte gerade so erkennen, dass der verschwommene dunkle Fleck, der ihren Körper darstellte, gefährlich nahe an den

Rand des Bettes gerückt war. Ich streckte ein Bein nach ihr aus, versuchte mich dabei so wenig wie möglich zu bewegen, um das Kind in meinen Armen nicht unnötig zu wecken, und versetzte ihrem schlafenden Körper einen sanften Tritt gegen die Hüfte.

»Was? Wer?«, rief sie und richtete sich sofort auf.

»Pssscht! Es ist nichts, du bist nur beinahe vom Bett gefallen«, flüsterte ich zu dem dunklen Umriss mit den schwach rötlichen Haaren.

Die kurzen Vorhänge an den Fenstern in unserem Abteil waren zugezogen, um die Wärme so gut es ging im Inneren zu halten. Lediglich ein schmaler Streifen aus Mondlicht fiel auf den Boden und bildete die einzige Lichtquelle im Raum.

»Was? Lucy?« Ich konnte hören, dass Constanze sich kratzte, ehe sie sich wieder hinlegte. »Hör auf zu randalieren, ich will schlafen«, murmelte sie und wurde immer undeutlicher, bis sie zurück auf ihr Kissen sank und sofort einschlief.

So dankte man also jemandem, der sich um einen sorgte. Ich schüttelte nur den Kopf und blickte durch den schmalen Schlitz nach draußen – Minuten verstrichen, ohne dass ich Schlaf fand.

»Lucy? Bist du wach?« Logans Stimme unter mir ließ mich erstarren. Kurz war ich versucht, so zu tun, als wäre ich ebenfalls eingeschlafen, entschied mich allerdings dagegen. Mein Herz flatterte wie ein wilder Vogel in meiner Brust und ließ eine nervöse Übelkeit in meinem Magen brodeln.

»Ja …«, erwiderte ich gedehnt.

»Komm runter.« Das war's, mehr als diese zwei Worte brauchte Logan auch nicht zu sagen.

Behutsam schob ich Viktor näher an die Wand und befreite meinen Arm unter seinem Kopf. Kurz stockten seine gleichmäßigen Atemzüge, bis er wieder in einem friedlichen Rhythmus leise vor sich hin schnarchte. Erleichtert atmete ich aus.

Mit bereits geübten Handgriffen kletterte ich die schmalen Sprossen hinab und ließ mich zögerlich auf Logans Bett sinken. Er hatte seine Bettdecke zur Seite geschoben und saß aufrecht. Ich erkannte seine Gesichtszüge im Halbdunkel nur schlecht, aber als er nach meiner Hand griff und diese beruhigend drückte, konnte ich mir fast vorstellen, wie seine Augen halb belustigt und halb besorgt funkelten.

»Das, was du mir vorhin erzählt hast … ist das wirklich wahr?«, fragte er im Flüsterton nach einigen Sekunden, in denen keiner von uns beiden es gewagt hatte, sich zu rühren.

Mir war gar nicht aufgefallen, dass ich nervös den Atem angehalten hatte.

Ich fühlte mich wie in die Schulzeit zurückversetzt. Jedes Mal, wenn ein Lehrer mich aufrief, war es für mich der Horror, seine Fragen zu beantworten. Auch wenn ich in den meisten Fällen die Lösung wusste, so brach mir dennoch der Schweiß aus, ich wurde zittrig und mein Mund ganz trocken. Es war eine furchtbare Zeit, an die ich mich gerade unangenehm erinnert fühlte. Ich kannte die Wahrheit, ich hatte sie mit Logan geteilt und eigentlich gab es nichts mehr, was hätte zwischen uns stehen sollen.

Aber ebenso wie die Reaktionen der Lehrer mich stets in Angst und Schrecken versetzt hatten, versetzten mich auch Logans Fragen in einen Zustand geistiger Umnebelung, der sich bitter mit einer undefinierbaren Angst vermischte. Es half auch nichts, dass ich mich seit unserem kleinen Abstecher ins Glück nun noch mehr davor fürchtete, Logan könnte mir nicht glauben oder mir den Rücken kehren.

Ich nickte, erinnerte mich schnell daran, dass er die Geste nicht sehen konnte und gab ein gekrächztes »Ja« von mir.

Wieder Stille.

Mein aufgestauter Atem entwich mit einem leisen Zischen und ich schloss kurz die Augen, um mich zu sammeln.

»Aber wie ist das möglich? Bist du so etwas wie eine Hexe?« In Logans ruhiger Stimme schwang Verwirrung und Unglauben mit.

Eine Hexe? Empörung machte sich in mir breit. Schön wär's! Hätte ich mir einfach so eine Zeit aussuchen können, wäre ich garantiert nicht in den Ersten Weltkrieg gehüpft und würde mich wahrscheinlich auch deutlich besser anstellen. Eine altertümliche Bibliothek mit vielen Romanen oder die Feierlichkeiten zur Krönung eines reichen Kaisers wären da schon viel mehr nach meinem Geschmack gewesen.

»Ja, na klar bin ich eine Hexe und wenn du mich küsst, verwandelst du dich in einen Frosch und wirst von einem Kranich gefressen! Was denkst du denn, warum ich es dir vorher nicht gesagt habe? Ich weiß doch selbst nicht, was hier los ist!« Meine Stimme wechselte von

Spott zu Empörung und anschließend zu Zorn. Wut war so viel einfacher zu ertragen als Verzweiflung und Hilflosigkeit.

Ich wusste, dass ich ihm mit meiner Empörung unrecht tat, konnte jedoch wie so oft einfach nicht aus meiner Haut. Babushka Marinas Temperament scheint sich auch auf mein Gemüt übertragen zu haben und so neigte ich oft dazu, erst zu sprechen und mich hinterher zu entschuldigen.

Die Worte sprudelten wie von selbst aus meinem Mund und offenbarten all meine Verwirrung und Ängste, die ich nach dem Geständnis durchlitten hatte. Logan schwieg, strich nachdenklich mit den Fingern über meine schwitzige Hand, die nach wie vor in seiner lag und mir zumindest den Anschein von Geborgenheit vermittelte.

»Das heißt, dass du jeden Moment wieder in deine Zeit zurückkehren könntest?«, fragte er, nachdem ich mit der Unterhaltung innerlich bereits abgeschlossen hatte und zu dem Schluss gekommen war, dass Logan mich für so verrückt hielt, dass er gar nicht mehr mit mir sprechen wollte.

Ich zuckte die Schultern. »Ich weiß es wirklich nicht. Sollte dies alles nicht einfach nur ein Traum sein, dann vermutlich schon«, gab ich schwach zur Antwort.

Wir schwiegen wieder.

»Hm … Gut, dann werde ich es wohl einfach hinnehmen müssen, dass an dir nichts normal ist und ich mit weiteren Abenteuern zu rechnen habe.« Seine Worte klangen beiläufig und ich hätte die Botschaft darin beinahe überhört.

Als die Gewissheit, dass Logan mich nicht für verrückt hielt, meinen Verstand erreichte, wollte ich lachen und weinen und zwar beides gleichzeitig. Ein riesiger Stein fiel mir vom Herzen, von dem ich noch nicht geahnt hatte, dass er überhaupt da gewesen war.

Ich fühlte mich frei und losgelöst wie selten zuvor und wollte am liebsten gleich hier und jetzt anfangen zu tanzen. Stattdessen bemächtigte sich eine unnatürliche Müdigkeit meiner, jetzt, wo ich Logan die ganze Wahrheit über mich erzählt hatte. Er war immer noch da! Endlich konnte ich mich entspannen, ohne in meinem Kopf die Gedanken zu wälzen und mir Sorgen zu machen.

Ich merkte, wie meine Lider sich langsam schlossen und ich an Logans Seite sank.

»Lass uns schlafen und morgen schauen, ob du noch da bist.« Der leise Spott in seinem Tonfall beruhigte mich. Wenn Logan wieder zu Witzen aufgelegt war, dann hielt er mich womöglich auch nicht mehr für eine Hexe.

»Mhm«, murmelte ich gähnend und kuschelte mich im Sitzen an ihn.

Er lachte leise. »Du kannst unmöglich so müde sein, dass du in meinem Bett einschlafen willst, oder ist es etwa ein schwacher Versuch, meine Standhaftigkeit auf die Probe zu stellen?« Trotz seiner Worte leitete Logan mich mit seinem gesunden Arm auf seinen Schoß und schob ein Kissen unter meinen Kopf.

Mit ruhigen Fingern, die irgendwie nach Meer rochen, strich er mir durchs Haar und ich lächelte.

»Um deine Standhaftigkeit habe ich mir nie Sorgen gemacht.« Ich kicherte leise und erntete ein empörtes Luftholen von Logan.

»Du bist unmöglich, Mädchen aus der Zukunft«, gab er zurück und ich konnte das Lächeln in seiner Stimme hören.

»Doch keine Sprotte mehr?«, fragte ich hoffnungsvoll.

»Schlaf jetzt und stell nicht solch blöde Fragen. Du bist für immer meine kleine Sprotte, daran gibt es nichts zu rütteln.«

Ich nuschelte eine halbherzige Antwort und ließ mich von den sanften Bewegungen seiner Finger auf meinem Haar in den Schlaf führen.

In meinen Träumen vermischten sich die Bilder von Krieg, ausgestreckten Kinderhänden und Explosionswellen aus loderndem Feuer zu einem einzigen Daumenkino aus Erinnerungsfragmenten. Geflüsterte Worte und eilige Schritte rissen mich aus meinem unruhigen Schlaf.

Blinzelnd hob ich meinen Kopf und versuchte etwas zu erkennen. Zwei riesige braune Augen blickten mir entgegen, ich schrie entsetzt auf, fuhr zurück, krachte mit dem Kopf gegen ein Kinn, hörte jemanden ein protestierendes »Verdammt!« rufen.

Logan schob mich von sich, während Viktor laut lachte und mit dem Finger auf mich zeigte. »Mama! Tante ’stanze! Habt ihr das gesehen? Lucy ist wieder verrückt!«, rief der kleine Frechdachs aufgeregt.

Ich verengte die Augen zu Schlitzen und ließ ein leises Knurren vernehmen.

»Na warte, du kleines Monster«, schnaubte ich gefährlich.

Der Junge quiekte auf, als ich ihn am Jackensaum packte, zu mir zog und aufs Bett drückte. Während ich das sich windende und kreischende Kind durchkitzelte, begegnete mein Blick dem von Marina. Wie ein Kätzchen, das verbotenerweise an einem Schälchen Sahne genascht hatte, grinste sie mich anzüglich an.

Fragend hob ich meine Augenbraue. Viktor nutzte die Ablenkung dazu, um aufzuspringen und mich mit aller Kraft seines kleinen Körpers umzuwerfen. Ich stieß erneut gegen Logan, der hastig seinen verletzten Arm hochriss, für ein weiteres Ausweichmanöver aber zu langsam war und mit mir gemeinsam zurück auf die Matratze geworfen wurde, Viktor triumphierend schreiend über uns.

»Viktor, nun reicht es aber wirklich! Logan ist verletzt, das weißt du doch. Wir sind gleich in Omsk, geh und wasch dir die Hände, dann müssen wir packen«, ordnete Marina an, in dem typischen Keine-Widerrede-Ton, den Mütter in allen Generationen anscheinend perfekt draufhatten.

Viktor setzte eine bitterböse Miene auf, wagte es jedoch nicht, seine Mutter zu verärgern und hüpfte vom Bett.

Ich richtete mich auf und half Logan, sich ebenfalls hinzusetzen. »Haben wir dir wehgetan? Wie geht es deinem Arm?«, fragte ich schnell mit besorgtem Blick, doch Logan schüttelte nur den Kopf.

»Alles in bester Ordnung, so ein kleiner Soldat wird mich nicht gleich umbringen.« In seiner Stimme schwang gut unterdrückter Schmerz mit, als er Viktor zuzwinkerte, der seinerseits die Herausforderung nur zu gerne angenommen hätte.

»Viktor! Hände waschen! Jetzt!«, befahl Marina und warf ein Kissen nach ihrem Sohn.

Der Junge schien empört, eilte jedoch ohne weiteres Zögern aus dem Abteil, wo Alexander hinter der Tür bereits auf ihn wartete. »Nicht so hastig«, konnte man den Admiral noch lachen hören, bevor die Abteiltür wieder zufiel.

Marina setzte sich auf das untere Bett mir gegenüber. In ihrem Gesicht konnte man Belustigung erkennen. »Logan? Wollen Sie sich nicht auch frisch machen?«, fragte sie im selben Ton, den sie auch zuvor bei Viktor angewandt hatte.

»Ah, wie ich sehe, brennen die Damen darauf, Gespräche zu führen, die nicht für Männerohren bestimmt sind. Ich werde mich hüten, Ihnen im Weg zu sein«, antwortete Logan, der automatisch Marina gegenüber in eine höfliche Sprechweise wechselte, sich mühsam vom Bett erhob und uns ebenfalls allein ließ.

Marina griff vom Bett aus nach meinen Händen. »Ihr habt das Bett miteinander geteilt?«, quiekte sie wie ein junges Schulmädchen.

Ich wurde rot. »Nein, nein!«, schrie ich peinlich berührt, doch Marina unterbrach mich unwirsch.

»Ich hatte schon gestern so eine Vermutung, aber Alexander wollte mir nichts sagen«, kicherte sie.

Widerworte schienen sinnlos, also ließ ich sie in dem Glauben. Immerhin hätte ich nichts lieber getan, als mit Logan zu schlafen. Ich verlor mich kurz in Träumereien an seinen Körper, die langen Finger, wie sie über meine Haut wanderten, und seine Lippen, die Hitze durch meinen gesamten Körper jagten. Ich wurde rot, wandte hastig den Blick ab.

»Stimmt es, dass wir gleich in Omsk ankommen?«, fragte ich, um schnell vom Thema abzulenken. Marina nickte.

»Ja, Alexander hat den Schaffner aufgesucht und nach einer ungefähren Ankunftszeit gefragt. Wir werden in Omsk bereits erwartet. Ein guter Freund von Alexander hat zugesagt, ihn in seinem Haus aufzunehmen. Wir werden zwar mehr Gäste als angekündigt sein, aber ich denke, das sollte für die paar Tage kein Problem werden. Auf jeden Fall ist für unseren Schutz gesorgt und wir bringen nicht unnötig Constanzes Freunde in Gefahr.« Marinas Stimme wurde trotz der guten Neuigkeiten immer trauriger.

Ich drückte ihre Hand. »Das klingt doch gut, was ist denn los?«, fragte ich.

Sie senkte den Blick. »Die Gegenbewegung hatte sich kurz vor der Abreise mit Alexander in Verbindung gesetzt. Sie wollen ihn als Berater haben und er ist gewillt, alles zu tun, um die Bolschewiki zu stoppen … Viele bewundern ihn für seine Fähigkeiten als Admiral und er hat nicht nur einmal sein strategisches Denken unter widrigsten Bedingungen bewiesen. Wenn er erst einmal als Berater fungiert, steht er direkt im Zentrum der Gegenbewegung. Eine gefährliche Position.« Marina seufzte schwerfällig und blinzelte Tränen fort, die in ihre Augen getreten waren. »Hört es denn niemals auf, dass ich mich um ihn sorgen muss?«, fragte sie verzweifelt und ich wusste beim besten Willen nicht, was ich darauf erwidern sollte.

Sorge und Angst mischten sich in meine eigenen, von Freude beflügelten Gefühle.

»Es ist nur ein schwacher Trost, aber wäre er der Mann, den du liebst, würde er dieses Angebot ablehnen?«, fragte ich nach einer Weile, in der die Stille zwischen uns einzig von bedrückten Gedanken und dem Rattern des Zuges erfüllt war.

Marina blickte hoch, betrachtete mich einen Augenblick traurig und nickte dann. »Du hast recht, ich kann nicht verlangen, dass er alles, woran er glaubt, aufgibt, nur damit meine Nerven beruhigt sind«, sagte sie mit eiserner Entschlossenheit in der Stimme. »Ich werde ihn so gut unterstützen wie nur möglich und einfach beten, dass wir das alles gut überstehen.« Sie schien etwas Zuversicht zu schöpfen und ich wagte nicht, noch etwas zu sagen, was diesen kleinen Fortschritt womöglich wieder dämpfen würde.

Leider wusste ich bereits, was geschehen würde und war mir mehr als bewusst, dass es das Gegenteil von Marinas Gebeten war. Welche Rolle ich in diesem zeitlichen Chaos spielen sollte, schien immer noch unklar, aber ich nahm mir fest vor, alles daranzusetzen, Alexander und Marina zu unterstützen, auch wenn es bedeuten würde, dass meine eigene Zukunft ungewiss war.

Jetzt, da ich über die Folgen meiner Taten genauer nachdachte, wurde mir plötzlich ganz übel. Über meine eigene Zukunft machte ich mir keine Gedanken, aber mischte ich mich zu sehr in die Geschichte ein, so würden womöglich meine Großmutter, meine Mutter und auch mein Bruder nie geboren werden. Panik schnürte mir die Kehle zu. Plötzlich fühlte ich mich gefangen und allein gelassen.

Es wurde mir schmerzlich bewusst, dass es kein Szenario gab, in dem gleichzeitig Marinas Liebe beschützt und die Zukunft meiner Familie gewährleistet werden konnte. Ich hörte, wie es in meinem Magen rumorte und sprang hastig auf. Mit zitternden Beinen lief ich zum Fenster, riss es auf und übergab mich. Krämpfe schüttelten meinen Körper und drückten das spärliche Mittagessen aus gekochten Eiern und altem Graubrot vom Vortag nach draußen.

In all dem Gefühlschaos und der Dramatik der letzten Monate hatte ich diesen Gedanken nie zugelassen. Nun, als sich alles allmählich aufzuklären schien, drängte sich die Gewissheit mit einer unglaublichen Brutalität in mein Herz. Ich konnte nicht meine gesamte Familie beschützen. Wahrscheinlich konnte ich nicht einmal Marinas Herz vor dem Zerbrechen bewahren.

Kapitel 36

25. Oktober 1917
Bahnhof Omsk

Mein Magen und meine Gedanken befanden sich noch immer in Aufruhr, obwohl wir bereits aus dem Zug ausgestiegen waren und am überfüllten Bahnhof nach Alexanders Freund Ausschau hielten. Die Männer hatten sich in weiser Voraussicht umgezogen und trugen nun einfache Kleidung, die im vollkommenem Kontrast zu ihrer sonstigen Marineerscheinung stand. Wir befanden uns etwas abseits der übrigen Menge. Marina hielt den unruhigen Viktor eisern an der Hand. Der Junge konnte es kaum erwarten, wieder herumtoben und laufen zu können, ohne von der drückenden Enge des Zuges eingeschränkt zu werden. Auch ich war mehr als glücklich darüber, nicht länger von Zugwänden und Fenstern umgeben zu sein und jede Nacht das eintönige Geräusch des fahrenden Zuges in meinen Träumen zu hören.

In Omsk war es eisig kalt, der Bahnhof war dreckig und wimmelte nur so von Menschen. Angehörige empfingen ihre Familienmitglieder. Andere Ankömmlinge wirkten, genau wie wir, etwas verloren und kleinere Gruppen standen beisammen und schienen nirgendwo wirklich hinzugehören. Es herrschte eine allgemein freudige Stimmung, die durch die bewaffneten Soldaten und die ängstlich blickenden Augen der unruhigen Frauen jedoch Lügen gestraft wurde. Noch viel deutlicher als in Helsinki verschwammen hier die Grenzen von Freund und Feind. Gehörten die Soldaten den Bolschewiki oder den Rebellen an? Wer war für den Zaren und wer für Lenin? Mein wachsamer Blick huschte über ängstliche und entschlossene Gesichter und versuchte ihre Absichten abzuschätzen.

Logan stand unruhig neben mir, verbarg seinen verletzten Arm unter dem etwas zu weiten Mantel und sah sich mit dem Blick eines geschulten Soldaten nach Gefahren um. Constanze und Natalia plauderten leise, schienen jedoch über nichts Bestimmtes zu sprechen. Nach einem Jahr in einer erzwungenen WG wusste ich, dass Constanze nervös wurde, wenn keiner sprach, und so dankte ich Natalia innerlich dafür, dass sie ihr Möglichstes gab, um sie zu beruhigen.

»Alexander Nikolajewitsch?« Die Stimme eines Kindes ließ uns alle herumwirbeln. Ein schmuddeliger Junge mit abgerissener Hose und einer tief ins Gesicht gezogenen Fellmütze betrachtete uns aus blutunterlaufenen Augen.

»Ja, das bin ich«, antwortete Alexander nach einem kurzen Zögern, ging zu dem Jungen und kniete sich vor ihn.

»Ich habe eine Nachricht für Sie.«

Der Junge kramte in der Tasche seiner blassgrauen Jacke und zog die Nase hoch. Er hielt Alexander nach einer Weile einen fleckigen Zettel hin und wischte sich mit dem anderen Ärmel so unauffällig wie möglich die Nase ab.

»Vielen Dank.« Alexander drückte dem Jungen ein paar Münzen in die Hand und faltete das Papier auseinander. Seine Miene verdüsterte sich beim Lesen zunehmend. Als er sich aufrichtete, bemerkte ich den verärgerten Ausdruck in seinen Augen.

»Boris kann uns nicht abholen kommen. Die Patrouillen auf den Straßen wurden verstärkt und er darf nicht in der Nähe des Bahnhofs gesehen werden. Wir werden allein zum Treffpunkt aufbrechen müssen«, verkündete er im Flüsterton an unsere kleine Gruppe gewandt.

Der Bote stand immer noch in unserer Nähe und beobachtete scheinbar beiläufig das Geschehen am Bahnhof. Marina seufzte schwer. »Werden wir denn einer Kontrolle standhalten?«, fragte sie zögernd.

Alexander antwortete nicht.

Aus dem Augenwinkel sah ich, wie der Botenjunge jemandem zunickte und mit dem Finger auf uns deutete. Ehe ich etwas unternehmen konnte, traf sein Blick auf meinen und er entblößte eine Reihe fauliger schwarzer Zähne. Mir stockte der Atem.

Der Junge lief weg und ich folgte ihm mit dem Blick. Drei Soldaten kamen direkt auf uns zu, zwei weitere folgten ihnen in einigem

Abstand. Die dunklen Gewehre in ihren Händen bildeten einen grausigen Kontrast zu dem weißen Schnee am Bahnsteig. Irgendwo hörte man einen Mann nach seinem Sohn rufen, eine Frau weinte und über alldem kreisten die trüben Rufe von gierigen Tauben.

»Ich glaube, wir haben ein Problem!«, flüsterte ich zu Logan und deutete unauffällig auf die Soldaten. Er blickte in die angedeutete Richtung und seine Gesichtszüge erstarrten.

»Verdammt! Der Junge ist ein Spion!«

Nun wurden auch Alexander und Marina auf die Soldaten aufmerksam, die durch die umhereilenden Menschen zwar etwas gebremst wurden, aber unaufhörlich näher kamen.

»Ganz ruhig! Wir dürfen ihnen keinen Grund geben, uns verdächtig zu finden«, flüsterte Alexander. Er warf betont gleichgültig den Zettel beiseite und schob Schnee darüber.

Constanze verstummte augenblicklich. Ich konnte einen seltsamen Schimmer in ihren Augen sehen. Beunruhigt blickte ich zu Natalia, die nervös mit einer Locke ihres Haares spielte und alles daransetzte, nicht in die Richtung der Soldaten zu blicken. Viktor bekam von all der Aufregung gar nichts mit und versuchte sich aus Marinas Griff zu lösen, um eine fette Taube, die soeben in unserer Nähe gelandet war, zu jagen.

Ich griff Hilfe suchend nach Logans Hand, durchforstete fieberhaft mein Gehirn nach einer Lösung, während uns die Sekunden quälend schnell davoneilten. Sein Blick begegnete meinem und er nickte mir entschlossen zu.

»Ich werde dich und die anderen beschützen«, flüsterte er so leise, dass nur ich ihn hören konnte.

Mein Herz klopfte wie wild, schickte Wellen aus Furcht durch meine Adern, ließ mich frösteln. Die Schneeflocken wirbelten vor meinem Sichtfeld, ließen unsere ausweglose Situation in einem trügerischen Glanz erstrahlen.

»Egal, was passieren wird, ich liebe dich«, raunte ich an Logan gewandt, vermochte es jedoch nicht, die Soldaten aus den Augen zu lassen.

»Solange Schnee vom Himmel fällt, gehört mein Herz dir und keiner kann daran etwas ändern«, antwortete Logan und verwandelte damit für einen kurzen Augenblick meine Angst in Zuversicht und Vorfreude auf eine gemeinsame Zukunft mit ihm.

»Ausweispapiere und Zugtickets bitte!«

Die Soldaten hatten sich einen Weg zu uns erkämpft, ihre Mienen blieben reglos, doch ihre bloße Erscheinung genügte, um mich aus den Wolken der Verliebtheit brutal in die Realität zu befördern. Ich betrachtete die Männer der Reihe nach.

Einer von ihnen war groß und dunkelhaarig, sein Gewehr lag leicht in seiner Hand, während an seinem Gürtel unter dem Armeemantel eine Pistole schimmerte. Er hatte einen Zahnstocher zwischen den Zähnen, auf dem er genüsslich herumkaute. Der Zweite stand etwas abseits, hatte blasse Haut und dunkle, tief liegende Augen. Seine Gesichtszüge waren ungleichmäßig verteilt. Die Augen standen etwas zu weit auseinander, die Nase war leicht knubbelig und der Mund etwas zu tief. Er sah aus wie die abstrakte Version eines Mannes. Der dritte Soldat, der uns auch angesprochen hatte, war zweifelsohne ihr Anführer. Er strahlte eine professionelle Ruhe aus. Das Symbol der Bolschewiki glänzte am Kragen seines Mantels wie ein stolzes Abzeichen.

Hammer und Sichel.

Ich schluckte schwer. Keiner aus unserer kleinen Gruppe rührte sich, selbst Viktor verhielt sich ganz ruhig und hatte sich halb hinter Marinas Bein versteckt.

»Gibt es ein Problem?« Alexander trat vor und stellte sich zwischen uns und die Männer. Er hielt den Kopf erhoben und blickte entschlossen zu den Soldaten.

»Nur eine stichprobenartige Kontrolle. Ausweispapiere bitte«, sagte der Anführer der Soldaten und streckte fordernd seine Hand aus.

Die beiden anderen verlagerten wie beiläufig ihre Gewehre in den Händen. Mein Blick huschte unruhig umher. Mehrere Passanten blickten zu uns und schienen erleichtert, dass es nicht sie getroffen hatte. Logan trat nun ebenfalls vor und stellte sich an Alexanders Seite.

»Ihre Kollegen in Helsinki hatten bereits beides kontrolliert«, sagte er im Plauderton. »Sehen Sie, wir müssen unsere Familie so schnell wie möglich zur Großmutter bringen. Der Junge hat Hunger und die Frauen frieren in der Kälte. Ließe sich die Kontrolle nicht irgendwie vermeiden?« Logan schlug sich mit einer Hand betont zufällig gegen die Tasche des Mantels, in der Münzen klirrten.

Ich hielt den Atem an, Constanze neben mir griff langsam in die Tasche ihrer Schuba und zog etwas heraus. Mit fragend hochgezogener Augenbraue sah ich sie an, doch sie tat so, als würde sie es nicht bemerken.

Ein eisiger Wind zog durch die Stadt, vermischte sich mit den undefinierbaren Rufen und Gesprächsfetzen, die den Bahnhof erfüllten, und brachte einen erfrischenden Duft nach Schnee mit sich. Die Situation erschien mir plötzlich wie in Zeitlupe. Meine Sinne waren durch das Adrenalin, das mein aufgeregt schlagendes Herz unaufhörlich durch meinen Körper pumpte, geschärft.

Ich sah alles langsamer, konnte Gesichtsausdrücke besser deuten, hatte jedoch nach wie vor keine Idee, wie wir aus dieser Kontrolle rauskommen sollten. Mir wurde zunehmend schwindelig vor Panik und der Ausweglosigkeit unserer Situation. Gab es überhaupt einen Ausweg?

Der Soldat rechts vom Anführer, der große, dunkelhaarige, spuckte in den Schnee direkt vor Logans Füße. »Ausweispapiere. Ein viertes Mal fragen wir nicht«, bellte er.

Wir befanden uns in einer Zwickmühle. Alexanders Name war in ganz Russland bekannt, würden die Männer seinen Pass sehen, wäre alles verloren und wir würden sofort gefasst werden. Unsere Chancen standen schlecht. Logan war verletzt, Constanze und Natalia hatten noch nie gekämpft und Marina musste Viktor schützen.

Blieben also nur noch Alexander und ich, dabei war ich wahrlich die Letzte, die wusste, was sie tat. Ein Szenario nach dem anderen formte sich in meinem Kopf, doch die wachsende Angst ließ meine Handflächen feucht und meine Gedanken träge werden. Wie eine Maus in der Falle blickte ich unruhig umher, suchte in der umherziehenden Menge nach Menschen, die unser Dilemma verstanden und uns helfen würden, doch ich erblickte nur Gleichgültigkeit.

Der Anführer gab seinen Soldaten ein Zeichen und sie richteten ihre Gewehre auf uns, zwei weitere gesellten sich dazu und machten sich ebenfalls schussbereit.

»Kommen Sie, ziehen wir das Ganze nicht in die Länge«, sagte der Anführer.

In diesem Augenblick geschahen drei Dinge gleichzeitig. Alexander schob seine Hand in die Jackentasche. Der Soldat mit dem etwas verrutschten Gesicht schrie ihn an, das zu lassen. Natalia neben mir stürzte vorwärts, Logan ebenfalls. »Lauft!«, riefen Alexander und Logan gleichzeitig.

Die Soldaten feuerten.

Einer von ihnen wurde von Constanze zu Boden gerissen, bevor er schießen konnte. Sie stach mit einem Buttermesser wie wahnsinnig auf ihn ein. Blut tropfte auf den Schnee und färbte ihn dunkelrot. Alexander hatte seine Pistole gezogen und schoss dem Anführer ins Bein und traf einen weiteren Soldaten am Arm. Er selbst ließ sich auf die Seite fallen, als das Gegenfeuer auf ihn eröffnet wurde. Marina schrie, packte die erstarrte Natalia am Ärmel, hob den kleinen Viktor auf die Arme und lief los. Ich stand regungslos da.

Logan hatte einen Soldaten überwältigt und zu Boden gerissen. Er schlug auf ihn ein, sodass Speicheltröpfchen und Blut in alle Richtungen spritzten. Jemand schrie meinen Namen, einer der Soldaten riss Constanze von seinem Kameraden runter und hielt ihr das Gewehr an die Schläfe.

Alexander war ebenfalls in einen Zweikampf mit dem letzten Soldaten verwickelt. Sie rollten in einem Gewirr aus Fäusten und Mänteln über den Boden. Ein Schuss durchbrach die Stille in meinem Kopf und löste meine Versteinerung. Ich wusste nicht, wo er herkam oder wer auf wen geschossen hatte, aber ich war ihm dankbar.

Schreiend stürzte ich vor, ergriff die Hand des Soldaten, der auf Constanze zielte, und riss das Gewehr zur Seite. Er stieß mich von sich, doch ich sprang sofort wieder auf und griff erneut nach seinem Arm.

Constanze hatte sich währenddessen an seine Beine geklammert und stieß ihr Messer in seine Wade. Sprudelndes Blut schoss ihr ins Gesicht, blieb in ihrem Haar hängen, ließ sie aussehen wie die Überlebende eines Massakers. Mein Herz klopfte wie wild, als der Mann schreiend rückwärtstaumelte und mich mit sich riss. Logan schrie meinen Namen.

Der Soldat fiel seitlich in den Schnee, hielt sich das verletzte Bein. Ich befand mich über ihm. Mein Blick begegnete seinem und ich holte aus, doch er war schneller. Ehe ich etwas tun konnte, traf mich der Lauf seines Gewehrs mitten im Gesicht.

Das Holz traf mit voller Wucht meine Nase, ich klammerte mich an den Hals des Soldaten und drückte zu. Waren das Schüsse?

Beim zweiten Schlag traf es mich an der Schläfe, warme Flüssigkeit rann mir übers Gesicht, floss mir in die Augen und raubte mir die Sicht. Der unerträgliche Schmerz bemächtigte sich meines Körpers, meine Bewegungen wurden unkontrolliert, die Gedanken konzentrierten sich nur auf das explosionsartige Pochen meiner Stirn.

Beim dritten Aufprall lösten sich meine Finger von seinem Hals, mein Körper erschlaffte, versank in der Finsternis aus Blut und Schreien.

Alles verstummte.

Ich spürte, wie ich zur Seite kippte.

Schnee durchnässte meine Jacke und Kälte kroch meinen Nacken empor, ließ ihn unangenehm kribbeln. Meine Welt bestand nur noch aus Schmerz. Aus Schmerzen, Dunkelheit und einem Hauch von Vanille. War es Marinas Parfüm? Der Gedanke ließ mich innerlich lächeln und gab mir Trost. Wenn ich schon sterben musste, dann wenigstens in Erinnerung an meine Babushka. Ich bedauerte kurz, dass ich den anderen nicht mehr helfen konnte, konnte ich doch keinen Finger mehr rühren. Meine Gedanken flossen wie träges Gewässer umher, mein Herzschlag war unregelmäßig. Ich konnte spüren, wie meine Kräfte zunehmend schwanden, doch die erlösende Ohnmacht setzte nicht ein. Stattdessen durchflutete eine leise Melodie meinen Verstand, ließ die langsam fließenden Gedanken in einem vertrauten Klang pulsieren.

Der Wiener Walzer, zu dem ich Marina und Alexander hatte tanzen sehen, erklang erst ganz leise und dann immer lauter in meinem Kopf, während vor meinen Augen all meine Erinnerungen in einem wilden Wirbel aus Farben und Formen zu einem einzigen Bild verschmolzen.

Sie zeigten mir das strahlende Gesicht von Marina, als sie erfuhr, dass Alexander noch am Leben war. Die Freude in ihrem Gesicht machte meinen eigenen Schmerz erträglicher. Doch dann wurde das

Bild von einem anderen abgelöst. Logans trauriger Blick war auf mich gerichtet, seine Lippen bewegten sich, als würde er sprechen, doch ich hörte es nicht.

Traurigkeit und Bedauern machten sich in meinem Herzen breit, schoben all die Freude über Marinas Fröhlichkeit beiseite. Logan wurde energischer, Panik breitete sich in seinen Augen aus, ließ das Grün darin toben. Ich konzentrierte mich nur auf seine Lippen. Ich war so müde, so verdammt müde, aber was wollte er mir sagen? Warum ließ er mich nicht schlafen? Ich riss mich zusammen, konzentrierte mich nur auf sein Gesicht, bat den Schmerz, sich kurz zurückzuziehen und mich nur ein einziges Mal noch seine Stimme hören zu lassen.

Das Rauschen meines Blutes verstummte in meinen Ohren. Der Walzer verklang. »Geh nicht«, flüsterte Logans Stimme in die plötzliche Stille meiner Gedanken hinein. »Geh nicht«, wiederholte er noch einmal und dann verschwand sein Abbild. Ich wurde von der Endgültigkeit seiner verklingenden Stimme hinabgerissen.

Es war kalt und feucht. Mein Kopf drohte vor Schmerzen zu platzen, aber wenigstens war das klebrige Gefühl auf meinem Gesicht verschwunden. Wenn ich all das fühlen konnte, dann musste ich wohl noch am Leben sein, oder? Mit meinen Sinnen, kehrten auch die Erinnerungen zurück.

Constanze!

Logan!

Alexander!

Ich fuhr hoch und wäre am liebsten sofort wieder in Ohnmacht gefallen. Ein allumfassender Schmerz kroch in jede Zelle meines Verstandes. Übelkeit brodelte wie ein erwachender Vulkan in meinem Magen. Ich beugte mich vor und würgte. Tränen strömten mir übers Gesicht, während ich mich auf allen vieren in den Schnee übergab. Nach dem Würgen kamen die Krämpfe. Zu einer Kugel aus Elend und Übelkeit zusammengerollt, wälzte ich mich auf dem Boden und weinte. Alles tat weh, mir war schwindelig, jede Bewegung trieb mir

Wellen aus Pein und Krämpfen durch den gesamten Körper. Jetzt wünschte ich wahrlich, ich wäre tot, aber mein Körper schrie mich praktisch an, dass er mir diese Erlösung nicht gewähren wollte.

Ich wusste nicht, wie lange ich so dagelegen hatte und mich in meinem eigenen Erbrochenen, Schnee und Tränen wand.

Langsam kroch die Sonne über den Himmel und ließ ihre Wärme auf meinem Gesicht tanzen. Auch wenn der Schnee unter mir unangenehm kalt und feucht war, waren die Sonnenstrahlen überraschend warm.

»Ach Gottchen! Lucy!« Eine seltsam vertraute Stimme drängte sich in meine Gedanken, ließ ganz kurz die Qualen verstummen. »Was ist denn bloß passiert? Oh, wenn ich diesen alten Schluckspecht zu Gesicht bekomme! Ein junges Mädchen so abzufüllen.«

Das Zetern und Schimpfen der Frau war sogar noch vertrauter als ihre warme, mütterliche Stimme. Es wollte mir jedoch nicht gelingen, eine Verbindung zwischen dieser Stimme und meinen Erinnerungen herzustellen. Wo waren bloß Logan und die anderen? Ging es ihnen gut?

»Komm schon meine Liebe, komm hoch.« Ich wurde vorsichtig in eine sitzende Position gezogen und an eine kühle Wand gelehnt. Ich hielt die Augen geschlossen, sie zu öffnen würde nur wieder den Schwindel und die Übelkeit zurückkehren lassen. »Kannst du aufrecht sitzen bleiben? Sekunde, ich rufe nur noch einen Krankenwagen.«

Trotz meines Zustandes wusste ich, dass es 1917 keine Krankenwagen gab, die man einfach so hätte rufen können. Eiserne Panik ließ mein Blut gefrieren. Ich riss die Augen auf und blickte direkt in das besorgte Gesicht von Mascha.

Ihre Erscheinung trieb mir abermals die Tränen in die Augen. Diese freundliche und nette Frau war das Allerschlimmste, was ich hätte sehen können.

Nein. Nein. Nein.

Nicht jetzt.

Nicht so!

Ich wollte schreien, wüten, etwas zerstören. Das Wechselspiel in meinem Gesicht deutete Mascha vollkommen falsch. Sie zog hastig ihr Telefon aus der Handtasche und drückte ein paar Knöpfe. Aufgeregt sprach sie hinein und beschwor die Person am anderen Ende der Leitung, sich zu beeilen, da ich wohl einen Schock hätte.

Einen Schock. Welch seltsames Wort, um all die Empfindungen zu beschreiben, die wie ein Tornado in mir wüteten. Ich überlegte kurz, mich auf das Eis zu werfen und zu hoffen, so erneut in die Vergangenheit zu kommen, aber dieser Gedanke war mehr als albern.

Was ist mit Marina passiert? Wenn ich lebte, musste auch sie es geschafft haben und Viktor ebenfalls. Erleichterung breitete sich in mir aus, wurde jedoch von erneuter Panik beiseitegeschoben. Aber was ist mit den anderen? O Herr im Himmel, lass es ihnen gut gehen! Gut gehen? Gut gegangen sein! Sie waren alle fort. Tot. Egal ob an jenem Tag oder im Alter … keiner von ihnen lebte noch. Meine Freunde, meine Verwandten … Logan … sie alle waren tot. Die Gewissheit traf mich wie ein Fausthieb in den Magen und schmerzte noch mehr als die Schläge des Gewehrs in meinem Gesicht. Ich wimmerte wie ein geprügelter Hund.

»Ganz ruhig, der Krankenwagen ist unterwegs. Sie werden dir gleich helfen.« Die Frau des Professors strich mir vorsichtig übers Haar und versuchte, mich irgendwie zu beruhigen, aber es gab nichts zu beruhigen.

Die Lucy, die ich in der Gegenwart gewesen bin, war ich nicht mehr.

Wer war ich eigentlich nun?

Ich fühlte mich zerrissen, Stück für Stück in meine Bestandteile aufgelöst und falsch wieder zusammengesetzt. Ich weinte, weinte so viel, dass ich Schluckauf bekam. Die Welt machte keinen Sinn mehr, nichts machte noch einen Sinn. Es fing an zu schneien. Schneeflocken wirbelten vom Wind angetrieben auf die Straße. Vollführten einen seltsamen Tanz aus glänzend fallender Schönheit und Grausamkeit.

Schneeflocken hatte es auch in der Vergangenheit gegeben, auch damals hatten sie in der Luft getanzt, beinahe so wie ausgelassene Paare auf dem Parkett. Diese seltsame Gemeinsamkeit brachte eine leise Hoffnung in meinen Kummer. Schneeflocken könnte auch Logan gerade in seiner Zeit betrachten und an mich denken. Würde er sich fragen, wo ich war oder existierte ich in seiner Realität gar nicht mehr? Es machte mich traurig, dass er sich nicht an mich erinnern würde, aber die Hoffnung, er müsste sich nie fragen, was mit mir passiert war, ließ eine kleine Woge aus Erleichterung in einem Meer aus Chaos aufbranden.

Sirenen verlagerten meine Aufmerksamkeit in die Realität. Geschäftige Männer sprangen aus einem Fahrzeug, griffen nach meinem Arm, um den Puls zu fühlen. Sie sprachen auf mich ein, fragten mich nach Banalitäten wie dem Datum und meinem Namen, auf die ich ihnen nicht antworten konnte. Sie hoben mich auf eine Trage und schoben meinen Körper in den Krankenwagen, doch meine Gedanken waren weit weg. Sie kreisten in der Vergangenheit, wuselten unruhig wie herabfallender Schnee in den Geschehnissen und reflektierten alles.

Die Gesichter der Menschen, die mir so sehr ans Herz gewachsen waren, stimmten mich traurig, und gleichzeitig war ich froh darüber, sie kennengelernt zu haben. Bei dem Gedanken an Marina schnürte sich allerdings alles in mir zusammen. Ich würde keinen von ihnen jemals wiedersehen … keiner von ihnen war länger Teil meines Lebens.

Als der ergrauende Sanitäter mir zur Beruhigung ein Schlafmittel verabreichte, weil ich so sehr weinte, war ich zwar erleichtert, fürchtete mich allerdings gleichzeitig vor meinen Träumen. Ich konnte nicht mehr von ihnen träumen, das würde mich endgültig zerbrechen lassen, doch alles Wehren war zwecklos. Das Mittel wirkte schnell, ließ mich träge und fügsam werden und meine Lider langsam zufallen. Das Dunkel des Schlafs legte sich wie eine tröstliche Decke über mich und versprach mit trügerischer Stimme, dass es, nachdem ich mich ausgeruht hatte, besser werden würde. Ich wusste, dass sie log und hieß die Lüge dennoch willkommen.

Epilog

Unachtsam stopfte ich meine Klamotten in den roten Koffer, im Hintergrund tönte »In the End« von Linkin Park aus dem Radio. Auf dem alten Schreibtisch meines Deds glitzerte im Licht der Lampe eine Karte aus festlichem Papier in der Farbe einer schimmernden Perle. Das Gesicht meines Bruders und das einer zierlichen Blondine waren vor einem grünen Hintergrund darauf abgebildet, eine verschnörkelte Schrift erstreckte sich über ihren Köpfen und wurde von roten Herzchen eingerahmt.

Wir laden Euch herzlich zu unserer Hochzeit ein. Bitte haltet Euch den Termin am 02.07.2015 frei.

Daneben lag ein handgeschriebener Zettel von meinem Bruder Sascha.

Liebe Lucy, ich kann nicht ohne meine Schwester heiraten. Bitte lass die Vergangenheit endlich ruhen und komm zurück nach Deutschland. Wir vermissen dich!

Es waren nun zwei Jahre vergangen, seit meine Uroma gestorben war und ich in der Vergangenheit gewesen bin. Rückblickend konnte ich nicht beschwören, ob es sich wirklich um eine Zeitreise gehandelt hatte oder doch um ein verworrenes Wunschdenken, beflügelt vom vielen Alkohol. Nach wie vor vermied ich es, mit anderen Menschen über das Geschehene zu sprechen. Was hätte ich ihnen auch sagen sollen? Was könnte ich erzählen, das die Tragweite all der Veränderungen, die ich miterlebt hatte, richtig darstellte und sich gleichzeitig nicht nach einem irren Traum anhörte? Wie hätte ich das Erlebte beschreiben können, ohne zu erwähnen, dass meine geliebte Uroma ein Teil davon gewesen ist? Und zwar als junge Frau! Wie hätte ich Logans Namen vor unwissenden Augen laut aussprechen sollen, ohne in Tränen auszubrechen?

Ich hatte mich dazu entschieden, in Moskau zu bleiben und herauszufinden, wer ich sein wollte. Meinen Eltern erklärte ich, dass ich hier mit dem Professor einige Studien auswerten wollte und der alte Historiker ließ mich, ohne zu fragen, an seinem Institut einschreiben, damit ich als seine Assistentin fungieren konnte. Wir arbeiteten viel an den Recherchen, aber noch mehr beschäftigte ich mich in meiner Freizeit damit. Dieser Aushilfsjob gewährleistete, dass ich mir die nötigsten Dinge im überteuerten Moskau leisten und gleichzeitig die dringenden Fragen in meinem Kopf beantworten konnte. Einzig um zur Arbeit zu kommen oder um mich in der Bibliothek mit neuem Material zu versorgen, verließ ich das Haus meiner Urgroßeltern.

Der Professor fragte mich nicht, woher ich mein Wissen hatte, wenn ich ihm in einer ruhigen Minute zwischen unseren Aufzeichnungen in allen Einzelheiten davon berichtete, wie ein Holzkohleofen auf einem Marineschiff befeuert wurde.

Wahrscheinlich schob er meine mühsam angesammelten Erfahrungen auf eigene Literaturrecherchen, doch in jedem Fall war er glücklich, endlich einen Gesprächspartner für seine Passion gefunden zu haben, auch wenn dieser ein blondes Mädchen war, welches seine Arbeit zum Überleben benötigte. All die Monate in der Vergangenheit hatten ihre Spuren auf meiner Seele, in meinem Herzen und auch in meiner Betrachtungsweise der Welt hinterlassen.

In meinem Kopf pflegte ich die Veränderungen und Erkenntnisse in VdZ (Vor dem Zeitsprung) und NdZ (Nach dem Zeitsprung) einzuteilen, aber es hatte dennoch die gesamten zwei Jahre gedauert, ehe ich bereit war, meine Recherchen zum Verbleib der anderen aufzugeben und mein Leben erneut in die Hand zu nehmen. Ein Unterfangen, das leichter im Kopf zu formulieren als tatsächlich in die Tat umzusetzen war, wie mir nun schmerzlich bewusst wurde.

Nach der traurigen Beisetzung von Babushka Marina, zu der einige ihrer Freundinnen und ein paar Nachbarn gekommen waren, hatte ich beschlossen, in das alte Haus meiner Urgroßeltern zu ziehen.

Zu meinen Eltern hatte ich zu diesem Zeitpunkt kaum noch Kontakt. Der stechende Schmerz, der mich jedes Mal überkam, wenn ich daran dachte, dass sie es nicht geschafft hatten, zur Beerdigung zu kommen und ihr Leben einfach so weiterlebten wie zuvor, war lähmend.

Es feuerte meine Traurigkeit zusätzlich an und machte sie zu etwas Hässlichem. Nach der anfänglichen Stille meiner Einsamkeit war ich dazu übergegangen, auf alle wütend zu sein. Mein Zorn trieb mich an und ließ mich durchhalten. Ich war nicht stolz darauf, wie ich mich meinen Eltern gegenüber verhielt, aber die Wut war die einzige Möglichkeit, um nicht vollends den Verstand zu verlieren.

Die ersten vier Monate nach dem Zeitsprung waren die schlimmsten. Jede Nacht träumte ich von der Vergangenheit. Wie Geister folgten mir die zurückgelassenen Menschen, die ich verloren hatte, in meinen Alltag hinein. Ich verbrachte meine Tage zwischen Buchdeckeln, in der ständigen Hoffnung, etwas über den Verbleib meiner Lieben herauszufinden.

Laut den Geschichtsbüchern hatte Alexander es geschafft, an diesem Tag zu fliehen, er wurde sogar zum Berater des Obersten Regenten Russlands befördert und eine ganze Zeit lang sah es danach aus, als könne er mit seinen Männern die Bolschewiki stoppen. Doch dann überschlugen sich die Ereignisse. Nach einer schweren Niederlage wurde er zusammen mit einigen anderen Männern gefasst und hingerichtet. Den Berichten zufolge war auch meine Urgroßmutter vor Ort und machte den Soldaten das Leben schwer, bis diese sie endlich zu ihm ließen. Seinen Tod konnte sie jedoch nicht verhindern.

Obwohl ich bereits gewusst hatte, dass sein Leben leider sehr kurz bleiben würde, war ich an dem Tag, als ich es schwarz auf weiß vor mir hatte, nicht dazu in der Lage gewesen, mein Bett zu verlassen. Ich hatte mit leerem Blick den staubigen Wandteppich im Wohnzimmer betrachtet und mir den Kopf darüber zerbrochen, wie es Marina ergangen sein musste. Ihren Kummer vermochte ich mir nicht einmal vorzustellen.

Hier und da erhaschte ich auch einige Hinweise auf Marina und Natalia, die in mehreren Aufzeichnungen als Sanitäterinnen benannt waren, bis meine Urgroßmutter gemeinsam mit Alexander schließlich unter Arrest gestellt wurde. Aus dem wurde sie zwar schnell entlassen, aber sie weigerte sich bis zum Schluss hartnäckig, von Alexanders Seite zu weichen.

Was mit Natalia und Logan geschehen war, vermochte ich nicht zu sagen. Von ihnen fehlte jede Spur. Dimitri wurde während der

Unruhen in Helsinki tödlich verwundet und starb in einem Krankenhaus, unweit von Constanzes Haus. Dieser Tod machte mich traurig und riss ein weiteres Loch in mein Herz. Nicht nur einmal fragte ich mich, ob ich wenigstens seinen Tod hätte verhindern können.

Hinweise zu meiner Uroma fand man nur, wenn man gezielt nach ihnen suchte. Kein Wunder, dass der Professor nichts über ihre Rolle gewusst hatte. Die Quellen waren mehr als lückenhaft und ich brauchte ein ganzes Jahr, um die einzelnen Bruchstücke zusammenzutragen und daraus etwas zu basteln, was einigermaßen Sinn ergab. Meine Erkenntnisse hatte ich auch an den Professor per Mail weitergeleitet und hoffte, sie würden ihm in der Darstellung seiner Recherchen weiterhelfen. Im Gegenzug versprach er mir, die Aufzeichnungen aus den Tagebüchern zu zeigen, die sich nun endlich in seinem Besitz befanden.

Sie waren der einzige Hinweis, den ich auf Logan hatte, und ich betete, dass sie mir etwas über sein Schicksal verrieten und ich endlich zur Ruhe kommen konnte. Die Geschichte, wie der Professor an die geerbten Tagebücher kam, war ebenfalls mehr als kurios.

Er hatte mir berichtet, dass sich die Aufzeichnungen in den persönlichen Gegenständen von Alexander befunden hatten, bevor dieser hingerichtet wurde. Anschließend gingen die Tagebücher in den Besitz seiner ersten Ehefrau über und waren von Generation zu Generation weitergegeben worden. Das wirklich Sonderbare war jedoch, dass die Einträge darin teilweise noch weit nach Alexanders Tod datiert waren. Bislang fehlte uns jede Erklärung für diese Merkwürdigkeit.

Ich seufzte schwerfällig. All diese Erkenntnisse und die Schicksale meiner Freunde ließen mich nach wie vor nicht los. Es war so viel geschehen, so viel ohne mich passiert. Hätte ich etwas davon abwenden können, wäre ich da geblieben? Hätte es irgendeine Chance auf ein glückliches Ende für Marina und Alexander gegeben? Ich wusste es nicht.

Der Gedanke an Logan ließ mein gebrochenes Herz immer noch schmerzhaft pochen, aber es war mit den Monaten besser geworden. Manchmal fühlte es sich an, als hätte ich eine klaffende Wunde mit einem Pflaster versorgt. Es tat weh, aber wenn ich nicht daran dachte, konnte ich mich in den Irrglauben flüchten, dass es keine Verletzung gab, und es war leichter zu ertragen.

Mittlerweile konnte ich an ihn denken, ohne in Tränen auszubrechen oder in Melancholie abzudriften. Die kurze gemeinsame Zeit, die uns vergönnt gewesen war, war so viel mehr wert als alles, was ich bis dahin erlebt hatte und ich war dankbar dafür.

Nach meiner Beziehung zu Max hatte ich die Hoffnung aufgegeben, dass es so etwas wie Liebe überhaupt gab. Viel zu schnelllebig war die moderne Zeit, es gab zu viele Alternativen, zu wenige Menschen, die noch wirklich und mit ganzem Herzen an die Liebe glaubten. Trennungen und Scheidungen prägten die moderne Interpretation des Begriffs »Ehe«. Das, was früher für immer sein sollte, bildete heute kein Versprechen mehr, sondern lediglich eine Möglichkeit, aus der man sich auch schnell wieder winden konnte.

Marina und Alexander hatten mich eines Besseren belehrt.

Und Logan. Logan hatte mir gezeigt, was das Wort »Liebe« wirklich bedeutete. Es war ein Wort, das für mich von Verlust, aber auch unglaublichem Glück zeugte. Einem Glück, welches ich nicht in Worte fassen konnte, das mich aber stets mit einer inneren Wärme ausfüllte, wie es nur die Erinnerung an Logan zu tun vermochte. Noch heute ließen die Gedanken an unsere Küsse einen Schwarm Schmetterlinge in meinem Bauch frei. Sie waren nicht mehr so aufgeregt wie damals, flatterten etwas ruhiger, doch sie waren immer noch da und erinnerten mich an die eine Nacht, die ich in seinen Armen verbracht hatte. Ich vermisste Logan so sehr, vermisste sie alle!

Mein Laptop gab ein ungeduldiges Signal von sich und ich fuhr aus meinem Packchaos und meinen Überlegungen hoch. Mit ein paar Klicks rief ich die neue E-Mail auf und lächelte bei dem Absender. Sie war vom Professor.

Liebe Lucy,

ich habe endlich alle Seiten des Tagebuchs einscannen können und schicke sie dir zu. Mascha und ich wünschen dir einen angenehmen Flug und viel Glück bei deinem Studium. Solltest du wieder nach Moskau kommen, bist du jederzeit bei uns willkommen. Ich danke dir für alles. Mach's gut, mein Mädchen, und vergiss deine russischen Freunde nicht.

Mit besten Grüßen

dein Professor

Endlich. Nach all den Monaten bekam ich Einsicht in die Tagebucheinträge. Mein Herz klopfte wie wild, als ich den Anhang anklickte und sich die Bilder durch die schlechte Internetverbindung hier am Stadtrand quälend langsam aufbauten.

26. Oktober 1917

Geliebte L.

wir konnten gerade so den Soldaten entkommen. Leider wurde unsere Gruppe getrennt und wir wissen nicht wo M., V. und N. sind. Alexander setzt alles daran, die drei zu finden, aber es ist nicht einfach. Du hingegen bist fort. Einfach verschwunden. Ich hoffe, dass du bei M. bist, aber es scheint unwahrscheinlich. Du lagst da. Auf dem Boden. Blutend, verletzt, bewusstlos. Und als ich das nächste Mal zu dir sah, warst du fort. Wo bist du nur?

Tränen traten mir bereits beim ersten eingescannten Eintrag in die Augen. Ich schlug mir die Hand vor den Mund, hinderte so meine Finger daran, zu zittern und öffnete das nächste Foto. Die Seite war etwas verschwommen und die Schrift mit der Zeit verblasst, aber man konnte dennoch jedes Wort deutlich erkennen.

1. Januar 1918

Meine geliebte L.

Hier passiert so vieles, die Ereignisse überschlagen sich täglich. Ich weiß beim besten Willen nicht, wie wir das alles schaffen werden. Noch immer keine Spur von M., V. und N. Seid ihr doch zusammen auf der Flucht? Wenn ja, kehrt nicht zurück nach Omsk! Die Gesichter von Freund und Feind lassen sich kaum voneinander unterscheiden, es ist alles so verworren.

Die Einträge gingen in diesem Stil weiter. Kein Wunder, dass der Professor nur wenig damit anfangen konnte, waren sie doch alle an mich gerichtet. Logan erzählte mir in kurzen Zeilen über die Geschehnisse nach meinem Verschwinden. Die Informationen waren gut verborgen zwischen Absätzen über das Militär, Kampfmanövern und Beschreibungen der politischen Entwicklungen. Nicht auf jeder Seite fand sich eine Botschaft an L. und doch waren sie so regelmäßig, dass mein Herz jedes Mal zu rasen begann. All die Zeit hatte Logan nicht aufgehört, mich zu lieben und Briefe an mich zu schreiben. Ich überflog auch die übrigen Fotos. Die Botschaften wurden mit der Zeit seltener, aber ich sog jede Beschreibung und die geschwungene Schrift gierig in mich auf. Durch meine schwitzenden Hände verklickte ich mich oft und musste das Lesen von Neuem beginnen.

Auf den letzten zwanzig Seiten war kein Brief mehr an mich dabei. Von Bild zu Bild wurde ich unruhiger. Was hatte diese Lücke zu bedeuten? Logan und Constanze hatten sich Alexanders Gegenbewegung angeschlossen, sie begleiteten ihn durch seine Züge übers Land und Logan stand ihm als Berater zur Seite.

Auch schienen sie Marina und Natalia nach einigen Wochen in einem Hospital gefunden zu haben, wo die beiden als Pflegerinnen arbeiteten. Nachdem Alexander und Marina gefangen genommen wurden, führte Logan die Befreiungsaktion an, die jedoch zu spät kam.

Danach setzte er sich an einem verborgenen Ort ab und hatte Constanze und Natalia mit sich genommen. Logan war es auch, der Viktor aus dem Land brachte und zu Verwandten nach Deutschland schickte.

Die Jahreszahlen flogen nur so dahin und ich wurde immer trauriger. Ich konnte ihm keinen Vorwurf machen, dass er nicht mehr an mich schrieb, es lag alles so lange zurück, aber in meinem Inneren fühlte es sich an, als würde mein Herz erneut brechen. Diese Zeilen bedeuteten mir in dieser Sekunde die Welt, verrieten sie mir doch noch so viel mehr über den Verbleib meiner geliebten Freunde, als ich jemals selbst hätte herausfinden können.

Ich dankte Logan insgeheim, dass er sich um alle zu kümmern schien und selbst nach Alexanders Hinrichtung seinen Idealen treu blieb. Die Schilderungen stürzten mich in eine irrsinnige Achterbahn der Gefühle. Von Freude über die Gewissheit, dass es Viktor, Natalia, Constanze und Logan den Umständen entsprechend gut ergangen war, bis hin zu der Traurigkeit und der Wut, die aufkam, als

Logan über Alexanders Ermordung und seinen eigenen Zorn darüber schrieb.

Während ich hier saß und wie eine Besessene über die Fotos auf dem Computer flog, hatte ich das Gefühl, ich würde all das miterleben. Logan beschrieb viele Geschehnisse detailliert und voller Spannung, was meinen Puls zum Rasen brachte. Er hatte die Worte sorgfältig ausgewählt, als wolle er, dass ich trotz all der Jahre, die uns voneinander trennten, ein Teil dieser Geschichte blieb. Dann endlich, beim vorletzten Eintrag, fand sich erneut ein kleiner Abschnitt an mich.

Seltsamerweise fehlte bei diesem letzten Brief das Datum.

Geliebte L.

Das Land hat sich beruhigt. Ob alles gut oder schlecht ist, vermag ich nicht zu sagen, aber der Wandel war unaufhaltsam.

Ich habe gehört, dass M. Viktor gefunden und einen deutschen Diplomaten geheiratet hat. Deine Generation ist nicht mehr fern. Dieser Gedanke erfüllt mich mit Freude und lässt mich gleichzeitig traurig zurück. Du bist so nah wie kaum jemals zuvor und doch unerreichbar.

N. und ich haben uns vermählt. Ich hoffe, dass sie so nach meinem Ableben das kleine bisschen erben und verwalten kann, was wir uns hier aufgebaut haben.

C. scheint nicht mehr ganz bei Sinnen. Sie hat seit Monaten nicht mehr gesprochen. Wir wissen einfach nicht, was wir noch unternehmen sollen, um ihr zu helfen. Meine Krankheit schreitet voran, dabei hatte ich gehofft, im Kampf zu fallen und nun scheint mir dies nicht mehr vergönnt. Stattdessen werde ich wie ein alter Mann im Bett sterben.

Ich bin froh, dass Alexander das alles nicht mehr mit ansehen muss. Ich kann es selbst kaum fassen, was aus uns geworden ist. Wir sind ein einsamer Haufen von verlorenen Seelen inmitten von zusammenfallenden Regimen.

Du fehlst mir so sehr. Dein Gesicht ist in meiner Erinnerung noch so klar wie am Tag unseres Kennenlernens. Ich hoffe, dass du diese Zeilen zu Gesicht bekommst. Versuche nicht zurückzukehren, hier gibt es keine Hoffnung mehr.

Ich liebe dich.

Logan

Ich las diese Stelle zum achten Mal, doch ihr Sinn erschloss sich mir nur langsam. Wie viel Zeit war vergangen? Wo waren die Jahre dazwischen? Was war geschehen? Welche Krankheit? Fehlten etwa Seiten im Tagebuch oder hatte ich etwas überlesen?

Ich ging noch einmal alle Einträge durch, fand jedoch keine Hinweise auf Logans Erkrankung. Stattdessen bemerkte ich nun den Unterschied zwischen den ersten Einträgen und den letzten. Jedes Wort, jeder Satz zeugte von der Traurigkeit und der Verzweiflung, die Logan durchlebt hatte, und ich war nicht bei ihm, hatte ihn nicht unterstützen und trösten können.

Zorn und Verzweiflung explodierten in mir. Ich schrie, schmiss die Tischlampe gegen eine Wand und packte meinen Laptop, um auch diesen für immer zu zerstören, hielt dann aber inne. Zögerlich stellte ich das Gerät wieder zurück auf den Tisch und setzte mich auf den Teppichboden.

Ich wollte weinen, aber es kamen keine Tränen. Obwohl ich jetzt endlich Gewissheit hatte, was damals geschehen war, drückte die Vergangenheit mit einer solchen Macht auf meinen Brustkorb, dass er drohte zu bersten, zu zerbrechen vor all den Gefühlen, vor all den Erinnerungen. Von meiner Wut und Machtlosigkeit erdrückt, hörte ich erst beim dritten Klingeln, dass jemand an der Tür stand.

Ich hatte den Taxifahrer ganz vergessen! Mein Körper übernahm die Führung über meinen Verstand. Ich stand mechanisch auf und zog den Reißverschluss des Koffers zu. Meine Beine führten mich langsam die Stufen nach unten, in der rechten Hand hielt ich den Griff des Koffers, der mir wie ein treuer Hund an der Leine mit lautem Poltern die Treppe nach unten folgte.

Der Taxifahrer stand ungeduldig vor der Haustür und bedachte mich mit einem abschätzigen Blick.

»Entschuldigung, ich habe die Klingel nicht gehört«, sagte ich geistesabwesend, wischte mir vorsichtig übers Gesicht und hoffte, nicht ganz so schlimm auszusehen, wie ich mich fühlte.

Er erwiderte nichts, nahm mir den Koffer ab und verstaute diesen im Kofferraum, während ich die Tür zum Haus abschloss und den Schlüssel in den Briefkasten warf.

Ich trat einen Schritt zurück und betrachtete das dunkle Haus. So viele Abschiede an nur einem Tag. Schon morgen würde die Maklerin eine neue Familie in das Haus führen. Ich hatte die wenigen persönlichen Dinge meiner Urgroßeltern nach und nach an meine Mutter in Deutschland geschickt, die sich seit der Beerdigung größte Mühe gab, unser zerrüttetes Verhältnis wieder aufzubauen.

Nun zeugten nur noch die Möbel und die Wände von der Vergangenheit. Ich lächelte, auch wenn mir überhaupt nicht danach war.

»Babushka, Dedushka, nun müsst ihr auf das Haus achten«, flüsterte ich leise zur Tür und das Gefühl von bleierner Endgültigkeit bemächtigte sich meiner.

Alles schien zu Ende zu gehen.

Ich fühlte mich, als wäre ein großer Teil meiner selbst in dem Haus geblieben, als ich in das Taxi stieg und der Fahrer in Richtung Flughafen aufbrach. Die nervtötende Musik im Radio hatte wenigstens zur Folge, dass ich mich nicht auf meine trüben Gedanken konzentrieren konnte.

Vor dem Fenster zog Russland in all seiner frühlingshaften Blüte vorbei. Grüne Bäume und bunte Farben vermischten sich mit dem Anblick von Menschen, die sich hinter Designersonnenbrillen versteckten und deren Leben trotz meines inneren Tumults normal weiterging. Auch wenn ich am liebsten geweint hätte, taten sie mir in ihrer Normalität beinahe schon leid. All diese Bilder standen in einem extremen Kontrast zu dem Russland, wie ich es mit Logan erlebt hatte. Da war nichts Buntes gewesen, nur Schnee und Staub. Schneeflocken und die Hitze eines Ofens. Und dennoch war jede einzelne Erinnerung an die vergangenen Tage geprägt von einem Leuchten, das ich als Glück bezeichnen würde.

Die Fahrt dauerte nicht lange und das Taxi fuhr am Moskauer Flughafen vor. Ich bezahlte den Fahrer, holte meinen Koffer heraus und ging durch die gläsernen Türen des Flughafeneingangs.

Überall huschten Menschen umher. Es herrschte eine aufgeregte Geschäftigkeit. So viele Menschen erschreckten mich, war ich doch in den letzten Monaten mehr allein gewesen als alles andere. Ich checkte problemlos ein und nahm Platz in der Nähe meines Gates. Noch eine Stunde, dann wäre ich auch nicht länger in Russland. In nur einer Stunde stand mir ein erneuter Abschied bevor.

Mein Koffer war aufgegeben und ich hatte lediglich den Laptop herausgeholt, um mich Logan näher zu fühlen. Die knarzende Stimme einer Frau rief via Lautsprecher die Mutter eines Mädchens aus, die bitte zu Gate acht kommen sollte.

Der Duft von Kaffee und Brötchen hing in der Luft, aber ich wollte nichts essen. Ich stöpselte meine Kopfhörer ein, wählte auf meinem Handy einen langsamen Song und schloss die Augen.

Ich ließ mich von den zarten Klängen berieseln, rief mir die Bilder eines längst vergangenen Balls in den Kopf, verlor mich in der Erinnerung an prächtige Kleider und unnötige Streitereien.

Plötzlich war mir so, als kitzelte der Duft von Meerwasser meine Nase. Jemand setzte sich neben mich.

Mein Kopf fuhr herum und ich ließ mein Handy zu Boden fallen. Grüne Augen blickten mir entgegen. Seine blonden Locken standen ungebändigt vom Kopf ab und ließen die kantigen Gesichtszüge weicher wirken, während sich seine Lippen zu einem so vertrauten spöttischen Lächeln verzogen, nach dem sich mein Herz all die Zeit so sehr gesehnt hatte.

Er sah genauso aus wie bei unserem ersten Treffen. Spöttisch und zuversichtlich, kein Kummer trübte seinen Blick, keine Hoffnungslosigkeit oder Krankheit benebelte das leuchtende Grün seiner Augen.

Ich riss mir die Stöpsel aus den Ohren, die Streicher des Liedes klangen leise aus dem Kopfhörer, während ich die Luft anhielt und es nicht vermochte, mich zu rühren, aus Angst, er könnte verschwinden.

Im Licht der hereinfallenden Sonne wirkte er beinahe wie eine Erscheinung

Er schloss die Augen und atmete tief ein, ehe er nach meiner Hand griff und die Wärme seiner Finger meinen seit Monaten erstarrten und von Verlust geschwächten Körper mit neuen Impulsen erfüllte.

»Du schuldest mir noch einen Abschiedskuss, kleine Sprotte.«

Ende

Danksagung

Diese Seite bietet die ideale Gelegenheit, mich bei all den Menschen zu bedanken, die nicht nur aktiv am Schreibprozess von diesem Buch beteiligt waren, sondern auch bei allen, die schon Jahre bevor ich überhaupt ernsthaft an ein Buch gedacht habe, an mich geglaubt haben.

Die Tatsache, dass es dieses Buch gibt, ist ein großes Gemeinschaftsprojekt gewesen, bei dem meine unglaubliche Drachenmama, Motivatorin und absolute Powerfrau Astrid Behrendt als Erste genannt werden muss. Liebe Astrid, ich danke dir von ganzem Herzen, dass du an mich und »Schnee« geglaubt hast und Lucy und mir die Chance gegeben hast, diese Geschichte zu erzählen. Danke für die Zuflucht und den Zuspruch, den wir alle bei dir im Drachennest finden können, und dafür, dass du mit deiner Power und positiven Art uns alle immer wieder aufs Neue inspirierst.

Ein großer Dank gilt auch Ava Reed, die nicht müde wird, uns Drachenautoren auf ihrem Weg zu unterstützen und die gesamte Organisation übernimmt. Ich habe keine Ahnung, wie sie all das schafft, aber sie macht ihren Job unglaublich gut und das hat meinen großen Respekt!

Ich möchte mich bei meinem lieben Lektor Stephan dafür entschuldigen, dass in der ersten Fassung alles so »kalt« und »kühl« war, Hände ständig vor den Mund geschlagen wurden und Kleiderdesigns durch die Jahrzehnte wechselten. Danke für die unglaubliche Überarbeitung, all die Tipps und Anregungen, die du mir gegeben hast, und für das Entsalzen all der Flüsse im gesamten Roman. *lach* #teamalphalogan

Ich danke meinen »Kriegern der Worte«. Immer wenn ich Zweifel an mir oder meiner Geschichte hatte, wart ihr da. Sarah, die jeden zum Lachen bringt. Ramona, deren Sarkasmus jede Situation entschärfen kann. Jana für ihren Input, während ich beinahe heulend an der Kussszene saß und nicht mehr wusste, wie man Buchstaben zu Worten bilden kann. Linda und Vera, die man einfach nur lieb haben muss, weil sie so unglaublich kawaii sind, dass ich selbst meinen geliebten Lancer mit ihnen teilen würde.

Ein besonderer Dank gilt auch an meine lieben Freunde und Testleser, die mich zum Lachen und Weinen gebracht haben und dabei doch niemals den Glauben an Lucy und ihre Geschichte verloren haben: Lisa-Marie, Nora, Denise, Lisa, Anina, Sabina, Daniela und Kristin. Ich schicke liebe Grüße und einen gigantischen Dank an Merle, die die Illustrationen für das Buch gemacht und mir wortwörtlich den Hintern gerettet hat, als ich keinen Ausweg mehr gesehen habe und kurz davor war, von mir gezeichnete, stümperhafte Strichmännchen ins Buch drucken zu lassen. *lach*

Ohne meine Familie hätte es dieses Buch ebenfalls niemals gegeben, danke für alles, was ihr für mich getan habt, und dafür, dass wir an Weihnachten betrunken neben dem Tannenbaum tanzen können, ohne dass es jemandem peinlich ist. Ich liebe euch.

Ebenfalls einen kleinen flauschigen Knutscher bekommen meine genialen Arbeitskollegen Andrea, (Jana, das Ex vor dem Wort Kollegen kann ich immer noch nicht setzen) und Yannick. Mit euch macht selbst Kundenservice Spaß. ^^

Zum Schluss gilt nicht nur mein Dank, sondern auch meine Liebe und Freundschaft vier besonderen Menschen: Svey, Marina, Andree und Alex. Ihr seid meine vier Musketiere, meine Zuflucht und meine Seelenmenschen.

Und als Letztes, weil ihr der wichtigste Part im Leben eines Autors seid: Ich danke jedem einzelnen Leser, der sich dieses Buch zur Hand genommen und die Geschichte von Lucy, Logan, Marina und Alexander mit mir zusammen durchlebt hat. Denkt immer daran: Seid mutig und sarkastisch, zynisch und verletzt, aber hört niemals auf, für das, was ihr liebt, zu kämpfen.

Du brauchst Lesenachschub und hast Entscheidungsschwierigkeiten, möchtest dich überraschen lassen oder wünschst Empfehlungen? Da können wir helfen!
Wir stellen für dich ganz individuell gepackte Buchpakete zusammen – unsere

Drachenpost

Du wählst, wie groß dein Paket sein soll, wir sorgen für den Rest.

Du sagst uns, welche Bücher du schon hast oder kennst und zu welchem Anlass es sein soll.
Bekommst du es zum Geburtstag #birthday
oder schenkst du es jemandem? #withlove
Belohnst du dich selber damit #mytime
oder hast du dir eine Aufmunterung verdient? #savemyday
Je mehr wir wissen, umso passender können wir dein Drachenmond-Care-Paket schnüren.
Du wirst nicht nur Bücher und Drachenmondstaubglitzer vorfinden, sondern auch Beigaben, die deine Seele streicheln. Was genau das sein wird, bleibt unser Geheimnis …

Die Wahrscheinlichkeit ist groß,
dass sich das ein oder andere signierte Exemplar in deiner Box befinden wird. :)

Wir liefern die Box in einer Umverpackung, damit der schöne Karton heil bei dir ankommt und als Geschenk nicht schon verrät, worum es sich handelt.

Lisan bringt das kleinste Drachenpaket zu dir, wobei *klein* bei Drachen ja relativ ist. € 49,90
Djiwar schleppt dir in ihren Klauen einen seitenstarken Gruß aus der Drachenhöhle bis vor die Tür. € 74,90
Xorjum hütet dein Paket wie seinen persönlichen Schatz und sorgt dafür, dass es heil bei dir ankommt – und wenn er sich den Weg freibrennt! € 99,90

Der Versand ist innerhalb Deutschlands kostenfrei. :)

Zu bestellen unter www.drachenmond.de

10 € − 72 = 720 +
560

1 = 24 = 240 1,280

2+3 = 48 = 480